나쁜
생각이
들어서

나쁜 생각이 들어서

2022년 3월 14일 초판 1쇄 인쇄
2022년 6월 3일 초판 2쇄 발행

지은이 요안나
발행인 김정수 강준규

기획 편집 정시연 주종숙
마케팅 지원 배진경 임혜솔 송지유

발행처 (주)로크미디어
출판등록 2003년 3월 24일
주소 서울시 마포구 성암로 330 DMC첨단산업센터 318호
편집 문의 (02)6365-5156 **구입 문의** (02)3273-5135
홈페이지 rokmedia.blog.me
E-mail romance@rokmedia.com

나쁜
생각이
들어서

: 요안나
장편소설

"그때나 지금이나,
자꾸 나쁜 생각이 들게 해."

Contents

[프롤로그] : 007

[1화] : 015

[2화] : 043

[3화] : 085

[4화] : 121

[5화] : 155

[6화] : 197

[7화] : 267

[8화] : 311

[9화] : 363

[10화] : 419

[에필로그] : 471

[외전] : 543

[작가 후기] : 559

프롤로그

유리창을 통해 들어온 햇살이 그의 어깨를 타고 흘러내렸다. 윤이 나는 검은색 슈트에는 티끌 하나 없다.

정장을 하고 있음에도 그의 탄탄한 몸이 들여다보이는 기분.

단정하고 사무적인 차림은 그의 화려한 외모에서 풍기는 분위기를 가라앉히기는커녕 더욱 돋보이게 했다.

그가 찻잔 손잡이에 기다란 손가락을 끼워 감는 모습을 서희는 숨 죽인 채 지켜보았다. 붉고 도톰한 입술이 찻잔에 닿은 순간, 서희의 살갗에 뜻 모를 소름이 끼쳤다. 그저 상상 속에서만 닿았던 그의 입 술이 전신을 훑는 착각이 들었다. 지극히 사무적인 공간, 밍밍한 녹 차 한 잔을 마시면서도 마주 앉은 여자를 관능에 젖게 할 수 있는 남 자.

그는 함서희의 첫사랑, 서지한이었다.

"일자리를 찾는다고?"

그가 소서에 잔을 내려놓으며 물었다. 달칵하는 소리에 놀랐는지, 그의 발치에 엎드려 있던 개가 귀를 쫑긋 세우며 고개를 쳐들었다. 순한 눈을 가진 동물은 지금의 그와 어울리지 않았다.

"네."

서희는 두 손을 무릎 위에서 꼭 맞잡았다. 손톱이 손바닥의 도톰한 살점을 파고들어 미약한 통증이 인다.

"어떤 일자리?"

낮게 가라앉은 건조한 목소리는 사람 피를 말릴 듯이 날카로웠다.

"무슨 일이든 시켜만 주시면 할 수 있어요."

며칠 전까지만 해도 대기업 인사과에서 근무했었다. 하지만 지금 서희는 정상적인 취업이 어려운 신세가 되고 말았다. 아버지의 빚쟁이들이 하루가 멀다고 회사에 찾아와 난동을 부렸고, 결국 권고사직 대상이 되어 회사를 떠날 수밖에 없었다. 아버지가 서희 앞으로 대출을 잔뜩 받아 놓고는 갚지 않은 탓에 신용 상태도 엉망이었다.

그렇게 대기업 다니는 믿음직한 딸은 아버지가 돈을 끌어다 쓰는 데 이용되었고, 지금은 모아 둔 돈도 다 빼앗기고 하루를 살아 내는 것도 힘겨운 처지가 되어 버렸다.

그가 생각에 잠긴 듯 숨을 크게 한 번 들이마시고는 서희를 응시했다. 검은색 동공 곁을 떠도는 연갈색의 홍채, 흰자와 분명한 경계를 이루는 눈동자는 사람 속을 꿰뚫어 볼 것처럼 깊었다.

"무슨 일이든?"

그의 오른쪽 입가에 의문 어린 미소가 물렸다. 꽤 재미있는 생각이 떠올랐다는 듯 짓궂은 표정이다.

"네, 제가 지금 일을 가릴 처지는 아니어서요. 창구 업무도 할 수 있고요. 잔심부름도 할 수 있어요."

서희는 목구멍 안쪽에서 치솟는 자존심의 잔재를 꿀꺽 집어삼키며 말을 이었다.

"대신 월급은 현금으로 받을 수 있을까요? 정직원 아니어도 되고요. 4대 보험도 안 해 주셔도 돼요."

"그거 노동법 위반이야. 누굴 양아치로 아나."

'양아치'라는 단어에 서희는 가슴이 뜨끔했다. 대학교 선배인 그에게는 우아한 외모와 어울리지 않는 수식어가 붙었었다.

양아치, 질 떨어지는 놈, 돈 노름 하는 졸부 집안 새끼.

그리고 그중에서도 '양아치'는 서희와 그를 떼어 놓았던 단어이기도 하다.

"아니에요! 저는 단 한 번도 선배님을 그렇게 생각해 본 적 없어요."

7년 전에 하지 못한 변명을 이제 와서 해 봐야 무슨 소용이겠냐마는.

서희는 고개까지 세차게 내저으며, 흥분한 탓에 거칠어진 숨을 씩씩 내뱉었다. 오랜 시간이 흘렀음에도 그를 양아치라고 일컬었던 사람들이 미워서 절로 화가 났고, 얼굴은 발갛게 상기되었다.

그가 개를 내려다보던 시선과 비슷한 결로 서희를 빤히 바라보았다. 그의 얼굴이 일순간 일그러졌다.

내가 뭘 잘못했나?

그가 거침없이 웃음을 터뜨렸다. 기다란 눈이 기분 좋게 휘어졌고, 유쾌한 웃음소리는 심장을 달음질치게 만들기에 충분했다.

"왜, 웃으세요?"

서희는 질문을 내뱉음과 동시에 후회하며 아랫입술을 꾹 깨물었다.

그는 아마도 서희의 어리숙함과 무모함에 참을 수 없는 실소를 터뜨렸을 것이다.

그의 고백을 본의 아니게 무시했던 변명을 7년이 지난 후에 내뱉는 어리숙함. 그리고 무시당한 채로 멀어진 남자에게 신세를 지려는 무모함.

하지만 지금 서희가 기댈 곳은 아무 데도 없다. 그는 서희가 손을 뻗은 곳에서 잡힌 지푸라기였다.

그나마 아는 지푸라기니까 다행일까.

"넌 여전하구나."

그의 눈동자에 일순 아련한 생기가 맴돌았다. 사람에게는 타고난 기운이 있을 거라는 말을 믿게 된 것은 그를 만나고 나서부터였다.

그에게는 사람을 꼼짝 못 하게 만드는 서늘한 기운이 있었다. 마치 어릴 때 얼음 땡 놀이를 하다가 '얼음'이라 외치고 나서 스스로 몸을 굳히는 것처럼, 그의 눈빛은 서희를 얼음 안에 가두었다.

그런데 그의 눈동자에 지금과 같은 아련한 생기가 돌 때면, 얼음 안에 갇힌 서희의 심장은 혼자 땡 소리를 들은 것처럼 날뛰어 댔다.

"사람이 쉽게 변하나요."

실없는 소리를 해 놓고 서희는 그의 눈을 피해 버렸다. 그와 시선을 더 얽고 있다가는 숨이 멎을 것만 같아서, 숨이 멎기 전에 도망치고 싶어질 것만 같아서.

"아버님 존함이 함, 상 자 훈 자, 맞지?"

그의 입에서 아버지의 이름이 자연스럽게 흘러나왔지만, 마치 처음 듣는 이름처럼 낯설었다.

"네."

서희는 기어들어 가는 목소리로 대꾸했다.

"아버님이 우리 은행에서 돈을 많이 갖다 쓰셨던데."

그는 기다란 손으로 태블릿PC 화면을 톡톡 두드렸다. 사실을 전하는 사무적인 목소리는 건조했다. 대답을 바라는 것 같지도 않았고,

굳이 확인해 줄 필요도 없어서 서희는 잠자코 있었다.

"그런데 나한테 일자리를 부탁하시겠다?"

그의 물음은 친절했지만, 자극적인 흥미가 함께 녹아 있었다. 그가 내비친 호기심과 노골적인 의문에 심장이 쿵 내려앉았다.

전신을 휘감고 있던 살얼음이 심장 소리에 놀라서 바스스 부서져 내렸다. 마치 그의 앞에서 발가벗고 있는 것처럼 부끄러워졌다. 목덜미까지 화끈 열이 올랐다.

"아니에요. 못 들은 거로 해 주세요. 시간 내주셔서 감사합니다."

서희는 얼른 자리를 추스르고 일어나 그에게 꾸벅 인사했다.

"앉아."

그가 낮게 읊조렸다. 명령조는 아니었지만, 친절한 음성도 아니었다. 서희는 엉거주춤 일어나려다 말고 말 잘 듣는 착한 아이처럼 허리를 꼿꼿이 펴고 도로 의자에 앉았다.

"아버님이, 사라지셨다고?"

서희는 그저 고개만 끄덕거렸다. 눈물이 왈칵 치솟을 것 같았지만, 가까스로 참아 냈다.

"집은 경매로 넘어갔고, 어머님은 이모 댁으로 피신했고, 미국에 있다는 동생은 이 상황을 전혀 모르고 있고?"

마치 뒷조사라도 한 것처럼 그는 서희의 집안일에 대해 다 알고 있었다. 묵묵부답으로 그를 바라보자, 그가 눈썹을 한 번 치뜨고는 말을 이었다.

"내가 양아치처럼 그새 네 뒷조사라도 했다고 오해하는 거야?"

"아니요. 그건 아니고요."

서희는 자신 앞으로 어마어마한 대출금이 있다는 은행에 들렀다가 해당 지점을 방문한 그와 마주쳐서 이 자리에까지 오게 되었다.

서지한, 그는 국내 최대 온라인 은행과 급부상 중인 기업 특화 은행이 속한 금융 지주 회사의 대표였다.

"워낙 금액이 커서 나한테까지 보고가 올라왔어. 함상훈 대표가 잠적했다는 소식하고 같이."

업무의 연장선에서 알게 된 정보라며 그는 건조하게 덧붙였다.

"대출 서류에 직접 서명한 것 같지는 않던데?"

그가 손을 뻗어 주인을 바라보고 있는 골든레트리버의 머리를 부드럽게 쓰다듬었다. 개는 끙끙거리는 소리조차 내지 않고 충직하고 순한 얼굴로 그를 올려다보았다.

"네. 제 앞으로 대출이 되어 있는지도 몰랐어요."

아버지의 무책임함과 자신의 무지가 부끄러워서, 서희는 고개가 절로 숙여졌다.

"우리 은행에서 일어난 일은 내가 해결해 줄 수 있어."

그가 골든레트리버의 털처럼 부드러운 목소리로 속삭였다. 서희는 잠시 멍해진 시선으로 그를 바라보았다.

"본인 확인 절차를 제대로 거치지 않고 대출해 준 직원은 그 책임을 져야 하겠지만."

그는 돈을 빌려 가서 갚지 않은 것에 대한 책임은 아버지에게 물어야 하지만, 그걸 상쇄할 방법이 있다는 듯이 웃었다. 서희는 그의 입가에 머무는 위험한 미소에 홀린 듯 아무런 말도 할 수 없었다.

"형사적 책임은 아버님이 나타나시면 감당하실 일이고."

서희는 그가 말끝을 늘이며 여지를 두는 것에 입이 바싹 말랐다.

"무슨 일이든 하겠다고?"

그가 또다시 서희의 의중을 재차 물었다.

대답을 들을 생각이 없는지, 자리에서 일어난 그는 서희가 앉아 있는 곳으로 천천히 다가왔다. 크고 단단한 몸이 우아하게 움직였다.

"함서희는."

그가 상체를 숙이며 서희와 눈높이를 맞추었다.

얼굴과 얼굴 사이 거리 한 뼘.

"뭘 잘하지?"

그의 목소리에서 참을 수 없는 관능이 흐르는 듯한 착각이 일었다. 이력을 묻는 듯 건조한 목소리였지만, 듣는 이의 심장을 조이기엔 충분했다.

"저는."

서희가 입을 떼려는 순간, 그가 단숨에 상체를 일으켜 세웠다. 어깨를 펴고 선 그는 태산처럼 높아 보였다.

"굳이 이력서 안 받아 봐도 대학 성적이랑 그간의 커리어는 알고. 사랑 듬뿍 받고 자라서 성격 좋은 것도 알고. 사교성 좋아서 사람들하고 잘 어울리는 것도 알고. 그런데."

그가 한 발짝 뒤로 물러나며 가늠하듯 가늘게 뜬 눈으로 서희를 바라보았다.

"뭘 잘하지?"

당황해서 허공을 맴돌던 서희의 시선이 그의 옆에 서 있는 개를 향했다.

"저 개 잘 키워요!"

그가 진한 웃음을 물며 슈트 팬츠 주머니에 손을 찔러 넣고는 고개를 끄덕거렸다.

"그렇구나. 함서희는 개를 잘 키우는구나."

이대로 땅 밑으로 꺼져 버렸으면, 아니면 졸도라도 해 버렸으면 좋겠다는 생각이 들었다.

"잘됐네."

그가 즐거운 목소리로 덧붙였다.

"애 믿고 맡길 사람이 없었는데."

서희의 두 눈이 커다랗게 뜨였다.

"산책은 하루 세 번, 원반던지기를 좋아하니까 마당에서 자주 해 주고. 먹성이 좋으니까 아무거나 입에 넣지 못하게 하고. 잘 때는 등을 쓰다듬어 줘야 하고."

"저기, 잠시만요."

손을 들어 그의 말을 저지했다.

"지금 무슨 일을 말씀하시는 건지 잘 모르겠는데요."

"개 잘 키운다며? 집에 와서 키워 봐."

그는 공채 직원에게 '우리 은행에 어울리는 인재상이네요. 함께 일해 봅시다'와 같은 말을 하듯 사무적으로 굴었다.

"집이요……? 어디요……?"

1화

사실 마땅히 갈 곳이 없는 처지이기는 했다. 하지만 그가 지금 장난을 치는 건지 진심인 건지 구별이 되지 않는다.

"어디긴 어디야. 얘가 사는 집이지."

그러니까 산책은 하루 세 번, 원반던지기를 좋아하니까 마당에서 자주 해 주고, 먹성이 좋으니까 아무거나 입에 넣지 못하게 하고, 잘 때는 등을 쓰다듬어 줘야 하는 귀하신 개 님이 기거하시는 집이 어딘데요?

"내 집이기도 하고."

그가 고개를 한 번 주억거리며 '네가 생각하는 그게 맞아'라고 말하는 듯이 웃었다.

"어, 그러니까."

서희는 기민한 머리로 퍼뜩 생각을 정리했지만, 소란한 심장 때문에 단숨에 내뱉지 못하고 머뭇거렸다. 마치 스무 살로 돌아간 듯한 착각이 일었다. 그의 앞에서 서희는 손톱 밑까지 열기가 올라 어쩔 줄을 몰랐다.

"그러니까?"

그가 상체를 살짝 숙이며 어린아이를 대하듯 또박또박 되물었다. 그는 말문이 턱 막히게 만드는 대담한 눈빛으로 서희를 바라보았다. 시선만으로 사람을 압도하는 데 탁월한 재주가 있는 남자다. 서희는 홀린 듯 물었다.

"제가 선배님 집으로 들어가서 살면서 이 개를 돌봐야 한다는 건가요?"

그는 머뭇거림 없이 고개를 끄덕거렸다. 심장이 쿵쾅거리다 못해 전신이 어디론가 뛰어가는 것처럼 힘차게 너울거렸다.

"연봉은 네가 전 회사에서 받던 거."

서희가 명석하게 두 눈을 빛내며 그를 올려다보았다.

24시간 개를 돌보는 거면 뭔가 더 받아야 할 것 같기도 하고.

날 때부터 자본주의식 셈법에 익숙해진 뇌가 연봉 계산을 위해 열심히 돌아가기 시작했다.

그가 아무런 반응도 없는 서희를 가만히 내려다보며 조용히 읊조렸다.

"그거 두 배."

서희는 맥없이 벌어지려는 입을 얼른 단속했다.

"월급은 네가 말했던 대로 현금으로 줄게. 이 녀석 데리고 동물 병원이라도 가려면 차가 필요할 테니까, SUV 한 대 뽑아 줄게. 운전은 할 줄 알아?"

"네!"

사실 수능 끝나고 친구 따라서 운전면허를 딴 뒤 운전대를 잡아 본 적이 없었다. 하지만 그게 결격 사유가 될까 싶어서 서희는 얼른 덧붙였다.

"저 7년 무사고 운전이에요."

7년 동안 운전한 일이 없었으니, 사고 날 일도 없었다는 사실은 굳이 언급하지 않기로 한다.

"그래?"

그가 의심스럽다는 듯이 물었다.

"얘가 바다 보는 걸 아주 좋아해. 특히 남해. 운전해서 제일 멀리까지 가 본 게 어디야?"

서희는 생각지 못한 질문에 잠시 황망해졌다. 하지만 인간의 생존 본능은 위기 대응 능력을 급격히 발달시키는 법.

"전국 안 가 본 곳이 없죠."

아버지가 운전하는 차 타고요.

굳이 취업에 마이너스 요소가 될 만한 말은 덧붙이지 않았다.

골프, 승마, 펜싱 등 순발력과 정확도를 필요로 하는 운동을 두루 섭렵한 서희였다. 필라테스는 강사만큼 잘했다. 그녀는 자신의 동물적 감각은 운전에도 금세 익숙해질 것이라 확신하고 있었다.

"그래?"

그는 만족스러운 미소를 머금으며 서희를 내려다보았다.

"서희야, 그러면 안 되지."

그가 고개를 숙이며 웃음기 가득한 목소리로 중얼거렸다.

거짓말을 들킨 건가?

운동신경은 좋다지만, 거짓말에는 도통 소질이 없었다. 거짓말을 할 때면 눈꺼풀이 곤충의 날개처럼 파르르 떨렸고, 목소리는 높낮이 없이 일정한 음으로만 흘러나왔다.

"누가 오빠 신발에 침을 이렇게 흘려 놓으래?"

그가 다정한 목소리로 내뱉은 말에 서희는 저도 모르게 손을 들어 올려 입가를 슥 문질렀다. 그러자 그가 시선만 들어 서희를 바라보았다.

"아, 미안. 얘 이름이 서희거든."

그러니까 저 개 이름이 내 이름과 같다고……. 혹시 개도 강릉 함씨인가요?

상황이 극단으로 치달으면 어이없는 생각이 들기 마련이다. 서희는 얼른 사회생활로 단련된 웃음을 지으며 대꾸했다.

"저랑 이름이 같네요. 제가 돌볼 운명이었나 봐요."

그러자 그가 미간을 단박에 구기며 헛웃음을 흘렸다.

"서. 이. 얘 이름은 서이라고. 깃들일 서에 기쁠 이. 기쁨이 깃들었다는 뜻이야."

그는 이름에 담긴 뜻을 설명하며 무릎을 굽히고 앉아 서이의 목덜미를 양손으로 부드럽게 긁어 주었다. 서이는 기분이 좋은지 목을 길게 빼고 눈을 가느스름하게 떴다.

"저도 깃들일 서에, 기쁠 희 쓰거든요. 기쁨이 깃들었다는 뜻으로……."

개를 바라보던 그의 시선이 서희를 향했다. 마주한 그의 얼굴엔 흡족한 기색이 역력했다. 서희는 얼른 자리에서 일어나 서이가 앉아 있는 곳으로 다가갔다.

"서이야, 우리 이름도 비슷한데 잘 지내보자."

서이는 마치 말귀를 알아듣는 것처럼 컹컹 짖었다. 서희는 목덜미의 보드라운 털을 쓸어 넘기는데 씁쓸해졌다. 하루아침에 삶이 이렇게 달라질 수도 있음에 공허함이 밀려들려는 순간이었다.

"얘도 같이 데리고 들어올 거지?"

"네?"

무슨 애를 말하는 건가 싶어서 서희는 휘둥그렇게 뜬 눈으로 그를 올려다보았다. 그가 뜻 모를 연민 어린 눈빛으로 서희를 내려다보았다.

"어린애를 엄마랑 떼어 놓으려는 파렴치한은 아니니까. 애도 같이 데리고 들어와. 부담 갖지 말고. 내가 집에 있는 시간은 별로 없으니까, 마주칠 일도 많지 않을 거야."

서희가 그의 말에 대꾸하려고 일어서는 순간, 회의실 문이 열렸다.

"대표님, 이제 여의도로 이동하셔야 합니다."

그의 비서가 시간이 많이 지체되었다며 그를 재촉했다. 40대 후반쯤 되어 보이는 남자의 냉랭한 시선이 재빠르게 서희를 아래위로 훑고 지나갔다.

"잠시만."

그는 비서를 향해 고개를 한 번 까딱하고는 서희에게 명함을 한 장 건네주었다. 은회색 명함에는 소속도 직위도 없이 그의 이름과 휴대전화 번호만 달랑 새겨져 있었다.

"내 개인 전화번호야. 업무용 전화는 업무 시간 이후에는 쓰지 않으니까 이쪽으로 연락해. 일은 되도록 빨리 시작했으면 하는데?"

"네……."

명함에 적힌 그의 휴대전화 번호는 뒷자리 네 자리가 7년 전과 같았다. 쓸데없는 기억력 때문에 심장이 꽉 조였다. 아무럴 것도 없는 숫자 네 개가 아니었다. 특별한 의미가 깃든 날짜였다.

"애는 몇 살이야? 함서희?"

멍하니 과거를 되짚던 서희를 그가 낮고 깊은 목소리로 일깨웠다.

"아, 애요?"

"그래, 쟤."

여전히 표피에 살얼음이라도 낀 듯 냉혹한 표정을 짓고 있는 비서의 옆으로 아이의 얼굴이 보였다. 서희가 머뭇거리는 사이 아이가 입을 열었다.

"여섯 살이요."

그는 안쓰럽다는 듯이 서희와 아이를 번갈아 보았다.

"엄마를 별로 안 닮았네."

그가 혼잣말인 듯 중얼거리고는 덧붙였다.

"집이 넓어서 불편할 일 없을 거야. 그럼."

반박할 틈도 없이 그는 비서가 서 있는 문을 향해 걸어 나가며 업무 이야기를 꺼냈다.

"금감원에서 배당 축소안을 제시하고 있다고요?"

비서와 이야기를 시작한 그는 이미 조금 전과는 완전히 다른 사람이 되어 있었다. 심각하게 논의 중인 그들 사이에 서희가 끼어들 틈은 존재하지 않았다. 게다가 엎친 데 덮친 격이라는 말은 이럴 때 하는 것인가.

"엄마, 나 졸려요. 낮잠 자고 싶어요. 얼른 모텔로 가요."

어, 엄마? 너 지금 나한테 엄마라고 했니?

어이가 없어서 말문이 턱 막혀 버렸다.

여섯 살이 되도록 정해진 거처 없이 돌아다니며 자란 아이라고 했다. 눈치가 빨라서 누구한테 어떻게 붙어야 자신이 살 수 있는지를 너무 일찍 깨우쳐 버린 불쌍한 아이.

하지만 서희에게는 한없이 불편한 존재였다.

"지금 애를 데리고 모텔에서 지내?"

회의실 문을 나서던 그가 상체를 비스듬히 돌리며 물었다. 그의 미간에 불쾌한 주름이 잡혀 있었다.

"네."

"집 주소 알려 줄게. 애 데리고 모텔에서 어떻게 살아?"

"근데요, 선배님. 아니 대표님."

서희는 그 와중에 정중히 호칭을 고치는 일까지 했다. 잠깐만 더 귀를 기울여 달라는 처절한 부탁이었다.

"긴 이야기 할 시간은 없어. 이만 가 봐야 해. 이따 보자. 가자, 서이야."

이따 보자면서 너무 다정하게 가자고 해서 서희는 저도 모르게 한 발짝 걸음을 뗄 뻔했다. 오도카니 서 있던 골든레트리버가 그를 향해 어슬렁어슬렁 움직이는 기척을 느끼고 나서야 그가 부른 이름이 '서희'가 아닌 '서이'였다는 것을 깨달았다.

그와 서이의 모습이 완전히 사라지고 나자, 아이가 쪼르르 달려와 서희의 손을 꽉 잡았다.

"나 잘했죠?"

아이가 의기양양한 표정으로 서희를 올려다보았다. 오동통한 볼이 칭찬을 바라듯 발갛게 상기되어 있다.

"누나 지금 되게 불쌍해 보여요. 나까지 있어서 더 불쌍해 보인다. 그죠?"

서희보다 무려 스물한 살이 어린 아이의 이름은 서준, 가정에 충실한 줄로만 알았던 아버지가 밖에서 낳은 아들이었다.

아버지가 망해서 잠적했다는 소식을 접한 애 엄마는 아이를 다짜고짜 서희의 집에 데려다 놓고 사라졌다. 엄마는 정신을 놓아 버렸고, 갑자기 땅에서 솟은 듯 나타난 서준은 서희가 데리고 다니게 되었다.

"그렇다고 나를 엄마라고 부르면 어떡하니?"

서희는 아이를 타이르듯 낮은 목소리로 물었다.

"내가 잘못한 거예요?"

서준이 눈썹을 팔(八)자로 늘어뜨리며 시무룩해했다.

"나는 누나가 저 돈 많은 아저씨한테 나를 아들이라고 말한 줄 알고. 아저씨가 엄마 안 닮았다고 해서. 저 아저씨는 우리 엄마 손님은 아니었을 것 같고. 그래서 누나를 엄마로 아는 것 같아서."

서준의 엄마는 청담동에서 유명한 술집 마담이었다. 여섯 살의 나이에 아이는 너무 많은 세상을 알고 있었다.

"누나도 나 버릴 거예요?"

아이는 눈물이 그렁그렁한 눈으로 서희를 올려다보았다.

애한테 무슨 죄가 있겠어. 태어나 보니 엄마는 상간녀, 아빠는 불륜남이었던 건데.

서희는 한숨을 집어삼키며 말했다.

"잘 들어, 서준아. 사람은 버릴 수 있는 범주 안에 없어. 사람을 버리는 일은 몹시 나쁜 일이야."

"범주?"

서준이 못 알아듣겠다는 듯이 되물었다.

"사람은 버릴 수 없다고. 그러니까 나는 너 안 버린다고. 알아듣겠어?"

서준이 함박웃음을 지었다. 하지만 아이의 까맣고 맑은 눈동자는 말끔히 씻겨 나가지 못한 불안감으로 인해 파르르 떨렸다.

서희는 아이의 손을 꼭 잡았다. 무엇보다 책임감 있는 어른으로 세상을 살아야 한다고 말했던 아버지의 얼굴이 눈앞을 스쳤다. 그런 아버지에게 모두가 버림받은 순간, 서희는 그 어느 때보다 강해져야만 했다. 아버지의 부재를 슬퍼하거나 노여워할 겨를도 없이, 세상이 두려워서 멈칫할 찰나도 없이.

불행이 빚어낸 현실은 처참하고도 또렷했다.

차고 문이 열리고 검은색 육중한 세단이 주차장 안으로 미끄러지듯 빨려 들어갔다.

지한은 그제야 넥타이 매듭에 손가락을 걸어 잡아당겼다. 부처와의 회의는 까다로웠다. 지친 한숨이 훅 흘러나왔다. 잠시 헤드레스트에 머리를 기대자, 오 실장의 허스키한 목소리가 들려온다.

"오늘 고생 많으셨습니다. 내일은 아침 7시 반에 모시러 오겠습니다. 내일부터 서이는 함께 나오지 않는 건가요?"

이름이 불리자 덩치 큰 개가 옆 좌석에서 부스스 몸을 일으켰다.

"아……."

업무를 수행하면서 오후에 서희와 마주친 일을 깜빡 잊고 있었다.

"일단은요. 내일 오전 일정은 취소하고, 점심때 나가겠습니다. 알아서 갈 테니 굳이 여기로 오지 않으셔도 됩니다."

오 실장은 알겠다며 고개를 끄덕거렸다. 가타부타 말이 많지 않아서 일하기는 편했지만, 무뚝뚝한 그의 성격은 가끔 오해를 불러일으키기도 했다.

"오 실장님."

지한은 사무적인 분위기를 걷어 낸 부드러운 음성으로 그를 불렀다.

"네, 대표님."

"불편하지 않게 잘 부탁드립니다."

앞자리 조수석에 타고 있던 오 실장이 상체를 돌려 뒷좌석에 앉은 지한을 빤히 바라보았다. 표정 변화가 거의 없는 얼굴이었지만, 저 정도면 소스라치게 놀란 수준일 것이다. 지한의 사적인 부탁이 낯설다는 눈빛이기도 했다.

"대학 후배입니다."

지한은 머쓱한 미소를 지으며 조용히 읊조렸다. 눈치 빠른 기사는 주차 구역에 차를 세우고는 얼른 차에서 내려 운전석 문을 닫고 밖에 대기했다. 차에 둘만 남게 되자, 오 실장이 우려 섞인 목소리로 물었다.

"단순히 후배라고만 알고 있으면 될까요?"

지한의 얼굴에 어린 미소가 진해졌다.

"제 첫사랑인데, 고백했다가 잘 안 됐어요. 대답이 충분한가요?"

고개를 비스듬히 기울인 지한이 이제는 다 지난 일이라는 듯이 선선하게 말했다.

지난 일……. 정말 지난 일인가?

투명한 피부와 선이 가느다란 머릿결, 새까만 눈동자를 떠올리자 오래전 그녀를 처음 본 그날이 떠오른다.

"솔직히 말씀드리면 조금 걱정스럽습니다."

"어떤 부분이요?"

"지금껏 건실한 금융회사 이미지를 만들기 위해 대표님이 부단히 노력해 오셨다는 걸 모르는 이는 아마 없을 겁니다. 음지에서 운영하시던 회장님의 사업체를 양지로 끌어올리시고, 신뢰도 높은 금융 지주 회사를 만들기 위해 친구분들도 허투루 만나지 않으셨습니다. 그런데."

오 실장이 말을 고르듯 잠시 뜸을 들이고는 입을 열었다.

"그런데요?"

지한은 무슨 말이든 들을 준비가 되어 있다는 듯이 되물었다.

"오늘 일은 조금 충동적으로 처리하시지 않았나 하는 생각이 들어서요. 후배를 도우시려는 대표님의 마음은 이해합니다만."

오 실장은 내친김에 직언을 아끼지 않아야겠다고 생각했는지 거침

없이 말을 이었다. 하지만 상사를 향한 그의 예의는 언제나처럼 깍듯했다.

"함서희 씨 부친이 운영하던 회사가 부도나고 얽힌 문제가 좀 많습니다. 골치 아픈 일에 끼어드셔서 마음고생하시고, 에너지를 낭비하시게 될까 봐 걱정됩니다."

그 말도 충분히 일리가 있다며 지한은 가만히 고개를 끄덕거렸다.

"오 실장님, 질문 하나 해도 될까요?"

"네. 하십시오."

"사적인 질문인데, 괜찮겠습니까?"

"제가 할 수 있는 한 성실히 답변드리겠습니다."

고개를 숙이는 오 실장은 어떤 대답이든 준비되어 있다는 듯이 믿음직스럽게 굴었다.

"혹시 살면서 여자한테 멋있어 보이고 싶었던 적 있습니까?"

내내 고개를 반쯤 숙인 채로 시선을 비끼고 있던 오 실장의 미간에 아주 미세한 실금이 그어졌다.

"결혼 전에 제 아내한테 그런 생각이 들었던 것 같습니다."

"저는 살면서 유일하게 멋져 보이고 싶었던 여자가 함서희였습니다."

오 실장은 입을 살짝 벌린 채, 멍한 눈빛으로 지한을 바라보았다.

"제가 왜 평판에 목을 맸는지 아십니까?"

"그거야 회장님께서 사업을 시작하실 때 제도권 금융업이 아니었고, 또."

지한은 오른손을 살짝 들어서 오 실장의 말을 저지했다.

"그 이유로 잘 안 됐거든요. 돈 놓고 돈 먹기 하는 양아치 집안 자식이라고."

오 실장은 마치 자신이 그 치욕을 겪기라도 한 것처럼 눈을 부릅떴다.

"함서희가 나를 직접 그렇게 무시한 건 아니고요. 그때 상황이 조금 묘하게 꼬였어요. 그런데 오 실장님, 생각해 보세요. 이제 그때와 달리 제가 번듯한 금융 지주 회사를 일궈 낸 경영인이고, 함서희가 겪고 있는 돈 문제는 얼마든지 내 선에서 해결해 줄 수 있는 수준이거든요?"

"그래서 직접 해결해 주실 생각입니까?"

지한이 흐음, 하고 한숨을 내쉬며 고개를 살짝 내저었다.

"그걸 모르겠단 말이죠."

마치 스핑크스가 내는 수수께끼라도 받은 것처럼 지한은 모호한 표정을 지었다.

"몇 년 만에 다시 만난 첫사랑이랑 내 입장이 완전히 바뀌었어요. 오 실장님이면 어떻게 하시겠어요?"

오 실장은 마치 그 문제에 직면한 사람처럼 심각한 고민에 빠졌다.

"오 실장님도 모르시겠죠?"

"제 안사람한테 말씀 안 하신다고 약속해 주시면 답변드리겠습니다."

지한은 흥미롭다는 듯이 웃으며 긍정했다.

"네, 말씀 안 드리죠."

"그러니까 대표님 상황을 정리해 보자면, 함서희 씨는 대학교 때 아마 꽤 잘나가는 집안의 딸이었을 겁니다. 두 분 대학의 경영학과는 워낙 있는 집 자제들이 많이 모이는 곳이고, 알게 모르게 세력 다툼이나 패 가르기가 있었을 겁니다. 당시 이제 막 양지로 도약하던 우리 DL금융그룹을 보는 시선은 곱지 않았을 테고요."

오 실장은 사실 확인을 하듯 지한을 바라보았다.

"맞아요. 계속해 보세요."

지한은 오른손을 들어서 휘휘 돌리며 고개를 끄덕거렸다.

"함서희 씨 미모로 미루어 짐작해 보건대, 아마 대학교 때 인기가 많았을 겁니다. 물론 외모는 대표님도 훌륭하십니다만, 함서희 씨에게 고백하는 남학생 중 한 명이었을 뿐이었겠죠. 경쟁자들은 외모, 두뇌, 피지컬 등 모든 면에서 훌륭하신 대표님을 배경으로 흠집 내려 들었겠죠."

"뭐, 비슷합니다."

"나이 차로 예상해 보면, 함서희 씨가 학부 신입생 때, 대표님께서는 졸업반이었을 겁니다. 사회에 나오면 크게 차이 나지 않는 나이지만, 유독 학교 다닐 때는 선배들이 늙은이처럼 보이거든요. 함서희 씨 입장에서는 양아치 늙은이가 집적대는 격이었겠죠."

오 실장은 여전히 심각한 얼굴로 저걸 분석이라며 내놓고 있었다. 이 사람은 다 좋은데 가끔 이렇게 눈치 없이 진지해질 때가 있다. 그럴 때면 평소의 묵언 수행을 단숨에 깨 버리는 것처럼 말도 많아진다. 눈치는 없어지고, 말은 많아지고.

더 심한 말 듣기 전에 브레이크를 걸어야 할 것 같다.

"양아치 늙은이라니. 말씀이 좀 심하십니다?"

지한은 심각하게 미간을 구기며 물었지만, 눈동자에는 장난기가 가득했다.

"당시 함서희 씨의 입장을 분석하고 있는 겁니다. 그런데 지금은 상황이 조금 달라졌습니다. 함서희 씨는 유복하게 자라난 환경과 직업, 삶의 터전까지 송두리째 잃었습니다. 거기에 대표님이 도움의 손길을 내미셨고요. 이제 묻겠습니다."

"삽만 안 들었지. 제가 헛소리하면 진짜 묻어 버릴 기세이십니다, 오 실장님."

오 실장은 나름 심각하다는 듯이 목을 흠흠 가다듬었다.

"함서희 씨는 그 당시 대표님께 마음이 있었습니까?"

"잘 안 됐다니까요. 마음은 무슨."

"환경적 거부인 것처럼 말씀하시지 않으셨습니까?"

"오 실장, 말 좀 쉽게 쉽게 합시다. 돈놀이한다고 양아치 소리 들은 거지. 환경적 거부는 무슨."

오 실장이 자신의 분석을 허투루 듣지 말라며 매서운 눈빛을 보였다.

"그때 마음 많이 상하셨습니까?"

"안 상하면 이상한 거 아닙니까?"

"그럼 복수입니까?"

허스키한 목소리로 내뱉은 오 실장의 물음에 소름이 오싹 돋아났다. 복수한다고 하면 품에서 시퍼런 검이라도 하나 꺼내 줄 듯 비장한 얼굴이다.

"복수요?"

너무 어이가 없어서 헛웃음이 다 나왔다. 지한은 엉뚱한 예상을 내놓은 오 실장을 보며 연신 웃어 댔다.

"그때의 치욕을 앙갚음하시려는 계획입니까?"

"내가 그렇게 옹졸해 보입니까?"

지한의 물음에 오 실장은 거침없이 대꾸했다.

"가끔 옹졸해 보일 때도 있어서 여쭤본 겁니다."

"농담이죠, 오 실장?"

"진심입니다."

잠시 침묵이 흘렀다. 창밖을 가만히 내다보던 지한이 나직한 목소리로 조용조용 읊조렸다.

"되게 유치한 생각이 들었나 봅니다. 그때와는 다르다고. 멋져 보이고 싶었나 봐요."

겸연쩍어진 지한은 오른손으로 수염이 까끌까끌 돋아난 턱을 어루만졌다.

"대표님답지 않은 충동적인 일 처리였습니다. 어떻게 하시겠습니까?"

결국, 오 실장이 길고 긴 이야기를 꺼낸 이유는 지금이라도 일을 바로잡으라는 말을 하기 위한 것이었다.

"내가 저지른 일이니, 내가 책임져야죠."

지한의 검고 깊은 눈동자가 고집스럽게 빛났다.

"앞으로 계속 멋지게 보이고 싶으시다는 뜻으로 받아들여도 되겠습니까?"

지한은 대답 없이 그저 미소 지었다.

"그럼, 지금 가 보셔야 할 곳이 있습니다."

충직하고 건실한 오 실장은 지한의 뜻을 충분히 이해했다는 듯이 굴었다.

일과를 마치고 주차장으로 미끄러져 들어갔던 차가 다시 집을 벗어났다. 빨간색 후미등이 길게 늘어선 도로로 합류한 차는 한참을 달려 종로의 오래된 건물 앞 좁은 골목에 멈춰 섰다.

"아니, 달방으로 살겠다고 해 놓고, 이런 식으로 계약을 파기해 버리면 내가 곤란하지. 위약금 2배 내고 가. 안 그럼 짐 못 빼."

"아저씨 그게 무슨 말씀이세요. 여기 한두 푼 아쉽지 않은 사람이 어디 있어요? 제가 오죽하면 애 데리고 여기 달방을 살았겠어요? 나머지 돈 반이라도 돌려주세요. 네? 다른 손님 받으시면 되잖아요."

"아, 글쎄 요즘 경기가 안 좋아서 손님도 없다니까. 내가 새댁 딱한 사정 봐서 달방도 반이나 깎아 준 거야. 그런데 돌려줄 돈이 어딨어? 세상 물정을 몰라도 유분수지. 계약 위반하면 위약금 물어야 한다는 거 몰라? 많이는 안 받을 테니까, 딱 2배만 내놔."

모텔 달방에서 짐을 빼려다 주인아저씨와 시비가 붙었다.

침대도 없는 낡고 허름한 방의 하루 숙박비는 2만 3천 원이었다. 30일치인 69만 원에서 9만 원을 깎고 60만 원을 미리 지불한 상태였다. 딱 일주일을 살았으니 적어도 30만 원 이상은 돌려받고 싶었다. 아니 다만 10만 원이라도.

그런데 주인아저씨는 돈을 돌려주기는커녕 세상 물정 모른다며 바가지를 씌우려고 들었다.

"보아하니 남편 몰래 집을 나왔는지 어쨌는지, 손에 물 한 방울 안 묻히고 살았던 새댁 같은데. 사는 게 그렇게 만만치가 않아요. 애 데리고 집에 들어가려는 거야?"

사람 속을 살살 긁어 가며 주인아저씨는 사근사근하게 굴었다. 서준이는 이런 싸움이 익숙한지 겁먹지 않은 얼굴로 서희의 옆에 서서 주인아저씨를 노려보고 있었다. 등 뒤에 숨기려고 해도 아이는 자꾸만 옆으로 나란히 섰다.

"그래도 애 엄마라 애 보기 창피하기는 한가 봐? 애새끼 싸고도는 거 보면. 애가 인물 하나는 훤하네. 근데 남자 새끼가 인물 반반해서 얻다 써? 어디 일자리는 안 필요해? 돈 많이 버는 데 소개해 줘?"

급기야 주인아저씨가 끈적끈적한 눈빛으로 서희를 훑어보았다. 거머리 같은 시선이 살갗에 달라붙는 것처럼 기분이 나빠서 서희는 미간을 찌푸렸다.

옛날 같았으면 까짓것 더러워서 안 받는다고 물러섰을지도 모른다. 하지만 지금은 10원 한 장이 아쉽다. 돈을 돌려주지 않을지도 모른다는 생각은 했지만, 더 뱉어 내라니.

"아저씨 저희 짐 주세요. 돈 안 주셔도 되니까, 그거 주세요."

서희는 진이 빠질 것 같아서 조용히 읊조렸다.

"순하게 생겨 가지고 누가 그렇게 목소리 깔면 무섭다고 가르쳤어?"

모텔 주인은 깔보듯 한쪽 입꼬리를 올린 채로 헛웃음을 지었다.

"저희 그냥 갈게요. 짐 주세요."

그는 서희와 서준의 짐이 담긴 캐리어 손잡이를 잡고 막무가내로 굴었다.

"내가 위약금 다 달라고는 안 할 테니까, 그럼 그거 풀어 놓고 가. 한 달 안에 위약금 갖고 오면 돌려줄게."

그의 뱀처럼 탐욕적인 시선이 서희의 목덜미에 머물렀다. 스무 살이 되면서 아버지에게 선물 받았던 목걸이였다. 지금껏 살면서 부득이할 때를 제외하고는 풀어 본 적 없는 물건이기도 했다. 몸에 지닌 것 중에 유일하게 값이 나가는 거였고, 인자하고 자상한 아버지를 추억할 수 있는 유일한 것이었다.

서희가 머뭇거리는 것을 눈치챘는지, 서준이 그녀의 손을 꽉 잡았다. 내려다보니 목걸이는 절대 주지 말라는 듯 단호하게 고개를 내젓는다.

인자하고 자상한 아버지?

정말 그런 아버지였다면 가정을 버리고 혼외자를 만든 것도 모자라, 모두를 내팽개치고 혼자 살겠다고 숨어 버렸을까?

갑자기 화딱지가 난 서희는 목걸이를 확 잡아당겼다. 힘없는 가느다란 금줄이 뚝 끊어졌다. 목덜미 살이 쓸려서 통증이 느껴졌다. 마치 아버지와의 인연을 끊어 내는 행위 같았고, 그런 불편한 아픔이 목을 조르는 듯했다.

"자, 됐죠?"

주인아저씨는 일이 쉽게 돌아간다 싶었는지 음흉한 눈빛으로 서희를 바라보았다.

"새댁, 근데 어디로 가게? 갈 데는 있는 거야? 애는 거기 두고, 잠깐 들어왔다 가. 우리 어른끼리 얘기 좀 해 보게. 또 알아? 내가 새댁 딱해서 이 목걸이 그냥 줄지."

술에 절어 사는지 그의 얼굴은 누렇게 떠서 푸석푸석했고, 눈가에는 시꺼먼 테가 둘러 있었다. 교활한 시선으로 서희를 아래위로 훑는 그의 눈알을 어떻게 해 버리고 싶단 생각마저 들었다.

"이제 가방 주세요."

"에이, 잠깐 들어왔다 가라니까. 응? 아가, 여기서 30분만 기다릴 수 있어? 아저씨가 엄마랑 잠깐 이야기 좀 하려고 해. 응?"

그러자 서준이 얼른 서희의 앞을 막아섰다.

"안 돼! 가방 내놔!"

마치 서희를 지키기라도 하겠다는 것처럼 서준은 두 팔을 활짝 펼치며 비장한 표정을 지었다.

"이 녀석 맹랑한 거 보게. 없이 사는 팔자는 원래 험한 거야. 엄마가 혼자 너 키우려면 이런 거 저런 거 다 해야 돈을 벌지. 안 그래?"

서준을 향해 내리깔았던 시선을 치뜬 주인이 소름 끼치도록 다정하게 웃으며 서희의 손목을 잡았다.

"아, 잠깐이면 된다니까. 이 방은 위에 있는 방들하고 달라. 침대도 있고, 얼마나 따뜻한데. 잠깐 몸 좀 녹이고 가. 애도 낳은 사람이 뭐가 그렇게 부끄럽다고 빼, 빼길."

서희는 오물을 털어 내듯 남자의 손을 확 뿌리쳤다. 그러자 그는 기분이 나쁘다는 듯이 인상을 구겼다. 조금만 더하면 한 대 치기라도 할 기세였다. 후미진 골목에 자리한 모텔에는 손님도 별로 없어서 이 암담한 상황의 고리를 끊어 낼 줄 이도 나타나지 않았다.

제발, 한 명만. 손님 한 명만.

속으로 간절히 바라고 있을 때, 댕그랑하고 오래된 풍경이 울리는 소리가 났다. 누군가 낡은 모텔 안으로 들어선 것이다. 안도의 한숨이 훅 불거져 나왔다.

"어서 오세요. 주무시게? 아니면 쉬다 가시게?"

주인아저씨는 언제 행패를 부렸냐는 듯이 가식적인 어조로 손님을 대했다. 서희는 얼른 카운터 옆에 놓인 캐리어의 손잡이를 잡았다.

"아유, 새댁. 빚은 갚고 가야지. 아무리 세상 물정을 몰라도, 원. 사람 사정 봐준 은혜도 모르고. 그럼 못써요."

마치 서희가 빚을 지고 도망가는 것처럼 주인이 떠들어 댔다. 서희가 아랑곳하지 않고 캐리어 손잡이를 끌었다. 그런데 단정한 슈트 소맷단이 불쑥 끼어든다.

서희는 검은 소맷부리를 따라 천천히 시선을 옮겼다.

"제가 옮기겠습니다."

서늘한 목소리를 내뱉은 이는 지한의 비서였다.

"빚이 얼마입니까?"

그리고 등 뒤에서 들려온 목소리로 인해 뒷덜미에 소름이 확 끼쳤다. 모텔 주인은 서희와 지한을 번갈아 보며 사이즈를 재는 중인 듯 미간을 구겼다.

"아니, 새댁. 번듯한 남편 두고, 이렇게 험한 데는 왜 왔어? 앞으로는 이런 데 오지 말고 오순도순 잘 살어. 응? 사람이 살다 보면 힘들 때도 있고, 마음에 안 들 때도 있는 거지. 그렇다고 잘난 남편 두고 집을 나오면 써? 내가 새댁이면 누가 남편 채 갈까 봐 예쁜 잠옷 입고 집에 붙어 있겠네 그래."

너털웃음을 터뜨리는 주인아저씨는 소탈해 보이기는커녕 징그러웠다.

"빚이 얼마냐고 물었습니다."

지한의 목소리는 아까보다 훨씬 더 낮게 가라앉았다.

"우리 빚 없어요!"

서희가 뭐라 대꾸할 겨를도 주지 않고 서준이 빠르게 끼어들었다. 아이의 순발력은 항상 어른이 상상하는 범주를 넘어섰다.

"이 아저씨가 막 방으로 엄마 끌고 가려고 했어요. 그리고 우리 돈 다 냈는데, 목걸이도 뺏어 갔어요."

서준은 그에게 일러바치듯이 떠들어 댔다. 서희는 쥐구멍에라도 숨고 싶어졌다.

왜 하필 이런 상황에 그가 나타났는지 알 수 없었다. 하긴 빚쟁이들이 수단과 방법을 가리지 않고 서희와 가족을 찾아냈던 것을 보면, 그가 자신을 찾은 것도 어렵지 않았겠지 싶다.

그에게 신세 지게 된 일에 대해 깊이 생각할 겨를이 없었다. 그런데 바닥까지 밀쳐진 지금 그와 마주한 것이 너무도 치욕스러워서 미칠 것 같았다. 자존심은 모두 버렸다고 생각했는데 실낱같은 희망이 남아 있었는지 사치스러운 눈물이 솟구쳤다.

"목걸이 돌려주시죠."

지한은 언성조차 높이지 않고 정중히 말했다. 하지만 그의 눈빛은 그 어느 때보다 차가웠다. 눈동자를 둘러싼 투명한 막이 마치 살얼음처럼 냉랭해 보였다.

"이건 이 애기 엄마가 숙박비 대신 치른 거요."

"너 이거 숙박비로 냈어?"

그가 고개도 돌리지 않은 채 서희에게 물었다. 그의 매서운 시선은 뱀같이 누런 흰자위에 박혀 있었다.

"아니요."

서희는 자포자기한 심정으로 대꾸했다. 목걸이는 돌려받고 싶었다. 하지만 그 상황을 타진해 나가는 과정에서 느껴지는 모멸감은 이루 말할 수 없었다. 마음이 좋지 않았다.

저 목걸이가 돌려받고 싶다고? 아버지 뭐가 그리워서? 대체 뭐가 소중해서?

서희는 크게 숨을 들이마시며 아무렇지 않은 듯한 목소리로 입을 열었다.

"저거 안 돌려받아도 돼요. 그냥 가요."

지한이 오른손을 들어 보이며 서희의 말을 막았다.

"목걸이, 돌려주시죠."

"아니, 새댁이 안 받아도 된다는데 왜 난린지 모르겠네. 그리고 나는 이거 정당한 대가로 받은 거라니까."

이 상황에서 빨리 벗어나고 싶었다. 퀴퀴한 곰팡내가 나는 낡은 모텔 건물에서, 음흉한 뱀 같은 주인아저씨의 누런 시선에서. 또 추억 같지도 않은 미련을 품고 여전히 아버지를 기다리고 있는 것 같은 아둔한 자신에게서.

"됐어요. 이제 가요."

침착해지려고 노력했지만, 서희의 목소리에서는 파르르한 떨림이 그대로 묻어났다.

그가 오른손을 들어 올렸다. 이번에도 서희의 말을 저지하려는 의도인가 싶었다. 그런데 허공을 가만히 휘저은 팔이 서희의 어깨를 부드럽고 따뜻하게 감싸 안았다.

물색없는 심장이 쿵 내려앉았다. 어깨에 닿은 그의 커다란 손은 따뜻했다. 그리고 더할 나위 없이 안정적이기도 했다. 대차게 굴려고 노력했지만, 떨고 있나 보다. 그가 은근한 무게감을 더하자 울렁거림이 점차로 잦아들었다.

"숙박비로 얼마를 냈습니까?"

그는 입가에 은은한 미소를 머금고 있었지만, 검은 눈동자는 빈틈

없이 단단했다.

"69만 원에서 내가 9만 원이나 깎아 줬지. 요즘 보증금 없이 그런 방 구하기가 쉬운 줄 아나."

"요즘 숙소 공유 어플 이용하면 그거 반값으로도 신축 오피스텔 같은 곳 구할 수 있는데, 이 사람이 아마 절대 못 찾을 곳으로 숨고 싶어서 여기까지 왔나 보네요."

서희의 속을 꿰뚫어 보듯 그가 말을 이었다.

"시세보다 30만 원은 더 받았다 치고, 목걸이는 왜 그쪽이 갖고 있지?"

정중했던 지한의 말이 짧아졌다. 불량기는 느껴지지 않는 고압적인 말투였다. 등줄기를 타고 소름이 오싹 돋았다.

눈치가 빠른 서준도 분위기의 흐름이 미묘하게 바뀌었다는 것을 알아차렸는지, 서희의 허벅지를 꼭 끌어안으며 찰싹 달라붙었다. 서희는 아이를 안심시키려 작은 어깨에 손을 올려 감쌌다.

"위, 위약금으로 받았다. 왜?"

"위약금?"

그가 이해하지 못할 단어를 들었다는 듯이 미간을 구기며 되묻고는 어이없다는 듯이 웃었다.

"오 실장, 이럴 경우 내가 어떻게 해야 할까요?"

"숙박 취소로 인한 일부 금액 환불은커녕, 부당한 위약금 청구로 인한 피해 사례인데요. 고발하실 생각이시면 법무팀에 연락 넣겠습니다."

"에이, 더럽고 치사한 것들. 내가 재수가 없으려니까 진짜."

주인아저씨가 카운터 위에 목걸이를 집어 던졌다. 클로버 모양의 자개 펜던트가 달린 목걸이가 모조 대리석 위를 미끄러져 더러운 타일 바닥 위로 떨어졌다.

몸을 숙이려는데 그가 더 빨랐다. 그는 바닥에서 목걸이를 주워서 그대로 슈트 재킷 주머니에 넣었다.

서희는 의문 어린 시선으로 그를 바라보았지만, 지금 당장에 그 의문을 해소할 수는 없을 것 같았다.

"그리고요. 우리 엄마한테 목걸이 받고 싶으면 아저씨 방으로 따라 들어오라고 했어요."

서준이 눈을 세모꼴로 만들며 주인아저씨를 쏘아보았다. 서희는 마치 끔찍한 일을 몸소 겪은 것처럼 눈앞이 캄캄해졌다.

그냥 이 남자를 만나지 말았어야 했나?

아버지가 자신의 앞으로 부당하게 받은 대출이라도 어떻게 해결해 보려고 그곳을 찾아간 것부터 문제였다. 아니지, 금융 지주사 대표 자격으로 지점을 방문한 그를 붙잡고 잠시만 시간을 내 달라고 사정한 게 문제였다. 자존심도 모두 내다 버릴 것처럼 일자리를 부탁하는 일 따위 하지 말았어야 했다.

어떻게든 살 수 있을 거라고 생각했는데, 갑자기 모든 게 헛된 희망이었다는 생각이 들기 시작했다. 직업은커녕 땡전 한 푼 없는 주제에 미련하게 아버지가 버린 이복동생을 떠안은 바보 천치가 자신이었다.

눈가가 따끔거렸다. 콧등이 매워서 숨을 내쉬는 것조차 버거웠다. 이제껏 꾹 참고 있던 서러운 눈물이 눈치도 없이 하필 이런 상황에 복받쳐 오르려고 했다.

서희는 고개를 슬쩍 돌리며 눈을 크게 부릅떴다. 눈가에 고인 눈물이 흘러내리는 불상사는 없어야만 했다.

"오 실장, 방금 들었죠?"

"네, 들었습니다."

오 실장이 그 어느 때보다 흉흉한 음성으로 대답했다.

"알아서 처리 부탁합니다."

내내 정면을 응시하고 있던 그가 고개를 비스듬히 기울여 서희를 바라보았다. 서희는 눈꺼풀을 빠르게 깜빡이며 우울해진 표정을 단속했다.

"가자, 서희야."

목소리에서 울음기가 배어날까 싶어서 얼른 고개만 끄덕거렸다. 끝 간 데를 모르고 파고들었던 상념에서 벗어나는 것은 한순간이었다.

'가자, 서희야' 그의 말 한마디에 서희는 지독한 꿈 같은 현실로 돌아왔다. 혹여 버려질까 봐 서희의 손을 꼭 잡은 아이의 앙증맞은 악력이 전해지자 정신이 번쩍 들었다.

그깟 알량한 자존심이 무슨 대수인가 싶었다. 먹을 수도 없고, 입을 수도 없고, 돈으로 바꿀 수도 없는 자존심 따위.

"선배, 고마워요."

감사 인사는 타이밍을 놓치면 전하기 어려워진다. 서희는 이제 조금 진정이 된 것 같아서 가까이 서 있는 지한에게만 닿을 만큼 작은 목소리로 읊조렸다. 그가 무어라 말을 꺼내려는지 도톰한 입술을 벌린 순간이었다.

"미친놈이 가오만 잡으면 다야? 지 마누라랑 새끼 단속도 못 하면서. 애미, 애비가 얼마나 쌈질을 해 댔으며 애가 저렇게 눈치를 봐. 애새끼 책임 못 질 거면 낳지를 말아야지. 대가리에 피도 안 말라서 애 싸질러 놓고 집 나오는 여편네나 그거 하나 간수 못 해서 밖으로 쫓아댕기는 모자란 놈이나. 애새끼 좋은 거 배우고 아주 잘 크겠다."

듣기 싫은 소리는 끝도 없이 이어졌다.

"에이, 재수가 없으려니까 소금이나 뿌려야지. 애새끼가 애비는 하나도 안 닮았던데, 지 씨라고 믿는 병신이 저기 또 있네. 이래서 엉덩이 가벼운 년은 믿을 게 못 돼. 에이, 똥 밟았다. 저거 저, 제 아들 새끼한테 눈길 한번 안 주는 거 봐. 태어난 새끼는 또 무슨 죄야. 애비 손길 한번 못 받고."

아이의 어깨가 들썩거리기 시작했다. 이제껏 어른스럽게 굴던 아이가 울음을 터뜨리기 일보 직전이었다. 주인아저씨가 뱉은 파렴치한 언어가 아이의 가슴에 새겨진 흉터를 건드린 게 분명했다. 어른들의 싸움에서 비롯된 가시 돋친 언어로 인해 가장 큰 상처를 받은 이는 죄 없는 어린아이였다.

서준은 아이답게 울음을 터뜨리지 못하고 끙끙거렸다.

"서준아."

막막해서 그저 그 공간을 빨리 벗어나고 싶은 생각뿐이었다. 그런데 그가 아이의 이름을 부르며 무릎을 굽혀 눈높이를 맞췄다.

"네."

서준은 울음이 격해져서 딸꾹질을 하고 있으면서도 대답은 시원하게 했다.

"아빠가 미안해. 엄마 속상하게 하고, 우리 서준이 고생하게 해서. 다시는 안 그럴게. 아빠 용서해 줄 거지?"

서희가 휘둥그레진 눈으로 그를 내려다보았다. 위기의 상황마다 기민하게 행동했던 서준도 당황한 얼굴이었다.

"얼른 집에 가자."

그가 서준을 마치 제 아들처럼 안아 들었다. 서준은 얼떨떨한 표정으로 그의 단단한 목을 끌어안았다. 그는 한 쪽 팔로 아이를 안고, 다른 한 쪽 팔로는 서희의 어깨를 감싼 채 걸었다. 참으로 이상한 조합이었다. 그런데 이상한 만큼 마음이 쿡쿡 쑤셨다.

"와! 집 되게 좋다! 내가 가 봤던 집 중에 여기가 제일 좋아요! 테레비에 나오는 부잣집 같아!"

그의 집에 들어선 서준은 아이다운 얼굴을 하고 있었다. 상기된 두 볼, 반짝거리는 눈동자, 한층 밝아진 목소리는 놀라움을 고스란히 드러냈다.

"서준이 1층이 좋아, 아니면 위층이 좋아?"

"나는 위층이 좋아요."

"서준이 혼자 잘 수 있어?"

"네!"

어릴 때부터 부모 손을 떠나 자란 아이였다. 지한의 질문에 늠름하게 대답하는 서준이 안쓰러워서 서희는 가슴 한구석이 시큰했다.

"그럼, 서준아 저기 저 아주머니 손잡고 올라가서 2층이랑 3층에 있는 방 구경해 볼래? 침실 중에 마음에 드는 데 서준이 방으로 만들어 줄게."

"진짜요? 와!"

차에서 오는 내내 그의 품에 안겨 있던 서준은 이미 그에게 마음의 절반 이상을 줘 버린 것 같았다.

서준은 서희를 처음 봤을 때도 그랬었다. 종일 굶은 것 같은 아이를 분식집에 데려가 밥을 먹였었다. 생판 모르는 남에게도 베풀 수 있는 친절에도 서준은 마음을 열고 서희에게 와락 안겼다. 정을 쉽게 주는 아이가 그저 안쓰러웠다.

"잠깐 이야기 좀 할까?"

서준의 모습이 시야에서 사라지고 나자, 그가 서희를 향해 돌아섰다. 서희는 가만가만 고개를 끄덕거렸다.

두 사람은 소파 테이블을 사이에 두고 마주 앉았다.

이렇게 큰 집은 아니어도 불과 한 달 전까지 서희는 따뜻하고 좋은 집에 살았었다. 얼마 되지 않은 일인데, 전생의 일처럼 아득하게 느꺼지는 시절이기도 했다. 전쟁으로 피난길에 오른 피난민들의 심정이 이랬을까.

"선배, 일자리 주신 것도 감사하고요. 제 앞으로 된 빚 해결해 주신다고 한 것도 감사해요. 그런데."

최소한의 자존심을 지키기 위한 마지막 방어 본능 같은 대화의 시작이었다.

"그런데?"

그가 부드러운 목소리로 되물었다.

"너무 과분해요. 제가 선배한테 신세 진 걸 평생을 일해도 다 갚을수 있을지 모르겠어요. 그리고 솔직히 겁도 나요. 저한테 왜 이렇게 잘해 주세요? 저 스무 살 때 보고, 오늘 선배 얼굴 7년 만에 처음 봤어요."

그는 팔을 넓게 벌려서 소파 등받이 위에 올렸다. 피곤하다는 듯이 고개를 이리저리 돌리는 그의 모습은 지나치게 관능적이었다. 벌어진 슈트 재킷 사이로 보이는 하얀 드레스 셔츠에 감싸인 가슴은 탄탄하고 널찍했다.

그 품에 안기면 세상 두려울 것이 없어질 것 같은 착각마저 인 순간, 서희는 주먹을 꽉 움켜쥐었다. 손톱이 손바닥 안쪽을 매섭게 파고들었다.

심장이 뛰는 속도가 점점 가파르게 치솟았다.

"아까 오후에 널 만나고 나도 내내 생각해 봤어."

지한의 입가에 오묘한 미소가 걸렸다. 의문이라는 듯이 고개를 비스듬히 기울인 모습은 숨이 턱 막힐 정도로 근사하다.

"왜 내가 너한테 서이를 맡기려고 했을까. 왜 그런 핑계를 대며 너를 집에 들이려고 했을까. 왜 너를 돕고 싶었을까. 네 말대로 7년 만에 만난 대학 후배인데. 게다가 나를 업신여기기까지 했던 여자인데."

"그건요."

오래전에 만들어진 오해를 이제 와서 풀어 봐야 무슨 소용이 있겠냐마는, 이렇게 된 이상 모른 척 묻고 지나갈 수도 없었다.

"있잖아, 서희야. 너는."

그가 활짝 펼쳤던 팔을 무릎 위에 올리며 상체를 살짝 숙였다. 마치 집 안 공기를 전부 끌어모아 응집시킨 것처럼 순식간에 분위기가 압도되었다.

놀라운 집중력을 발휘하게 만드는 남자를 서희는 숨죽인 채 응시했다.

"그때나 지금이나."

누가 들을세라 그가 더욱 목소리를 낮추었다.

"자꾸 나쁜 생각이 들게 해."

2화

　기다란 속눈썹이 촘촘하게 들어찬 눈가에 짙은 그늘이 졌다. 어두운 그늘에서 그의 눈빛이 위험하게 빛난다.

　"서, 선배."

　지나치게 관능적인 시선이 서희의 얼굴을 어루만지듯 움직였다. 시선에는 감촉도 없고, 온도도 없다. 그런데 따끔따끔한 열감이 느껴져서 숨이 턱 막혀 올 정도다. 그의 눈동자가 턱 아래로 향하자 목을 콱 조이는 듯하다.

　서희는 미약하게나마 날숨을 내뱉었다. 숨결이 바르르 떨렸다. 그 떨림을 그도 알아차렸는지, 턱 아래를 응시하던 그의 눈빛이 대번에 서희의 눈동자를 꿰뚫듯 박혔다.

　"무슨 생각을 하는 거야?"

　그가 눈가를 일그러뜨리며 실소를 터뜨렸다. 그의 눈동자에 어린 관능미는 여전했다.

착각인가?

"선배는 무슨 생각 하시는데요?"

"흐음."

그가 약간은 맥이 빠진 듯이 어깻숨을 내쉬었다.

"나는 네 고용주잖아, 이제?"

"그렇……죠?"

서희는 고개까지 끄덕거리며 긍정했다. 그는 서희를 고용했고, 서희는 그에게 고용되었다. 그러니 서지한은 함서희의 고용주였다.

그가 눈썹을 치떴다. 무슨 뜻인지 모르겠냐고 묻는 듯한 표정이다.

"그래서요?"

질문을 덧붙이는 순간, 깨달았다. 그가 말한 '나쁜 생각'이 남녀 간의 이성적인 감정과는 전혀 상관없다는 것을.

그의 나쁜 생각은 고용 관계에 기인한다는 뜻이다.

어처구니없는 오해를 했다는 생각이 들어서 약간은 창피했고, 조금은 억울했다.

"근데 왜 말씀을 그렇게 하세요?"

서희가 미간을 팍 구겼다.

"내가 말을 어떻게 했는데?"

그는 서희가 왜 미간을 구기고 덤비는지 모르겠다는 듯이 고개를 갸우뚱 기울였다. 무구한 표정은 지나치게 잘생겨서 기묘한 설득력이 실려 있다. 그에게는 아무런 의도도, 잘못도 없다는 듯이.

그래, 저 선배는 대학교 때부터 그랬었지.

잘생긴 얼굴은 호감을 불러일으키고, 그 호감은 설득력 상승으로 이어진다. 이유나 근거가 빈약해도 그에게 설득당할 여지가 충분하다는 뜻.

언제였더라? 서희가 대학교에 입학하고 나서 한 달쯤 지났을 4월 초였을 것이다. 학생회 소속이라는 선배가 5월 초에 있을 체육대회 준비를 미리 해야 하니까 신입생들에게 참여를 권장하고 다녔었다.

'단과대 체육대회에서 항상 우리 학부가 우승했었어. 무적 경영!'

2주 넘게 끈질긴 설득을 했건만, 순순히 나서는 학우들이 없었다. 그때 학생회 간부의 친구였던 서지한이 지나가는 말로 한마디 했다.

'신입생 참여가 저조하면 여러모로 힘 빠지지.'

그다지 특별한 말도 아니었다. 다정한 눈빛으로 대강의실에 모인 후배들을 훑어보며 한마디 하고 지나갔을 뿐이다.

그런데 그의 힘이 빠지는 게 모두 걱정되었던 것일까?

2주가 넘도록 휑하던 체육대회 경기 참여 명단이 신입생으로 꽉 채워졌다. 그해에도 어김없이 경영학부는 단과대 체육대회에서 우승을 차지했다.

"대답해 봐, 함서희."

대답하지 않으면 나쁜 사람이 될 것처럼 무구한 목소리로 그가 물었다.

"내가 뭐라고 했는데?"

"나쁜 생각이 든다고 하셨잖아요."

서희에게서 기어들어 가는 목소리가 흘러나왔다. 그가 엉뚱한 소리를 들었다는 듯이 턱을 뒤로 빼며 눈을 가늘게 떴다.

"그래서?"

"어, 그래서……."

"함서희."

그가 미간을 찡그리며 진중하고 낮은 음성으로 이름 석 자를 읊조렸다.

"무슨 생각을 하는 거야? 내가 네 고용주라고. 나쁜 생각이 든다는 건, 널 빡세게 부리게 될지도 모른다는 뜻인데?"

그는 흑심 따위 묻지 않은 고용주의 효율적인 인재 경영 방식을 고찰시키듯 무미건조하게 읊조렸다.

그리고 또…… 그는 지나치게 잘생겼다.

언급했듯이 그의 미모는 어떤 이유나 근거보다 강력한 타당성을 발휘하곤 했다. 물론 지금도 예외는 아니다.

"하지만……."

서희는 그에게 휘말리는 듯한 기분을 지울 수가 없었다. 그때 불현듯 그가 모텔 주인에게서 건네받은 목걸이가 생각났다.

"목걸이요! 그거 저 대신 받아 주셨잖아요. 그리고 굳이 그렇게까지 하지 않으셔도 되는데, 애 아빠라고 하시면서까지……. 그리고 모텔엔 어떻게 오셨어요? 저 거기 있는 거 어떻게 아셨는데요?"

"지나가다 봤어."

이것 봐. 맥 빠지잖아.

그가 웃었다. 얄밉다는 생각도 들지 않을 정도로 환하고 아름답게.

"그럼 굳이 애 아빠라고 하면서까지. 그렇게 막."

상황이 이상한데, 저만 이상하게 생각하는 것 같은 이상한 경우가 있다. 지금이 딱 그러하다.

그는 그게 뭐 어쨌냐는 듯이 서희를 바라보고 있었다.

"아무리 서준이가 불쌍해 보인다고 해도, 섣부른 동정은."

"어릴 때 내 생각이 나서."

그가 조용히 읊조린 말에 서희는 말문이 턱 막혀 버렸다.

"아버지가 먼저 돌아가셨고, 어머니는 나랑 형을 데리고 어떻게든 살아남으려고 하셨거든. 딱 서준이만 할 때가 생각나서 그랬어."

그의 눈빛에 거짓은 없었다. 그리고 웃음기가 가신 얼굴은 잔뜩 굳어서 안쓰러울 정도다.

잠시 침묵이 흘렀다. 서희는 어떤 말을 꺼내야 할지 몰라서 망설였다.

그는 고용주로서 열심히 부려 먹을 나쁜 생각을 했을 뿐이고, 모텔에서의 일은 어린 시절의 트라우마에 기인하는 것이었다. 결국 나혼자 북 치고, 장구 치고, 얼굴 빨개지고, 심장 떨리고, 숨도 못 쉬고 한 건가?

"감사합니다."

그는 고개를 까딱했다.

"그리고 서준이는요."

"알아. 어른 눈치 많이 보는 애지?"

"네."

맞는 말이기는 하지만, 서희가 하려던 말은 이게 아니었다.

"아까처럼 급발진하는 일은 없도록 주의할게."

"아, 그게 아니라."

"하지만 아까와 같은 상황이 다시 온다면, 나는 똑같은 행동을 하게 될 거야. 그게 내가 생각하는 최선이었으니까."

애 아빠 행세를 하며 서희의 어깨를 감싸던 따뜻한 남자. 그가 선선히 웃었다.

"네, 이해했어요. 근데 서준이는요."

"잠시만……. 그래요, 오 실장. 연락됐습니까? 지금 만나자고 한다고요?"

그가 서희에게 양해를 구한 뒤, 휴대전화를 받으며 어디론가 사라졌다. 널따란 응접실에 홀로 남겨진 서희는 혼잣말을 읊조렸다.

"내 아이가 아니라고요……."

미처 그에게 전하지 못한 진실이 한숨처럼 흘러나왔다.

하루 동안 너무 많은 일이 있었던 탓인지 머리가 지끈거렸다. 풀어야 할 오해는 여전했다. 그리고 그가 항변한 '나쁜 생각'이라는 말의 진의는 불분명했다.

'그때나 지금이나 자꾸 나쁜 생각이 들게 해.'

그는 분명히 이렇게 말했다. 그런데 '그때', 정확히 7년 전 대학교 때는 우리가 고용 관계가 아니지 않았던가. 그때 든 나쁜 생각은 도대체 뭔데?

골똘히 생각에 잠겨 있는데, 우다다다 하는 소리가 들려온다.

"엄마아!"

힘차게 달려온 서준이 서희의 품에 와락 안겨서 소파에 앉아 있던 몸이 뒤로 밀릴 정도였다.

"어, 서준아."

"백 실장 이모가 내가 쓸 방이라고 보여 줬는데요. 엄청 좋아요. 서준이는 그렇게 크고 푹신푹신한 침대 처음 봤어요. 방이 예전에 내가 살던 집보다 더 커요, 누나!"

신나서 떠들던 서준이 앙증맞은 손으로 얼른 입을 가리며 눈을 동그랗게 뜬다. 누나라고 부른 걸 누가 들었을까 봐 잔뜩 겁을 집어먹은 눈치다. 서희는 서준을 당겨서 품에 꼭 끌어안았다.

서준을 볼 때마다 아버지의 부정이 떠올랐다. 화가 나는 것은 당연했다. 하지만 서희는 배신감에 화가 날 뿐이었지만, 여섯 살밖에

48

되지 않은 서준은 배신이라는 감정을 배우지 못할 만큼 제 편이 하나도 없는 삶을 살아왔다.

여섯 살에게는 지나치게 가혹한 삶.

마음이 복잡하게 뒤엉켰다.

"괜찮아. 아무도 못 들었어."

서희는 일단 놀란 아이를 진정시키려 등을 가만가만 토닥여 주었다.

"근데요, 누나."

서준이 서희의 귀에 대고 속삭였다.

"응."

"우리 계속 거짓말해야 여기 있을 수 있는 거예요?"

서희는 아이가 무슨 말을 하려나 싶어서 가만히 귀를 기울였다.

"근데요. 거짓말은 꼭 들켜요. 그럼 아저씨들이 막 화내요! 엄마 때리고, 나도 때려요. 엄마는 아프다고 소리 지르고, 나는 막 울었어요."

겁에 질린 아이의 말은 시제가 왔다 갔다 했다. 과거였다가, 현재였다가. 험한 일을 기억하는 아이의 몸이 바들바들 떨렸다.

"서준아."

세상에 태어난 지 고작 만 5년도 채 되지 않은 아이가 겪은 공포는 어른인 서희조차 감당하기 어려운 것이었다.

"이제 서준이 때리는 사람은 없어. 그러니까 안심해. 누나도 거짓말하는 거 싫어. 그래서 아저씨한테 얼른 말할 거야. 걱정 마."

"나는 누나 좋아요."

콧등이 매워졌다. 아이와 정이 든 것도 아니었다. 서희는 이복동생이라는 서준에게 인간적 도리를 하고 있을 뿐이었다. 그런데 아이는 금세 마음을 열고 뭉클한 말을 내뱉었다.

"아저씨가 누나 안 때렸으면 좋겠어요."

"아저씨는 그런 사람 아니야."

서희가 설득했지만, 소용없는 일 같았다.

"그런 사람 아니라는 아저씨들 다 막 화내고, 엄마 때렸어."

서준은 자기가 다 분하다는 듯이 씩씩거렸다.

"누나가 잘 말할게. 응?"

"누나 정말 좋아."

서준이 서희의 목을 꼭 끌어안았다. 아이의 존재를 처음 알고 나서, 아주 잠시 어린아이마저 미운 생각이 들었었다. 그런 옹색한 마음이 죄스러울 만큼 서준은 서희를 신뢰하기 시작했다.

좋지만 낯선 집, 7년 만에 만난 첫사랑이 베푸는 선의만큼이나 비현실적인 신뢰였다.

※ ※ ※

하늘이 까맣게 물들었다. 먹장구름을 잔뜩 머금고는 곧 비를 뿌릴 것처럼 심술맞게 그르렁거렸다.

"지한아, 얼른 뛰자."

형 윤한이 지한의 손을 꼭 붙들고 마구잡이로 뛰었다. 지한이 형의 거센 달음박질을 따라잡지 못하고 바닥에 철퍼덕 넘어지자, 땅바닥에 점점이 물기가 번지기 시작했다. 비가 내리고 있었다.

문득 회색빛 시멘트 바닥 위에 그려지는 점박이 무늬가 징그럽다는 생각이 든다. 험한 일을 겪은 후여서 그런지, 여섯 살 지한의 눈에는 세상 모든 게 흉측하고 무섭게 보였다.

"으앙!"

지한이 크게 울음을 터뜨리자 앞서 걷던 엄마가 달려왔다. 번쩍 몸이 들렸다. 지한은 엄마의 마른 어깨를 꼭 끌어안았다.

지한을 안고 걷는 게 대단하다고 느껴질 만큼 엄마의 몸은 뼈밖에 남지 않았다.

"엄마, 제가 안을게요."

형 윤한이 끼어들었다.

"아냐. 윤한아. 엄마가…… 엄마가 할게."

엄마의 목소리는 기이하게 쉬어 있었다. 아마도 아까 여관에서 주인아저씨와 싸웠기 때문이라고, 지한은 막연히 짐작할 뿐이다.

아빠가 죽고 난 뒤, 집으로 무서운 사람들이 몰려들었다. 모두 엄마에게 돈 이야기를 했었다.

'남의 돈을 썼으면 갚아야지.'

'뒈졌다고 빚이 사라져? 그럼 빌려준 우리도 억울해서 뒈지라고?'

무서운 표정의 아줌마, 아저씨들이 우는 엄마를 붙들고 아우성쳤다. 지한은 엄마의 허벅지를 끌어안은 채로 함께 울었다.

엄마의 몸은 분명 그때보다도 많이 말라 있었다.

집에서 나온 지 이제 얼마나 되었더라?

지한은 엄마와 자신보다 여섯 살이 많은 형 윤한과 함께 좁은 여관방에서 지냈다. 엄마는 밤이면 일을 나갔고, 지한은 형과 꼭 끌어안고 잠이 들었었다.

"엄마, 이제 밤에 일 안 가?"

지한이 가랑가랑한 눈물을 엄마의 어깨에 닦으며 물었다.

"조용히 해, 서지한."

형이 지한을 나무랐다.

"응, 엄마 이제 밤에 일 안 가."

엄마는 웃으며 대답해 주었다. 하지만 엄마의 목소리가 왠지 모르게 아득하게 느껴졌다.

'왜? 자식새끼들 들을까 봐 겁나? 밤에 몸 팔러 다니는 건 괜찮고, 훤한 대낮에 짧게 치고 돈 좀 더 벌어 보라니까 그건 싫어? 쟤들도 지 엄마가 힘들게 돈 버는 건 알아야지. 그래야 바르게 커요.'

여관 주인이 엄마에게 친절하게 굴며 한 말이었다.

'형아, 몸 파는 게 뭐야?'

그렇게 물었다가 형에게 머리를 한 대 얻어맞고 울었다.

'우리 엄마는 주방 일 도와주러 다니는 거야.'

형은 지한을 달래 줄 생각은 하지 않고 여관 전체가 떠나가라 고래고래 소리를 질러 댔었다.

'서윤한! 동생 데리고 방에 있어! 절대 나오지 마! 절대!'

엄마가 그렇게 소리치고 난 뒤, 크게 싸우는 소리가 났다. 그리고 한 30분은 잠잠했던 것 같기도 하다.
형은 온몸을 부들부들 떨면서 울었다. 지한은 형 옆에 앉아서 똑같이 울음을 터뜨렸다.
형이 왜 우는지도 모르고.
엄마가 왜 방에서 나오지 말라고 했는지도 모르고.

방으로 돌아온 엄마의 눈동자는 먹구름을 머금은 하늘처럼 어둡게 가라앉아 있었다.

'가자. 여기서 나가자.'

그길로 엄마와 형을 따라 나와서 버스에 올라탔다. 어디로 가는지도 모르고 지한은 금세 웃었다.

"엄마, 우리 여행 가요?"

"응, 여행 가."

엄마의 눈빛이 꺼져 가고 있음을 지한은 알아차리지 못했다. 형이 지한의 머리를 또 쥐어박았다. 이번에는 울지 않고 형을 노려보았다. 그러고는 엄마의 품을 파고들었다. 마음을 편안하게 해 주는 냄새를 맡으며 지한은 잠이 들었다.

잠에서 깨어났을 때, 버스는 터미널의 모양도 제대로 갖추지 못한 시골 마을 어귀에서 멈췄다.

"아이고, 진즉 연락을 할 것이제."

엄마의 외할머니라는 사람은 허리가 굽어 있었고, 다리를 절었다.

"어여 가자잉. 밥은 묵었냐? 안 묵었겠제."

왜 이제야 찾아왔느냐고 묻는 외증조할머니의 물음에 엄마는 아무런 대꾸도 하지 않았다.

달걀 프라이를 넣고 고소한 참기름과 짭조름한 간장에 비빈 밥을 허겁지겁 먹으며 바라본 엄마의 목덜미에는 벌겋게 물어뜯긴 상처가 있었다.

"엄마, 여기 안 아파?"

지한이 걱정스러운 눈으로 물었다.

"응, 지한아. 엄마 안 아파. 지한이 밥 많이 먹어."

엄마는 연하게 웃으며 지한의 머리를 쓸어넘겨 주었다.

밥을 배불리 먹은 뒤 엄마와 함께 목욕도 했다. 시골집의 좁은 욕실은 예전에 살던 아파트와는 비교할 수 없을 정도로 허름했다. 욕조는커녕 샤워기도 없어서 수도꼭지에서 흐르는 물을 받아서 써야만 했다.

하지만 지한은 작고 빨간 고무 대야 안에 들어가 물장난을 치는 게 즐거웠다. 지한은 엄마에게 물을 튕기며 장난을 쳤다. 형은 진작에 혼자서 씻고 나가서 문제집을 풀고 있었다.

엄마와 단둘이 있는 시간, 엄마를 독차지할 수 있는 시간이 지한은 무척 좋았다.

"앗, 차거. 지한아. 엄마한테 물 튀기지 말고."

지한은 두 손 가득 물을 퍼 올려 엄마에게 끼얹었다. 엄마가 '서지한!' 하고 외치며 웃음을 터뜨렸다.

"엄마 옷 다 젖었잖아!"

"엄마도 같이 씻어."

엄마가 하는 수 없다는 듯이 젖은 옷을 벗었다. 티셔츠를 벗고, 속옷을 벗은 엄마의 몸을 본 지한은 잠시 할 말을 잃었다.

엄마의 목덜미에 난 생채기와 비슷한 붉은 자국이 엄마의 가슴 언저리에도 군데군데 있었다. 본능적으로 알은척하면 안 될 것 같다는 생각이 들었다.

지한은 일부러 물을 더 튀기며 엄마를 웃게 했다. 그것밖에는 할 수 있는 일이 없었다.

외증조할머니 댁에서 지낸 지 1년 반이 되어 갈 무렵, 형은 도시에 있는 기숙 중학교에 들어갔고, 지한은 초등학교에 입학했다.

엄마는 공장에 다니며 두 아이를 가르쳤다. 외증조할머니의 집에서 숙식을 해결했기에 가능한 일이었다.

"부자는 아니라도, 내 새끼들 배곯게는 안 허제."

외증조할머니는 조그만 밭을 당신 힘으로 일궜고, 거기서 나는 채소로 밥상을 차리셨다. 뒷마당에 사는 닭들이 달걀을 낳았고, 소작을 주는 넓지 않은 땅에서 네 식구가 먹을 쌀이 나왔다.

서울 도심에서 자라난 지한에게 시골은 재미있고, 신나는 곳이었다.

지한은 학교에서 돌아오면 온종일 할머니를 따라다녔다. 봄에는 씨를 뿌리고, 여름에는 밭에서 딴 옥수수를 쪄 먹고, 가을에는 고추잠자리를 잡으러 다니며 행복하고 보람찬 하루를 보냈다.

외증조할머니가 돌아가시기 전까지, 2년여의 짧고 평안한 시간이었다.

"할머니, 내가 미안해요. 내가 미안해. 그렇게 할머니 가슴에 대못 박고 시집갔으면, 잘 살았어야 했는데. 미안해요. 내가 미안해."

부모 없이 할머니 아래서 자란 엄마는 돌아가신 외증조할머니의 관을 붙들고 통곡했었다. 겨우 2년여를 함께 살았지만, 지한도 눈물을 주체할 수가 없어서 엄마를 끌어안고 엉엉 울었다.

아빠의 장례식 때보다 더 서럽게 울었다. 그때는 죽음이 뭔지 알지 못했지만, 아빠가 죽고 난 뒤 2년이 지난 지금은 죽음이 뭔지 알기 때문이었다.

죽으면 다시는 만날 수가 없는데…….

할머니의 품에 안겨서 쿵쿵 냄새를 맡으며 웃을 수도 없었고, 가끔 알아들을 수 없는 사투리로 지한을 웃기는 할머니의 목소리도 들을 수 없었고, 시골길을 따라다니며 풀벌레 이름을 물어볼 수도 없었다.

할머니가 돌아가신 뒤, 지한은 텅 빈 집에서 홀로 시간을 보냈다.

형은 기숙학교에 있었고, 엄마는 공장에서 야근하고 밤 11시가 넘어야 집에 돌아왔다.

혼자 밥을 차려 먹고, 숙제하고, 동네를 돌아다녔다. 집들이 멀리 떨어져 있었고, 또래도 많지 않았기에 친구를 만들기도 쉽지 않았다. 할머니가 너무 그리웠다. 보고 싶었다. 그래서 조금씩 울었다.

어느 날 할머니가 가꾸던 밭에 풀이 무성한 것을 보고는 맨손으로 잡초를 뽑았다.

"손이 이게 뭐야? 누구랑 싸웠어?"

풀독이 올라서 부어오른 손을 보고 엄마가 물었다. 지한은 아무것도 아니라며 손을 뒤로 숨겼다. 할머니의 밭이 엉망진창이 되었다고 하면 엄마가 더 슬퍼할 것 같아서 입을 꾹 다물었다. 그날 밤, 엄마는 무척이나 피곤해 보였다.

"지한아. 누구랑 싸우고 그러지 마. 형이랑도 싸우지 말고. 응?"

"형이랑 안 싸워! 이것도 싸워서 그런 거 아냐!"

지한은 형에게 괜한 자격지심이 있었다. 형만 대견해하고, 자신은 마냥 어린애 취급하는 것 같아서 불만이었다.

"맞아. 우리 지한이 형이랑은 안 싸우지?"

엄마가 힘에 겨운 얼굴로 애써 웃었다. 지한은 자신도 이제 클 만큼 컸다며 고개를 세차게 끄덕거렸다.

"엄마는 우리 지한이 믿어. 지한아, 누가 아빠 없는 애라고 놀려도 절대 화내지 말고, 싸우지도 마. 알았지? 형이 하는 말 잘 듣고. 응?"

엄마의 입에서 아빠라는 단어가 나온 것은 아빠가 죽고 처음 있는 일이었다.

"응. 안 싸울게요."

지한은 다짐했다. 그리고 그날 밤 엄마의 따뜻한 품에 안겨 잠이 들었다.

지한보다 먼저 일어나 공장에 나가는 엄마는 지한이 등굣길에 오를 때까지도 일어나지 않았다.

잠든 엄마를 두고 학교에 다녀왔는데, 엄마는 여전히 같은 자세로 자고 있었다. 아무리 흔들어 깨워도 일어나지 않는 엄마가 이상하고 무서웠다. 다시는 볼 수 없는 곳으로 가 버릴 것 같아서 두려웠다.

다음 날이 되어도 엄마는 일어나지 않았다. 학교에 가지 않고 차갑게 식은 엄마의 곁에 앉아서 오도카니 지켰다.

"가지 마, 엄마. 가지 마요. 안 싸울게요. 이거 싸운 거 아냐. 풀 뜯다가 그런 거야."

그다음 날에도 엄마는 일어나지 못했다. 주말이 되었고, 기숙사에서 형이 돌아왔다.

엄마가 죽은 지, 사흘째 되는 날이었다.

과거는 가끔 예기치 않은 곳에서 지한의 발목을 붙잡곤 한다.

현관에 들어선 지한은 낡아 빠진 아이의 작은 신발을 발견하곤, 옛일을 떠올렸다. 낮에 모텔에서 목격한 일은 지한이 어릴 적 여관에서 겪었던 일과 판박이였다.

지한은 허리를 굽히며 손을 뻗었다. 손에 잡힌 아이의 신발은 너덜너덜했다.

"이걸 신고 뛰어놀 수나 있겠어?"

저도 모르게 씁쓸한 목소리가 흘러나온 순간이었다.

"오셨습니까? 귀가가 늦으셨네요."

오래전부터 집안일을 봐주고 있는 백수정 실장이었다. 지한이 이 집에 오기 전부터 일했다고 하니 족히 20년은 넘게 이 집을 지켜 온 사람이다.

"그래요, 백 실장님."

"두 사람은 잠들었습니다."

지한이 묻기 전에 백 실장이 먼저 대답해 주었다. 지한은 그저 고개를 끄덕거릴 뿐이었다.

"서이를 맡기실 목적으로 고용하셨다고 들었습니다만."

지한은 이번에는 고개조차 끄덕거리지 않았다. 백 실장은 골똘히 생각에 잠겨 있는 지한을 가만히 바라보았다.

백 실장이 지한을 처음 본 것은 23년 전이었다. 당시 지한의 나이 여덟 살, 오늘 그가 데리고 온 서준이라는 꼬마와 비슷한 눈빛을 한 아이였다.

"서이를 맡아 줄 사람은 다음 주부터 출근할 예정이라고 말씀드렸었는데요, 대표님."

"예정대로 출근하라고 하세요."

백 실장은 말을 보태려다가 말고 잠시 입을 다물었다. 이 말인즉 함서희와 그녀의 아이를 집으로 데려온 이유가 고용 관계와는 무관하다는 뜻이었다.

"서준이."

"네, 대표님."

"유치원부터 좀 알아봐 줘요. 애를 집에만 둘 수는 없으니까. 그리고……."

함서희라는 여자에 대해 언급하려다 말고 지한이 머뭇거렸다. 지한의 눈동자가 검게 가라앉았다. 안쓰러웠던 아이의 눈빛은 어느새 세상을 깊게 품은 사내의 것이 되어 있었다.

제 아이처럼 정성을 쏟아 키운 지한이었다. 백 실장은 지한의 눈빛이 깊어질 때마다 남몰래 뿌듯해하곤 했었다. 형제 중 맏이인 윤한에게는 몇 번 매를 든 적도 있었지만, 지한에게는 얼굴 한 번 붉힐 일조차 없었다.

"말씀하세요."

백 실장은 자신이 어려울 때 거둬 주었던 지한의 조모 강동례 회장의 뜻에 따라 두 형제가 어릴 때부터 깍듯이 존대했다.

말투의 격차에서 비롯되는 거리감은 서로의 신분을 분명하게 했고, 키운 정이 있다고 할지라도 섣부르게 감정을 드러내는 법은 없었다.

"좀 생각해 보도록 하죠."

아직 생각할 거리가 남아 있다는 듯이 지한이 돌아섰다. 이제껏 그는 단 한 순간도 충동적으로 군 적 없었다. 그렇기에 오늘 아이 딸린 여자를 집에 들인 그의 행동은 적잖이 파격적인 것이었다. 만약 누군가를 집에 들일 거였다면 미리부터 철저히 계획을 세우고 움직였을 지한이었다.

함서희라는 여자와 아이가 갑작스럽게 집으로 들이닥쳤다는 것은 예정에는 없는 충동이라는 뜻이다. 지금 미국에서 윤한과 함께 지내고 있는 강동례 회장에게는 감히 보고할 수 없는 종류의 일이기도 했다.

이 집은 강동례 회장의 집안이 대를 이어 살아온 땅 위에 지은 것이었다. 강동례 회장이 윤한과 함께 미국으로 떠나면서 집주인은 지한이 되었지만, 뼈대 깊은 강씨 집안의 혼이 깃든 곳이었다.

"제가 어떻게 대해야 하는지 말씀해 주실 수는 있을까요?"

백 실장이 내뱉을 수 있는 질문의 최선이었다.

여덟 살부터 돌봐 온 사내의 나이는 이제 이립(而立)을 갓 넘긴 서른하나다. 마음이 확고하게 서서 움직이지 않는다는 나이였다. 모르는 사람을 함부로 집에 들여서는 안 된다는 충고의 말 따위가 필요할 나이는 아니라는 의미다.

지한이 대답을 고심하는 듯 허공을 잠시 응시했다.

"친절하고 상냥하게 대해 주세요."

비스듬히 내려온 지한의 시선은 따뜻했다. 지금껏 본 적 없는 온기와 이제 막 시작되려는 열기가 어지러이 뒤섞인 눈빛이었다.

백 실장은 가슴이 철렁 내려앉는 것만 같아서 얼른 숨을 삼켰다. 열기의 시작을 지한 본인도 정의하지 못한 상태인 듯 보였다.

"그리고 아이 유치원은요."

"네, 말씀하세요."

지한은 말을 고르듯 신중한 얼굴을 했다. 원래 진중한 성격이기는 했지만, 이토록 조심스러운 모습은 또 처음이다. 아까 생각 좀 해 보겠다고 했던 말을 잊지는 않았을 텐데, 서지한답지 않게 이랬다가 저랬다가 하면서 복잡한 심경을 감추지 못한다.

오늘 여러모로 지한은 백 실장을 당황하게 했다.

"아이가 편하게 뛰어놀 수 있는 곳으로 알아봐 주세요. 부담스럽지 않게요. 그럼."

지한이 고개를 까딱하고는 서재로 향했다. 금융감독원과 힘겨루기로 꽤 고된 하루를 보냈다는 메시지를 지한의 비서인 오 실장이 보내왔다.

"쉬시지 않고요."

안쓰러운 뒷모습을 바라보며 백 실장이 한마디 했다.

"정리 좀 하고 쉬겠습니다."

서재로 향하는 너른 등에 여덟 살 아이의 뒷모습이 겹친다.

시골 동네를 뛰어다니며 얼굴이 새까맣게 그을렸던 지한은 서울로 올라오자마자, 사립 초등학교로 등교했다.

강동례 회장의 외아들 서의철은 부모가 반대하는 결혼을 했고, 결국 세상을 등질 때까지 부모를 찾지 않았다. 그리고 그 며느리가 지독한 삶을 살다가 생을 마감한 뒤에야 강동례 회장은 손주들을 품에 안을 수 있었다.

　아들 서의철이 결혼할 때만 해도 다시는 보지 않을 것처럼 고집스럽게 굴던 사람이었다. 그런데 아들을 잃고 난 뒤에 어렵사리 찾은 손주들을 마주했을 때는 끝내 처절한 울음을 터뜨렸었다.

　특히 큰 아이 윤한에 대한 애정이 각별했다. 윤한은 어미의 주검을 발견하자마자, 친할머니인 강동례 회장에게 연락했다.

　서의철의 장례식장을 찾았던 강동례 회장이 윤한에게 필요한 게 있으면 연락하라고 전해 주었던 연락처를 2년이 넘는 시간 동안 간직하고 있었다고 했다.

　'지독하고 기특한 놈이야.'

　윤한에 대한 강동례 회장의 평이었다.

　두 아이 모두 명석했다. 윤한은 냉철하지만, 성격이 급했으며 자기주장이 뚜렷했다. 그에 비해 지한은 계산이 빠르면서도 유순하고 진중했다.

　강동례 회장은 두 아이가 어릴 때부터 회사를 이어받을 사람은 지한이라는 말을 은연중에 했었다. 결국 윤한은 공학도가 되어 미국으로 떠났고, 강동례 회장은 큰 손주의 뒷바라지를 핑계 삼아 동행했다.

　강동례 회장이 평생을 바친 회사는 지한의 손에 맡겨졌다. 강 회장은 멀찍이 떨어져 손주 지한의 경영 능력을 점쳐 보는 중이었다.

　여섯 살 이후로 삶이 평탄치 않았던 지한이었다.

　'엄마가 절대 싸우지 말랬어요.'

　학교에서 흠씬 두들겨 맞고 온 지한에게 왜 맞서지 않았냐고 물었더니 돌아온 답이었다. 더러운 돈으로 사업하는 집안의 근본 없는 자식이라는 소리를 하며 학교 아이들이 지한을 폭행한 사건이었다.

'엄마가, 엄마가요. 절대 싸우지 말랬어요. 그게 엄마가 한 마지막.'

지한은 그리 말하고는 서럽게 울었다.

'걔들이 건드릴 때마다 싸우면, 나는 걔들이 생각하는 근본 없는 사람 되는 거예요. 근데 나는 엄마 있어요. 나한테 싸우지 말라고 말해 주고, 나 믿어 준다고 말하던 엄마 있었다고요!'

그때 지한의 나이 겨우 아홉 살이었다. 대견하고 안쓰러워서, 우는 아이를 안고 얼마나 마음 아파했는지 모른다.

첨예한 분위기의 사립 초등학교에 적응하기 위해 지한은 부단히 노력했다. 하나라도 더 배우기 위해 안간힘을 썼고, 책잡히지 않기 위해 참고 또 참았다.

'아이가 편하게 뛰어놀 수 있는 곳으로 알아봐 주세요. 부담스럽지 않게요.'

지한은 이 집에 온 이후로 편하게 뛰어놀지 못했다. 온갖 부담을 껴안은 채로, 어린아이로서는 감당하기 힘든 인고의 세월을 견뎌 냈다.

함서희가 데려온 아이에 대한 지한의 마음을, 백 실장은 조심스럽게 짐작할 수 있었다. 그것은 지한 자신의 과거에 대한 연민이자, 사죄일 것이다.

백 실장이 일하는 사람을 물리고, 제 방으로 향하려는데 기척이 느껴졌다. 서재로 향했던 지한이 2층 계단을 오르고 있었다. 백 실장은 모른 척 고개를 돌렸다.

지한은 나선형 계단을 성큼성큼 올랐다. 대리석 위로 두껍게 깔린 카펫이 지한의 걸음 소리를 무겁게 집어삼켰다.

계단참에 오르자 커다란 통유리창 너머로 뒷마당이 내려다보였다. 은은한 조명을 받은 뒷마당에는 장미 넝쿨이 흐드러져 있었다. 창이 열려 있는 것도 아닌데 깊이 숨을 들이마시면 향이 느껴질 것 같은 착각이 인다.

꽃의 존재를 인식하는 것만으로 향기가 느껴지는 것처럼 이끌릴 때가 있다. 지금이 꼭 그렇다. 함서희가 이 집 안에 존재하는 것을 인식하는 것만으로 향수가 일었다.

지한은 홀린 듯 발걸음을 옮겼고, 어느새 그녀가 잠들어 있다는 침실 앞에 다다랐다. 입이 바짝 마르고, 목이 타들어 갔다. 손가락을 뻗어 문고리를 움켜잡았다. 걸쇠가 돌아가는 소리가 나지 않도록 천천히 문고리를 돌렸다. 소음 없이 문이 열렸다.

정원에서 올라오는 희미한 조명이 유리창으로 흘러든 탓에 침실 안은 묽은 어둠에 잠겨 있었다.

지한은 침대 가까이 다가섰다. 혼자 잘 수 있다고 큰소리치던 아이는 그녀의 품에 안겨서 새근새근 자고 있었다. 그녀도 아이를 꼭 끌어안은 채로 깊은 잠에 빠진 듯 보였다.

고단했을 것이다. 아이를 데리고 홀로 세상에 놓인 심정은 막막했을 것이다. 다행인 것은 아직 그녀의 눈동자의 빛은 살아 있다는 거였다. 어머니의 눈빛이 꺼져 갔던 것을 지한은 어른이 되어서야 알 수 있었다.

'아이의 출생이 불분명합니다.'

겨우 반나절, 함서희에 대한 조사를 마친 오 실장이 저녁 무렵에
한 보고였다.

지한은 손을 뻗어 서희의 뺨 위로 흐트러진 머리카락을 조심스럽
게 쓸어 넘겼다. 손가락 끝에 닿는 뺨의 감촉은 황홀하리만큼 부드러
웠다.

너는 대체 얼마나 지독한 삶을 살아왔기에.

빠듯하게 조인 가슴속에서 심장이 거칠게 날뛰어 대고 있었다.

두 사람을 지켜 주고 싶은 바람, 여자에게 근사해 보이고 싶은 충
동, 그리고 그녀를 향한 갑작스러운 열기가 전신을 휘감았다.

❇ ❇ ❇

서희는 천천히 눈을 떠 묽은 어둠이 뭉텅뭉텅 고인 침실을 둘러보
았다. 그는 이미 나가고 없었지만, 그가 뿌리는 향수의 잔향이 남아
존재감을 각인하고 있었다.

"하아."

서희는 한숨을 몰아쉬며 품에 안겨 잠든 서준의 얼굴을 내려다보
았다. 혼자서 잘 수 있다고 큰소리를 떵떵 치던 아이는 밤이 깊어 오
자, 서희의 품으로 파고들었다. 집이 너무 넓어서 무섭다는 핑계를
대는 아이를 서희는 기꺼이 안아 주었다. 서희도 넓은 집이 두렵기는
마찬가지였으니까.

지금 서희에게는 목숨처럼 귀한 선의였지만, 의도를 알 수 없는
호의는 언제나 두렵기 마련. 주요 인사와의 저녁 식사로 인해 그의
귀가가 늦을 거라는 소식은 백 실장을 통해서 전해 들었다.

서희는 그를 기다려서라도 오늘 밤 아이에 관한 진실을 털어놓아야겠다고 생각했었다. 서준을 보며 자신의 어린 시절을 떠올리는 남자였다. 본의 아니게 그를 속이는 기만행위는 속히 중단해야만 했다.

서희는 제 팔을 베고 잠든 아이의 머릿밑에 베개를 고이고는 몸을 일으켜 앉았다. 심장이 묵직하게 뛰어 댔다. 그의 측면에서 보면 서희는 아이를 앞세워서 그의 마음을 건드리고 동정을 산 비겁한 여자였다.

기만과 배신이 사람을 얼마나 피폐하게 만드는지 아버지를 통해 절감했다. 그런 비겁한 사람이 되고 싶지 않아서 몸서리가 날 지경이었다.

서희는 조용히 침대를 벗어나, 침실 문가에 섰다. 그러고는 새근새근 잠든 아이를 한번 돌아보았다.

'거짓말은 꼭 들켜요.'

서준이 겁에 질려서 읊조린 말이 자꾸만 귓가를 맴돌았다.

마침내 결단을 내린 서희는 조심스럽게 침실 문을 열고 밖으로 나왔다. 긴 복도에는 오렌지색 조명이 드문드문 빛을 발하고 있었다. 침실을 벗어나기는 했는데, 막상 어디로 가야 할지 막막했다.

차라리 그가 침실에 들어왔을 때, 알은척을 했어야 했나? 아니다. 측은한 마음에 이끌려서 침실까지 왔을 그에게 인사를 건넸다면, 그가 당황해했을 것이다.

서희는 일단 1층으로 내려가 보기로 했다. 긴 복도를 걸어서 나선형 대리석 계단을 내려갔다. 1층 복도 조명이 환히 밝혀진 것으로 보아, 아직 집주인이 잠들지 않은 듯했다.

"뭐 필요하신 거라도 있으실까요?"

소응접실을 지나서 대응접실로 향하려는데, 등 뒤에서 점잖은 물음이 들려왔다.

서희는 깜짝 놀라서 하마터면 비명을 지를 뻔했다.

"안녕하세요, 백 실장님. 필요한 게 있는 건 아니고요."

50대 중후반쯤 되어 보이는 백 실장은 자애로운 미소를 머금으며 서희를 응시했지만, 그녀의 눈빛만큼은 형형했다.

"혹시 서 대표님 귀가하셨는지 해서요."

서희는 최대한 조심스럽게 물었다. 그러자 백 실장의 눈빛이 더욱 형형해졌다.

"이 늦은 밤에 대표님은 왜 찾으시는 걸까요?"

발칙한 것 다 보겠다는 듯이 경계심 어린 눈빛이다. 백 실장은 노골적이지는 않지만, 시선의 방향이 분명히 읽히는 방식으로 서희를 훑어보았다.

서희는 그녀의 시선에 따라 제 복장을 흘끗 내려다보았다. 평범하기 그지없는 면 원피스의 밑단이 발목까지 내려오는 아주 정숙하고 얌전한 옷이었다.

그런데 백 실장은 서희가 세상 야한 옷이라도 입고 있는 것처럼 굴었다.

"대표님께서는 이제 쉬셔야 해요. 하실 말씀이 있으면, 내일 하시죠."

백 실장이 철벽과 비슷한 선을 그었다.

'여기 넘어오면 각오해요.'

그녀의 눈빛은 그렇게 말하고 있었다.

"아, 네. 그러는 편이 좋겠네요."

백 실장이 아이를 일찍 낳았다면 서희만 한 딸이 있을 법한 연배였다. 서희가 순순히 대꾸하며 어설픈 미소를 지은 채로 고개를 주억거릴 때였다.

"뭐가 그러는 편이 좋다는 거야?"

등 뒤에서 어쩐지 물기에 젖은 듯한 목소리가 들려왔다.

"대표님, 시간이 늦었는데 아직도……."

백 실장은 귀한 도련님 단속하듯이 엄정한 목소리로 읊조렸다.

"무슨 얘기 중이었습니까?"

하지만 이내 그의 서늘한 기세에 눌린 듯, 백 실장은 목소리를 바꿨다.

"함서희 씨께서 대표님께 긴히 드릴 말씀이 있다고 해서요."

모시는 사람에 대한 충성심은 갸륵하지만, 그렇다고 애먼 사람을 욕보일 만큼 나쁜 사람은 아닌 듯하다. 백 실장은 정중한 목소리로 사실을 전하고 있었다.

백 실장의 짧은 보고를 들은 그가 서희 쪽으로 천천히 시선을 옮겼다. 서희는 백 실장의 눈치를 살피며 조심스러운 눈길로 그의 모습을 살폈다.

밤늦게 운동을 했는지, 그의 턱 언저리에서 땀방울이 길게 흘러내렸다. 목줄기를 타고 내려간 땀방울이 쇄골을 지나 티셔츠 목둘레로 축축이 스며들었다. 그의 회색 티셔츠는 흉근과 복근 모양을 드러내듯 땀에 젖어 있었다.

땀에 흠뻑 젖도록 운동을 한 것은 그인데, 왜 자신이 목이 타는 것인지. 서희는 마른침을 삼키지도 못하고 머뭇거렸다.

"무슨 할 말?"

그가 물었다. 서희는 그를 빤히 쳐다보기만 했다. 진실을 밝혀야 하지만 백 실장이 있는 곳에서는 말하고 싶지 않았다.

"씻고 나올 테니까 조금만 기다려."

서희의 마음을 눈치 빠르게 알아차린 그가 자상하게 웃었다. 심장이 미약하게 두근거렸다.

"차라도 준비해 놓을까요?"

돌아서려는 그를 향해 백 실장이 정중히 물었다.

"그래 줘요. 고마워요, 백 실장."

오만하거나 고압적인 태도는 아니었지만, 그의 목소리에서는 두 사람의 위치 차이가 분명하게 드러났다.

"아."

자신의 침실로 걸음을 옮기던 그가 멈춰 섰다.

"산책하면서 마실 수 있게 준비해 주면 좋겠네요."

백 실장이 잠시 머뭇거리다 알았다고 대답하고는 어디론가 사라졌다.

응접실 입구에 오도카니 혼자 남은 서희는 그에게 어떤 말부터 전해야 할지 정리하기 시작했다.

일단 사과를 해야지. 속일 생각은 아니었다고.

그리고 아이의 부모는…….

전혀 생각지도 못한 곳에서 복병이 나타났다. 아버지의 불륜을 통해 태어난 아이라는 설명을 하려니 울화가 치밀었다. 겨우 하루 만에 남에게는 말하고 싶지 않은 치욕을 그에게 몇 가지나 보이는 건지. 하긴 이미 은행에서 바닥까지 보였고, 모텔에서는 그에게 거짓말까지 하게 만든 주제였다.

일단 사과를 해야지. 그게 맞지.

서희가 애써 마음을 다잡는 사이, 백 실장이 나타나 텀블러 두 개를 쥐여 주고 갔다. 텀블러 안에는 따뜻한 라벤더 차가 들어 있었다. 마음을 편안하게 가라앉히는 차 내음을 맡으며 서희가 천천히 숨을 고르고 있을 때였다.

"계속 여기에 서 있었던 거야?"

향긋한 시트러스 향을 풍기며 그가 말을 걸어왔다. 목소리가 들려온 쪽으로 고개를 돌리자, 머리가 촉촉하게 젖은 남자가 말간 얼굴로 다가오고 있었다.

순간 심장이 한 계단 내려앉으며, 얼굴에 미열이 올랐다.

물방울이 맺힌 젖은 머리카락, 후각을 자극하는 상쾌한 향기, 깨끗하게 씻긴 잘생긴 얼굴과 젖은 음성, 모든 게 지나치게 자극적이어서 눈을 어디에다 둬야 할지 모르겠다. 연애 경험이 없을지언정 남자의 매력을 못 알아보는 등신은 아니었다.

"네, 뭐."

서희는 말까지 더듬거리며 어색함을 감추지 못했다.

"그건 백 실장이 준 거?"

"네."

고개를 끄덕거리자, 작게 웃는 소리가 들려온다. 라벤더 향기를 닮은 듯 부드럽고 편안한 웃음이다.

"나는 줄 생각이 없고? 혼자 다 마실 거야? 욕심이 많네."

"저 욕심 많은 사람 아니에요!"

서희는 얼른 텀블러 하나를 그에게 내밀었다. 그가 손을 뻗어 텀블러를 그러쥐었다.

그의 손끝이 서희의 손끝에 닿았다. 따뜻한 물에 적당히 부풀어오른 그의 살갗은 그의 웃음만큼이나 부드러웠다.

"나가자."

"꼭 나가야 해요?"

처음 느껴 보는 감정이 어색해서 모든 상황을 반대로 되묻고 싶은 순간이 있다. 마치 첫사랑을 괴롭히고 싶어지는 어린아이처럼 설익은 기분 말이다.

그의 고개가 비스듬히 기울어졌다. 붉은 입술에 시선을 빼앗긴 서희는 숨죽여 그를 바라보았다. 귓가에서 그의 더운 숨결이 느껴지는 순간, 서희는 하마터면 눈을 질끈 감을 뻔했다.

"집 안에는 듣는 귀가 많아."

그가 허스키해진 목소리로 조용히 읊조렸다.

"아, 알겠어요."

서희는 간신히 대꾸하며 고개를 끄덕거렸다.

그는 망설임 없이 성큼성큼 걸음을 옮겼다. 그가 멈춰 선 곳은 현관이 아닌 소응접실 곁에 붙어 있는 테라스 앞이었다.

"신발이 없는데요?"

"없을 리가."

그가 테라스 유리문 옆에 놓인 키가 작은 서랍 문을 열고 분홍색 슬리퍼 하나를 꺼내서 서희의 발 앞에 놓아주었다.

"이 정도면 신을 만하겠지?"

허리를 굽힌 그가 서희를 올려다보며 물었다. 그의 음성은 지나치게 자상해서, 신발이 맞지 않으면 발을 잘라서라도 신을 수 있을 것만 같았다.

"네!"

서희는 슬리퍼에 발을 끼워 넣으며 연하게 웃었다. 그 역시 서랍에서 꺼낸 하늘색 슬리퍼에 발을 끼우고는 서희와 비슷한 웃음을 지었다.

늦여름 밤의 정원에는 무르익은 풀냄새가 가득했다. 날씨가 제법 선선해졌었는데, 곧 비가 오려는지 습하고 더운 바람이 불어왔다.

두 사람은 아무 말 없이 미지근하게 식은 라벤더 차를 홀짝거리며 수영장이 있는 정원 중간까지 걸었다.

"할 말이 뭔데?"

그가 수영장 유리문을 밀어서 열며 물었다. 서희는 입술만 달싹거리며 망설였다. 웃음기를 머금은 그의 얼굴은 심장을 터뜨릴 수 있을 정도로 잘생겼다.

잘생긴 얼굴을 마주하고 대화했다는 이유로 심장이 터져 죽은 사람이 세상에 있을까?

"뭐가 그렇게 부끄러워서 말을 못 해?"

뺨이 홧홧 달아오르는 게 느껴졌다.

"죄송해요."

기어들어 가는 목소리로 사과의 말부터 전했다. 그가 미간을 약하게 구기며 서희를 돌아보았다. 그러고는 유리문을 잡고 선 채로 고개를 까딱했다. 먼저 들어가라는 의미였다.

"감사합니다."

다짜고짜 사과의 말을 던진 후에 감사하다고 말하는 서희가 귀엽다는 듯이 그가 실소했다. 서희는 그의 웃는 얼굴을 스쳐 지나 수영장 안으로 들어섰다.

유리 온실처럼 지어진 수영장 안에는 왕복 100m는 족히 되어 보이는 레인이 네 개나 있었다. 레인 옆으로는 아이들이 물장구를 치고 놀 만한 수심이 얕은 둥그런 수영장과 자쿠지 욕조처럼 보이는 네모난 공간이 자리했다.

"나중에 아내와 아이가 생기면 쓰라고 미리 만들어 놓은 곳이야."

그의 목소리는 너무도 다정해서 현실감이 없었다.

"아, 네."

서희는 저와 상관없는 아득한 거리감이 느껴져서 가만히 고개를 끄덕거렸다.

"저쪽에 앉자."

그가 턱짓으로 선베드가 여러 개 놓여 있는 곳을 가리켰다. 성큼성큼 앞서 걷는 남자의 뒤를 서희는 조용히 따랐다. 물그림자가 그의 등허리에 비쳐서 단단한 몸 위로 물결이 여울지는 듯했다.

그는 선베드 끝에 걸터앉으며 서희에게 눈짓했다. 서희는 말 잘 듣는 강아지라도 된 것처럼 바로 옆 선베드에 그와 비슷한 자세로 걸터앉았다.

"뭐가 죄송해?"

너른 공간에 그의 굵직한 목소리가 묵직하게 울렸다.

"실은요."

"음."

그가 고개를 까딱거리며 라벤더 차를 한 모금 머금었다.

"서준이 제 아들 아니에요."

그가 입에 머금고 있던 차를 뿜으며 자리에서 벌떡 일어났다. 사레가 들렸는지 캑캑거리며 기침을 토해 냈다.

"괜찮으세요?"

서희도 그를 따라 일어나서 얼른 그의 등을 두드려 주었다. 작은 손이 등허리에 닿을 때마다 그가 움찔했다.

크게 숨을 들이쉰 그가 매서운 눈빛으로 서희를 쏘아보았다.

"네 아들이 아니라고?"

"네."

"허!"

그가 실소하며 유리 천장을 올려다보았다. 서희는 우물쭈물하며 말을 이었다.

"선배님이 먼저 애가 엄마를 안 닮았다고 그러셨잖아요. 서준이는 제가 선배님한테 아들이라고 말했다고 착각한 거예요. 그래야 도움을 받을 수 있다고 생각했나 봐요. 워낙 어릴 때부터 여러 사람 손을 타면서 커서 그런 데에는 눈치가 빨해요."

그가 차갑게 식은 라벤더 차처럼 비릿한 시선으로 서희를 나무라듯 바라보았다.

"선배나 서준이 탓을 하는 게 아니에요. 제 잘못이에요. 계속 말씀 드리려고 했는데 선배님은 바쁘시고…… 타이밍을 놓쳤어요."

"거짓말한 주제에 내 탓 하는 것처럼 들리는데?"

"아, 아니에요! 절대 아니에요! 그리고 서준이도 착한 아이예요. 저한테 거짓말하면 안 되는 거라고 말해 주는 착하고……."

자신이 왜 지금 서준이의 역성까지 들고 있는지 모를 일이었다. 아무튼, 어른의 잘못으로 이루어진 일을 아이에게 떠넘기고 싶지 않은 마음이다.

그리고 그가 어린아이를 오해하지 않았으면 하는 마음도 컸다.

"나를 되게 나쁜 사람 만드는데? 내가 그 어린애를 못됐다고 탓하기라도 할까 봐?"

"그게 아니고요. 선배님 그렇게 나쁜 사람 아닌 거 알아요."

말을 하면 할수록 꼬이는 듯했다.

그가 한 발짝 성큼 다가왔다. 서희는 주눅이 들어서 한 발짝 뒤로 물러섰다.

"그래서, 함서희?"

"일단 너무너무 죄송하고요."

커다란 손으로 젖은 머리를 쓸어 넘기는 그는 화가 많이 난 듯한 얼굴이었다. 눈빛은 매서웠고, 복받친 감정을 억누르는 듯 턱은 잔뜩 굳어 있었다.

"모텔에서 왜 그렇게까지 했는지, 네가 물었었지?"

"네……."

"내가 뭐라고 대답했지?"

"선배 어린 시절이 생각났었다고요……."

기만당했다는 듯이 그가 실소를 터뜨렸다.

"내가 딱 여섯 살 때였어. 서준이 나이."

가슴 아픈 과거를 더듬는 듯한 그의 목소리가 어둡게 가라앉았다.

"사업이 망한 뒤에 아버지가 돌아가셨고, 어머니 따라서 여관 달방을 전전하며 살았었어."

그는 마치 진부한 드라마 줄거리를 말하는 것처럼 지루한 목소리로 말을 이었다.

"그때 우리 어머니가 너처럼 괴롭힘을 당했거든."

서희는 아랫입술을 말아 문 채로 고개를 푹 숙였다.

"죄송해요."

"아니, 그건 네가 죄송할 일이 아니고."

그가 허탈한 웃음이 밴 목소리로 말을 이었다.

"나는 그때 우리 어머니가 무슨 일을 겪는지도 몰랐고, 막지도 못했어."

서희는 놀라서 가슴이 묵직하게 가라앉을 수도 있다는 것을 이제껏 모르고 살았다.

그가 상기하는 과거는 서희의 예상보다 훨씬 어두웠다.

"그래서 나섰어. 서준이가 커서 엄마를 지키지 못했다는 생각이 들면 얼마나 괴로울까, 싶었고."

왜 모텔에서 그렇게 행동했는지를 설명하는 그의 목소리에는 차마 가늠할 수 없는 슬픔이 짙게 배어 있었다.

"또 일종의 보상 심리 같은 거였어."

서희는 조심스럽게 고개를 들어 그의 얼굴을 올려다보았다. 그의 눈가가 빨갛게 달아올라 있었다. 울음조차 터뜨리지 못하는 어른이 되어 버린 남자를 안아 주고 싶은 마음이 들 만큼 애처로운 표정이었다.

서희는 조심스럽게 다가가 그의 손가락 끝을 부드럽게 움켜쥐었다.

"선배……. 미안해요."

자신이 등장함으로 인해 그가 과거의 아픔을 되새김질했다는 사실이 미안했다.

"내가 거기서 너를 지켜 내면, 우리 어머니를 지키지 못했다는 자책에서 벗어날 수 있을 거라고 생각했던 거지. 어리석게도."

씁쓸한 미소를 머금은 그의 눈가는 여전히 발갛게 젖어 있었다. 그가 눈물을 흘리는 모습을 보이고 싶지는 않은지 눈썹을 들썩이며 눈가를 길게 늘였다. 그러고는 짙은 한숨을 길게 내쉬었다.

"제 앞으로 된 빚 해결해 주신 것만 해도 감사해요. 저랑 서준이 때문에 계속 괴로운 기억이 나신다면……."

"그래서 서준이는 누구 아들인데?"

마땅히 이 집에서 나가겠다는 말을 내뱉으려는 순간, 그가 말을 끊었다.

"아, 그게……."

서희가 미간을 찌푸렸다.

"제 이복동생이래요. 저도 얼마 전에 알았어요."

아버지의 사업이 망하고, 집 안으로 들이닥친 여자가 아이를 두고 돌아서던 매정했던 모습을 서희는 찬찬히 설명했다.

"그래서 저 아이를 네가 떠안은 거야?"

그가 고개를 비스듬히 기울이며 물었다.

"모른 척할 수는 없잖아요."

"너는 정말 여전하구나."

은행에서 처음 만났을 때도 그는 이렇게 말했었다. 여전하다는 말이 무슨 뜻인지 모르겠다.

"착해 빠져서."

그가 혼잣말처럼 읊조리고는 물었다.

"그리고 이건?"

손을 들어 올린 그가 새끼손가락을 꼭 쥐고 있는 서희의 손과 그녀의 얼굴을 번갈아 보았다.

"위로의 의미로 잡은 건가?"

발갛게 달아올랐던 그의 눈가는 아까와는 달리 물기가 하나도 없었다.

"아, 그게……."

그가 꺼내 놓은 어두운 과거에 대한 섣부르고 어설픈 위로였는지도 모른다.

"겨우 이걸로 위로가 된다고 생각해? 가슴 아픈 과거를 떠올리며 선의를 베푼 사람을 우습게 속여 놓고?"

"일부러 그런 건 아녜요!"

"그럼 위로를 제대로 해 봐."

그가 지금까지와는 결이 다른 미소를 머금었다. 위험하다는 생각이 들 정도로 매혹적인 미소였다.

"네?"

되물은 순간 몸이 갸우뚱 뒤로 기울어졌다. 시야가 천장으로 향하는가 싶더니 몸이 물속으로 풍덩 빠져들었다.

눈앞에서 물결이 여울졌다. 일그러진 시야에 그의 모습이 잡혔다. 내려다보는 준열한 시선만큼은 선명했다.

서희는 팔을 허우적거리며 겨우 물 위로 몸을 떠올렸다. 손으로 젖은 얼굴을 쓸어내리고, 눈을 여러 번 깜빡거렸다.

"갑자기 왜 이러세요?"

물을 잔뜩 먹은 탓에 목소리가 금세 쉬었다.

"수영도 할 줄 아네?"

그가 라벤더 차가 든 텀블러를 바닥에 내려놓고는 무릎을 굽혀 앉았다. 그는 웃음기 어린 시선으로 서희를 내려다보고 있었다. 서희는 억울하지만, 벌벌 떨리는 눈동자의 초점을 잡으려 애쓰며 그를 올려다보았다.

"저 수영 잘해요!"

치기 어린 대답이 불쑥 튀어나왔다.

"함서희는 수영도 잘하시고, 개도 잘 보시고. 근데 위로하는 법은 모르나 봐?"

그가 안타깝다는 듯이 고개를 갸우뚱 기울였다.

"죄송해요. 내일 서준이 데리고 여기서 나갈게요."

"아니, 틀렸어. 답은 그게 아니야."

그가 고개를 절레절레 내저었다. 그러고는 자리에서 벌떡 일어섰다. 수영장 물은 꽤 깊었고, 서희는 발이 닿지 않아서 물에 떠 있으려면 끊임없이 팔다리를 허우적거려야만 했다.

체력이 좋은 편이었지만, 고된 하루를 보낸 만큼 수영장 물에 몸을 담그고 있는 게 힘에 겨웠다.

수영장에서 빠져나가려고 난간을 붙잡는 순간, 그가 물속으로 풍덩 뛰어들었다. 물이 사방으로 튀었고, 서희는 물살을 못 이기고 눈을 질끈 감았다.

잠시 헤엄치는 것을 잊었는데도 얼굴이 물 위에 있었다. 정확히는 그의 커다란 손에 허리가 붙들린 채였다.

서희의 몸은 그의 단단한 몸과 수영장 안 벽에 갇혀 있었다.

"함서희."

그가 서희의 이름을 나직하게 읊조렸다. 반듯한 그의 콧대를 따라서 물방울이 쪼르륵 흘러내렸다.

숨이 급하게 차올랐다. 심장에서 시작된 파동이 일렁이는 물결을 통해 그에게 전달될 것만 같은 착각이 일었다.

"새끼손가락 잡고 위로하는 건 서준이 같은 애들이나 하는 짓이고."

차가운 물 속에 몸을 담그고 있는데도 분명한 열기가 그에게서 느껴졌다.

"그럼 어떻게……?"

바보스러운 질문이라는 건 입을 연 후에 깨달았다.

"어른은 이렇게."

그의 잘생긴 얼굴이 천천히 기울어졌다. 그가 가라뜬 눈으로 서희의 입술을 응시했다. 본능적으로 서희도 그의 입술을 바라보았다.

두 사람의 몸은 차가운 물 속에 잠겨 있는데, 끈끈하고 뜨거운 물질에 에워싸인 듯했다.

코끝이 맞닿은 가까운 거리.

그가 물었다.

"위로할 뜻은, 여전하고?"

그의 더운 숨결이 젖은 윗입술을 간질였다. 서희는 숨 쉬는 법을 잊은 사람처럼 굳어 버렸다. 오로지 움직이는 것은 쿵쿵거리는 심장뿐이었다.

"묻잖아. 대답해야지?"

어떤 대답을 어떻게 해야 할지 막막했다.

그의 물음은 분명한 유혹이었으니까.

대답을 내놓으면 두 사람 사이에 놓인 무언가가 허물어질 게 뻔했다. 그리고 그것이 시작을 의미하는지, 혹은 끝을 의미하는지 모호했다.

그에게 사과한 뒤 이 집에서 나가겠단 말을 하려고 했지만, 사실 서희는 당장 갈 곳이 없었다. 그동안 모아 둔 돈은 전부 압류당했고, 신용카드도 모조리 정지 상태였다. 지갑에 들어 있는 현금은 겨우 20만 원이 될까 말까 했다.

여기서 끝을 내고 나간다면 며칠 안에 길거리에 나앉는 신세가 될 것이다. 오늘 겪은 험한 일을 또 당할 수도 있다.

이제 중고로 팔아넘길 수 있는 물건은 줄이 끊어진 목걸이 하나였다. 그마저도 아직 이 남자에게서 돌려받지 못한 상태였다.

시작일까, 끝일까.

내뱉는 대답이 어떤 방식으로 작용하게 될까.

고민이 끝도 없이 이어지는 동안 그는 잠자코 기다렸다.

여전히 두 사람의 거리는 코끝이 맞닿을 만큼 아슬아슬했다.

물기에 젖은 티셔츠가 그의 단단한 몸에 딱 달라붙어서 두꺼운 근육질의 몸피를 여실히 드러내고 있었다.

"흐음."

그가 어깻숨을 몰아쉬었다. 다디단 숨결이 지나치게 유혹적이다. 마른침이 꿀꺽 넘어갔다.

살다 보면 그런 순간이 온다. 될 대로 되라 싶은 순간이랄까?

이제껏 서희는 착한 맏딸로 살아왔다. 제 한 몸 지키기도 힘든 상황에서 이복동생을 떠안고, 유학 간 동생에게는 비상금을 용돈으로 보낼 만큼 책임감도 강했다.

그런 삶이 마냥 보람차고 행복하기만 할까?

갑자기 불어닥친 폭풍우 같은 순간을 헤쳐 오면서 서희는 지칠 대로 지친 상태였다. 보람이나 책임감 따위 개나 주고 싶은 생각이 불쑥 들기도 했다. 아무리 발버둥 쳐도 벗어날 수 없는 현실에서 제자리걸음만 하는 중이었다.

정신을 놓아 버린 어머니처럼 모든 것으로부터 도망치고 싶은 충동이 일었던 순간이 없었다고 하면 거짓말이다.

그렇게 버티고 버텼는데.

"대답."

그가 서희를 관능적으로 압박했다.

"아직 있어요. 위로할 마음."

그의 한쪽 입꼬리가 슥 올라갔다. 젖은 입술이 머금은 미소는 모든 상황을 잊고 싶을 만큼 매혹적인 충동을 불러일으킨다.

그가 고개를 비스듬히 기울이는가 싶더니 촉촉한 입술이 서희의 입술을 꾹 내리눌렀다. 서로의 입술이 부드럽게 뭉개졌다.

1초, 2초, 3초.

아무런 움직임도 없이, 가만히 내리누르고 있던 입술이 떨어졌다. 사람을 잡아먹을 듯이 포박하는 태도와는 달리 그의 키스는 지나치게 담백했다.

"숨 쉬어."

가늘게 뜬 그의 검은 눈동자에 물결이 반사되어 신비롭게 빛났다. 서희는 그의 아름다운 눈빛에 매료되어 아무런 말도 하지 못했다.

"숨, 쉬라고. 응?"

위협적인 몸짓, 그와 반대로 단정한 키스.

매혹적인 눈빛, 그와 반대로 정중한 목소리.

혼란에 빠진 서희는 숨을 내뱉는 것조차 잊고 말았다.

"흐으."

살짝 벌어진 입술 틈으로 앓는 소리 같은 날숨이 흘러나온 순간이었다.

"흡!"

틈새를 가르고 들어오는 느낌은 정신이 아득해질 정도로 짜릿했다. 뜨겁고 말캉말캉한 감각이 입안 깊은 곳까지 이어졌다. 온몸에서 힘이 쭉 빠졌다. 진이 빠진다는 표현이 더 어울리는 순간이었다.

서희는 그의 젖은 어깨를 꽉 움켜잡았다. 서희의 허리를 끌어안은 그의 팔뚝에도 힘이 들어가는 게 느껴졌다.

젖은 옷이 스치고, 팔다리가 부딪혔다. 물결이 두 사람을 가운데 두고 동심원을 그리며 퍼져 나갔다.

어깨를 잡은 손이 자꾸만 미끄러졌다. 서희는 손을 들어 올려 그의 목덜미를 꽉 끌어안았다. 그가 고개를 비틀며 각도를 바꾸자 맞물림이 깊어지면서 숨이 턱 막혔다.

물속에서 발끝이 곱아들었다. 온몸이 비비 꼬였다. 심장이 너무 빠르게 뛰어서 한꺼번에 많은 피를 뿜어내고 있었고, 솟구친 아드레날린이 머리카락 끝까지 단숨에 퍼져 나가는 듯했다.

"하아."

잠시 입술이 떨어졌을 때, 서희는 급히 숨을 골랐다. 산소가 부족했던 탓인지 어지럼증이 일었다. 서희는 힘이 들어서 그의 딱딱한 어깨 위에 이마를 얹었다.

거친 숨을 고르는 동안, 그의 입술이 서희의 뺨에 닿았다. 턱선을 타고 내려가는 것이 느껴져서 목을 잔뜩 움츠렸다. 또다시 숨이 막혀 왔다.

"숨 막혀요."

간신히 내뱉은 목소리가 열기에 쉬어 버려서 흐릿했다. 시선 끝에 걸린 그의 입술에는 야릇한 웃음기가 번져 있었다.

"내가 숨 못 쉬게 했어?"

그가 정중한 어조로 물었다. 만약 자신이 그런 거라면 사과라도 하겠다는 듯이.

서희는 저도 모르게 고개를 끄덕거렸다. 그의 커다란 손이 서희의 뺨을 부드럽게 그러쥐었다. 엄지로 광대뼈를 부드럽게 쓸었고, 손가락 끝은 귓바퀴를 넘어서 뒤통수까지 닿아 있었다.

그의 손아귀에 서희의 얼굴과 머리가 쏙 들어찼다. 그는 커다란 몸집만큼이나 손도 컸다. 거대한 체격 차가 은근히 설렜다.

험하고 고된 일이 있어도 전부 막아 낼 수 있을 것 같은 강인함이 느껴지는 몸피. 세상 어떤 일에도 맞설 수 있을 것 같은 매서운 눈빛은 충동을 불러일으켰다.

그에게 한껏 기대 보고 싶은 충동.

"위로가 되었나요?"

서희는 미처 생각을 끝내기도 전에 말을 내뱉었다. 그가 고개를 비스듬히 기울이며 서희의 시선을 옭아매듯이 집요하게 바라보았다.

잘생긴 얼굴이 가소롭다는 듯이 웃는다. 그 미소조차 근사해서 숨이 막힐 지경이다. 이렇게 도망치려는 뜻이라면 놓아줄 생각이 없다는 듯, 그의 눈가에서는 집착이 뚝뚝 흘러내렸다.

그의 집착이 무엇에 기인하는 것인지 아직은 확실하지 않았다. 오늘 일어난 모든 일이 너무 갑작스러웠다.

"글쎄."

그가 모호하게 대답했다.

"흐음."

나른한 한숨을 내쉬는 그의 표정은 마치 먹잇감을 앞에 두고 어떻게 요리해야 할지 고민하는 포식자처럼 보였다.

"돌아가신 어머니와 관련한 상처를 겨우 키스 한 번으로?"

상처를 들먹이는 그의 눈빛은 여전히 관능적이었다. 아니, 지나치게 자극적이었다.

"내 과거를 그렇게 가벼이 여길 만큼 내가 불효자로 보여?"

"그게 아니고요."

서희는 고개를 세차게 내저었다.

"아니면 겨우 키스 한 번으로 위로가 될 만큼 내 과거의 상처가 단순해 보였어?"

그가 약간의 분노가 섞인 목소리로 물었다.

"아니에요! 절대로!"

서희는 세차게 고개를 내저었다.

"선배님이 과거를 가볍게 여긴다고 생각한 적도 없고요. 저도 그렇게 생각한 적 없어요. 어떻게 남의 상처를 가볍게 생각해요? 저 그렇게 나쁜 사람 아니에요!"

"그래, 함서희는 나쁜 사람이 아니지. 착한 사람이야."

그의 미소는 근사했지만, 어딘지 모르게 악당처럼 느껴졌다.

급류에 휘말리는 것 같았다. 심장이 세차게 뛰었고, 어떻게 해야 할지 몰라서 허둥대는 꼴 같았다.

"그럼."

그가 한 템포 쉬어 가듯 잠시 뜸을 들였다. 그의 입장에서는 쉬어 가는 것이겠지만, 서희는 타들어 가는 시한폭탄의 심지를 보고 있는 것처럼 조마조마했다.

"위로할 뜻은, 여전하고?"

그가 키스 전에 물었던 말을 또다시 묻고 있었다. 그 대답의 끝에 키스를 나누었다. 이번 대답의 끝에는 무엇이 있을지 감히 짐작조차 할 수 없다. 머릿속이 어질어질했다.

"착하다고 했잖아, 함서희."

대답을 머뭇거리자 그가 미간을 찌푸리며 말을 이었다.

"진심이 아니었나 봐? 그저 순간을 모면하기 위한 변명이었어?"

"아니에요. 진심이었어요."

"위로에도 진심이 담겨야지. 위선은 더 큰 상처가 될 뿐이야."

그의 말대로라면 지금 서희는 상처를 보듬어 준답시고 위선을 떤 사람이 된 거다.

"그게 아니라……."

말을 하면 할수록 곤혹스러워졌다. 발이 땅에 닿지 않아서 불안했다. 그의 몸 안에 갇힌 채로 서희는 옴짝달싹할 수가 없었다.

비단 몸만 갇힌 게 아닌 것 같았다. 마치 수렁에 빠진 듯, 그의 뜻대로 대답해야만 여기서 빠져나갈 수 있다는 듯.

"그게 아니면, 앞으로 착실하게 위로를 건넬 생각인 거지?"

잔뜩 상처받은 목소리로 읊조리는 남자를 서희는 빤히 바라보았다. 안쓰러울 정도로 불쌍한 표정을 짓고 있는 그의 눈빛만큼은 기이한 생기가 넘쳤다.

밤새도록 수영장에 갇혀 있을 수는 없었다. 아니, 평생을 수렁에 빠져서 허우적거릴 수는 없었다.

천천히 고개를 끄덕거리자, 그가 흡족하다는 듯이 웃었다. 갑자기 너무 환한 미소를 지어서 정신이 멍해질 정도였다.

분명히 몸 안에서는 물색없는 열기가 치솟고 있었는데, 찬물에 오랫동안 몸을 담그고 있는 탓인지 턱이 덜덜 떨렸다. 그러자 그가 뺨을 감싸고 있던 손을 미끄러뜨려 턱을 그러쥐었다.

"왜 떨어?"

걱정스러운 어조였지만, 악어의 눈물과 같은 물음이었다.

"조금 추워서요."

"춥다고?"

그가 이해하지 못할 말을 들었다는 듯이 되물었다.

서희는 가만히 고개를 끄덕거렸다.

"그럼, 몸을 데워야겠네."

3화

몸을 데운다고?

서희는 방금 키스를 나눌 때 전신을 휘감았던 열기를 떠올렸다. 그리고 그 잔열은 지금 활활 타오르는 불꽃이 되어서 몸 안을 이리저리 휘젓고 있었다.

그럼에도 긴장감에 턱이 덜덜 떨렸다.

그는 분명히 몸을 데워야겠다고 했다. 그의 관능적인 어조, 매혹적인 눈빛으로 미루어 짐작해 보건대 결코 건전한 방식은 아닐 것이다!

서희는 여전히 바르르 떨리는 턱에 잔뜩 힘을 주고는 마른침을 꿀꺽 삼켰다. 그러자 그가 보드랍게 젖은 손길로 서희의 턱을 한번 쓸어내리고는 웃었다.

이제 다시 눈을 감아야 하는 건가?

두려움과 기대감이 뒤섞여서 심장이 마구잡이로 쿵쾅거렸다. 물에 전신을 담그고 있는데도 입술이 바짝바짝 마르는 것 같아서 혀로 입술을 축이려던 순간이었다.

몸이 위로 쑥 밀려 올라갔다.

"엄마야."

서희는 저도 모르게 새된 비명을 지르고야 말았다. 그가 허리를 답삭 안아 올려서는 대리석 타일 위에 앉혀 준 것이었다.

물 밖으로 나오자 찬 공기가 살갗에 닿아서 소름이 쫙 끼쳤다. 서희는 제 몸을 끌어안으며 손바닥으로 팔뚝을 감싸 쥐었다. 뒤이어 그가 물 밖으로 빠져나왔다. 회색 티셔츠와 반바지가 젖어서 단단한 몸을 여실히 드러냈다.

키스하면서 닿은 그의 뺨은 무척이나 부드러웠었다. 하지만 근사한 미소를 장착한 부드러운 얼굴 아래로는 전부 견고한 근육으로 이루어져 있었다.

물기를 뚝뚝 흘리며 그가 선베드로 걸어가는 모습을 서희는 고개만 돌린 채로 지켜보았다. 누군가가 조개껍데기 모양으로 예쁘게 접어 놓은 대형 수건을 활짝 편 그가 서희에게 성큼성큼 다가왔다. 그 모습이 하도 위풍당당해서 서희는 하마터면 주눅이 든 채로 다시금 물속에 풍덩 빠질 뻔했다.

"자, 일어나 봐."

그가 수건을 활짝 편 채로 말했다. 명령조는 아니었지만, 그렇다고 고압적이지 않다고 할 수도 없었다.

서희는 천천히 자리에서 일어났다. 단정하다 못해 정숙해 보였던 면 원피스가 물에 젖은 탓에 굴곡진 여체에 딱 달라붙어 있었다. 풍만한 가슴과 잘록한 허리, 유려한 골반 곡선을 따라서 이어지는 젖은 원피스의 조화는 스스로 보기에도 퍽 야했다.

서희는 불쑥 손을 내밀어 수건 끝을 움켜잡았다. 그러자 수건을 그러쥔 그의 손에 힘이 들어갔다.

"주세요, 수건."

한쪽 입꼬리를 들어 올린 채로 웃고 있는 그는 잔악한 천사처럼 보였다.

그의 시선은 서희의 눈동자에 고정되어 있었다. 검은 눈동자에 일렁거리는 물결의 반영이 차올랐다. 그리고 묘한 열기도 동시에 머금고 있었다.

그의 시선이 천천히 얼굴 아래로 내려갔다. 그가 눈동자를 움직이는 방향을 따라 불이 붙듯이 몸이 뜨거워졌다.

숨을 들이마시고 내쉴 때마다 가슴이 들썩거렸다. 그리고 그의 시선은 아래로 내려갈수록 짙게 물들고 있었다.

지독히도 관능적인 눈빛에 다리가 비비 꼬일 것 같은 순간, 서희는 힘주어 수건을 제 쪽으로 잡아당겼다. 정신이 딴 데 팔린 그가 손에 힘을 빼고 있었는지, 수건은 힘없이 딸려 왔다.

서희는 이 이상은 어림도 없다는 표정을 지으며 커다란 수건을 어깨에 감쌌다. 그가 재미있는 봉변을 당했다는 듯이 실소하며 말했다.

"가자."

"서, 선배는요?"

턱이 달달 떨려서 말을 더듬고 말았다. 단호한 표정을 지은 것과는 어울리지 않는 어벙한 말투였다.

"내가 뭐?"

서희는 본능적으로 그가 그랬던 것처럼 젖은 단단한 몸을 훑어보았다.

"나는 안 추워."

"그래도요!"

서희는 선베드 근처로 성큼성큼 걸어가서는 조개껍데기 모양 수건을 하나 더 집어 들었다. 커다란 수건을 활짝 펼쳐서 그의 뒤로 가 너른 어깨에 척 얹었다. 서희의 행동은 너무 진지해서 비장함마저 묻어났다.

"지금 뭐 해?"

"보기 흉해요."

거짓말이다. 새빨간 거짓말.

보기 흉하기는커녕 온종일 그의 단단한 몸을 감상한다고 해도 질리지 않을 것만 같았다.

근육이 쩍쩍 갈라진 우람한 팔뚝과 가슴골이 선명한 흉근, 조각조각 나뉜 복근까지.

문제는 그의 몸이 지나치게 보기 좋아서 서희의 심장을 자꾸만 두근거리게 한다는 거였다. 평범한 상황에서 연애 감정을 나누는 사이라면 모를까, 지금과 같이 복잡하게 얽힌 상황에서 그의 완벽한 몸은 사고력을 저하시키는 해로운 요소일 뿐이다.

"너도 보기 흉해."

그가 장난스러운 표정을 지었다. 서희는 너무 어이가 없어서 실소하고 말았다.

"왜, 어이없어? 보기 흉하단 말 처음 들어 봐? 나는 처음 들어 보는데."

처음 들어 본다. 살면서 예쁘다는 말도 심심찮게 들어 왔다. 보기 흉하다는 말은 생전 처음이다.

"복수하시는 거예요?"

서희는 미간을 찌푸린 채로 물었다. 그가 묘한 웃음기를 머금은 채로 돌아섰다. 수영장 입구로 성큼성큼 걷는 그의 뒤를 재빠르게 따라간 서희가 미심쩍다는 듯이 물었다.

"제가 보기 흉하다고 해서, 저한테도 그러신 거예요?"

지한은 짱알거리며 옆으로 따라붙는 여자를 흘끗 내려다보았다. 굽이 높은 구두를 신고 있을 때는 몰랐는데, 높이가 같은 슬리퍼를 신은 탓인지 그녀의 머리는 지한의 어깨에도 미치지 못했다.

지한의 키가 187cm니까, 그녀는 크게 봐야 162cm는 될까 싶다.

발갛게 상기된 얼굴로 커다란 덩치에 수건을 둘러 주며 '보기 흉해요'라고 읊조리던 앙증맞은 입술이 자꾸만 눈앞에 아른거렸다.

귀엽기는.

지한은 연한 웃음기를 머금은 채로 수영장 유리문을 열어젖혔다. 찌르르 찌르르 풀벌레 우는 소리에 물든 늦여름 밤의 정취가 물씬 밀려든다. 지한은 크게 숨을 들이마시며 걸음을 옮겼다. 옆에 따라붙은 그녀는 끊임없이 재잘거리고 있었다.

"복수, 하신 거냐고요?"

대답을 유예할수록 그녀가 귀엽게 분노하는 듯한 느낌이 들었다. 어디까지 화를 내려나 싶어서 지한은 잠자코 두었다.

겨우 보기 흉하다는 말을 했다고 발끈하는 깜찍한 성미라니.

네가 화를 내야 할 구간은 따로 있는데?

서준이 그녀의 아들이 아니라는 사실을 안 순간, 꾹꾹 누르고 있던 무언가가 가슴속에서 폭발해 버리고 말았다.

그녀와 서준을 보며 과거의 자신을 떠올렸었다. 어머니를 지켜 내지 못했다는 자책이 되살아난 것도 사실이었다. 하지만 마음씨 착한 그녀가 자신의 과거를 측은해하고 있다는 사실을 알아차린 순간, 과거를 털어놓기 시작했던 의도가 변질되었다.

더 불쌍하게 생각해 봐.

기만하고, 거짓말한 죗값을 어떻게 치를지 고민해 봐.

상처가 있는 나를 속인 게 미안하지?

이제 어떻게 위로해 줄 생각이야?

가슴속에서 폭발한 불꽃은 속을 새까맣게 태웠고, 검은 연기를 뒤집어쓴 욕정이 스멀스멀 몸 밖으로 새어 나오기 시작했다.

키스하고 나서 덜덜 떠는 그녀를 한입에 집어삼키고 싶은 충동마저 일었다.

왜 하필 수영장에는 두 사람이 뒹굴어도 부서지지 않을 튼튼한 선베드가 자리하고 있는 것인지.

그녀를 단단한 품 안에 가두고 으스러뜨려 버리는 불상사가 일어나지 않게 하려고 지한은 말초신경까지 곤두세우고 단속해야만 했다.

그런데 보기 흉해? 뭐 복수?

가소롭고도 귀여워서 계속 헛웃음이 났다. 그런 말에 일일이 핏대를 세우고 복수할 성격이었다면, 초등학교 때부터 시퍼런 칼을 갈아왔을 것이다.

부모 없는 근본 없는 새끼, 사채 이자로 부자가 된 더러운 집안의 자식이라는 소리를 하는 인간들을 무시하려고 부단히 애를 쓰며 살아왔다. 역시 더럽게 돈을 번 집안의 자식답게 탐욕스럽다는 소리라도 들을까 봐, 원하는 것을 탐했던 적도 없었다.

오직 지한이 탐했던 것은 지식뿐이었다.

지한이 대학을 졸업하기 전까지만 해도 할머니가 운영하던 사업체는 제3금융권, 즉 제도권을 벗어난 사금융권에 속해 있었다. 사업체의 건전화가 지한의 유일한 목표였다. 할머니에게 증명하고 싶었다.

할머니는 근본 없는 여자와 결혼해서 집안이 풍비박산 났다고 말하곤 했었다. 그 근본 없는 여자가 낳은 아들이 세상의 손가락질을 받는 음지의 사업체를 양지로 옮기는 모습을 보이고 싶었다.

돌아가신 어머니가 유언처럼 남긴 말을 지한은 가슴에 새긴 채로 평생을 살아왔다. 참고, 물러서고, 목소리를 내지 않으면서. 세상과 싸우지 않으면서, 조용히.

그런 지한이 유일하게 갖고 싶었고, 잘 보이고 싶었던 여자가 함서희였다.

"혹시."

유일한 여자, 함서희.

그녀가 비장하게 입을 열었다.

"저한테 정말 복수하려고 이러시는 거예요?"

오 실장도 그러더니, 애도 이러네.

"무슨 복수?"

"제가 대학교 때요."

그녀는 귀까지 새빨갛게 물들여서는 우물쭈물했다.

"말을 꺼냈으면 제대로 해."

"선배가 저한테 고백했는데, 잘 안 돼서……. 그래서 저한테 복수하시는 거예요?"

"내가 그렇게 옹졸해 보여?"

서늘하게 되묻자, 짐짓 당황한 듯 그녀의 눈동자가 사정없이 떨렸다.

"아니, 그게 아니고요!"

"함서희."

지한은 그녀의 이름을 나지막이 부르며 테라스 유리문 앞에 멈춰 섰다.

"선배 엄청 진중한 분인 거 알아요. 대학교 때 유일하게 고백한 사람이 저였다는 것도 알고요. 그래서 그 고백의 무게가 남달랐다는 것도……."

그녀가 어깻숨을 훅 내쉬었다.

"저도 그때 선배 많이 좋아했었어요. 그런데 일이 꼬인 거예요. 그래서 저도 속상했거든요. 근데 선배는 졸업하고도 험한 소문에 시달리셨으니까, 더 속상하셨을 거예요."

그녀가 무슨 말을 하려는지 들어나 봐야겠다.

"근데 지금 선배는 저를 손에 쥐고 흔들 수 있는 모든 걸 가지셨잖아요. 그러니까 복수인가요? 위로니 뭐니 하셨던 거, 예전 일에 대한 복수예요?"

진심으로 궁금하다는 듯이 묻는 그녀의 얼굴은 정원의 희미한 조명 빛을 받아서 예쁘게 빛났다.

키스를 복수냐고 묻는 여자가 함서희 말고 또 있을까?

"내가 말했던 것 같은데."

지한이 부드러운 미소를 머금으며 덧붙였다.

"너만 보면 나쁜 생각이 들어서."

"선배, 혹시 저 여전히 좋아하세요?"

대답을 원하는 사람도, 대답해야 하는 사람도 당황했다.

너는 그런 질문을 해 놓고 당황하면 어떡하냐?

미간을 잔뜩 찌푸린 채로 심각한 표정은 짓고 있는데, 조막만 한 얼굴이 하도 빨개서 곧 펑 하고 터져 버린다고 해도 이상할 게 없어 보였다. 지한은 어이없는 웃음이 터질 것만 같아서 입꼬리에 잔뜩 힘을 주었다.

늦여름 바람이 정원에 심긴 아름드리나무의 가랑잎을 스치며 와스스와스스 불어왔다. 습한 바람결에 실린 그녀의 달콤한 체향은 무자비했다.

지한이 향기에 이끌리듯 천천히 손을 뻗었다. 수영장 물에 젖었다가 조금씩 말라 가는 그녀의 머리카락을 귀 뒤로 넘겨 주려던 순간이었다.

"어, 엄마!"

테라스 유리문이 열리고 서준이 맨발로 뛰어나왔다.

"서준이가 중간에 깼었나 봐요. 엄마를 찾으면서 울더라고요. 그런데 두 분……?"

서준이 그녀의 허벅지를 와락 끌어안았다. 백 실장이 의아한 눈빛으로 홀딱 젖은 지한과 서희를 번갈아 보았다.

"서희가 발을 헛디뎌서 수영장 물에 빠졌었어요."

지한은 마치 자신이 서희를 구해 냈다는 듯이 말했다.

"엄마 물에 빠졌었어요? 괜찮아요?"

놀란 서준이 손등으로 젖은 얼굴을 닦아 내며 물었다. 아이의 눈빛에서 걱정이 뚝뚝 흘러넘쳤다.

"응, 괜찮아."

그녀가 나무라는 듯한 눈빛으로 지한을 흘끗 쏘아보았다.

"엄마 수영 못해요? 나도 수영 못하는데. 근데 수영장 갔다 왔어요?"

오밤중에 사라진 피붙이에 대해 궁금한 것이 많아진 아이는 질문을 쏟아 냈다.

"어, 엄마는……."

그녀가 어색한 목소리로 머뭇거렸다.

"서준아."

지한이 무릎을 굽혀 자세를 낮추며 서준과 눈높이를 맞추었다. 서준은 갑작스러운 지한의 부름에 겁을 먹은 듯 그녀의 허벅지를 더 꽉 그러안았다.

"엄마가 수영을 못하더라고, 그래서 아저씨가 구해 줬어."

지한이 연한 웃음기를 머금으며 말했다. 그러자 아이의 눈동자에도 연한 신뢰감이 어린다.

"그리고 저쪽으로 가면 수영장 있어."

"와! 집에 수영장이 있어요?"

서준이 눈을 동그랗게 뜨며 물었다.

"응. 서준이 수영할 줄 알아?"

지한의 물음에 아이는 이내 시무룩해져서 고개를 절레절레 내저었다.

"아저씨가 가르쳐 줄까?"

"정말요?"

서준이 흥분과 두려움을 감추지 못하고 목소리를 높였다.

"저녁마다 가르쳐 줄게. 어때?"

"좋아요!"

아이는 언제 두려워했느냐는 듯이 폴짝폴짝 뛰어 댔다. 천진난만한 모습이 귀여워서 머리를 쓰다듬어 주려고 지한이 손을 뻗었다. 그러자 아이가 얼굴을 잔뜩 찡그리며 목을 움츠렸다. 허공에서 지한의 손이 멈추었다.

폭행의 기억이 아이의 방어 본능으로 나타난 듯했다. 어른 남자가 손을 들어 올리는 데 움츠러든다는 것은 그 손에 맞아 본 기억이 있다는 뜻이다.

지한은 아이의 머리를 부드럽게 쓰다듬어 주었다.

"폴짝폴짝 잘 뛰는 거 보니까 수영도 잘하겠는데?"

칭찬의 말까지 곁들이자 아이의 표정이 잠시 어리둥절해지는가 싶더니 이내 환한 미소가 떠오른다.

"근데 나쁜 꿈 꿨어? 왜 자다 깨서 울었어?"

지한은 아이의 환해진 얼굴을 들여다보며 물었다.

"어, 엄마가 어디 간 줄 알고요."

뭐라고 대꾸하려던 지한은 이내 입을 꾹 다물었다. 버림받는 게 익숙했던 아이는 그녀가 자신을 버리고 간 것은 아닌지 불안했나 보다.

"서준아."

지한은 나지막이 아이의 이름을 불렀다.

"네."

"이 집 되게 넓지?"

"네. 엄청, 엄청요!"

지한은 처음 이 집에 왔던 날 밤을 또렷이 기억한다. 막막했던 어둠과 끝도 한정도 없었던 두려움에 잡아먹힐 것만 같았던 밤.

세상에 홀로 남겨진 하찮은 존재가 된 것 같은 기분은 오래도록 지한을 좀먹었었다.

"이제껏 큰 집에 혼자 사느라 너무 외로웠어. 서준이가 저녁때 같이 수영도 해 주고, 재미있는 게임도 같이해 주고. 그래 줄래?"

지한이 아이에게 악수를 청하듯 손을 내밀자, 서준이 까만 눈동자를 반짝반짝 빛내며 커다란 손을 잡았다. 지한은 아이의 머리를 한 번 더 쓰다듬어 주고는 자리에서 일어났다.

"올라가서 쉬어."

그녀의 낯빛이 어두웠다. 아이한테 다정하게 대하는 지한의 태도가 마음에 걸린다는 표정이다.

"어서. 다른 할 말 남았어?"

지한이 한층 깊어진 눈빛으로 그녀를 바라보았다. 그러자 그녀는 백 실장과 아이를 의식한 듯 얼른 고개를 돌리며 일갈했다.

"그럼, 쉬세요."

아이를 번쩍 안아 들고 종종걸음으로 멀어지는 그녀의 뒷모습을 바라보는 지한의 얼굴에 은은한 미소가 떠올랐다. 아직 물기를 머금고 있는 그녀의 머리카락이 가녀린 등 뒤에서 유혹적으로 살랑거렸다.

"대표님."

두 사람의 모습이 사라지자, 백 실장이 근엄한 음성으로 지한을 불렀다.

"네, 백 실장님?"

무슨 할 말이 있느냐는 듯이 물으면서도 지한의 시선은 그녀가 사라진 곳에 고정되어 있었다.

"너무 과합니다."

백 실장이 한마디 할 거라고 예상하고 있었다. 지한이 자라는 모습을 가장 가까운 곳에서 지켜본 백 실장이었다. 그리고 백씨 성을 가지고 있으면서 강씨 집안을 향한 애착과 자긍심이 대단한 사람이기도 했다.

백 실장은 낯선 사람이 들어와서 집 안을 헤집고, 지한이 거기에 휘둘려 정신 못 차리는 꼴은 못 보겠다는 듯이 준열한 눈빛을 보였다.

"아무 말씀 안 드리려고 했지만, 어른인 함서희 씨와 아이는 다른 문제입니다. 서준이는 대표님의 선의를 받아들이는 마음이 다를 겁니다."

"책임지지 못할 거면 섣불리 나서지 마라, 이건가요?"

지한이 젖은 어깨를 반듯하게 펴며 물었다. 그의 태도에는 빈틈이 없었다. 아까 유치원 이야기를 할 때와는 전혀 다른 무언가가 지한의 눈동자에 자리하고 있었다.

그것은 확신, 불명확한 불안감을 해소한 듯 보이는 여유였다.

백 실장은 수영장에서 무슨 일이 있었을 거라고 직감했다. 수영장 CCTV를 확인하고 강 회장에게 일러바칠 태세까지는 아니었지만, 지한의 태도 변화가 신경 쓰였다.

"백 실장."

그가 아랫사람을 부리는 엄정한 목소리로 백 실장을 불렀다.

"네, 대표님."

"백 실장은 나를 가장 가까이에서 오랫동안 지켜본 사람이에요."

"맞습니다."

지한의 인정에 백 실장은 일면 뿌듯하기도 했다.

"내가 그동안 책임지지 못할 행동을 하는 걸 본 적 있습니까?"

"그건 아니지만, 너무 갑작스럽습니다. 대표님. 그리고 아이까지 딸린 여자를 곁에 두시는 건."

"동생이래요."

그가 함서희와 아이를 대변하듯 말했다.

"서준이는 함서희 씨의 이복동생이라고요. 함서희가 낳은 아이가 아니라."

사내의 눈에서 사라진 불명확한 불안감은 바로 이것이었다. 그리고 불안감이 가신 자리에는 확신이 들어차 있었다. 이복동생을 홀로 돌보는 오갈 데 없는 여자에 대한 측은함은 아니었다.

연민이 아닌 연심의 시작.

백 실장은 우려 깊은 목소리로 물었다.

"대표님, 선친께서 어떻게 강 회장님과 등을 돌리셨는지 아시지 않습니까?"

그가 눈을 가늘게 뜨고 의미심장한 미소를 지으며 백 실장을 내려다보았다.

"결국, 손주인 내가 여길 차지하게 된 것도 아시지 않습니까?"

백 실장의 어조를 따라 하는 그의 목소리는 가볍지 않았다. 가족을 지키지 못한 아버지와 자신은 다르다고 말하고 있었다.

"백 실장이 할 일은 이제 성인이 된 저에 대한 걱정이 아니라, 제가 모신 손님들이 서운하지 않도록 물심양면으로 살피는 겁니다. 아시겠어요?"

밤에 악몽을 꾸었다고 울면서 품을 파고들던 여덟 살 아이는 이제 없었다. 백 실장은 자신이 제대로 된 사내를 키워 낸 것 같아서 뿌듯했다. 하지만 그와 별개로 객식구에 대한 경계를 늦출 수는 없었다.

"알겠습니다."

백 실장은 손님 대접은 서운하지 않게 할 생각이었다. 하지만 그 손님이 주인 자리를 차지하려고 든다면 이야기가 달라진다.

이제 잠자리에 들겠다며 자리를 뜨는 지한의 뒷모습에 세월 깊은 눈길이 붙박였다. 손님을 대접하는 것이 제 몫인 것처럼, 지한이 이 집의 제대로 된 안주인을 맞을 수 있도록 살피는 것도 자신의 몫이라고 백 실장은 생각했다.

여름밤의 후텁지근한 바람이 쉴 새 없이 불어왔다. 한바탕 비가 내릴 모양이었다. 몹쓸 비바람이 집 안에 들이치지 않도록 문단속을 해야 할 시간이었다.

❈ ❈ ❈

샤워를 마치고 보송보송한 옷으로 갈아입고 나오자, 서준이 졸린 눈을 비비며 서희를 맞았다.

"누나도 수영 못하는구나."

어릴 적 다이빙까지 배웠고, 대학교 때 수상구조사 자격증까지 취득했지만 어린아이와의 유대감을 깨고 싶지 않았다.

"응, 누나도 수영 못해."

"나도 수영 진짜 진짜 배우고 싶었는데, 수영장 딱 한 번 가 봤어. 누나도 수영장 많이 못 가 봤어?"

"응. 그랬어."

여섯 살 난 아이가 딱 한 번 가 본 수영장은 유치원 근처의 실내 수영장이었다고 한다.

"여름방학 전에 물놀이 안전 교육 받았어. 나는 물에 빠지면 그래도 물에 뜰 수는 있어. 누나도 아저씨한테 같이 수영 배우면 안 돼?"

"서준이가 배워서 나중에 누나 가르쳐 주면 되지."

"아하!"

서준은 그거 좋은 생각이라는 듯이 얼굴에 함박웃음을 머금었다. 수영 이야기를 쉴 새 없이 조잘거리던 서준은 금세 잠이 들었다.

서희도 아이가 잠들고 나서야 한숨을 몰아쉬며 눈을 감았다.

꼭 감은 눈꺼풀에 남자의 젖은 모습이 아른거렸다.

아, 진짜 미쳤나 봐.

고개를 세차게 내저은 순간, 기억은 대학 시절까지 단숨에 파고들었다.

❋ ❋ ❋

소복소복 쌓인 눈 위로 발이 푹푹 빠졌다.

"하아, 하아."

서희는 가쁜 숨을 고르며 대열의 가장 끝에서 산을 오르고 있었다. 아버지를 따라서 종종 등산하러 다니곤 했지만, 겨울 산행은 처음이었다.

힘든 코스도 아니었고, 중간까지 차를 타고 올라와서 정상까지 10km 정도를 등반하는 가벼운 코스였다. 차가운 공기를 막아 주는 방한 마스크를 한 탓인지 숨이 헉헉 차올랐다.

"어?"

열심히 발만 보며 걷고 있는데, 어깨에 멘 배낭이 허공으로 붕 떠올랐다.

"힘들지?"

나직한 물음에 볼이 화끈 달아오른다.

"괜찮아요."

"가방이 꽤 무겁네. 내가 들어 줄게."

서지한. 서희가 등산 동아리에 가입한 이유. 그가 서희의 배낭을 가져가서는 한쪽 어깨에 척 둘러멨다. 어깨가 가벼워진 덕분인지 가빴던 숨결이 한결 부드러워졌다.

"좀 쉴까?"

그가 서희의 낯빛을 살피며 물었다. 사실 물 한 모금이라도 마시고 싶었지만, 대열에서 벗어날까 봐 두려워서 멈춰 서지 못하고 있었다.

"네!"

서희는 반색하며 대답했다.

"여기서 50m만 올라가면 쉼터 있어. 거기까지 갈 수 있겠어?"

고개를 세차게 끄덕거리자, 그가 눈처럼 새하얀 치아를 드러내며 웃었다.

물을 마시지 않았는데도 갈증이 가신 것 같은 상쾌한 기분이 든다. 그가 곁에서 서희의 보조에 맞춰 걸었다. 심장이 쉴 새 없이 두근거렸다. 한겨울 설산을 걷고 있는데도 뺨에서 열감이 느껴졌다.

"다 왔다."

그가 벤치에 쌓인 눈을 손으로 툭툭 털어 내고는 웃었다.

"잠시만."

배낭에서 무언가를 꺼내는 그의 손길은 능숙했다. 동그란 은박 점이 수없이 박힌 정방형 물체는 등산용 방한 방석이었다.

그는 벤치 위에 방석을 깔고는 턱짓했다.

"여기 앉아."

발을 헛디뎌서 바보처럼 넘어지면 어쩌나, 싶은 생각이 들 정도로 심장이 쿵쿵 날뛰어 댔다.

"감사합니다."

서희는 얌전하게 인사하며 방석 위에 엉덩이를 살짝 올렸다. 그저 그가 깔아 준 등산용 방석 위에 앉았을 뿐인데, 수줍어서 다리가 배배 꼬이는 것만 같았다.

"날씨가 풀렸다고는 하는데, 그래도 춥지?"

그가 주머니에서 손난로를 꺼내서 서희에게 건네며 물었다. 그가 건넨 손난로는 따뜻하다 못해 뜨거웠다.

"네, 조금요."

서희는 얼른 대답하고는 입을 꾹 다물었다. 입술 안쪽을 깨물지 않으면 비명이 꺅꺅 터져 나올 지경이었다.

온몸이 분홍빛으로 물들어 있는 것은 아닐까, 하는 생각이 들 정도였고, 그가 깔아 준 방석은 마치 몽실몽실한 구름을 엮어다 만든 것처럼 몸을 들뜨게 했다.

"나는 이제 동아리 마지막 산행인데, 너는 첫 겨울 산행이지?"

"네."

안타깝게도 그는 졸업반이었다.

"앞으로 재미있는 데 많이 갈 텐데, 좋겠다."

그의 나직한 음성에서는 아쉬움이 물씬 풍겼다. 서희는 시선만 돌려서 그의 옆얼굴을 흘끗 보았다. 비니를 쓴 탓에 반듯한 이마는 가렸지만, 오뚝한 콧날이 도드라졌고, 추위 탓에 더 빨갛게 달아오른 입술은 사람 미치도록 매혹적이었다.

이 남자와 키스하면 어떤 기분일까?

빨갛게 탐스러운 입술을 머금으면 어떤 맛이 날까?

이 남자를 만나기 전까지는, 태어나서 단 한 번도 해 본 적 없는 발칙한 망상이 머릿속을 자꾸만 잠식하려고 들었다.

처음 이런 생각이 들었던 건, 입학 전 2박 3일로 진행된 단과대 새

터 행사 때였다. 태어나서 이렇게 잘생긴 사람은 처음이었다. 서희의
'태어나서 처음'에 참 여러 번 등재되는 남자다.

모두 술에 취해 정신없이 해롱거릴 때, 서지한만은 또렷한 정신으
로 동기들과 후배들을 챙겼었다.

아버지에게 술을 배웠던 자리 외에는, 밖에서 술을 처음 마셨던
서희도 취하기는 마찬가지였다.

콘도 건물 안이 너무 답답해서 잠시 바깥으로 나갔던 서희는 그만
빙판에서 미끄러져 넘어지고 말았다.

2월이었고, 꽤 추운 날씨였다.

'신입생?'

나직하게 들려오는 목소리에 고개를 돌렸을 때, 서지한이 서 있었
다.

'여기 왜 이러고 있어요?'

말투가 정중했다.

'너무, 답답해서, 바람 쐬러 나왔는데, 넘어졌는데, 다리가.'

사실 몸에 힘이 빠져서 움직일 수 없는 상태였지, 다리는 멀쩡했
다.

'못 일어나겠어요?'

그가 심각하게 물었다. 서희는 고개를 느리게 끄덕거렸다. 술기운 때문인지 왈칵하고 눈물이 치솟았다.

대학 생활은 웹툰처럼 마냥 즐겁고 행복할 줄만 알았는데, 새터에서부터 술독에 빠진 기분이어서 왠지 우울했기 때문이다. 주사였다.

취하도록 마셔 본 건 처음이어서 자신이 술을 마시면 상당히 감수성이 풍부해지는 특성이 있다는 것도 미처 몰랐다.

서희는 하늘을 올려다보며 축 가라앉은 목소리를 냈다.

'하늘이 너무 맑아서, 별이 쏟아질 것만 같아서, 뾰족한 별에 맞으면 아플 것 같아서, 못 일어나겠어요.'

그가 부드럽게 실소하는 소리가 들렸다. 그의 웃음소리에 괜히 서러워져서 한 맺힌 노래가 흘러나왔다.

'반짝반짝 작은 별, 아름답게 뾰족하네. 동쪽 하늘에서도, 서쪽 하늘에서도. 반짝반짝 작은 별, 떨어지면 아프겠다.'

평소보다 무거운 팔을 들고 율동까지 해 댔다. 그가 무릎을 굽히며 서희와 마주 앉았다.

'노래를 이렇게 잘하는 후배님 이름이 뭐죠?'
'함서희요. 그럼 이렇게 잘생긴 선배님 이름은 뭔가요?'

그가 웃었다. 별처럼 반짝반짝 근사하게.

'서지한.'

'서지한 선배님, 안녕하세요?'

인사성 밝다는 칭찬을 어릴 때부터 들어 온 서희였다.

'선배님은 입술이 참 잘생겼네요.'

키스해 보고 싶게.

뒷말을 갖다 붙였는지, 그냥 삼켰는지는 가물가물했다. 그가 다리가 아프냐고 물었고, 그렇다고 고개를 끄덕거렸다. 그가 서희를 업고 여학생 숙소까지 데려다준 기억만 드문드문 이어졌다.

새터 행사가 끝나고 그를 다시 만난 것은 입학식이 있고 보름쯤 지났을 때였다. 동아리 가입 이야기가 나오고 있었고, 서지한이 단과대 등산 동아리 소속이라는 사실을 지나가는 말로 듣게 되었다.

그렇게 가입하게 된 등산 동아리였다. 동아리 행사에서 가끔 그를 보았는데, 그는 말수가 적은 편이었고 몇몇 무리하고만 교류하는 듯 보였다.

서희는 그를 볼 때마다 심장이 고장이라도 난 듯 두근거렸고, 얼굴이 새빨갛게 달아올라 버렸다.

잘생긴 얼굴, 후배들을 챙기는 자상함, 그리고 진중해 보이는 과묵함까지.

서지한은 첫사랑의 명제를 확고하게 하기에 충분한 조건을 갖춘 인물이었다. 그에게 시선을 빼앗겨 가던 서희는 마침내 마음까지 빼앗기고 말았다.

첫사랑이 지독한 짝사랑이 되어 입을 떼지 못하게 만들어 버려서 서희는 그에게 말 한 마디 붙이지 못했다. 그의 진중한 이미지 또한 말을 붙이지 못하게 하는 데 한몫했다.

새터 때처럼 술을 마시고 고백해 볼까, 하는 생각도 해 보았었다. 그런데 그는 술자리에 좀처럼 나타나지 않았다. 새터 행사 때도 술을 마시지 않은 것을 보면 아마도 술을 못 마시거나, 싫어하거나 둘 중 하나일 것 같았다.

결국, 말 한번 걸어 보지 못하고 냉가슴만 앓다가 1년이 지나가 버렸다. 그런데 기적이라도 일어난 것처럼, 그가 겨울 산행에서 서희에게 말을 걸어온 거였다.

아까 뭐라고 했더라?

앞으로 재미있는 데 많이 갈 거라고 좋겠다고 했던가?

"선배님도 계속 오시면 되잖아요. 졸업한 선배님들 자주 오시던데요?"

그가 웃음기를 머금은 얼굴로 서희를 흘끗 보았다.

"고학번 선배가 눈치 없이 동아리 행사에 끼면 후배들이 싫어해."

"선배님은 좋아할 것 같은데요."

서희는 그가 건네준 손난로를 조물거리며 기어들어 가는 목소리로 말했다.

스무 살의 첫사랑, 그는 설산을 뒤덮은 눈꽃만큼이나 아름다웠다.

"아쉽네."

그가 조용히 읊조렸다.

"나 반겨 줄 후배가 하나는 생겼는데, 이제 나는 졸업해야 해서."

어쩐지 의미심장한 말 같은데, 터질 듯이 뛰어 대는 심장 때문에 머리가 돌아가질 않았다. 그래서 그의 말에 담긴 뜻을 유추하기가 힘들었다.

"다들 선배님 반겨요."

그가 두꺼운 방한 장갑을 벗으며 서희의 머리를 부드럽게 쓰다듬었다.

"함서희."

"네?"

갑작스럽게 이름이 불린 탓에 심장이 더욱 세차게 날뛰어 댔다. 모자 위를 쓰다듬는 손길에는 온몸이 감전이라도 된 듯 저릿했다.

『설산에서 시체로 발견된 함모 양, 첫사랑이 내민 손길에 감전사한 것으로 밝혀져!』

엉뚱한 뉴스의 머리기사가 떠오른 순간이었다.

"아니다."

언제 진지하게 이름을 불렀냐는 듯이 그가 시선을 돌렸다. 맥이 탁 풀렸다. 무슨 말을 하려는지 궁금해서 미쳐 버릴 것만 같았다.

"뭐가 아닌데요?"

서희는 벤치에서 일어서는 그에게 불쑥 물었다. 그가 일어서려다 말고 멈칫했다가, 도로 벤치에 앉아 버렸다.

"하아."

그가 한숨을 훅 몰아쉬었다.

"네가 생각하는 것만큼 애들이 날 반겨 주지는 않아. 그리고 내가 아쉬운 건."

귓가에서 누가 북을 치고 있는 것처럼 심장이 둥둥 울리는 소리가 들렸다.

"내가 졸업해서, 마지막 산행이어서가 아니라."

특유의 조심스럽고 진중한 목소리가 그 어느 때보다 낮았다. 말끝이 조금씩 떨리는 것도 같았다. 어쩌면 서희 자신이 덜덜 떨고 있어서, 그가 떨고 있다고 착각하는지도 모르겠다는 생각도 들었다.

"이제 너를 못 보니까."

눈이 부셨다. 설산의 눈꽃에 눈이 부셨고, 수줍게 웃고 있는 그의 미소에 눈이 부셨다.

하필 등산로에 사람이 하나도 없었다. 깨끗한 눈으로 뒤덮인 동화 같은 세상에 그와 단둘이 남겨진 기분이었다.

몸속에서 뜨거운 무언가가 왈칵 치솟았다.

"저도……. 저도 아쉬워요."

선배 못 봐서.

뒷말을 잇지 못하고 입술만 잘근잘근 씹었다. 발끝이 간질간질했다. 순간이 애틋해서 심장이 꽉 조여 왔다.

그가 시간을 확인하며 말했다.

"이따 밑에 내려가서 잠깐 볼까?"

1박 2일의 산행인데, 그는 이번에도 역시 술자리에 참석하지 않고 먼저 서울로 향할 생각인가 보다.

이제 더는 그를 학교에서 볼 수 없다는 생각에 아쉬우면서도, 잠깐 보자는 말 한마디에 설레서 죽을 것만 같았다.

벤치에서 일어난 두 사람은 아무 말 없이 정상까지 올랐다.

"어떻게 둘이 같이 와?"

동아리 회장인 남자 선배가 물었고.

"서희야. 괜찮아? 무슨 일 있었어?"

한 여자 선배가 서희의 어깨를 그러쥐며 비밀스럽게 말했다.

"네, 괜찮아요. 아무 일도 없었어요."

어떻게 둘이 같이 오느냐고 물었던 남자 선배 기철은 지한과 인사도 하지 않는 데면데면한 사이였다.

둘 사이에 무슨 일이 있었던 것 같은데, 고학번 선배들 사이의 일이니 서희는 알 길이 없었다.

"서희야. 왜 이렇게 늦게 올라왔어?"

기철이 다가와 걱정스러운 목소리로 물었다.

"제가 겨울 산행은 처음이라 조금 지쳐서요. 쉬다가 올라왔어요. 죄송합니다."

"그럼, 다 같이 쉬자고 하지 그랬어?"

기철의 목소리에서 약간 책망하는 기색이 묻어났다.

"야, 박기철. 신입생이 쉬자고 하면 쉬어? 우리 동아리가? 언제부터?"

기철보다 두 학번은 위인 남자 선배 승남이 기철을 나무랐다. 그는 지한과 같은 학번이었고, 두 사람은 꽤 친하게 지내는 듯했다.

지한이 어울리는 아주 소수의 친구 중 한 명인 셈이다. 승남은 선배인 지한에게는 인사조차 건네지 않고 1학년을 닦달하는 기철을 고깝게 보는 듯했다.

아무것도 아닌 일이 괜히 커지는 것만 같아서 서희는 마음이 불편해졌다. 고개를 숙인 채로 시선을 이리저리 돌리다가 그와 눈이 마주쳤다. 정상에 오른 뒤로는 내내 무표정이던 그가 서희와 눈이 마주치자 아주 짧게 웃었다.

빠르게 웃음을 거둔 그가 건조한 목소리를 냈다.

"내가 뒤에서 쉬어 가자고 했어. 서희는 잘못 없으니까 뭐라고 하지 말고."

안 그래도 눈으로 뒤덮인 산이 삽시간에 얼어붙어 버렸다. 그가 목소리를 내자, 주변에서 웅성거리는 게 느껴졌다.

"앞으로 개별 행동은 삼가세요. 사고라도 난 줄 알고 걱정했잖아요."

기철이 볼멘소리를 냈다.

"고학번 선배들이 후발대에 서서 뒤처지는 신입생 챙기는 거, 늘 해 오던 일이야. 박기철, 너 예민하게 오늘 왜 그래?"

승남이 할 말은 마저 해야겠다는 듯이 물었다.

"그건 도움이 될 때 이야기고요."

"저 새끼가 진짜."

승남의 말마따나 오늘 기철은 평소보다 훨씬 까칠하게 굴었다.

"그만해. 왜 그래. 분위기 살벌해지게."

지한이 웃으며 승남을 제 쪽으로 돌려세웠다. 지한은 승남과 이야기를 나누면서도 서희가 서 있는 곳을 이따금 흘끗거렸다.

"기념사진 찍고 내려가죠!"

누군가 외친 말에 뿔뿔이 흩어져서 쉬고 있던 동기와 선배들이 한자리에 모였다. 정상석을 가운데 두고 익살맞은 포즈를 취하는 선배들도 있었고, 서희와 같은 1학년 동기들은 주로 얌전하게 서 있었다. 조그마한 삼각대 위에 놓인 누군가의 휴대전화 카메라로 사진을 여러 번 찍었다.

"사진 단톡방에 올릴게요!"

외침과 동시에 단톡방 알람이 울리기 시작했다.

서희는 단체 사진 속에서 지한의 얼굴을 가장 먼저 찾아보았다. 그런데 서희의 대각선 뒤편에 서 있는 그의 시선은 카메라를 보고 있지 않았다.

여러 장의 사진 전부, 그의 눈길은 서희에게 붙박여 있었다. 그 사실을 발견한 순간, 진정되었던 심장이 또다시 거세게 뛰기 시작했다.

"서희야, 내려갈 때는 나랑 같이 내려갈래?"

아까 괜찮냐고 물었던 여자 선배 주미였다. 딱히 거절할 이유도 없는 물음이었기에 서희는 그저 고개를 끄덕거렸다.

반쯤 내려왔을 때였다. 주미가 의도적으로 걸음을 늦춘 듯, 두 사람은 일행보다 한참 뒤처진 채로 산에서 내려가고 있었다.

"서지한 있잖아."

주미는 서희보다 겨우 1년 선배였다. 그러니 지한과는 세 학번이나 차이가 났다. 그런데 그녀는 지한에게 선배나 오빠라는 호칭조차 붙이지 않고 이름을 불러 대고 있었다.

　그리고 이름을 들먹이는 어조에는 불만이 가득했다.

　"그 새끼 완전 양아치야."

　"네?"

　심한 욕이 마치 자신을 향하고 있는 착각마저 들어서 서희는 기분이 상했다.

　"걔 부모 없이 할머니 손에 컸는데, 할머니가 사채업자래. 돈 노름하는 졸부 집안이라고 하더라고."

　서희는 아무런 대꾸도 하지 못했다. 솔직히 어떤 대답을 해야 할지도 몰랐다.

　"고리대금업으로 남들 등쳐 먹으면서 돈 번 주제에, 손주 잘 봐 달라고 그 할머니가 학교에 기부금도 엄청 냈어. 웃겨, 진짜. 우리 단과대 건물 뒤에 새로 지은 동아리방 건물 있지? 그거 짓고 우리 학교 들어왔다는 말도 있다니까?"

　"지한 선배 공부 잘하지 않아요? 조기 졸업할 수 있었는데, 심화전공 하신다고 한 학기 마저 등록하신 거라고 들었는데……."

　주미가 답답하다는 듯이 한숨을 훅 내쉬었다.

　"심화전공? 그래, 그럴 수 있지. 근데 동아리 행사에는 코빼기도 안 보이던 인간이 어느 순간부터 되게 열심히 나오는 거야. 막 후배들 챙기는 척도 하고."

　"지한 선배 새터 행사 때도 후배들 잘 챙겨 주셨어요."

　"그때야 워낙 술 먹고 정신 놓아 버린 또라이들이 많아서 그런 걸 거고."

　주미는 마치 지한의 모든 행동을 깎아내리려는 것처럼 굴었다.

"그 새끼가 언제부터 그렇게 동아리 활동 열심히 했는지 알아?"

서희의 대답은 들을 필요 없다는 듯이, 하지만 그래서 답답해 죽겠다는 얼굴로 주미가 말을 이었다.

"너 들어오고 나서부터."

심장이 또다시 쿵쿵거렸다. 지한이 자신 때문에 동아리 활동을 열심히 했다고 하니 여기서부터 날아서 내려갈 수 있을 것도 같았다.

"너 아버지가 생수 공장 여러 개 갖고 계시다며? 주류 공장도 있고."

"네."

"외가 쪽에 되게 유명한 교수님도 계시다고?"

자신에 대한 소문이 이렇게까지 자세히 난 줄도 몰랐다.

"그러니까 저 새끼가 귀신같이 돈 냄새 맡고 너한테 달라붙은 거야."

"우리 과에 저보다 훨씬 잘살고, 집안 좋은 애들 많아요."

서희는 그가 그런 의도를 가지고 접근했을 리 없다며 고개를 내저었다.

"하아, 서희야."

주미가 답답하다는 듯이 등산로 한가운데 멈춰 섰다.

"너 진짜 순진하다. 너보다 더 잘살고 집안 좋은 애들은 지 배경이 구리니까 감히 못 건드리는 거지. 네가 만만해서 지금 건드리는 거잖아. 모르겠어?"

갑자기 콧등이 시큰해졌다. 눈물이 왈칵 쏟아질 것 같아서 입술 안쪽 살을 꾹 깨물어야만 했다. 고개를 숙인 채로 눈을 여러 번 깜빡거렸다. 주미 앞에서 눈물까지 보이고 싶지는 않았다.

그가 그런 나쁜 의도를 가지고 접근했다는 사실을 곧이곧대로 믿어서 솟구치는 눈물이 아니었다. 서희가 마주했던 서지한은 분명히 조심스럽고 진중한 사람이었다.

"잘 들어. 선배 말 들어서 해될 거 하나도 없으니까. 괜한 놈한테 휩쓸리지 마. 남자들 다 똑같은데, 서지한은 특히 질 나쁜 양아치 새끼야. 단둘이 이야기하자고 하거나, 만나자고 하면 싫다고 해. 알았지?"

마지막 경고 같은 말을 내뱉은 이후, 주미는 시시콜콜한 이야기로 금세 화제를 전환했다.

하산 후 숙소에서 뒤풀이가 시작되었다. 40명 가까운 인원이 펜션 1층을 전부 터서 만든 강당에 모여서 술을 마셨다.

[잠깐 나올래?]

왁자지껄한 분위기 속에서 그의 문자를 1시간이나 늦게 확인하고 말았다. 주미가 서희의 곁에 꼭 붙어 있어서 휴대전화를 볼 겨를이 없었다. 묘하게 주미로부터 감시당하고 있는 듯한 기분이 들었다. 서희가 자리에서 일어나자 아니나 다를까, 주미가 큰 소리로 물었다.

"서희야, 어디 가? 같이 갈까?"

서희는 도로 자리에 앉아서 잠시 때를 기다리기로 했다. 부어라 마셔라 하는 와중에 서희는 취하지 않기 위해 애를 썼다.

언제쯤 이 자리를 벗어날 수 있으려나, 눈치를 살피다가 멀리 떨어져 앉은 승남과 여러 번 눈이 마주쳤다.

"야, 이주미. 너 일로 와 봐."

"아, 왜요?"

"오라면 오지, 말이 많아."

승남이 눈치껏 주미를 제 테이블로 불렀고, 서희는 그 틈을 타 자리에서 조용히 일어나 펜션 밖으로 나왔다.

술 냄새 가득한 찜통 안에 갇혀 있다가 상쾌한 공기를 마시니 정신이 번쩍 드는 것만 같았다.

서희는 하늘을 올려다보며 숨을 골랐다. 마다하지 못한 술잔을 비우느라 술기운이 약간 올라온 상태였다.

"여전히 별이 쏟아질 것 같아?"

어두운 처마 밑에서 그의 목소리가 들려왔다. 그에게서는 옅은 담배 냄새가 풍겼다.

"술은 안 드시는데, 담배는 피우시나 봐요?"

"아주 가끔. 속이 탈 때만."

대체 그의 속을 누가 새까맣게 태웠을까.

"빠져나오기 힘들었지?"

"네."

서희는 미안한 마음을 담아 짧게 대꾸했다.

"내가 왜 보자고 했는지는 알아?"

괜히 부끄러워서 긍정의 대답도, 부정의 대답도 할 수가 없었다. 주미가 했던 말은 이미 다른 쪽 귀로 흘려보냈다.

누가 뭐라고 하건, 서희가 본 그의 모습은 번듯하기만 했다.

"좀 앉을까?"

"네."

할 줄 아는 말이 '네'밖에 없냐고 물으면, '네'라고 대답해야 할 것만 같은 기분.

둘은 펜션 마당 한쪽에 놓인 나무벤치에 나란히 앉았다.

하늘이 맑았고, 별은 또다시 쏟아질 것 같았다.

얼마쯤 시간이 흘렀을까.

"내가 너 많이 좋아해."

수억 광년을 달려온 별빛이 반짝 빛을 내는 것처럼, 오랫동안 참아 온 말이라는 듯이 그가 수줍은 고백을 건넸다.

태어나서 처음 받아 보는 고백이었다. 짝사랑의 종지부를 찍을 수 있는 운명적 순간이기도 했다.

그런데 입이 쉽사리 떨어지질 않았다. 어떻게 하면 더 낭만적인 순간을 만들 수 있을까, 하는 어리숙한 첫사랑의 치열한 고민이었다.

나도 좋아한다고 해야 할지, 아니면 영화에서처럼 확 그의 목덜미를 끌어안고 입술을 덮쳐 버릴지.

발칙한 생각이 머릿속을 뒤덮었을 때였다.

"거기서 뭐 해요?"

까칠하게 끼어든 목소리의 주인은 기철이었다. 술에 취해서 벌겋게 달아오른 기철의 얼굴에는 못마땅한 기색이 역력했다.

"잠깐 바람 좀 쐬고 있었는데?"

그가 잔잔한 목소리로 대꾸했다. 기철이 시비를 거는데도 눈 하나 깜짝하지 않으며 여유롭게 대꾸하는 모습이 어른스러워 보였다. 그런 지한의 태도에 기철은 비포장도로 위를 달리는 자동차 지붕 위에 올려 둔 물잔처럼 동요했다.

서희는 뜻 모를 분노를 온몸으로 표출하고 있는 기철을 불안한 눈길로 바라보았다. 그는 화염에 휩싸인 듯 벌게진 눈으로 지한을 흘기고 있었다.

"분명히 말씀드렸는데요. 개별 행동 하지 마시라고요."

"미안. 밖에서 잠깐 바람 쐬는 것도 위험한 행동에 들어가는 줄은 몰랐네."

지한이 먼저 자리에서 일어났고, 서희도 그를 따라 일어났다.

"서희야. 먼저 들어가."

그가 서희의 등에 가볍게 손을 대며 말했다. 내려다보는 그의 눈빛은 아까와 달리 조금 서늘했지만, 미소만큼은 여전히 다정했다.

"이 새끼가 지금 누구한테 손을 대, 감히!"

술에 취한 기철이 지한에게 와락 달려들었다. 서희는 너무 놀라서 비명도 지르지 못하고 굳어 버렸다.

"너 좀 취한 것 같다, 기철아."

보기 좋게 피한 지한이 바닥에 고꾸라진 기철을 부축해 주려고 허리를 굽혔다. 퍽, 하는 소리와 함께 두 남자가 파쇄석이 깔린 펜션 마당 위로 고꾸라졌다.

기철이 머리로 그의 턱을 들이받으며 부둥켜안고는 거세게 밀쳐 넘어뜨린 거였다. 그걸로도 성이 차지 않는지, 기철은 두 팔을 마구 잡이로 휘두르며 발악했다.

서희는 술자리가 이어지고 있는 펜션 안으로 뛰어 들어갔다.

"밖에, 밖에요! 기철 선배가요. 지한 선배를 막."

승남이 제일 먼저 자리에서 일어나 마당으로 뛰쳐나갔다.

"야, 너 선배한테 이게 무슨 짓이야!"

"이 양아치 새끼가 순진한 서희 데리고 지랄하잖아요!"

눈물이 왈칵 치솟았다. 지한의 얼굴에 핏자국이 선연했다. 그가 왜 맞서 싸우지 않는지 의문이었다.

지한이 기철보다 머리 하나는 더 컸고, 덩치도 훨씬 좋았다. 한눈에 보기에도 운동을 많이 한 단단한 몸이었다. 그런데 그는 기철에게 주먹질 한 번 하지 않았는지, 기철은 술에 취해 비틀거릴 뿐 몰골은 멀쩡했다.

"너 사과해, 새끼야."

"내가 뭘 잘못했다고 사과를 해요? 남들 등쳐 먹어서 번 돈으로 먹고사는 사기꾼 새끼가 어딜 감히."

"야, 너 말이면 다야? 이 새끼가 진짜, 아래위도 모르고!"

"네, 네. 제가 아래위는 모르지만요, 양아치 새끼가 설치는 꼴은 못 보겠네요."

급기야 승남이 기철의 멱살을 휘어잡았다.

심장이 불안하게 날뛰었다. 기철이 지한에게 달려들어 폭행을 행사한 원인이 자신에게 있는 것 같아서 나서려던 순간이었다.

"지한 선배는……."

그러자 그가 그러지 말라며 고개를 내저었다. 은은하게 지은 미소는 안타까울 정도로 맑았다.

괜찮다는 듯이. 상관없다는 듯이.

그는 길길이 날뛰는 승남을 데리고 펜션 밖으로 나가 버렸다.

"괜찮아? 그러니까 조심하랬잖아."

주미가 다가와 말을 얹었다. 모든 상황이 너무 갑작스럽고 당황스러웠다.

서희는 지한이 사라진 길을 물끄러미 바라보았다.

함박눈이 되지 못한 진눈깨비가 처량하게 내리기 시작했다.

그날 밤, 눈도 비도 되지 못한 진눈깨비처럼 두 사람 사이는 맺히기도 전에 멀어졌다.

겨울방학 동안 그에 관한 부정적인 소문이 학교를 뒤덮었고, 지한의 겁박에 겁먹은 후배를 기철이 구해 줬다는 식의 말들이 눈덩이처럼 불어났다.

양아치, 질 떨어지는 놈, 돈 노름하는 졸부 집안 새끼.

온갖 나쁜 말이 그를 더럽혔다. 그가 졸업하고 난 뒤에도 그에 관한 소문은 한동안 사라지지 않고 망령처럼 교정을 떠돌았었다.

소문은 늘 당사자에게는 가장 늦게 전달되는 법.

뜬소문으로 굴러다니는 말을 붙잡고, 자신이 그 후배인데 사실과 다르다고 해명하기에는 이미 늦어 버렸다.

그에게 사과의 말을 전하고 싶었다. 아니, 그 사건을 겪고도 그의 마음이 변함없는지 알고 싶었다.

시작도 하지 않은 설익은 마음을 자존심까지 내버리며 간직하고 있을까?

소문을 전해 듣기 전까지는 졸업식 날 그를 찾아가려고 마음먹고 있었다. 그날 이후 지한 역시 서희에게 따로 연락하지 않았기에 서희는 더욱 망설이고, 기다릴 수밖에 없었다. 따로 만나자고 할 용기가 나지 않아서 졸업식을 손꼽아 기다렸다.

졸업식을 2주가량 앞둔 날이었다.

– 지금 거신 전화는 없는 번호이오니…….

휴대전화 번호를 바꿨는지 그의 목소리를 듣지 못했다.

그의 친구인 승남의 휴대전화 번호를 알고는 있었지만, 전화를 할 수가 없었다.

그날의 일이 자신의 잘못인 것만 같아서, 그래서 그가 험한 소문의 중심에 서게 된 것 같아서 두려웠다.

겨우 스물에서 스물하나가 된 서희는 처음 맞닥뜨린 남녀 사이의 문제를 능숙하게 풀어 나갈 깜냥이 되지 못했다.

마침내 졸업식, 서희는 동아리 동기와 선배들 사이에 껴서 졸업식에 참석했다. 그런데 지한의 모습이 보이지 않았다. 졸업식에 참석하지 않는 학생도 왕왕 있다고 들었지만, 그가 나타나지 않을 거라고는 미처 생각지 못했다.

"저기, 선배님."

졸업식이 끝나고, 뒤풀이가 한창 무르익어 갈 때였다. 서희는 골목 어귀에서 담배를 물고 있는 승남에게 다가갔다.

"어, 서희야."

다행히 승남은 서희를 반갑게 맞아 주었다.

"졸업 축하드려요."

"그래, 고맙다."

그가 불을 붙이지 않은 담배를 입술 사이에 물고는 빙그레 웃었다.

"내 졸업 축하해 주러 온 것 같지는 않고. 지한이 왜 안 왔는지 궁금해서 따라 나온 거지?"

눈치 빠른 승남이 나지막이 물었다. 서희는 대꾸하지 못하고 땅바닥만 내려다보았다. 잔설이 녹아서 만들어진 물웅덩이에 달그림자와 술집 간판의 불빛이 어지럽게 뒹굴었다.

"걔 지금 미국에 있어. 지한이 형이 거기 있거든. 미국 가기 전날인데 무리해서 그날 동아리 모임 나온 거였고."

어쩐지 앞으로 오랫동안 그를 만나기 힘들다는 말 같아서 콧등이 시큰해졌다.

"아, 네."

서희는 그저 짧게 대꾸했다.

"진작 말하고 싶었을 텐데, 애들 반응 봐라. 걔가 무슨 말만 하면 잡아먹으려고 들잖냐. 자기랑 엮이면 네가 힘들 거라고 생각해서 아마 참고 참다가, 그날 말한 걸 거야."

승남이 입에 물고 있던 담배를 잡아서 도로 담뱃갑 안에 욱여넣었다.

"머리 좋지, 집에 돈도 많지, 생긴 것도 멀쩡하지. 걔 1학년 때부터 경영관 앞에 피바람 분다고 했었어."

"피바람이요?"

"어, 걔 좋아하는 여자애들끼리 싸워. 그 여자애들 좋아하는 남자애들은 지한이한테 시비 걸지. 아주 난리도 아니었어. 고등학교 때까지 공부만 하고 살다가, 대학 와서 고삐 풀린 애들이 연애에 눈을 뜨기 시작하면 얼마나 집요해지는지 내가 두 눈으로 확인했다니까?"

승남은 자신도 같은 학교를 다녀 놓고선 이래서 중고등학교 때 공부만 하면 안 되는 거라고 너스레를 떨었다.

"근데 또 서지한 이 새끼는 여자한테 관심이 없어요. 나중에는 지한이 좋아하는 여자애들도 빡친 거야. 자기가 잘났으면 얼마나 잘났다고 그 지랄이냐는 식이었던 거지."

"아······."

서희는 안타깝다는 듯이 고개를 가만가만 끄덕거렸다.

"근데 너 입학하고 나서도 경영관 앞에 피바람 불었다던데?"

"제가요?"

"너도 참."

둔하다는 듯이 승남이 고개를 절레절레 저었다.

"기철이가 그날 왜 길길이 날뛰었겠냐? 기철이도 너 좋아해서 그런 거잖아. 몰랐어?"

"전혀요."

"그럼 주미가 1학년 때 지한이한테 고백했다가 차여서 앙심 품고 너한테 지랄한 것도 당연히 모르겠고."

"네?"

서희가 놀라서 눈을 동그랗게 뜨며 되물었다. 동아리에서 서희를 가장 살뜰히 챙겨 주던 선배가 주미였다.

"서희야. 대학은 말이다. 네가 성인이 되기 전에 만났던 또라이의 총합을 우습게 뛰어넘는 또라이들이 모인 곳이다."

승남은 대단한 세상 이치를 알려 주듯이 말했다.

"그런데 사회에 나가면 또 대학 또라이는 아무것도 아니야. 네가 속한 사회가 진화할수록 또라이도 진화하는 거거든. 또라이 총량의 법칙은 틀렸어. 또라이는 진화하는 게 맞아."

또라이 진화론을 논하는 승남은 진지한 장난기를 지닌 또라이 같았다.

"그러니까 그냥 그렇다고 생각해. 지한이는 뭐, 인연이 되면 어떻게든 또 만나겠지. 근데 걔 성격에 너한테 피해 주기 싫어서, 아마 이쯤에서 그만둘 거다."

눈물이 핑 돌았다.

"어휴, 안쓰러운 새끼. 그 점잖은 성격 조금만 고치지……. 울어? 울지 마. 아마 그놈한테 네가 첫사랑일걸? 너도 안됐다만, 걔도 상처 받았을 거야. 걔는 졸업했지만, 너는 학교 계속 다녀야 하잖아. 그냥 잊고 다녀. 괜한 구설에 더 오르내릴 필요 없잖아. 그렇지?"

승남이 건네는 위로는 퍽 이성적이었다. 그래서 더 슬펐다.

그날 밤, 서희는 그대로 택시를 타고 먼저 뒤풀이 장소를 떠났다. 동아리 활동도 부모님 핑계를 대며 그만두었다. 그가 졸업하고 난 뒤에도 그에 관한 소문은 한동안 사라지지 않고 망령처럼 교정을 떠돌았다.

첫사랑은 이루어지지 않는다는 낡아 빠진 말이 현실이 될 줄은 몰랐다. 그를 다시 만나기 전까지는, 그랬다.

'선배, 혹시 저 여전히 좋아하세요?'

듣지 못한 대답이 자꾸만 마음에 걸려서 잠이 오지 않는 밤이다.
지금 이건 첫사랑의 연장인가, 아니면 피 끓는 복수의 서막인가.

4화

'선배, 혹시 저 여전히 좋아하세요?'

어젯밤 물었던 말에 대한 대답은 여전히 듣지 못한 상태였다.

그게 지금 중요한가?

서희는 매 순간 그가 베푸는 선의에 관해 고민했다.

아무 관계도 아닌 남녀가 한집에 머무는 것.

평범하지 않은 상황을 특별하게 만드는 것은 감정적 유대뿐이었다. 곁에 두지 않으면 미칠 것처럼 사랑하는 사이도 아니거늘…….

이 집에서 나가야 한다. 그런데 나가면 어디로 가야 하지?

막막한 게 한둘이 아녔다. 서희는 일단 어머니의 안부를 묻기 위해 이모에게 전화를 걸었다. 모르는 번호여서 그런지 두 번이나 걸었는데도 이모는 전화를 받지 않았다.

서희에게 휴대전화가 없다는 걸 알게 된 그가 어제 백 실장을 통해

전해 준 새 휴대전화였다.

그러니 이모가 모르는 번호일 수밖에.

[이모, 저 서희예요. 통화 가능하실 때, 연락 주세요.]

메시지를 보내자마자, 휴대전화가 울렸다.

"여보세요? 이모!"

서희는 울먹임을 감추기 위해 숨을 크게 골랐다.

― 서희야. 너 정말 서희니?

"응, 나야. 이모."

― 어휴, 세상에.

이모의 목소리에서도 물기가 배어나자, 참을 수 없는 눈물이 주르
륵 흘러내렸다.

"엄마는요?"

― 여전해.

"아직 이모도 못 알아보세요?"

엄마는 충격으로 인한 실어증을 앓고 있었다. 평생을 믿고 살았던
남편이 재산을 다 탕진하고 어마어마한 빚을 남긴 뒤 사라진 것도 모
자라, 바람을 피워서 만든 혼외자까지 키워야 하는 상황. 부유한 집
의 가정주부였던 엄마는 성실한 남편, 곱게 자란 자식들, 화목한 가
정이 전부인 사람이었다.

아버지의 부정은 그 모든 것을 무너뜨린 거나 마찬가지였다.

― 응, 그래도 엄마는 걱정 말어. 이모가 지금 요양원도 알아보고 있어.

"요양원이요?"

심장이 쿵 내려앉았다. 서희의 머릿속에 요양원은 사망 직전에 놓
인 사람들이 가는 곳이었다.

연로하거나 혹은 병이 깊거나.

– 아무래도 의료진이 있는 곳에서 언니를 모시는 편이 좋을 것 같아서. 그리고 실은 서희야.

이모의 목소리에 밴 물기가 더욱 진해졌다.

– 그 사채업자라는 사람들이 이모 집까지 찾아왔었어. 형부가 무서운 사람들 돈까지 끌어다 썼나 보더라. 정신 나간 언니 보살필 정도면 빚도 갚아 줄 수 있지 않냐고 행패를 부려서.

"죄송해요, 이모."

맏딸인 서희는 제가 잘못한 게 하나도 없는데도 죄스러웠다. 그래서 서러웠다.

– 네가 죄송할 게 뭐 있니? 그놈들 아주 악질이더라. 이모부 학교까지 쫓아가서 교수면 돈 많지 않냐고 학교를 발칵 뒤집어 놨어.

"이모부 학교까지요?"

이모가 한숨을 내쉬며 서러운 울음을 터뜨렸다.

– 너도 알지? 이모부가 얼마나 좋은 사람인지. 솔직히 결혼해서 아프고 힘든 형제 싸안기 쉽지 않아. 다른 형제들 다 나 몰라라 하는데, 네 이모부가 너희 엄마라도 우리가 돌봐야 한다고 해서, 내가 우리 언니 챙기게 된 거잖니.

"네, 알아요. 이모."

이모의 말마따나 형편이 어려워진 서희의 가족을 엄마의 다른 형제들은 전부 모른 척했다. 아버지 쪽 형제들은 아예 전화조차도 받지 않았다.

아버지의 사업이 한창 잘나갈 때만 해도 형제들이 전부 아버지를 찾아와 앓는 소리를 해 댔다.

그럴 때마다 아버지는 형제들의 손에 돈을 쥐여 줬다. 작은아버지는 그 돈으로 남양주에서 큰 고깃집을 했고, 고모는 김포 신도시에서 영어학원을 차려서 다들 잘 살았다.

아버지가 사라지고 혹시 아버지가 작은아버지나 고모 댁에 간 것은 아닐까, 싶어서 연락을 한 적이 있었다.

모두 연락 한 번 없었다며 걱정과 우려를 잔뜩 늘어놓고는, 자기네도 먹고살기 힘들어서 신경 쓸 겨를이 없다며 야멸차게 전화를 끊어 버렸다.

아버지가 죽었는지, 살았는지도 모르는데.

"알아요, 이모. 이모부가 저희한테 어떻게 해 주셨는지 잘 알아요. 얼마나 좋은 분이신지도요."

– 그런데 네 이모부가 지금 학교에서 위치가 좀 곤란해졌어. 그놈들이 수업 중에 들이닥쳐서는.

"수업 중에요?"

결국 이모부가 그 사람들에게 통장에 있던 돈 오천만 원을 송금해 주고 나서야 일이 일단락되었다고 했다.

– 학교에 다시는 찾아오지 않겠다고 했대. 그런데 집은 찾아오겠단다. 네 엄마가 여기 있으니까, 네 아버지가 여기로 찾아올 거라고.

어머니도 떠안긴 상황에서 염치없지만, 자신도 받아 줄 수 있느냐는 말을 어렵게 꺼내 보려고 했다.

– 네 이모부가 엄마 건강 상태도 그렇고…… 의사 있고, 보안 요원도 있는 시설 좋은 요양원으로 보내자고 해서. 알아보는 중이다. 이모가 미안해.

"아니야, 이모. 오히려 제가 감사하죠."

빚이 늘었다. 다른 빚은 아버지가 만들어 놓은 것이었지만, 이모에게 지는 빚은 스스로 갚아야 할 것 같았다.

"이모, 내가 엄마 요양원비 보탤게요."

그의 개를 돌봐 주는 조건으로 이 집에 들어온 거였다. 거기서 나오는 월급으로 엄마의 요양원비는 보탤 수 있을 것이다.

– 네가 무슨 돈이 있다고 요양원비를 보태. 근데 서희야, 너 지금 어디니?

아직도 모텔에 숨어 지내니?

"아니, 이모."

서희는 잠시 망설였다.

─ 그럼 어디야, 응? 너 설마! 그놈들한테 잡혔니? 그래서 모르는 번호로 이모한테 전화한 거야?

이모의 목소리가 공포로 물들었다.

"아니야, 이모. 나 지금 아는 선배네 집에 있어요. 좋은 분이야. 잘 지내고 있어."

─ 서희야, 이모 말 잘 들어. 응?

이모는 한숨을 한 번 크게 내쉬고는 말을 이었다.

─ 그놈들이 와서 엄청 무서운 말로 겁주고 갔거든? 딸이 멀쩡하니 예쁘게 생겼던데 돈깨나 될 것 같은데 어디다 숨겼냐고 그러더라.

목덜미에 소름이 끼쳤다.

─ 그냥 말뿐인 줄 알았어. 겁주려고 그러는 줄 알았지. 그런데 네 이모부 학교까지 쫓아간 거 보니까 그러고도 남을 놈들이야. 서희야.

이모는 누가 듣는 것도 아닌데 목소리를 잔뜩 낮추며 속삭였다.

─ 믿을 만한 사람이니?

"어? 어."

그가 믿을 만한 사람인가.

서희는 해소할 수 없는 의문을 떠올리며 입술을 짓씹었다.

─ 여자니?

원래 서희는 거짓말을 잘 못했다.

─ 어휴, 내가 괜한 걸 물었다. 너처럼 순진한 애가 어딨다고. 거기 안전한 거지? 그놈들이 찾아간 거 아니지? 너 진짜 그놈들한테 들킨 거 아니지?

"아니야, 이모. 여기 안전해. 어디보다 안전해. 아마 경찰서보다 여기가 더 안전할걸?"

잔뜩 겁먹은 이모를 안정시키기 위해 서희는 장난기 섞인 목소리로 그녀를 달래 주었다.

- 어휴, 다행이다.

어머니만큼이나 이모도 선한 사람이었다.

- 근데 서희야. 이모가 노파심에서 하는 말이 아니라. 진짜 조심해. 응? 아무 데도 가지 말고. 그 선배가 거기 계속 있어도 된다고 하면 계속 거기 있어. 응?

서희는 대답하지 못하고 망설였다.

- 이모가 이모부한테 말해서 생활비라도 보내 줄게. 응? 당분간은 그 집 밖으로도 나가지 마. 절대 다른 사람 눈에 띄지도 마. 그놈들 너 찾으면 험한 짓 하는 데다가 너 팔아넘기고도 남을 놈들이야.

안정된 줄 알았던 이모가 갑자기 통곡하기 시작했다.

- 언니가 얼마나 착하게 살았는데, 하늘도 무심하시지. 우리 언니한테 왜 이러신다니. 네가 무슨 죄가 있어서 너한테 이러신다니.

원래 눈물은 부추기면 더 진해지는 법이다. 서희는 그저 먹먹한 심정이 되어 눈물만 떨구었다.

- 이모 말 꼭 들어, 서희야. 절대, 절대로 나가지 마. 응? 실은 이모 집도 내놨어.

"집을 내놔요?"

- 응, 최대한 빨리 이사할 거야. 조금 무리해서라도 보안시설 잘 갖춘 집으로 이사 가기로 했어. 그놈들이 글쎄 우리 윤주한테.

"윤주가 왜?"

겨우 고등학교 2학년인 사촌 여동생의 이름이 흘러나온 순간, 서희는 심장이 바닥까지 철렁 내려앉는 것을 느꼈다.

- 이놈들이 돈 못 갚겠으면 얘라도 데려가겠다고 겁을 주잖아. 윤주 내일 미국 사는 제 고모네로 급하게 나간다.

아버지가 저지른 사고가 자신의 가정뿐만 아니라 이모네 집조차도 무너뜨리고 있었다.

"미안해요, 이모."

— 말했잖아. 서희야. 네가 미안할 거 없어. 너도 피해잔데, 왜. 그러니까 서희야. 너는 이모 말 명심해. 절대로 어디 돌아다니지 마. 알겠니? 당분간, 당분간만이라도 조용히 지내. 어디 취업할 생각도 하지 말고. 너 어디 다니는 줄 알면, 그놈들 회사로 쫓아갈 거야.

한숨을 집어삼키는 사이 이모가 심각한 목소리로 말을 이었다.

— 그놈들 월급 몇 푼은 우습게 생각해. 너 찾으면 팔아넘기고도 남아. 잘 숨어 있어. 응?

언제까지, 이모? 그럼 나는 언제까지 숨어 있어야 해?

묻지 못한 말은 혀끝에서만 맴돌았다.

— 이모가 방법을 찾아볼게. 응?

하나밖에 없는 딸내미를 미국으로 보내고, 집도 이사하는 이모가 방법을 찾겠다며 서희를 안심시키려고 애썼다.

"이모, 저는 알아서 잘 숨어 있을게요. 걱정하지 마세요. 또 연락 드릴게요. 엄마 요양원 가시면 연락해 주세요."

— 그래, 연락할게. 근데 너 당분간은 요양원도 오면 안 된다. 알지?

서희가 대답하지 못하고 머뭇거렸다. 어머니의 해사한 미소가 그리워서 눈물이 왈칵 치솟았다.

— 근데 서희야. 그 애는 어떻게 됐니? 네가 데리고 있어? 걔는 그냥 보육원에라도 보내 버려!

이모가 분통이 터진다는 듯이 목소리를 높였다.

"이모, 나 인제 끊어야 할 것 같아요. 또 전화할게요."

서둘러 전화를 끊은 서희는 멍하니 정원을 바라보았다. 그가 서이를 데리고 서준이와 정원에서 원반던지기를 하고 있었다.

한가롭기 그지없는 정경에 눈물이 뚝뚝 흘러내렸다.

❋❋❋

계절이 바뀌었다. 풀벌레 울던 늦여름은 어느새 꾀꼬리단풍이 물드는 가을이 되어 있었다. 그사이 서준은 자유형을 마스터했고, 지금 그에게 배영을 배우는 중이다.

사람을 산 채로 꿀꺽 집어삼킬 듯이 섹시한 요괴처럼 굴어 놓고.

그날 이후 그는 마치 서희를 없는 사람 취급하고 있었다. 퇴근하고 돌아오면 눈인사만 까딱한 뒤 서준을 데리고 수영장에 가서 한바탕 수영을 하고 돌아왔다.

서준은 그와 수영을 마치고 돌아올 때마다 너무너무 멋있는 아저씨라며 소리를 꺅꺅 질러 댔다.

나도 안다. 그 아저씨 멋진 거.

두 달 가까이 방치된 생활을 하면서 서희는 나름 살길을 모색하기 위해 애썼다.

일단 그에게 진 빚을 조금씩이라도 갚고 싶었다. 그는 돈이라면 차고 넘치는 금융 지주 회사의 대표였지만, 그렇다고 그의 돈을 떼먹을 수야 없지 않은가. 너른 집에 머물 수 있게 해 주었으니, 집세라도 내야 했고, 밥값이라도 하고 싶었다.

사실 이 집에 서희가 들어온 이유는 얼토당토않은 고용 관계에서 비롯된 것이었다. 개를 산책시키고, 돌보라는 특별한 업무를 줬었는데……. 이 집에 들어온 다음 날 일자리를 잃고 말았다. 개 전문가가 진작에 고용되어 있었던 것이다.

일하지 않는 자에게 숙식을 제공하는 기적! 이라고 마냥 좋아할 수만은 없었다. 도대체 그가 무슨 꿍꿍이로 이러는 것인지 답답했고,

고민되었고, 걱정되었다.

갚아야지, 돈을 갚아야 해.

일단 그에게 돈을 갚아야겠다는 생각으로 여기저기 이력서를 집어 넣었다. 사실 애를 달고 어디를 다니겠느냐마는.

서준이 유치원을 다니기 시작하면서 시간적 여유가 생겼고 파트타임 업무 정도는 볼 수 있을 거라고 생각했다.

이모의 경고처럼 정식으로 어딘가에 취직하면 기록이 남아서 또 빚쟁이들이 들이닥칠 게 뻔했다. 시간을 적게 들이고, 현금으로 임금을 받을 수 있으며, 기록이 남지 않을 일자리.

하지만 조건에 맞는 일자리를 찾기란 쉽지 않았다.

그 와중에 기적이 또 일어나고야 마는데.

"대표님께서 함서희 씨 월급이라고 전해 주라고 하셨습니다."

그냥 흰 봉투도 아니고 은은한 펄 감이 감도는 봉투에 금박으로 월급이라 새겨져 있었다. 쓸데없이 고급스러운 디테일에 하마터면 실소를 터뜨릴 뻔했다.

"월급이요? 제가 서이를 돌보는 일을 하지 않는데요."

"월급을 받으실 만큼 충분한 역할 하고 계시다고 대표님이 판단하신 것 같습니다."

백 실장은 사무적인 미소를 머금으며 봉투가 올려진 금 쟁반을 살짝 들어 보였다. 어서 집어 가라는 뜻이었다.

서희는 얼떨떨한 기분으로 봉투를 집어 들었다.

백 실장이 방에서 나가고 난 뒤, 서희는 테이블 위에 봉투를 올려 놓고 머리를 싸맸다. 함서희가 이 집에서 '충분히' 하고 있는 역할에 대한 고찰이 필요했다.

먹잇감에게 올무를 걸어 놓고 서서히 목이 졸려 죽는 과정을 감상하는 변태적인 취미라도 있는 걸까?

돈을 모아서 그에게 갚고 싶었지만, 그가 완강히 거절 의사를 밝혔다. 물론 백 실장을 통해서.

"함서희 씨께서는 월급을 받을 자격이 충분하다고, 대표님께서 직접 말씀하셨습니다."

"대체 왜일까요?"

백 실장은 그건 자신도 알 수 없는 일이라며 그저 사무적인 미소만 짓고는 두 번째 월급을 전해 주었다.

도무지 답이 나오지 않는 월급을 벌써 두 번이나 받은 거다.

아버지가 잠적하고 난 뒤, 돈이 급한 것은 당연했다.

첫 월급은 미국에서 유학 생활 중인 동생의 생활비로 고스란히 보내졌고, 두 번째 월급은 이모에게 전부 보낼 수밖에 없었다.

그래도 그에게 신세 지고 있는 것에 대한 성의 표시가 필요하다는 생각이 들었다. 그는 여전히 서희가 어떤 역할을 충분히 하고 있다고 했지만, 그게 뭔지 도통 알 수가 없었다.

마침 스마트폰 어플을 통해서 시작한 일이 조금씩 금전적 수익을 안겨 주고 있었다. 갖가지 입시를 준비하는 입시생들의 자기소개서와 학업계획서를 첨삭해 주는 일이었는데, 합격 후기가 하나둘 올라오기 시작하면서 의뢰가 늘어났다.

국제중, 영재고를 거쳐 국내 최고의 대학에서 경영학을 전공한 서희에게 합격에 가까워지는 서류를 준비해 주는 것은 딱 알맞은 일이었다.

이 돈을 모아서 성의 표시를 하자!

어플을 통해서 포인트가 쌓였고, 그걸 현금으로 전환 신청을 하면 받을 수 있는 구조였다.

그가 서희 앞으로 잡혀 있던 대출 문제를 해결해 준 덕에 서희는 다시 은행 거래를 하고 돈을 모을 수 있게 되었다. 일을 처리할 때마다 컨설팅 비용을 조금씩 상향했더니, 어느 순간부터는 예전에 회사에서 받던 월급을 넘어서는 데까지 이르렀다.

극한의 상황에서 발견한 뜻밖의 재능이었다.

오늘도 어김없이 카톡 채널을 통해 들어온 의뢰를 확인하려는데, 생일 알람에 낯익은 프로필 사진이 떠 있다. 백 실장이었다.

"오늘 백 실장님 생신이구나."

빚쟁이에게서 벗어나느라 서희는 집을 나오면서 휴대전화를 없앤 상황이었다. 당시만 해도 신용이 좋지 않아서 휴대전화를 다시 개통할 수도 없었다.

지금 서희가 사용하는 휴대전화는 이 집에 온 날, 백 실장이 건네준 것이었다. 휴대전화에는 그의 전화번호와 백 실장의 전화번호, 두 개의 번호만 저장되어 있었다.

카톡 창을 확인하는데 또다시 울화가 치민다. 그는 서희가 보내는 메시지에 딱 두 가지 반응을 보였다.

읽씹 혹은 안 읽씹.

읽고 씹거나 혹은 안 읽고 씹거나.

이 집에 처음 들어온 날 사람을 잡아먹을 것처럼 덤벼들어 놓고선.

그날의 물속 키스가 떠올라 서희는 얼굴이 홧홧 달아올랐다. 손부채질을 해 대며 열을 식히려고 했지만 허사였다.

"아, 마당이라도 나가야겠다."

머릿속이 음란하게 물드는 것을 막기 위해서는 몸을 움직여야 했다. 그리고 감히 용납할 수 없는 단어가 머릿속에 자꾸만 떠올라서 살짝 신경질이 나려고 했다.

욕구불만.

한번 맛본 키스는 사람을 미치고 환장하게 했다. 시도 때도 없이 생각나서 입술을 잘근잘근 씹게 했고, 꿈에서도 나타나서 화끈 달아오른 얼굴로 화들짝 놀라서 잠에서 깨어나게 했다.

나쁜 생각이 드신다면서요. 사람 참 이상하게 나쁘네.

서희는 고개를 절레절레 내저으며 너른 정원을 걷고 또 걸었다. 유리 온실을 닮은 수영장에 다다랐을 때, 근처를 배회하고 있던 백 실장과 마주쳤다.

유럽의 지방 소도시 성과 견주어도 손색없을 저택을 손보느라 그녀는 늘 바빴으니, 정처 없는 배회는 아니었을 것이다.

"백 실장님, 생신 축하드려요!"

선선한 인사를 건네자, 백 실장이 흠칫 놀란 눈빛으로 경계 어린 표정을 지었다. 백 실장은 군인을 했어도 참 잘했을 것 같다. 경계 근무 하나는 끝내주게 잘했을 거다.

"제 생일인 거 어떻게 아셨어요?"

마치 서희가 대단한 죄라도 지었다는 듯이 백 실장이 미간을 찡그리며 물었다. 백 실장은 저런 표정을 지을 때마다 미간이 N자로 푹 파였다.

서준은 그 모습을 보고 백 실장을 번개 이모라고 불렀다. 그 모양이 흡사 번개 같다고 해서 붙여진 별명이다. 물론 백 실장은 자신이 그렇게 불리는 걸 모르는 눈치다.

"깨톡 생일 알림 보고 알았어요."

"아."

백 실장이 고개를 젖히며 안도하는 표정을 지었다.

간첩인 줄 알았는데, 아니구나? 하고 안심하는 군인의 표정이 꼭 저럴 것 같다.

"생일을 챙긴 지 하도 오래돼서 몰랐네요. 집에서 일하는 다른 사람들도 내 생일을 챙기는 일은 없어서요."

백 실장은 생일 축하한다는 인사에 정색했던 것을 사무적인 어조로 해명했다. 서희는 이 집안 사람들이 그녀의 생일을 챙기지 않는다는 사실이 의아했다.

"생일을 안 챙기신다고요?"

"네."

백 실장이 당연하다는 듯이 대꾸했다.

"왜요?"

서희의 기준에서 볼 때, 생일은 세상에 태어난 기쁜 날이었다.

"대표님의 조모이신 강동례 회장님의 뜻입니다."

"회장님께서 집에서 일하는 사람들의 생일을 챙기지 말라고 하셨다고요?"

사람 참 인색하다는 생각이 들었다.

"네, 외부에서 들어온 여자의 생일을 챙기면, 이 집안 남자들이 기를 못 편다고 한 스님이 말씀하셨거든요. 대표님과 윤한 도련님을 위해서 제 생일은 챙기지 않습니다."

인색하다 못해 기이할 정도다.

"그럼, 이 집에서 일하시면서 생일은 한 번도 챙긴 적 없으세요?"

"네."

"미역국은요?"

꼬치꼬치 물어보는 것 같아서 조금 민망해지려고 했지만, 서희는 물음을 멈추지 않았다.

"더 정확히 말씀드리자면, 생일 당일이 아닌 다른 날에 챙기라고 말씀하셨습니다. 미역국도 다른 날 맛있게 먹으라고요. 생일 케이크에 초를 켜고 부는 것도 생일 당일이 아닌 다른 날 하는 건 괜찮다고 하셨습니다."

백 실장은 강동례 회장이 무리한 요구를 한 건 아니라는 듯이 두둔하는 어조였다.

"그런데 제가 이 집안을 돌보는 일을 하다 보니, 자연스레 제 생일을 챙기는 일은 하지 않게 되었지요."

너무도 당연한 일이라는 듯이 말하고 있었지만, 백 실장의 눈동자에 미묘한 감정이 일었다가 사라지는 것이 포착되었다.

"그럼 백 실장님, 우리 내일 생일 파티 할까요? 다른 날 하는 건 괜찮다고 하신 거잖아요. 그렇죠?"

백 실장이 얼떨떨한 표정으로 서희를 바라보았다. 깐깐하고, 까칠하고, 엄정하기만 했던 백 실장의 눈빛이 조금 흔들렸다.

❈❈❈

설마 했는데.

아침 일찍 부엌에 들어선 백 실장은 화들짝 놀라고 말았다. 아침 식사를 준비하는 사람들 틈에 함서희가 끼어 있었다.

조리대 앞에서 갖은 채소를 열심히 다듬던 그녀는 고개를 빠끔히 뒤로 내밀며 백 실장에게 인사를 건넸다.

"어? 실장님. 일어나셨네요?"

"함서희 씨, 여기서 지금 뭐 해요?"

백 실장이 불안한 마음을 안고 그녀의 곁으로 다가갔다.

서희가 천진하고 순수한 미소를 머금었다.

"제가 할 줄 아는 게 별로 없는데요. 엄마 생신마다 생일상 차려 드려서, 미역국은 끓일 줄 알거든요. 다른 건 여기 계신 분들이 도와주셨어요."

서희의 다정한 말씨에 부엌일을 봐주는 고용인들도 흐뭇한 미소를 머금었다.

"미역국은, 왜요?"

어제 분명 서희는 백 실장에게 생일 파티를 하자고 했었다.

"하루 늦었지만, 백 실장님 생신이니까요."

무구하고 상냥한 말씨였다.

백 실장은 그동안 함서희에게 경계를 늦추지 않았었다. 백 실장은 강 회장에게 있어서 충직한 고용인이었고, 그것을 기준 삼아 볼 때 함서희는 집안에 들어서는 안 되는 인물이었다.

하긴 이 집안뿐 아니라, 보통의 집안이라 할지라도 오갈 데 없는 여자와 아이를 덥석 받아 주는 곳은 없을 것이다.

"이렇게까지 안 해도 되는데요."

"대표님 일어나시기 전에 식사하실 거죠?"

백 실장은 약간은 포기한 심정으로 고개를 끄덕거렸다. 그리고 오랜만에 받아 보는 생일상을 마다하고 싶지 않았다.

고용인들이 사용하는 식당에 생일상이 차려졌다. 미역국만 끓인 줄 알았더니, 불고기부터 잡채까지 어릴 때 생일에나 먹을 수 있었던 음식이 식탁 위에 올랐다.

"입맛에 맞으실지 모르겠어요. 간은 주방장님이 봐 주셨는데."

서희는 동그란 눈을 반짝반짝 빛내며 백 실장 앞에 마주 앉아 있었다. 서준과 식사를 함께하는 탓에, 서희의 앞에는 밥과 국이 놓여 있지 않았다.

백 실장은 강동례 회장이 이제 이 집 식구라며 30여 년 전 선물해 주었던 수저를 여전히 사용하고 있었다.

유기 숟가락을 집어 드는데 가슴속에서 뜨거운 무언가가 울컥 치밀었다. 머릿속으로 복잡하게 계산하지 않아도 오랫동안 고민해 온 사실을 단번에 정리해 버리는 직감적인 순간이 있다. 함서희의 선한 영향력이 저에게 스며들려고 하고 있었다.

백 실장은 소고기가 담뿍 들어간 미역국을 뜨다 말고 서희에게로 시선을 옮겼다.

"잘 먹을게요. 고마워요."

빙그레 웃는 서희의 얼굴은 무구했다.

구김살 없이 맑은 웃음에 백 실장도 저도 모르게 따라 웃었다. 서희가 웃는 모습은 자주 보았지만, 백 실장이 마주 웃어 준 것은 처음 있는 일이었다.

백 실장은 맛을 음미하며 어느 때보다 신중한 식사를 끝냈다.

"맛있게 잘 먹었어요."

지한과 윤한 형제를 강 회장이 맡아 키운 이후로 생일을 챙기지 않았으니, 20여 년 만에 받아 본 생일상이었다.

"아! 그리고요. 잠시만요!"

빈 그릇을 확인한 서희가 환하게 웃으며 부엌 안쪽에서 무언가를 들고 나왔다.

"생신 축하드려요!"

하얀 접시 위에 설기로 만든 케이크가 올려져 있었다.

"여기 식재료 창고에는 없는 게 없더라고요. 예전에 아빠 생신 때 한번 만들어 봤던 기억이 나서……."

"설기 케이크를 직접 만들었어요? 나 주려고?"

서희가 쑥스러운 듯 고운 미소를 머금으며 고개를 끄덕거렸다. 설기 케이크 위에는 은색 초 하나가 예쁘게 꽂혀 있었다.

"촛불 끄기 전에 소원도 비셔야 해요!"

미소 띤 얼굴이었지만, 눈빛만큼은 진지한 서희를 바라보며 백 실장은 어떤 소원을 떠올려야 할지 막막해졌다. 단 한 번도 생일 케이크를 앞에 두고 자신을 위한 소원을 빌었던 적이 없었다.

"어떤 소원을 빌어야 하지."

백 실장이 혼잣말을 중얼거렸다.

"다른 사람이 들어가지 않는, 실장님만을 위한 소원이요."

서희가 뭐 어려울 게 있냐는 듯이 말했다.

백 실장은 심호흡을 하고 머릿속에서 생각이 그대로 흘러가도록 두었다. 자연스레 떠오른 소원을 빌고 싶었다.

'나중에 내가 호호 할머니가 되어서 실버타운에 가면 이 아이가 면회 오게 해 주세요.'

갑작스럽게 떠오른 소원에 백 실장 자신도 어이가 없어서 픽 웃음이 나왔다. 하지만 왠지 모르게 소원을 정정하고 싶지는 않았다.

"근데 케이크는 사람 시켜서 사 와도 될 텐데. 이것도 직접 했어요?"

"어릴 때요. 엄마가 제 생일마다 떡을 해 주셨거든요. 삼신할머니한테 고맙다는 뜻으로 드리는 거라고 했던가? 아무튼, 자세히 기억은 안 나는데요."

그녀가 떡 케이크를 잘라서 개인 접시에 담은 뒤 백 실장 앞으로 내밀었다.

"실장님은 계속 집에만 계시잖아요. 외출도 잘 안 하시고요. 밖에서 혼자 생일 챙기셨을 것 같지는 않고요. 그럼 여태 생일 안 챙기셨다는 건데……."

그녀는 속 깊은 이야기를 하면서도 젠체하거나 심각해지지 않았다. 그래서 백 실장은 편한 마음으로 서희의 고운 목소리에 귀를 기울일 수 있었다.

"그럼 세상에 태어나게 해 준 삼신할머니가 노하셨을 것 같아서요. 떡을 여러 가지 했던 것 같은데……. 지금은 엄마한테 물어볼 형편이 못 돼서……. 백설기만 해 봤어요."

"저런."

백 실장이 안타까운 목소리를 내자 서희가 손사래를 쳤다.

"아, 엄마가 돌아가시거나 그런 건 아니고요. 가세가 기울고 나서 지금 이모랑 같이 계시는데, 조금 많이 힘드신 상태예요."

계절이 바뀌는 동안 그녀를 지켜봐 왔지만, 이런 이야기를 나누는 것은 또 처음이었다.

"저랑 서준이가 갑자기 들어와서 당황스러우셨을 텐데, 받아 주셔서 감사합니다."

감사 인사를 건네는 서희의 얼굴에는 여전히 수줍고 미안한 미소가 어려 있었다.

"내가 받아 준 건가요. 대표님이 하신 일이죠."

서희와 서준이 이 집에서 지내는 일은 백 실장이 왈가왈부할 수 있는 종류의 것이 아니었다. 다만 강 회장과 지한의 관계가 걱정될 뿐, 백 실장은 지한의 결정을 따라야 하는 처지다.

그런데도 그녀는 백 실장에게 고맙다는 인사를 하고 있었다.

"대표님께도 성의 표시를 하고 싶은데요. 좀처럼 기회가 생기질 않네요."

그동안 서희는 지한과 마주칠 일이 거의 없었다. 지한이 바쁜 탓도 있었지만, 백 실장이 중간에서 두 사람의 만남을 철저하게 막았기 때문이었다.

우연히 집 안에서 마주치는 일이 없도록 두 사람의 동선을 예민하게 신경 썼었다. 물론 지한이 서희를 따로 찾는 일이 없어서 가능했던 일이기도 했다.

겉으론 강인해 보여도 감수성이 예민하고, 속은 여린 구석이 있는 지한이었다. 첫사랑이 어려움에 처했다는 소식에 마음이 약해져서 두 사람을 집으로 불러들이기는 했지만, 어떻게 해야 할지 몰라서 피하고 있는 것은 아닌가 하는 생각도 했었다.

후회하고 있는 건가, 너무 충동적이었다고 자책하고 있을까.

하지만 이들이 집 안으로 들였던 날 밤, 지한은 확신에 차 있었다.

'내가 그동안 책임지지 못할 행동을 하는 걸 본 적 있습니까?'

그렇다면 또 참고 있는 게 분명했다.

서희의 상황이 좋지 않으니, 일단은 제 보호 아래에 두고 상황을 지켜보며 감정을 누르고 있을 터였다.

정말 답답하기는. 그래서 장가나 갈 수 있겠어?

고용인과 피고용인의 관계가 분명한 집안이었지만, 백 실장은 지한에게 애틋한 마음을 갖고 있는 것도 사실이었다. 지한과 같은 아들이 있다면 어떨까, 하는 생각도 가끔 하곤 했었다.

깎아 놓은 밤톨처럼 말끔하니 잘생겨서 능력까지 좋은 아들.

외로움을 많이 타니까 상냥하고 친절한 성품의 사랑스러운 아내를 맞았으면 좋겠다는 막연한 바람도 있었다.

백 실장의 눈길이 가만가만 서희의 얼굴을 어루만지듯 했다.

지한이 서희에게 끌렸던 이유를 조금은 알 것 같았다. 삭막하고 외로운 환경에서 자란 지한에게 서희는 자신이 가지지 못한 것을 가진 반짝반짝 빛나는 존재일 터였다.

아버지는 도망가고, 친모조차 버리고 간 이복동생을 살뜰히 보살피며, 미국에 유학 간 동생의 생활비까지 보태고 있다고 했다.

지한은 그녀의 자존심이 다칠까 싶어서 월급이라는 명목하에 금전적 도움을 주고 있는 듯했고.

아이고, 답답해라.

인생 길다고 하지만, 꽃 같은 시절은 짧다.

"실은요. 제가 일을 좀 해서 돈을 벌었거든요."

"일? 어떤 일이요?"

종일 집 안에만 있으면서 그녀가 무슨 수로 돈을 벌었다는 건지 궁금했다.

"입시 컨설팅 같은 건데요. 자소서랑 학업계획서 같은 거 첨삭해 주는 거요. 요즘은 휴대전화로 문서 작성도 다 돼서요. 그래서 돈을 좀 모았는데……. 대표님이 저한테 해 주신 거에 비하면 너무 적은 돈이지만, 그래도 지금부터 꾸준히 갚아 나가고 싶어서요."

서희의 말대로 그녀가 내민 돈은 지한에게 있어도 그만, 없어도 그만인 금액일 것이다. 하지만 중요한 건 금액이 아니라, 서희의 은혜를 갚고 싶어 하는 마음이었다.

선량하고 예의 바르며 구김살 없이 밝은 사람, 만약 지한이 제 아들이었다면 며느리로 삼아도 좋겠다고 여겼을 것이다.

"이따가 대표님 들어오시면 자리 만들어 줄까요?"

"그래 주실 수 있나요? 정말 감사합니다."

컴컴한 속내를 감추고 지한에게 접근했던 여자가 더러 있었다. 솔직히 백 실장은 서희도 그런 부류일지 모른다고 의심했었다.

몇 번이고 감사하다고 인사하는 서희의 얼굴에 안도의 미소가 떠올라 있었다.

그날 밤, 서희는 백 실장이 알려 준 시간에 지한의 침실 문을 두드렸다.

똑똑.

조심스럽게 그의 침실 문을 두드렸지만, 안에서는 아무런 기척도 들려오지 않았다.

입안이 바짝 마르고, 심장이 불규칙적으로 두근거렸다. 야심한 시각에 그의 침실 문을 두드리고 있는 탓인지 긴장감이 쉽게 가라앉질 않았다.

그동안 그와 말을 아예 섞지 않았던 것도 아니다. 출근 잘 해라, 오늘은 날이 흐리다, 주말에도 일이 바빠 보이는구나, 따위의 무미건조한 대화가 오갔을 뿐이지, 오며 가며 말을 섞기는 섞었었다. 다만 그럴 때마다 곁에는 서준이 혹은 백 실장이 함께했다는 게 지금과는 달랐다.

그냥 아침 출근 전에 만난다고 우길 걸 그랬나?

모두가 잠든 늦은 밤, 그의 침실 문을 두드리는 기분이 묘하기 그지없었다.

하지만 백 실장은 출근 전 그의 집중력을 해친다거나, 심기를 거스르는 일에 대한 여지를 두면 안 된다며 그가 일과를 마친 후에 만날 것을 권했다. 아니, 허락했다. 아니, 강압적이었다고 해야 하나?

아무튼, 황제를 알현하는 몰락한 귀족가의 불쌍한 아가씨라도 되는 것처럼 기분이 묘했다. 얼굴 보기 힘든 것은 옛날의 황제나 자본주의 사회의 금융 지주사 대표나 다를 게 없었다. 돈으로 뭐든 다 할 수 있는 세상에서 금융 지주사의 대표는 황제의 지위하고 비교해도 손색이 없기는 했다.

황제고 뭐고. 상황은 진창인데, 또 시간은 남아돌아서 고전소설을 좀 읽었더니 생각이 자꾸만 이상한 데로 흐르려고 했다.

서희는 다시금 크게 숨을 골랐다.

하긴 긴장한 탓에 생각을 딴 데로 돌리고 싶어서 자꾸만 황제니, 몰락한 귀족이니 하는 헛생각이 드는 것일 터.

"얼른 해치워 버리자!"

서희는 다짐하듯 읊조렸다.

일단 돈을 벌어서 갚겠다고 하고……. 이게 상환의 시작이라고 하고, 그리고 또…….

141

온종일 머릿속으로 해야 할 말을 정리하고, 또 정리했다. 그의 선의에 보답하는 성실하고 진실한 모습을 보여 주고 싶어서 단어를 고르고 또 골랐다.

진심으로 고마웠다. 그의 선에서 서희 앞으로 잡혀 있던 대출금을 해결해 준 것도 모자라, 좋은 집에 머물게 해 주고, 서준이 양질의 교육을 받을 수 있도록 베풀어 준 것에 진심으로 고마웠다.

그래서 정말 잘 표현하고 싶은데…….

그의 방문 앞에 선 순간, 머릿속은 하얗게 탈색되고 심장만 터질 듯이 두근거렸다.

"뭘 해치워?"

등 뒤에서 들려온 낮은 목소리에 놀란 서희는 그 자리에서 그대로 굳어 버렸다.

내가 이렇게 사회성이 모자란 인간이 아닌데.

대학교 때부터 그의 목소리는 마치 서희의 몸속 어딘가에 자리한 스위치를 누르는 기능이 있는 듯했다.

사고를 정지시키고, 언어 인지 능력을 떨어뜨리며, 오직 심장만이 세차게 두근거리게 만드는 스위치. 마치 오래도록 드나들지 않아서 거미줄이 잔뜩 낀 창고에서 오렌지빛 전등 스위치를 딸깍, 누른 것처럼.

"뭘 해치우냐고, 응?"

그가 확인하듯 딸깍딸깍, 스위치를 눌러 댔다.

서희는 자신이 왜 여기에 서 있는지, 그 목적을 잊지 않기 위해 애쓰며 천천히 돌아섰다.

아이코.

하마터면 눈을 질끈 감아 버릴 뻔했다.

운동을 마치고 왔는지, 그는 또 땀에 흠뻑 젖어 있었다. 땀방울에

촉촉하게 젖은 이마, 상기된 두 뺨, 근육 골을 따라 젖은 티셔츠와 노곤하게 풀린 눈동자는 지나치게 야했다.

수영장 곁에 붙은 건물에는 그가 직접 설계했다는 피트니스 공간이 있는데, 그는 매일같이 서준에게 수영을 가르치는 것으로도 모자란지, 밤마다 꼬박 2시간은 땀을 뺀 후에 잠자리에 든다고 했다.

힘이 남아도시나.

"세 번, 묻는다. 뭘 해치우냐고."

그가 한쪽 입꼬리만 실룩거리며 웃었다. 머릿속이 아찔해질 정도로 매혹적인 미소였다.

"그게요."

서희는 저도 모르게 미소를 머금었다. 웃고 싶어서 웃는 게 아닌 본능적인 반응이었다.

파란 하늘에 두둥실 떠 있는 뭉게구름, 털이 보송보송한 귀여운 아기 고양이, 민트 향이 느껴질 것만 같은 청량한 바다 등 기분 좋아지는 것을 마주했을 때의 감상과 비슷했다.

"웃지만 말고 말을 해."

피로감과 웃음기가 동시에 묻어나는 목소리로 그가 덧붙였다.

"혹시 날 해치울 계획이라도 세운 거였어? 등 뒤에 숨긴 건 칼이야?"

그가 고개를 비스듬히 젖혔다. 목젖이 바짝 올라붙은 목선이 퍽 멋졌다. 대답해야 하는데, 그에게 홀린 듯 입이 떨어지지 않았다.

"찌르고 이 집 털어서 튀려고 했는데, 나한테 딱 걸린 거야?"

그가 턱을 올린 채 가늘게 뜬 눈으로 서희를 바라보았다.

이 잘생긴 남자가 뭐래.

땀에 젖어 흐트러진 머리카락과 비스듬히 틀어 올린 날렵한 턱선, 범죄를 계획했느냐고 묻는 장난기 어린 눈빛의 조화는 완벽했다.

"함서희."

이름 석 자가 그의 입에서 흘러나온 순간, 정신이 번쩍 들었다.

"아니요!"

이미 시간을 질질 끌어 버렸지만, 그래도 빨리 대답해야겠다는 생각에 버럭 소리를 지르고 말았다.

"그럼 왜 그렇게 심각한 얼굴로 여기 서 있는 건데?"

"드릴 말씀이 있어서요."

"해 봐."

그가 어떤 말이든 들을 준비가 되었다는 듯이 눈을 지그시 감았다가 떴다.

"그게."

입을 떼려는데, 뒤에서 집안일을 하는 사람들이 왔다 갔다 했다. 서희의 시선이 그의 등 뒤에 머물자, 그가 고개를 돌려 뒤를 살피고는 아무럴 것도 없다는 시선으로 서희를 바라보았다.

언제나 자신을 위해 일하는 사람들이 곁에 머무는 게 당연한 남자였다. 하지만 서희에게는 당연하지 않은 일이기에 입이 떨어지지 않았다.

"여기서 말 못 해?"

"네."

서희는 조용히 대답하곤 입술 안쪽을 꾹 깨물었다. 그의 시간을 너무 많이 뺏지 말라고 했던 백 실장의 말이 불현듯 생각났기 때문이다.

"따라 들어와."

그가 침실 문을 열고 들어가며 말했다.

서희는 저도 모르게 숨을 삼켰다. 침실 문 안쪽에서 그의 향기가 짙게 배어났다. 마치 그가 쓰는 향수를 침실 안에 들이부어 놓은 것처럼. 삼나무와 세빌 오렌지, 풍부한 가죽 냄새를 블렌딩 한 향수 냄새 때문에 숨을 멈춘 것은 아니었다.

그의 침실 문이 열린 순간, 모든 것을 다 가진 남자의 비밀을 들춰 보기라도 하는 것처럼 심장이 두근거렸다.

"좀 기다려. 씻고 나올 테니까."

뜻밖의 말이 들려온 쪽으로 서희는 천천히 시선을 돌렸다.

아이코.

이번에는 눈을 질끈 감고 말았다. 그가 손을 뒤로 뻗어서 회색 티셔츠를 잡아당긴 순간, 잘 짜인 복근이 모습을 드러냈다.

티셔츠를 훌러덩 벗은 그는 서희에게 침실 한쪽에 놓인 카멜색 윙체어를 턱짓으로 가리켰다.

"얌전히 앉아서 기다려. 여기서 뭐 털어 갈 생각은 하지 말고."

"그런 생각 안 해요. 태어나서 남의 물건 훔쳐본 적 한 번도 없어요."

서희는 입술을 가늘게 맞물리며 단호하게 두 눈을 부릅떴다.

"그래?"

그가 또다시 아까처럼 턱을 비스듬히 들어 올리며 물었다. 팽팽하게 당겨진 목선에 도드라진 목젖이 가히 아름답다. 매끈한 턱선에 손을 대 보고 싶은 순수한 충동이 일 만큼.

"근데 표정이 왜 그래?"

"제 표정이 왜요?"

서희는 결백하다는 투로 되물었다.

"뭐가 되게 갖고 싶은 표정인데? 나쁜 생각 하는 얼굴이잖아."

"아, 아니에요!"

얼씨구. 말까지 더듬고.

이러면 누가 봐도 나쁜 생각 하다가 들킨 사람처럼 보일 것이다.

145

"아니면 말고."

그가 대수롭지 않다는 듯이 돌아섰다. 서희는 슬쩍 피했던 시선을 돌려 그의 뒷모습을 흘끗 보았다.

불끈불끈한 근육으로 뒤덮인 등허리가 땀에 젖어 촉촉했다. 매끈한 골반에 아슬아슬하게 걸친 검은색 트레이닝 팬츠는 그가 걸을 때마다 보드랍게 나풀거렸다.

땀에 젖은 몸에 헐렁한 트레이닝 팬츠 하나 걸쳤을 뿐인데 침실 안이 프레타 포르테 런웨이라도 된 것처럼 느껴졌다.

그가 침실 안쪽 어딘가로 사라지고 나자, 서희는 그제야 크게 숨을 내뱉으며 윙 체어에 털썩 주저앉았다. 처음 그를 다시 만났을 때는 그저 삶을 향한 간절함만이 남아 있을 때였다.

당장에 먹고살 걱정을 해야 했고, 내일이 오는 것이 두려운 하루를 보내는 처지였다. 그런데 그의 선의로 인해 여유가 생긴 탓일까. 그의 매혹적인 모습에 속수무책으로 시선이 갔다.

정신 바짝 차려야지. 네가 지금 이루지 못한 첫사랑에 안타까워서 정신 팔릴 때가 아니잖아.

서희는 또다시 결심을 굳히듯 고개를 빳빳이 세웠다.

잡생각을 물리기 위해 찬찬히 그의 침실을 둘러보았다.

그의 침실은 2층 한가운데 자리했다. 침실 문을 열고 들어오면 다섯 개쯤 되는 대리석 계단이 있었고, 계단에서 내려오면 진갈색 가죽 헤드 보드가 있는 커다란 침대와 카멜색 윙 체어 두 개, 그리고 작은 대리석 테이블이 자리했다.

그가 사라진 방향으로는 나선형 계단이 있었는데, 샤워를 하겠다며 아래로 내려간 것으로 보아 계단 밑에 욕실과 드레스룸이 자리한 듯하다. 그가 퇴근해서 제일 먼저 들어가는 곳일 터였다.

그리고 위치상 계단 위에는 그가 자주 드나드는 3층 멀티미디어룸이 있을 것이다.

혼자 사용하는 침실이 건물 1층에서 3층까지 이어져 있는 것을 가늠하는 동안 그와의 거리감이 막막할 정도로 벌어졌다.

이 정도면 집 나간 정신머리를 붙잡아 두기에, 충분했다. 결연하게 눈을 부릅뜰 때였다.

"이번엔 무슨 생각을 그렇게 골똘히 해?"

정신머리 탓만 하기에는 억울한 생각이 들 정도로 지나치게 매혹적인 남자의 목소리가 나직하게 울렸다.

그가 서희의 생각을 궁금해하는 것처럼, 서희는 왜 그가 자꾸만 저런 모습으로 나타나는 건지 궁금해서 돌아가실 지경이다.

물이 뚝뚝 떨어지는 머리카락을 손가락으로 빗어 넘기는 그는 보는 것만으로 보드라움이 느껴지는 듯한 샤워 가운을 몸에 걸치고 있었다.

젖은 머리카락, 흘끗 보이는 앞가슴뼈, 그리고 새하얀 샤워 가운까지.

"이제 말해 봐. 무슨 얘기가 하고 싶어서 침실 문 앞에서 그런 표정으로 기다렸는지."

그가 맞은편 윙 체어에 앉으며 말했다. 걷어붙인 소매 아래로 보이는 우람한 팔뚝에는 힘줄이 불끈 돋아나 있었다.

서희는 그의 굳센 팔뚝에 시선을 빼앗기지 않으려 노력하며, 아니 정확히는 그 근육을 찢어발길 것 같은 눈빛으로 바라보지 않기 위해 노력하며 입을 열었다.

"대표님께서 저와 제 동생에게 베풀어 주신 선의에 보답하고 싶습니다."

너무 긴장한 탓에 평소보다 훨씬 딱딱하고 어색한 말이 흘러나왔다. 이건 선의에 보답하겠다는 은혜 입은 아가씨의 말투가 아니라 폐

르시아 군대를 물리치러 나선 스파르타군의 결투 신청 같은 말투다.

"싸우자는 거 아니고?"

"네!"

서희는 여전히 눈을 부릅뜬 채로 다른 곳을 보기 위해 애쓰고 있었다. 시선을 강탈하는 그의 빼어난 겉모습에 현혹되지 않으려고 무진장 애쓰는 중이었다.

"그럼, 함서희. 그런 말을 할 때는 사람 얼굴을 보고 해야 하지 않을까?"

서희의 눈동자가 그의 얼굴로 느릿하게 굴러갔다. 그는 만면에 미소를 띤 채로 서희를 바라보고 있었다.

"선의에 어떻게 보답하겠다는 건데?"

"제가 일을 좀 했거든요."

"일? 무슨 일?"

그의 반듯한 미간이 단박에 구겨졌다. 마치 영화 속 남자 주인공과 대화를 나누고 있는 듯한 착각이 인다. 그는 미간을 찌푸리는 것조차 극적으로 잘생겨서, 작금의 상황을 현실감 없게 만들고 있었다.

적당히 현실감이 없어지니 오히려 그게 도움이 되었다. 서희는 극도로 긴장했던 게 무색하리만큼 준비한 말을 차근차근 꺼내기 시작했다.

"직장을 새로 구하고 싶었는데, 그건 쉽지가 않더라고요. 아무래도 전 직장에서 불미스러운 일로 퇴사해서 당장 재취업하는 건 어려울 것 같아요. 레퍼런스 체크에서 계속 걸리는 것 같더라고요. 아무튼, 그래서 휴대전화 어플 이용해서 입시 컨설팅을 좀 해 봤는데요. 거기서 돈을 좀 벌었어요."

"그래서?"

그는 어딘지 모르게 못마땅한 표정이었다.

"이거 제가 번 돈이거든요. 이거라도 갚고 싶어서요. 절대 대표님이 주신 월급으로 드리는 거 아니에요. 백 실장님이 출금할 수 있도록 도와주셨어요. 그리고 대표님이 주시는 월급이요. 제가 이 집에서 하는 일이 없는데, 받아서는 안 되는 돈 같아요. 이제 이번 달부터 그런 월급은 주지 않으셔도 됩니다."

준비한 말을 모두 무사히 끝마쳤다는 사실에 서희는 사뭇 뿌듯해져서 그를 바라보았다.

"백 실장이 일을 제대로 안 했나?"

"네?"

왜 애먼 불똥이 백 실장에게 튀는지 모르겠다.

"월급을 받을 만한 일을 하고 있으니까 주는 거라고. 백 실장이 말하지 않았어?"

"아, 그 말씀은 하셨는데요. 제 생각엔, 제가 그 돈을 받을 만큼 이 집에서 하는 역할이……."

"너는 회사 다닐 때, 연봉을 네가 달라는 대로 다 받았어?"

"아니요."

세상에 그런 회사원이 몇이나 될까, 싶다. 연봉 협상이라 쓰고, 연봉 통보라 읽는 게 현실이었다.

"그렇지? 연봉은 보통 주는 사람 마음이거든. 협상할 자격이 안 될 때는 특히 더 그렇고."

그는 마치 서희에게는 협상할 자격이 없다는 듯이 말했다.

"그냥 주는 대로 받으면 된다는 말씀이신가요? 그래도 회사에서 주는 연봉은 제가 어느 정도 일을 하니까 받는 거잖아요. 처음에 개를 돌보라고 하셨고, 그렇게 책정된 돈이었지만. 서이는 돌보는 사람이 따로 고용된 상태던데요?"

"아, 그걸 내가 깜빡했더라고."

그가 너무 뻔뻔하게 대답해서 서희는 잠시 할 말을 잃어버렸다.

"그래서 월급 받는 일이 부당하다고 느낀 거야?"

"일을 하지도 않았는데, 큰돈을 받고 있으니까요. 여기 집에서 일하시는 분들요. 그분들 볼 때마다 제가 너무 죄송해요."

"너도 참."

그가 커다란 손으로 이마부터 얼굴까지 한번 쓸어내리고는 연하게 웃었다.

"그렇게 착해 빠져서 어떡하려고 그래?"

"저 그렇게 안 착해요."

지금도 머릿속으로 아주 나쁜 생각을 하고 있답니다.

정말 호르몬의 노예라도 된 것처럼 그의 샤워 가운을 벗기고 덮치는 망상이 머릿속을 빠르게 스치고 지나갔다.

이런 상황에서 그런 생각이 드냐고? 원래 사람은 극한의 상황에서 더 극적인 망상을 하기 마련이다.

"그럼 안 착하게 굴어 보든지."

그가 자신이 앉아 있는 윙 체어 옆에 놓인 소형 냉장고에서 생수병을 하나 꺼내며 웃었다. 생수병을 따는 그의 팔근육이 바람직하게 도드라졌다.

그는 서희에게 시선을 고정한 채로 생수를 벌컥벌컥 들이켰다. 목울대가 바짝 올라붙었다가 내려앉기를 수차례, 그의 입가에서 흘러내린 물줄기가 턱선을 타고 또르르 낙하하더니 가슴골로 향했다. 서희는 저도 모르게 마른침을 삼켰다.

"갈증 나?"

그가 물기 젖은 음색으로 물었다. 본능을 들추는 듯한 노골적인 목소리에 서희는 조심스럽게 고개를 끄덕였다.

그가 손에 든 생수병을 서희에게 건네주었다. 그 움직임은 마치 총알이 빗발치는 전쟁통에서 전우에게 수통을 건네는 것처럼 스스럼없었다.

서희는 저도 모르게 물병 입구를 입술에 가져다 댔다. 입안으로 흘러드는 차가운 물에서 단맛이 났다. 모래알이라도 씹은 듯 버석거리던 목구멍을 적시듯 물기가 빠르게 스며들었다.

그런 서희를 바라보는 그의 입가에 비스듬한 미소가 진해졌다. 어쩐지 위험해 보였다.

"혹시 이 물에 약 탄 건 아니죠?"

그가 어이없다는 듯이 웃음을 터뜨렸다. 서희는 자신이 뱉어 놓은 질문인데도 기가 막혔다. 그러니 듣는 사람은 오죽했을까, 싶다.

"그 물 나도 마셨거든? 어떤 멍청한 인간이 약 탄 물을 나눠 마셔?"

"아."

서희는 또 이해했다는 듯이 고개를 끄덕거리며 물병을 마저 비웠다.

스스로 넋이 나갔다는 생각은 드는데, 멈출 수 없었던 순간이 살면서 단 한 번이라도 있었던 사람은 나를 비웃지 마시길.

서희는 매끈한 대리석 테이블 위에 물병을 내려놓고는 결연한 표정을 지었다. 그러자 그가 흥미로운 눈빛을 반짝거리며 물었다.

"이제 안 착해지시려고?"

서희는 고개를 절레절레 내저었다.

"제가 지금 돈이 없지, 양심이 없는 건 아니라서요. 월급은 그만 주세요."

"나는 돈은 많은데, 양심은 없어서. 월급은 계속 줄 거야."

서희는 못 알아듣겠다는 듯이 미간을 찡그렸다.

"눈치가 없는 건 아닌데. 내가 왜 너한테 그러는지 모르는 걸 보면, 본성이 너무 착해서 다른 쪽으로는 생각을 못 하는 건가 봐."

또 알아들을 수 없는 말인데, 은근히 유혹적이다.

"무슨 말씀이 하고 싶으신 건데요?"

"말했잖아."

"뭘요?"

"널 보면 나쁜 생각이 든다고."

그가 느릿하게 눈을 깜빡거렸다. 아기 새의 날갯짓처럼 기다란 속 눈썹이 무구하게 나부꼈지만, 그의 눈빛만큼은 사냥감을 발견한 매처럼 날카로웠다.

얼굴이 홧홧 달아오르는 게 느껴졌다. 그가 자리에서 천천히 일어나는가 싶더니 서희가 앉아 있는 곳으로 성큼성큼 다가왔다.

"너는."

그가 짙은 한숨을 내뱉었다. 그의 입에서 흘러나온 숨결에도 그림자가 있는 것처럼 느껴졌다.

"내가 그동안."

두 사람을 에워싼 공기가 그의 숨결과 그림자에 잠식당한 듯 층층이 밀도가 쌓였다.

"얼마나 참았는데."

숨이 턱 막혔다.

"!"

그의 상체가 기우는가 싶더니 더운 숨결이 귓가에 닿았다.

"네가 나를 어떻게 위로해 주려고 고민하고 있을까, 오늘은 어떤 얼굴로 나를 기다리고 있을까. 상상하는 것만으로 네 월급의 가치는 충분했어."

서희는 저도 모르게 숨을 멈춘 채로 그의 말에 귀를 기울이고 있었다.

"그런데, 서희야. 내가 널 보면 나쁜 생각이 든다고 했잖아."

그의 목소리가 서희의 살갗을 어루만지듯 부드럽게 흘러내렸다.

"그걸 더는 행동으로 옮기고 싶지 않았거든?"

그가 수영장에서 했던 말이 머릿속을 어지럽혔다.

'앞으로 착실하게 위로를 건넬 생각인 거지?'

그가 수영장에서의 키스 이후로는 서희를 따로 찾았던 일이 없었기에 잠시 그 도발의 수위를 잊고 있었다.

"그럼 내가 정말 나쁜 새끼가 되는 것 같잖아. 세상에 나쁜 새끼가 되고 싶은 사람이 어디 있겠어?"

그의 입술이 귓가에 닿을락 말락 했다. 더운 숨결이 귓바퀴를 간지럽혔다. 서희는 어깨를 움츠릴 뿐이었다.

"근데 날 씹어 잡숫겠다는 표정으로, 내 침실에 앉아 있으면."

그의 목소리가 낮게 침잠했다.

"내가 나쁜 새끼가 되고 싶잖아."

허탈함이 묻어나는 목소리가 아슬아슬했다.

"아니에요! 선배, 나쁜 사람 아니에요. 오갈 데 없는 저랑 제 동생 받아 주셨고, 또."

빠듯해진 분위기를 늦추려 한 말인데 오히려 그를 자극하는 꼴이 되어 버렸다.

"이래도 나쁜 새끼가 아니야?"

그의 입술이 귓불에 가볍게 닿았다. 귓불이 아프게 깨물리는가 싶더니, 잇자국이 난 곳을 그가 매끄럽게 핥아 올렸다. 목덜미를 타고 소름이 끼쳤다.

"대답해 봐. 아니야?"

심장이 불안정한 박자로 세차게 두근거렸다.

"지금 너한테 가장 필요하게 돈인데, 내가 너한테 돈을 왜 주겠어? 너한테 잘 보이고 싶어서 그러는 거잖아, 비겁하게. 근데도 내가."

그가 비스듬히 틀었던 고개를 바로 했다. 시선이 마주쳤다.

"나쁜 새끼가 아니야?"

5화

또랑또랑한 눈동자에 미지를 향한 두려움이 어렸다. 지한은 그녀
의 검은 눈동자를 꿰뚫듯이 들여다보았다.

착해 빠져서는.

어리숙한 고백을 건넸던 대학교 때도 함서희는 착하기만 했다. 동
아리 사람들이 지한을 잡아먹을 듯이 쏘아보고 있어도, 그녀는 다급
한 얼굴로 지한을 두둔하려고 했었다.

자기 대학 생활이 꼬이는 건 상관없다는 듯이 무모하도록 착해 빠
져서는.

지한은 역성을 들려고 나서는 그녀에게 그러지 말라며 눈짓했었
다. 피투성이가 된 얼굴을 바라보며 왜 맞서지 않느냐고 묻는 듯한
그녀의 검은 눈동자는 지금까지도 지한의 가슴에 아로새겨져 있다.

"선배, 안 나빠요. 예전에도 그랬고, 지금도 그래요. 안 나빠요."

그녀는 명백한 사실을 읊조리듯 결연한 목소리를 냈다. 하나 마음

에 드는 것은 '대표님'이라고 부르던 딱딱한 호칭이 '선배'로 바뀌었다는 점이다.

"나쁜 사람이면 벌써 나한테 나쁜 짓 했겠죠. 그렇잖아요? 근데 선배는 서준이한테 수영도 가르쳐 주시고, 저한테 꼭 필요한 것도 주셨잖아요. 선배가 주신 돈으로 유학 가 있는 동생 생활비도 보내 줬고요, 엄마가 신세 지고 있는 이모한테 성의 표시도 할 수 있었어요."

그녀는 이성적으로 설명할 수 있다는 듯이 대범하게 굴려고 애쓰는 듯 보였다. 하지만 그녀의 하얀 뺨이 분홍빛으로 달아오르고 있었고, 숨이 가쁜지 내뱉는 숨결이 거칠고도 달았다.

"돈이 가장 필요한 사람한테, 돈을 준 건데. 그게 뭐가 나빠요?"

"함서희. 발을 하나 빼시겠다?"

"네?"

그녀가 무구한 표정으로 되물으려고 애를 쓰는 듯했다. 하지만 그녀의 순진한 눈빛에는 들켜서 어쩌나, 하는 두려움이 어려 있었다.

"내가 한 말을 반은 알아듣고, 반은 못 알아들은 척하네? 내가 돈을 준 건, 네가 가장 필요한 거라 준 게 맞아. 근데 왜 줬다고 했지, 내가?"

지한이 집요하게 물었다. 그녀는 얕은 숨을 들이마셨다가 달콤하게 내뱉을 뿐, 대답이 없었다.

"이제 보니 나쁜 사람이었네, 함서희? 사람이 용기 내서 말한 성의를 봐서도 그렇게 모른 척하면 안 되지."

그녀가 눈을 지그시 감으며 어깨가 들썩이도록 한숨을 집어삼켰다. 그 모습이 미치도록 고혹적이라는 사실을 본인은 모를 것이다.

"네, 저도 마냥 착하지만은 않거든요."

발칙한 말을 잘도 조잘거리는 그녀의 목소리는 어딘지 모르게 해

탈한 사람처럼 느껴졌다.

"네가 생각하는 선과 악의 정의가 나랑은 다른 것 같은데?"

지한이 재미있다는 듯이 물었다. 그녀는 시선을 피하지 않은 채로 지한을 바라보았다. 가까운 곳에서 얽히는 시선은 점성이 있는 것처럼 끈적끈적했다.

"내 집에서 편하게 지내면서 돈까지 받으니까, 네가 날 이용하는 것 같아서 죄책감이라도 들어? 그래서 그거 덜어 내려고 이런 푼돈을 나한테 쥐여 주는 거야?"

"아니요! 그렇게 비약하지 마세요."

그녀가 얼굴을 더욱 붉히며 발끈하는 모습이 귀여웠다. 또 심장이 크게 울렁거릴 정도로 자극적이기도 했다.

"한 가지만 하는 게 어떨까? 끝까지 착한 척을 하든지, 아니면 날 마음껏 이용하든지."

그녀가 동그란 눈에 힘을 주며 지한을 노려보았다. 한 3초쯤 지났을까, 다시금 순한 눈빛으로 되돌아온 그녀의 눈빛에서 맥이 탁 풀렸다.

착한 함서희.

자신에게 도움을 준 사람을 노려본 것에 죄책감을 느낀 모양이다. 그녀는 절대 지한을 이용할 깜냥이 되지 못한다.

하지만 그런 오해를 받고 흔들리는 모습이 재미있어서, 지한은 자꾸만 그녀를 자극하고 싶어진다. 자극에 자극을 더하다 보면 그녀가 꿈틀꿈틀하다가 먼저 선을 넘어 버릴지도 모르니까.

나쁜 새끼가 되고 싶지 않다고 했지만, 이게 나쁜 새끼가 아니고 뭐란 말인가. 사실 지한도 헷갈렸다. 그녀에게 말했던 것처럼 잘 보이고 싶은 욕구가 기저에 깔린 선의였다.

그런데 위로를 하라는 등 그녀에게 잔뜩 억지를 부려 놓고선 한발 뒤로 물러선 채로 계절이 바뀌었다. 첫사랑을 지키고 싶은 순수한 낭만에라도 젖은 듯이 말이다.

"사람이 어떻게 그렇게 극단적일 수가 있나요? 꼭 이쪽 아니면, 저쪽이어야 하는 건가요? 편 가르기 때문에 세상이 험해지는 거라고요."

"양쪽에 발을 다 걸치고, 편의에 따라 왔다 갔다 하는 사람들 때문에 세상이 어지러운 거야. 알아?"

그녀가 무슨 말을 더해야 할지 모르겠다는 표정으로 입술을 달싹거렸다. 꼬물꼬물 움직이는 입술의 보드라운 감촉이 되살아나서 숨이 차올랐다. 그냥 확 빨아들이고 싶은 충동이 일었지만, 지한은 인내심을 갖고 기다렸다.

분명히 온다. 그녀가 선을 넘어서는 순간이.

절대로 그녀가 우위에 설 수 없는 상황이고, 관계였다. 그리고 지한은 대학을 졸업한 뒤로 그 누구에게도 유리한 위치를 허락한 적이 없었다.

하지만 지한은 그녀에게 주도권을 주고 싶었다.

집안이 망하고, 멀쩡히 잘 다니던 회사에 빚쟁이들이 찾아와서 내쫓겼으며, 이복동생까지 데리고 살길을 찾아 나섰던 그녀의 자존심이 상하지 않았을 리 없다.

관계의 주도권을 잡는 것만큼 상처받은 자존심을 회복하기 좋은 방법도 없다.

지한이 이끄는 대로 쓰일 허울뿐인 주도권이라 할지라도.

또 다른 면에서, 그녀는 책임감이 강했다. 자신이 저지른 일에 관해서는 끝까지 책임질 거라는 의미였다.

지한이 제 뜻대로 덮어씌운 책임감이라 할지라도.

그러니까 선을 네 발로 직접 넘어 봐.

"어떻게 할 거야? 내가 주는 돈은 꼭 필요한 거지만, 내가 왜 그러는지 말했는데도 모르는 척할 거야, 계속?"

그녀가 미간을 살포시 찌푸리며 생각에 잠기는 듯했다. 그러더니 이내 폭탄을 터뜨렸다.

"키스까지는 괜찮아요."

실소가 터져 나올 것 같아서 지한은 입술 끝에 힘을 주었다.

지한이 아무런 반응도 보이지 않자, 그녀가 초조한 눈빛을 빛냈다.

"키스까지는 괜찮다?"

조용조용 되물었다. 지한의 목소리는 꿈결처럼 아스라했다.

그녀가 조심스럽게 고개를 끄덕거렸다. 제가 내뱉은 말인데도 지한의 나직한 되물음 때문에 무게감이 더해진 듯 망설이는 기색이다.

여기까지 발을 들여놓고 내빼는 건 곤란하지.

지한이 쐐기를 박듯 물었다.

"키스 이상은?"

"아직은 그건 안 돼요!"

머릿속에 떠오른 생각을 바로 내뱉은 것처럼, 그녀는 자신이 대답해 놓고도 또 놀란 눈치다.

정말이지 깜찍해서 돌아 버릴 것 같다.

"아직은?"

지한이 야릇한 미소를 머금으며 물었다. 그녀는 여기가 지한의 침실이라는 사실도 잊은 걸까. 마음만 먹으면 지한이 원하는 대로 일을 칠 수도 있는 공간이었다.

"그러니까, 키스까지는 괜찮은데요. 그 이상은."

단호하게 고개를 내젓는 그녀는 스스로 놓은 덫에 갇힌 듯했다.

"너는 나를 되게 믿는구나?"

159

지한이 신기하다는 듯이 물었다. 야심한 밤에 흑심을 품고 있는 남자의 방에 찾아와서 한다는 소리가 키스까지는 괜찮다?

이건 뭐, 호랑이 굴에 들어온 토끼가 귀를 내밀면서 '내 귀만 핥는 건 괜찮다'라고 말하는 것과 다를 게 뭐지?

호랑이가 한입에 토끼를 꿀꺽 집어삼킬 수도 있다는 사실을 간과한 듯, 초식동물 함서희가 또랑또랑한 눈동자로 지한을 바라보았다.

그런데 그녀의 눈가는 왜 붉게 달아오르고 난리인지.

지한은 연한 미소를 머금었다. 그녀가 키스 이상을 허락하는 순간도 분명히 올 것이다. 신체 접촉뿐만이 아닌, 관계의 진전을 도모하는 방향으로 말이다.

어쨌든 그 주도권은 그녀가 쥔 것처럼 느껴지게 해야 한다.

나쁜 새끼인지, 선의를 베푼 착한 선배인지. 지한 자신도 정말이지 헷갈린다.

다정한 개새끼 정도 되려나?

"그럼. 허락을 하셨으니."

지한이 정중하게 내뱉고는 그녀를 윙 체어에서 일으켜 세웠다. 순순히 일어서는 그녀의 붉은 뺨을 두 손으로 감쌌다.

숨결이 섞일 정도로 가까이 다가가자, 그녀가 눈썹이 파르르 떨릴 정도로 느리게 눈꺼풀을 내리감았다.

최대한 조심스럽고 다정하게 입술을 머금었다. 그녀가 미간을 살짝 구기며 지한이 입고 있는 샤워 가운의 소맷부리를 움켜잡았다. 작은 손이 바르르 떨렸다.

뺨을 움켰던 손을 천천히 아래로 움직였다. 엄지로 훤히 드러난 목선을 훑고, 손바닥으로 얇은 면 티셔츠를 입은 등허리를 쓸어내려갔다. 잘록한 허리를 바짝 당겨 안았다. 그녀가 거칠게 숨을 들이켜는 게 느껴졌다.

지한은 감질이 나도록 아슬아슬하게 입술을 뗐다. 그녀가 눈을 감은 채로 떨어져 나간 지한의 입술을 따라오려고 했다.

붉게 젖은 입술을 달싹거리는 모습은 정신이 나가 버릴 정도로 예뻤다.

지한이 더는 다가가지 않고 가만히 있자, 그녀가 천천히 감은 눈을 떴다. 눈초리는 붉었고, 눈시울이 축축해 보였다. 과즙이 흐를 것처럼 달콤해 보이는 눈가에 입을 맞추고, 봉긋 솟은 콧잔등에도 입을 맞췄다.

그녀가 입술을 살짝 벌린 채, 가라뜬 눈으로 지한을 바라보았다.

"있잖, 아요."

숨이 가쁜지 토막 난 말이 그녀에게서 흘러나왔다.

"음."

지한은 그녀의 뺨에 입술을 붙인 채로 대꾸했다.

"혼자 쓰는 침실에 의자는 왜 두 개예요?"

그녀가 건넨 질문에 보드라운 뺨 위를 미끄러지던 입술의 움직임이 멈추었다.

"혼자 쓰는 침실인데, 침대는 왜 저렇게 커요?"

발칙한 토끼가 호랑이 입에 고개를 들이밀고 이빨이 왜 이렇게 날카롭냐고 묻고 있었다.

지한은 그녀의 허리를 붙잡은 채로 고개를 들어 올렸다. 거리가 약간 벌어졌고, 그녀를 내려다보는 시선은 짙었다.

"뭐가 궁금해서 그런 걸 물어?"

"그냥……."

그녀가 눈동자를 천천히 굴리며 시선을 피했다.

"이 방에서 두 사람이 마주 앉을 일이 있는 건가, 침대를 다른 사람이랑 같이 쓰나, 뭐 그런 생각도 들고. 그냥 궁금해서요."

말을 하면 할수록 그녀의 목소리가 기어들어 갔다. 하지만 작은 목소리에서 묻어나는 호기심만큼은 짙었다. 그리고 그녀는 마치 거북이에게 달리기를 진 토끼처럼 퉁한 눈빛을 빛냈다.

누군가 자신보다 앞서서 이 방을 점령한 적 있다면 기분이 나쁠 것 같다는 듯이 뽀로통한 표정을 지을락 말락 하는 소심하고 도도한 토끼.

토끼야, 이 방에 너보다 먼저 들어왔던 거북이는 없어. 네가 세상에서 제일 빠르단다.

지한은 웃음이 맺히려는 입술 끝에 힘을 주며 건조하게 물었다.

"아, 내가 이 방을 누구랑 나눠 쓴 적 있는지, 저 침대 위에서 또 다른 누구랑 뒹군 적 있는지 궁금한 거야?"

"아니요!"

"생각보다 되게 앙큼하네."

호랑이가 그간 어떤 식사를 즐겼는지, 그 역사를 궁금해하는 발칙한 토끼라.

지한은 그녀가 원하는 대답, 그 이상을 주어야겠다고 생각했다.

"네가 처음이야."

"네?"

그녀가 발갛게 달아오른 눈을 동그랗게 뜨며 물었다. 열기에 휩싸여 놀란 눈은 예쁘기 그지없었다. 그녀는 객관적으로 예뻤다. 오 실장의 말마따나 그녀를 좋아해서 따르는 남자들이 꽤 많았었다. 그리고 지한은 그들 중 한 명이었다.

"저 윙 체어에 앉은 여자는 네가 처음이라고."

"근데 왜 의자가 두 개예요?"

의외로 집요한 구석이 있는 토끼 녀석.

"이쪽에도 앉았다가, 저쪽에도 앉았다가. 내가 편한 대로 배치한

162

거지."

그녀의 눈동자에서 호기심이 훅 꺼지는 게 보였다. 그리고 빈자리에서는 안도감이 차오르고 있었다.

"기분이 어때?"

지한이 눈을 가늘게 뜨고 조용조용한 목소리로 물었다. 목소리가 약간 쉬어 있어서 야릇한 분위기를 자아냈다.

"어떤 기분이요?"

"내…… 처음이 된 기분."

그녀가 어마어마한 질문을 받았다는 듯이 입을 슬쩍 벌렸다. 할 말을 잃은 듯 멍한 표정이다.

"내 의자에 처음 앉아 본 기분 말이야."

그제야 놀림당했다는 것을 깨달았는지, 그녀가 입술을 가늘게 맞물리며 코로 거친 숨을 내뿜었다. 한쪽 입꼬리만 들어 올릴락 말락 한 표정으로 그녀가 재잘거렸다.

"푹신푹신하고 좋네요."

"내 침대도 그래."

지한은 태연하게 그녀에게서 물러서서 침대에 척 걸터앉았다. 그녀의 눈빛이 희미한 경악으로 물드는 게 눈에 들어온다.

놀라기는, 발칙한 토끼가. 자기가 물어봐 놓고선.

"내 침대가 그 윙 체어보다 훨씬 푹신푹신할 거야."

지한은 그녀의 반응을 기다린다는 듯이 빤히 쳐다보았다.

"아, 네."

그녀가 어색하게 단답형으로 대꾸했다.

"한번 누워 볼래?"

그녀가 당황해서 어쩔 줄 몰라 하는 모습에 자꾸만 웃음이 터져 나오려고 했다. 지한은 자꾸만 웃음기로 인해 무장해제 되려는 안면근육에 힘을 꽉 주었다. 그러면서 자신이 가구에 관해 조예가 깊어서 건넨 질문이라는 듯이 진중한 눈빛으로 그녀를 응시했다.

"아니요. 어련히 좋은 침대 사셨을까요. 보기에도 충분히 푹신푹신해 보여요."

"아냐."

지한이 고개를 절레절레 내저었다.

"보기만 해서 어떻게 알아? 침대는 누워 봐야 알지."

"별로 안 궁금한……. 엄마야!"

순식간에 자리에서 벌떡 일어난 지한은 팔을 뻗어 그녀의 허리를 휘어 감았다. 가냘픈 몸과 함께 지한의 몸이 침대 위로 쓰러졌다.

시작은 충동적인 장난이었다. 그런데 순식간에 차오른 열기가 전신을 에워쌌다. 그녀는 지한의 팔을 벤 채로 똑바로 누워서 옴짝달싹 못 했다.

"어때? 푹신푹신하지?"

"네."

대답은 꼬박꼬박 잘하는 예의 바른 토끼다.

지한은 몸을 옆으로 일으켜서 제 침대에 누운 그녀를 내려다보았다. 먹잇감을 손아귀에 넣어 놓고 어떻게 먹어 볼까, 궁리하는 호랑이처럼.

그런데 그녀가 발칙한 토끼라는 사실을 지한은 잠시 간과하고 있었다. 아니면 생각했던 것보다 훨씬 능동적이고, 본능적인 토끼인지도 모르겠다.

그녀도 지한과 같은 눈빛으로 올려다보고 있었던 것이다.

마치 커다랗고 붉은, 먹음직스러운 당근을 집어삼키기 직전의 표정이랄까?

"이 침대가 얼마나 푹신푹신한지 나랑 같이 실험해 볼래?"

그녀가 마른침을 꼴깍 삼켰다. 이번에는 지한도 야릇한 웃음을 참지 못했다.

그런데 이내 지한의 입가에서 웃음기가 가시는 일이 벌어졌다. 붉게 달아오른 입술이 달싹거리더니, 지한의 입가에 쪽 소리가 나도록 입을 맞췄다.

"헙."

그래 놓고 또 자기가 놀란다.

미치겠네, 진짜.

찰나의 부드러움이 닿았다가 사라진 순간, 아쉬움에 미간이 일그러졌다.

"너 참 대책 없구나?"

그녀가 뭐라고 대답할 틈도 주지 않고 지한이 얼굴을 내렸다. 왼쪽 팔로 그녀의 머리를 받치며, 침대에 상체를 지탱했다. 심장에서 가까운 곳에 그녀가 자리했다.

지한은 오른손으로 그녀의 작은 턱을 부드럽게 움켜잡았다. 그녀가 아랫입술을 말아 물며 숨을 삼켰다.

얼굴을 내려 입술을 머금으려는 순간이었다.

"자, 잠깐만요!"

"왜?"

"이건 너무 빠르고요."

"뭐가 빨라? 키스까지는 된다며? 네가 먼저 뽀뽀했잖아."

지한이 그녀를 부드럽게 다그쳤다.

"그렇지만 여기는 침대 위고, 침대 위는 뭔가 위험하고……. 아니 그러니까……."

그녀의 동그란 이마에 반듯한 이마를 가져다 댄 지한이 달아오른 숨결을 내뱉었다. 그러자 그녀가 입을 꾹 다물고는 조용해졌다.

"키스까지는 된다고 했잖아. 장소를 가린다고는 안 한 것 같은데?"

"그럼 일어나서 하면 안 될까요?"

퍽이나 설득력 있으십니다.

지한이 다정한 웃음기를 머금자, 그녀가 따라 웃었다. 아름답게 웃는 얼굴을 내려다보며 지한이 단호하게 읊조렸다.

"어, 안 돼."

그러고는 앙증맞은 입술이 조잘거릴 틈도 주지 않고 입술을 내렸다. 마치 퍼즐 조각을 맞추듯 입술이 꼭 맞아떨어졌다.

그녀의 작은 손이 지한의 단단한 어깨를 꽉 움켜잡았다. 몸속 깊은 곳에서 열기가 치솟았다.

고개를 비틀며 더욱 견고하게 맞물렸다. 어깨에 닿은 손이 바르르 떨렸다. 그녀가 무릎을 움찔하는 바람에 침구가 쓸리는 소리가 요염했다.

"하아."

입술이 떨어지자, 그녀가 더운 숨을 내뱉었다. 지한 역시 잠시 숨을 고르고는 이내 그녀의 다디단 입술을 들이마셨다. 마음껏 폭발하지 못하는 바람이 살갗 아래에서 팽팽하게 차올랐다.

나뭇잎조차도 붉게 물든 가을밤이었다.

❉ ❉ ❉

"누나, 누나야!"

"어? 서준아."

"누나, 내가 하는 말 못 들었지?"

서준이 입술을 삐죽거리며 울상을 지었다. 서희는 오늘 정신이 약

166

간 멍한 상태였다. 온종일 머릿속에서는 어젯밤의 침대 매트리스 성능 테스트가 리플레이 되고 있는 탓이었다.

후회와 열기가 끝도 없이 오고 갔다.

"아냐, 아냐. 듣고 있어."

서준이 눈을 가늘게 뜨고는 서희를 들여다보았다.

"내가 뭐라고 했는데?"

얘가 뭐라고 했더라?

서희는 여러 번의 키스 끝에 그의 침실을 빠져나왔던 순간을 다시금 떠올렸다. 그러자 백 번쯤 리플레이 되던 순간에 서준이 내뱉은 말이 함께 생각났다.

"유치원에서 가족 체육대회를 한다고?"

"응."

서준이 얼굴을 발갛게 물들이며 고개를 끄덕거렸다. 서희가 귀를 기울이고 있었다는 사실에 기뻐하는 눈치였다.

솔직히 말하자면 귀를 기울인 건 아니었다만.

"언제라고?"

"다음다음 주 토요일."

"누나가 꼭 갈게, 서준아."

하늘에서 뚝 떨어진 듯이 등장한 아이를 어떻게 돌봐야 하나 막막했었다. 그런데 서준은 걱정이 무색하리만큼 잘 적응해서 즐거운 유치원 생활을 하고 있었다.

물론 이렇게 된 데에는 그의 공이 컸다. 그의 지시로 백 실장이 서준의 유치원을 알아봐 주었고, 마음껏 뛰어놀 수 있는 숲 유치원에 다니게 되었다.

일주일에 두 번은 숲 체험 활동을 했고, 자연과 가까이 지낸 덕분인지 서준은 처음 서희와 만났을 때보다 훨씬 표정이 밝아졌다.

"체육대회에서 수영도 하면 내가 1등 할 텐데."

그리고 그의 수영 수업은 서준의 정서 발달에 큰 영향을 끼치고 있었다. 아버지의 정을 모르고 자란 서준은 그에게서 아버지를 느끼는 것처럼 보였다.

오래갈 수 없는 관계라는 것은 잘 안다. 그가 베푸는 선의에도 한계가 분명할 것이라는 사실도 알고 있다.

그 한계는 서준과 그의 관계에서만 존재하는 게 아니었다.

나와 그의 관계 역시.

그어진 선은 분명했다. 어제처럼 충동적으로 구는 일이 더는 없어야 했다.

"서준아!"

"아저씨!"

퇴근한 그가 마당에서 이야기를 나누고 있는 두 사람에게 한달음에 달려왔다. 서준 역시 힘차게 달려가 그의 품에 안겼다. 마치 회사에서 돌아온 아빠와 아들이 부둥켜안는 장면처럼 예뻤다.

내가 지금 무슨 생각을 하는 거야.

서희는 결연히 고개를 내저었다.

"아저씨, 다음다음 주 토요일에 뭐 해요?"

"글쎄. 다음다음 주 토요일에 뭘 해야 할까? 서준이는 뭐 하는데?"

"서준아!"

충동을 제어할 수 있는 어른도 분위기에 휩싸여 일을 그르치곤 한다. 그러니 어린아이는 오죽할까 싶으면서도 서준을 단속해야겠다는 생각이 들었다.

서희가 얼굴을 굳힌 순간이었다. 그가 서희를 저지하듯 손을 들어보였다. 그가 무릎을 굽히고 앉아서 아이와 눈을 맞추었다. 붉은 노을이 그와 서준을 부드럽게 감쌌다.

"말해 봐, 서준아. 서준이는 다음다음 주 토요일에 뭐 하는데?"

그의 질문을 받았다는 사실만으로 서준의 얼굴에 함박웃음이 어렸다. 폴짝폴짝 뛰고 싶지만, 의젓하게 굴겠다는 듯이 서준이 당차게 대답했다.

"다음다음 주 토요일에 유치원에서 가족 체육대회를 하거든요. 그래서 아저씨도 꼭 왔으면 좋겠어요. 같이 살면 가족인 거 맞죠? 그러니까 아저씨도 올 수 있는 거죠?"

서준은 혹여 그가 가지 않겠다고 대답할까 봐 걱정되는 모양이었다.

"서준아."

이대로는 안 되겠다는 생각이 들어서 서희가 끼어들었다. 그러자 그가 다시 한 번 손을 들어서 서희를 저지했다.

"그럼! 같이 살면 가족이지. 세상에는 여러 가지 형태의 가족이 있는 거야. 아저씨도 꼭 서준이 체육대회에 갈게."

"와! 정말이죠? 꼭 오는 거예요. 약속! 꼭, 꼭, 꼭 와야 해요! 그런데요, 아저씨. 수영하면 내가 1등 할 수 있는데, 수영은 안 한대요. 나 진짜 수영 잘하는데, 그렇죠?"

"그럼, 우리 서준이 수영을 누가 가르쳤는데."

"이것 봐, 누나. 나 수영 진짜 잘한다니까!"

서준이 턱을 치켜들며 의기양양한 눈빛으로 서희를 바라보았다.

서희가 서준의 수영 실력을 의심했던 적은 단 한 번도 없었다. 그런데 서준은 서희에게 억하심정이라도 생겼다는 듯이 입술을 삐죽거렸다. 아무래도 아까 그에게 체육대회 소식을 전하려던 것을 막아서 삐진 모양이다.

"오늘도 저녁 먹고 자기 전에 수영 연습 해야지?"

"네!"

서준은 마당이 떠나가라 큰 소리로 대답했다.

"누나! 오늘은 누나도 구경 와라. 나 수영하는 거 보러 와. 응?"

지금껏 서준이 그에게 수영을 배우는 시간에 동행했던 적은 없었다. 처음에는 너무 눈치를 봐서 안쓰러웠는데, 요즘 서준은 조금씩 생떼를 부리는 법도 익혀 가는 중이었다.

하지만 버릇이 없다거나, 제멋대로 구는 것은 아니었다. 그저 아이가 아이답게 구는 법을 알아 가는 것일 뿐.

"아니야. 나중에 보러 갈게."

마음이 복잡해서 꺼내 든 거절이었다.

"치이. 나중에 한다고 하고, 진짜로 하는 사람 못 봤는데."

서준이 시무룩한 얼굴로 툭 내뱉은 말이었다. 어른들이 하는 약속은 그저 허울뿐이고, 모두 거짓이라는 생각이 서준의 머릿속에 뿌리 깊게 박힌 듯했다.

울음을 터뜨릴 것처럼 뺨을 실룩거리던 아이가 집 안으로 뛰어 들어갔다. 노을이 곱게 물든 하늘 아래 서희와 지한, 두 사람만이 덩그러니 남겨졌다.

"서준이 수영 실력이 많이 늘었어. 누나한테 보여 주고 싶어 하는 것 같은데, 보러 오는 게 어려운 일도 아니잖아?"

그가 괜한 일로 아이 기분을 상하게 했다며 서희를 나무라듯 물었다.

"유치원 체육대회요. 오지 마세요."

조심스러움이 밴 낮은 목소리였지만, 어조만큼은 단호했다.

"왜?"

"이 집 울타리 안에서 일어나는 일은 밖으로 새어 나가는 일이 없다고 백 실장님이 그러셨어요."

"어, 백 실장이 집안 관리를 잘하는 편이라."

그는 서희의 말에 동의한다는 듯이 고개를 끄덕거렸다.

"백 실장님이 유치원까지 관리하실 수는 없잖아요?"

"그게 무슨 뜻이야?"

대충 짐작이 갈 텐데도 그는 알아들을 수 없는 말을 들었다는 듯이 되묻고 있었다.

"유치원 체육대회는요. 보는 눈과 듣는 귀가 많은 행사예요. 만약 누가 대표님을 알아본다면, 곤란하고 골치 아픈 일이 생길 게 뻔해요."

그는 이렇다 할 대꾸를 하지 않고 가만히 있었다.

"가족 체육대회에 대표님이 참석하기를 간절히 바라는 서준이한 테는 미안한 일이지만요. 대표님이 저희 가족으로 그 자리에 참석하시는 건 바람직하지 않아요."

서희는 그에게 한 번도 건넨 적 없던 말을 이어 나갔다.

"대표님이 그 자리에 서시기까지 얼마나 많이 노력하셨는지 알아요. 강 회장님이 운영하시던 제3금융권에 속한 회사를 양지로 이끄셨잖아요."

금융계에서 전무후무한 일이었다. 그 때문에 그는 기존 시중 은행들의 견제를 받았고, 금감원의 관리 감독도 다른 금융사에 비해 까다로운 편이었다.

"허."

그가 실소했다. 서희는 심각한 말을 잔뜩 늘어놓았는데, 그는 기가 막힌 소리를 다 듣겠다는 듯이 웃었다.

"겨우 유치원 체육대회 한 번에."

그가 어이없다는 듯이 말을 이었다.

"그 유치원 체육대회가 무슨 올림픽이라도 돼?"

작은 일을 너무 크게 부풀린다는 듯이 그가 웃었다.

"아니, 그게 아니라요."

그는 가끔 서희의 우려를 전혀 다른 방향으로 해석해서 당황하게
했다.

"거기 대표님 알아보는 사람이 있으면, 그림이 이상하지 않겠어
요?"

서희는 답답하다는 듯이 말을 이었다.

"결혼도 안 한 사람이 유치원 가족 체육대회에 왔어요. 요즘 유치
원 가족 체육대회는 보통 부모들만 참석해요."

천하 태평하게 웃고 있는 그를 보면서 슬슬 부아가 치밀려고 했
다. 일부러 저러는 것 같아서 약이 바짝 올랐다.

"조부모가 오는 경우도 극히 드물다고요. 나랑 대표님이 서준이
체육대회에 나란히 참가하면 다른 부모들이 어떻게 생각하겠어요?"

"아, 서준이도 엄마, 아빠가 왔나 보다 하겠지."

태연자약하게 말을 내뱉은 그가 너무도 당연하다는 듯이 미소 지
었다.

"지금 제정신으로 하는 소리, 맞죠? 술이라도 드셨어요?"

서희가 의심스럽다는 듯이 목소리를 한 톤 높였다.

"그럼 제정신으로 하는 소리지. 너는 지금 내가 정신 나간 사람처
럼 보여?"

"네."

서희는 망설임 없이 대답했다.

"허."

그가 맥이 빠진다는 듯이, 혹은 어이없다는 듯이 실소했다.

"생각해 보세요. 건실하고 신뢰도 높은 이미지의 금융사를 만들기
위해서 노력하신 분이!"

서희는 답답하다는 듯이 강조하듯 말을 끊었다.

"숨겨 둔 애랑 여자가 있다고 소문이라도 나면 어쩌려고 그러세요?"

"내 나이에 그게 흠인가?"

그의 되물음에 서희는 할 말을 잃어버렸다. 그리고 진이 다 빠지는 기분이었다. 우주 속의 먼지가 된 것처럼 외로운 기분이랄까? 걱정되어서 장광설을 늘어놓았는데, 그의 반응은 또 서희의 예상을 벗어나 있었다.

"내 나이에 그게 흠은 아니잖아? 기업 공개 원칙에 따라 대표자는 알게 모르게 사생활이 노출될 위험이 있어. 그러니 사생활 보호를 위해서 가족관계에 대해 함구했다고 생각할 수도 있지."

그의 말은 물 흐르듯 자연스러웠다.

"가족을 철저히 보호할 만큼 완벽한 사람이라는 생각에 기업 신뢰도가 더 높아질 수도 있고."

서희는 실소하고 말았다.

"우길 걸 우겼으면 좋겠는데요. 그런 상황이 아니니까 문제잖아요."

"문제 될 게 없고, 문제가 된다고 해도 내 선에서 충분히 해결할 수 있는 일이야. 너 자꾸."

그가 미간을 찡그리며 말을 덧붙였다.

"나를 되게 과소평가하는 것 같다. 내 기분 탓인가?"

서희는 한숨을 훅 내쉬며 눈을 지그시 감았다가 떴다.

"아니, 제가 대표님을 과소평가하는 게 아니고요."

"그럼 우습게 보이나?"

"아니요. 제가 대표님을 우습게 보는 건 더더욱 아니고요. 어떻게 제가 감히 대표님을 우습게 봐요?"

그런 오해는 억울하다는 듯이 읍소했다.

"그럼 왜 이랬다가, 저랬다가 해?"

"제가 뭘 또 이랬다가, 저랬다가 했어요?"

"대표님이랬다가, 선배랬다가."

그는 고개를 이쪽에서 저쪽으로 또 저쪽에서 이쪽으로 갸웃거리며 말했다.

얄미운데, 잘생겼어. 그래서 뭔가 약 올라.

"호칭이 오락가락했던 건 인정해요."

그가 노을빛처럼 매혹적인 미소를 머금었다.

"함서희는 나랑 밀폐된 공간에서 단둘이 있는 때만 '선배' 하고 부르면서 약한 척하는 건가? 내 선량한 보호 본능을 자극하려는 일종의 계략이야?"

"아니거든요!"

서희가 발끈해서 두 주먹을 불끈 쥐며 대꾸했다.

"그러다 한 대 치겠다."

"태어나서 폭력 같은 거 한 번도 써 본 적 없어요!"

단호하게 고개를 내젓자, 그가 무언가 깨달았다는 표정으로 웃는다.

"그럼 나는 너의 숨겨진 본능을 일깨우는 데 일가견이 있는 거구나?"

웃음기가 어린 그의 입가에는 장난기가 가득했다. 하지만 그가 던진 질문에 이중적 의미가 있다는 듯이 그의 눈빛이 야릇했다.

순간 어제 그의 침대에 누워서 먼저 입을 맞춘 일이 머릿속에 두둥실 떠올랐다.

왜 하필, 지금.

얼굴이 홧홧하게 달아올랐다.

"무슨 생각해?"

그가 마치 서희의 머릿속을 들여다보고 있는 것처럼 물었다.

서희는 바르르 떨리는 목소리가 튀어나오지 않도록 흠흠 목을 가다듬고는 정색한 어조로 대꾸했다.

"호칭을 통일하는 게 좋겠네요."

"뭐라고 부를 생각인데?"

왜 서준이의 유치원 체육대회 이야기에서 여기까지 이야기가 흘러온 것인지. 정말이지 종잡을 수 없는 남자다. 대학교 때만 해도 그가 이토록 다채로운 사람인 줄은 몰랐다. 그는 마치 하늘과도 같았다. 대학교 때는 그저 우러러보던 선배였고, 지금은 시시각각 색을 달리하는 하늘 빛깔 같았다.

"선배님."

"지한 씨."

서희가 먼저 내뱉었고, 뒤이어 그가 덧붙였다.

그를 '지한 씨'라고 부르는 것은 어쩐지 낯간지러웠다.

"선배님."

"그럼, 지한 오빠?"

이 사람이 점점!

"저 오빠 없거든요."

서희는 한결같이 단호했다.

"선배님."

"그럼 이건 어때."

그가 서희 앞으로 성큼 다가왔다.

"채권자님?"

"채권자님, 이요?"

서희가 두 눈을 휘둥그렇게 뜨고 되물었다.

거봐, 종잡을 수 없다니까.

"내가 베푼 선의를 갚아야겠다고 열심히 돈을 벌고 계시고, 나는 그럼 받아야 할 빚이 있는 사람이고. 그럼 채권자 아닌가? 그리고 또."

그가 서희를 내려다보며 가늠하듯 눈을 가늘게 떴다. 갑자기 극도의 긴장감이 밀려들었다.

"부친의 채무불이행으로 인한 책임은 묻지 않기로 했었잖아?"

"그러셨죠."

"그런데 너는 내 선의에 보답해야겠다고 했고?"

지한이 재차 확인하듯 물었다.

"네."

"얼마나 보답할 생각이야?"

"네?"

심성이 고운 그녀에게 아직 구체적인 계획은 없는 듯했다. 지한은 알고 있다. 내일이 없는 삶이 얼마나 사람을 비참하게 만드는지. 아버지와 어머니가 어떻게 세상을 등지게 되었는지도.

그와 같은 일이 자신의 주변에서 다시는 일어나지 않았으면 했다. 그런 의미에서 겨우 오늘을 살아가는 그녀에게 내일을 만들어 줘야 할 것 같다는 생각이 들었다.

"사람을 시켜서 알아보니까, 교육 컨설팅에 꽤 특출한 재능이 있던데?"

그녀가 미간을 찌푸렸다.

"제 뒷조사 하셨어요?"

"아니, 인재 개발을 위한 최소한의 레퍼런스 체크라고 해 두자."

지한은 절대 자신이 비겁한 짓은 저지르지 않았다는 듯이 단호하게 고개를 내저었다.

"국제중, 영재고를 졸업했으니, 그 바다 생태계를 너무 잘 알고 있을 테고. 국내 최고의 대학에서 경영학 전공하고, 대기업 인사과 교육팀에서 근무했었던 거지?"

지한은 마치 회사 일을 다루듯 사무적인 어조로 물었다. 그래야 그녀가 더욱 진지한 태도로 경청할 테니까.

"네, 그랬었죠."

그녀가 고개를 살짝 숙이며 조용히 대꾸했다.

내일이 없는 삶. 그것은 죽지 못해서 사는 것과 다를 게 없다.

지한이 쳐 놓은 울타리 안에 들어와 있는 한 그녀가 먹고살 걱정을 할 일은 없었다. 그리고 기특하게 선의를 갚을 생각을 하는 것을 보면 작금의 상황에 꽤 익숙해졌다는 뜻이다.

이제 그녀가 달아날 준비를 하기 전에 미래에 관한 희망을 건넬 차례다.

"겨우 남이 만들어 놓은 중개 어플 통해서 하는 컨설팅으로 내가 베푼 선의에 얼마나 보답할 수 있겠어?"

"네?"

그녀가 약간은 멍해진 눈빛으로 지한을 올려다보았다.

"대학원에서 교육학을 공부해 보는 건 어때?"

"지금 제 상황에서요?"

말도 안 되는 일이라는 듯이 그녀가 눈살을 찌푸렸다.

"일종의 인재 투자라고 보면 돼. 왜 회사에서도 대학이나, 대학원 등록금 내주고 미리 인재를 확보하곤 하잖아?"

"제가 대표님 사업에 도움이 되는, 그러니까 투자 가치가 있는 인재인가요?"

미심쩍다는 듯이 묻는 목소리가 사무적이다.

그러면 이야기는 더욱 쉬워진다. 감정을 배제했다는 확신이 들면

팩트만을 두고 결정을 내릴 수 있으니까.

"우리나라에서 절대 망하지 않는 시장이 있는데, 그게 바로 사교육 시장이야. 고교학점제부터 시작해서 부모가 챙겨 봐야 할 정보가 너무 많아."

지한은 천천히 설명을 이어 나갔다.

"시간적으로나, 금전적으로 여유로운 부모들이 더 많은 정보를 얻게 되는 건 당연해. 교육을 통한 부의 대물림. 이제 더는 개천에서 용이 나오지 않는 세상이 되었어."

"그래서요?"

"접근이 쉬운 교육 정보 플랫폼을 만들어 볼 생각이야. 저렴한 가격에 교육 컨설팅도 받을 수 있는 곳으로."

그녀가 어깻숨을 한 번 내쉬고는 이해가 가지 않는다는 듯이 물었다.

"금융 회사하고 교육 정보 플랫폼하고는 전혀 매칭이 되지 않는데요?"

"펄프를 만들던 회사가 휴대전화 사업에 진출했을 때도, 사람들은 그렇게 말했어. 그런데 종이나, 휴대전화나 통신을 위한 수단이잖아."

경영학원론 시간에 배우는 내용이었다. 그녀는 사업의 연속성에 대해서는 이해한다며 고개를 끄덕거렸다.

"자본주의 시장을 건실하게 만드는 건, 돈을 융통하는 금융사의 건전성이야. 그럼, 부의 세습에 관해서는 어떻게 생각해?"

"접근이 쉬운 양질의 정보 제공으로 교육 불평등을 해소해서 자본주의 시장에서 이루어지는 불공평한 부의 세습을 막겠다는 건가요? 그게 시장 건전성을 높인다고 생각하시는 거죠?"

그녀의 되물음에 지한이 흡족한 미소를 머금었다.

"맞아. 그게 바로 내가 추구하는 이상이야. 사업체가 하루아침에 완성되는 건 아니니까. 너는 내 투자를 받아서 공부하고, 나중에 내가 만든 회사에서 일하는 거야. 교육 시장이 무너질 일은 없으니 안전성은 확보되었고, 이제 콘텐츠 확보를 위한 인재 투자 절차에 들어가는 거지."

지한이 조심스럽게 올무를 놓았다.

"제 등록금을 대 주는 대신에, 제가 의무적으로 대표님 회사에서 근무해야 한다는 말씀이시죠? 의무 근무 기간은요?"

"2년."

대학원 공부 2년에서 3년, 거기에 의무 근무 기간 2년까지 더하면?

그녀는 지한의 곁에 적어도 4년은 묶여 있어야 한다는 의미였다.

"생각 좀 해 볼게요."

신중한 그녀의 성격상 대답이 바로 흘러나올 거라고는 예상하지 않았다. 지금 이 시점부터 그녀는 자신에게 주어진 내일에 관해 치열하게 고민할 것이다.

거기에 나에 관한 고민도 함께해 주면 더 고맙고.

지한의 입가에 어린 흡족한 미소가 가시질 않았다. 이번에도 결정권은 그녀에게 있는 것처럼 느껴질 것이다.

하지만 그녀가 선택할 수 있는 보기는 겨우 두 개였다. 지금처럼 내일이 없는 삶에 머물거나, 아니면 도약할 수 있도록 날개를 달거나.

학부 때도 공부 욕심이 대단해서 남들 다 노는 1학년 때도 장학금을 놓치지 않았던 그녀였다. 지한이 던진 미끼를 덥석 문 그녀는 올무에 걸린 줄도 모르고 열심히 공부할 것이다.

공부 잘하는 똘똘이 토끼를 바라보는 지한의 눈빛에는 부드러운 온기가 어린다.

"자, 그럼 이제부터 호칭은 지한 오빠?"

지한이 능청스럽게 묻자, 그녀가 질색하며 고개를 내저었다.

"그, 그냥 선배님이라고 부르면 안 될까요?"

"여기가 학교야? 졸업한 지가 언젠데 아직 선배야."

고리타분한 말을 들었다는 듯이 나무랐다.

"한번 선배는 영원한 선배라고 배웠거든요."

겨우 그따위 걸 이유라고.

"동기 사랑은 나라 사랑이라고 배웠지? 그래서 네 사랑하는 동기가 너 힘들다고 도와줬어?"

지한은 절대 그럴 리 없다는 듯이 혀를 끌끌 찼다.

"안 그래도 인헌이가 도와주겠다고 연락 왔었어요."

"누구?"

흡족한 웃음기가 싹 가셨다.

"권인헌이요? 아, 선배님은 모르시려나."

알다마다. 입학하자마자 그녀의 뒤를 졸졸 따라다니던 놈들 중 하나였다. 그중 가장 멀쩡하게 잘생겼고, 부모님이 어느 대학의 교수님이라고 했고, 학부 차석으로 입학했던, 그래서 가장 신경에 거슬렸던 놈.

"모르겠네. 기억이 안 나는데? 걔랑 어떻게 연락이 됐는데?"

집을 나오면서 휴대전화도 자신이 준 것으로 사용하고 있는 그녀였다.

"걔 폰 번호는 외우고 다녀?"

그렇다면 자신의 번호도 외우라고 강요하고 싶은 좋은 생각이 불쑥 떠올랐다. 미친놈이 따로 없다.

"아뇨. SNS 계정으로 연락이 돼서요."

"아."

그놈의 SNS는 맛집과 사람을 찾는 데는 지나칠 정도로 유용하다.

"어떻게 돕겠다는데?"

"그냥 금전적인 도움도 줄 수 있고요. 원하면 일자리도 알아봐 주겠다고요."

"함서희."

지한이 한숨을 내쉬며 넥타이 매듭을 잡아 내렸다.

"어려울 때 갑자기 돕겠다고 나서는 사람들 있잖아. 그 사람들 백이면 백, 나쁜 사람들이야. 세상에서 제일 이용해 먹기 쉬운 사람이 누군지 알아? 의지할 데 없는 사람이거든."

그녀가 어색한 미소를 머금으며 지한을 올려다보았다.

"천사의 얼굴을 하고 다가오지만, 결국 그 속에는 악당이 들어 있다고. 조심해. 사람 함부로 믿는 거 아냐."

고개를 비스듬히 기울인 그녀가 황당하다는 투로 말했다.

"저 어려울 때 가장 먼저 도와주신 분이 선배님이신데요?"

조금 당황스러웠지만, 지한은 뻔뻔하게 대꾸했다.

"너 나쁜 놈이 이런 충고하는 거 봤어? 나는 그런 경우가 아니니까 이런 말이 나오는 거지."

입에 침이나 발라라.

먹음직스러운 토끼를 올무 안에 묶어 두기 위해 미끼를 잔뜩 던지고, 어젯밤에 컴컴한 수작을 부려 놓고선 뚫린 입이라고 참 잘도 떠들어 댄다는 생각이 들었다.

그녀는 앞뒤가 전혀 맞지 않는 말을 들었다는 듯이 고개를 자꾸만 갸웃거렸다.

"너, 나 의심해?"

"저만 보면 나쁜 생각이 든다고 하셨잖아요."

무구한 표정으로 발칙한 말을 재잘거리는 것은 그녀의 특기인가 보다.

"그래서? 내가 나쁜 사람은 아니라며? 절대 아니라며?"

"그건 그런데요."

여전히 헷갈린다는 얼굴이다.

"됐어. 아무튼, 인헌인지 이년인지 그놈하고는 되도록 연락하고 지내지 마."

"네? 저랑 제일 친한 친구인데요?"

"친. 구."

어이가 없어서 실소가 터져 나왔다.

남자와 여자가 감정 하나 없이 친구로 지낸다고?

남자 사람 친구, 여자 사람 친구 따위의 개 같은 단어는 누가 만들었을까.

"너는 남녀가 친구가 된다고 생각해?"

"네."

"남자하고 여자 사이에 순수한 우정만 존재한다고?"

"네."

그녀가 고개를 끄덕거리고는 덧붙였다.

"선배님하고 저처럼 순수한 관계가 가능⋯⋯."

무슨 상상을 하는 건지 그녀의 얼굴이 갑자기 새빨갛게 물든다.

침대에서 몸을 겹치고 누워서 키스하는 사이가 참 순수하기 그지없구나.

지한은 실소가 터져 나올 것 같아서 입을 꾹 다물었다.

"아무튼요. 인헌이는 신경 쓰지 마세요. 제가 알아서 할게요. 그리고 말씀 감사합니다."

그녀가 과격하게 허리를 90도로 숙이며 인사했다.

"말씀해 주신 제안은 열심히 고민해 보고 답변드리겠습니다. 그리고 선배님도 유치원 체육대회 참석에 대해서는 다시 한 번 고민해 주세요."

"네가 내 이름으로 부르면."

"네?"

그녀가 정색하며 상체를 뒤로 살짝 물린다.

"대표님, 선배님 소리 안 하고 이름으로 불러 주면, 다시 한번 생각해 볼게. 오빠라고 부르면 굳이 참석 안 할 생각도 있고."

지한이 한쪽 입꼬리를 들어 올리며 야심만만한 미소를 머금었다.

"다시 한 번 고려해 주세요."

서희의 목소리 끝이 바르르 떨렸다. 그는 고개를 약간 기울인 채로 서희를 내려다보고 있었다. 다정한 미소가 깃든 얼굴, 부드러운 열기가 스민 눈빛.

"지한…… 선배님!"

이름을 내뱉기는 했지만 차마 선배님이라는 호칭을 뺄 수가 없었다.

김춘수 시인이 그랬다.

내가 그의 이름을 불러 주었을 때, 그는 나에게 와서 꽃이 되었다고.

호칭을 바꾸는 일은 관계의 변화를 의미한다.

그런데 오빠? 오오빠아?

서희는 닭살이 돋아날 것 같아서 몸을 파르르 떨었다.

"왜 떨어? 추워?"

그가 손에 들고 있던 슈트 재킷으로 서희의 어깨를 덮으려고 했다. 서희가 얼른 한 발짝 뒤로 물러서며 고개를 내저었다.

"아니요. 춥긴요. 얼른 들어가요. 저녁 드셔야죠?"

먼저 현관 쪽으로 돌아선 서희는 종종걸음을 치기 시작했다.

맏딸로 태어나서 착하고 성실하게 자라 왔지만, 애교와는 거리가 먼 삶을 살아왔다. 부모님께 아양을 떠는 것은 늘 동생의 몫이었다.

그런 서희에게 '오빠'라는 호칭을 쓰는 것은 있을 수 없는 일이었다. 태어나서 단 한 번도 그 단어를 입 밖으로 제대로 내뱉은 적이 없는 것 같기도 했다.

연예인 좋아하는 친구들은 잘도 그들을 오빠라고 불렀고, 대학교 때도 선배들에게 자연스럽게 오빠라는 호칭을 쓰는 학우들이 많았다.

하지만 서희는 꼬박꼬박 '선배님'이라는 호칭을 사용해 왔다. 조금 딱딱하게 들릴 수도 있겠지만, 가장 적절하다고 개인적으로는 생각했다.

그런 의미에서 얹혀사는 집주인의 호칭 정정 요구가 조금은 당황스러웠다.

오빠라니. 내가 오빠가 어디 있어?

서희는 고개를 절레절레 내저으며, 또다시 몸을 부르르 떨었다.

저녁 식사 시간, 모처럼 세 사람이 한 식탁 앞에 둘러앉았다. 그는 몸 관리를 하는 탓인지 저녁 식사를 거의 하지 않았고, 서준과 서희는 그가 퇴근하기 전에 일찌감치 저녁을 먹곤 했었다.

특별한 일이 있는 것도 아닌데, 오늘은 세 사람이 오랜만에 식탁에 둘러앉게 되었다.

이 집에는 여러 개의 다이닝룸이 있었고, 세 사람이 식사하는 곳은 6인용 원형 식탁이 놓여 있는 비교적 단출한 공간이었다.

그래도 호화롭고 세련되기는 마찬가지지만.

서희는 조용히 식사하는 그를 흘끗 보았다. 그는 아무런 말도 하지 않은 채 묵묵히 식사하는 데만 집중했다.

서준이 앉아 있는 쪽으로 시선을 옮기자 뾰로통한 얼굴이 눈에 들어왔다. 밥상머리 교육이 제대로 되어 있지 않은 아이의 식습관을 바로잡느라 지난 몇 개월간 서희는 꽤 애를 먹었다.

지금은 조용하고 깨끗하게 식사하는 습관이 잘 들었지만…….

식탁 위로 흐르는 분위기가 삭막해도 너무 삭막했다. 가족끼리 모여 앉은 저녁 식탁에서는 늘 시시콜콜한 일과를 나누곤 했었다. 아버지의 자상한 눈빛과 어머니의 해사한 웃음, 동생의 애교 섞인 장난이 사무치도록 그립다.

그래서였을까.

"서준아. 밥 한 공기 깨끗이 다 먹으면 누나가 서준이 수영하는 거 보러 갈게."

서희가 맑은 미소를 머금으며 제안하자, 서준이 언제 뾰로통했느냐는 듯이 함박웃음을 머금었다.

"진짜, 누나?"

"그럼, 누나도 같이 수영 배우자. 응? 누나 수영 못한다며!"

그의 진득한 시선이 뺨에 닿는 게 느껴졌다.

"집에 있으면서 운동하는 건 못 본 것 같네? 건강 관리를 위해서도 운동을 하는 게 좋기는 하지."

그가 사무적인 목소리로 거들었다. 마치 자신은 수영장에서 아무 일도 겪은 적 없다는 듯이.

서희는 가끔 정원을 산책하다가 온실 수영장이 보이기만 해도 못 볼 것을 본 사람처럼 황급히 돌아서곤 했다. 그럴 때마다 심장은 격렬하게 두근거렸고, 두 뺨이 벌겋게 달아올라서 죽을 맛이었다.

이제는 2층 계단참에서부터 보이는 그의 침실 문도 수영장과 비슷한 아우라를 내뿜었다.

그래서 수영장에는 가고 싶지 않았다.

"서준아, 누나는 수영장이 무서운가 봐."

그가 서희의 역성을 들 듯이 말했다.

185

"응, 누나는 물이 무서워서 수영은 안 하고 싶어."

서준을 향해 상냥하게 웃어 보인 서희가 그를 나무라듯 빠르게 눈을 흘겼다.

"지난번에 수영장에서 물에 빠진 적 있어서 그래?"

서준이 걱정스럽다는 듯이 되물었다.

"응. 누나는 원래 물 무서워해."

무서워하기는. 물이라면 사족을 못 썼다.

물속에 잠겼을 때, 세상의 모든 소음과 단절되는 듯한 평온함을 사랑했다. 푸르른 고요함이 주는 휴식 말이다.

"그럼, 아저씨한테 배워서 무서운 거 없애면 되겠다. 응?"

서준이 좋은 생각인 것 같다며 손뼉까지 짝짝 쳤다.

"아냐, 아저씨 피곤하셔서 안 돼."

"딱히 피곤할 건 없는데."

그가 아무렇지 않다는 듯이 태연하게 말을 이었다.

"그때 수영장에 빠졌을 때 정말 많이 무서웠던 거야?"

하마터면 아이 앞에서 실소를 터뜨릴 뻔했다.

걱정스러운 말투가 어찌나 가소로운지.

"네, 정말 많이 무서웠거든요."

그의 한쪽 입꼬리가 들릴락 말락 했다. 웃음을 참아 내는 모습에 희미한 울화가 치민다.

"내가 더 빨리 구해 줄 걸 그랬네."

이 사람이 점점?

서희는 안타까운 일이었다는 듯이 울상을 지었다.

"그러게요. 좀 빨리 구해 주시지 그러셨어요. 그날 물속에 너무 오래 있었는지 이제는 수영장만 봐도 현기증이 나려고 하더라고요."

젓가락질하던 그가 시선만 들어 올려서 서희를 응시했다. 그의 눈동자에는 야릇한 장난기가 득실득실했다.

대체, 누구세요?

이 남자가 자신이 알던 서지한이 맞나 싶다. 대학교 때 그는 신중하고, 과묵했으며, 장난기라고는 한 톨도 내보인 적 없는 젠틀함의 상징이었다.

그런데 지금 그의 눈빛은 음란하다 못해서 사악해 보일 지경이다.

"아무튼, 누나가 오늘은 우리 서준이 수영하는 거 보러 갈게."

"와, 신난다!"

서준은 식탁 의자에서 엉덩이를 들썩거리며 흥분을 감추지 못했다.

"서준아, 식탁 앞에서는 그러는 거 아니야. 어서 밥 먹어."

"네!"

이내 의젓하게 돌아온 서준이 밥을 푹푹 퍼서 입 안에 욱여넣었다.

마음은 이미 수영장으로 달려가 있는지, 가장 먼저 식사를 마친 서준이 두 눈을 반짝반짝 빛내며 서희를 바라보았다. 간절히 허락을 구하는 눈빛이었다. 어서 방으로 달려가서 수영복으로 갈아입고 싶다고 온몸으로 말하고 있었다.

밥을 먹으면서 이리저리 돌아다니던 서준은 이제 어른이 식사를 마칠 때까지 기다릴 줄 아는 아이가 되어 있었다.

"방에 가서 양치질 먼저 하고, 수영복 챙겨 둬."

"네!"

서준이 후다닥 자리에서 일어나 다이닝룸을 뽀로로 달려 나갔다. 서희는 예의 없는 행동이라며 서준을 붙잡을까 하다가 그만두었다.

"되게 좋은 누나네."

그가 조용한 목소리로 읊조렸다. 아까의 장난기는 싹 가신 진중한 얼굴이기도 했다.

"좋기는요."

187

갑작스러운 칭찬에 무안해져서 서희는 밥그릇만 내려다보았다.

"좋은 누나 맞지. 서준이 많이 의젓해졌어. 처음 이 집에 왔을 때 하고는 완전히 다른 아이 같아."

"제가 잘 챙기기도 했지만요."

서희는 조용조용 말을 이어 나갔다.

"선배님 덕분이기도 해요. 아버지의 정을 모르고 자라서 남자 어른과 보내는 시간이 고팠을 아이예요. 제 동생과 함께 시간 보내 주셔서 정말 감사해요."

"내가 고맙지."

그가 아련한 목소리로 대꾸했다. 서희는 고개를 들어 물을 벌컥벌컥 들이켜는 남자를 말끄러미 바라보았다.

"근데 정말 수영장만 보면 현기증이 나?"

방심한 순간 허를 찔렸다. 그가 또다시 열기 어린 시선으로 서희를 바라보고 있었다.

아까 서준과 함께 있을 때와는 사뭇 다른 깊이가 느껴지는 눈빛이었다. 서희가 서둘러 시선을 피했다.

"어휴, 오늘 불고기가 정말 맛있네요?"

"내 방문을 봐도 현기증이 나?"

젓가락질하는 서희의 손끝이 파르르 떨렸다.

"큰일이네."

심장이 쿵쿵 뛰어 댔다.

"이제는 다이닝룸에 와도 현기증이 나겠어?"

시선을 옮긴 찰나 그의 입술이 서희의 이마에 닿았다가 떨어졌다. 숨결이 섞일 만한 거리에서 그가 웃고 있었다.

"안 돼, 안 돼요! 여기선 하지 마요!"

"키스까지는 된다며? 장소 제약은 없었고."

서희는 두 손을 모아 입을 가리며 대꾸했다.

"불고기 먹으면서 생마늘 많이 먹었어요!"

그의 눈동자가 잠시 멍해지는가 싶더니 일순 폭소를 터뜨렸다. 둘만 남은 다이닝룸에 그의 유쾌한 웃음소리가 크게 울렸다.

"그리고 수영장이랑 침실에는 일하는 사람들이 없었지만요. 여긴 언제 누가 올지 모르잖아요. 누가 보기라도 하면!"

"이미 늦었어."

그래, 이미 늦은 거 나도 안다.

모양 빠지게 마늘 많이 먹어서 안 된다는 말을 하다니, 처음부터 다른 사람이 올까 봐 안 된다고 말했어야 했다!

"수영장에 CCTV 있거든. 아마 보안 직원들이 봤을걸?"

시야가 흔들렸다.

"네?"

"물론 내 침실에는 없지만, 수영장에는 안전사고 예방을 목적으로 CCTV가 설치되어 있거든. 내가 혼자 수영하는 일이 많아서, 수영하다가 다리에 쥐라도 나서 못 빠져나오면 곤란하니까."

지금 곤란한 건 전데요?

"지금 CCTV 있는 데서 저한테!"

경악한 서희가 부릅뜬 눈으로 그를 노려보았다.

역시 그는 자신과 너무도 다른 사람이었다. 아무리 자기 집이라고 해도 CCTV가 있는 곳에서, 보안 직원이 지켜보는 곳에서 그런 키스를 해 놓고도 저렇게 태연한 태도라니.

보통의 환경에서 나고 자란 서희는 정신이 혼미해질 지경이었다.

그가 의자에서 천천히 일어나는가 싶더니, 허리를 숙여 서희의 귓가에 조용히 속삭였다.

"그걸 진짜 믿은 거야?"

가슴이 뜨거워지는 것이 그의 숨결 때문만은 아닌 것 같다.

서희는 눈을 치뜨며 그를 노려보았다.

"너도 참 너다."

그는 재미있어 죽겠다는 듯이 웃고 있었다.

"선배도 참 이상한 사람이네요."

서희가 지지 않고 대꾸했다. 이제까지 서희는 아주 온화한 삶을 살아왔다. 남의 흉허물을 들추는 일도 별로 좋아하지 않았고, 사사로운 일에 발끈 화를 내며 감정을 혹사하는 경우도 드물었다.

그런데 인생 참 오래 살고 볼 일이지?

삶이 풍랑을 겪고 있는 탓인지, 그를 마주할 때마다 격정에 휩싸였다.

"서희야."

그가 웃음기를 싹 거둬 내며 진중한 목소리로 서희를 불렀다.

"네."

서희가 뚱한 목소리로 대답했다.

"올라가서 꼭 양치질하고 내려와."

서준에게 했던 말을 그대로 따라 하는 그의 어조에 기가 막혔다. 다이닝룸을 유유히 빠져나가는 그의 뒷모습을 바라보는데, 심장이 또 두근거리고 난리가 났다.

수영장, 그의 침실 문, 그리고 앞으로 어떤 장소가 현기증을 유발하는 곳이 될지 기대가 아니…… 걱정이 밀려들었다.

❈ ❈ ❈

서희는 신이 나서 어쩔 줄 모르는 서준의 손을 잡고 온실 수영장으로 향했다. 수영 연습을 위해 조명을 밝혀 놓은 탓인지, 일전에 그와 왔을 때보다 실내가 훨씬 밝았다.

"어? 아저씨 수영한다!"

서준이 가리킨 곳으로 시선을 옮기자, 흰 수영모를 쓴 그가 물살을 가르고 있었다.

"누나, 아저씨 수영 되게 잘해. 중학교 때 수영 선수도 했었대. 그래서 어깨가 넓은 거랬어."

들뜬 목소리에 귀를 기울이는 사이, 그가 수면 위로 모습을 드러냈다. 선베드에서 커다란 수건을 하나 집어 드는 그의 몸을 따라 투명한 물방울이 뚝뚝 흘러내렸다.

그가 축축한 물기로 젖은 몸을 수건으로 대충 훑으며 두 사람이 서 있는 곳으로 다가왔다.

"왔어?"

초콜릿 판 같은 복직근과 빨래판 같은 복횡근의 조화가 실로 아름답다. 손바닥만 한 삼각 수영복 아래로 드러난 그의 허벅지 근육은 또 어떻고?

정말이지 눈을 어디에다가 두어야 할지 모르겠다.

멋있으면 다 오빠라던데.

오빠는 호칭이 아니라 신분이라는 말을 들은 적 있다. 그의 외모라면 범세계적인 오빠가 되기에도 모자람이 없어 보였다.

"서준아, 수영복으로 갈아입고 나와야지?"

"네!"

그의 물음에 서준이 큰 소리로 대답하며 씩씩하게 탈의실로 향했다.

서준의 모습이 탈의실 안으로 완전히 사라지고 나자, 수영장이 텅 비어 버린 듯하면서도 꽉 찬 듯한 이상한 기분이 든다.

서희는 뻘쭘하게 잔물결이 이는 수면 위로 시선을 고정했다.

"서준이가 수영을 꽤 잘해."

그가 손바닥으로 젖은 머리를 털어 냈다. 물방울이 사방으로 튀었다.

물론 서희에게도.

그의 몸에 달라붙어 있던 물방울이 뺨에 닿는 순간, 무릎이 구부러지는 오목한 안쪽에서 힘이 스르륵 빠져나갔다. 다리가 풀려서 수영장 바닥에 주저앉는 꼴은 보이고 싶지 않아서 발가락 끝에 바짝 힘을 주어야만 했다.

"아, 네. 아버지가 운동을 잘하세요. 아버지 닮았으면 운동 잘할 거예요."

처자식을 버리고, 혼외자까지 남겨 둔 채로 도망가 버린 아버지였지만 그래도 그리운 존재였다. 그러니 어릴 적 부모를 잃은 그의 마음은 오죽할까, 싶은 생각도 든다.

"같이 하지, 왜? 수영 좋아하지 않아?"

일전에 수영도 잘하느냐고 놀리듯이 물었던 남자였다. 그런데 마치 서희가 수영을 즐긴다는 사실을 오래전부터 알고 있었다는 듯이 그가 물었다.

서희는 마음의 파동처럼 끊임없이 일고 있는 수면 위의 잔물결을 바라보던 시선을 그에게로 옮겼다.

우뚝한 코끝에 맺힌 물방울이 그의 입술 위로 뚝 떨어졌다. 그는 젖은 손등으로 입술 위를 거칠게 훔치고는 매혹적으로 웃었다. 비벼진 그의 입술이 발갛게 달아올랐다.

수영 좋아하는 걸 어떻게 아느냐고 묻고 싶은데, 입이 떨어지질 않았다.

커리어나 환경에 대해 뒷조사는 할 수 있어도, 취향에 관한 레퍼런스 체크는 불가능한 일인데?

망설이는 순간, 서준이 수영복으로 갈아입고 나왔다.

서준을 먼저 발견한 그의 눈동자가 반짝 빛났다. 서희를 대할 때와는 결이 다른 빛깔이다.

"자, 서준아. 준비됐어?"

"네!"

활기차게 대답하는 서준을 내려다보며 그도 유쾌한 웃음을 지었다.

"그럼 누나한테 서준이 수영 실력 좀 보여 줄까?"

서준이 세차게 고개를 끄덕이고는 스타팅블록 위에 올랐다. 서희는 조금 놀란 눈으로 그를 바라보았다.

그는 흐뭇한 미소를 머금은 채로 서준을 주시하고 있었다.

"서준이가 저기서 출발해요?"

"그럼, 어디서 출발해야 하는데?"

당연히 부력 보조 도구를 착용하고 물속에서 발장구나 칠 줄 알았다.

"아저씨, 시작 안 해요?"

스타팅블록 위에 선 서준이 그를 재촉했다.

"Take your marks!(수영 대회에서 스타팅블록에 선 수영 선수에게 출발 준비를 알리는 구령)"

그가 나직한 목소리로 외치자, 서준이 상체를 기울이며 출발 자세를 취했다.

언뜻 보이는 서준의 표정은 마치 올림픽에라도 임하는 국가대표처럼 진지했다. 서준의 진지한 태도 때문인지 서희도 심장이 바짝 조이는 듯했다.

그가 손뼉을 짝, 하고 치자 서준이 물속으로 유연하게 뛰어들었다. 물길을 가르는 소리와 함께 서준이 쭉쭉 앞으로 치고 나갈 때마다 심장박동도 함께 올라갔다.

"와, 잘한다! 우리 서준이 진짜 잘한다!"

서희는 저도 모르게 홀로 헤엄치고 있는 서준을 응원하고 있었다. 팔다리도 소심하게 허우적거리면서.

겨우 여섯 살밖에 안 된 어린아이가 왕복 100m나 되는 레인을 단숨에 완주했다. 스타팅블록이 있는 곳까지 돌아온 서준은 물 밖으로 고개를 쑥 내밀며 숨을 헐떡였다.

"어땠어요?"

그는 손에 들고 있던 초시계를 확인하고는 웃었다.

"와! 서준아, 세계신기록! 1초나 짧아졌어."

그가 물에서 올라오는 서준을 번쩍 안아 들었다.

"여섯 살 수영 선수 중에서는 내가 제일 빨라, 누나."

서준이 의기양양하게 말을 이었다.

"아저씨가 그랬어. 내가 맨날 세계신기록 세운다고. 그죠, 아저씨?"

"그럼. 만약 외계인도 수영을 한다면 오늘 기록은 우주신기록이야."

서준을 바라보는 그의 눈동자에는 이제껏 보지 못했던 생경한 감정이 어려 있었다. 그것은 순수한 즐거움이었다. 그는 아이와 수영하는 시간을 진심으로 즐기고 있는 것처럼 보였다.

"체육대회에서 수영도 하면 좋을 텐데, 아쉽다."

서준이 진심으로 아쉽다는 듯이 입술을 삐죽 내밀었다.

"수영을 이렇게 잘하는데, 아마 우리 서준이는 다른 운동도 잘할 거야."

그가 서준의 기분을 능숙하게 북돋웠다. 두 남자는 물장구를 치면서 꽤 많이 친해진 듯했다.

어린 시절의 상처가 있는 남자와 그의 어린 시절을 닮은 아이가 서로를 바라보는 눈빛에는 온기와 신뢰, 그리고 즐거움이 가득했다.

서준이 고사리 같은 손으로 그의 얼굴을 와락 움켜잡았다. 자신에게 그의 시선을 고정하기 위한 행동이었지만, 너무도 친밀한 손짓에 서희는 조금 놀랐다.

"아저씨, 체육대회 꼭 와야 해요. 꼭이요! 네?"

서준이 그의 체육대회 참석을 간절히 바라는 이유를 조금은 알 것 같았다.

처음 서준을 보았을 때, 아이는 제 존재 자체를 불안해했었다. 늘 누군가 자신을 버리지 않을까 걱정하며 주변 눈치를 보느라 안쓰러운 눈빛을 하고 있던 아이였다.

그는 아이를 보며 상냥하고 다정하게 웃었다. 아이의 질문에 대답이 없는 걸 보니 아까 서희가 한 말을 허투루 듣지는 않은 눈치였다.

그 모습에 가슴 한쪽이 시큰했다. 자신이 그의 참석을 막아설 자격은 있는 것인지 희미한 의문이 들기 시작했다.

"우리가 꼭 1등 할 거예요."

"응?"

서준은 자신이 아닌, 우리라고 말하고 있었다. 그가 무슨 말인지 궁금하다는 듯이 서준의 눈을 들여다보았다.

"나 1등 할 거라고요. 그러려면 아저씨가 꼭 있어야 해요."

그의 응원이 필요한 눈치였다. 존재를 의심하던 아이의 마음속에 그가 자존감이라는 씨앗을 심어 주었다.

그 씨앗은 햇살 같은 그의 미소로 싹을 틔우고, 든든한 그의 목소리에 무럭무럭 자라고 있었다.

그와 함께 배영 수업까지 한 서준은 베개에 머리를 대자마자 곯아떨어졌다. 서준이 잠든 것을 확인한 서희는 어둠 속에서 조용히 몸을 일으켰다.

수영장에서 마주한 두 사람의 모습이 자꾸만 눈앞에 아른거렸다.

서로를 바라보던 유쾌한 눈빛과 순수한 웃음은 행복 그 자체였다. 하지만 그 행복이 얼마나 오래갈까?

머릿속이 복잡해서 잠이 오지 않았다. 가슴이 답답해서 바람이라도 쐬어야겠다는 생각이 들었다.

서희는 카디건을 하나 집어 들고 침실을 조용히 빠져나왔다.

집 안은 고요했다. 일하는 사람들도 모두 잠자리에 들었는지, 오가는 사람이 하나도 없었다. 이 집에서는 무척이나 드문 광경이었다.

소응접실 테라스 문을 열고 나서자, 청명한 가을밤의 공기가 뺨에 서늘하게 닿았다. 생각했던 것보다 기온이 훨씬 낮아서 목덜미를 타고 소름이 끼쳤지만, 산책을 못 할 정도는 아니었다.

늦은 밤, 조도를 낮추어 희붐한 오렌지빛 조명에 휩싸인 정원은 마치 꿈결처럼 아름다웠다. 기분은 더욱 싱숭생숭해졌다. 언제까지고 이곳에 머물 수는 없는 노릇이었다.

불현듯 자신을 채권자라고 부르라던 그의 말이 떠올라 피식, 실소가 흘렀다.

빚은 나가서 갚아도 그만이다.

하지만 무슨 수로?

그가 제안한 대학원 공부를 시작하는 것은 바람직한가?

생각이 꼬리에 꼬리를 물고 이어졌다.

현기증을 일으키는 온실 수영장이 보일 즈음이었다.

"이번에는 뭘 해치우려고 궁리 중이야?"

갑작스럽게 들려온 나직한 목소리에 서희는 그만 풀썩 주저앉고 말았다.

6화

 심장이 터질 듯이 뛰어 댔다. 등줄기를 타고 진땀이 흘렀다. 날이 찬데, 기묘한 열기가 전신을 휘감았다.

 "뭘 그렇게 놀라? 진짜 대단한 범죄 계획이라도 세우다가 들킨 사람처럼?"

 "놀랐잖아요. 인기척도 없이 그렇게 갑자기 나타나는 법이 어딨어요?"

 "내 집에서 돌아다니면서 이랬던 적은 없었거든."

 그가 웃으며 서희의 차가운 손을 꼭 잡아 일으켰다. 그의 힘에 이끌린 나머지 서희의 몸이 격렬하게 뛰어 올랐다.

 "아이쿠."

 그의 단단한 가슴에 이마가 부딪쳤다. 그가 기분 좋게 웃었다.

 "뭐가 그렇게 재미있으세요?"

 서희가 괜히 뾰로통한 목소리로 물었다. 심장은 느리게 뛰는 법을 잊었다는 듯이 연신 거세게 날뛰었다.

"밤늦게 내 집 정원을 산책하다가 널 만날 수 있다는 게 재미있어서."

그는 여전히 웃고 있었지만, 목소리만큼은 진중했다. 진심이 묻어나는 다정한 대답에 서희는 뾰로통하게 군 것이 무안해졌다.

"서준이요."

그래서 화제를 바꾸려 서준을 언급했다.

"서준이가 왜?"

그가 한 걸음 먼저 떼며 비스듬히 고개를 돌려 서희를 바라보았다. 서희도 그의 곁에서 한 발짝 거리를 두고 걸음을 옮기기 시작했다.

"수영 가르쳐 주셔서 진짜 감사해요. 선배한테 감사할 일이 너무 많은데요. 그래서 감사하단 말을 계속 듣는 것도 질리시겠지만요. 그래도 감사 인사는 해야 할 것 같아서요."

긴장한 탓인지 말이 길어졌다. 말을 내뱉는 속도도 점점 빨라지고 있었다.

"정말 감사합니다. 아이답지 않게 눈치를 봐서 걱정했는데, 오늘 보니까 선배님 도움이 정말 컸던 것 같아요. 서준이가 선배님 응원에 정말 기뻐하더라고요."

느릿하게 걸음을 떼고 있는데도, 숨이 턱 끝까지 차올랐다. 서희는 가쁜 숨을 천천히 골랐다. 어색함을 이기려고 내뱉는 말에만 집중한 나머지 그가 이끄는 방향대로 걷고 있는 것도 몰랐다.

"서준이가 운동신경이 좋더라고. 끈기도 있고. 인지능력도 좋고, 이해력도 빨라서 금방 배우더라."

그는 마치 정식 수영 코치라도 되는 것처럼 말했다.

"수영에 소질도 있는 것 같고."

"그런가 봐요. 저 아까 진짜 깜짝 놀랐어요. 제가 예상했던 것보다 훨씬 잘해서."

"그래?"

그는 여전히 서희보다 한 걸음 앞에 있었다. 비스듬히 고개를 돌려 서희를 바라보며 묻는 그의 눈빛에는 아까와 같은 순수한 즐거움이 깃들었다.

"솔직히 선배님 보고도 조금 놀랐어요."

"왜?"

서희는 약간 망설이다가 조심스럽게 입을 열었다.

"정말 즐거워 보이셨거든요. 좋은 사람이라는 건 진작부터 알고 있었는데요. 그래서 아이에게 수영을 가르치는 것도 선배님이 베푸는 선의라고만 생각했어요."

그는 잠자코 듣기만 했다.

"근데 선배님도 정말 즐기는 것처럼 보였어요."

"맞아. 나도 서준이랑 같이 수영하는 거 즐거워."

그가 까만 하늘을 올려다보며 크게 숨을 내쉬었다.

"꼭 어릴 때 나를 보는 것 같거든."

한숨이 묻어나는 목소리가 부드럽게 가라앉았다.

"그래서 뿌듯해. 어린 녀석이 잘 견디는 모습이 기특해서."

그의 진심 어린 말 때문이었을까?

"저는 사실 서준이 처음 봤을 때요. 그 어린애가 조금 미웠어요."

서희가 누구에게도 말한 적 없는 옹졸함을 내뱉었다. 그가 서희를 향해 완전히 돌아섰다.

"아버지는 사라지고, 엄마는 쓰러지고. 길바닥에 나앉게 생겼는데……. 저랑 무려 스물한 살이나 차이 나는 동생이 뚝 떨어진 거예요. 막막하고 힘들었어요."

"솔직히 그동안 모르고 지냈던 아이인데, 모른 척해도 됐잖아?"

그도 진심으로 궁금하다는 듯이 물었다.

"어떻게 모른 척해요. 겨우 여섯 살짜리 어린애인데요."

"너도 오갈 데 없는 처지인 건 마찬가지였잖아. 미웠다며."

취조하듯 버거운 물음이 아닌, 타인의 힘겨움을 헤아리는 다정한 어조였다.

"미웠어요. 그런데 어린애가 무슨 잘못이 있어요. 어른들 잘못이죠. 미웠는데, 그랬는데요."

울컥한 기분이 들어서 서희는 잠시 숨을 골랐다.

"저랑 지낸 지 얼마 되지도 않았는데, 쉽게 마음을 열더라고요. 이 아이의 삶이 얼마나 힘겨웠으면, 만난 지 얼마 되지 않은 나를 이렇게 좋아할까. 그래서 너무 안쓰러워요. 저는 여섯 살 때 정신없이 놀던 기억밖에 없거든요."

"그래서였나 봐."

그가 조용히 읊조렸다. 서희는 어두운 정원의 숲을 응시하는 그의 옆얼굴을 가만히 올려다보았다.

"너는 나와 너무 달랐거든. 고요하고 안정적이고. 늘 마음속이 소란했고, 불안정하던 나와는 달랐어."

과거의 그는 신중하고 과묵했다. 그의 마음이 소란하고 불안정했으리라고는 상상하지 못할 만큼.

심장이 두근거렸다.

"왜 싸우지 않았는지, 궁금했지?"

"네?"

대화가 갑작스럽게 건너뛰어서 서희는 영문을 모르겠다는 듯이 되물었다.

"언제요?"

"그때 겨울 산행 갔을 때, 기철이가 나한테 덤벼들었을 때."

"아."

서희는 가만가만 고개를 끄덕거렸다. 그가 제멋대로 구는 기철에게 왜 맞서지 않았는지 궁금했었다.

"어머니가 돌아가시기 전에 나한테 하신 마지막 당부였어. 싸우지 말아라. 누가 아빠 없는 애라고 놀려도 절대 화내지 말고, 싸우지 말아라. 형이 하는 말 잘 듣고, 사이좋게 지내라."

그의 목소리에서 깊은 그리움이 묻어나서 코끝이 시큰거렸다.

"어머니가 그 말씀을 하신 날 내 손이 엉망이었거든. 사실 그날 나는."

나지막한 음성에 희미한 물기가 묻어나는 듯했다.

"돌아가신 외증조할머니 밭에 잡초가 무성한 게 속상해서 풀을 뽑았던 거거든. 그래서 손에 상처가 난 거였는데, 어머니는 내가 누구랑 싸우고 손을 다친 줄 아셨던 거야."

"싸운 거 아니라고 말씀 안 드렸어요?"

"어. 할머니 돌아가시고 어머니가 많이 힘들어하셨거든."

묻고 싶은 게 많았다. 그가 왜 외증조할머니와 살았는지, 서울 한복판에 지어진 호화찬란한 저택에서 살고 있으면서 밭의 풀을 뽑았다는 말은 무슨 소린지.

하지만 지금은 그의 말에 귀를 기울여야만 할 것 같았다.

"할머니 밭이 망가졌다고 하면 어머니가 속상해하실 것 같아서. 차라리 내가 싸운 게 아니라고, 어머니께 말씀드렸었더라면 내가 조금 더 편안하게 살 수 있었을까?"

그에게 어떤 대답을 해 줘야 할지 몰라서 초조해졌다.

"어머니가 돌아가시고, 여기로 오게 됐거든. 우리 할머니 알지? 강동례 회장."

"네."

친할머니를 언급하는 그의 말투에서는 어머니와 외증조할머니 이야기를 할 때와는 다른 애증이 묻어났다.

"근본 없는 여자가 당신 아들 잡아먹었다는 말씀을 자주 하셨거든."

한숨이 저절로 흘러나왔다. 그가 빙긋이 웃으며 물었다.

"애들이 듣기 좋은 소리는 아니지?"

서희는 대답 없이 그를 마주 보았다.

"어린 마음에 그게 아니라고 증명하고 싶었어. 나한테는 싸우지 말라고 말해 주고, 가르쳐 주던 엄마였다고. 근본 없는 사람 아니었다고."

지금까지 그의 굳은 인내와 노력이 이해되는 말이었다.

"힘드셨겠어요."

"안 힘들었다고 하면 거짓말이지. 외롭고, 그립고, 힘들었지."

슬픈 이야기를 웃으면서 하는 남자의 눈시울이 붉었다.

"그렇게 애쓰다 보니까, 할머니 회사는 내 차지가 되었거든? 결국, 내가 이긴 거잖아. 돌아가신 어머니하고 한 약속도 지켰고. 존재 가치도 증명했고. 그럼 기뻐야 하잖아?"

그는 스스로 묻고 있는 것처럼 보였다.

"그런데 그렇게 즐겁지가 않더라고."

낮은 목소리에서 회한이 묻어났다.

"웃을 일이 별로 없었어. 성취감은 있었지만, 마음 놓을 곳도 없었고."

그가 잠시 말을 멈췄다. 그러고는 정원을 한번 둘러보고는 말을 이었다.

"이렇게 큰 집에 나는 늘 혼자였거든."

서희를 내려다보는 그의 눈빛이 맑았다.

"그래서 너랑 서준이한테 고마워."

심장이 숲의 우듬지까지 단숨에 올라가 버린 듯했다.

"왜, 고마우신데요?"

이유를 알 것 같으면서도 물었다. 그가 작게 웃었다.

"내가 갇혀 있던 과거에서 벗어날 수 있게 해 줘서."

지나치게 솔직해서, 지독하게 근사했다.

"월급은 그래서 충분히 줄 만해."

무거워진 분위기를 가볍게 하려는 듯이 그가 유쾌한 어조로 말을 이었다.

"조금씩 홀가분해질 때마다, 업무 효율이 오르고 있거든? 기업 경영에 큰 보탬이 되고 있으니까, 월급은 충분히 줄 만하지. 그러니까 마다하지 말고 받아."

"그래도요."

"그래도는 무슨."

서희는 여전히 그가 건네는 월급의 당위성이 부족하다는 생각이 들었지만, 그걸 마다하면 그의 마음을 저버리는 행동 같아서 난감했다.

"너를 왜 이렇게까지 돕는지도 궁금하지? 진짜 이유 말이야."

서희는 조심스럽게 고개를 끄덕였다.

"나는 착한 사람이 잘살아야 한다고 생각하는 사람이야. 착한 사람이 잘살아야 세상이 변해. 물론 긍정적인 방향으로."

그가 숨을 한번 고르고는 말했다.

"내가 여태 본 사람 중에 네가 제일 착해. 미련하다는 의미가 아니라, 선하다고."

"감사합니다."

이게 지금 분위기에 맞는 것인지 모르겠지만, 서희는 고개까지 꾸벅 숙이며 감사 인사를 해 댔다.

"그런데, 함서희."

"네?"

진중한 부름에 숙였던 고개를 들어 그를 올려다보았다.

"이건 또 위로라고 잡은 거야?"

저도 모르게 그의 새끼손가락을 붙잡고 있었다.

"위로는 이렇게 하는 게 아니라고 알려 준 것 같은데?"

그의 입가에 야릇한 미소가 걸린다.

잘생긴 얼굴이 천천히 다가왔다. 저절로 눈이 감겼다. 마른 입술에 닿는 그의 입술은 심장이 간질간질할 만큼 부드러웠다.

❈❈❈

새파란 하늘에 새하얀 구름이 느릿하게 흘렀다. 초록빛 잔디 위를 달리는 바람은 부드러웠고, 투명한 햇살은 눈이 부셨다.

그 때문인지 서준의 미간이 잔뜩 구겨져 있었다.

"우리 서준이 달리기 정말 잘하더라! 다리가 너무 빨리 움직여서 안 보이던데?"

서준의 심기가 불편한 것은 눈이 부시도록 내리쬐는 햇살 탓이 아니었다. 서희는 수영장에서 그가 그랬던 것처럼, 서준이를 칭찬했다. 하지만 서희가 하는 칭찬의 말은 좀처럼 먹혀들질 않았다.

"서준아, 너네 아빠는 안 와?"

홑꺼풀의 기다란 눈매가 매력적인 꼬마 아가씨가 조심스럽게 다가왔다. 서준이와 같은 연두색 티셔츠를 입은 것으로 보아 같은 반 친구인가 보다.

"점심 먹고 아빠 달리기 시합 있다고 했는데…… 아빠 안 오셔서 속상하겠다."

서준이 복받치는 감정을 억누르는 듯 입술을 달싹거렸다.

"안녕, 이름이 뭐야?"

서희는 무릎을 굽혀 앉으며 서준의 친구와 눈높이를 맞추었다.

"저는 다영이요. 주다영. 서준이랑 제일 친해요. 서준이가 우리 유치원에 와서 너무너무 좋아요."

생긋 미소를 머금은 다영의 통통한 볼에 예쁜 보조개가 팼다.

"정말? 우리 서준이도 예쁜 친구가 생겨서 너무 좋겠다."

다영이 턱을 바짝 내리며 수줍다는 듯이 눈을 치떴다. 그러면서도 서준에게서 시선을 떼지 못했다.

"서준이 되게 착해요. 다른 남자애들은 시끄럽게 말썽만 피우는데요. 서준이는 조용하고 똑똑해요. 받침도 안 틀리고 잘 쓰고요. 누가 울면 놀리지 않고 어른처럼 달래 줘요."

서준과 알고 지낸 지 겨우 반년도 되지 않았다.

갑작스레 나타난 피붙이가 듬직한 유치원 생활을 하고 있다는 친구의 설명에 이렇게까지 뿌듯할 수 있다니.

"고마워, 다영아."

서준이는 묵묵부답이었다. 과묵하게 입을 다물고 있는 여섯 살 남자애의 입술에 웃음기가 희미하게 맴돌았다. 그의 빈자리가 속상하기는 한데, 다영이 하는 말에는 기분이 좋은 모양이다.

"저 엄마가 불러요."

다영이 제 가족이 있는 쪽으로 뽀로로 달려가자, 서준이 조용히 입을 뗐다.

"달리기하면 아저씨가 1등 할 텐데."

아쉬움을 토로하는 서준의 머리를 서희가 가만가만 쓰다듬어 주었다.

"엄마, 아빠 급하게 회의 들어간 거죠? 토요일에도 일하느라 힘드시겠다."

이제껏 조용조용 읊조리던 서준이 갑자기 큰 소리로 말하며 서희를 올려다보았다.

서류상으로 서준과 서희는 아무런 관계가 없는 사이였다. 당분간만이라도, 아이가 유치원에서 평온한 생활을 하길 바라며 서희는 엄마 역할을 맡게 되었다. 유치원 원장과 일부 선생님만 알고 있는 비밀이었다.

거짓을 일삼는 것이 아이의 정서 발달에 좋은 영향을 끼치지 못하리라는 것은 알고 있었다. 하지만 부모의 부재로 인해 아이가 받을 상처도 부정적이기는 마찬가지였다.

'누나가 정말 내 엄마였으면 좋겠어.'

언젠가 서준이 잠결에 내뱉은 말이었다. 연애 한번 제대로 못 해본 서희 처지에서는 청천벽력 같은 말이었지만, 아이의 간절한 서글픔이 고스란히 배어나서 마음이 아팠다.

"응, 아빠 회사에서 갑자기 회의가 생겼다고 하시네."

아이를 저버리지 못한 순간부터, 서희는 아이의 보호자가 되었다.

누나로 불리나, 엄마로 불리나.

제 인생이 어떻게 될지도 모르는 마당에 애까지 떠안은 상황이 기가 막혔지만, 하루하루 책임을 다하다 보면 언젠가는 좋은 날이 올 거라고 굳게 믿었다. 그리고 지금 서희가 하고 있는 선의의 거짓말에 담긴 진심을 서준이 알아줄 날도 반드시 올 것이다.

나쁜 의도로 남을 속이는 것이 아니었다는 것을, 서준의 평온한 유년 시절을 위한 마음 쓰임이었다는 것을 알아주기를.

누군가 자신의 행복한 유년 시절을 위해 노력했다는 사실을 서준이 깨닫게 된다면, 지금의 거짓이 서준의 정서 발달에 부정적인 영향만을 끼치지는 않을 거라고 믿었다.

단 한 사람이라도 평안을 빌어 주는 이가 있다면, 세상은 살 만한 곳이 되니까. 홀로 남겨진 아이의 편이 되어 주고 싶었다.

"괜찮아요. 내년에도 체육대회는 또 할 텐데요, 뭐. 아빠는 그때 오라고 하면 되지."

서준이 씩씩하게 말했다. 다영을 포함한 아이들을 다분히 의식한 발언처럼 느껴져서 가슴 한구석이 짠했다.

그리고 미안했다. 그가 체육대회에 오지 않은 것은 그날 밤 서희의 부탁 때문이었다.

검은 밤, 정원의 숲에 이는 가을바람이 스산했다. 깊게 맞물린 입술 사이로는 거친 숨결이 일고 있었다.

"하아."

잠시 입술이 떨어진 틈을 타 서희가 가쁜 숨을 골랐다. 그는 입술 새로 흐르는 모든 것을 들이마시겠다는 듯이 격렬하게 다가왔다.

"으응."

목울대에서 앓는 소리가 저절로 울렸다. 그의 굳센 팔이 서희의 등허리를 바짝 당겨 안았다. 말랑말랑한 여체가 단단한 품 안에서 이지러졌다. 바르르 떨리는 손으로 그의 팔뚝을 움켰다. 긴장감으로 젖은 손안에서 니트 자락이 와락 구겨졌다.

숨이 막혔다. 뺨 위에서 부서지는 그의 숨결이 너무 뜨거웠다.

"흐으."

서희는 고개를 간신히 비틀어 입술을 뗐다. 그가 이마를 맞댄 채로 받은 숨을 골랐다. 단단한 가슴이 오르락내리락할 때마다 서희의 심장은 더욱 빠르게 뛰었다.

"이제, 위로가, 되었나요? 지한, 오빠?"

열기에 타들어 간 듯 쉰 목소리로 물었다. 그의 입가에 비뚜름한 미소가 걸렸다.

"뭐라고?"

되묻는 그의 음성도 쉬어 있기는 마찬가지였다.

"위로가 되었냐고요."

"아니, 그다음."

그가 우뚝한 콧날을 서희의 코끝에 부드럽게 비비며 채근했다.

"지한 오빠."

서희는 속삭이듯이 작은 목소리로 읊조렸다. 그가 숨을 크게 들이마시고는 잠시 머뭇거렸다.

대체 '오빠'라는 호칭이 뭐라고.

그는 벅차서 어쩔 줄 모르는 사람처럼 굴고 있었다. 이마를 맞댄 채로 고개를 겨우 끄덕이는 그의 뺨이 어둠 속에서도 붉었다.

"그럼, 서준이 유치원 체육대회에는 오지 마세요."

"뭐?"

그가 이마를 떼며 의아한 시선으로 서희를 내려다보았다.

"제가 오빠라고 부르면 안 오겠다면서요. 오지 마세요."

"왜?"

서희는 천천히 숨을 고르고는 대답했다.

"저는 서준이 누나예요. 누나가 동생을 돌보는 건 당연해요. 가족으로서 체육대회에 참석하는 것도요. 비록 누나가 아닌 엄마로 참가하게 되겠지만요."

더 설득력 있는 단어를 고르기 위해 서희는 잠시 머뭇거렸다. 하지만 머릿속에서 떠도는 말이 쉬이 정리되지 않았다.

"제가 사람들 앞에 서준이 엄마로 나서면서 하는 거짓말에 대해서는요. 앞으로 언젠가는 서준이에게 허심탄회하게 설명할 날이 있을 거예요."

"그런데?"

"그런데 선배, 아니 오빠는 다르잖아요?"

그가 잠시 생각에 잠기는 듯하더니 건조한 목소리로 되물었다.

"나는 피붙이가 아니니까, 너희 남매와 평생 함께할 수 없고. 내가 서준이를 위해 하는 하얀 거짓말은 변명할 기회가 없을 거다?"

서희가 고개를 끄덕거렸다.

"그게 진짜 이유야?"

그가 재차 물었다.

"복합적인 거죠. 사람들이 쉽게 알아보는 연예인은 아니라도. 선, 아니 오빠는 금융 지주사 대표로 얼굴이 알려진 사람이잖아요. 알아보는 사람이 있을 수도 있어요."

"흐음."

그가 크게 한숨을 내쉬었다.

"그럼 들통이 날 거예요. 서준이가 버려진 아이라는 것도. 어른들의 부정으로 태어난 아이라는 것도. 그런 것 때문에 아이가 힘들어지는 건 원치 않아요."

서희가 단호하게 고개를 내저었다.

"무슨 말인지 알겠어."

서준에게 자신의 어린 시절을 이입하는 그를 설득하는 게 쉽지 않을 거라고 생각했다. 그런데 아이에게 힘든 일이 일어나는 것을 원치 않는다고 하니, 그가 순순히 물러나는 듯했다.

"그리고 약속하셨잖아요. 제가 호칭을 오빠로 바꾸면 안 오겠다고요."

그가 맥이 탁 풀린다는 듯이 웃었다. 웃음기 어린 그의 입술이 다시금 서희의 입술을 집어삼킨 것은 순식간이었다.

별이 쏟아질 듯했고, 정원수로 심긴 소나무에 이는 솔바람 때문에 솔잎 향이 향긋했던 밤이었다.

"엄마, 엄마아."

서준이 서희의 바짓자락을 붙들고 흔들며 야단이었다.

"어, 서준아. 미안."

그날 밤에 있었던 일이 불현듯 머릿속에 떠올라 버린 탓에 아이가 다급하게 부르는 소리도 듣지 못했다.

"저기 봐, 저기!"

서준이 손가락으로 유치원 입구를 가리키며 폴짝폴짝 뛰었다. 서희는 눈을 가느스름하게 뜨고 이쪽으로 다가오는 누군가를 가늠해 보았다.

대한민국 평균 남성보다 훌쩍 큰 키, 중학교 때 수영 선수까지 한 덕분에 떡 벌어진 어깨, 익숙한 듯 우아한 걸음걸이.

유치원 운동장을 런웨이로 만들 생각인 듯 검은색 슈트를 차려입은 그가 이쪽을 향해 성큼성큼 걸어오고 있었다.

"아빠!"

서준이 보란 듯이 그에게 달려갔다. 그도 보란 듯이 두 팔을 벌리며 달려든 서준을 번쩍 안아 주었다. 그가 한쪽 팔로 서준을 안은 채로 서희가 서 있는 곳까지 다가왔다. 마치 CF에서나 나올 법한, 사이 좋은 부자의 그림 같은 조우였다.

"어떻게 된 거예요?"

서희가 당황스러움을 감추며 애써 태연하게 물었다.

"회의가 생각보다 일찍 끝났어."

그가 마치 아내를 끔찍이 여기는 다정한 남편처럼 서희의 어깨를 부드럽게 감쌌다. 한쪽 팔로는 서준을 안아 들고, 다른 쪽 팔로는 서희의 어깨를 당겨 안는 그의 얼굴에는 믿을 수 없을 정도로 근사한 미소가 어려 있었다.

서준은 신나서 어쩔 줄 모르는 얼굴이다. 다른 이들이 보기엔 너무도 이상적인 가족의 그림이었다.

—즐거운 점심시간입니다! 가족과 함께 행복한 시간 보내세요! 점심 식사 후에는 가족이 참여하는 경기가 진행될 예정입니다. 참가를 희망하시는 분께서는…….

안내 방송이 흘러나오자, 서준이 조심스러운 목소리를 냈다.

"아빠 달리기 시합 할 거래요. 삼촌이 나와도 되는 거고, 형이 나와도 되는 거기는 한데요."

서준은 그가 꼭 달리기 시합에 참여해 주었으면 좋겠다는 듯이 간절한 눈빛으로 그를 바라보았다.

"그래? 그럼 당연히 나가야지."

서준이 입을 크게 벌리며 환하게 웃었다. 아직 달리기 시합에서 1등을 한 것도 아닌데, 꺅꺅 비명까지 질러 댔다.

"점심부터 먹자, 서준아. 응?"

서희가 흥분한 서준을 달래며 말했다.

서준이 좋아하는 캐릭터가 그려진 알록달록한 돗자리 위에 도시락이 펼쳐졌다.

"와, 도시락 싸느라 고생했겠네. 진짜 맛있겠다."

도시락은 서희가 부엌에서 조금 거들기는 했지만, 그의 셰프가 싸

준 거나 마찬가지였다. 그럼에도 그는 마치 아내가 싼 도시락에 감탄하는 자상하고 마음씨 좋은 남편처럼 굴었다.

"와, 마이써."

서준이 입에 김밥을 한가득 집어넣고 중얼거렸다. 그도 김밥 하나를 입에 집어넣고는 오물거리며 눈썹을 과장되게 들썩거렸다.

"음, 진짜 맛있다!"

그런데 그 과장이 허투루 보이는 것만은 아니었다. 그의 눈동자에는 수영장에서 보았던 순수한 즐거움이 가득했다.

그가 등장하기 전까지만 해도 어깨가 축 늘어져서는 시무룩한 얼굴을 하고 있던 서준은 재빠르게 식사를 마치곤 아이들이 뛰어노는 곳으로 달려갔다. 그의 웃음기 어린 시선은 달려가는 서준의 등 뒤에 붙박여 있었다.

서희는 한숨을 집어삼키며 조용히 말했다.

"약속했던 거하고 다르잖아요."

"내가 무슨 약속을 했는데?"

그가 새빨간 방울토마토를 입에 집어넣으며 물었다.

"내가 오빠라고 부르면 안 오겠다면서요, 그날 분명히."

"그럼, 오빠라고 부르지 마."

그가 방울토마토를 오물오물 씹으며 얄밉게 대꾸했다. 그의 얼굴에서는 유별난 여유가 묻어났다.

이미 이긴 게임에 관해 아쉬움은 없다는 듯이. 오빠라는 호칭은 이미 한번 들었으니, 그걸 바꾸든 말든 별로 상관하지 않겠다는 듯이.

호칭의 변화는 관계의 변화를 의미하지만, 그 호칭을 다시 예전으로 되돌린다고 해서 진전되었던 관계도 후퇴하리란 법은 없다.

아오, 얄미워!

기막히게 영민하게 구는 그가 얄미워서 약이 바짝 올랐다.

"진짜 얄미워요."

그가 실소했다. 헛웃음을 터뜨리는 모습조차 잘생겨서 더 약이 올랐다.

"내가 오빠라고 불러도 올 생각이었죠? 무조건 올 생각이었죠?"

"애하고 한 약속을 어떻게 어겨?"

"나하고 한 약속은요? 그날 밤에 분명히 내 말 이해한 것처럼 말했잖아요."

"알았다고 했지, 안 온다고 한 적은 없는데."

시치미를 떼는 게 수준급이다.

이 남자가 원래 이렇게 뻔뻔한 사람이었나?

서희는 눈을 휘둥그렇게 뜨며 따져 물었다.

"아니 그날 밤 전에, 오빠라고 부르면 분명히 안 오겠다고."

"나중에 이야기하자. 유치원 체육대회에서 서준이 엄마, 아빠가 부부싸움 했다는 소문이라도 내고 싶은 거야?"

그가 턱짓으로 주변을 가리키며 물었다. 가까운 돗자리부터 시작해서 멀리 있는 돗자리까지. 학부형들의 시선이 묘하게 이쪽으로 쏠려 있었다.

"이것 봐요. 선배님은 사람들 시선을 너무 끌어요."

"이렇게 생겨 먹은 걸 어떡해?"

태연자약하게 내뱉은 그의 말에 서희는 할 말을 잃어버렸다. 가느스름하게 뜬 눈으로 그를 흘겨보고 있는데, 멀리서 서준이 후다닥 달려오는 기척이 느껴졌다.

서준의 곁에는 친구 다영도 함께였다.

"엄마, 아까 그거. 딸기 슬러시 만들어 온 거 어딨어요?"

"그거 쿨러 안에 있어."

서희가 스틸 쿨러 안에서 슬러시가 담긴 텀블러를 꺼내는 동안, 다영이 그를 넋 놓고 바라보았다.

"가자, 다영아."

서준이 텀블러 하나를 다영에게 건네며 말했다. 그런데도 다영은 옴짝달싹하지 않고 그를 바라보고 있었다. 그가 웃음기를 머금은 다정한 목소리로 다영에게 인사를 건넸다.

"안녕, 친구 이름이 뭐야?"

"다영이요. 주다영."

"반가워, 다영아."

다영이 수줍은 미소를 지으며 돌아섰다.

"와, 서준아. 너 아빠 닮아서 잘생긴 거구나. 너네 아빠 최고 멋있어."

다영이 천진하게 내뱉은 말에 그가 고개를 숙이며 쿡쿡 웃었다.

"여섯 살짜리 애가 잘생겼다니까 그렇게 좋아요?"

서희가 냉소적으로 물었다.

"넌 예쁘다는 말 싫어?"

그가 고개를 비스듬히 돌리며 물었다.

"아니, 뭐."

대충 얼버무리자, 그가 진중한 눈빛을 빛내며 재차 물었다.

"말해 봐. 예쁘다는 말 듣기 싫어?"

"듣기 싫은 건 아닌데요."

"근데?"

"예쁘다는 말보다는 매력 있다, 아름답다. 이런 말이 더 좋아요."

그가 웃음을 참는 듯한 표정을 지으며 고개를 절레절레 내저었다.

뭐야, 웃음을 왜 참아?

"너 보기보다 뻔뻔하구나?"

지금 누가 누구한테 뻔뻔하대?

서희는 하도 어이가 없어서, 허, 참, 허, 참을 반복해서 내뱉을 뿐이었다.

"참 아름답고 매력적이야."

그는 웃음기가 여전한 얼굴로, 순수한 즐거움이 깃든 눈빛으로, 다정하고 상냥한 목소리로 중얼거렸다.

"됐거든요!"

"오늘 날씨 말이야."

속이 부글부글 끓었다.

"하늘은 높고 맑고, 몽실몽실 구름도 예쁘고, 햇볕은 따뜻하고, 바람도 선선하고, 미세먼지도 없고."

그는 아무럴 것도 없다는 듯이 태연자약하게 떠들어 댔다. 그가 무슨 말을 더 하려나 싶어서 서희는 그냥 내버려 두었다.

"어릴 때 학교에서 운동회를 하면, 할머니가 보안 요원들을 잔뜩 거느리고 학교에 오셨어. 물론 사립초중에서도 난다 긴다 하는 집안 자식들이 다 모여 있어서, 그런 애들이 없었던 건 아니지만. 다들 모여 앉아 있는 곳이 화기애애했는데, 우리 집만 유독 삭막했어."

초등학교 때 운동회 날이 되면 아침부터 얼마나 설렜는지 모른다. 어린 나이에는 그날이 올림픽이었고, 월드컵이었다.

"다들 너무 즐거워 보이는데, 나는 즐겁지가 않았거든."

끊임없이 자신을 증명하는 것에만 집중했다던 그의 삶은 늘 고달팠던 모양이다.

"근데 오늘은, 이런 날씨에 너랑 잔디밭 그늘에 마주 앉아서 김밥을 나눠 먹고 있잖아."

내내 뛰어노는 서준을 바라보고 있던 그의 시선이 서희를 향했다. 그의 검고 맑은 눈동자는 진중했다.

"아름답고 매력적인 날이야."

심장이 쿵 뛰었다.

졌다, 졌어. 와! 졌어. 나는 오늘의 패자야.

서희는 그의 기막힌 서사에 두 손 두 발 다 들어 주고 싶은 심정이 되었다. 심장은 또 왜 이렇게 빨리 뛰는지.

"너 지금 이거 같아."

그가 빨간 방울토마토를 하나 집어 들었다. 서희는 의문 어린 시선으로 그를 바라보았다.

"뺨이 빨갛게 익었어."

조용히 속삭인 그가 손에 들고 있던 방울토마토를 입가로 가져갔다. 그가 도톰한 윗입술과 아랫입술 사이에 작은 과일을 물었다.

입술 사이에 맞물린 과일을 바라보는데 마른침이 꿀꺽 넘어갔다. 방금 자신을 방울토마토 같다고 해 놓고선 그것을 삼키지 않고 입술 사이에 물고 있는 남자의 눈빛은 숲에서 키스를 나누던 그 밤을 떠올리게 했다.

살면서 이렇게 방울토마토의 표면에 집중했던 적은 없었다.

달콤하고 빨간 몰입감.

순간 그가 숨을 급하게 들이켜며 방울토마토를 입안으로 쏙 빨아들였다. 심장이 돗자리 바닥까지 쿵 떨어지는 듯했다.

잘생기고, 멋있고, 야하고.

유치원 체육대회 돗자리 위에 앉아 있는 그의 모습은 정말이지 확……! 그러고 싶은 욕구를 불러일으켰다.

정신 차려라, 함서희.

여긴 새싹들이 자라나는 유치원이다!

"무슨 생각해?"

"나쁜 생각이요."

"나도."

어련하시겠습니까?

서희는 어설픈 웃음을 지으며 서준이 뛰어노는 곳으로 눈길을 돌렸다.

"어떤 나쁜 생각?"

"몰라요."

"나한테는 안 물어봐?"

고개만 비스듬히 돌려서 그를 바라보았다.

"나는."

그가 혀로 입술을 가볍게 축였다. 심드렁했던 서희의 시선이 또다시 단숨에 그의 입술에 집중되었다.

"네 위로를 받고 싶다는 생각."

그 진중하던 모범생은 어디 갔지?

어디서 이런 끼 부리는 법을 배워 갖고 온 거지?

서희는 이런 페로몬 공격에는 익숙하지가 않았다. 게다가 이곳은 대여섯 살짜리 애들이 뛰어노는 유치원이란 말이다!

"체통을 좀 지키시죠?"

서희가 정중하게 요구했다.

"무슨 생각해, 함서희?"

그가 또 시치미를 뚝 떼며 서희를 파렴치한 사람으로 만들려고 했다.

"아니."

서희가 억울하다는 듯이 눈을 지그시 감았다가 뜨자, 그가 근사하게 웃었다.

"위로해 달라는데, 왜 체통을 지키래? 네 머릿속에는 대체 뭐가 들어 있는 걸까."

자신은 무결하다는 듯이 그가 발뺌하고 나섰다.

"저기요. 어른이 위로하는 법을 저한테 알려 주신 분이 이러시면 곤란하죠."

"겨우 키스 갖고? 외국에서 키스는 인사야."

"여긴 대한민국입니다만?"

"좀 물리네."

그가 두 손을 등 뒤로 뻗어 바닥을 짚으며 느슨하게 앉았다. 고개를 비스듬히 기울여 서희를 바라보는 시선은 가을 햇볕만큼 뜨거웠다.

"위로를 좀 업그레이드할 생각은 없어?"

그의 끼 부리기 실력이 업그레이드되는 것은 잘 알겠다. 아이들이 까르륵하고 맑은 웃음을 터뜨리는 소리가 멀리서 들려왔다.

"그게 지금 여기서 할 말이에요?"

서희가 목소리를 낮춰 그를 나무랐다.

"못 할 건 또 뭐야? 내가 지금 마이크 대고 이야기하고 있어?"

혼미해지려는 정신을 가다듬으며 서희가 단호하게 고개를 내저었다.

"제가 건넨 위로에는 조건이 있었고요. 조건이 추가된 것도 아니고, 심화된 것도 아닌데요? 왜 위로의 방법만 업그레이드되어야 하는 건데요?"

좋아, 제법 논리적이었어.

서희는 대단한 논거를 제시한 사람처럼 턱을 들어 올렸다.

"그럼 조건이 추가되면 업그레이드되는 건가?"

그러니까 유치원 체육대회 중에, 엄마 아빠 역할을 맡은 남녀가, 순수한 아이들의 웃음소리를 들으며, 스킨십 진도를 어떻게 더 뺄 것인지에 관한 필요충분조건을 아주 깊이 있게 논하는 중이다.

"뭐 굳이 따지자면 그런 거죠. 그런데 아마 업그레이드되는 일은 없을 것 같아요. 제가 조건을 더 추가하는 일을 만들지는 않을 거니까요."

서희는 입술을 가늘게 맞물리고 고개까지 세차게 끄덕이며 장담했다.

"과연."

그가 마치 내기를 하자는 듯이 도발적인 눈빛으로 서희를 바라보았다.

"이제 시합 시작한대요! 아빠, 우리 반 단체 티셔츠 입어야 해요!"

저 멀리에서 친구들과 놀던 서준이 성난 말처럼 두 사람이 앉아 있는 곳까지 달려왔다.

"있잖아, 서준아."

이제까지 조용조용 속삭이듯 말하던 그가 다른 가족에게도 다 들릴 정도로 큰 목소리를 냈다.

"네, 아빠!"

서준도 여봐란듯이 목청을 높였다.

"아빠가 달리기 시합에서 1등 하면 아빠 소원 들어줄 거야?"

그의 제안에 서준의 두 눈이 반짝거렸다.

"네! 아빠 소원 내가 다 들어줄게요!"

서준은 바람직한 어른 남자의 모습을 보여 주는 그에게 푹 빠진 상태였다.

"소원 백 개라도 들어줄 수 있어요!"

"그래? 그럼 아빠가 1등 하면 엄마도 아빠 소원을 들어줄까?"

서준이 눈을 희번덕이며 서희를 바라보았다.

"엄마! 아빠가 1등 하면 엄마도 아빠 소원 들어줄 거죠?"

허를 찔렸다. 아이를 이용해서 조건을 추가하는 상황이 들이닥칠 거라고는 예상하지 못한 게 실수다.

하지만 그가 달리기 시합에서 1등을 했을 때 소원이 성취되는 것 아닌가? 다른 아빠들은 국가대표 육상 선수라도 되는 것처럼 런닝화를 신고 아까부터 트랙을 돌며 몸을 풀고 있었다. 반면 그는 슈트에 정장화를 신은 채로 서희와 노닥거리고 있었고.

서희는 선량한 미소를 지으며 서준에게 답했다.

"그럼, 아빠가 1등 하면 엄마가 소원 들어줘야지."

"정말이지?"

그가 물었다.

"정말이죠. 저는 이런 거로 비겁하게 거짓말 안 해요."

그가 야심만만한 미소를 지으며 자리에서 벌떡 몸을 일으켰다. 그러고는 마치 런웨이 백스테이지에 들어선 모델처럼 슈트 재킷을 벗었다.

와!

넓은 어깨를 유연하게 움직이며 재킷을 벗는 그의 모습에 서희는 하마터면 찬사를 보낼 뻔했다.

그가 커프스 링크를 툭툭 풀어서는 서희에게 내밀었다. 서희는 멍하니 그를 바라보며 옐로우 골드, 핑크 골드, 화이트 골드가 매듭 모양을 이루고 있는 트리니티 커프스 링크를 받아 들었다. 마치 소중한 보물이라도 건네받은 것처럼 서희는 본능적으로 커프스 링크를 꼭 쥐었다.

그가 드레스 셔츠 소매를 단정하게 접어 올릴 때마다 힘줄이 불끈불끈 솟은 단단한 팔뚝이 매혹적으로 드러났다. 넥타이 매듭에 검지와 중지를 걸어 쭉 잡아당기며, 그가 서희를 지그시 내려 보았다.

숨이 턱 막혔다. 운동장의 모든 소음이 사라진 듯 귀가 먹먹했다.

"자, 이것도."

그가 서희에게 넥타이를 내밀었다. 서희는 폭이 좁은 실크 넥타이를 받아 들며 마른침조차 삼키지 못했다. 그는 기다란 손가락으로 우아하게 드레스 셔츠 첫 단추를 툭 풀었다.

"잠깐만요!"

서희는 오른손을 쳐들며 그를 저지했다.

아무리 그의 자태가 훌륭하다고 한들 여기서 옷을 갈아입는 건 안 되지! 그가 공연음란죄를 범하기 전에 막아야 했다.

"왜?"

의아한 목소리를 낸 그가 눈살을 찌푸렸다. 그러고는 서준이 건넨 연두색 티셔츠를 드레스 셔츠 위에 겹쳐 입었다.

"아, 아니에요."

너무 몰입한 나머지 그가 여기서 드레스 셔츠마저 벗어 버릴지도 모른다는 발칙한 망상을 해 버리고 말았다.

내려다보는 그의 눈동자는 말하고 있었다.

네가 무슨 야한 상상을 했는지, 나는 알지.

뺨이 홧홧 달아오르는 것 같아서 얼른 고개를 돌리며 딴청을 피우고 싶었지만, 그의 기막힌 모습이 서희의 시선을 꽉 붙들고 놓아주질 않았다.

검은색 슈트 팬츠에 새하얀 비스포크 드레스 셔츠, 그 위에 새싹이 그려진 형광 연두색에 가까운 반소매 티셔츠를 겹쳐 입었음에도.

그는 근사했다. 마치 저명한 패션 디자이너가 심혈을 기울여 만든 걸작을 입기라도 한 것처럼.

옷이 날개가 아니라, 그가 옷을 재창조하는 신처럼 느껴졌다.

"새삼, 남편이 멋있어?"

너무 뻔뻔한 물음에 서희는 뒤통수라도 얻어맞은 것처럼 정신이 멍했다. 저런 말을 아무렇지 않게 내뱉다니. 과묵하고 진중했던 그의 모습은 대체 어디로 간 걸까, 금융 지주사 대표의 카리스마는 얻다 떼 놓고 왔나, 설마 이중인격인가?

서희는 해결되지 않을 의문을 곱씹으며 그를 올려다보았다.

"아빠, 얼른 가요. 얼른!"

서준이 뭐 마려운 강아지처럼 발을 동동 굴렀다.

"응, 가자."

그가 돗자리 위에서 백스테이지 쇼를 펼친 덕에 뭇 사람들의 시선이 이쪽으로 쏠려 있었다. 큰 소리로 1등이 어쩌고저쩌고 떠들어 댄 탓에 다른 아빠들은 경계 어린 눈빛을 빛냈고, 엄마들은 일면 부럽다는 듯이 서희를 바라보았다.

진짜 남편은 아니지만, 저 남자 참 바람직하게 생겼죠?

서희는 내뱉지 못할 말을 입안에서 굴릴 뿐이었다.

"엄마, 큰일 났어! 엄마 점심 많이 먹었어?"

서준이 헐레벌떡 서희가 앉아 있는 곳으로 달려왔다. 다른 아이들도 제각기 제 엄마에게 달려가고 있었다.

"왜? 엄마 점심 든든하게 먹었지."

그가 회심의 미소를 지으며 느릿하게 걸어오고 있었다.

"큰일 났다. 아빠가 엄마 안고 뛰어야 한대!"

"뭐?"

놀라 되물은 말에 서준이 받아쳤다.

"엄마 점심 많이 먹은 거야? 엄마가 너무 무거워서 아빠가 못 뛰면 어떡하지?"

서준이 울상을 지었고, 서희는 그 말에 너무 황당해져서 맥이 풀릴 지경이었다.

"아, 이런. 아빠가 1등 못 하면 점심 많이 먹은 엄마 탓인가?"

그가 연극배우처럼 과장되게 얼굴을 찡그리며 안타깝다는 듯이 말했다.

"나는 진짜 아빠 소원 들어주고 싶은데……. 진짜로 아빠 소원 들어주고 싶단 말이야. 진짜로."

서준은 간절했다. 그가 베푼 선의와 온정이 특별하다는 것은 어린 서준도 알 것이다. 그래서 보답하고 싶은 마음이 기특하기는 하다. 그러나.

거짓이 난무하는 상황일지라도 엄마가 점심을 많이 먹어서 아빠가 1등을 못 하네, 어쩌네 하는 말은 억울하다.

"아니지. 점심을 많이 먹는다고 몸무게가 막 늘어나는 것도 아니고. 아빠가 1등 못 하면, 아빠가 힘이 없어서야."

그가 한쪽 눈썹을 치뜨며 도전적인 눈빛으로 서희를 쏘아보았다. 그의 눈빛이 이번에는 이렇게 말하고 있었다.

그렇게 나오시겠다?

서희는 바람막이 점퍼의 지퍼를 쭉 올리며 자리에서 일어섰다.

"자, 가요. 1등 하셔야죠?"

서희 역시 도전적인 눈빛으로 그에게 응했다.

"그래. 1등 해야지, 꼭. 그래야 엄마가 안 무거운 게 되는 거잖아. 안 그래?"

서희는 그의 옷깃을 정리해 주는 것처럼 가까이 다가서서 조용히 속삭였다.

"왜요? 1등 할 자신 없어요? 저런."

안타깝다는 듯이 그의 어깨를 탁탁 두드려 주기까지 했다. 이번에는 그가 고개를 비스듬히 내리더니 서희의 귓가에 속삭였다.

"내가 달릴 때 꽉 잡아. 또 알아? 힘이 너무 없어서, 팔에 힘이 다 풀려 버려서 트랙에 메다꽂아 버릴지?"

그의 얼굴이 서서히 멀어졌다. 두 사람 사이에 전에 없던 독특한 긴장감이 흘렀다. 심장도 두근거리기는 마찬가지였다.

서희는 그의 손을 붙들고 출발선에 섰다.

"자, 준비하시고!"

사회자의 구령에 맞춰 아빠들이 일제히 엄마들을 공주님처럼 받쳐 안았다.

서희는 비장했다. 그리고 그도 비장했다. 그의 단단한 목을 꼭 끌어안은 순간, 심장이 터질 듯이 두근거렸다.

탕!

스타트 건이 힘차게 울렸다.

그가 황야를 달리는 야생마처럼 무서운 속도로 달리기 시작했다.

"어엄마아아아."

서희는 새된 비명을 지르며 그의 목을 꽉 끌어안고 매달렸다. 여차해서 그의 팔에 힘이 풀려 버리면 바닥에 메다꽂히는 상황이 벌어질 수도 있을 것만 같았다.

심장이 더는 빠르게 뛸 수 없다는 듯이 거칠게 요동쳤다. 이러다 심정지가 오는 건 아닌가, 싶은 걱정이 들 만큼 가슴이 빠듯해졌다. 심장이 터질 것 같은 순간이지만, 서희는 기민하게 주위를 살폈다.

그는 홀로 트랙을 질주하고 있었다. 고개를 살짝 빼서 뒤를 살피자, 뒤따르는 아빠들과 거리가 점점 더 크게 벌어졌다.

"1등! 1등이다!"

달리기에서는 꼭 막판 스퍼트에 강한 사람이 존재하기 마련이다. 갑자기 어떤 아빠가 우레와 같은 비명을 지르며 달려왔다. 그 모습과 포효는 흡사 달리기에 능한 K 좀비 같았다.

"빨리! 따라잡혀!"

급해서 말이 짧아졌다.

"그럴 리가."

서희를 안고 달리는데도 그의 목소리는 비교적 안정적이었다.

그리고 그는 아름답고 유쾌한 웃음을 터뜨리며 가장 먼저 우아하게 결승선을 통과했다.

"와! 1등이다!"

서준이 멀리서 달려오며 꺅꺅 소리를 질러 댔다. 그는 여전히 서희를 안은 채로 빙글빙글 돌며 '하하하하' 하고 웃어 댔다.

"어지러워! 어지럽다고요!"

서희는 그의 목을 바짝 당겨 안으며 매달렸다.

정말 메다꽂으려는 건가?

그의 회전에 가속도가 붙고 원심력 때문에 몸이 한쪽으로 쏠리는 듯한 기분이 들면서 공포가 극에 달했다.

"내려 달라고오!"

서희는 목숨을 구걸하듯 포효했다. 그 순간만큼은 정말 무서웠으니까. 놀이공원에 가면 박진감 넘치는 놀이기구는커녕 회전목마도 어지러워서 못 타는 서희였다. 힘껏 말아 쥔 주먹으로 그의 등허리를 마구 두드리며 읍소했다.

"내려 줘! 내려 줘!"

마침내 우아하게 스핀을 멈춘 그가 서희의 이마에 쪽, 소리가 나도록 입을 맞추고는 바닥에 살포시 내려 주었다.

눈앞이 핑글핑글 돌았다. 지구의 자전과 공전을 몸소 증명해 보이겠다는 듯이 서희는 바닥에 발을 딛자마자 휘청거렸다.

"어이쿠, 조심해."

자기가 빙글빙글 돌아 놓고선!

그가 또다시 유쾌한 웃음을 '와하하하' 하고 터뜨리며 서희를 부축했다.

"와! 우리 엄마, 아빠가 1등이다!"

서준이 두 사람 곁으로 다가와 폴짝폴짝 뛰어 댔다. 세 사람은 마치 올림픽에서 금메달이라도 딴 것처럼 손을 맞잡고 강강술래 하듯 빙글빙글 돌았다.

그 모습이 어찌나 장엄한지, 1등 도장을 찍어야 하는 새싹반 담임 선생님은 서준의 가족에게 다가서지 못하고 어설프게 웃고 있었다.

세 사람에게선 다른 가족 못지않은 결속력과 전투력이 빛났다.

그렇다. 강강술래는 영험하다.

이순신 장군도 임진왜란에서 강강술래로 왜놈들을 겁주지 않았던가?

아니, 그렇다고 다른 가족들이 왜놈들이라는 건 아니고.

또 그렇다고 우리가 목숨 걸고 싸워서 이겼다는 건 아니고.

아니지, 나는 목숨을 건 거나 마찬가지지.

그가 정말로 바닥에 메다꽂아 버릴지도 모른다는 공포와 협박을 견디며 이뤄 낸 쾌거였다. 물론 온 힘을 다해 트랙을 달린 사람은 그였지만.

"1등 도장 찍어 드릴게요."

현기증은 금세 가셨고, 공포와 협박 따위는 효력을 잃은 지 오래였다.

서희는 제일 먼저 손목을 불쑥 내밀었다.

"하하하하. 어머님이 정말 기분이 좋으신가 봐요."

사실 새싹반 담임 선생님은 서희가 서준의 엄마가 아니라는 것을 알고 있었다. 원장 선생님과 담임 선생님, 그리고 주임 선생님만 알고 있는 비밀이었다.

유순하게 생긴 새싹반 담임 선생님은 서준의 기분을 맞춰 주려는 듯이 진심으로 축하해 주었다.

"서준아, 진짜 좋겠다! 엄마, 아빠가 1등 하셔서!"

226

"네! 엄마가 점심을 너무 많이 먹어서 걱정했는데요. 우리 아빠가 예전에 수영 선수도 했었거든요. 달리기도 진짜 잘해요. 아빠가 무거운 엄마 안고도 잘 뛰어서 너무 좋아요!"

야, 너어는.

하늘에서 뚝 떨어진 이복동생이었다. 그래도 피붙이라고 거둬 키웠거늘. 이래서 옛말 그른 게 하나도 없는 거다. 예를 들면 '머리 검은 짐승은 거두는 거 아니다'는 말 같은 거.

"아빠가 정말 빠르시더라."

새싹반 담임 선생님은 웃음을 참기 위해 온 힘을 다해 노력하는 것처럼 보였다.

웃으세요, 선생님. 그러다 얼굴 터지겠어요.

서희는 아무렇지 않다는 듯이 웃으며 손목에 도장을 찍은 두 남자를 데리고 돗자리로 돌아왔다.

아빠 달리기가 끝나고, 카드 땅따먹기, 고리 던지기, OX 퀴즈 등이 이어졌다.

그리고 또 다른 사건은 OX 퀴즈에서 터졌다.

사회자가 마이크에 대고 크게 외쳤다.

"사람은 자기 팔꿈치에 혀가 닿는다, 닿지 않는다! OX!"

OX 퀴즈에 남아 있는 가족은 딱 두 가족이었다. 그중에는 서준과 서희, 그가 당당히 한 자리를 차지하고 있었다.

다른 가족은 이미 X 쪽으로 움직이고 있었다. 서준의 손을 꼭 잡은 그도 X 쪽을 향해 걸어가고 있었다.

서희가 의미심장하게 그의 연두색 티셔츠를 잡아당겼다. 그가 왜, 하고 묻는 눈빛으로 서희를 바라보았다.

"정답은 O예요."

서희가 대단한 비밀을 발설하듯이 나직하게 속삭였다.

"그럴 리가. 코에 혀 안 닿는 것처럼, 팔꿈치에 혀 안 닿아."

"아니에요. 코에도 닿고, 팔꿈치에도 닿아요."

서희는 절대적으로 자신의 의견이 맞다며 고개를 끄덕거렸다.

그는 특출한 인내심과 끈기로 자신의 삶을 증명하며 살아온 사람이었다. 그만큼 승부욕도 대단했다. 하지만 서희의 주장이 너무 강력한 탓에 못 이기는 척 O를 향해 섰다. 그의 얼굴에는 낭패감이 역력했다.

"자, 두 가족이 각각 O와 X에 사이좋게 나누어 섰습니다! 이 중에 당연히 정답이 있는데요! 이번 퀴즈가 마지막이 될 것 같죠? 이제 우승자가 나올 순간입니다! 자, 정답은!"

사회자가 긴장감을 고조시키려는 듯 시간을 끌었다.

"정답은 X! 사람의 혀는 팔꿈치에 닿지 않는다!"

X 쪽에 서 있던 가족이 폴짝폴짝 뛰며 좋아했고, 그는 어이없는 문제를 틀려 버렸다는 듯이 미간을 찡그렸다.

"아닌데요! 팔꿈치에 혀 닿아요!"

승부욕하면 서희도 만만치 않았다. 남들 다 술독에 빠져 지내는 학부 1학년 때에도 장학금을 놓치지 않았던 서희였다. 국제중, 영재고, 대학교 등에서 조기 졸업을 할 수 있을 정도의 성적이었지만, 서희는 조기 졸업을 마다했다. 이유는 남들이 배우는 만큼 모조리 다 배우고 싶어서. 지독한 공부 욕심과 승부욕이 빚어낸 시간이었다.

서희의 이의 제기에 사회자가 고개를 갸웃거렸다.

"어머님! 팔꿈치에 혀 닿으면 인정!"

쇼맨십이 뛰어난 사회자가 서희를 가리키며 회심의 미소를 머금었다. 서희는 바람막이 점퍼 소매를 팔뚝까지 걷어붙이고는 비장하게 팔을 구부렸다. 고개를 쭉 빼고 순식간에 혀를 길게 내밀어 팔꿈치를 슥 핥아 보였다.

"와!"

"저게 되네."

새싹반 선생님이 느릿하게 손뼉을 치기 시작했다. 결국, OX 퀴즈의 우승은 세 사람이 차지했다.

"우리가 이겼다!"

서준이 폴짝폴짝 뛰어 댔다.

체육대회 행사가 모두 끝나고, 서준에게는 아빠 달리기 1등 선물인 두발자전거와 OX 퀴즈 우승 선물인 폴라로이드 카메라가 안겨졌다.

집으로 향하는 차 안, 서준이 원하는 대로 체육대회에서 우수한 성적을 거뒀는데도 아이의 표정이 어두웠다. 조수석에 앉은 서희가 뒷좌석에 앉은 서준을 돌아보며 물었다.

"서준아. 우리 오늘 되게 잘했다. 그치?"

"응."

서준이 짧게 대꾸했다. 어깻숨을 훅 내쉬는 아이의 얼굴에는 근심이 역력했다. 서희는 입술만 달싹거릴 뿐 더는 말을 건넬 수가 없었다.

체육대회에서 1등을 하면 뭐 하나. 진짜 엄마, 아빠가 아닌데. 가짜 가족일 뿐인데.

서준의 외로움이 느껴져서 가슴이 쿡쿡 쑤셨다. 좋은 추억을 만들어 주려고 했는데, 아이에게 더 깊은 상처를 새긴 것은 아닌가 우려스러웠다.

"서준이 자전거 탈 줄 알아?"

그가 다정한 목소리로 묵직한 침묵을 깼다.

"아니요."

서준이 기어들어 가는 목소리로 대답했다.

"아저씨 자전거 잘 타. 자전거 타는 법 가르쳐 줄까?"

"정말요? 아저씨가 자전거 타는 법도 가르쳐 주실 수 있어요?"

"그럼, 일단 보조 바퀴부터 달아 볼까? 먼저 보조 바퀴 달고 타다가, 두발자전거도 배우자."

서준이 뒷좌석에서 엉덩이를 들썩거리며 좋아했다.

"좋아요! 나 잘 탈 수 있을 것 같죠? 달리기도 다리가 안 보일 만큼 빨라요! 누나가 그랬어요! 나 달리기할 때 다리가 안 보인다고. 그치, 누나?"

서준이 차 안이 떠나가라 소리쳤다.

"응. 우리 서준이 달리기 잘하더라."

어린아이가 시무룩했던 이유가 가짜 가족에 대한 외로움과 헛헛함이 아니라 자전거 타는 법을 모르는 데 있었다고 생각하니, 마음이 한결 놓이는 한편, 안쓰러웠다.

이제껏 서준에게는 자전거 타는 법과 같은 평범한 놀이를 가르쳐 줄 사람이 없었다는 사실에 가슴이 아렸다.

"나 달리기도 잘하고, 수영도 잘하니까 자전거도 잘 탈 수 있을 것 같아요."

서준이 의기양양하게 떠들어 대자, 그가 유쾌하게 웃었다.

자전거와 체육대회 이야기를 떠들어 대던 아이는 고단한지 금세 고개를 떨어뜨리고 잠이 들었다. 주말 오후여서 그런지 서울 시내 곳곳에 정체가 극심했다.

"어떻게 알았어요?"

아이가 깰까 싶어서, 서희는 조용조용한 목소리로 물었다.

"뭘?"

"자전거 타는 법을 몰라서 애가 시무룩했던 거요."

"그냥."

그는 짧게 대꾸하며 조수석에 앉은 서희를 흘끗 보았다.

"자전거 타는 법 가르쳐 준 사람이 없었어요?"

서희는 이번에도 그에게 비슷한 경험이 있을지도 모른다고 생각하며 물었다.

"아니. 나는 형한테 배웠어. 근데 왠지 그럴 것 같아서."

"저는요. 서준이가 우리가 가짜 가족이어서, 그래서 속상해하는 줄 알았어요. 체육대회는 즐거웠지만, 그걸 신경 쓰고 있다고 생각했어요."

서희의 목소리가 물기에 잠겼다. 눈가가 따끔거려서 눈꺼풀을 여러 번 빠르게 움직였다.

"그건 어른 생각이지. 아이들은 어른이 생각하는 것보다 훨씬 더 빠르게 즐거운 일에 집중해. 힘들고 아픈 일보다, 즐거운 일에 더 끌리는 게 사람 본능이잖아? 어른이 되면서 그런 순수한 본능이 점점 사라지는 거고. 그래서 인생을 즐기는 법을 몰라서 외로운 어른이 많은 거고."

"저는요. 서준이가 앞으로 그런 즐거움을 간직할 수 있도록 지켜주고 싶어요."

그가 기분 좋은 미소를 머금으며 대꾸했다.

"암튼 착해서."

그러고는 나직한 목소리로 덧붙였다.

"착한 함서희는 유연하고, 또……. 혀도 길더라?"

감동이 가득했던 차 안 공기가 갑자기 야릇해졌다.

실로 놀라운 재능 발견이었다!

그는 유치원 체육대회가 열린 운동장을 런웨이로 만들고, 점심 먹던 돗자리 위를 백스테이지로 만들었으며, 형광 연두색의 유치찬란한 유치원 단체 티셔츠를 걸작으로 승화한 것도 모자라!

OX 퀴즈에서의 활약을 세상 야하게 해석하고 있었다.

"조용히 해요."

서희가 얼른 뒷좌석으로 고개를 돌려 서준이 여전히 자고 있는지 확인했다. 다행히도 서준은 완전히 곯아떨어져서 그르렁그르렁 소리를 내며 작게 코까지 골고 있었다.

"서준이 듣겠어요!"

서희가 미간을 찡그리며 나무랐다.

어떻게 그런 남사스러운 말을 그렇게나 태연하게 할 수 있는지 놀랍다는 듯이!

그러자 그가 정색하고 되물었다.

"유연하고, 혀가 긴 게. 왜? 서준이도 다 봤는데, 왜?"

그가 시치미를 뚝 뗐다. 그러더니 웃는다.

"너 대체 무슨 생각을 하는 거야?"

"아니, 내가 무슨 생각을 한 게 아니라."

"말해 봐. 유연하고, 혀가 긴 게 왜?"

시속 20km로 지루하게 달리던 차가 다시금 신호 대기로 멈춰 섰다. 그가 운전대 윗부분을 움켜잡으며 고개를 비스듬히 기울였다. 손 위에 옆얼굴을 느슨하게 기댄 그의 모습은 자동차 화보에나 나올 것처럼 근사했다.

"유연함과 긴 혀를 어디에 써먹으려고?"

그가 목소리를 더욱 낮추며 야하게 웃었다.

"흠! 쓰긴 어디에 써요. OX 퀴즈 이겨 먹는 데 쓴 거지."

"아니지. 틀렸어. 땡!"

그는 마치 서희가 여전히 OX 판 앞에 서 있는 것처럼 말했다.

서희는 한쪽 눈썹만 들어 올리며 무슨 말이 하고 싶은 거냐고 묻는 표정으로 그를 바라보았다.

"내 소원을 들어주는 데 써야지."

두 사람을 에워싼 공기가 급격하게 팽창하는 듯했다.

숨이 턱 막혔다. 재능을 하나 더 추가해야겠다.

그에게는 생각지도 못한 순간을 야하게 만드는 데 탁월한 재능이 숨겨져 있었다.

❋ ❋ ❋

"누나! 나 수영장에 아호 두고 왔나 봐!"

잠자리에 들려던 서준이 미간을 잔뜩 찌푸리고 입술을 실룩거렸다. 곧 울음이라도 터뜨릴 기세다.

"그러게 수영장에 아호는 왜 데리고 갔어?"

아호는 아기 호랑이의 줄임말로 서준의 애착 인형이다. 지한이 일주일 전 제주로 출장을 다녀오던 길에 선물로 사 온 인형이기도 했다.

"아호한테도 내가 수영하는 거 보여 주고 싶으니까!"

선물 받은 지 겨우 일주일밖에 되지 않았는데, 서준은 호랑이 인형에게 이름도 붙여 주고 항상 끼고 다녔다.

"누나 나 아호 갖다 주라. 그거 없으면 나 못 자."

서준이 울상을 지었다.

"수영장 어디에 두고 왔는데?"

"내가 맨날 다이빙하는 스타팅블록 옆에!"

"알았다. 동화책 읽으면서 기다려."

세차게 고개를 끄덕이는 서준의 얼굴이 금세 밝아졌다.

밤 9시가 넘은 시각, 집 안은 고요했다. 서희는 조용히 층계를 내

233

려가 소응접실 테라스 유리문을 통해 정원으로 나갔다.

여러 개의 중문과 육중한 호두나무문으로 이루어진 정식 현관으로 왔다 갔다 하는 것보다 테라스 유리문을 사용하는 게 더 편해서, 서희는 자주 이곳으로 드나들었다.

한번은 현관으로 나섰다가 보안 직원과 마주쳤는데, 어디에 가는 길이냐며 동행해 드리겠다고 깍듯하게 구는 통에 민망했던 적이 있었다. 이 집 사람들에게는 숨 쉬는 것처럼 자연스러운 일일 테지만, 서희에게는 여전히 어색하고, 과하게 극진한 대우였다.

늦가을 밤공기를 헤치고 온실 수영장에 다다랐을 때, 수영장 안은 불이 환하게 밝혀져 있었다. 유리문 밖에서도 스타팅블록 옆에 다소 곳이 놓여 있는 아호가 보였다.

저 인형이 그렇게 좋을까.

서희는 조용히 혼잣말을 읊조리며 수영장 안으로 들어갔다.

'누나, 나 인형 선물 처음 받아 봐!'

서준이 별스러울 것도 없는 호랑이 인형을 애지중지하는 이유였다.

"어휴. 너는 왜 혼자 여기 있니. 얼른 형아한테 가자."

아호는 서준의 동생 지위까지 얻은 품격 있는 인형이었다. 아호를 품에 안고 돌아서려는데, 발이 쭉 미끄러졌다.

"아이코."

아호를 수영장 물에 빠뜨리지 않기 위해 버둥거리다가 미처 발견하지 못한 음료수병을 건드렸고, 안에 가득 담겨 있던 파란색 이온 음료가 슬리퍼를 신은 발등 위로 쏟아졌다.

질척거리는 발로 너른 정원을 걷기는 싫어서 일단 샤워실로 향했다. 양말을 벗고 끈적끈적 액체를 대충 씻어 낸 뒤 밖으로 나오는데 인기척이 들려왔다.

"회장님께서 이번에는 완고하세요. 얼마 전에 회장님하고 통화하셨다면서요?"

백 실장의 목소리였다.

"네, 여전히 정정하시더라고요. 저보다 오래 사시겠어요."

"회장님이 오래 못 사실까 봐 걱정하시는 게 아니잖아요. 손주 며느리를 못 보실까 봐 걱정하시는 거죠."

서희는 저도 모르게 아랫입술을 꾹 깨물며 샤워실 문 뒤로 몸을 숨겼다.

수영장은 꽤 넓었다. 하지만 고요한 탓에 두 사람의 대화가 너무도 또렷하게 들리고 있었다. 나가야 할 타이밍을 미묘하게 놓친 서희는 두 사람의 대화가 끝날 때까지 기다리기로 했다.

"회장님 말씀이, 대표님께서 많이 다정해지셨다고요. 그래서 놀라셨다고 하시더라고요."

"제가 강 회장님한테 다정해졌다고? 되게 새삼스럽네요. 언제는 제가 무례했습니까?"

그의 목소리에서 또다시 친조모를 향한 애증이 묻어났다.

"그게 아니고요. 아무래도 함서희 양 덕분이겠죠."

뜻밖의 이름이 흘러나와서 서희는 숨을 죽였다.

"서희 덕에 다정해졌는데, 왜 선 자리에 나가야 하죠?"

그가 의아하다는 듯이 물었다.

"강 회장님이 보통 분이신가요? 대표님 변화를 전화 통화 한 번에 알아차리신 거죠. 지금 선 자리 나가시면 좋은 결과가 있을 수도 있겠다 생각하신 거고요."

심장이 쿵쿵 울렸다. 숨소리가 밖에까지 들릴 리가 없는데도 서희는 두 손으로 입까지 틀어막으며 소리를 내지 않기 위해 애썼다.

"백 실장 생각은 어때요?"

그가 건조한 목소리로 말을 이었다.

"내가 지금 선 자리에 나가면 좋은 결과를 낼 것 같아요?"

심장이 너무 세게 뛰어서 가슴이 빠듯해지는 것인지, 아니면 다른 이유로 저릿한 것인지 잘 모르겠다.

"그야 대표님께서 나가 보셔야 알 수 있는 일이겠죠."

백 실장은 유연하게 대답을 회피했다.

"그동안 선 자리에 아무렇지 않게 잘 나가셨잖아요. 이번에는 뭐 마음에 걸리는 일이라도 있으신가요?"

걱정스럽게 묻는 백 실장의 말에 그가 크게 한숨을 내뱉었다.

"글쎄요."

그는 모호한 대답을 할 뿐이었다. 서희는 두 손을 천천히 내렸다.

내가 뭘 기대한 걸까?

그의 선의를 받으며, 두근거리는 날들을 지나오면서 잠시 착각하고 있었나 보다. 어쩌면, 정말 어쩌면 그가 여전히 첫사랑에 빠져 있을지도 모른다고. 정말 만에 하나인 일이었다.

그런데도 기대했었다.

"이번 주 금요일 저녁이라고 하네요."

"강 회장님 추진력은 녹슬지 않으셨네요."

"나가실 거죠?"

"글쎄요."

그는 이번에도 결정을 내리지 않았다.

"이제까지와는 다르게 강 회장님이 꽤 적극적이시네요. 자리를 마다하기는 어려울 것 같아요."

백 실장은 사실만을 전달한다는 듯이 건조하지만 상냥하게 말했다.

"얼마 전에 상장한 IT 솔루션 회사의 차녀이고, 금융사 보안 시스템에 여러 특허 기술도 가진 회사랍니다. 회사에 분명한 보탬이 될 상대죠."

서희는 그동안 그의 위치를 잊고 있었단 사실에 새삼 놀랐다.

그가 금융 지주사의 대표라는 것을 단지 타이틀로만 인지했을 뿐, 그가 맡고 있는 막중한 역할을 헤아리지 못한 것이다. 대기업 인사과에 근무했던 사람이 그 정도의 현실감각도 잊고 있었다니. 서희는 토막 난 한숨을 조용히 내쉬었다.

"아무튼, 생각해 보겠습니다."

백 실장은 수영장을 빠져나간 듯했다.

이윽고 풍덩, 하는 소리와 함께 빠르게 물살을 가르는 소음이 이어졌다. 그가 레인을 오가기를 수차례.

서희는 본의 아니게 두 사람의 대화를 엿들었다는 것을 그에게 들키고 싶지 않았다. 일단은 샤워실 문 뒤에 몸을 숨기고 있는 것 외에는 할 수 있는 일이 없었다.

물살을 가르는 잔잔한 소음이 멈추는가 싶더니, 그가 수영장 물에서 빠져나왔는지 타일 바닥으로 물줄기가 후드득 떨어지는 소리가 이어졌다.

발걸음 소리가 크지는 않았지만, 그가 샤워실 쪽으로 걸어오는 게 느껴졌다. 마른침이 꿀꺽 넘어갔다.

제발, 선베드에서 수건만 집어서 피트니스 실로 넘어가기를.

그는 보통 수영을 마치고, 긴 복도를 통해 피트니스 실로 이동해서 2시간 가까이 근력 운동을 한 뒤 잠자리에 들곤 했다. 그런데 그가 습관을 깨뜨리고 수영장 샤워실로 들어왔다.

숨이 꼴깍꼴깍 넘어갈 것처럼 긴장감이 바짝 조여 왔다.

젖은 천이 마찰하는 소리가 축축하게 들려왔다. 그가 수영복을 벗은 뒤 샤워장 유리 부스 안으로 들어갔다.

집 안에서 수영장을 이용하는 사람은 그와 서준, 두 사람뿐이었
다. 옆에 여성용 샤워실이 따로 있었지만, 그곳은 사용하는 이가 없
어서 늘 잠겨 있었다. 그리고 다수가 사용하는 공공장소의 샤워실이
아니었기에 샤워실 규모가 작은 편이었다. 탈의실처럼 사용하는 작
은 드레스룸 너머에 유리 부스로 된 샤워 시설이 전부였다.

지금 이 시각에는 혼자라는 것을 알기에, 그는 활짝 열린 샤워실
바깥쪽 문을 개의치 않는 듯했다. 그 덕분에 서희는 문 뒤에 숨어 있
을 수가 있었지만. 문 너머로 고개만 내밀면 그가 샤워하는 장면이
펼쳐질 거라고 생각하니 심장이 멎어 버릴 것만 같았다.

선이고 뭐고. 그가 샤워를 마치고 나와서 자신을 발견하지 않기만
을 바랄 뿐이었다.

물소리가 멈추었다.

순식간에 숨 막히는 정적이 공간을 가득 메웠다. 서희는 옴짝달싹
못 하고 털이 보들보들한 아호를 꼭 끌어안았다.

샤워 부스가 열리는 유연한 소리가 들리는가 싶더니, 물기 먹은
발걸음 소리가 질척질척 이어졌다. 문 뒤에 숨은 것 자체가 너무 허
술한 작전이었다. 그가 고개를 돌리기만 하면 서희가 보일 터였다.
촉촉이 젖은 우람한 몸이 문틈으로 슬쩍 나타난 순간, 서희는 두 눈
을 질끈 감았다.

두 사람의 대화를 본의 아니게 엿듣기는 했어도, 그의 전라를 훔
쳐보고 싶지는 않았다! 정말이다!

그가 드레스룸의 옷장 문을 열고 옷걸이에서 배스 가운을 꺼내는
듯했다. 그는 뭐가 그렇게 즐거운지, 콧노래까지 불러 가며 헤어드라
이어로 느긋하게 머리를 말렸다.

소음을 틈타 도망갈까?

시끄러운 소리가 시야를 가려 주는 것도 아닌데, 서희는 되지도 않는 탈출 계획을 떠올리고 있었다.

제발, 그냥 나가 주세요!

두 손 모아 간절한 기도를 올리는 순간, 요란한 바람 소리가 멈췄다. 마치 공포 영화의 배경 음악처럼 음산하게까지 들리는 그의 콧노래 소리는 여전했다.

그가 문 쪽으로 느릿하게 걸어오고 있었다. 서희는 등을 벽에 바짝 붙이며 감은 눈에 질끈 힘을 주었다. 우아하게 샤워실을 빠져나가는 모습이 문틈으로 확인되었다.

하아, 살았다.

선 때문에 정신이 딴 데 팔려서 문 뒤에 어설프게 숨어 있던 서희를 발견 못 했나 보다. 그런데 선보는 게 그렇게 즐거운 일인가? 콧노래가 흘러나올 만큼?

뭐, 어쨌든.

등줄기를 타고 진땀이 주르륵 흘러내렸다.

"있잖아. 이 노래 제목이 뭐지? 귀에 자꾸 맴도는데, 생각이 안 나."

그가 누군가에게 나직하게 물었다.

저기, 지금 누구랑 대화하세요?

귀신하고 말하는 건가? 내가 뭐에 홀렸나?

서희가 두 눈을 빠르게 깜빡거리며 사태 파악에 열을 올렸다.

그때였다. 이제껏 철옹성처럼 서희를 지켜 주던 문이 끼익, 소리를 내며 눈앞에서 서서히 멀어져 갔다.

이건 진짜 공포 영화에서 악한이 등장하는 전조가 아니던가!

새하얀 배스 가운을 입은 그의 말갛고 잘생긴 얼굴이 모습을 드러냈다.

근사한 얼굴은 현실감각을 떨어뜨렸고, 새하얀 배스 가운은 귀신들이 입는 소복처럼 보였다.

서희가 숨을 흡, 들이켰다. 샤워 가운 앞섶은 왜 저렇게 시원하게 벌어져 있는 건지, 가슴 앞 뼈와 올록볼록한 흉근은 왜 또 도드라지고 난리인지!

"응? 이 노래 제목이 뭐지?"

질문이 잘못돼도 한참 잘못됐다.

언제부터 거기 있었냐, 다 엿들은 거냐, 혹시 내가 샤워하는 것도 지켜봤냐! 따위의 질문이 나와야 하는데, 그는 입술을 벌릴 듯 말 듯 하면서 자꾸 웃었다.

차라리 처음부터 알은체를 할 것이지.

"모, 모르겠어요!"

"진짜? 이거 되게 유명한 노랜데?"

어느 드라마의 OST로 쓰인 노래인데, 예능에도 자주 등장하는 노래이기도 했다.

"왜 내 눈앞에 나타나."

그가 나직하니 듣기 좋은 음성으로 노래를 흥얼거렸다.

서희는 아랫입술을 말아 물며 눈살을 찌푸렸다.

"눈요기는 좀 하셨고?"

"안 봤어요!"

발끈해서 소리쳤다.

"에이, 거짓말."

그가 손사래를 치며 다소 과장된 표정을 지었다.

"진짜예요!"

서희는 믿어 달라며 읍소했다.

"진짜 아무것도 못 봤어?"

저 안타까워하는 눈빛은 대체 뭐지?

서희는 혼란스러워서 눈을 여러 번 깜빡거렸다.

"안타깝네."

"네?"

서희는 영문 모를 눈빛으로 그를 올려다보았다.

"나 몸 되게 좋거든. 볼래?"

그가 속옷을 챙겨 입는 소리는 듣지 못했다. 샤워하자마자 나와서 배스 가운을 꺼내 입는 것 같았는데……?

커다란 손이 배스 가운 끈을 쭉 잡아당겼다.

"아니요! 괜찮아요! 몸 좋으신 거는 옷 입어도 보이거든요! 충분히 잘 알겠습니다!"

서희는 뭐라고 떠드는지도 인지하지 못하고 빠르게 내뱉었다.

그러자 그가 한술 더 떴다.

"으응."

아니라는 뉘앙스다. 꼭 봐야 한다는 목소리다.

"옷을 입었을 때는 절대 알아볼 수 없는 부분이 있잖아. 나는 거기가 제일 자신 있거든."

거기……? 거기가 어딘데……?

바다에서 갓 잡아 올린 물고기가 격렬하게 파닥거리는 것처럼 심장이 요동쳤다.

거기가 대체 어딘데?

귓가에서 뱃고동이 울리는 것처럼 심장 소리가 점점 커져만 갔다.

"자, 봐 봐."

그가 서희의 손을 잡아 내렸다.

"아니! 왜 자꾸 보라고……!"

소리를 버럭 지른 순간, 저도 모르게 눈을 뜨고 말았다. 그가 팔을

241

들어 올린 채로 마치 팔꿈치를 발사할 것처럼 내보이고 있었다. 흡사 바주카포를 들고 있는 것과 같은 자세였다.

서희는 물음표 가득한 표정으로 그를 올려다보았다.

"내 팔꿈치 말이야. 꼭 삶을 달걀 까 놓은 것처럼 매끈하거든. 색소 침착도 없고 보들보들해. 한번 만져 볼래?"

그가 서희의 손을 끌어 갔다. 서희는 거친 숨을 몰아쉬며 그의 손을 탁 뿌리쳤다.

"진짜 자꾸 이러실 거예요?"

그가 뜻밖의 봉변을 당한 사람처럼 무구한 눈빛으로 되물었다.

"뭐가?"

"지금! 그러니까 지금!"

가슴이 터질 듯한 상상을 하게 해 놓고 고작!

"팔꿈치? 팔꾸움치이?"

서희가 허리춤에 양손을 얹으며 호전적으로 물었다.

그가 바주카포처럼 우람한 팔뚝을 내리더니 입술을 달싹거리며 웃을락 말락 했다.

"그럼. 내가 뭘 보여 줄 거라고 생각했는데?"

고개를 비스듬히 기울인 얼굴에 근사한 미소가 어린다. 자꾸 놀림을 당하는 것 같아서 억울해 죽겠는데, 잘생긴 얼굴을 보니 또 등신처럼 헤벌쭉 웃음이 나올 것만 같다.

아, 세상에서 제일 나쁜 새끼는 잘생긴 얼굴로 사람 화도 못 내게 하는 놈들이구나.

서희는 새삼 깨달으며 웃음이 고이려는 입술 끝에 바짝 힘을 주었다.

"아무것도 보고 싶지 않았거든요?"

"그랬구나. 이상하네."

"뭐가 이상해요? 저 막 이상한 관음증 같은 거 있는 사람 아니에요!"

그의 얼굴에 어렸던 짓궂은 장난기가 순식간에 가셨다. 하지만 그의 근사한 미소는 여전했다.

결이 다른 미소. 갑작스러운 진지함.

분위기를 시시각각 제멋대로 휘어잡는 남자는 심각하게 근사했다. 당황스럽다, 정말.

"나도 관음증 같은 거 아니라."

그가 조심스럽게 읊조리기 시작했다.

"나는 보고 싶어."

심장이 입 밖으로 쏟아져 나올 것처럼 튀어 올랐다.

"네 팔꿈치를 만졌을 때는 어떤 느낌일지, 거기도 간지럼을 탈지. 그런 거. 나는 보고 싶고, 궁금하고 그래."

두 뺨이 달아오르기 시작했다. 아니 뺨뿐만 아니라, 목덜미와 귓불까지 불에 덴 듯 화끈했다. 그렇다고 여기서 아까 그가 그랬던 것처럼 바주카포를 어깨에 들쳐멘 자세로 팔꿈치를 보여 줄 수도 없는 노릇이고.

잠깐만 이 남자 지금 혹시 나 놀리는 거야?

머릿속에서 유치원 체육대회 OX 퀴즈가 느릿하게 재생되었다.

"근데, 왜 하필 팔꿈친데요?"

"뭐?"

서희가 눈을 가늘게 뜨며 그를 쏘아보았다.

"다른 데도 많은데, 제 팔꿈치가 왜 궁금하신 거냐고요."

"글쎄. 핥아 보고 싶어서?"

그가 자신은 아주 진지하다는 듯이 눈을 가느스름하게 떴다.

"진짜 그만 놀려요!"

"그러게 놀림받을 짓을 왜 해?"

기가 막혀서 실소가 터져 나왔다.

"제 덕분에 OX 퀴즈 우승한 거거든요?"

"아니지. 그냥 평범하게 퀴즈 풀어서 이겨도 되는데, 네가 숨겨 왔던 또라이 기질을 발휘해서 이긴 거지."

"뭐, 또……."

서희는 차마 상스러운 단어를 입 밖으로 내뱉을 수 없어서 입술만 달싹거렸다.

"매력 있어."

그가 매혹적인 웃음을 지으며 말했다.

"아름답고."

이 남자는 정말 나쁘다.

"됐거든요."

"구부린 팔을 유연하게 끌어당겨서 혀로 핥는데, 새삼 반했다니까."

반했다는 말에 심장이 세차게 뛰었다.

심장아, 정신 차려.

"근데 제가 여기 있는 건 언제부터 아셨어요?"

"서준이가 아호를 놓고 간 거 같아서 갖다 주려고 수영장에 다시 왔는데, 아호한테 발이 달렸는지 없잖아?"

서희가 아랫입술을 꾹 깨물었다. 그의 얼굴이 천천히 기울었다. 순식간에 입술이 맞닿았다. 쪽, 하는 소리와 함께 가벼운 입맞춤만.

아쉬워서 발끝이 말려 들어가는 듯했다.

"잘 자."

위로를 업그레이드하네, 마네 할 때는 언제고.

그는 체육대회 이후 열흘 가까운 시간이 지났는데도, 일정한 거리를 유지하고 있었다.

아니, 그렇다고 내가 막 밝히고 그런 사람은 아닌데.

이런 변명을 왜 스스로 하고 난린지 모르겠다.

"먼저 들어가."

"네?"

서희는 슬쩍 피했던 시선을 다시 들어 올려 그를 응시했다.

"먼저 가라고. 나는 한 바퀴 더 돌아야 할 것 같으니까."

"왜요? 선배 방금 씻고 나오셨잖아요?"

그가 천장을 올려다보며 한숨을 훅 내쉬었다. 우직한 목선과 날렵한 턱선의 조화가 아름답다.

천천히 고개를 내린 그의 시선은 깊게 가라앉아 있었다.

"네가 여기 있어서 그런 거잖아."

내가 여기 있는 게 왜요?

서희는 묻지 못하고 입을 꾹 다물었다.

"그럼 더 하시고 오세요."

황급히 걸음을 뗐다. 거기 더 서 있다가는 그가 온몸으로 발산하는 열기에 흐물흐물 녹아내릴 것만 같아서.

한숨이 절로 흘러나왔다.

다시 수영장 물에 뛰어든 남자나, 아기 호랑이 인형을 꼭 끌어안고 정원을 달리는 여자나.

잠이 오지 않을 것 같은 밤이었다.

※ ※ ※

"사 일은 사, 사 이 팔, 사 삼 십이……."

요즘 서희의 삶은 유치원 다니는 아이를 키우는 전업주부의 삶과

245

흡사했다. 다만 평범함과는 거리가 멀어서 집안일에는 손가락 하나 까딱하지 않아도 집안이 잘 돌아갔고, 아이하고는 모자 관계가 아닌 이복남매 관계라는 특이점이 있었지만.

"잘했어! 우리 서준이 벌써 4단까지 외웠네!"

"응, 누나. 5단은 더 쉬워! 숫자가 계속 반복되거든."

"오 일은 오, 오 이 십, 오 삼 십오……."

제대로 가르쳐 주는 사람이 없었을 뿐이지, 서준은 마치 성능 좋은 스펀지와 같은 머리를 가진 아이였다.

겨우 여섯 살밖에 되지 않았는데, 세자릿수 셈을 하는 것도 모자라 구구단을 외우고 있었다. 단순 암기가 아닌 곱셈의 원리와 반복적인 규칙에 따른 수의 열까지 스스로 깨우쳤다.

"어이구, 우리 서준이 기특하다."

서희는 서준의 머리를 정성스레 쓰다듬어 주었다.

처음 아이의 머리를 쓰다듬어 주려고 했을 때, 서준은 눈을 질끈 감으며 몸을 잔뜩 웅크렸었다. 어른이 자신을 향해 손을 올리는 것에 겁먹는 것을 보고 마음이 꽤 아팠던 기억이 있다.

어린애한테 때릴 데가 어딨다고.

다행스럽게도 이제 서준은 누군가 손을 올려도 겁먹지 않는 상태가 되었다. 머리를 쓰다듬어 주면 귀엽게 웃으며 뺨을 붉히기도 한다.

"와, 서준이 벌써 5단까지 외웠어?"

갑작스럽게 들려온 목소리에 서희가 소응접실 입구로 고개를 돌렸다. 아직 오후 3시, 그가 퇴근하기엔 이른 시각이었다.

"와! 아저씨 오늘 되게 빨리 왔다!"

서준이 손에 들고 있던 연필을 테이블 위에 팽개치고는 그에게 달려갔다. 발꿈치를 들고 그의 허리를 끌어안으며 폴짝폴짝 뛰어 대던 서준이 물었다.

"오늘 수영 많이 할 수 있어요?"

그가 부드럽게 웃으며 서준의 머리를 쓰다듬었다.

"미안해, 서준아. 오늘은 수영 못 할 것 같아."

"왜요?"

서준이 의아하다는 듯이 고개를 갸웃거렸다.

그가 서준에게 눈높이를 맞추려 허리를 숙였다.

"오늘 아저씨가 저녁때 중요한 약속이 있거든. 그래서 일찍 들어
온 거야. 거기 갈 준비를 해야 해서."

"그럼, 약속 마치고 집에 들어오면 수영할 수 있는 거죠?"

어깻숨을 훅 내쉬는 그의 얼굴에 약간은 곤란한 기색이 어렸다가,
금세 사라진다.

"저녁 먹고 서준이 잠들 시간에 들어올 것 같은데……. 대신 내일
토요일이니까, 내일 수영 많이 하자. 약속!"

그가 새끼손가락을 내밀자, 서준이 마지못해 알겠다며 새끼손가락
을 걸었다. 그는 서준의 머리를 두어 번 더 쓰다듬어 준 뒤, 숙였던
허리를 세웠다.

"진짜 내일 많이 하는 거예요!"

"그래, 알겠어."

서준이 아쉽다는 표정을 지으며 서희가 앉아 있는 소파 곁으로 다
가왔다.

아, 오늘이 금요일이었구나.

매일 집 안에만 갇혀서 시간을 보내다 보니, 날짜가 어떻게 지나
가는지 몰랐다.

'이번 주 금요일 저녁이라고 하네요. 얼마 전에 상장한 IT 솔루션 회

사의 차녀이고, 금융사 보안 시스템에 여러 특허 기술도 가진 회사랍니다. 회사에 분명한 보탬이 될 상대죠.'

선 자리에 관해 이야기하던 백 실장의 목소리가 생생하게 떠올랐다. 아마 오늘 그가 말한 중요한 약속은 그때 말한 선 자리일 것이다.

그는 말없이 소응접실을 떠났다. 평소와 다를 게 없는 행동이었지만, 어쩐지 서운하고 야속했다.

가슴이 따끔따끔.

주제넘은 감상인 것을 알면서도 심장은 더욱 묵직하게 가라앉았다.

"누나, 아저씨는 정말 좋아. 나랑 한 약속은 꼭 지켜. 내일 수영 많이 많이 해야지."

서준은 오늘 그와 함께 수영할 수 없다는 게 못내 아쉬운 눈치였다. 하지만 내일 함께할 시간을 떠올리며 마음을 다잡고 있었다.

나와 저 남자의 관계는 서준이와 저 남자의 관계보다 못한 건가. 어린 남동생을 두고 이런 유치한 비교를 한다는 것 자체가 어이가 없었다.

하지만 한없이 옹졸해지는 마음은 속절없이 몸집을 부풀렸다.

지금의 아쉬움을 서준은 미래의 희망으로 달래고 있었다.

그런데 서희는 지금의 불안함을 달랠 미래의 희망 한 가닥 갖고 있지 않았다. 아무런 희망도 없는 상태에 가까웠다. 절망은 이미 아버지가 가족을 버린 이후부터 끊임없이 불어닥쳤다.

"누나, 6단은 숫자가 예뻐. 0, 6, 8 같은 동글동글한 숫자가 많아."

서준이 구구단 표를 보며 연필을 인중에 끼우고 미간을 찡그릴 때였다.

"서준이 오늘은 일찍 자. 내일 수영 많이 하려면."

그의 부드러운 목소리가 들려온 곳으로 서희는 힘겹게 고개를 돌렸다. 적갈색 니트에 연한 베이지색 맥코트를 입은 그의 표정이 평소보다 훨씬 부드러워 보였다.

출근할 때는 늘 검은색 포멀한 슈트에 포마드 스타일의 머리 모양을 고수하는 남자다.

그런데 마치 데이트에라도 나가는 듯 앞머리를 반쯤 내리고 유연하게 차려입은 모습은 상냥한 그의 미소와 어우러져 더욱 근사했다. 누구라도 반할 만큼.

"와, 아저씨 다른 사람 같아요."

서준이 감탄했다.

"정말? 다른 사람 같아서 이상해?"

"아뇨! 멋져요, 너무너무 멋있어요!"

서준의 호들갑스러운 대답에 웃음 짓던 그와 서희의 시선이 허공에서 부대꼈다. 가벼운 웃음기가 맴돌던 그의 눈빛이 일순 진중해졌다. 그의 눈빛에 의문이 어린다.

"멋있어요."

서희는 건조한 목소리로 조용히 읊조렸다. 그러자 그가 한쪽 입꼬리만 살짝 들어 올리며 웃었다.

"그런 답을 바란 게 아닌데?"

그의 눈동자에 어린 의문은 여전했다. 그럼 대체 어떤 답을 원하는 거냐고 묻고 싶었지만, 서희는 애써 고개를 돌렸다.

"다녀올게."

그가 나직한 목소리로 속삭이듯 말했다.

"네! 다녀오세요!"

서준이 자리에 앉으려다 말고 벌떡 일어서서 그에게 인사를 건넸다. 이미 뒤돌아선 그가 한 번 더 서준을 바라보고는 가볍게 손을 흔들어 주었다.

기분이 무겁게 가라앉았다.

실망인지, 불안인지, 현실 자각인지가.

가슴속에서 복잡하게 나뒹굴었다.

늦은 밤, 서희는 평소보다 일찍 잠든 서준을 침대에 두고 방을 나섰다. 서준은 내일 아침 일찍부터 그와 수영장에서 놀 거라며 잠을 재촉했다.

방심한 사이 너무 큰 정이 들어 버린 것은 아닐까.

서희는 한숨을 몰아쉬며 휴대전화를 들고 2층 테라스 문을 열고 나갔다. 잔디가 심긴 테라스에는 반듯하게 재단된 현무암 디딤돌이 단정하게 깔려 있었다.

디딤돌 옆으로는 무릎 높이의 정원 등이 줄지어 서 있었고, 등 바깥쪽으로는 수국, 장미, 소국 등 계절에 따라 꽃이 피어날 수 있도록 정성스레 가꿔진 소규모 정원이 자리했다.

2층 테라스를 걷고 있노라면 정말 꽃길을 걷고 있는 것과 같은 생각이 들었다. 지금처럼 기분이 가라앉아 있다고 할지라도.

"여보세요? 이모!"

오랜만에 이모와의 통화였다.

- 응, 서희야. 너 별일 없지?

"응."

자신의 안부를 전하는 것보다 엄마의 안부가 더 중요했다.

- 서희야.

이모의 목소리가 평소보다 훨씬 상냥했다. 이 느낌은 마치 서준이를 대할 때, 자신에게서 나오는 목소리 같았다. 어린아이가 감당하지 못할 슬픔과 괴로움은 전부 숨기고, 평안을 가장하는 목소리.

"이모, 무슨 일 있어?"

– 아니야, 일은 무슨.

"이모."

서희가 크게 숨을 들이켰다.

"혹시 엄마한테 무슨 일 생겼어? 막 사채업자들이 엄마 찾아왔어?"

휴대전화 너머에서 훌쩍거리는 소리가 들려온다.

– 우리 언니 어떡하면 좋으니.

이모가 통곡하기 시작했다.

"이모, 왜 그래요? 응? 무슨 일인데!"

격렬한 울음소리에 동화된 탓인지, 서희의 목소리에도 울음기가 스미기 시작했다.

– 상태가 영 안 좋아서, 요양병원에서 대학병원으로 옮겨서 검사했어. 요양병원장이 이모부 친한 친구의 형이라. 옮기는 것도 어렵지 않았고, 검사도 쉽게 쉽게 했는데.

"그랬는데요?"

– 뇌에 출혈이 있었다나 봐.

심장이 굳는 듯했다.

"뇌출혈?"

– 너무 미세하게 서서히 출혈이 발생해서 처음엔 발견이 안 된 거래.

아버지가 사라지고, 어머니가 쓰러지신 뒤 바로 종합병원 응급실로 옮기기는 했었지만, 형편상 복잡하고 어려운 검사를 진행할 수는 없었다. 게다가 어머니가 겨우 이틀 입원했던 병원으로도 빚쟁이와 사채업자들이 찾아와 난동을 부렸었다. 자본주의 사회에서는 병원도 장사하는 곳이다. 영업 방해가 되는 엄마를 반기는 병원은 없었다.

– 다행히 이번에는 이모부 지인 도움도 받고. 요양병원에서 바로 대학병원으로 옮긴 덕분에 무사히 검사 마치고, 지금은 뇌신경외과에 입원해 있으셔.

"치료받으면 나아지신대? 혹시 수술도 하셔야 해? 이모, 엄마 병원이 어디야?"

– 서희야.

이모가 마치 남처럼 상냥하게 서희의 이름을 불렀다.

– 너 잘 지내고 있는 거지? 그놈들이 너 찾은 거 아니지?

"응, 이모. 나 못 찾아. 절대 못 찾을 거야. 엄마 병원은 어딘데?"

이모가 울음기 어린 한숨을 쏟아 냈다.

– 너 병원 찾아올 생각 하지 말어. 나도 병원 안 가. 간병인 붙여 놨고. 이모부도 병원 안 가셔. 우리가 병원에 나타나 봐. 그놈들이 귀신같이 네 엄마 찾을 거야. 그럼 네 엄마 치료나 제대로 받을 수 있겠어?

매정한 당부를 건네는 목소리는 간절했다.

– 우리 상황 좋아지면 보자.

상황이 좋아질 수 있을까.

통화를 마치고 돌아선 곳에는 백 실장이 서 있었다.

"네, 회장님. 서 대표 아직 귀가 전입니다. 박 기사한테서 출발했다는 연락도 없었고요."

강 회장이 있는 미국 서부는 새벽 5시가 갓 넘은 시각일 터였다. 워낙에 일찍 잠에서 깨어나는 강 회장이었지만, 오늘은 아예 잠자리에 들지 않았나 보다.

지한이 귀가한 시각부터 1시간에 한 번씩 전화로 보고하고 있으니 잠깐씩 눈을 붙이기는 했을지언정, 두 다리 뻗고 잠들지는 못했을 것이다.

– 그 녀석 들어오면 또 전화해 주시게.

"회장님, 이제 주무시는 게 어떨까요? 건강 해치시겠어요."

– 지금 나 늙었다고 구박하는 게야?

강 회장이 발끈하며 목소리를 높였다.

"어르신, 이제 정말 연세를 생각하셔야지요. 증손주 보시기 전에 쓰러지시면, 아무 소용도 없어요."

– 아니, 백 실장! 소용이 없기는 무에가 소용이 없나! 내 새끼들 잘 살면 그게 최고지.

백 실장이 웃음기 섞인 목소리로 말했다.

"회장님, 마른 입술에 침 바르셔야겠어요. 회장님은 서 대표나, 윤한 군이 낳은 자식 대학교 시간표도 짜 주실 거잖아요."

– 예끼!

나무라는 목소리를 낸 강 회장이 일순간 호탕한 웃음을 터뜨렸다.

– 내가 윤한이 곁에 와 있는 것도, 다 우리 백 실장 덕이야. 내가 백 실장 믿고 거길 맡기고 온 거 아닌가.

"정말요? 저는 근육이 덕지덕지 붙은 미국인 남자 친구 사귀려고 가신 줄 알았죠? 태양 빛에 피부 바싹 태운 남자요. 젊었을 때는 모래색 머리카락이었을 테지만, 늙어서는 멋진 백발 된 남자. 하지만 눈동자는 여전히 청춘처럼 푸른 남자요."

잠시 침묵이 흘렀다.

– 백 실장, 요즘 어떤 드라마를 보는 게야?

"야한 거요, 회장님. 아주 홀딱 벗고 나오는 거요."

– 예끼! 젊을 적에 그렇게 남자한테 데여 놓고! 정신 차리시게.

강 회장이 농담 반, 진담 반으로 나무랐다.

"제가 화면 속으로 뛰어들겠다고 했나요? 드라마 보는 건 제 취미니까, 그거 갖고 뭐라고 말씀하시는 건 월권이세요."

– 지한이 녀석 들어오면 또 전화 주시게.

백 실장이 웃음기 섞인 한숨을 내뱉었다.

"어휴, 회장님도 참. 지금 한국은 밤 9시가 넘었어요. 서 대표가 언제 돌아올 줄 알고요. 저는 이만 자야겠어요. 저도 이제 나이가 꽤 많답니다. 이제 퇴근하게 해 주세요."

— 백 실장, 요즘 나한테 슬슬 뻗대는 건가? 왜 지한이가 나보다 월급 더 많이 주겠다고, 제 놈한테 갈아타라라고 하던가?

"아시잖아요, 회장님. 저는 언제 어디서든 중립입니다."

— 그래서, 내가 전화로 떠들어 댄 것도 지한이한테 가서 이르겠다는 겐가?

전화로 쓸데없는 농담을 다 하는 것을 보니, 강 회장도 이제 나이를 먹었나 보다.

"중립하고 고자질은 다르죠. 제가 그렇게 비겁해 보이시나요? 저는 회장님께 그렇게 안 배웠는걸요."

강 회장이 껄껄 소리를 내며 화통하게 웃었다.

— 내가 이래서 백 실장이 좋네, 좋아. 나중에 기회 되면 오늘 선본 아가씨도 백 실장이 한번 만나 봤으면 좋겠네만. 지한이 짝은 백 실장 마음에도 차야 해.

허투루 하는 말이 아니라며 강 회장은 몇 번이고 강조했다.

"이제 눈 좀 붙이세요, 회장님."

백 실장이 강 회장의 건강을 생각해 당부의 말을 건네며 2층 테라스 앞에 섰을 때였다. 이쪽을 등진 채로 누군가와 전화 통화를 하는 서희의 뒷모습이 눈에 들어왔다. 요즘 부쩍 백 실장의 신경을 건드리는 아가씨다.

"그럼, 들어가세요. 회장님."

강 회장과의 통화를 마친 백 실장은 제 방으로 가려다 말고 테라스 유리문을 조심스럽게 열어젖혔다.

"이모, 엄마 병원이 어디야?"

서희의 울음기 섞인 목소리가 들려왔다. 조용한 음성이었지만, 주위가 고요한 탓에 그녀의 말소리는 또렷했다.

서준을 돌볼 때는 강인했고, 어려운 상황 속에서도 집안 사람들에게 상냥한 미소를 잃지 않았으며, 백 실장이 까다롭게 굴 때도 예의 바른 사람이다.

그런데 그런 사람이 무너지기 일보 직전의 울음을 삼키고 있는 것을 보자니, 가슴 한구석이 시큰해졌다.

"응, 이모. 나 못 찾아. 절대 못 찾을 거야. 엄마 병원은 어딘데?"

아버지가 사업 빚을 많이 져 놓고 사라졌다더니, 아무래도 빚쟁이들이 여전히 그녀를 쫓고 있는 모양이다. 울음을 삼키며 알았다고 대답한 그녀가 통화를 마치고 이쪽을 향해 돌아섰다.

그녀는 짐짓 당황한 듯하더니 얼른 백 실장에게 고개 숙여 인사했다.

"날이 차죠? 이제 곧 겨울이 오겠어요."

백 실장은 부드럽게 말을 건네며 서희가 서 있는 쪽으로 다가갔다.

"네, 이제 제법 춥네요."

그녀가 울음을 감추며 애써 미소 지었다.

아이고, 딱해라.

아까 강 회장에게 말했던 것처럼 백 실장은 이 집안에서 늘 중립을 지켜 왔다. 자신을 삶의 구렁텅이에서 구원해 준 강 회장이었고, 제 자식처럼 키운 지한과 윤한이었기에. 어느 한쪽으로 쏠리지 않기 위해 늘 정도를 지키며 살아왔다.

그런데 이 아가씨는 무슨 이유인지 백 실장의 신경을 자꾸만 건드렸다. 그래서 생일상을 받았던 날, 백 실장답지 않게 그녀가 지한을 대면할 수 있도록 해 주었었다.

"내가 어떻게 이 집에 들어왔는지 알아요?"

그녀가 연한 미소를 지으며 고개를 내저었다.

"어디부터 이야기해야 하나? 긴 이야기를 짧게 정리하자면요."

백 실장은 진창에 굴렀던 날들을 덤덤하게 떠올렸다.

"결혼까지 하려고 했던 남자가 도박 빚을 못 갚아서 날 팔아넘기려고 했는데, 강 회장님이 그 진창에서 날 건져 주셨어요."

복잡하고 힘든 이야기가 이제는 한 문장으로 축약되어 나왔다. 이 집에서 오래 일한 사람들도 백 실장의 과거는 알지 못했다. 그런데 어째서 이 아가씨에게 과거 이야기를 꺼내게 됐는지…….

"그렇게 되더라고요. 쥐구멍에도 볕 들 날이 있다는 말처럼. 열심히 살다 보니, 아무렇지 않게 이야기하는 날이 오네요."

백 실장의 말에 그녀가 진심으로 위로받았다는 듯이 눈시울을 붉혔다.

"어머니 건강이 더 나빠지셨나 봐요?"

"네."

입술을 어찌나 세게 깨물었는지, 빨갛게 부어올랐다.

"그래도 이모가 간병인도 붙여 주셨고요. 곧 좋아지실 것 같아요."

자신보다 한참 어린 여자가 애써 희망적인 미래를 이야기하는 모습이 안쓰러워서 가슴 한구석이 빠듯해졌다.

"서 대표도 알아요?"

백 실장이 조심스레 말을 꺼냈다.

"아니요. 몰라요. 굳이 말씀드리지 않아도 되는 문제고요."

왜 이런 고민이 되는 걸까.

이 집안을 지켜온 입장에서 서희는 지한이 멀리해야 할 조건을 두루 갖춘 사람이었다.

망한 집안, 도망간 아버지, 아픈 어머니, 그리고 가족관계등록부에도 올리지 않은 이복동생. 한 가지를 가지기도 힘든데, 이 모든 문제를 다 떠안고 있는 사람.

강 회장은 지한의 짝이 백 실장의 마음에도 들어야 한다고 했었다. 그 말인즉 자신이 모셔야 하는 차기 안주인의 사람됨을 살피라는 의미였다.

사람됨.

사람만 놓고 보자면 서희는 안주인감으로 딱 알맞았다.

영민하고, 선하고, 눈치 빠르고, 책임감도 강했다. 제 기분에 휩쓸려 사람을 대하는 법이 없었고, 이런 극악한 상황에서도 연장자인 백 실장에게 예의를 갖추며 애써 연한 미소까지 지어 보이는 훌륭한 처세가 몸에 밴 사람.

지한이 어려움에 처해도 믿고 의지할 수 있는 선한 영향력을 발휘할 사람이었다.

그냥 평범한 집안만 됐어도 얼마나 좋았을까?

"백 실장님."

그녀가 조심스럽게 말을 건넸다.

"저 준비가 되면 여기서 나가려고 해요. 오래 걸리지 않게 할게요. 신경 쓰이게 해 드려 죄송합니다."

백 실장의 우려를 알아차린 듯 그녀가 조용조용 말을 이었다.

"언제까지고 여기 있을 수 없다는 건 저도 잘 알고 있습니다. 조만간 방법을 마련하겠습니다."

그녀가 고개를 푹 숙인 채로 죄스러운 표정을 지었다.

"도움 주신 분께 피해 끼치지 않도록 하겠습니다."

지한에게 피해가 가지 않도록 하겠다는 다짐을 듣는 순간 아차 싶었다. 오늘 지한이 선 자리에 나선 것을 서희도 아는 눈치다. 모른다고 생각했는데, 그걸 알고 있는 상황에서 울음을 삼켰을 거라고 여기니 가슴이 저릿할 만큼 안쓰러웠다.

또 같은 여자로서 지한이 야속하기도 했다.

"서준이가 잠들기는 했지만, 곁을 너무 오래 비웠어요. 저는 그럼 이만 들어가 보겠습니다."

"그래요. 편안한 밤 보내요."

인사를 꾸벅하고 돌아서는 서희의 뒷모습을 물끄러미 바라보는 백 실장의 얼굴에 어린 걱정이 깊었다.

지한이 집으로 돌아온 건 밤 11시가 가까운 시각이었다. 백 실장은 따뜻한 라벤더 차를 우려서 지한의 서재로 향했다. 내일 강 회장에게 보고도 해야 했고, 오늘 선 자리 후기가 궁금하기도 했다.

"여태 같이 계셨어요?"

"그랬을까요?"

지한은 확실히 변했다. 늘 명확한 대답을 고수하던 지한이 요즘 들어 장난기 어린 의문을 시시때때로 남겼다.

"나갔는데, 상대가 없더라고요."

"네? 상대분이 나오지 않으셨나요? 그럼 이 늦은 시간까지 어디 있다 오셨어요?"

지한의 입가에 또다시 장난기가 어린다.

"아니요. 상대가 제 안중에도 없었다고요."

백 실장은 마치 지한의 모친이라도 되는 것처럼 나무라듯 지한을 바라보았다. 부리는 사람의 마음도 이렇게 들었다 났다 하는데, 그 안쓰러운 아가씨는 오죽할까 싶다.

"대표님."

백 실장이 의미심장한 목소리로 그를 불렀다. 머리로는 중립을 지켜야 한다고 생각했지만, 마음이 묘하게 기울고 있었다.

"그런 눈으로 보지 마세요. 무례한 행동은 안 했습니다. 제 마음이 없었을 뿐이죠. 강 회장님 곤란하시지 않게 잘 거절하고 들어왔으니,

그렇다고 보고하시고요."

강 회장의 후계답게 백 실장의 역할을 잘 이해하고 있는 지한이었다. 때때로 그는 백 실장에게 노선 확실히 하라며 으름장을 놓기도 했지만, 지한은 백 실장을 기본적으로 신뢰했다.

"네, 압니다. 대표님께서 밖에 나가 생각 없이 행동할 분이 아니라는 거 잘 압니다."

백 실장은 서희를 향한 측은함으로 기울어지는 마음을 애써 다잡았다.

"그런데 요즘 집 안에서는 왜 그러실까요?"

이 자리를 지킬 수 있었던 이유를 백 실장은 끊임없이 상기했다. 이 집안 구성원들 사이에서 중립을 지켰기에 가능했다. 그걸 잃으면 안 되는 일이다.

"제가 요즘 집 안에서는 어떤데요?"

그가 턱을 치켜 올리며 약간은 고압적인 목소리로 물었다. 오만방자함이 아닌 자신의 위치와 백 실장의 자리를 상기시키는 몸짓이었다.

턱짓 한 번으로 지위를 분명케 하는 영민함에 백 실장은 속으로 만족스러운 미소를 머금었다. 하지만 얼굴로는 드러내지 않았다. 지금은 그에게 직언해야 하는 순간이다.

"조금 드라마적인 말씀을 드리자면요. 첫사랑을 집에 숨겨 두고선 자리에 나선 대표님이 조금 비겁해 보입니다."

그가 허, 하고 실소를 터뜨렸다.

"그 자리에 나가라고 알려 준 건 백 실장인데요?"

"엄연히 말해 제가 만든 자리는 아니지요. 강 회장님이 만드신 자리고, 저는 강 회장님의 뜻을 전달했을 뿐입니다."

그의 입매에 삐뚜름한 미소가 걸렸다.

"강 회장님이 이번에는 물러서지 않으실 거라고, 꼭 나가야 하는 자리라고 말씀하신 건…… 백 실장 의견 아닙니까?"

"그것도 손주 며느리를 원하시는 강 회장님 관점에서 말씀드린 거고요."

백 실장은 흔들림 없는 눈빛으로 지한을 바라보았다.

"백 실장답지 않네요."

무슨 의미냐는 듯 백 실장은 눈을 치떴다.

"하고 싶은 말이 있는데, 빙빙 돌리고 있잖아요. 어지러우니까, 이 제 그만 속에 있는 말씀을 해 보세요."

"함서희 양이 오늘 선 자리를 알고 있었습니까?"

그가 턱을 비스듬히 틀었다. 가늘게 뜬 눈에는 모호한 웃음기가 어려 있었다.

"그건 왜 묻죠? 알고 있었습니다."

자식처럼 키운 지한이었다. 단 한 번도 지한에게 이런 종류의 배 신감을 느낀 적이 없었다.

아까 서희의 눈물을 본 탓인지, 아니면 같은 여자로서 갖는 분노 인지 모르겠지만 옅은 배신감이 밀려들었다.

"멈추세요."

백 실장이 서늘한 목소리로 경고했다.

"뭘요?"

"선한 사람 손바닥 위에 올려 두고 괴롭히는 짓 말입니다. 오늘 함 서희 양이 어떤 기분이었겠어요?"

"글쎄요. 내가 당사자가 아니라 어떤 기분이었을지……. 나도 궁 금하네요. 서희가 무슨 생각을 하고 있는지."

그의 말에는 거짓이 없었다. 지한이 원래 이런 사람이 아니었는 데, 요즘 들어 사람을 여러 가지로 헷갈리게 한다.

"직접 말씀하셨나요?"

"며칠 전 수영장에서 선 자리 이야기하던 밤에……. 서희가 거기 있었더라고요. 제가 직접 이야기한 것도 아니고, 일부러 우리 이야기를 엿들은 것도 아닐 테고. 그런데."

지한이 입술을 가늘게 맞물리며 숨을 한번 고르고는 말을 이었다.

"제가 오늘 선 자리에 가는 걸 알면서도 모른 척하데요."

"알은체해 주시길 바라셨어요?"

"솔직히 말씀드리면, 가지 말라고 말해 주길 바랐습니다. 만약 그랬다면, 그 핑계를 대고 안 나갔을 것 같거든요. 제가 아까 상대가 안중에도 없었다고 했죠?"

백 실장이 고개를 끄덕였다.

"계속 함서희 생각만 나더라고요. 그냥 별일 아니라고 할걸. 예의상 나가는 자리라고 말이라도 해 둘걸. 그런데 우리가 그런 말을 할 사이인가 싶고."

두 사람 모두 지나치게 점잖고, 지나치게 좋은 사람이다. 답답하게 느껴질 만큼. 그러면서도 둘이 함께 있을 때면, 다른 사람에게는 전혀 보여 주지 않는 면모를 드러내곤 했다.

지한은 실없는 장난을 쳐서 끊임없이 서희를 뒤흔들었고, 서희는 지한의 보호 아래 있으면서도 그의 짓궂은 장난은 봐줄 수 없다는 듯이 맞섰다. 둘이 얼굴을 붉히며 으르렁거리는 모습은 꽤 흥미진진한 구경거리였다.

지한의 수행비서인 오 실장에게서 체육대회 달리기 이야기를 들었을 때는 얼마나 웃었는지 모른다. 가끔 사랑이라는 감정은 당사자가 아닌 주변인이 먼저 깨닫곤 한다.

"함서희 씨 상황에서 대표님께 그런 말씀을 드릴 수는 없었겠죠. 어릴 때는 대표님이 먼저 고백하셨으니, 이제는 함서희 씨가 할 차례라고 생각하시는 건가요?"

백 실장의 물음에 그가 황당하다는 듯이 웃었다.

"반은 맞고, 반은 틀려요."

"모호한 말씀은 그만하셨으면 좋겠습니다만."

"주도권을 주는 겁니다."

"주도권?"

백 실장이 의아하다는 듯이 되물었다.

"빚도 갚아 주고, 먹이고, 재워 줬으니 내 마음도 받아 줘라. 이게 더 나쁜 거 아닌가요?"

일면 이해가 가는 말이기는 했다.

"그래서 함서희가 나를 스스로 선택할 수 있도록 주도권을 준 거예요."

내가 사람 하나는 제대로 만들었구나.

백 실장으로 또 속으로 흐뭇해했다.

돈 주고, 먹여 주고, 재워 주고.

그러면서 감정을 강요하는 건 사실 범죄와 같은 일이다.

지한의 말은 함서희의 자존감을 지켜 주면서 조심조심 설렘의 단계를 밟아 가고 있다는 뜻이었다.

서른하나 먹도록 연애하고는 담을 쌓아서 어리석은 짓을 하는 건 아닌가, 했더니. 어른스럽고, 제대로 된 연애를 하려고 벼르는 중이었나 보다.

"말이 너무 어렵나요? 밀당 중이라고요. 썸 타는 겁니다. 백 실장, 설마 밀당, 썸 이런 말 모르는 거 아니죠?"

"저를 너무 늙은이 취급하시네요."

"돌아가신 저희 어머니보다 연세 많으시잖아요?"

예전의 지한이었다면 절대 하지 않았을 농담이다.

"그래서 제가 일면 어머니처럼 여긴다는 것도 아시죠?"

그리고 예전의 지한이었다면 절대 내뱉지 않았을 진심이다.

갑작스러운 농담과 진담에 백 실장은 가슴이 벅차오르고 말았다. 이런 영민한 녀석과 연애 감정을 씨름하고 있을 서희가 더욱 안쓰러워진다.

"몰랐던 사실이네요."

"아시면서 그러시네. 만약 제 어머니였다면, 서희."

그가 잠시 뜸을 들였다. 긴장감이 고조되기에 충분할 만큼의 침묵 뒤에 그가 다시 입을 열었다.

"반대하셨을까요?"

그의 검은 눈동자가 맑게 빛났다. 대답을 간절히 원하는 눈빛이었다.

"어려운 질문이네요."

백 실장은 가만히 숨을 골랐다.

"사람만을 놓고 보자면, 함서희 양은 나무랄 데가 없는 사람입니다. 그런데 나쁜 조건을 두루 갖추고 있지요. 만약 내 아들이 그 악조건을 전부 감당할 만한 사람이라면, 저는 허락할 겁니다."

지한이 더욱 진중해진 눈빛으로 백 실장을 바라보았다.

"또 좋은 상황에서는 누구나 좋아질 수 있습니다. 하지만 살면서 어려운 일은 일어나기 마련입니다. 내 아들의 삶이 어렵기를 바란다는 말이 아니고요."

백 실장은 의미 전달이 확실해질 수 있도록 긴말을 한 번 끊었다.

"아들이 살면서 어려운 일에 당면했을 때, 함께 현명하게 대처할 수 있는 사람을 만나기를 바랍니다. 함서희 양은 죽지 못해 사는 상황에서도 친절하고 상냥합니다. 제 생일도 챙겨 줬는걸요."

"서희가요?"

그가 짐짓 놀란 표정을 지었다.

"모르셨죠? 함서희 양이 공치사하지는 않았을 거라고 예상은 했습니다. 네, 이 집에 들어와서 두 도련님을 모신 이후로는 한 번도 챙긴 적 없는 생일상을 받았습니다. 강 회장님 뜻을 거스를 수는 없어서 생일 다음 날 받기는 했지만요."

"강 회장님 뜻이요?"

백 실장은 집 안에서 생일을 챙기지 못하게 된 사연을 털어놓았다.

"그런 미신이 여태 이 집 안에서 통하고 있었다고요?"

지한이 미간을 구기며 물었다. 백 실장은 그렇다며 눈썹만 달싹거렸다.

"함서희 덕에 내가 수십 년 동안 몰랐던 사실을 알게 됐네요. 그동안 속상하셨겠어요."

"서희 양 덕분에 많이 가셨습니다."

지한이 가만히 고개를 끄덕거렸다.

"제 아들의 배필뿐만 아니라, 이 집 안주인으로도 손색없는 성정입니다."

백 실장이 허심탄회한 말을 꺼냈다.

"점수가 후하네요. 생일상 한 번에 껌뻑 넘어가셨네."

지한이 웃으며 백 실장을 놀려 댔다.

"네, 생일상 한 번으로 껌뻑 넘어간 것처럼 보여도 어쩔 수 없지만요. 제가 지난 몇 개월 동안 매일같이 집에서 마주친 함서희 양은 점수를 후하게 줄 만합니다. 그래서 말인데요."

"네, 말씀하세요."

"대표님은 모든 악조건을 감당하실 준비가 되셨습니까?"

그가 한쪽 입꼬리를 들어 올리며 웃었다.

"이미 감당하고 있는데요."

백 실장은 고용인이다. 고용주의 뜻에 따라 움직여야 하는 게 맞다. 중립은 고용주의 뜻 안에서 지켜져야 하지 않는가.

이제 백 실장이 지켜야 할 노선이 또 하나 정해졌다. 함서희는 아마 이 집의 안주인이 될 것이다.

"함서희 씨 어머니 상태가 악화된 듯합니다. 함서희 양도 오늘에서야 이모님께 전해 들은 것 같고요. 또 일부 사채업자들이 함서희 양을 쫓고 있고요."

"사채업자들 건은 알고 있었는데, 어머님 상태가 나빠진 건 파악 못 했네요. 어떻게 해야 할지 고민해 보도록 하죠."

"그리고."

지한은 들을 준비가 되어 있다며 고개를 끄덕거렸다.

"서희 양 아직 못 자고 있을 겁니다."

7화

지한은 가만가만 고개를 끄덕거렸다. 아직 그녀가 잠을 이루지 못하고 있다는 사실에 가슴속에서부터 충만한 기쁨이 차오른다.

"자는 동생 옆에 있을 텐데, 어떻게 불러내야 자연스러울까요?"

지한이 다 식은 라벤더 차를 한 모금 머금으며 물었다.

"밀당 하신다는 분이 그걸 저한테 물으시면 어떡해야 할까요?"

"밀당을 아신다고 하셔서 좀 배워 볼까 했죠."

지한이 장난스러운 미소를 머금자, 백 실장이 고개를 절레절레 내저으며 실소했다.

"저는 그만 퇴근합니다. 그럼, 쉬세요."

백 실장이 고개를 까딱했다. 나가려던 사람이 잠시 멈춰 선다.

"아, 그리고 함서희 양은 주도권 쥐었다고 권력 부릴 성격이 아닙니다. 그냥 밀고 나가세요. 지금 직진 신호 들어온 것 같은데요? 그럼."

밀당 같은 거 모른다던 백 실장이 뼈저린 충고를 남기고 자리를 떴다.

지한은 마호가니 책상 위에 놓인 휴대전화를 들었다 났다 했다. 같은 집 안에 있으면서 전화를 해서 불러내는 것도 우습고, 그렇다고 방으로 무작정 찾아가기도.

아, 그랬었지?

지한은 그녀가 처음 이 집에 들어온 날을 떠올렸다. 자신이 들어앉혀 놓고도 믿기지 않아서 그녀가 잠들어 있는 방에 찾아들었던 밤.

자는 얼굴을 한참 바라보다가 나왔던 어둠 속 기억에 지한은 어쩐지 겸연쩍은 미소가 떠오르고 말았다.

그때는 아무렇지 않게 쳐들어가 놓고, 지금은 왜 어려운 건데?

저녁 동안 그녀를 괴롭게 한 죄가 있어서 그런지도 모른다. 그렇다고 모른 척하고 오늘 밤을 넘길 수는 없다.

지한은 그녀가 뜬눈으로 누워 있는 방으로 걸음을 재촉했다. 아이는 깊게 잠들었을 테니, 노크 소리에 깨지는 않을 것이다. 방문 앞에 선 지한은 조용히 문을 두드렸다.

이윽고 문고리가 유연하게 돌아가는 소리가 들려왔다.

"누구⋯⋯."

복도의 조명이 밝지 않은데도, 어두운 방에서 나오는 그녀의 미간은 잔뜩 찡그려져 있다.

"잤어?"

문을 두드리자마자 나온 것을 보면 깊이 잠든 상태는 아니었을 것이다.

"네."

그런데 그녀는 냉정하고 도도한 어조로 차갑게 대꾸했다. 냉랭한 대답을 듣는데, 등신처럼 헤벌쭉 입을 벌리고 웃어 버릴 뻔했다.

그녀는 기분이 많이 상한 눈치였다. 야속하다는 듯이 지한을 바라보는 눈빛이 예쁘다. 옅은 질투로도 사람을 설레게 하는 재주라니.

"잠깐 걸을까?"

지한이 그녀의 얼굴을 들여다보며 물었다. 조도에 익숙해졌는지, 찡그린 미간이 서서히 풀어지고 있었다. 하지만 그녀의 눈빛만큼은 풀어지지 않은 채로 엄혹하기만 했다.

"서준이가 오늘은 저녁 수영을 안 하고 잠들어서 그런지, 자꾸 깨요."

그녀는 단호하게 말을 이었다.

"멀리 못 가요. 여기서 이야기해요."

순순히 산책에 응하지 않을지도 모른다고 생각은 했지만, 또 이렇게까지 딱딱하게 나올 줄은 몰랐다. 그녀의 질투에 날아갈 것 같은 기분이 순식간에 오그라드는 듯하다.

화를 어떻게 풀어 줘야 하나.

뾰로통한 입술을 보고 있자니, 애가 바짝 탄다.

"못 자고 있었던 것 같은데."

지한이 그녀를 복도 벽으로 몰아세우듯 바짝 다가섰다.

"잤어요."

그녀가 지한의 말을 낚아채듯이 재빨리 대꾸했다.

"깜빡 잠들었다가, 서준이가 뒤척여서 깬 사이에 문 두드리는 소리 들은 거예요."

"내가 자는 걸 깨웠구나."

"아니, 깨웠다는 게 아니라요. 아무튼, 왜요? 밤이 늦었는데, 주무시지 않고요."

퉁명스러운 목소리를 듣는데, 가슴이 뚝뚝 썰려 나가는 기분이다.

밀당은 개뿔. 빨리 기분을 풀어 주고 싶은 바람만이 간절해진다.

"사람 된 도리고 뭐고, 예의고 뭐고. 할머니가 역정을 내시거나 말거나. 집안이 곤란해지거나 말거나. 그냥 오늘 나가지 말 걸 그랬나봐."

내내 복도 저편을 바라보던 그녀의 시선이 마침내 지한의 얼굴로 쏠렸다. 그녀의 눈동자가 혼란스러움에 흔들렸다. 혹은 자신이 기대하는 무언가가 쏟아져 나올까 봐 긴장한 듯하다.

"계속 보고 싶더라고."

그녀가 고집스럽게 꾹 다물고 있던 입을 슬쩍 벌리며 약간은 놀란 표정을 지었다.

"걱정도 되고."

어깻숨을 내쉬는 그녀의 눈가에 애틋하고 사랑스러운 혼란이 짙어진다.

"내가 지켜야 할 자리는 거기가 아니었는데."

숨결이 섞일 만큼 가까이.

"사회생활 좀 한답시고, 중요한 사람한테 상처를 준 것 같은 기분이 들더라고."

고개를 비스듬히 내리고.

"붙잡아 주길 바랐는데, 안 그러는 게 야속했어."

입술을 머금었다. 긴장감으로 마른 입술을 축이고, 부드럽게 빨아들였다.

"으응."

앓는 소리가 파동처럼 입안으로 넘어왔다. 허리춤을 움킨 작은 손이 파르르 떨렸다. 지한은 고개를 반대쪽으로 비틀며 그윽하게 밀어붙였다. 가느다란 몸체도 품으로 당겨 안았다. 품 안에 쏙 들어오는 작은 몸이 바들바들 떨렸다.

이대로 답삭 안아서 침실까지 가고 싶은 마음마저 들었다. 밤새도록 품 안에 가두고 묻고, 애원하고 싶었다.

너는 왜 나에게 왈칵 달려들지 않느냐고.

너는 왜 나를 냉큼 움켜잡지 못하느냐고.

하지만 그녀의 대답을 알기에, 그녀가 그러지 못하는 이유를 알기에 그럴 수가 없다.

지한은 천천히 입술을 뗐다. 더 머금고 있다가는 통째로 삼켜 버리고 싶은 욕심이 들 것 같았다.

세상에 태어나서 처음으로 갖고 싶었던 여자였다.

그리고 지금은 마지막으로 갖고 싶은 유일한 여자다.

가진 모든 것을 포기하고 딱 하나만 얻을 수 있다면, 지한은 주저 없이 이 여자를 선택할 것이다.

하지만 사람의 마음은 얻고 싶다고 해서 얻을 수 있는 종류의 것이 아니었다.

간절히 바라고, 모든 것을 포기해도 그녀가 원하지 않으면 그 무엇도 이룰 수 없다.

그렇기에 지한은 욕심만을 내세우고 싶지 않았다. 그녀의 나쁜 상황을 이용해 이기적으로 마음을 취하는 비겁한 짓은 더더욱 싫었다.

눈을 감은 채로 그녀의 이마에 자신의 이마를 기대고 천천히 숨을 골랐다. 달아오른 숨결에 영혼이라도 담긴 듯, 두 사람은 잠자코 서로가 내뱉은 숨을 들이마셨다.

지한이 천천히 이마를 떼고 눈을 뜨자, 그녀의 속눈썹이 파르르 떨리며 눈꺼풀이 올라갔다. 예쁜 눈시울이 붉었다. 어떤 말도 하지 못하는 마음이 무거워 보였다.

근심을 덜어 주고 싶은 바람이 피어올랐다.

"서준이한테 되게 미안하더라고. 녀석, 좀 붙잡았으면 내가 안 나갔을 텐데."

지한이 그녀의 마음을 가볍게 해 주려 농담을 건넸다.

"억!"

그런데 명치로 주먹이 날아들 줄은 상상도 못 했다. 아까와는 다른 의미로 숨이 턱 막혔다.

"나쁜 새끼."

그녀가 나지막히 욕설을 내뱉고는 방 안으로 쏙 들어가 버렸다.

죽겠는데, 웃음이 났다. 오늘 밤에는 그녀가 자신을 향한 분노 때문에라도, 걱정 따위 다 잊고 푹 잤으면 좋겠다.

내일 일어나면, 네 걱정거리는 내가 짊어졌을 테니까.

오늘 밤만 잘 견뎌 주기를.

지한은 명치를 문지르며 침실로 향했다. 등신처럼 헤벌쭉 벌어진 입가에는 함박웃음이 스며들어 있었다.

침실 문에 기대선 서희는 어깻숨을 씩씩 내쉬었다.

"뭐? 서준이한테 미안해?"

그렇게 애틋하게 키스를 해 놓고 한다는 소리가 서준이한테 미안하다니! 애틋했던 게 기가 막히고, 긴장했던 게 억울하고, 설렜던 게 신경질이 났다.

머릿속이 부글부글 끓었다. 화가 머리끝까지 나서 저녁 내내 했던 고민들이 순도 99.9% 알코올처럼 빠르게 휘발되었다.

"나쁜 새끼."

서희는 음산한 목소리로 욕지거리를 내뱉었다. 태어나서 사람 얼굴에 대고 상소리를 한 건 처음이었다. 물론 어릴 때 열심히 갈고닦은 펜싱 실력을 떠올리며 누군가의 명치를 찌른 것도 처음.

난생처음 사람을 때리고, 욕까지 해 주었는데 전혀 당황스럽지도 않고, 죄스럽지도 않다.

가운데 손가락을 세운 주먹으로 미간을 날려 줄 걸 그랬나?

아니지 인중을 찍어 버릴 걸 그랬나?

나쁜 새끼가 욕인가? 더 심한 욕을 해 버릴걸.

"누나? 누나아!"

옆자리가 비어 있는 것을 눈치챈 서준이 크게 뒤척이며 비명을 질러 댔다.

"어, 서준아. 누나 여기 있어!"

서희는 얼른 목소리를 바꾸며 침대가로 다가갔다.

"으응."

서준이 잠투정을 하며 칭얼거렸다.

"응, 누나 화장실 다녀왔어. 미안."

작고 튼튼한 팔이 서희를 꼭 끌어안았다. 평생을 알고 지낸 것도 아닌데, 서희를 무조건적으로 신뢰하는 서준의 태도에 마음이 슬쩍 풀어진다.

잘되겠지. 이 어린애도 버티는데, 잘될 거야.

서희는 스스로 주문을 외듯 잘될 거라고 되뇌었다.

잠든 줄 알았던 서준이 갑자기 벌떡 일어나서 주변을 두리번거렸다.

"서준아, 왜?"

무서운 꿈이라도 꾼 건가 싶어서 아이를 당겨 안으려고 손을 뻗었다.

"누나. 아호. 응? 아호?"

자기 전에는 꼭 끌어안고 있다가, 일단 잠이 들면 이불이고 뭐고 다 차 내는 통에 아호는 아침이 되면 항상 침대 밑에서 발견되곤 했다.

"잠깐만."

서희는 서준의 옆으로 떨어져 있을 아호를 집기 위해 손을 뻗었다.

“자, 여기.”

“근데 누나 나 꿈꿨어.”

서준이 신기하다는 듯이 읊조렸다.

“나 꿈 잘 안 꾸는데. 꿈꿨어.”

“무슨 꿈?”

“응. 꿈에 무서운 괴물이 나왔는데.”

서희는 겁에 질린 목소리로 말하는 서준을 꼭 안아 주었다.

“응. 괴물이 막 쫓아왔어?”

“아니. 그 괴물이 막 나쁜 새끼라고 욕하면서 아저씨 괴롭혔어.”

순간 정신이 멍해졌다. 서준이 잠결에 서희가 내뱉은 욕설을 들었나 보다. 자는 애 앞에서도 입을 조심해야 하는 거구나, 서희는 새삼 깨달았다.

“응, 그런 괴물 없어. 우리 서준이 얼른 자.”

“응.”

서희와 서준 사이에 복슬복슬한 털을 가진 아호가 자리했다.

생각해 보니 또 화가 나려고 한다.

출장 가서도 서준이 선물만 사 왔잖아?

❋❋❋

원래 작은 일에 더 서운한 법이다.

그거 표현하면 쩨쩨해 보일까 봐 말도 못 하겠고, 괜히 말했다가 나만 이상한 사람 되는 것 같아서 속에 담아 두게 된다.

서희는 나무 테이블 위에 다소곳이 앉아 있는 아호를 노려보았다.

털로 덮인 봉제 인형의 전통적인 모습을 한 아호는 일단 머리가 크다. 값이 꽤 나가는 인형이라는 것은 복슬복슬한 털의 질감과 인형의 실감 나는 눈동자를 보면 알 수 있다.

아호의 눈동자는 살아 있는 새끼 호랑이처럼 생생했다. 그 눈동자가 자신을 비웃듯 바라보는 것처럼 느껴지는 것은 왜일까?

누나, 내가 갖고 싶어요?

됐거든요! 인형 갖고 놀 나이는 지났답니다.

그러면서도 서희는 아호에게서 시선을 떼지 못했다.

"아호를 왜 그렇게 노려보고 있어?"

그의 집에는 정말 없는 게 없었다. 온실 수영장에서 조금만 더 걸으면 테니스장이 있었는데, 그 주변으로는 인라인이나 자전거, 스케이트보드 등을 탈 수 있는 트랙도 마련되어 있었다.

오늘, 서준은 그 트랙에서 지한에게 자전거를 배우는 중이다.

그가 우람한 팔뚝 근육을 바람직하게 이용해 스포츠음료 뚜껑을 열고는 벌컥벌컥 들이켰다. 파란색 음료 한 줄기가 그의 턱밑으로 흘러내렸다. 그는 핏줄이 툭툭 불거진 손등으로 날카로운 턱선을 슥 닦았다.

"아호를 왜 그렇게 노려보고 있었냐고?"

"안 노려봤어요."

"안 노려보기는? 잡아먹을 듯이 째려보던데?"

서희는 어휴, 하고 한숨을 몰아쉬며 고개를 돌려 버렸다.

어제 수영 수업 취소에 대한 보상인지, 그는 종일 서준과 자전거를 탔다. 이따 해가 지고 나면 함께 수영도 할 거라고 했다.

"아니면 토끼라서 호랑이가 무서운가?"

"저 토끼띠 아닌데요?"

서희가 정색하며 대꾸했다.

"아, 그래?"

그는 오묘한 미소를 머금은 채로 되묻고는, 서준이 보조 바퀴를 단 자전거의 페달을 열심히 밟고 있는 곳으로 달려갔다.

어젯밤에 그렇게 사람을 놀려 놓고, 오늘은 또 아무럴 것도 없는 듯이 구는 게 얄밉다. 어제 어머니의 건강 상태가 악화되었다는 소식을 들었는데도, 손쓸 여력도 없이 앉아 있어서 신경이 예민해져 있는 건지도 모르겠다.

한숨을 푹 내쉬고 있는데, 테이블 위에 올려 둔 휴대전화가 드르륵 진동했다. 발신인 번호를 보니 이모다. 이모가 이 전화로 직접 전화를 걸어온 적은 없어서 심장이 쿵 내려앉았다. 대체로 이런 연락은 비보를 전하는 경우가 많은 법이다.

"여보세요?"

떨리는 음성으로 전화를 받았다.

– 서희야, 지금 통화 가능하니?

이모의 목소리가 전과 달리 밝았다. 그런데도 심장은 불안하게 날뛰었다.

"응, 이모. 무슨 일 있어?"

서희는 혹시나 그와 서준이 이쪽으로 올까 싶어서 자리에서 일어나 주변을 걷기 시작했다.

– 아니. 일은 무슨.

"아무 일도 없는데 이모가 이 번호로 전화했을 리가 없잖아. 이모, 무슨 일인데?"

잠시 침묵이 흘렀다.

– 실은 서희야. 엄마 걱정 너무 하지 말라고. 엄마 오늘 아침에 VIP 병실로 옮겼어.

"VIP 병실?"

이모네 집이 경제적으로 여유로운 편에 속한다고 할지라도 친정 언니를 VIP 병실에 입원시킬 정도는 아니었다.

– 응, 병실 앞에 지키는 보안 요원도 생겼고, 이모네 집에도 그런 사람 왔고.

서희는 천천히 옮기던 걸음을 멈추고 천사의 화살촉에서 물줄기가 하염없이 쏟아지는 분수대 앞에 섰다. 아무런 대꾸가 없자, 이모가 조금 더 밝아진 목소리로 말을 이었다.

– 내일 엄마 바로 수술하기로 했어. 신경외과 교수님 스케줄 잡기가 힘들어서 어떡해야 하나 걱정했는데, 내일 바로 수술해 주시겠대.

"어떻게?"

서희는 이해할 수 없다는 듯이 되물었다.

– 너, 정말 모르니?

"지금 이모가 엄마 소식을 전해 주고 있잖아. 내가 어떻게 알아요?"

이모가 작게 웃는 소리가 들려왔다. 집안이 풍비박산 난 뒤로 처음 듣는 이모의 웃음소리였다.

– 너한테 신세 많이 진 선배가 있다고, 언니 병실도 옮겨 주고, 보안 요원도 붙여 주고. 다음 주에 우리 윤주도 다시 한국 들어오기로 했어. 너 선배 집에 있다고 하지 않았어? 그 선배가 해 준 거 아니야?

이모의 물음에 서희는 머릿속이 아득해지는 것만 같았다. 가슴속에서 뜨거운 무언가가 끊임없이 솟구쳤다.

– 내일 언니 수술하는데, 너 데리고 오겠다고.

"어?"

금시초문인 이야기였다.

– 내일 인사드리겠다고 하던데? 몰랐니?

"어."

짧은 대답을 내뱉는 서희의 목소리가 파르르 떨렸다.

— 오후 되면 너한테 전화 올 줄 알았는데, 연락이 없어서. 몸이 달아서 기다릴 수가 있어야지. 이모가 괜히 주책을 떨었나 보다.

이모가 선하게 웃었다.

— 이모도 나이 먹었나 봐. 이런 건 당사자가 말할 때까지 모른 척해 줘야 하는 건데. 미안해서 어쩌나.

왼쪽 가슴이 뻐근했다.

"이모, 일단 끊어 봐요. 응?"

서둘러 통화를 마친 서희가 돌아섰을 때, 서너 걸음 떨어진 곳에 그가 서 있었다. 미간을 미세하게 찌푸린 그의 얼굴에는 걱정이 어려 있다.

"무슨 일 있어?"

나지막이 묻는 목소리가 믿음직스럽다. 무슨 일이 생기더라도 다 해결해 줄 것처럼.

서희는 높고 푸른 하늘을 올려다보며 눈을 여러 번 깜빡거렸다. 그가 한 걸음 가까이 다가왔다. 눈물을 스며들게 한 서희는 천천히 고개를 바로 했다.

"선배가 나한테 신세 진 게 있어요?"

눈가에 맺힌 눈물은 숨겼지만, 목구멍에 걸린 울음기는 숨기지 못했다. 그가 이렇게 빨리 들킬 줄은 몰랐다는 듯이 맥 빠진 웃음을 지었다.

"신세는 내가 지고 있는 거, 아니에요?"

물음이 떨어지자마자, 그가 한 발짝 더 가까이 다가왔다. 커다란 손이 서희의 왼쪽 뺨을 부드럽게 감쌌다. 다정하고 애틋한 손길에 두 눈이 저절로 감겼다. 서희는 본능적으로 그의 커다란 손안에 얼굴을 기울였다.

"신세는 나도 졌지."

그가 무슨 말을 하는 건지 알 수가 없다. 파르르 떨리는 눈꺼풀을 들어 올려 그를 응시했다. 그새 눈시울이 젖은 탓에 시야가 흐렸다.

"먹여 주고, 재워 주고, 입혀 주고. 엄마 병원비까지 대 주고, 서준이 가르쳐 주고. 대체 나보고 이걸 다 어떻게 갚으라고."

서희가 울먹거렸다.

"나도 너한테 신세 지고 있다고 했잖아."

"대체 뭘요?"

말이 되는 소리를 하라며 목소리를 높였다.

그가 아랑곳하지 않고 웃음을 머금으며 대답했다.

"내 마음을 신세 지고 있지."

"하."

토막 난 숨과 함께 울음이 툭 터져 나왔다.

서희는 손을 뻗어 그의 허리를 와락 끌어안았다.

심장이 터지고, 가슴이 미어질 것처럼 아팠다. 품에 그를 꽉 끌어 안지 않고는 못 배길 만큼.

터지고 미어진 곳을 그의 존재감으로 가득 채울 것처럼.

그의 커다란 손이 서희의 등을 가만가만 토닥였다. 단단한 팔이 등허리를 부드럽게 감싸 안았다. 이제 그의 특기가 비어져 나올 타이밍이었다. 하지만 지금만큼은 그걸 용납할 수 없어진 서희가 으름장을 놓았다.

"서준이한테 마음을 신세 졌다느니, 그렇게 나 또 놀리면 그때는 명치로 안 끝나요!"

"그럼 어떻게 할 건데?"

"죽빵을 날릴 거야."

서희가 낮게 속삭이고는 서럽게 울었다. 그러자 그가 나직한 웃음

279

을 터뜨렸다.

"죽빵 안 맞으려면 입조심해야겠네."

그가 진지하게 대꾸하며 서희의 정수리에 가만히 입을 맞췄다.

"서희야."

나직한 음성이 듣기 좋았다.

"나 여전히 너 많이 좋아해."

가슴이 뭉클하고, 발가락이 말려 들어갔다. 그를 한껏 안고 있는데도 부족해서, 감은 팔에 더욱 힘을 주었다. 빈틈을 두고 싶지 않은 기분, 어릴 적 어처구니없게 놓친 첫사랑 곁을 꼭 지키고 싶은 마음.

꽉 끌어안았더니 그가 유쾌하게 웃었다. 머리를 기댄 가슴에서 그의 웃음소리가 기분 좋게 울렸다.

하늘은 높고 푸르렀으며, 아기 천사의 화살촉에서 흘러내리는 분수대의 물줄기 소리가 청명했다. 이제 더는 그의 존재를 부정할 수도, 의심할 수도, 밀어낼 수도 없는 지경에 이르렀다.

"내일 아침 9시에 수술하실 거야. 나랑 같이 가자."

서희는 대답을 내뱉지 못하고 고개만 끄덕거렸다. 그의 겨자색 후드티가 서희의 눈물로 얼룩졌다.

얼굴을 기댄 그의 가슴이 쿵쿵 빠르게 뛰었다.

"어머니, 괜찮으실 거야. 담당 교수 전화 받았는데, 수술 후 경과가 좋으면 예전처럼 말씀도 편하게 하실 거래."

그가 차근차근 어머니의 상태를 설명해 주었다.

"이따 밤에 이야기하려고 했는데, 이모님이 그사이에 전화하실 줄은 몰랐네."

"오빠가 늦은 거죠."

서희가 툭 내뱉은 말에 그가 거리를 벌리며 눈물범벅이 된 얼굴을 들여다보았다.

"뭐라고?"

그의 입가에 함박웃음이 걸려 있다. 오빠 소리에 또 기분이 좋은 가 보다.

"오빠가 늦은 거라고요. 맨날 뜸만 들여. 그냥 확 이야기했으면 좋 잖아요. 본인이 한 일을 왜 다른 사람 통해서 듣게 해요."

"네가 부담 갖고 달아나려고 할까 봐, 겁이 나서."

그가 조용히 읊조렸다.

"백 실장님한테 이 집에서 나가겠다고 했다며?"

"선까지 보러 나가는데, 내가 무슨 염치로 여기 계속 있어요?"

서희가 서럽게 되물었다.

"나가지 말라고 붙잡지 그랬어?"

그걸 말이라고?

눈물이 가랑가랑한 눈으로 그를 올려다보았다.

"내가 무슨 권리로 선 자리에 나가지 말라고 붙잡아요?"

"내 마음을 가진 권리로."

지한은 고개를 내려 그녀의 젖은 입술에 가볍게 입을 맞췄다. 눈 물범벅인 얼굴을 내려다보는데, 가슴이 전에 없이 빠듯해진다.

"아름다워."

눈물로 얼룩진 얼굴조차도.

"매력 있어."

콧물을 훌쩍이는 빨간 코조차도.

낯간지러운 말을 내뱉고 나면 아래로부터 뭉근하게 치솟는 열기를 감당하지 못하고 장난을 치곤 했었다.

지금 또 그랬다가는 죽빵을 맞을 테니까.

지한은 주머니에서 손수건을 꺼내서 그녀에게 건넸다. 그녀가 젖 은 얼굴을 닦고는 코를 훌쩍거렸다.

"코도 풀어."

"됐어요."

코맹맹이 소리가 귀엽다.

"콧물 주르륵 나오는 것보다는 낫잖아."

그녀가 눈을 세모꼴로 만들며 지한을 노려본다.

아, 이게 아닌가.

"지금 이것도 죽빵 맞을 타이밍이야?"

지한이 심각하게 되물었다. 그러자 그녀가 참을 수 없다는 듯이 웃음을 터뜨렸다.

"울다가 웃지 말고."

장난스럽게 건넨 말에 그녀가 웃음기 어린 눈을 가볍게 흘긴다.

"어? 누나 울어? 왜 울어?"

서준이 제 몸처럼 아끼는 자전거를 내팽개치고 투우장의 성난 소처럼 달려왔다. 그러더니 지한과 그녀의 사이를 가로막고 서서 미간을 잔뜩 구긴다.

"아저씨가 우리 누나 울렸어요?"

목청 높여 따지는 꼴이 죽빵이라도 날릴 기세다.

"아니, 아저씨가 울린 거 아닌데?"

서준이 지한에게서 포악한 시선을 떼지 않으며 제 누나를 향해 물었다.

"누나, 아저씨가 울린 거 아냐?"

"응, 아저씨가 울린 거 아냐. 아저씨는 좋은 사람이야."

서준이 잔뜩 올려붙였던 어깨를 축 늘어뜨리며 서희 쪽으로 돌아섰다.

"그럼, 누나 왜 울어?"

어린아이는 양육자의 감정에 쉽게 동화되곤 한다. 하품이 전염되는 것처럼, 감정이 옮아가는 것이다.

"우리 서준이가 자전거도 잘 타고, 뭐든 열심히 해서 너무 기뻐서."

그녀는 거짓이 아닌 진심을 말하고 있었다.

그게 눈물의 결정적인 원인은 아니지만, 일면 궤를 같이했다. 여기 머물면서 아이가 안정을 찾았으니까.

서준이 손을 뻗어서 서희의 허리를 와락 끌어안았다. 그녀의 옆구리에 머리를 기댄 채로 아이가 훌쩍거린다. 누군가 자신을 기특하게 여기고, 눈물 흘려 준다는 사실에 아이는 감동한 눈치였다.

"그리고 우리 서준이 이렇게 잘 가르쳐 준 아저씨한테 너무 고마워서."

그녀가 따뜻한 눈빛으로 지한을 바라보았다. 지한은 눈을 지그시 감았다가 뜨며 대답을 대신했다.

그녀의 옆구리에 얼굴을 묻고 있던 서준이 천천히 돌아섰다.

"아저씨, 감사합니다."

배꼽에 손을 모아 올리고, 꾸벅 인사하는 모습이 기특하다.

"그래 서준아. 아저씨한테 감사하지?"

"네!"

서준이 눈물을 훌쩍거리면서도 씩씩하게 대답한다.

"근데 누나는 누나인데, 아저씨는 왜 아저씨야?"

"그건 아저씨는 아저씨니까요."

서준이 의문이 생긴 듯 고개를 갸웃거렸다.

"그럼 아저씨 말고 뭐라고 불러요?"

"우리 서준이 정말 똑똑해."

지한의 칭찬에 아이가 뿌듯한 미소를 지었다. 문제를 정확하게 파악하는 능력이 아주 탁월하다. 크면 공부깨나 하겠다는 생각이 든다.

"누나는 누나니까. 나는 형이라고 불러야지."

아이가 입을 떡 벌리고 멍한 눈을 한다. 그녀도 같은 표정을 짓고 있다.

"형……이요?"

"응. 지금부터 형이라고 부르는 연습을 해야 해."

지한이 허리를 숙여 무릎을 짚으며 아이와 눈높이를 맞췄다.

"왜요? 그런 연습을 왜 해요? 형처럼은 안 보이는데."

매형도 형이거든.

지한은 굳이 그 말은 덧붙이지 않았다.

"그리고 서준아. 내일은 일이 있어서 누나랑 형이랑 같이 외출을 해야 해. 백 실장 이모랑 같이 집에 있을 수 있지?"

"번개 이모 무서운데."

서준이 미간을 잔뜩 찡그렸다.

"번개 이모?"

지한이 그녀를 흘끗 올려다보았다. 그러자 그녀가 미간을 찡그리며 검지와 중지로 가리킨다.

"아!"

지한은 그만 참지 못할 웃음을 터뜨리고 말았다.

"번개 이모한테는 내가 번개 이모라고 부르는 거 비밀이에요!"

서준이 읍소하듯 내뱉은 말에 지한의 얼굴에 회심의 미소가 어린다.

"형이라고 부르면, 안 이를게."

서준의 얼굴에 고민하는 기색이 짙어진다.

"이르지 마세요. 혀, 형!"

지한이 함박웃음을 머금었다. 그러자 서준도 금세 따라서 웃었다.

서준이 쓰러진 자전거를 일으키러 달려간 사이, 그녀가 의미심장하게 물었다.

"혹시 잃어버린 동생이 있다거나, 동생이 아파서 먼저 갔다거나……. 그런 거예요?"

"아니! 나 동생은 없었는데."

"그럼 오빠랑 형에 왜 그렇게 집착해요?"

그녀가 진심으로 궁금하다는 듯이 물었다.

"그냥."

어떤 사람은 아무한테나 오빠라고 부르고 형이라고 부르는 게 싫다고 하지만, 지한은 그녀가 부르는 오빠 소리와 서준이 부르는 형 소리가 듣기 좋았다.

"대학 생활 내내 아무한테도 오빠라고 부른 적 없지? 꼬박꼬박 선배님이라고 부르지 않았어?"

"네."

그녀가 그렇다며 고개를 끄덕거렸다.

"그러니까 내가 세상에서 하나뿐인 너의 '오빠'가 되는 거잖아. 당연히 기분이 좋을 수밖에."

여전히 그녀는 이해할 수 없다는 표정이다.

"다른 애칭을 붙여 준다면 더 좋겠지만, 함서희가 자발적으로 애칭을 만들지는 않을 것 같고. 닭살 돋는 애칭을 강요하면 질색할 성격이잖아? 그래서 오빠라고 부르라고 한 거야."

그녀는 일면 감탄한 눈빛으로 지한을 바라보았다.

"제 성격을 되게 잘 아시네요?"

"그러게. 다른 애칭을 만들 생각이면 오빠라고 안 불러도 돼."

"그, 그냥 오빠라고 할게요. 그럼 서준이는 왜 형이라고 부르라고 시켰어요? 서준이한테도 애칭으로 불리고 싶은 거예요?"

지한이 고개를 절레절레 내저었다.

"미리 연습해야지. 매형이라고 부르려면."

그녀가 눈을 휘둥그렇게 뜨며 경악한 표정으로 지한을 바라보았다.

"설마 지금 그게 프러포즈예요?"

지한이 고개를 물리며 의아하다는 듯이 되물었다.

"너는 그럼 나랑 헤어질 거라고 생각했어? 이렇게 된 마당에 당연히 평생 가는 거 아냐?"

"허, 참. 허! 참!"

그녀는 어이가 없을 때 꼭 저런다.

"그럼 내 애칭을 뭔데요?"

그러면서 새침하게 묻는 말에 지한은 웃음을 터뜨렸다.

"발토."

"발토?"

발칙한 토끼.

"사토."

"사토?"

사랑스러운 토끼.

"아니다. 하토."

"하토?"

하고 싶은 토끼.

"나중에 정해지면 알려 줄게. 어렵네."

지한이 능청스럽게 웃었다. 그녀는 못 말리겠다는 듯이 눈을 한 바퀴 굴렸다.

겨울이 다가오고 있었다. 날씨는 추운데, 두 사람을 에워싼 곳만 혹독한 계절 넘어선 듯 따뜻했다.

※ ※ ※

그의 차가 차고를 빠져나오자, 실감이 나기 시작했다.

몇 개월 만에 어머니 얼굴을 볼 수 있다는 생각에 기쁘면서도 마음이 무거웠다. 그런 서희의 기분을 알아차린 듯 그가 고요한 목소리를 냈다.

"우리 둘이 외출하는 건 처음인 것 같네."

"그러네요."

그의 집에 머문 이후 밖에 나온 건 이번이 두 번째, 처음은 서준의 체육대회 날이었다.

"그동안 밖에 못 나와서 답답했지?"

그가 조심스럽게 물었다.

"아니요. 안전하고 편안했어요."

서희는 솔직하게 대꾸했다. 답답하지 않았다고 할 수는 없지만, 좋은 집에서 안전하게 지낼 수 있었던 시간에 감사했다.

"앞으로 종종 외출할 수 있게 해 줄게. 보안 직원이랑 같이 다니면 어렵지 않을 거야."

서희는 운전대를 잡은 남자를 물끄러미 바라보았다.

"진작 그렇게 해 주고 싶었는데."

서희가 어떻게 받아들일지 몰라서 조심스러웠다는 듯이 그가 연한 웃음을 지었다.

"해 주고 싶은 게 많아."

그가 다정한 목소리로 속삭였다.

"하고 싶은 것도 많고."

커다란 손이 허벅지 위에 놓인 서희의 손을 꼭 움켜잡았다. 긴장한 듯 그의 손바닥이 땀으로 흥건했다. 그리고 맞잡은 손이 미세하게 떨렸다.

"잘될 거야. 그게 뭐든. 앞으론 다 잘될 거야."

그가 마치 주문을 외우는 것처럼 읊조렸다. 어머니의 수술을 앞둔 것은 서희인데, 그가 더 긴장한 것처럼 보였다.

병원에 도착했을 때, 이모는 눈시울을 붉히면서도 웃는 얼굴로 두 사람을 맞아 주었다.

"엄마는?"

"조금 전에 병실에서 수술 준비실로 이동하셨어."

"조금 일찍 올걸."

서희가 아쉬워하자, 이모가 아니라며 고개를 내저었다.

"아냐. 예정보다 빨리 이동해서 그래. 이쪽이 그 선배님?"

이모는 자애로운 미소를 띤 채, 그를 바라보았다.

"처음 뵙겠습니다. 서지한입니다."

"어휴. 언니가 먼저 봤어야 했는데. 내가 먼저 봐서 좀 미안하네, 우리 언니한테."

이모가 만감이 교차한다는 듯한 표정을 지었다.

"수술 잘될 겁니다. 염려 놓으세요."

그의 말에 이모는 눈가를 손가락으로 찍어 내며 웃었다.

"어? 서희 왔니?"

등 뒤에서 이모부 목소리가 들려왔다.

"이모부도 오셨어요?"

"그럼, 나도 당연히 와야지."

이모부가 사람 좋은 미소를 짓고는, 지한에게로 시선을 옮겼다.

"서지한 씨?"

"네, 맞습니다."

"내가 살다 살다 이런 사람을 다 만나 보네."

이모부의 말에 이모가 눈을 휘둥그렇게 떴다.

"아, 왜 DL금융 대표."

"어?"

이모가 화들짝 놀라서 그를 바라보았다.

"그냥 돈이 많겠거니, 했는데……. 진짜예요?"

그가 쑥스럽다는 듯이 얼굴을 붉혔다.

놀란 것은 서희의 이모뿐만이 아니었다.

보호자 대기실 근처 화장실 벽에 숨어서 아내의 소식을 지켜보던 서희의 아버지, 함상훈도 놀라기는 마찬가지였다.

검은색 모자를 눌러쓰고 수염이 덥수룩한 상훈은 가족을 버리고 집에서 도망쳐 나올 때와는 완전히 다른 모습이었다.

눈알은 퀭했고, 몇 개월을 술에 절어서 산 탓에 눈 밑에는 검은 그늘이 져 있었다. 희고 검은 수염이 구레나룻부터 목 아래까지 이어졌고, 머리는 가위로 대충 잘라서 삐죽삐죽했다. 헌 옷 수거함에서 찾아 입은 옷은 사이즈가 잘 맞지 않아서 볼품없었다.

청담동 그루밍샵에서 머리를 만지고, 시즌마다 명품 브랜드에서 내놓는 슈트를 사 입었었다. 매달 피부과에서 시술을 받아서 얼굴에서는 탄력이 넘쳤고, 운동도 게을리하지 않아서 몸도 나이에 비해 좋았다.

호화찬란했던 시절이었다.

'함상훈! 너 대체 어디에 있다가 이제 나타난 거야? 신애 씨 지금 죽게 생겼어!'

중학교 시절부터 함께한 친구를 체면 불고하고 찾아간 날은 나흘을 굶었던 어느 아침이었다.

'시, 신애가 왜?'

다 버리고 나온 주제에 곱디고왔던 아내가 정신을 놓았다는 소리를 듣자, 더럭 겁이 났다.

'뇌출혈로 쓰러져서 우리 병원에 와 있어. 그래도 처가에서 손을 썼는지, VIP 병실로 갔어. 내일 수술이야.'
'VIP 병실?'

병원 부원장인 친구는 상훈에게 그나마 다행이라며 알고 있는 이야기를 전부 털어놓았다.

'우리 병원으로 온 건 이번이 처음이거든. 미리 알았으면 나도 힘을 좀 보탰을 텐데, 이전 병원에 있을 때 사채업자들이 쫓아오고 난리였나 봐. 이번에 우리 병원으로 와서는 보안 요원도 붙고, 사채업자들 얼씬도 못 하게 조치를 했더라고.'

그런데 들으면 들을수록 이상했다. 처가에서 보안 요원을 고용하고, VIP 병실에 아내를 입원시킬 만큼 여유로운 사람은 없었다. 그래 봤자, 아내의 바로 아래 동생 정도?

유명 대학의 철학과 교수를 남편으로 둔 덕에 고상한 척은 있는 대로 하는 동생이었다. 꼴사납기로는 첫째였지만, 제 언니를 끔찍이 여기는 것에도 첫째였다.

하지만 그 교수라는 양반은 돈에는 도통 관심 없는 치였다. 2천 년 전에 죽은 사람들이 남긴 말을 연구하는 치는 그저 허무맹랑한 현학적 허세를 부리는 것을 좋아했다. 아무런 영양가 없는 소리를 교수랍시고 떠드는 꼴이 어찌나 가소로웠던지.

그런데 무슨 돈으로 VIP 병실에 보안 요원까지 구했나 싶었다.

그래도 살아온 정이 있다고, 수술 경과가 궁금했다. 아니 어쩌면 아내가 죽었을 때 나올 사망보험금이 더 궁금했는지도.

아내가 쓰러졌다는 소리에 겁이 나기는 했지만, 그때뿐이었다.

죽고 못 살 정도로 끔찍했으면 왜 처자식 버리고 도망을 나왔겠는가?

사망보험금 수령은 아마 첫째인 서희가 하게 될 것이다.

서희는 어디 내놔도 아깝지 않을 딸이었다. 그리고 착했다. 아비가 살해 위협이라도 받고 있다고 앓는 소리를 해 댄다면 순순히 제어미의 사망보험금을 내어 줄 아이다. 그것이 상훈이 아내의 상태를 살피기 위해 병원을 찾은 이유였다.

그런데 사망보험금보다 더 탐나는 것을 발견하고 말았다.

서지한, DL금융 지주 대표?

상훈은 이럴 때만 머리가 기민하게 돌아갔다.

아, 서희랑 같은 대학교, 같은 과를 나왔지. 아마?

상훈은 모자를 푹 눌러쓴 채로 고개를 쭉 뺀 뒤 보호자 대기실을 흘끗거렸다. 혹시나 사채업자가 와서 또 난동을 부릴까 봐 그랬는지, 그들 주변에 검은 슈트를 입은 험상궂게 생긴 남자들이 너덧 명 서 있었다.

"고마워요. 우리 서희 돌봐 줘서 정말 고마워."

"별말씀을요. 신세는 제가 서희한테 지고 있습니다."

DL금융 대표 서지한이 우리 서희한테 신세를 지고 있어?

상훈의 퀭한 눈빛이 희번덕거렸다. 순간 보안 요원과 눈이 마주쳤다. 상훈은 수술이 끝나기를 기다리는 여느 보호자처럼 수술 현황 모니터로 시선을 옮겼다.

"수술 잘될 겁니다. 담당 교수가 나쁜 경우는 아니라고 하더라고요. 수술하고, 재활하시면 예전처럼 생활하실 수 있을 겁니다."

서지한의 믿음직스러운 말에 마주한 모두가 고개를 끄덕거렸다.

"우리 서희 돌봐 주는 것도 고마운데, 병원까지 이렇게 와 주고……."

처제가 요란하게 눈물을 찍어 냈다.

"서희 어머님 일이면, 제 어머니 일과도 같은 걸요."

상훈은 속으로 쾌재를 불렀다.

서희 아버지 사업이면, 제 아버지 사업하고도 같은 게 아닌가?

새로운 투자처만 찾는다면, 과거의 실패쯤이야 우스운 일이다. 상훈은 기고만장해서 턱을 치켜들었다.

만약 DL금융에서 투자했다고 하면, 이전과는 비교도 안 되는 판이 벌어질 것이다.

상훈의 눈동자에 탐욕이 득시글거리기 시작했다.

❈ ❈ ❈

"엄마, 나 알아보겠어?"

수술 후 어머니는 중환자실로 옮겨졌다. 상태를 보아 하루나 이틀 후에 다시 VIP 병실로 올라갈 거라고 했다.

"으."

어머니가 어렵사리 대답했다. 주름진 눈꼬리를 타고 눈물이 하염없이 흘러내렸다.

"울지 마, 엄마. 우리 엄마 잘 견뎌 내셨어, 정말. 이렇게 나 다시 알아봐 줘서 고마워요."

"느는?"

'너는'이라고 묻는 듯했다.

"나 잘 지내, 엄마. 진짜 잘 지내. 걱정하지 마요. 우리 이제 다 잘
될 거야."

다행이라는 듯이 어머니가 여러 번 눈을 깜빡거렸다.

"스은?"

동생 서은이에 관해 묻고 있었다.

"응, 서은이는 아직 미국에 있지. 내가 생활비도 보내 주고 그래서
잘 지내. 걱정하지 마셔. 걔 공부 계속하고 있어. 엄마 이렇게 되신
거 아직 몰라요. 걔 성격이 무심해서 원래 전화도 잘 안 하고 그러잖
아."

고개를 끄덕거리려다가 마음대로 되지 않는지, 이번에도 엄마는
눈만 깜빡거렸다.

"응, 엄마 고개 안 끄덕여도 돼. 머리 움직이지 마요. 아직은 그러
면 안 돼."

"으."

어머니가 대답을 하는 줄로만 알았다. 그런데 눈시울을 적시던 눈
물이 점점 더 크게 부푸는가 싶더니, 힘겨운 단어가 흘러나왔다.

"으쁘?"

다 잘 될 거라는 말에, 아마도 아버지가 나타났다고 생각한 모양
이다.

"응, 엄마. 아빠 걱정도 말고."

아직 아버지가 나타나지 않았다는 소식을 어머니에게 곧이곧대로
전할 수는 없었다.

"으흐으."

어머니는 끝내 아이처럼 울음을 터뜨렸다. 서희는 비닐장갑을 낀 손으로 어머니의 안쓰러운 얼굴을 조심스럽게 어루만질 뿐이었다.

그녀가 면회실에 들어간 사이, 오 실장과 보안 요원 하나가 지한의 곁으로 다가왔다.

"대표님, 긴히 드릴 말씀이 있습니다."

지한은 그녀의 이모 내외에게 양해를 구하고 복도 끝으로 향했다.

"무슨 일, 있습니까?"

오 실장이 주변을 의식한 듯 평소와 같은 표정으로 덤덤히 보고했다.

"이 친구가 함서희 씨 아버지를 본 것 같다고 합니다."

지한이 보안 요원에게 시선을 돌렸다.

"확실치 않습니다만, 아까 보호자 대기실에서 말씀 나누실 때, 함서희 씨 부친을 본 것 같습니다."

어쩌면 병원에 나타날지도 모른다고 생각했다. 이 병원의 부원장이 함상훈의 절친이었다. 보안이 지켜지도록 힘썼지만, 친우의 입까지 막을 수는 없을 거라고 생각했다. 오히려 그것을 알고 대비하는 편이 더 나았다.

"모습이 어떻던가요?"

"폐인에 가까웠습니다. 검은 버킷햇을 눌러썼고, 수염이 덥수룩했습니다. 남의 옷을 입은 듯 고단해 보였고요."

처자식을 버리고 간 주제에 잘 살면 그건 그거대로 화가 날 것이다. 하지만 그녀는 이따금 아버지를 그리워하는 모습을 보이곤 했다. 혼자 살겠다고 도망간 아비를 원망하는 말 한 마디 하지 않았다.

"어쩌면 나를 찾아올 수도 있겠군요."

하지만 조사한 바에 따르면 함상훈은 한때 좋은 아버지 행세를 했을지언정, 좋은 사람은 아니었다. 돈을 우습게 여겼고, 세상을 쉽게 보았으며, 사람을 업신여겼다. 가정에 충실한 아버지를 연기했을 뿐, 곳곳에 관계를 맺은 여자가 깔려 있었다. 서희가 떠안은 이복동생이 하나인 게 다행이다 싶은 생각이 들 만큼 난잡한 인간이었다.

선친에게 물려받은 생수 공장과 주류 공장을 운영하던 함상훈이 엉뚱한 사업에 눈을 뜬 것은 얼마 되지 않은 일이었다. 유럽의 여러 와이너리와 거래하는 와인 브로커라는 사람이 함상훈을 꼬드겨 국내에 와인 브랜드를 하나 론칭 하자고 한 것이다.

허세를 부리기 좋아하는 함상훈은 와인 사업이라는 있어 보이는 사업체의 대표가 된다는 말에 꼼빡 넘어갔다. 브로커는 유럽의 와이너리와 거래를 트려면 부를 증명해야 한다며 함상훈을 설득했고, 함상훈은 있는 돈 없는 돈 끌어다가 흥청망청 쓰며 허세를 떨었다.

그 과정에서 와인 몇 개를 출시해 돈을 꽤 벌기도 했지만, 그건 더 큰돈을 빼돌리기 위한 브로커의 미끼였다. 와인 브랜드 론칭으로 돈맛을 본 함상훈의 욕심을 브로커가 부추겼다.

이탈리아 피에몬테 지방의 와이너리가 매물로 나왔다며 이참에 이탈리아 정통 와이너리의 주인이 돼서 세계적 와인 브랜드를 만들자고 한 것이다.

함상훈은 인생 모든 것을 걸고 뛰어들었다. 어차피 큰돈 벌 테니까 사채도 괜찮다고 여겼고, 딸의 신분을 도용하는 것도 스스럼없었다.

결국, 브로커는 모든 돈을 들고 날라 버렸다.

한국계 이탈리아인이라던 브로커의 행방은 묘연했다. 인터넷도 제대로 터지지 않는 이탈리아 섬에 틀어박혀 버린다면 아마 평생이 걸려도 찾지 못할 것이다.

"오 실장, 서희는 모르게, 보안 직원 수를 늘리고. 병원 주변을 잘 지켜보세요. 그리고 만약 나에게 접촉해 오는 것 같은 낌새가 보이면, 나한테 보고해요."

돈을 좋아하는 인간이 돈 냄새를 못 맡았을 리 없다.

함상훈은 반드시 서지한을 찾아올 것이다.

그녀의 아버지라도, 쓰레기 처리는 지한의 몫이다.

분리수거 되는 인간일지, 폐기해야 하는 오물인지 판단하는 것도.

※ ※ ※

어머니는 수술 사흘 만에 중환자실에서 VIP 병실로 옮겨졌다. 서희는 그의 도움으로 매일 하루 한 번은 어머니의 병실을 찾아 시간을 보낼 수 있었다. 다행스럽게도 어머니의 상태는 빠르게 호전되었고, 이제 서너 개 이상의 단어를 연결해 의사소통하는 것도 가능해졌다.

"언니는 내가 모실게."

이모가 서희의 처지를 헤아리듯 말했다.

"아무리 좋은 사람이라고 해도, 어떻게 아픈 언니를 그 집에 들여. 그리고 그 애, 아직 네가 데리고 있는 거지?"

서희는 죄스러운 나머지 고개를 끄덕거렸다.

"그 애 보는 거, 언니가 안 내켜 할 거야."

"고마워요, 이모."

"고맙기는. 너한테 엄마지만 나한테는 언니야. 그렇게 죄스러운 얼굴 안 해도 돼. 밖에서 낳아 온 새끼 뭐 하러 거뒀냐고 하고 싶지만, 그 어린애를 내치면 천벌받지."

이모는 일면 이해한다며 고개를 끄덕거렸다.

"사람이 너무 좋다."

이모가 복도 끝에 서 있는 그를 바라보며 조용히 말했다.

"우리 서희 연애 한 번 안 한다고 언니가 걱정 많이 했는데, 어디서 저런 남자를 만났을까."

서희가 얼굴을 붉히며 고개를 푹 숙였다.

"분명히 언니도 마음에 들어 할 거야."

그는 어머니께 끝내 인사를 드리지 않았다. 병원에 누워 있는 초췌한 모습으로 그의 인사를 받고 싶지는 않으실 거라고 했다.

서희의 자존심을 지켜 주려고 애썼던 것처럼, 서희의 어머니께도 진중하게 굴었다.

"참 사람이 진국이야."

어머니께는 기숙사가 있는 회사에 취직해서 다니고 있다고 거짓말을 했다. 회사에서 나온 긴급 생활 자금으로 병원비도 한 것이니, 걱정하지 말라는 구체적인 변명도 해 두었다.

퇴원하는 길, 이모부의 차 뒷좌석에 오른 어머니는 환히 웃으며 서희에게 아이처럼 손을 흔들어 주었다.

"일. 열씨미. 해. 딸. 밥. 꼭. 잘. 먹어."

어눌한 말씨였지만, 대화가 가능해졌다는 게 기적이었다.

"응, 엄마. 엄마도 말 연습 열심히 해요. 내가 이모네 집 자주 갈게."

"아니야. 일. 해. 열씨미. 회사. 고마워."

좋은 회사에 취직한 덕에 수술도 하고, 한시름 놓았다고 생각하시는지 어머니는 일을 열심히 하라며 몇 번이고 토막 난 말을 쏟아 냈다.

이모부의 차가 떠나고 난 뒤, 서희는 끝내 울음을 터뜨렸다.

누구보다 우아하고, 아름답던 엄마였다.

읽지 않은 책이 없었고, 모르는 화가가 없었고, 일부만 들어도 곡의 이름과 오케스트라까지 알아맞힐 만큼 클래식에도 조예가 깊었다.

서희의 가장 가까운 말벗이자, 멘토이자, 이상형이었다. 그런 엄마가 아스라이 무너진 모습이 마음 아파서 숨이 막힐 듯한 서글픔이 가슴 깊은 곳에서 차올랐다.

어깨를 감싸는 묵직한 다정함이 느껴졌다. 서희는 돌아서서 그의 왼쪽 가슴에 얼굴을 기댔다. 참을 수 없는 눈물이 하염없이 쏟아져 내렸다. 아버지가 하늘이라고 생각했었다. 자식을 굽어보며 이끌어 주는 사람이라고 여겼었다. 어머니는 땅이라고 생각했었다. 자식의 모든 것을 지탱하며 어디서 무엇을 하든 싹을 틔울 수 있도록 도와주는 사람이라고 여겼다.

하늘이 사라진 날, 땅이 꺼져 버렸다. 이제 홀로 서야 한다는 생각에 강해지자고 마음먹었지만, 아무것도 없는 세상이 막막했었다.

다시 어머니의 목소리를 듣는 지금, 그녀의 존재감이 예전과 같지 않다고 할지라도 감사할 따름이다. 강해져야 했던 이유가 나를 지탱하던 모든 것을 지키기 위해서였다는 생각이 들자, 감정이 복받쳤다.

"잘될 거야."

부모가 하늘과 땅이었다면, 곁에 선 남자는 공기와 같았다.

나를 살아 숨 쉴 수 있게 하는 사람. 내 숨통을 트여 준 사람.

"고마워요."

"고맙기는."

그가 특유의 부드러운 웃음소리를 내며 서희를 꽉 안아 주었다.

첫눈이 내릴 것만 같은, 하늘이 낮게 깔린 초겨울 오후였다.

❊❊❊

[서준이 재우고 영화 볼래?]

서준이 잠들락 말락 할 때 들어온 메시지였다.

처음 이 집에 왔을 때 서희가 보내는 메시지에 대한 그의 깨톡 반응은 둘 중 하나였다.

읽씹과 안읽씹.

요즘에도 그의 반응은 둘 중 하나다.

바로 답하거나 혹은 전화하거나.

서희는 이불자락을 끌어당겨서 휴대전화 빛이 새어 나가지 않도록 가리고는 메시지를 보냈다.

[무슨 영화요?]

[너 보고 싶은 영화.]

[영화는 안 보고 싶은데.]

[그럼 뭘 보고 싶은데?]

그의 질문에 서희의 입가가 실룩거린다.

굳이 보고 싶은 걸 꼽으라면.

[글쎄요.]

어쩐지 깨톡 메시지로 남기기는 부끄러워서 잠시 망설였다.

[얼른 말해 봐. 뭐 보고 싶은데? 준비해 놓을게.]

굳이 그걸 준비할 필요까지는 없을 것 같은데, 그는 예상보다 훨씬 꼼꼼하고 정석적인 사람이었다. 준비되지 않은 상태에서 충동적으로 일을 처리하는 법이 거의 없었다.

물론 서희를 이 집에 들인 것은 예외로 두고.

[오빠가 가장 자신 있는 거요.]

서희는 그와 수영장에서 나눴던 대화를 상기했다.

[팔꿈치?]

서희는 토끼 탈을 뒤집어쓴 단무지가 팔짱을 끼고 눈을 흘기는 이모티콘을 그에게 보냈다.

[구경만 할 거야?]

이 남자 또 이런다. 심각하게 장난을 걸면서, 분명히 입가는 실룩거리고 있을 것이다.

[봐서요.]
[아무튼, 발칙해.]

발칙하다는 단어에 불현듯 그가 애칭이라고 내뱉었던 말들이 떠오른다. 그리고 서희가 아호를 째려보고 있을 때 했던 말도.

'토끼라서 호랑이가 무서운가?'

그는 분명히 서희를 토끼라고 지칭했었다.
발토, 발토……. 발칙한 토끼?
사토는 그럼 사특한 토끼? 하토는 뭐지? 근데 웬 토끼?
서희는 조심조심 이불을 걷어 내고, 침대에서 일어났다.
오늘 그와 자유형, 배영, 평영으로 수영장을 누빈 탓인지, 서준은 코까지 골며 곯아떨어졌다. 또 요즘은 자다가 깬다고 한들, 서희를 목놓아 부르지도 않았다. 그냥 어딘가에 서희가 있겠거니 생각하며 잠이 들었다.

　정말이지 눈부신 변화라고밖에는 표현할 말이 없었다.

　서희는 방문을 조심스럽게 닫고는 그에게 메시지를 보냈다.

　[하토가 뭐예요?]
　[하트 오타?]

　이 사람이 또 발뺌한다. 오빠가 아니라 오리발이라고 불러 줘야겠다.

　[오리발, 하토가 뭐예요?]
　[오리발은 또 뭐야?]
　[하도 발뺌을 해서 오빠보다 오리발이 더 나을 것 같아서요.]

　서희는 어디에 있냐고 메시지를 입력하기 시작했다.

　"오리발이 뭐냐?"

　그가 등 뒤에서 불쑥 나타났다.

　"아, 깜짝이야!"

　서희가 몸서리를 쳤다.

　"하토는 뭔데요?"

　"글쎄."

　그가 서희의 손을 꼭 잡은 채로 3층 멀티미디어룸을 향해 걸음을 옮겼다.

　서희의 어머니도 클래식 음악 듣는 것을 취미로 삼은 탓에 훌륭한 스피커를 갖춘 방이 집에 따로 있었다. 물론 그 집은 이제 다른 주인을 찾았을 테지만.

머리가 복잡할 때면 어머니가 골라 주는 음악을 들으며 그 방에 틀어박혀서 시간을 보내곤 했다. 그때의 음향시설도 충분히 훌륭하다고 생각했었는데, 그의 멀티미디어룸에는 비할 바가 못 되었다.

"와, 여기 엄청나네요?"

수억 원을 호가하는 스피커와 이퀄라이저, 완벽한 방음시설을 갖춘 곳이었다. 아마 여기 놓은 리클라이닝 체어조차도 음향이 최적화된 자리를 계산해서 배치했을 것이다.

"의자 위치도 설계된 거죠?"

서희가 신기하다는 듯이 물었다.

"잘 아네?"

"엄마 취미가 클래식 감상이었거든요. 그래서 조금 알아요."

추억을 상기하는 게 예전만큼 아프지는 않았다.

좋아지고 있으니까, 앞으로 더 좋아질 거니까.

"아빠도 같이 음악 듣는 거 좋아했었는데."

아직 아버지를 떠올리는 건 조금 힘겨웠다.

그가 서희의 목소리에 담긴 회한을 알아차린 듯 성큼 다가왔다. 서희의 등 뒤에 선 그는 가느다란 허리에 팔을 두르며 목과 어깨 중간에 얼굴을 묻었다.

"흐음."

체취를 들이마시듯 깊이, 그가 숨을 들이켰다.

눈이 저절로 감겼다. 서희는 본능적으로 머리를 옆으로 기울였다. 목선을 따라 그의 입술이 타고 올라왔다.

"흐음."

이번에는 서희의 입에서 더운 숨이 터져 나왔다. 왼손을 뻗어 그의 머리카락에 손가락을 묻었다.

그의 입술이 뺨을 타고 올라왔을 때, 고개를 슬쩍 뒤로 돌렸다. 입술이 맞닿았다. 부드럽고 깊게 파고드는 감각은 언제나처럼 뜨거웠다. 커다란 손이 서희의 몸을 뒤로 바짝 당겨 안았다.

엉덩이에 닿는 그의 욕망은 거대했다.

"으응."

생경한 압박감에 앓은 소리가 저절로 흘렀다. 그는 서희의 납작한 배를 감질이 나도록 어루만졌다.

그의 엄지손가락이 볼록한 살점 위를 더듬듯이 천천히 올라왔다. 옷 위에서 부드러운 살덩이를 움켜잡은 그의 숨이 가빠졌다.

입술이 잠시 떨어졌다. 그의 손은 여전히 서희의 왼쪽 심장 위에 놓여 있었다. 터질 듯 뛰는 심장을 그가 손아귀에 쥐고 있는 듯한 착각이 인다.

"하토가 무슨 뜻이냐고 물었지?"

그의 목소리가 어느 때보다 낮았다. 전율이 등줄기를 타고 그의 욕망과 닿아 있는 아랫도리까지 흘러내렸다.

서희가 가만히 고개를 끄덕거렸다. 그의 눈동자를 보고 있는 것만으로 숨이 턱 막혔다.

그는 공기였다. 서희의 숨결을 좌지우지할 수 있는 유일한 공기.

"하토는 말이야."

심장을 움켜쥐듯 했던 그의 손이 유려한 선을 훑으며 점점 아래로 내려갔다.

"하고 싶은 토끼."

경악할 만한 애칭이었지만, 그걸 내뱉는 남자의 목소리가 지나치게 야해서 눈앞이 점멸하는 듯했다.

그의 손이 골반에 닿은 순간, 몸이 빙그르르 돌아갔다. 타의에 의한 빠른 회전 속도 때문인지, 아니면 현기증 나는 분위기 탓인지. 눈앞이 어질어질했다.

서희는 간신히 중심을 잡으며 그의 단단한 가슴 위에 양손을 올렸다. 얇은 파자마 셔츠 아래로 느껴지는 그의 살갗이 뜨거웠다. 손바닥을 두드리는 심장박동은 제 것만큼이나 빨랐다.

"뭐가 하고 싶은데요?"

서희가 붉게 젖은 그의 입술을 내려다보며 물었다.

"글쎄. 뭐가 하고 싶은 걸까."

서희는 눈꺼풀만 느리게 들어 올려 그의 어두운 눈동자를 응시했다. 검은 눈에 가득 고인 열망이 뜨거웠다.

"내가 토끼면?"

그가 가지런한 이를 드러내며 웃었다. 그 웃음은 마치 먹잇감을 삼키기 직전의 포식자처럼 느긋해 보였지만, 굶주림을 인내한 만큼 다급해 보이기도 했다.

"토끼를, 핥고, 빨고, 물고, 삼키고 싶은 나는 뭐가 되어야 하나?"

그가 여과 없이 떠들었다.

"그러고 싶어요?"

더운 숨결이 섞였다.

"응."

그는 엄지손톱으로 서희의 아랫입술 주름을 부드럽게 긁었다.

"핥고."

발가락이 말려 들어가고, 무릎 뒤 옴폭 팬 곳에서 힘이 빠졌다. 그의 커다란 손은 심장 위를 주무르듯 움켜잡고 있었다.

"빨고."

옆구리를 따라 내려간 손길이 골반에 닿았다.

"물고."

골반을 쓸 듯이 뒤로 향한 손이 포동포동한 살덩이를 움켜잡았다.

"집어삼키고 싶어."

그가 살덩이를 움켜잡은 채로 바짝 끌어당겼다.

배꼽 근처에서 열기에 휩싸인 그의 애원이 느껴졌다. 간절하게 존재감을 과시하는 그는 자극적이면서도, 그 어마어마한 존재감이 꽤 위협적이었다.

하지만 물러서고 싶지 않았다. 그는 서희가 필요로 하는 모든 것을 해 주면서도, 제 욕심을 내세우지 않고 침착하게 기다려 주었다.

그가 원하는 모든 것을 내어 주고 싶다. 그를 위해서라면 찢기고, 부서져도 괜찮을 것 같았다.

"해요."

서희가 웃을락 말락 한 눈빛으로 입술을 달싹거렸다. 내려다보는 그의 눈빛이 한 꺼풀 더 짙어졌다. 입술이 빈틈없이 맞물림과 동시에 발이 공중으로 떠올랐다.

그는 마치 체육대회 달리기 시합 때처럼 서희를 안아 들었다. 그러면서도 맞물린 입술은 떨어지지 않았다. 서희는 자신만의 공기를 들이마시듯 힘주어 그를 받아 마셨다.

"으응."

그의 목울대에서 짙은 소리가 배어났다. 배 속이 왈칵 조이는 기분이 생경하지만, 더없이 좋았다.

그가 천천히 나선형 계단을 내려갔다. 여전히 입술이 닿아 있는 탓에 그가 발을 헛디뎌 이대로 넘어지면 어쩌나 하는 위험한 생각도 들었다.

하지만 위험한 짓은 언제나 매력적인 법이다. 서희는 그가 입술을 뗄까 봐 단단한 목덜미를 꽉 끌어안았다.

맞닿은 입술에서 만족스러운 웃음기가 느껴졌다.

마침내 그의 발이 침실로 이어지는 마지막 계단을 내려왔을 때,

묘한 해방감에 전신이 저릿할 정도의 쾌감이 느껴졌다.

그가 입술을 떼고 속삭였다.

"악토."

계단에서 그의 목덜미를 끌어안은 것에 대해 나무라는 듯했지만,
그도 즐긴 듯이 만족스러운 눈빛이다.

"악당 토끼?"

서희가 마음에 든다는 듯이 매혹적으로 웃으며 되물었다.

꽤 마음에 드는 애칭이었다. 태어나서 단 한 번도 악의 편에 섰던
적은 없었다. 하지만 발가벗은 그를 괴롭히는 요염한 악당을 떠올린
순간, 악토가 가장 마음에 드는 애칭이 되어 버렸다.

"좋아요."

서희가 흡족하다는 듯이 웃었다.

"그런 표정으로 좋다는 말하는 거, 너무 야해."

그가 계단을 내려올 때와는 다른 속도로 성큼성큼 걸어서 침대 위
에 서희를 내려 주었다.

푹신푹신한 침대에 팔꿈치를 기대고 누운 서희는 새삼 가쁜 숨을
고르며 그를 올려다보았다. 살짝 벌린 다리 사이에 자리를 잡은 그는
지배자의 본능이 물씬 풍기는 시선으로 서희를 내려다보았다.

서희는 팔꿈치에 힘을 주어 상체를 일으켰다. 몸을 꼿꼿이 세우고
무릎걸음으로 그에게 바짝 다가갔다.

침대에 무릎을 완전히 꿇은 그와 눈높이가 딱 맞았다. 떨리는 손
으로 그의 얼굴을 훑고 내려간 서희는 그의 파자마 단추를 하나씩 풀
기 시작했다.

"맨날 면 티셔츠 입더니. 오늘은 웬 파자마?"

단추를 푸는데 희미한 신경질이 나서 물었다.

"벗겨 먹는 재미가 있으라고?"

그가 아이스크림 광고 카피를 읊조리는 모델처럼 천진한 목소리를 냈다.

마침내 단추를 다 풀었을 때, 그의 훌륭한 상체가 모습을 드러냈다. 두꺼운 흉근과 칼로 조각한 듯한 복직근과 복흉근의 선명한 조화는 마치 예술품처럼 보일 정도였다.

서희는 그의 파자마를 어깨에서 확 젖혀 벗겼다. 그가 파자마에서 팔을 빼며 웃었다.

"급하네."

"많이 참았거든요."

"나만큼이나?"

그가 미간을 구기며 웃었다. 이제껏 저를 위해 이런 짓거리를 참았다는 남자는 지독하게 매혹적이었다. 숨이 턱 막힐 만큼.

"아닐걸?"

장담한다는 듯이 읊조린 그가 서희의 면 원피스 안으로 손을 집어넣었다.

"흐응."

그의 손이 옷 안으로 들어왔을 뿐인데도 앓는 소리가 흘러나왔다.

"아름다워."

그가 홀린 듯한 눈으로 서희를 바라보며 속삭였다.

"매력 있어."

스커트 밑단을 잡은 그가 단숨에 머리 위로 원피스를 벗겨 냈다.

그가 순식간에 차오른 열기를 발산하듯 눈을 부릅뜨며, 후 하고 한숨을 내쉬었다. 단단한 근육이 꿈틀거리는 모습이 이채로웠다. 저로 인해 열기에 휩싸인 남자가 폭발하기 직전의 무언가를 억누르는 금욕적인 모습은 몸속 깊은 곳이 끓어오를 정도의 감동을 주었다.

"흐음."

서희는 달뜬 숨을 흘리며 그에게 다가갔다.

그가 서희의 몸을 천천히 침대에 눕혔다. 순식간에 나신이 되었다. 몸이 들썩이도록 한숨을 내쉰 순간, 이제 막 제련을 마친 듯 뜨겁게 달궈진 쇳덩이 같은 거대한 열쇠가 깊은 곳의 자물쇠를 열어젖혔다.

"하웃."

눈꼬리를 타고 눈물이 흘러내렸다.

너무 뜨겁고, 너무 버거웠다.

감당하기 힘든 전율이 몸을 잠식했다. 머릿속에서 불이 꺼졌다가 켜졌다가 하는 것처럼 의식이 점멸했다.

가쁜 숨소리와 거친 맥동만이 존재했다.

그의 애틋한 눈길에도 심장이 터질 것 같았던 순간이 있었다.

처음 키스를 나누었을 때는 숨결을 모조리 앗아 간 것처럼 느껴지기도 했었다. 그런데 심장 터질 듯한 눈길과 숨결을 잡아먹힌 키스는 지금과는 비교도 되지 않는 것이었다. 정말이지 그가 자신을 집어삼킬지도 모른다는 생각이 들었다. 이러다가 숨이 막혀 죽거나, 차오른 열기로 근막이 폭발해서 죽는 것은 아닐까 하는 두려움이 밀려들 지경이었다.

"흐웃."

토끼를 무자비하게 먹어 치우는 그는 성난 호랑이였다.

깨달은 순간 머릿속이 하얗게 탈색되면서 눈이 까무룩 감겼다. 무거운 몸이 풀썩 쓰러졌다.

거칠게 내뱉는 숨결만이 존재하는 세상이었다.

잠깐 잠이 들었나 보다. 아니면 기절했거나.

따스하게 젖은 수건이 살갗을 스치는 감각에 와락 소름이 끼친 순간 눈을 떴다. 서희는 다정한 시선으로 저를 바라보는 남자와 눈이 마주쳤다.

"깼네."

그는 홀딱 벗은 채로 무릎을 꿇고 앉아서 무슨 의식이라도 치르는 것처럼 서희의 몸을 경건하게 닦아 내고 있었다.

"제토?"

"응?"

그가 이해할 수 없는 말을 들었다는 듯이 되물었다.

"제물 토끼? 나 어디에다가 바치려고요?"

그가 수건을 서희의 허벅지에 올린 채로 고개를 뒤로 젖히며 웃어 댔다.

"너를 어디에 바쳐?"

그가 웃음기 어린 목소리로 물었다.

"글쎄요. 호랑이한테?"

매혹적인 눈썹이 들썩거린다.

맞구나, 호랑이.

"나는 토끼고, 오빠는 호랑이?"

일부러 그런 것은 아닌데 퍽 애교 섞인 목소리가 흘러나왔다.

그가 웃음으로 대답을 대신하려고 했다.

이 남자한테 이렇게 유치하고, 로맨틱한 구석이 있는 줄은 미처 몰랐다. 애칭을 이토록 간절하게 바라는 남자라니, 사랑스러워서 돌아가실 것 같다.

그가 이만하면 됐다, 싶었는지 수건을 테이블 위로 던지고는 서희의 곁에 누웠다. 커다란 손이 목 아래로 파고들었다. 이두근과 삼두근이 지나치게 부푼 탓에 베개로 삼기에 적합한 팔은 아니었다.

"팔근육은 좀 뺄 생각 없어요?"

"여기 근육만 빼기는 힘든데. 상체 근육 같이 빠질 수도 있어."

아, 예술 같은 흉근과 복근이 쪼그라드는 건 반대다.

"그럼 그냥 둬요."

팔베개가 조금 불편하면 어떠리.

서희는 옆으로 돌아누우며 그의 허리를 꽉 끌어안았다.

"원래 여자들은 처음이 힘들다며?"

그가 조심스럽게 물었다.

"누가 그래요?"

"어디서 들었는지 기억 안 나."

"승남 선배죠?"

그에게 이런 현실적인 조언을 할 친구는 산악 동아리 친구였던 승남밖에 없다.

"아무튼, 다른 남자 이야기는 그만하시고."

그는 제 친구일지라도 지금 다른 남자의 이름이 언급되는 건 용납할 수 없다는 듯이 엄정하게 굴었다.

근육을 불끈불끈하고 있으면서 퍽도 무서우시다.

"다음엔 더 잘해 줄게. 그다음엔 더 더 잘해 줄게."

열심히 노력하겠다는 약속이 세상 야하다.

"그럼요……."

서희가 조용히 뜸을 들였다. 그가 서희의 얼굴을 들여다보며 의문 어린 눈동자를 빛냈다.

"또 해요, 우리."

긴긴밤이 깊어만 갔다.

8화

여의도의 한 호텔에서 금융인 포럼을 마치고 귀가하는 길이었다. 불필요한 식사 자리를 마다하고 집에서 기다릴 서희를 위해 길을 재촉하고 있었다.

아직 오후 4시. 서준과 수영을 하고 재우면, 대략 8시가 될 터. 그 이후의 시간을 그녀와 어떻게 보낼지 상상하느라 머릿속이 뭉근하게 녹아 버릴 것만 같았다.

그런데 오 실장이 바꿔 준 전화에 지한의 미간이 미약하게 구겨졌다.

"언제 나타났다고요?"

서희의 아버지, 함상훈이 나타났다는 전화였다.

– 조금 전 회사 로비 인포메이션 데스크에 와서 대표님을 만나게 해 달라고 했답니다.

"직접 이름을 밝히고요?"

311

– 네, 정확히 함서희 아버지 함상훈이라고 했답니다.

채무자로서의 신분이 아닌, 딸의 이름을 앞세워 나타났다는 것은 의도가 불순하다는 뜻이었다.

그러나 속단하기엔 이르다.

그녀의 아버지에게 남모를 사연이 숨겨져 있는지도 모른다. 조사한 내용과 달리 브로커에게 당한 피해자일지도 모른다.

물론 그 가능성은 1%도 되지 않을 듯하지만.

"복장은 어땠습니까?"

– CCTV를 확인해 보니 멀쩡한 정장 차림이었습니다. 렌트카로 추정되는 검은색 세단을 몰고 왔고, 동행한 여자도 한 명 있었습니다.

여자가 있었다는 말에 지한은 실소가 터져 나올 것만 같아서 아랫입술을 꾹 깨물었다. 가족에게 충실한 척했을 뿐, 함상훈은 불륜을 밥 먹듯이 저질러 왔다는 조사 내용은 사실이었다.

"그래서요?"

– 대표님께서 외부 일정으로 회사에 계시지 않다고 하니까, 순순히 돌아갔습니다. 데스크 직원 말로는 정중한 편이었다고 합니다.

"조만간 또 올 것 같네요. 다시 오면 무슨 용건인지 물어보고, 바로 나한테 보고해요. 신경 건드리는 말 하지 말고, 예의를 갖추라고 하고요."

물론 대표를 찾아왔다는 손님에게 무작정 함부로 대하는 직원은 없을 테지만, 간혹 투자 실패를 금융사에게 돌리며 난동을 부리는 사람들도 있어서 로비 보안은 엄혹한 편이었다.

함상훈이 경계를 풀고 속내를 드러낼 수 있도록 엄혹한 잣대를 들이밀지 말라는 지시였다.

통화를 마치자, 오 실장이 의아한 목소리를 냈다.

"함상훈 씨가 접근해 오는 걸 그냥 두실 생각입니까?"

지한이 그의 접근을 막지 않는 이유는 분명했다.

"네."

짧은 대꾸에 오 실장이 조수석에서 몸을 돌려 지한을 바라보았다.

"갱생의 여지가 있으면 도울 거고, 그게 아니라면 서희한테는 없는 사람이 되어야겠죠."

마음 같아서는 서희의 인생에서 그냥 치워 버리고 싶었지만, 그녀는 여전히 예전의 아버지를 그리워하는 듯했다. 어떤 방식으로든 효율적인 관계 개선을 위해서는 상대를 파악하는 게 우선이다.

지한은 함상훈이 어떤 모습으로 나타날지 조금 더 기다리기로 했다. 만남이 미뤄지고, 어렵게 기회를 얻게 해야 허기진 본심을 여과 없이 드러낼 테니까.

❈ ❈ ❈

"와, 누나! 진짜 멋져! 누나 최고다!"

요즘은 유치원 숙제도 뭐 이렇게 요란한지 모르겠다. 반려동물 혹은 반려식물에 관한 보고서를 써 오라는데, 이건 아이 숙제가 아닌 보호자의 숙제인 것 같은 기분이 든다.

며칠에 걸쳐서 서준과 함께 보고서를 끝마쳤다. 대기업 인사팀 교육분과에서도 빛나던 보고서 작성 실력이다. 유치원생의 눈높이에 맞게 작성하는 것쯤이야.

"얼른 가방에 챙겨 놔야지!"

서준이 출력한 종이를 들고 유치원 가방이 있는 쪽으로 뽀로로 달려갔다. 서희는 오랜만에 노트북을 만지는 김에 습관처럼 인터넷 브라우저에 접속했다. 노트북은 서준의 숙제를 위해 백 실장에게 빌린 것이었다.

휴대전화로도 인터넷을 보기는 했지만, 큰 화면으로 보는 온라인 세상은 더욱 흥미진진한 법이다.

오래도록 정리하지 않은 이메일 함부터 살폈다.

「언니, 전화 왜 안 됨?」
「언니, 연락 좀 해 줘.」
「언니, 나 몰래 다 어디 감?」
「무슨 일이야, 진짜!」

동생 서은이 보낸 이메일이 광고 이메일 속에 주르륵 섞여 있었다. 무소식이 희소식이라고 생각하라며 집에 연락하는 일이 없었던 동생이었다. 동생이 있을 미국 서부는 지금 새벽 1시쯤 되었을 것이다. 보통 서은이 깨어 있을 시간이기도 했다.

서희는 목을 흠흠 가다듬고는 평범한 목소리를 내기 위해 노력하며 서은의 휴대전화로 전화를 걸었다.

– 여보세요?

모르는 번호여서 받지 않을 줄 알았는데, 서은의 목소리가 바로 들려온다.

"서은아, 언니."

– 뭐야, 진짜!

서은은 모든 게 서희와 반대였다. 성미가 급하고, 불같았다. 그러면서 간섭당하는 건 질색했다.

– 엄마는 전화 왜 안 돼? 아빠도 안 되고, 뭐야 대체!

"엄마, 아빠는 지금 일 때문에 이탈리아에 계셔. 연락 잘 안 될 거라고 하셨어."

– 몇 달 동안, 내내?

서은이 믿을 수 없다는 듯이 되물었다.

"아니, 왔다 갔다 하셨지. 네가 연락 안 될 때만 골라서 했나 보다."

– 그럼 언니는 왜 연락이 안 된 거야?

"어? 언니 핸드폰 번호 바뀌었잖아. 깜빡했다. 근데 너는 어떻게 '여보세요' 하고 전화를 받아?"

– 한국 번호 떠서. 언니 같았어, 그냥.

오랜만에 동생 목소리를 들으니 꼭 예전으로 돌아간 것 같은 착각이 든다.

"잘 지내지?"

– 응, 잘 지내지. 언니는? 집에 별일 없지? 엄빠는 크리스마스 때는 한국에 계신 거지?

동생의 질문이 잘못 뜯은 봉지 속 과자처럼 와르르 쏟아졌다.

"누나! 아저씨 온 것 같아!"

갑작스럽게 서희를 부르는 서준의 목소리가 들려왔다. 서희는 얼른 입술에 검지를 가져다 대며 조용히 하라는 듯이 눈을 동그랗게 떴다.

– 누나? 아저씨? 언니 지금 어디야?

"어? 어. 언니, 회사에서 봉사활동 나왔거든. 그래서."

거짓말로 대충 얼버무리자, 동생이 낄낄거리기 시작한다.

– 와, 우리 언니 많이 컸다. 회사에서 봉사활동 갔는데, 땡땡이치면서 동생한테 전화도 다 하고?

"땡땡이는 무슨."

무사히 넘긴 것 같아서 서희가 한숨을 폭 내쉴 때였다.

– 언니, 나 크리스마스 때 잠깐 한국 들어가려고.

"어?"

공부가 끝날 때까지는 절대 한국에 들어오지 않을 거라고 했던 서은이었다. 그런데 무슨 바람이 불었는지, 서은이 다짜고짜 한국으로 들어온단다.

크리스마스가 얼마 남았지? 이제 12월 초.

서은이 들어오려면 아직 20여 일이 넘게 남았다.

심장이 빠르게 뛰기 시작했다.

– 반응이 왜 그래? 나 들어가는 거 싫어?

"아니. 너 들어오는 게 싫기는 무슨."

이역만리 타국에서 공부하는 동생에게 전화로 이야기할 수 없는 성질의 일들이었다. 그리고 집안이 망했다고 하면, 동생이 공부를 그만둘까 봐 염려되어서 어떻게든 이야기를 미루고 싶었다.

– 나 언니한테 할 얘기 정말 많아.

살면서 앓는 소리는 단 한 번도 한 적 없는 서은의 목소리가 어쩐지 젖어 있는 것처럼 들린다.

"언니도 너한테 할 얘기 정말 많아. 크리스마스에 들어오려면 비행기표 사야지?"

– 아냐, 비행기표는 진작 구했어.

"네가 무슨 돈이 있어서?"

– 나도 그 정도 구할 돈은 있어. 하아. 언니 목소리 들으니까, 이제 두 다리 뻗고 잘 수 있을 것 같아. 언니, 우리 곧 봐!

서은이 씩씩하게 인사하며 전화를 끊었다.

통화를 마친 서희는 잠시 머릿속이 멍해졌다. 서은은 여전히 단란한 가족의 일부인 것처럼 보여서 씁쓸했다.

아니지, 단란한 거 맞지.

아버지만 떠났을 뿐이다. 경제적으로 조금 어려워졌을 뿐이다. 그래도 어머니와 자신과 동생 사이의 유대감은 더 좋아질 거라며 서희는 애써 마음을 다잡았다.

"여기서 뭐 해?"

아까 서준이가 아저씨 왔다고 소리쳤었던가?

서희는 2층 테라스 안쪽에 자리한 응접실에 앉아 있었다. 원래 조각 몇 개만 놓여 있는 공간이었는데, 어린이용 테이블과 책장, 그리고 의자 여러 개가 놓여서 마치 유치원 교실을 옮겨 놓은 듯한 풍경이 되었다.

"서준이 숙제 해 주느라고요."

"그럼 서준이 숙제가 아니지. 네 숙제지."

그가 작은 의자를 끌어와 서희의 곁에 붙어 앉았다.

그의 커다란 손이 서희의 등허리를 부드럽게 감쌌다.

"근데 서준이는요?"

"응, 밖에서 서이랑 논대."

"반려동물에 관한 보고서를 썼거든요. 부쩍 서이한테 관심을 보이네요. 너무 커서 무섭다고 벌벌 떨 때는 언제고."

"함서희."

그가 서희의 이름을 진중하게 불렀다. 서희는 고개를 비스듬히 기울이며 설레는 냄새를 풍기는 남자를 바라보았다.

퇴근해서 집으로 돌아온 남자에게선 좋은 향기가 났다.

하루치 책임 완수로 인한 노곤함이 묻어나는 그의 체취와 아침에 뿌린 흐릿한 향수 냄새의 조화는 능력 있는 사내만이 풍길 수 있는 페로몬이었다.

"왜요? 왜 그렇게 또 심각하게 불러요?"

그의 향기에 도취된 서희가 부드러운 눈빛으로 물었다.

"무슨 일 있었어?"

정말 귀신같은 남자다.

어머니의 성정을 고스란히 닮은 서희는 시시각각 상황이 변할 때마다 감정을 고스란히 드러내는 법이 없었다. 그런데 이 남자는 서희의 기분을 어떻게 알아차리는 것인지 모르겠다.

"어떻게 알았어요?"

"죽상을 하고 있는데 왜 몰라?"

서희는 눈을 가늘게 뜨고 그를 노려보았다. 꼭 이렇게 얄밉게 말해서 사람을 기어코 발끈하게 만든다.

"무슨 일인데?"

"크리스마스 때, 동생이 한국에 온대요."

서희는 가감 없이 사실을 털어놓았다.

"집이 이렇게 된 거 아직 동생은 모르고 있어?"

가만가만 고개를 끄덕이는데, 괜히 또 울컥한다.

"아무 일 없을 거야."

단단한 팔이 서희를 부드럽게 끌어안았다. 그의 입술이 뺨을 따라 내려왔다. 입술이 맞물리기 직전, 서희가 물었다.

"그런데 왜 퇴근하자마자 손이 거기로 가요?"

힘줄이 불끈 돋아난 커다란 손이 말랑말랑 몸피를 부드럽게 쥐고 어루만졌다. 심장을 움킬 듯이. 가슴이 거세게 뛰기 시작했다. 몸속에서 순식간에 열기가 치솟았다.

작은 의자에 앉아서 어른의 손장난을 치고 있는 그의 표정은 천진난만했다.

"자꾸 손이 가네."

목소리와 말투가 무구하기 그지없었다.

"누가 봐요."

서희가 주위를 두리번거리며 미간을 찌푸렸다.

"보긴 누가 봐."

웃음기를 머금은 입술이 작은 입술을 집어삼켰다. 벅차오른 열기 때문에 앓는 소리가 새어 나올까 봐 걱정되어 서희는 숨을 참으며 진한 키스를 받아 냈다.

진득하게 달라붙어 있던 입술이 촉, 소리는 내며 아쉽게 떨어져 나갔다. 숨 막히는 열기에 휩싸인 나머지 현기증이 일었다.

"숨 쉬어."

엄지로 매끈한 광대 위를 어루만지며 그가 속삭였다.

"흐으."

크게 숨을 내쉬지도 못하고, 더운 숨을 흘렸다. 그가 새어 나오는 숨결을 들이마시듯 다시금 입을 맞췄다. 입술이 깊게 맞물렸다. 서로의 숨을 목숨처럼 나눠 마시는 키스가 영원토록 이어질 것만 같았다.

탁탁탁, 힘찬 발소리가 멀리서부터 들려오자 두 사람은 누가 먼저랄 것도 없이 딱 달라붙어 있던 입술을 뗐다.

그는 자리에서 일어나 테라스 밖을 내다보며 마른세수를 했고, 서희는 아무것도 떠 있지 않은 노트북 화면을 심각하게 바라보았다.

"아저씨! 우리 수영 언제 해요?"

"어, 저녁 먹기 전에 할까?"

"네!"

그는 아직 열기가 가시지 않았는지 어깻숨을 훅 내쉬며 서준의 손을 잡고 계단 쪽으로 향했다. 우람한 남자가 열을 식히려고 애쓰는 모습이 귀엽다. 서희가 부드러운 미소를 머금었다.

'아무 일 없을 거야.'

그가 해 준 말을 주문처럼 되뇌었다.

　그와 2시간 넘게 수영장에서 시간을 보낸 서준은 저녁 식사를 마치자마자 곯아떨어졌다.

　이제 저녁 8시, 그가 일찍 귀가한 덕분에 저녁 시간이 여유롭게 느껴졌다.

　서희는 어두운 침실에 누워서 점점 더 선명해지는 천장을 가만히 올려다보았다. 눈이 어둠에 익숙해진다는 건, 그만큼 침대에 누워서 뜬눈으로 시간을 보낸 지 오래됐다는 뜻이다.

　서희는 한숨을 폭 몰아쉬며 모로 돌아누웠다. 요즘 들어 부쩍 이런 시간만 되면 헛헛한 느낌이 든다. 뭔가 해야 할 것 같고, 누구를 봐야 할 것 같고.

　평생에 느껴 보지 못한 선택적 고독이라고 해야 할까?

　그럴 처지인가, 싶으면서도.

　한숨을 훅 내쉬고 있는데 어느덧 밤 9시가 가까워졌다.

　그는 오늘 여의도에서 열린 금융인 포럼의 기조연설자로 참석했다고 한다. 까다롭고 보수적인 금융가 전통 강호들 사이에서 신흥 주자로 연설을 하는 일이 쉽지는 않았을 터.

　고단할 만하다며 두 눈을 꼭 감았을 때였다. 손에 꼭 쥐고 있던 휴대전화가 바르르 진동했다.

　[광고: 프리미엄 아울렛 편집샵 15% 세일⋯⋯.]

　서희의 휴대전화 번호를 예전에 사용하던 사람이 가입해 놓은 아울렛 멤버십 광고인 듯했다.

　퇴근하고 들어온 그에게 서희가 먼저 연락하는 법은 없었다. 항상 그가 먼저 서희에게 메시지를 보내곤 했었다.

그냥 내가 연락해? 아니지, 고단한 사람 쉬게 해야지.

마음은 헛헛하고, 가슴은 답답하고, 심장은 괜히 오그라드는 기분이다.

딴생각을 하자!

서희는 휴대전화 컨설팅 어플에 접속해서 내일 답변을 주기로 한 일들을 훑어보았다. 본격적인 대학 입시 철, 서희의 컨설팅을 원하는 사람들이 점점 많아지고 있었다. 교육학에 대한 깊이 있는 공부를 권했던 그의 말에도 답변을 해 줘야 하는데. 또다시 생각은 그를 향해 흘러갔다.

그냥, 자자!

서희가 휴대전화를 머리맡에 놓고 이불을 뒤집어썼다.

똑똑.

미약한 노크 소리가 들려왔다.

이제, 헛것이 들리는구나.

서희는 자포자기한 심정으로 이불을 걷어 내고 어두운 천장을 올려다보았다.

똑똑똑.

헛것이 아니다! 침대에서 천천히, 하지만 빠르게 몸을 일으켰다. 그리고 또 천천히, 하지만 잽싸게 침실 문을 열었다. 복도의 희붐한 조명 속에 미소를 머금은 잘생긴 남자가 서 있었다.

"벌써 잤어?"

"아뇨."

서희는 고개를 세차게 내저으며 웃었다. 너무 반가운 기색을 내비쳤나, 싶은 생각도 들었다. 하지만 기쁜 마음을 숨기고 싶지는 않았다.

"산책할래?"

"산책이요?"

서희가 닫힌 침실 문을 한 번 더 확인하곤 물었다.

"왜, 싫어?"

"아뇨. 싫은 건 아니고요."

"그럼, 내려가자."

먼저 계단 쪽으로 향하는 그의 너른 등을 바라보는 서희의 얼굴에 아쉬운 기색이 어린다.

늦게 배운 도둑질에 날 새는 줄 모른다고 했던가?

이제껏 연애를 안 한다고 해서 외롭다거나, 헛헛하다는 생각이 든 적은 단 한 번도 없었다. 일상에 충실했고, 오히려 복잡한 연애 감정이 일상을 뒤흔드는 불안정한 요소라고 생각했었다. 서희는 마음의 평안과 안정감을 중시하는 사람이었다.

그런데 지금 서희의 삶은 그 어느 때보다도 불안했다. 이 와중에 연애 비슷한 걸 시작한 것도 모자라서, 이제는 그와 밤마다 붙어 있는 생활에 몹시 익숙해지고 말았다.

그런데 산책?

입술이 부루퉁하게 튀어나오려고 했다.

"춥다. 내일은 진짜 눈 온다고 하더라."

소응접실 테라스를 나서자마자 그가 서희의 손을 끌어다 잡았다.

"그러게요. 추운데 산책도 하시고, 운동에 진심인가 봐요."

서희가 건조한 목소리로 읊조렸다. 그러자 그가 피식 웃는 소리가 들려온다.

"삐졌어?"

"제가요? 왜요? 지금 제가 삐질 포인트가 있었나요?"

말을 하면 할수록 어딘지 모르게 옹졸해지는 느낌이 들었다. 그의 입가에 걸린 웃음도 점점 진해지고 있었다.

그가 서희의 이마에 가볍게 입을 맞췄다. 서희의 미간이 와그작 구겨졌다.

"왜 키스로 끝날까 봐 화도 나?"

이 남자가 점점?

웃는 모습은 가슴이 세차게 두근거릴 만큼 근사하다. 어깨를 감싸고 있는 근육도 어찌나 단단하신지, 산책하자고 끌고 나온 걸 보면 오늘은 쓰이지 않을 근육인 것 같지만.

"저 그런 사람 아니거든요!"

서희가 발끈해서 작게 소리쳤다.

"그런 사람? 어떤 사람?"

시치미를 뚝 떼고 묻는 남자의 걸음이 점점 빨라지고 있었다. 산책이라며, 이러다가는 전력 질주라도 할 기세다.

"춥다! 얼른 가자."

그러니까 추운데, 왜 나와서!

뛰듯이 걷던 그가 멈춰 선 곳은 수영장 앞이었다. 바깥에서 보기에 수영장 안은 어둑어둑했다.

그가 유리문을 열어젖히고, 서희에게 고개를 까딱했다. 이곳에서 첫 키스를 했던 그날처럼.

서희는 웃음기를 머금은 그를 지나쳐 수영장 안으로 들어갔다.

"와!"

감탄이 절로 흘러나왔다. 수영장을 빙 둘러 작은 촛불이 켜져 있었다. 네모난 모양의 월풀 욕조 주변도 마찬가지였다.

뜨거운 거품이 보글보글 일고 있는 욕조 옆으로 와인 병과 크리스털 잔 두 개, 핑거 푸드 등이 놓인 라탄 테이블이 자리했다.

럭셔리 잡지의 휴양지 화보에나 나올 법한 모습이다.

"매일 집에서만 보니까. 서준이가 있어서 밤에 나가기도 쉽지 않고."

서희의 등 뒤에 선 그가 조용히 읊조렸다.

"나도 수영만 했지, 월풀은 처음 켜 봤네."

수줍게 말하는 낮은 목소리가 근사했다. 그가 커다란 손으로 서희의 어깨를 잡고는 조심스럽게 돌려세웠다.

"수영복으로 갈아입고 나올래?"

그가 샤워실 겸 탈의실 입구를 눈짓으로 가리키며 물었다. 서희가 고개를 천천히 내저었다.

두꺼운 카디건을 벗어서 대리석 타일 바닥에 떨어뜨리자 그의 눈이 커다랗게 뜨였다. 검은 눈동자에 긴장의 빛이 어린다.

면 원피스 자락을 천천히 걷어 올려서 머리 위로 벗었다. 옷을 벗느라 헝클어진 서희의 긴 머리카락을 그가 조심스럽게 쓸어넘겨 주었다.

숨이 벅차오른 탓에 봉긋한 몸피가 요염하게 오르락내리락했다. 붉게 달아오른 그의 시선이 천천히 아래로 내려갔다.

서희는 마른 입술을 조심스럽게 혀로 축이며 그의 캐시미어 카디건 앞섶을 열어젖혔다. 그가 카디건과 스웨터를 한꺼번에 벗어 버렸다.

어두운 수영장 안, 오렌지빛 촛불을 반사하는 매끈한 근육은 아름다웠다.

카디건을 열어젖힌 손으로 그의 바지 버클도 풀었다. 그가 애타는 듯 크게 숨을 들이마셨다. 바지가 발밑으로 툭 떨어진 순간, 그의 입술이 서희의 **뺨** 위를 부드럽게 미끄러졌다.

"흐음."

만족스러운 한숨에 기대감이 뒤섞였다. 그의 목을 꽉 끌어안은 순간 발밑이 들렸다. 그는 서희를 끌어안은 채 욕조로 걸음을 옮겼다. 살갗에 닿는 물의 온도가 제법 뜨거워서 간지러운 느낌도 났다.

"하아."

물 안에 가슴까지 잠긴 순간, 또다시 긴 숨이 흘러나왔다. 매끄러운 물결에 휩쓸려 단단한 허벅지 위에 앉았다. 눈높이가 딱 맞았다.

그의 눈가는 붉었고, 촛불을 비추는 눈동자는 반짝거렸다. 보글보글 일어난 거품이 다가와 단단하고, 말랑말랑한 몸체 사이에 고였다.

입술이 부드럽게 얽혔다. 달아오른 숨결과 진한 습기에 가슴이 답답했지만, 그건 그거대로 좋았다.

머릿속이 아득해질 것처럼 그가 밀려들었다.

"아읏!"

서희는 고개를 한껏 젖히며 유리로 된 천장을 올려다보았다.

눈이 올 것처럼 흐렸던 하늘이 언제 개었는지, 별이 쏟아질 것처럼 가까운 곳에 떠 있었다.

아닌가, 촛불의 반영인가.

그게 무엇이든 머리 위에서 반짝이는 무언가가 쏟아질 듯한 기분이 계속되었다.

수영장 밖에서는 사락사락 눈이 내리고 있었다. 깊어진 겨울밤만큼이나, 물에 잠긴 움직임도 거세졌다. 그리고 오늘만큼은 수영장 CCTV가 꺼져 있었다.

샤워 가운만 입은 채로 눈 오는 정원을 달렸다. 미친 짓 같았지만, 히죽히죽 웃음이 흘러나왔다.

"너 달리기 진짜 못한다."

서희의 느린 속도를 나무라며, 그가 작은 몸을 번쩍 안아 들었다.

"미쳤나 봐!"

서희가 새된 비명을 지르며 나무랐지만, 소용없었다.

소응접실 테라스를 통해 조심조심 집 안으로 기어들어 간 두 사람은 곧장 지한의 침실로 향했다.

침실의 따뜻한 온기가 차갑게 언 얼굴을 녹이기도 전에 샤워 가운이 바닥으로 곤두박질쳤다.

"흐음."

입술은 차가웠지만, 그 안은 뜨거웠다. 말랑말랑하게 얽히는 감각은 몸속을 휘젓는 것처럼 거셌다.

"하아."

입술이 떨어진 순간, 푹신거리는 침구에 등이 닿았다. 손을 뻗어서 그의 뺨을 부드럽게 어루만졌다.

원래 연애 초기에는 서로에게 미치는 법이지만, 오늘 밤은 조금 무모하다 싶을 만큼 집 안을 대범하게 활보했다.

그런데 멈추고 싶지 않았다. 태어나서 처음 경험하는 그의 방종과 방탕을 함께하고 싶었다. 그가 온전히 삶을 즐길 수 있도록. 얄궂은 시간을 살아온 그를 북돋워 주고 싶었다. 그를 위해서 할 수 있는 게 이것밖에 없어서, 더욱 열심히 동참하고 싶었다.

위무하듯 넓고 단단한 어깨를 쓸어 넘겼다. 그가 서희의 다리 사이에 자리를 잡으며 길고 더운 숨을 내쉬었다.

"하아."

한숨이 이어짐과 동시에 허무가 채워졌다. 서로를 향한 몸짓과 열기가 그칠 줄을 몰랐다. 밤이 깊다 못해서 희붐한 새벽이 다가오고 있었다.

"안 피곤해요?"

서희가 잠기운이 가득한 목소리로 물었다.

"네 옆에 있으면 하나도 안 피곤해."

그가 작은 몸을 끌어안으며 웃었다.

"피곤한 목소린데요? 센 척은."

서희는 얼른 자라며 그의 등을 다독거렸다.

"나 재우고 서준이한테 가려고?"

이런 종류의 질투는 처음이다. 서준이에게 질투를 느끼는 것은 늘 서희의 몫이었다.

그런데 그가 서희의 맨허리를 끌어안으며 칭얼대고 있었다. 덩치 큰 남자가 조르는 모습을 보자니 웃음이 났다.

"그럼, 서준이 깨기 전까지만 있을게요."

그가 만족스러운 웃음을 지으며 서희를 꼭 끌어안았다.

흡족해하는 그의 눈빛이 서희를 충만하게 했다.

흔들림 없이 그의 곁을 지키는 것, 그거라도 잘 해내자며 서희는 졸린 눈을 스르륵 감았다.

✲✲✲

"서울에 가야겠다. 너도 같이 갈 거지?"

할머니의 눈빛은 묻는 게 아니었다. 강요였다.

읽던 책을 덮은 윤한은 눈을 한 바퀴 굴리며 한숨을 몰아쉬었다.

"아직 때가 아닌가 보죠, 할머니."

점점 손주 며느리 들일 욕심을 부풀리고 있는 할머니를 설득해 보려고 했지만 허사였다.

"예끼 놈. 할미 죽고 나면?"

"대체 그게 무슨 상관인지 모르겠네요? 결혼은 지한이가 하는 거지, 할머니가 새신랑 자리 차지하시려고? 그럼 할머니가 시집을 가시든지."

윤한의 되물음에 할머니가 눈을 부릅뜨며 호통을 쳤다.

"네 이놈!"

저래 놓고 금세 '윤한아, 할미는 너 때문에 산다'라고 하실 거면서.

공학도인 윤한이 미국으로 들어오기 전, 그는 할머니에게 갖은 앓는 소리를 다 했다.

공부는 하고 싶은데, 자신이 없다는 둥.

총기 사고도 잦은데, 총에 맞아 죽으면 어쩌냐는 둥.

대마초가 합법인 나라니까, 학우들도 다 할 거라는 둥.

할머니는 당장에 짐을 싸서 큰 손자 윤한의 뒷바라지를 하기 위해 미국행 비행기에 올랐다. 그렇다고 윤한이 제 앞가림 못하는 등신은 아니었다.

유학길에 할머니와 동행한 이유는 단 하나였다.

동생 지한이 숨 쉴 수 있도록.

냉철하고 기민한 윤한은 그만큼 이기적이기도 했다. 나쁜 뜻이 아니라, 적당히 힘든 내색도 할 줄 알고 요령도 피울 줄 안다는 의미였다.

하지만 동생 지한은 달랐다. 어머니가 돌아가신 후로 동생은 요령을 모르는 사람처럼 공부했고, 사람들의 눈 밖에 나지 않으려고 갖은 애를 썼다.

그러니 할머니께는 오죽할까?

지한이 할머니의 요구 조건을 충족할수록, 할머니의 기준은 더욱 높아져만 갔다. 저러다 할머니의 욕심이 동생을 잡겠다 싶어서, 할머니의 미국행을 부추긴 것이었다.

어렸을 때부터 할머니는 지한이 사업가의 기질을 타고났다며, 회사는 지한이 맡아서 해도 되겠다는 말을 은연중에 내뱉었다.

윤한이 사업에 전혀 관심이 없었던 것도 사실이다.

할머니가 대 주는 돈으로 편하게 하고 싶은 공부 하면서 베짱이처럼 살 수 있는데, 이런 인생을 두고 왜 굳이 욕먹는 사업 전선에 뛰어들어야 하지?

윤한은 할머니를 만났던 열네 살 이후부터 인생의 신조가 확고했다.

똑똑한 베짱이로 즐기면서 사는 삶.

그런 삶을 선택한 죄스러움으로 할머니와 함께 생활하는 길을 택한 것이다. 가끔은 이게 더 힘든 게 아닌가 하는 생각도 들지만.

그런데 이제야 동생에게 안정적인 자유를 선사했다고 생각했는데, 욕심 많은 할망구가 손주 결혼에 눈독을 들이기 시작했다.

"그럼 네가 장가를 가든가!"

할머니가 버럭 화를 낸다.

"그런 걸 왜 가요."

진심이다. 한국에서 학부 생활을 할 때, 윤한에게 친구가 붙여 준 별명이 있다.

카사노비. 자발적으로 방탕한 삶을 살았던 자코모 지롤라모 카사노바와는 다른 카사노비.

타의적 방탕함을 즐기는 노비라는 뜻이라나, 뭐라나.

좋은 게 좋은 거라고 마다하는 법이 잘 없어서, 친구들이 모여서 노는 자리에는 늘 윤한이 껴 있었고, 한꺼번에 만난 여자도 여럿이었다. 물론 윤한이 만나자고 조른 게 아니라, 그쪽에서 만나자고 졸라서.

그런데 타의적 즐거움에 매료된 매혹적인 '카사노비'의 지위를 버리고 결혼을 하라고?

윤한은 고개를 절레절레 내저었다.

"지한이한테도 결혼하라고 강요하지 마세요."

"그 녀석 분명히 뭔가 있어. 있다, 분명히. 실실 웃기도 하고. 변했다니! 이럴 때 선을 보여서 장가를 보내야지!"

"여자 있나 보죠. 실실 웃고, 사람이 갑자기 변하고."

허공에서 할머니와 눈이 마주친 순간, 윤한은 가슴이 철렁했다.

진짜다. 동생에게 여자가 생겼나 보다!

그렇다면 동생의 첫 연애인데, 할머니라는 거대한 훼방꾼이 달라붙는 꼴을 지켜볼 수만은 없다.

"아니면 죽을 때가 됐든가. 사람이 죽을 때가 되면 변한다잖아요?"

"네 이노옴!"

할머니가 역정을 내시고는 뒷목을 잡으셨다. 고혈압을 앓고 계신 것도 아닌데, 드라마를 너무 많이 보신 탓인지 뒷목을 잡으면서 윤한을 겁주곤 하신다.

"그냥 두세요. 알아서 잘 하겠죠."

"알아서 잘 하라고 뒀다가, 어디 근본 없는 여자라도 데려오면! 내가 살아 있는 한 그런 꼴은 두 번 다시 못 본다."

윤한이 내색을 안 할 뿐이지, 할머니가 어머니 이야기를 고약하게 내뱉을 때면 부아가 치밀었다.

지한은 자신의 능력으로 할머니의 억측을 누르려는 듯했지만, 윤한은 그럴 때마다 할머니의 돈을 흥청망청 써 가며 그녀가 가장 믿고 아끼는 재력을 농락했다.

"비행기표 예약해요?"

윤한이 동행하지 않는다고 해도 당장 한국행 비행기에 몸을 실을 기세다.

"하려무나."

"프레스티지 좌석으로, 가장 가까운 날짜로 예약하라고 백 실장한테 이야기할게요."

서울에 가면 오랜만에 친구들과 만나서 회포를 풀어야겠다. 백 실장에게 요즘 서울에서 가장 핫한 호텔의 스위트룸을 예약하라는 말도 해 두어야지.

우리의 백 실장, 업무 수행 속도가 정말이지 타의 추종을 불허한다!

메시지를 보낸 지 30분도 되지 않았는데, 전자항공권을 보내왔다. 기가 막힌 백 실장, 그런데…… 출국이 5시간 후다?

"할머니, 백 실장이 전자항공권을 보냈는데……. 5시간 후에 출발인데요?"

윤한의 말에 할머니가 윙 체어를 박차고 일어났다.

"짐 꾸려라."

윤한이 한쪽 입꼬리만 들어 올리며 웃었다. 꾸릴 짐이라고 해 봐야, 여권이랑 지갑만 챙기면 되는 거 아닌가?

앉은 자리에서 한국행이 정해졌다.

천 년 묵은 목석같았던 지한이 여자를 만나고 있다면, 그게 대체 누군지, 어떤 여자인지 궁금하기는 윤한도 마찬가지였다.

"오셨어요, 회장님. 윤한 도련님."

백 실장이 환히 웃으며 두 사람을 맞았다.

"어휴, 도련님은 무슨. 잘 지내셨죠? 피부에 뭐 하셨어요? 더 젊어지셨어."

윤한의 능청에 백 실장이 기분 좋게 웃었다.

"백 실장, 잠깐 나 좀 보세."

"네, 회장님."

강 회장은 인천공항에 비행기가 착륙하던 순간부터 안절부절못했다. 마치 지한이 세계 평화에 이바지할 수 있는 마지막 보루인 것처럼 비장하고 절박하게 굴었다.

윤한은 멀어지는 두 사람의 뒷모습을 바라보며 고개를 절레절레 내저었다.

주말 오전, 웬일로 지한은 아직 일어나지 않았다고 했다. 매일같이 꼭두새벽부터 일어나서 자기 관리를 위해 덤벨을 들었다 났다 하는 동생에게는 드문 일이었다.

어제 금융인 포럼에 다녀와서 고단한 눈치라고 백 실장이 귀띔해 주었지만, 윤한은 한시라도 빨리 동생을 깨워서 할머니가 쳐들어왔음을 알려 주고 싶었다.

그런데 동생 지한의 침실 문을 연 윤한은 문가에서 얼어붙었다. 이불에서 삐죽이 나와 있는 발이 두 개가 아니고, 네 개다. 마치 소중한 보물을 품고 있는 것처럼 무언가를 안은 자세로 동생이 잠들어 있었다.

윤한은 화들짝 놀라서 얼른 침실 밖으로 나왔다.

동생의 연애 상대가 궁금했지만, 이런 식으로 발견하고 싶지는 않았다. 얌전한 고양이 부뚜막에 먼저 올라간다더니?

아무래도 오늘 이 집에서 세계 평화까지는 아니어도 집안의 평화를 깨부수는 엄청난 일이 일어날 모양이다.

❊❊❊

"차, 들어요."

마주 앉은 여자는 윤한이 권하는 차를 조용히 마셨다.

강 회장과 윤한의 갑작스러운 등장에 놀란 눈치였지만, 그렇다고 비굴한 표정은 아니다. 연약해 보이지만 강단 있어 보이는 이미지는 저 검고 흔들림 없는 맑간 눈동자 때문인가 보다.

"이름이?"

"함서희입니다."

두 사람이 잠에서 깬 건 집 안이 발칵 뒤집히고 나서였다.

웬 꼬마가 아무렇지 않게 백 실장을 찾아서 1층으로 내려왔고, 때마침 백 실장과 이야기를 나누며 응접실로 향하던 강 회장과 맞닥뜨린 것이다.

집 안에 웬 아이가 있는 것을 보고 강 회장은 조용히 물었다.

'저 아이는 누구지?'

백 실장은 조용히 대답했다.

'서 대표가 만나는 여자분의 남동생입니다.'

너무도 태연자약한 대답에 강 회장은 현실감각이 없어서 화도 내지 못한 것 같았다.

"우리 할머니, 그래도 어린애한테는 뭐라고 안 하시더라고요. 그렇게 점잖은 분이신 줄은 몰랐네요."

너무 심각한 얼굴을 하고 있어서 조심스럽게 농담을 건넸다. 꽤 미인이다. 청순미, 가련미 거기에 비장미를 곁들인. 여자의 얼굴은 마치 전쟁을 마주한 것처럼 비장했다.

"언제부터 여기서 지냈어요?"

"여름이요."

"꽤 오래됐네? 어쩌다가?"

윤한은 여자가 이 집에 들어와서 사는 이유가 궁금했다. 동생이라
고 한 아이가 진짜 동생인지도. 연애를 한 번도 해 본 적 없는 녀석이
사특하고, 발칙한 여자한테 꾀인 건 아닌가 하는 걱정도 앞섰다.

그녀가 크게 숨을 들이마시더니 사뭇 엄숙한 표정을 지었다.

저러다 품에서 시퍼런 칼을 꺼내서!

노인네 데리고 당장 이 집에서 꺼져!

이렇게 협박한다고 해도 어색하지 않을 눈빛이다.

그런데 그녀의 입에서 흘러나온 말은 예상외였다.

"아버지 사업이 망해서 빚쟁이들한테 쫓기는 신세가 되었어요."

슬픈 이야기를 슬프지 않은 얼굴로 일목요연하게 정리하는 여자의
표정은 여전히, 변함없이 엄숙하고 진지했다.

"와, 우리 할머니가 즐겨 보는 일일연속극 같은 이야기네."

윤한이 특유의 유쾌함으로 빙글거렸다. 그녀의 미간이 살짝 구겨
졌다.

"비웃거나, 놀리는 거 아녜요. 그런 우연이 있는 게 신기하다고."

"네."

그녀는 차분하게 대답할 뿐이었다.

"그럼 아까 백 실장이 수영장으로 데리고 간 애가 이복동생?"

"네."

윤한이 가만히 고개를 끄덕거렸다.

"친동생이라고 해도 될 텐데, 되게 솔직하네요."

"굳이 거짓말할 필요가 없어서요."

동생의 첫 연애 상대 성격이 꽤 마음에 들었다. 차분하지만, 할 말
다 하고, 예의는 갖추면서, 주눅 들지 않는 태도가 매력적인 여자다.

"대학교 때 첫사랑이라고요?"

새하얗게 질려 있던 그녀의 뺨이 조금 붉어졌다.

"네."

말간 얼굴을 붉히는 모습은 어떤 남자라도 홀리고도 남을 만큼 예쁘다.

만약 지한이 돕지 않았다면, 그리고 윤한이 이 여자를 먼저 발견했다면 어땠을까?

윤한은 막장 드라마 같은 상상을 하며 물었다.

"그래서 목적은?"

"네?"

맥락 없는 질문이라고 생각했는지, 그녀가 놀란 눈을 동그랗게 떴다.

"이 집에서 이루고자 하는 목적 말이에요."

그녀는 입을 살짝 벌린 채로 멍하니 윤한을 응시했다. 모욕적인 말이라는 판단이 섰는지, 여자의 눈빛에 시시각각 경계심이 어린다.

"그런 거 없어요?"

그녀가 어깻숨을 길게 내쉬더니 테이블을 응시하며 고요히 대답했다.

"저는 지한 씨가 방탕하게 살았으면 좋겠어요."

"뭐라고요?"

윤한이 기가 막혀서 웃음기 섞인 목소리로 되물었다.

"나 지한이 형인데? 말이 좀 부적절하다는 생각 안 들어요?"

"끊임없이 삶을 증명하며 살았던 사람이잖아요. 그래서 지한 씨가 조금 느슨하게, 즐기면서 살았으면 좋겠어요. 저는 그게 제가 이 집에 있는 목적이라고 생각해요."

윤한은 미간을 살짝 찌푸린 채로 여자를 가늠하듯 바라보았다.

지나치게 솔직한 건지, 지나치게 약삭빠른 것인지.

판단이 서질 않는다.

그것도 아니면, 진짜 지한을 위하는 말인지.

"우리 지한이 편하게 살았어요. 되게 불쌍하게 산 것처럼 말해서, 내가 당황스럽네요."

윤한이 웃으며 그녀를 떠보았다. 그녀는 묵묵부답으로 테이블만 응시했다.

목마른 사람이 우물 파는 수밖에.

답답해진 윤한이 캐묻기 시작했다.

"왜 그런 생각을 했어요?"

"어떻게 살아왔는지, 지한 씨한테 들었거든요."

지한이 여자를 꼬시기 위해 제 과거를 이용했을 리 없다고 생각했다. 형의 위치에서 고려해 볼 때, 동생은 그렇게 비겁하고, 나쁜 놈이 아니었다.

"우리 지한이 편하게 살았다니까요? 무슨 소리야. 금융 재벌 3세인데?"

윤한이 으름장을 놓았다.

"말해 봐요. 우리 지한이가 뭐라고 했는데요? 내가 판단해 줄게요."

그녀가 입술을 달싹거렸다. 망설이는 모습이 거짓인 것 같지는 않은데.

"어릴 때부터 부족함 없이 자란 애예요. 재벌에 대한 환상 같은 거 있어요? 돈은 많지만, 행복하지 않을 거라는? 그거 다 개소리예요. 돈으로 행복을 왜 못 사요. 그건 돈으로 안 사 본 사람들이 하는 말이고."

윤한은 조가비처럼 꾹 다물린 그녀의 입을 벌리기 위해 자극이 될 만한 이야기를 늘어놓았다.

"당장 함서희 씨를 봐요. 아버지 사업이 망하고, 도망가서 길바닥에 나앉았을 때는 불행했잖아요. 그런데 우리 지한이가 돈으로 다 해결해 주고 나니까, 행복해졌잖아. 안 그래요?"

"지한 씨가 할머니 밭에서 맨손으로 잡초를 뜯어서 손이 엉망이 되었던 거, 아세요?"

그녀가 덤덤한 목소리로 물었다. 윤한은 모르는 이야기였다. 내내 가벼운 목소리로 떠들어 대던 윤한의 눈빛이 무겁게 가라앉았다.

"우리 할머니 농사는 안 지으셨는데?"

"강 회장님 말고요. 돌아가신 외증조할머니요."

그 먼 과거의 이야기까지 지한이 털어놓았다는 사실에 윤한은 조금 놀랐다. 그 시절의 이야기는 타인에게 꺼낸 적 없는 동생이었다. 하물며 형에게도 어려웠던 시절에 관한 이야기는 입도 뻥긋하지 않았다.

"외증조할머니가 가꾸시던 밭에 잡초가 무성해서 그걸 손으로 다 뽑았던 날, 어머니께 혼이 났대요. 싸우지 말고, 형 말도 잘 들으라고."

그녀가 조용히 내뱉는 단어 하나하나가 윤한을 과거로 이끌었다. 흙벽으로 지어진 집은 허물어지기 일보 직전이었다. 기숙사에서 시골집으로 돌아가는 주말이 얼마나 싫었는지 모른다.

"그날 어머니가 돌아가셨다고 하더라고요. 어머니가 하신 마지막 말씀을 지키기 위해서 열심히 살았대요."

윤한은 학교에 다니면서 쌈박질도 꽤 많이 했다. 사채업자의 손주라고 손가락질받는 게 싫어서 그런 개소리를 지껄이는 놈들은 전부 쥐어 팼다.

동생이 그런 치들과 맞서지 않는 이유는 단지 타고난 성격 탓이라고 생각했다. 유순하고, 참을성 깊은 아이였으니까.

"그래서 그걸 증명하려고 열심히 살았다고 했어요. 강 회장님을 나쁘게 말씀드리는 건 아니고요. 강 회장님께서 돌아가신 어머니에 대해 안 좋은 말씀을 종종 하실 때마다, 훌륭한 어머니셨다는 걸 증명하기 위해 열심히 살았다고요."

윤한은 저도 모르게 눈을 크게 뜨며 천장을 올려다보았다.

"나쁜 새끼."

혼잣말 같은 욕지거리가 튀어나왔다.

여자 꼬시려고 불쌍한 척을 다 했어?

동생이 안쓰럽고 불쌍한데, 지금 상황이 뭔가 아이러니하게 우스웠다.

윤한이 고개를 바로 하자, 말간 눈동자가 나무라듯 쏘아보고 있었다.

"나쁜 사람 아니에요."

제 동생을 두둔하는 여자의 눈에는 확신이 들어차 있었다.

"그래서 함서희 씨 목적은 지한이가 앞으로의 삶을 즐기기를 바라는 거다?"

그녀가 고개를 살짝 끄덕였다.

"이 집에 존재하는 이유가, 나랑 같네?"

"네?"

못 알아듣겠다는 듯이 그녀가 눈을 휘둥그렇게 떴다.

윤한은 무구한 미소를 지으며 그녀를 응시했다.

조금 더 두고 볼 일이지만, 일단 나쁘지는 않은 것 같았다.

한편 서재에 마주 앉은 강 회장과 지한의 분위기는 영하로 떨어진 바깥 날씨만큼이나 냉랭했다.

"이 집에 사람을 들일 거면, 미리 이야기를 했어야지."

강 회장은 지한의 성격을 잘 알았다.

한번 마음먹은 일에는 절대 다른 수를 두지 않는 것.

그게 지한의 특기였고, 강 회장이 높이 사는 부분이었다.

그런데 그 성격이 계집에게도 적용되리라고 생각하니, 갑자기 눈앞이 아득해진다.

"굳이 상의드릴 일 아니라고 생각했습니다."

"적당한 아파트 하나 구해서 내보내. 딱한 사정은 충분히 들었다만, 굳이 여기 둘 필요는 없지."

강 회장은 손주의 굳은 표정을 살피며 말을 보탰다.

"연애야 따로 살면서도 할 수 있는 거 아니냐."

그러다 헤어질 수도 있는 거다. 강 회장은 윤한을 미국으로 돌려보낸 뒤, 당분간 한국에 머물러야겠다고 생각했다.

"그건 어렵겠는데요."

지한이 타협의 여지가 없다는 듯이 딱 잘랐다.

"너 지금 이 할미가 하는 말이 우스운 게야? 어디 결혼도 안 한 남녀가 한집에 살면서!"

강 회장은 윤한을 대할 때의 습관처럼 뒷목을 잡았다.

"고리타분한 말씀을 하시네요."

제 여자를 감싸고돌 만큼 손주가 성장했다는 사실이 흡족하면서도, 그 여자의 조건이 마음에 들지 않아서 속이 뒤틀렸다.

"이 집안에 근본 없는 사람 들였던 건, 한 번으로 충분하다."

지한의 눈이 번뜩였다. 강 회장은 자신이 지한의 아킬레스건을 거하게 건드렸다는 사실을 인지하지 못한 눈치다.

서재를 나선 지한은 마주 앉아 있는 윤한과 서희를 발견하고는 눈살을 찌푸렸다. 윤한은 모든 여자에게 가볍게 구는 면이 없지 않아 있었고, 아무리 형이라고 할지라도 서희를 가볍게 대하는 꼴은 용납할 수가 없었다.

"뭐야?"

삐딱하게 물으며 테이블 가까이 다가섰다. 형이 몸을 비스듬히 기울이며 지한을 흘겨보았다. 입가에는 특유의 웃음기를 머금은 채였다.

"왜 둘이 그러고 앉아 있어?"

지한의 목소리에는 시퍼런 날이 서 있었다.

"너 그러다 형 한 대 치겠다?"

윤한은 난생처음 보는 동생의 모습이 우습다는 듯이 더욱 가볍게 빙글거렸다.

"칠 만하면 칠 수도 있지."

지한이 고등학교에 들어가면서 윤한의 키를 훌쩍 넘어섰다. 윤한도 몸이 좋은 편에 속했지만, 지한에게는 비할 바가 못 되었다.

"어린애처럼 형한테 왜 그래요?"

서희가 의아하다는 듯이 물었다.

"뭐? 어린……애?"

한때 윤한은 동생이 사이코패스는 아닐까 하는 걱정을 했었다. 타인의 감정에 공감하지 못하기에 밀랍 같은 얼굴을 하고 있는 것은 아닌가 하는 극단적인 우려였다.

그런데 이제 보니, 사이코패스는 개뿔. 어린애 같다는 그녀의 말에 지한의 눈에서 불꽃이 화르르 타올랐다. 뺨이 바르르 떨리고, 콧김을 씩씩 내뿜는 것을 보니 자존심이 많이 상했나 보다.

동생의 사랑싸움이 꽤 재미있을 것 같지만, 이쯤에서 빠져야 할 타이밍이라는 생각이 들었다.

"형이 혹시 수작 부렸어?"

지한이 미간을 잔뜩 찡그리며 그녀에게 물었다.

왜 애먼 불똥이 여기로 튀어?

윤한은 너무 어이가 없어서 실소조차 하지 못했다.

"야, 너 형을 뭐로 보고."

"뭐로 보긴, 형으로 보지."

지한이 영 믿음이 가지 않는다는 눈빛으로 윤한을 쏘아보았다. 지한의 근거리에는 여직원이 없었는데, 그게 다 형 때문이었다.

백이면 백, 윤한과 치정극을 벌이다가 회사를 그만두었고, 지한은 그 덕에 여직원을 비서로 두거나 가까이 배치하는 일을 꺼렸다. 아직 결혼도 하지 않은 사이니까, 치근덕거리는 일에 죄의식은 눈곱만큼도 느끼지 못할 위인이었다.

"내가 아무리 그래도, 동생 여자는 안 건드려. 아, 그때 신 비서 일 때문에 그래? 신 비서가 좀 예쁘기는 했지. 네가 마음에 뒀는데, 날 좋아해서. 그것 때문에 콤플렉스라도 생겼던 거야?"

서희를 자극하려고 일부러 떠들어 대는 소리 같았다.

"형!"

지한이 버럭 소리를 내질렀다. 마음 같아서는 빙글거리는 얼굴에 주먹이라도 날려 주고 싶었다.

"과거는 잊자, 동생아. 음? 과거에 발목 잡히면 고달픈 법이야."

윤한은 말에 뼈를 담아서 한마디 하고는 돌아서려고 했다.

"형."

지한이 음산하게 윤한을 불러세웠다.

"왜, 인마. 왜 그렇게 심각하게 불러? 가슴 철렁했잖아."

"내일 아침에 미국으로 가라."

윤한은 오랜만에 동생의 모습이 흥미진진해서 가슴이 다 뛸 지경이었다.

"봐서."

빙글거리며 멀어지는 윤한의 뒷모습을 바라보며 지한은 눈을 질끈 감았다. 속이 뒤집혀서 현기증이 다 나려고 했다. 그리고.

"어린, 애?"

지한이 음산하게 읊조리며 그녀를 내려다보았다.

그녀가 가슴 앞에 팔짱을 낀 채로 지한을 노려보고 있다.

"신 비서가 그렇게 예뻤어요?"

뾰로통한 목소리를 듣는데, 화가 가득 들어찼던 가슴이 철렁 내려 앉는다.

지한은 커다란 손으로 이마를 쓸어 넘기며 그녀와 마주 앉았다.

"오 실장 밑에서 딱 한 달 일한 직원인데, 형 꼬임에 빠져서 울고 불고하면서."

지한은 그때의 기억이 떠올라서 한숨을 몰아쉬고는 말을 이었다.

"회사 시스템 마비시키고 그만둔, 나한테는 끔찍했던 직원이야."

그녀가 입을 슬쩍 벌리고 놀란 표정을 짓더니, 이내 미간을 찡그 린다.

"마음이 있었는데, 형이 가로채서 속상했고요?"

그녀는 마치 진실을 털어놔도 괜찮다는 듯이 어르는 말투로 묻고 있었다.

아, 서윤한. 내가 6년 늦게 태어난 죄로, 그 인간 죽빵을 날리지 못하는 게 천추의 한이다!

"마음이 있기는, 뭐가 있어."

지한이 울 것 같은 심정으로 토로했다.

"나한테는, 내 인생에는, 내 마음에는, 여자라고는 너 하난데."

그녀의 입꼬리가 실룩거렸다. 웃음을 참는 모습이 사랑스럽다.

이런 여자를 두고 근본이 없다니.

그깟 근본 좀 없으면 어떤가. 이토록 사랑스러운 사람인데.

지한이 테이블 위로 손을 뻗었다. 그녀가 모른 척 커다란 손을 쳐다보기만 한다.

"손."

그녀가 새침한 표정을 짓더니 손을 내준다. 작은 손을 꼭 잡은 순간, 복잡했던 머릿속이 명료해진다.

이 여자를 잡은 손은 절대로 놓을 수 없다.

"할머님이랑은 잘 이야기했어요? 아무래도 내가 여기서 나가야겠죠?"

사실 할머니의 말대로 그녀의 집을 따로 구해 주어도 되는 일이었다. 물론 그렇게 되면 지한은 이 집을 버리고, 거기 가서 살게 될 것이다.

아직 그녀의 아버지 문제가 남아 있었고, 돈으로 해결했다고 한들 어디서 또 지한이 모르는 빚쟁이가 나타나서 그녀를 괴롭힐 가능성이 아예 없는 것도 아니었다. 보안 직원을 배치하고, 방범 상태가 좋은 집을 구하는 것도 한 방법이겠지만.

"아니."

그러지 않는 진짜 이유는 따로 있다.

"앞으로는 내가 있는 곳에 네가 있어야 하고, 네가 있는 곳에 내가 있을 거야."

그녀를 따로 떼 놓는 삶은 이제 상상조차 할 수 없다. 그녀의 입가에 이제는 선명한 웃음기가 뱄다.

"할머님 미국 안 가실 것 같던데요?"

지한도 그렇게 예상했다. 가만히 고개를 끄덕거리자, 그녀는 지한의 손을 만지작거릴 뿐 아무런 말도 하지 않았다.

고민하는 눈치였다. 가족 관계에 콤플렉스가 있는 남자니까, 그 상처를 추가하고 싶지 않다는 듯이.

그녀의 깊은 속내는 굳이 말하지 않아도 짐작할 수 있었다.

"내가 할머니 마음에 들 수 있을까요?"

그녀가 조심스럽게 물었다. 지한은 크게 숨을 들이마시곤 대답했다.

"굳이 할머니 마음에 들지 않아도 돼."

"마음에 들고 싶어요. 그랬으면 좋겠어요."

비굴한 말투가 아니었다. 인정받고 싶은 욕구가 강한 자존감에서 비롯된 바람이었다.

"할머니 억지로 미국으로 가라고 하면 안 돼요. 알겠죠? 날 마음에 들어 하실 때까지, 여기 계시게 해 줘요."

무모하다는 생각이 들 만큼 간절한 부탁조였다.

"네가 할머니를 잘 몰라서."

지한이 고개를 내저으며 꺼낸 말은 미처 끝을 맺지 못했다. 그녀가 지한의 손을 꽉 움켜잡은 탓이었다.

"더 아프게 하고 싶지 않아요."

지한의 가족 관계가 더는 뒤틀리는 것을 원치 않는다는 말이었다. 지한이 천천히 고개를 끄덕거렸다.

"형은 조심해."

그녀가 알겠다며 웃었다.

기묘한 동거의 시작이었다.

❈ ❈ ❈

"서이야! 서이야!"

강 회장이 마당을 돌며 귀애하는 동물의 이름을 크게 부르고 있었다.

강 회장은 5년 전 황반변성으로 수술을 받은 이후, 시력이 크게 떨어졌다. 실명이 될 수도 있다는 말에 지한은 그날로 강아지를 한 마리 집에 들였다.

전문가를 고용해서 돌보고, 안내견 학교에도 보내는 지한을 보며 그 마음 씀씀이가 고마워서 남몰래 눈물을 찍어 내기도 했었다.

"할머님! 부르셨어요?"

그런데 강 회장 앞에 나타난 것은 금색 털이 북슬북슬한 개가 아니라, 손자 녀석이 끼고도는 사특한 여자였다.

생긴 것은 고왔다. 목소리도 거슬림 없이 우아했고, 말투에서도 잘 교육받은 티가 났다.

그러면 뭐 하나. 처자식 버리고 도망간 아비의 피가 흐르는데.

강 회장은 혀를 끌끌 찼다.

"서이는 산책 나갔어요. 마당이 이렇게 넓은데도, 바깥 산책 하러 종종 나가야 한다고 하더라고요. 안내견 학교에서 배운 내용은 꾸준히 실습해야 한대요."

고운 목소리로 끊임없이 재잘거리는 아이의 이름은 함서희라고 했다.

하필 왜 이름이 그 모양인지. 서이와 헷갈려서, 원.

"내가 앞으로 부르는 이름은 자네 이름이 아니라, 개 이름이야. 거기에 달려오지 마시게."

앞길을 방해하지 말라며 손을 휘휘 내젓고는 걸음을 떼는데, 디딤돌의 고르지 못한 부분이 발끝에 턱 걸리고 말았다.

몸이 휘청 기울었다. 나이 먹으면 넘어지는 것도 겁이 난다. 어디 하나 부러졌다가는 뼈가 채 아물기도 전에 세상과 등지는 수도 생긴다. 이대로 바닥에 처박히려나 싶은 순간, 누군가 허리를 바짝 안아 세웠다.

"할머님, 괜찮으세요?"

가녀린 팔로 제 몸무게의 1.5배는 될 법한 강 회장을 부축한 아이가 힘겨운 목소리로 물었다. 하지만 그녀의 말투에는 구김살 하나 없이 걱정만 가득했다.

시커먼 남자애 둘만 키울 때는 느끼지 못한 다정함이었다.

강 회장이 상체를 털어 내듯 하자, 가느다란 몸이 떨어져 나간다.

"제가 부축해 드릴게요."

쌀쌀맞게 내쳤는데도 다시금 다가와서 팔을 붙잡는 손길이 상냥했다.

하긴 지한이 돈을 그렇게 처발랐다는데, 돈줄 끊길까 봐 걱정스러워서 여우같이 구는 게지.

강 회장은 속으로 혀를 끌끌 차면서도, 서희의 손을 내치지는 않았다. 디딤돌 군데군데 살얼음이 껴 있었다. 여기서 넘어지는 것은 생각만 해도 아찔했다. 누군가의 도움 없이는 겨울 정원을 산책하기도 어렵다는 사실에 괜한 서글픔이 밀려들었다.

내가 많이 늙었구나.

강 회장은 그리 생각하며 느리고 무거운 걸음을 옮겼다.

"할머님, 꽃 좋아하세요?"

뜬금없는 질문에 강 회장은 우뚝 멈춰 서서 서희를 바라보았다.

"모네도 좋아하시죠?"

강 회장이 의심스러운 눈초리로 해맑은 미소를 짓고 있는 얼굴을 쏘아보았다. 강 회장은 긍정도, 부정도 하지 않았다.

"2층 테라스 정원이요. 할머님께서 직접 가꾸셨다고 들었어요."

뭐, 대단한 이야기라고.

지한이나 백 실장에게 충분히 전해 들을 수 있는 이야기이리라.

"대학교 때, 가족과 함께 프랑스로 여행을 갔었는데요. 지베르니

346

라는 곳에 갔었거든요."

지베르니는 모네가 두 번째 부인과 여생을 보낸 곳이다. 그곳에는 모네가 살던 집이 있는데, 그의 정원이 마음에 들어서 강 회장도 여러 번 갔던 곳이었다.

"그곳에 모네의 집과 정원이 있어요. 모네의 정원에는 꽃이 피는 계절 내내 꽃을 볼 수 있도록 여러 종류의 꽃이 심겨 있거든요."

강 회장은 새벽 라디오를 듣는 것처럼 편안하게 귀를 기울이고 있는 자신을 발견하곤 조금 놀랐다. 차근차근 말하는 솜씨가 듣기 좋은 것은 인정해 줄 만했다.

원래 사기꾼은 말을 잘하는 법이다.

아버지가 와인 사업을 벌이다가 사기 치고 도망갔다지?

"2층 테라스도 그렇더라고요. 마치 모네의 정원처럼요. 돈이 많으니까, 계절마다 정원을 갈아엎으면서 화려한 꽃만 감상할 수도 있잖아요."

가감 없이 말하는 모습이 맹랑해 보이기도 했다.

"그런데 계절을 고려해서 자연의 섭리에 따라 꽃이 피고 지도록 심겨 있더라고요. 자연스러운 낭만을 아시는 분이구나, 하는 생각이 들었어요."

모네의 정원을 모티브로 2층 테라스를 꾸민 것도 맞다. 미국으로 떠나기 전까지만 해도 강 회장은 2층 테라스 정원을 돌보는 것이 취미였다.

초봄에는 테라스 가장자리에 있는 목련과 산수유가 꽃을 피우고, 벚꽃이 피고 진 뒤에는 키가 작은 철쭉이 만발했다. 튤립이 질 때쯤 장미와 수국이 꽃망울을 터뜨렸고, 서리가 내리기 전까지 국화향이 가득했다.

여름 무렵 이 집에 들어왔다고 하니 봄의 꽃은 보지 못했는지, 여름 이후의 꽃만 가지고 떠들어 댔다. 그 말인즉 2층 테라스 정원에 관한 감상이 진심이라는 뜻이다.

만약 지한이나 백 실장에게 전해 들은 이야기라면 봄꽃부터 알은체를 했을 것이다.

"카츠시카 호쿠사이라는 화가 아세요?"

"클로드 모네한테 영향을 끼친 일본 판화가 말이냐?"

"네, 그 화가요. 카츠시카 호쿠사이의 작품 '가나가와 해변의 높은 파도 아래'요. 그 작품을 보고 모네가 고향인 르아브르 해변의 해돋이를 그렸잖아요."

집이 망하기 전까지 유복한 생활을 했다더니, 보고 들은 것에는 꽤 수준이 있어 보였다.

"그 그림을 보고 비평가들이, 되게 인상적이네! 하고 비꼬았는데, 모네가 보란 듯이 인상주의의 문을 열었고요."

강 회장은 고개만 끄덕거렸다.

"할머님."

갑자기 진지하게 부르는 서희의 얼굴을 강 회장이 엄혹한 눈빛으로 응시했다.

"저도 할머님께 인상적인 사람이었으면 좋겠어요. 처음 등장했을 때는 기본도 갖추지 못한 엉성하고 근본 없는 그림이라고 손가락질 받았지만."

크게 숨을 들이켜는 얼굴에 긴장한 기색이 역력하다. 살갑고 상냥하게 굴고 있지만, 아까부터 이렇게 긴장한 얼굴이었던 것 같기도 하다. 진심으로 잘 보이고 싶은 사람처럼.

"지금은 미술 역사상 가장 많은 사람의 사랑을 받는 인상주의 그림처럼요."

어리숙한 아가씨의 고백에 강 회장은 기분이 이상해지는 것만 같앗다.

승부수를 참 맹랑하게 던지는구먼.

"흐음."

목을 한번 가다듬은 강 회장은 현관 안으로 천천히 발을 들였다.

"회장님, 날이 찬데 혼자 산책하셨……."

백 실장이 놀라서 묻다가 말고, 뒤따라오는 서희를 발견하고는 연한 미소를 머금었다. 강 회장은 백 실장의 얼굴에 떠올랐다가 사라진 미소를 놓치지 않고 잡아냈다.

"백 실장, 나 좀 보지."

"네, 회장님."

집에서 함서희와 서준을 발견한 뒤, 가장 먼저 생긴 의문은 백 실장의 태도였다.

집에 사람을 들였으면, 강 회장에게 보고해야만 했다. 아니, 백 실장에게 한국행 항공권을 예약하라고 지시했을 때, 지한에게라도 강 회장의 귀국 소식을 알려야 했다. 그런데 백 실장은 아무것도 하지 않았다. 백 실장답지 않은 근무 태만이었다.

"주말 내내 요리조리 나를 피하더니, 드디어 알현하게 해 주시는구먼."

강 회장이 공용 서재에 들어서며 심술을 부렸다.

"주말에는 제가 워낙 바빴답니다. 회장님과 윤한 도련님께서 오랜만에, 또 갑작스럽게 귀국하신 탓에 제 일이 많아졌지요."

백 실장의 해사한 웃음은 능청스럽기 그지없었다. 강 회장과 윤한이 한국에 도착한 것은 토요일 오전이었다. 주말은 한마디로 휴전 상태였다. 전투에 임하기 전에 치밀한 전략이라도 세우는 것처럼 고요한 긴장감이 집 안에 맴돌았다.

그리고 백 실장은 강 회장을 피했다.

"이제 뒷방 늙은이라고 상대 안 하겠다는 겐가?"

강 회장이 턱을 수그리며, 고얀 것 다 보겠다는 듯이 눈을 흘겼다.

"무슨 말씀이세요. 제가 뭐라고 감히 회장님께 그러겠어요."

"그럼, 집에 엉뚱한 사람이 들어앉아서 순한 녀석을 꾀고 있는데, 그걸 왜 내게 말하지 않았어!"

백 실장의 얼굴에 묘한 웃음기가 맴돌았다.

"서희 양과 함께 산책하셨나요?"

"산책은 무슨."

강 회장이 윗입술을 실룩거렸다.

"회장님 마치 손녀딸이랑 산책하는 것처럼 편안해 보이시던걸요."

"집 안에서 다 지켜보고 있으면서도 나올 생각을 안 했는가!"

호통이 절로 흘러나왔다.

"제가 감히 낄 수 없는 자리라고 판단했습니다."

웃음기를 거둔 얼굴로, 백 실장이 진중하게 대꾸했다.

"저는 회장님을 따르는 마음만큼이나, 서 대표를 아낍니다. 서 대표가 잘되기를 바라고요."

"그럼, 그런 근본 없는 계집애가!"

"정말 그렇게 생각하세요, 회장님?"

백 실장이 의문과 확신이 가득한 시선으로 강 회장을 바라보았다. 강 회장의 판단을 향한 의문이었고, 함서희를 향한 확신이었다.

"회장님은 세상을 꿰뚫어 보는 안목과 식견이 저하고는 비교도 안 될 정도로 훌륭하신 분입니다. 사람 보는 눈은 말할 것도 없고요."

백 실장이 타당한 근거가 있다는 듯이 목소리에 힘을 주었다.

"도박판에서 술집으로 팔려 간 저의 가능성을 단번에 알아보시고, 이 자리에 있게 해 주신 분이 회장님이시잖습니까."

"그래서, 백 실장. 자네가 하고 싶은 말이 뭔가?"

강 회장은 어서 본론을 꺼내라는 듯이 질문을 던졌다.

"회장님께 함서희 양의 존재를 알리지 않은 이유는, 처음에는 고 자질하는 기분이 들어서 싫더라고요."

"그리고 나중에는?"

백 실장은 함서희가 제 생일을 챙겨 준 이야기를 담담하게 털어놓 았다. 아마 5년 전의 강 회장이었다면, 겨우 그걸로 감동했느냐고 호 통을 쳤을 것이다. 그런데 서서히 시력이 떨어지면서 조금씩 겁이 났 고, 성격도 많이 죽었다.

"여우같이 자네 약점을 건드린 게야."

그렇다고 본성이 완전히 변하지는 않아서, 강 회장은 의심의 끈을 놓지 않았다.

"서 대표한테 강 회장님이 오시니까 함서희 양을 잠시 다른 곳에 보내는 게 어떻냐는 말도 하지 않았지요."

백 실장이 웃음을 머금었다. 대단한 계략에 성공했다는 듯이 자신 만만한 눈빛이기도 했다.

"저는 회장님께서 하루라도 빨리 서희 양을 만났으면 좋겠다고 판 단했습니다."

"대체 왜?"

"함께 지내다 보면 왜 서 대표가 저 아가씨에게 마음을 내주었는 지, 회장님께서 높은 안목과 식견으로 알아보실 거라 판단했습니다. 손주 며느리 보고 싶어 하셨잖아요."

백 실장은 당연하다는 듯이 대답했고, 강 회장은 냉소를 머금었 다.

"그럼 저는 지금까지 그래 왔던 것처럼 회장님과 서 대표, 그리고 윤한 도련님을 모시는 일에 최선을 다하겠습니다."

백 실장이 허리를 꾸벅 숙여 인사했다.

집안 전체가 보잘것없는 계집애 하나에 홀렸나 보다. 지한이도 모자라, 백 실장마저 저렇게 만들다니, 강 회장은 고집스럽게 입술을 실룩거렸다.

기어코 식탁 앞에까지!

강 회장은 입맛이 뚝 떨어지는 것만 같았다.

지한이와 윤한이 오랜만에 저녁 식사를 함께한다는 백 실장의 말에 얼마나 반가웠는지 모른다. 형제 사이가 안 좋았던 적이 없었는데, 이상하게 지한이 윤한을 피해서 영 거슬리는 참이었었다.

그런데 그 식탁 앞에 왜 저 계집애와 여섯 살 난 꼬마 녀석이 함께 앉아 있는 것인지. 성격이 날카롭고 엄격할지언정, 근본 없는 패악을 부리는 것은 딱 질색이었다. 식사하고 한마디 따끔하게 해야겠다는 생각을 하고 있을 때였다.

"아저씨, 나 바닷가 사진 하나만 뽑아 주실 수 있어요?"

식탁 앞에 앉은 모든 이들의 시선이 아이에게 쏠렸다.

"바닷가 사진은 왜?"

"유치원에서 바다 여행 사진을 가져오래요. 사진만 뽑아 주시면 돼요. 갔다 온 척할 수 있어요."

내가 늙기는 늙었구나.

강 회장은 여섯 살 난 아이의 부탁이 딱해서 마른 눈가가 따끔거리는 듯했다.

"언제까지 가지고 가야 하는데?"

질문을 던진 사람은 지한이 아닌, 윤한이었다.

"선생님께서 다음 주까지 내면 된다고 하셨어요."

아이가 똑 부러지는 말투로 예의 바르게 대답했다.

"그럼 이번 주말에 바닷가 여행 가면 되겠네. 바다에 가는 게 어려운 일도 아니고."

윤한이 시한폭탄에 불을 붙여서 지한에게 넘기는 모습을 강 회장은 기가 막힌 눈빛으로 바라보았다.

"그래, 서준아. 우리 같이 바다 갈까? 누나랑 아저씨랑?"

지한이 생전 듣도 보도 못한 자상한 말투와 상냥한 눈빛으로 아이에게 물었다. 강 회장은 어안이 벙벙할 정도였다.

"정말요? 그럴 수 있어요? 바다에 갈 수 있어요? 나 바닷가 한 번도 못 가 봤는데."

아이가 앉은 자리에서 엉덩이를 들썩거리며 신나서 어쩔 줄을 몰라 했다. 지한이 떠안고 있는 시한폭탄의 심지를 자르듯, 강 회장이 끼어들었다.

"나도 한국에 오랜만에 와서 그런지, 어디 바람 좀 쐬러 가고 싶구나."

엄마, 아빠 그리고 아들 하나. 단란한 세 식구처럼 바다 여행을 떠나는 꼴을 그냥 두고 볼 수만은 없었다.

✖ ✖ ✖

토요일 아침에 그녀를 품에서 놔주고, 아무런 접촉 없이 수요일 밤이 되었다.

지한은 요즘처럼 인생이 혹독하게 느껴진 적이 없었다.

그리고 강 회장의 감시가 이토록 짜증이 났던 적도 없었다.

[백 실장, 회장님 잠드셨어요?]

이런 질문은 주로 형인 윤한이 하던 짓거리였다.

윤한은 강 회장이 잠든 사이에 집을 빠져나가 홍대, 신촌, 강남역, 이태원 일대를 누비고 다니다가 일찍 집에 들어오곤 했다. 강 회장이 일어나시기 전에 아침 일찍.

무려 윤한의 나이 열여덟 때의 일이었다. 그러면서도 공부는 전교 1등을 놓치지 않았으니, 정말이지 난놈…… 아니, 난형이었다.

아무튼, 형이 지나간 길을 동생인 지한이 무려 19년이나 늦게 뒤따르는 중이었다.

[네, 회장님 잠드셨습니다.]

앗싸, 라는 표현은 이럴 때 쓰는 건가 보다. 지한은 침실 문을 조심스럽게 열고 복도로 나섰다. 벌써 자정이 넘은 시각. 고래 등 같은 집이 고래 배 속처럼 어둠에 잠겨 있었다.

내 집에서 이게 뭐 하는 짓인지.

지한은 복도 벽에 붙어서 살금살금 걸음을 옮겼다. 혹여 CCTV를 통해 복도를 보고 있는 보안 직원 중에 강 회장의 첩자가 있을지도 모를 일이니까.

집이 쓸데없이 너무 넓다는 생각이 들기 시작할 즈음, 그녀와 서준이 잠들어 있는 방문 앞에 도착했다. 식은땀이 등줄기를 타고 주르륵 흘러내렸다.

지한은 망설임 없이 방문 고리를 돌렸다. 그런데 걸쇠가 달각 걸리는 야속한 소음이 들려온다.

이게 뭔?

침실 문이 잠겨 있었다. 당황스러워서 진땀이 다 났다. 순간 머릿속에 그녀에게 했던 경고가 떠올랐다.

'문 잠그고 자.'

혹시나 해서, 안전을 위해, 그녀에게 잠들기 전에는 꼭 문단속하라는 말을 했었다.

그게 이런 식으로 돌아올 줄은 꿈에도 몰랐다.

침실 열쇠를 누가 관리하더라? 백 실장이 가지고 있으려나?

지한이 한숨을 훅 내쉬며 휴대전화를 만지작거렸다. 백 실장에게 연락해서 서희의 침실 열쇠를 가져오라고 해야 하는지, 아니면 이대로 여기서 물러서야 하는지 잠시 고민에 빠졌다.

백 실장에게 열쇠를 달라고 하면 조금 민망해질 것이고, 여기서 물러서면 오늘 밤에 침실에서 말라죽을지도 모른다.

죽는 것보단 민망한 편이 낫지 않나?

극적인 자기합리화로 결론을 도출한 순간, 문 저편에서 조용한 목소리가 들려왔다.

"누구세요?"

잠기운이 느껴지지 않는 조심스러운 음성이었다.

"나야, 얼른 문 열어."

지한이 목소리를 한껏 낮추며 속삭였다. 문고리가 돌아가는 소리에 묵은 체증이 시원하게 내려가는 듯하다.

"미쳤어요? 여기서 뭐……."

고개를 빠끔히 내민 그녀를 얼른 품에 당겨 안으며 침실 안으로 몸을 숨겼다. 그녀가 긴장한 듯 가쁜 숨을 몰아쉬었다.

"누가 보면 어쩌려고요."

"설마 강 회장님한테 일러바치기야 하겠어?"

그녀는 강 회장 눈 밖에 나는 행동을 하지 않으려고 지나치게 조심스럽게 굴었다. 사특하게 지한을 꾀어낸 것이 아니라는 것을 몸소 증명하고 싶은지, 지한의 곁에는 얼씬도 하지 않으면서 강 회장의 말동무 노릇을 했다.

심술맞은 표정으로 그녀의 사근사근한 이야기에 귀를 기울이는 강 회장의 모습을 볼 때면, 지한은 속에서 천불이 났다. 가족으로서 원망하는 구석이 없지 않았지만, 그렇다고 존경하지 않는 것도 아니었다. 그런데 요즘은 순진무구하고 여리디여린 공주를 괴롭히는 동화 속 마귀할멈처럼 느껴질 정도다.

"죽는 줄 알았어."

지한이 조용히 속삭이며 그녀의 목 안쪽에 얼굴을 묻었다. 크게 숨을 들이마시자 그녀의 달콤한 체취가 빨려 들어온다.

"그새를 못 참고."

나무라면서도 작은 손이 더듬더듬 지한의 등허리를 끌어안았다. 지한은 그녀의 가느다란 몸체를 터뜨리기라도 할 것처럼 꽉 끌어안았다.

"웃."

그녀가 품에서 앓는 소리를 내며 지한을 거세게 밀어냈다.

"왜 이래요. 서준이 깨면 어쩌려고."

속삭이듯 하는 말이 끝남과 동시에 그녀의 입술을 집어삼켰다. 그녀가 지한의 등을 작은 주먹으로 세게 내리쳤다.

"아파."

이마를 기댄 채로 속삭였다.

"아프라고 때렸어요."

"아니, 내 등 말고. 네 손이 아프다고."

작은 손으로 때려 봐야 하나도 안 아팠다. 단단한 등을 내리치는 그녀의 손이 아프면 모를까.

"얼른 가요."

"이대로 못 가."

"진짜 어쩌려고 이래요!"

발을 동동 구르는 그녀의 허리를 한 손으로 답삭 안았다. 그녀가 새된 비명이 흘러나오는 입을 얼른 제 손으로 틀어막았다. 지한은 그녀를 안아 든 채로 성큼성큼 걸어서 방에 딸린 욕실로 들어갔다.

욕실 문이 닫히자마자, 그녀를 바닥에 내려 주었다. 뭐라고 나무라는 것 같은데, 인내심이 한계에 다다른 나머지 하나도 귀에 들어오지 않는다.

"나 지금 네가 뭐라고 하는지 하나도 못 알아듣겠어."

작고 붉은 입술을 단숨에 집어삼켰다.

"으음."

그녀의 입에서 앓는 소리가 흘러나온 순간, 트레이닝 팬츠를 잡아 내렸다. 그리고 벽으로 그녀를 몰아세웠다. 성마른 손이 그녀의 원피스 자락을 급하게 걷어 올렸다.

"흐음."

입안으로 그녀의 앓는 소리가 쏟아져 들어왔다. 지한은 뭉클한 몸피를 움켜잡으며 몰아붙이기 시작했다.

"하아."

억눌린 신음이 터져 나왔다. 그녀는 지한의 가슴에 머리를 기댄 채로 제 손으로 입을 틀어막고 있었다. 벅차오른 숨을 참고, 달콤한 소리를 막아 내는 손짓을 내려다보는데 머리끝까지 열감이 치솟았다.

"아아."

양껏 움직일 수 없어서 미칠 노릇인데, 그건 또 그거대로 좋아서 돌아 버릴 것만 같았다. 늘 침대 위에서만 하던 행위를 몰래 숨어서 한다는 것 자체가 자극이었다.

지한은 그녀의 허리를 더욱 바짝 당겨 안았다. 완전히 묻혔다 싶은 순간, 응축된 열감이 폭발했다.

물도 받지 않은 커다란 욕조에 몸을 누였다. 지한은 제 위에 그녀를 기대게 하고는 만족스럽게 웃고 있었다. 딱딱한 욕조 따위 개의치 않았다. 욕조 아래에 달린 에스코트 등만을 켜 놓은 욕실은 나름의 운치가 있었다.

"이게 지금 뭐 하는 짓인지."

그녀가 조용히 속삭였다.

"좋아서 죽는 짓."

지한이 능청스럽게 대답하고는 히죽거렸다. 그러자 그녀도 따라 웃기 시작했다. 대체 얼마 만에 듣는 그녀의 기분 좋은 웃음소린지 모르겠다. 이 웃음소리를 지킬 수 있다면 지한은 무슨 일이든 할 수 있을 것만 같았다.

"꼭 원시인 된 기분이에요. 동굴 같아."

검은색 현무암으로 마감된 욕실은 그녀의 말마따나 원시 동굴처럼 느껴지기도 했다.

"원시인들은 좋았겠다."

그녀가 무슨 소리냐며 고개를 꼿꼿이 들고 지한을 올려다보았다.

"동굴 안에서 할 거 없어서, 이 짓만 했을 거 아냐."

야한 미소를 지으며 그녀의 맨등을 손가락으로 쓸어내렸다. 말갛게 진정되었던 뺨이 다시금 붉게 달아올랐다.

지한은 잘 익은 과일을 베어 물 듯이 그녀의 발그레한 뺨을 핥았다.

"얼른 가서 자요, 이제. 내일 출근해야죠."

"출근하지 말까?"

갑자기 게을러지고 싶어진다.

"그럼, 할머님이 어떻게 생각하시겠어요? 쟤가 여자한테 미쳐서 출근도 안 하는구나, 하시면?"

"할머니 생각이 그렇게 중요해?"

그녀가 크게 숨을 들이마시고는 진중한 눈빛을 빛냈다.

"나는 꼭 할머님께 인정받을 거예요. 거의 다 넘어오셨다니까?"

뭘 믿고 이렇게 자신만만한지 모르겠지만, 귀여운 거 하나는 인정이다.

"할머니 마음에만 들 생각하지 말고, 내 생각도 좀 해 줘."

그러자 그녀가 한숨을 훅 몰아쉬며 몸을 일으켰다.

"힘들어요. 원시인으로 태어나지 않은 게 천만다행이에요. 돌바닥에서 안 자도 되니까. 그만 일어나요."

이슬방울이 맺힌 과일처럼 먹음직스럽게 흘러내린 몸 일부를 지한이 진득하게 응시했다.

"얼른요."

그녀가 수줍은 듯이 두 팔을 모으는 통에 그늘진 골이 더욱 깊어졌다. 지한은 그녀의 청을 들어주는 것처럼 상체를 일으켜 세웠다. 하지만 이내 유혹적인 과실을 입에 물었다.

"아아!"

그녀가 예쁘게 신음하며 허리를 뒤틀었다.

다시 맞추고, 천천히.

지한은 그녀가 두둥실 떠오르도록 높이 쳐올렸다.

"흐응. 아아!"

본능적으로 상체를 앞으로 내미는 그녀는 사랑스럽기 그지없었다. 욕조 바닥이 딱딱해서 배기는 것도 문제가 될 게 없었다.

지한은 과즙을 들이켜듯 했던 입을 떼고, 조용히 속삭였다.

"원시인도 나쁘지 않아. 나는 아마 잘 살았을 거야."

그 원시 동굴에도 함서희가 있었다면.

그녀가 고개를 비스듬히 젖혔다. 가늘게 뜬 눈으로 눈물이 비쳤다. 감각에 젖은 그녀의 눈은 언제나처럼 아름다웠다.

❊ ❊ ❊

"꼭 따라가셔야겠어요?"

윤한이 볼멘소리를 내며 강 회장 뒤를 따랐다.

"그러는 너는 왜 따라오는 게야?"

"우리 할머니 왕따 당할까 봐 내가 가는 거잖아요."

"왕따는 무슨. 네가 몰라서 그렇지, 서희 걔가 나한테 아주 껌뻑 죽는다."

강 회장이 하는 말을 잠자코 듣고 있던 윤한이 고개를 갸웃거렸다.

"아니, 어떻게 손주보다 그 이름이 먼저 나와요? 할머니, 이제 보니까."

"이노옴! 틈만 나면 이 늙은이를 놀리려고."

"얼른 타세요."

윤한이 제가 운전할 차를 가리키며 말했다.

"나는 지한이가 운전하는 차 타고 갈 거다."

"저 운전 안 할 건데요?"

등 뒤에서 지한의 목소리가 들려왔다.

"그럼, 기사가 해?"

윤한의 질문에 지한이 회심의 미소를 지었다.

"아니, 서희가."

허공에서 윤한과 함서희의 시선이 마주쳤다.

여자의 눈빛에 당황한 기색이 스친 것처럼 느껴지는 건, 기분 탓일까?

9화

서희는 당황한 기색을 감추기 위해 애써 웃음을 머금었다. 의심스러워하는 윤한과 눈이 마주쳤지만, 얼른 눈을 피해 버렸다.

하긴 언제, 윤한이 의심스럽지 않은 눈길을 보낸 적 있던가?

"운전, 할 수 있지?"

지한이 서희를 믿음직스럽다는 듯이 바라보았다. 지한은 언제부턴가 신뢰가 가득 담긴 눈길만을 열렬히 보내왔다.

그런데 어쩌나. 오늘은 믿는 도끼에 발등을 거하게 찍힐 수도 있다는 말을 몸소 그에게 증명하게 생겼다.

"와! 누나 운전도 해? 누나 멋지다!"

서준이 폴짝폴짝 뛰면서 손뼉을 쳐 댔고, 지한은 강 회장을 향해 특유의 정중한 미소를 지으며 다시금 질문을 던졌다.

"어떡하시겠어요? 이 차 타시겠어요? 아니면 형이 운전하는 차로 오시겠어요?"

"흐음."

강 회장이 잘 정돈된 짧은 흰머리를 손바닥으로 한번 쓸어 넘기고는 우아하게 말했다.

"윤한아, 가자."

강 회장이 먼저 뒷좌석에 오르자 윤한이 어깨를 으쓱하며 입술 끝을 아래로 내리고는 괴상한 표정을 지었다.

"저 아저씨는 왜 잘생긴 얼굴을 이상하게 써요?"

서준이 진심으로 궁금하다는 듯이 지한에게 물었다.

"응, 성격이 이상해서 그래."

서희가 지한의 옆구리를 얼른 쿡 찔렀다.

"서준아. 재미있는 분이셔서 그래. 그래서 매일 재미있는 표정을 지으시는 거야."

약간 의심스럽기는 하지만 그래도 누나가 하는 말이니 수긍하겠다는 듯, 서준이 고개를 끄덕거렸다.

결국, 서희는 운전석에 앉고야 말았다.

"옆에 좌석 조절 버튼 있고, 핸들은 이렇게 높이 조절하면 되고."

그가 여러 가지 버튼을 알려 주며 서희의 몸에 맞게 운전석 위치를 잡으라고 했다.

서희는 비장한 얼굴로 버튼 여러 개를 눌렀다.

됐어, 좋아. 쾌적해.

이 정도면 달나라, 아니 화성까지도 달려갈 수 있겠다 싶은 생각이 들 정도로 착좌감이 훌륭했다.

"자, 안전띠 맸죠? 출발해요."

서희가 크게 숨을 들이켜며 운전대를 잡았다. 그러자 그가 약간은 걱정스러운 목소리로 묻는다.

"여기 있는 동안 운전 안 했는데, 괜찮겠어?"

사실 여기 있는 동안이 아니라, 운전면허를 딴 뒤로 운전대를 잡은 적이 거의 없었다.

"괜찮, 아요."

서희는 면허증 딸 때의 기억을 떠올리며 천천히 차를 몰기 시작했다.

"좋아, 잘하네."

그러자 조수석에 앉은 그가 자상한 목소리로 칭찬의 말을 건넸다.

"자, 속도 조금만 줄이고. 앞에 방지턱 조심."

서희는 그의 말대로 브레이크를 지그시 밟아서 속도를 줄였다. 덕분에 담장 높은 집들이 줄지어 있는 동네를 빠져나가는 것은 무척이나 수월했다.

골목을 빠져나오자, 마침내 8차선 도로가 눈앞에 펼쳐졌다. 다행히 토요일 이른 아침이어서 그런지, 평일 아침에 비해서는 교통량이 현저히 적은 편이었다.

"네가 생각하는 것보다 조금 더 왼쪽으로 차를 붙인다고 생각해야 해. 그래야 차가 도로 중간으로 가니까."

서희는 그가 말한 대로 차를 몰았다. 반자율주행 기능이 있기는 했지만, 운전에 익숙하지 않은 자신이 이용하면 오히려 헷갈릴 것 같아서 꺼 두었다.

"이제 다음 신호에서 좌회전해야 하니까, 방향지시등 켜고. 위험하게 운전해도 안 되지만, 너무 소심하게 운전해도 안 돼. 자, 지금 1차로로 차선 변경."

그는 마치 운전을 가르치는 강사처럼 자상하게 서희를 지도했다.

"잘했어. 이제 신호 떨어지면 아래 선 따라서 천천히 좌회전하면 되는데, 차가 도로 중간으로 가는 건지 아닌지 헷갈리잖아?"

그가 묻듯이 해서 서희는 저도 모르게 고개를 끄덕거렸다. 그의 입가에 희미한 미소가 사라지는 것도 서희는 미처 발견하지 못했다.

"보닛 위에 저 자동차 엠블럼."

세 꼭지별 모양의 엠블럼을 가리키며 그가 말을 이었다.

"저게 도로와 맞닿은 것처럼 보이지? 저걸 포물선에 맞추도록 노력하면서 좌회전해 봐."

서희는 그가 시키는 대로 좌회전에 성공했다. 긴장감 때문에 귀밑으로 달라붙었던 어깨가 조금씩 내려앉고 있었다.

"자, 이제 고속도로로 나가야 해. 끝 차로로 이동할 건데, 우측 깜빡이 켜고 하나씩 이동해 보자."

그는 마치 어린 꼬마에게 3차 방정식을 알아듣기 쉽게 설명하기 위해 애쓰는 사람처럼 보였다. 마침내 고속도로로 들어온 순간, 그가 안도의 한숨을 잘게 내뱉는 소리가 들려왔다.

"잘했어. 이제 이대로 쭉 가기만 하면 되는데, 여긴 말 그대로 고속도로야. 제한 속도에 맞춰서 가야 하는데, 너무 느리게 가도 사고를 유발할 수 있으니까. 통행량에 맞춰서 적당한 속도를 내야 해. 지금은 더 밟아도 되겠다."

서희가 가속 페달을 밟은 발에 조금 힘을 주었다.

"그렇지. 잘했어."

사실 내비게이션은 볼 필요도 없었다. 그가 옆에서 안내를 자처한 덕에 서희는 오로지 운전에만 집중할 수 있었다.

"좀 쉬었다 갈까? 서준이 화장실 가고 싶어?"

"네! 가고 싶어요!"

갑작스러운 아이의 대답에 서희는 흠칫 놀랐다. 이제껏 우주선 조종사 버금가는 집중력으로 운전에만 집중하느라 뒷좌석에 앉은 서준의 존재감을 까마득히 잊고 있었다.

"자, 이번에는 휴게소에 진입하는 거야. 오른쪽 차선으로 천천히 옮겨야 해. 휴게소 진입할 때는 속도를 줄이고. 그렇지!"

마침내 휴게소에 세 사람이 탄 차가 극적으로 들어섰다. 빈 주차 공간에 차를 세운 서희는 등줄기에서 식은땀이 길게 흘러내리는 것을 느꼈다.

"운전 잘하네, 함서희."

그가 서희를 칭찬하고는 조수석에서 내렸다.

그런데 저 남자 얼굴이 원래 저렇게 하얬었나?

화장실에 들렀다가, 덕평 휴게소에서 유명하다는 슈크림 볼 한 봉지와 음료를 사 들고 다시 차로 돌아가는 길.

이제는 솔직히 말해야 한다.

"저기."

"이제부터는 내가 운전할게."

그가 해를 등지고 서서 근사한 미소를 지으며 나직하게 말했다. 태양이 그의 후광이 되어 비췄고, 시리도록 푸른 겨울 하늘은 그의 찬란함을 위해 맑게 갠 것처럼 느껴졌다.

"내가 해도 되는데."

서희는 입에 침도 바르지 않고 중얼거렸다.

"오랜만에 운전하는 데다가 초행인데, 고생 많았어. 이제부터는 내가 할게."

그는 처음부터 알고 있었던 눈치였다. 서희가 운전에 서툴다는 것을 말이다. 그런데도 서희의 자존심을 챙겨 주려고 한 건지, 모르는 척하면서 자상하고 끈기 있게 운전을 가르쳐 주었다.

예부터 운전은 남편에게 배우는 게 아니라고 했는데.

갑작스럽게 떠오른 생각에 서희의 뺨이 화끈 달아올랐다. 물론 그가 지금 서희의 남편은 아니지만.

우리는 앞으로 어떻게 될까?

이렇게 된 마당에 평생을 함께해야지, 헤어지는 일은 없다며 못을 박았던 그였다. 그런데 서희는 요즘 조금씩 불안감이 깊어져 가는 것을 느꼈다.

어릴 때 시험 기간에 읽는 소설책이 그렇게 재밌었었다. 일종의 불안한 즐거움이었다. 지금의 감정은 그때와 닮아 있었다.

불안한 행복.

언제쯤 서희는 그의 도움 없이도 차를 몰 수 있을까.

운전은 하면 할수록 실력이 느는 것처럼, 행복도 켜켜이 쌓아 나가다 보면 안정적으로 변모할까?

오랜만에 도로 위를 시원하게 달리는 덕분인지, 생각이 많아졌다. 까마득히 먼 과거처럼 느껴지는 가족 여행도 떠올라서 마음이 아팠다.

아버지는 지금 어디서 무얼 하고 계실까.

사람이 감당할 수 없는 시련을 맞닥뜨리면 도망치고 싶어질 때가 있기 마련이다.

아버지도 그랬을 거라고.

어디선가 우리를 걱정하고 있을 거라고.

서희는 여전히 아버지를 믿고 싶었다.

차가 강릉 시내에 도착했을 때는 점심시간이 가까워 있었다.

"점심은 뭘 먹지?"

"순두부요! 초당 순두부! 여기는 순두부가 유명하댔어요."

서준이 뒷좌석에서 자신만만하게 외쳤다.

"여행 간다고 내 휴대전화로 맛집도 찾아보고, 근처 박물관도 찾아보고 그랬더라고요."

서희가 기특하다는 듯이 말을 보탰다.

"와, 우리 서준이 대단하다. 아저씨는 여섯 살 때 그런 거 할 줄 몰랐는데, 우리 서준이 나중에 크면 훌륭한 사람 되겠다."

"나는 나중에 크면 아저씨 될 거예요."

서준의 엉뚱한 발언에 두 사람의 시선이 허공에서 마주쳤다.

"아저씨? 아저씨가 장래희망이야?"

"네! 나는 나중에 커서 서지한 아저씨 될 거예요."

서준의 장래 희망은 의사나 경찰, 선생님 등의 직업이 아니라, 서지한이었다.

그가 유쾌한 웃음을 터뜨렸다.

"그래, 우리 서준이가 얼마나 훌륭한 아저씨가 되나 계속 지켜볼 거야?"

어린 시절 자신의 반영을 바라보듯, 그는 응원 가득한 시선으로 서준을 바라보았다.

"할머님께도 연락드려서, 점심 같이 먹어요."

"뭐 하러?"

그가 미간을 와그작 구겼다.

"같이 여행하러 온 건데, 따로 이동했어도 식사는 같이해야죠."

서희의 말에 그는 못 이기는 척 형 윤한에게 전화를 걸었다.

일행이 합류한 곳은 초당동에서 유명하다는 짬뽕 순두부를 파는 가든이었다.

"할머니, 제가 인터넷에서 찾은 맛집이에요. 할머니도 맛있게 드셨으면 좋겠어요."

테이블 앞에 자리를 잡고 앉자마자, 서준이 불쑥 건넨 말이었다. 모두의 시선이 어린아이에게 쏠렸다.

그간 강 회장이 무서운지 살살 피하던 서준이었는데, 여행 와서 즐거운 모양이다. 그리고 그런 서준을 바라보는 강 회장의 얼굴에 묘한 분위기가 스쳤다.

"아가."

강 회장이 가라앉은 목소리로 서준을 불렀다. 모두 강 회장이 어떤 이야기를 내놓을지 긴장한 눈치다. 서희는 물론이고, 윤한과 지한도 마찬가지였다.

강 회장은 말 그대로 괴짜였다. 손주들을 사랑하면서도 그 표현을 종종 반대로 하곤 했다.

귀한 자식일수록 엄하게 키우랬다는 말을 몸소 실천하시는 무뚝뚝한 우리네 어르신들이 그래 오신 것처럼.

칭찬에 인색했고, 평가가 박했다. 여섯 살 서준에게도 그런 혹독함이 쏟아질 것 같아서 사실 윤한은 반쯤 포기한 상태였다.

"할머니가 나이가 많아서, 이가 튼튼하질 않거든. 그래서 두부나 순두부 요리를 좋아한단다. 맛있는 식당을 찾아 줘서 고맙구나."

아직 음식을 주문하지도 않았는데, 강 회장이 맛있는 식당이라며 추켜세워 주기까지 한다.

"감사합니다, 할머니. 누나, 저 손 씻고 싶어요."

칭찬을 들은 서준이 기준이 좋은지, 깍듯한 존대로 서희에게 말했다.

서희가 서준을 데리고 화장실에 간 사이, 윤한이 빙글거렸다.

"와, 우리 할머니 이제 철드셨네. 어린애한테 칭찬할 줄도 아시고. 성깔 부리실까 봐 얼마나 조마조마하던지."

"이놈이!"

강 회장이 미간을 구기며 윤한을 나무랐다.

"안 그래, 지한아?"

"할머니가 형한테나 인색하셨지. 나한테는 칭찬 많이 해 주셨어. 형은 워낙 사고를 많이 치고 다녔잖아."

지한은 저에게는 해당하지 않는 말이라는 듯이 시치미를 뚝 뗐다.

"그래, 말이 나왔으니 말인데, 내기 괜히 윤한이 너 혼냈냐?"

윤한이 어깨를 으쓱하며 입술을 삐죽거렸다.

"그리고 낙랑 장송도 근본은 종자이니라. 크면 꽤 똑똑할 녀석이야. 칭찬받아 마땅하니까, 칭찬을 해 주지."

강 회장은 자신이 객관적인 평가를 한 거라고 말하고 있었다. 하지만 두 형제의 생각은 달랐다.

"에이, 할머니. 그만 인정하셔. 서준이 귀엽지? 서준이 누나도 귀염성 있고. 그렇죠?"

윤한이 강 회장의 부아를 돋우기 시작했다.

"지한아, 이제 솔직하게 말해 봐 봐. 서준이 진짜 내 조카 아냐? 강 회장님 증손주도 아냐? 할머니가 똑똑하다고 서준이 좋아하시잖아!"

"예끼 놈! 언제 내가 좋아한다고 했어!"

윤한과 강 회장이 티격태격하는 모습을 보며 지한이 고개를 절레절레 내저을 때였다. 테이블 위에 올려 둔 지한의 휴대전화가 바르르 진동했다. 발신인은 오 실장이다.

토요일이고, 강 회장님과의 여행 일정을 알고 있어서 긴급한 일이 아니면 연락 올 일이 없었다. 지한은 자리에서 일어나서 식당 밖으로 빠져나와 전화를 받았다.

"네."

식당 주차장은 어느새 차들이 꽉 들어차 있었고, 서준의 말대로 유명한 식당이 맞는지 대기 인원도 꽤 많았다.

─ 대표님, 여행 중에 연락드려 죄송합니다.

"아닙니다. 연락할 만하니까, 했겠죠. 무슨 일입니까?"

─ 아무래도 함서희 씨 아버지가 일을 크게 벌이고 있는 것 같습니다.

주차장이 만차여서 식당 진입로에 선 차들이 돌아가고 있었다.

"얼마나 크게요?"

지한의 목소리가 낮게 가라앉았다.

― 대표님과 친분이 있다며 투자자들을 모집하고 있는 것 같습니다.

지한은 저도 모르게 실소했다. 한 번의 기회는 주려고 했다. 그녀가 은연중에 아버지를 그리워하고 믿는 만큼 갱생의 여지가 있었으면 좋겠다고 간절히 바랐었다.

"더 조사해 봐요. 사업성이 있어서 그러는 건지."

아니면, 가여운 딸을 팔아서 한탕 크게 해 먹고 날라 버릴 셈인지.

뒷말은 붙이지 않고 전화를 끊었다.

다시 식당 안에 돌아갔을 땐, 이미 요리가 서빙 되고 있었다.

"무슨 일 있어요?"

지한의 표정이 저도 모르게 굳어 있었나 보다. 그녀가 걱정스러운 목소리로 물었다. 지한은 아무 일도 없다며 고개를 내젓고는 웃었다.

"와, 맛있겠는데? 잘 먹겠습니다."

숟가락을 든 순간, 강 회장과 눈이 마주쳤다. 기민한 강 회장은 지한이 심상치 않은 전화를 받았다고 직감한 눈치다. 지한은 여유를 가장하며 더 진한 미소를 머금었다.

수년간 죽을 만큼 노력해서 간신히 번듯한 금융 회사로 발돋움했다. 함상훈이 벌이는 허튼짓의 정도에 따라서 DL금융이 그간 쌓아 온 명성에 균열이 생길지도 모른다.

오로지 한 방향만을 바라보며 살아온 삶이었다. 하지만 이제 더는 혼자 분투하는 인생을 살고 싶지는 않았다.

금융, 돈을 융통하는 일에서 가장 중요한 것은 신뢰다. 대중의 신뢰가 깨지면 금융업은 존폐의 위험에 처한다.

지금까지 인내하며 끈기 있게 키워 온 사업체의 근간이 흔들릴 수도 있다. 처음부터 다시 시작해야 하는 위기가 닥쳐올지도 모른다.

지한은 고개를 돌려 곁에 앉은 서희를 바라보았다.

한번 해 봤는데 처음보다는 쉽겠지.

앞으로의 세상에는 함서희가 함께할 테니, 괜찮을 거라고 생각하면서도. 함상훈이 나타난 뒤에 그녀가 받을 상처가 뚜렷해서 그게 고민스럽다.

식사를 마치고 나온 다섯 사람을 이끈 사람은 또 서준이었다.

"여기 옆에 순두부 젤라토를 팔거든요? 그건 강릉에서만 먹을 수 있어요."

"그 아이스크림 편의점에도 팔걸?"

디저트에 진심인 윤한이 끼어들었다. 그는 어느새 서준의 손까지 잡고 있었다.

"아니에요. 지금은 안 팔아요. 새로운 제품 개발 중이라는 말도 있고요. 암튼 지금은 없어요. 그러니까 강릉에서 순두부 젤라토는 꼭 먹어야 해요."

서준의 똑 부러지는 대답에 강 회장이 약간은 놀란 듯이 물었다.

"아가, 너는 그런 걸 어디서 봤니?"

"너튜브요. 그래서 그 아이스크림이 편의점에 없댔어요."

강 회장이 기특하다는 듯이 서준의 머리를 쓰다듬으며 서희를 향해 중얼거렸다.

"동생 잘 키워야겠구나. 원래 영민한 아이가 더 키우기 힘든 법이다."

강 회장이 서희에게 먼저 말을 걸어온 것은 처음 있는 일이었다.

"네, 감사합니다."

서희가 차분하게 인사하고는 연한 미소를 머금었다.

순두부 젤라토까지 먹고 강문 해변에 도착했을 때, 하얀 눈이 사락사락 내리기 시작했다.

"와, 누나 신기해. 바닷가에 눈이 내려!"

서희도 가족들과 강릉에 자주 왔지만, 바다 위로 눈이 내리는 광경은 처음이었다.

"서준아, 이리 와 봐."

윤한이 파도가 닿을락 말락 하는 백사장 한가운데 서서 서준을 불렀다.

"네!"

집에서는 윤한에게 데면데면하게 굴었던 아이가 한달음에 달려갔다.

"지한이 너도 와."

지한이 괜찮겠냐는 시선으로 서희를 바라보았다. 강 회장과 둘만 남겨 두는 게 영 마음에 걸리는 눈치다.

연한 웃음을 머금으며 고개를 살짝 끄덕이자, 그가 서희의 어깨를 두어 번 토닥거리고는 윤한과 서준에게로 달려갔다.

"자, 이제 파도랑 술래잡기를 할 거야."

윤한이 비장한 목소리로 말했다.

"파도랑 술래잡기를 어떻게 해요?"

서준이 고개를 갸웃거렸다.

"파도가 멀어지면 내가 쫓아가고, 파도가 다시 다가오면 도망가는 거야! 파도한테 먼저 잡히는 사람이 지는 거야."

"내가 이길걸요! 나 유치원 체육대회에서 달리기도 1등 했어요. 내가 뛰면 다리가 안 보인다고, 누나가 그랬어요. 그치 누나?"

서준이 신이 난 목소리로 서희에게 외쳤다.

"어, 맞아. 서준이 달리기 엄청 빨라."

서희가 대답하자, 서준이 자신만만하게 웃었다.

"자, 이번 파도부터 시이작!"

윤한의 신호에 맞춰 세 남자가 파도를 쫓아갔다가, 도망치기를 반복했다. 그러는 과정에서 당연히 윤한은 지한을 넘어뜨리려고 했고, 지한은 지지 않고 윤한을 밀어냈다.

그 결과 두 남자의 발이 파도에 흠뻑 젖고 말았다.

"이것 봐, 내가 제일 빨라!"

서준이 깔깔거리는 웃음소리가 파도 위로 넘실거렸다.

"지한이한테 받은 게 많다지?"

강 회장이 조용히 물었다.

"네."

고깝게 여기는 어조가 아닌 것 같아서 의문이 생겨나기 시작할 즈음, 강 회장이 다시 입을 열었다.

"자네는 우리 지한이한테 뭘 해 주고 있다고 생각하는가?"

말문이 턱 막힐 만한 질문이었다. 하지만 서희는 조심스럽게 입을 열었다.

"할머님께서 주신 질문에 적절한 대답인지는 모르겠습니다."

강 회장이 세 남자를 바라보던 시선을 옮겨 서희를 응시했다.

"남의 불행을 위안 삼는다는 말이 있다고 들었습니다. 만약 제 불행이 지한 씨에게 위안이 되었다면, 저는 제게 닥쳐오는 어떤 불행도 감당할 수 있습니다."

강 회장은 예상 밖의 대답을 내놓은 서희를 약간은 멍해진 눈빛으로 바라보았다.

마음을 다하겠다는 등의 흔해 빠진 대답을 예상했었다. 그런데 함서희는 제 현실을 직시하고, 그 상황에 제 과거를 투영하며 위로받는

지한조차도 이해한다는 투였다.

강 회장은 다시 먼 바다로 시선을 던졌다.

삶의 굴곡이 대자연에 비교되는 일은 흔하다. 이런저런 복잡한 사정은 파도처럼 끊임없이 밀려든다. 곡절 없는 삶은 재미가 없다. 적당히 힘들어야 살 만한 게 또 인생이라는 점이 모순이다.

'조건 좋은 집에서 마냥 곱게 큰 여자, 손주 며느리 들였다가 강 회장님 성격에 속 썩어요. 저렇게 착한 손주 며느리 찾기도 쉽지 않아요.'

강릉으로 오면서 윤한이 건넨 말이었다.

'조건 빠지니까, 강 회장님 뜻대로 하기도 좋고. 그냥 못 이기는 척 허락하세요. 지한이랑 등지고 싶은 건 아니시죠?'

이기적이고 기민한 구석이 있는 녀석다운 현실적인 조언이었다.

받은 게 많으니 순종적인 대답이 나올 거라고 예상했나 보다. 그런데 제 불행을 위안 삼아도 좋다고 말하는 목소리를 들었을 땐, 가슴이 뭉클했다.

"자네가 불행하면, 우리 지한이도 행복하질 않을 텐데. 앞으로 그런 일은 없어야지."

나도 이제 나이를 많이 먹었구나.

강 회장은 그리 생각했다.

마음을 내려놓는 일이 이렇게 홀가분하다는 것을 이제야 깨닫다니, 긴긴 세월을 미련맞게 살아온 것 같아서 후회가 밀려들었다.

애들 어미도 이렇게 허락했으면, 부모 잃은 손주 녀석을 홀로 키우는 일은 없었을까.

생전 떠올려 보지 않았던 가정이었다. 이제 살아온 날보다, 살아갈 날이 현저히 적은 탓인가. 과거의 업보가 더럭 겁도 났다.

강 회장은 덕망 높은 집안의 고명딸이었다. 가난하지만 똑똑했던 남편과 결혼해서 아들 하나를 얻었는데, 정의와 자유를 가장 큰 덕목으로 생각했던 남편은 격정의 시기를 이기지 못하고 형장의 이슬로 사라졌다.

현대의 대한민국이 태동하던 시기의 억울한 죽음이었다.

덕망 높은 집안 따위, 이제 더는 중요한 가치가 못 되었다. 강 회장은 악착같이 돈을 버는 데 집중했다.

세상이 변했고, 돈이 전부였다. 돈으로 할 수 없는 것은 없었다. 행복도 돈으로 충분히 살 수 있다. 그러니 강 회장에게 행복은 가벼운 것인지도 모른다.

그걸 살 만한 돈이 많으니까.

그런데 과연 돈이 많아서 진정으로 행복했느냐고 묻는다면 그건 확답할 수 없을 것 같다.

그놈의 돈 때문에.

없는 집에서 자란 며느리를 괄시하고 사지로 내몰았다.

그 업보를, 이 아이를 통해 갚아 나갈 수 있을까?

강 회장은 말간 미소를 머금은 채로 지한을 바라보고 있는 서희에게 솔직한 시선을 두었다. 시선을 느낀 서희가 강 회장에게 눈길을 옮겼다. 연한 미소를 머금은 서희가 다짐하듯 말했다.

"불행해지지 않도록 노력하겠습니다."

이 나이 먹고 나니, 행복을 약속하는 일은 어쩐지 가벼워 보인다. 불행해지지 않겠다는 다짐에는 간절함이 담겨 있었다.

강 회장은 그 간절함을 믿어 보기로 했다.

"아저씨, 무슨 생각해요?"

서준이 골똘히 생각에 잠긴 지한을 바라보며 의아하다는 듯이 물었다.

"나쁜 생각."

지한의 나지막한 대답에 서준의 유치원 가방을 챙겨 주던 서희가 눈을 부릅뜨며 그를 나무라듯 보았다.

"오늘 출근 안 하고 집에서 서준이랑 놀았으면 좋겠다. 뭐, 그런 생각."

덧붙인 말에 서준이 단호하게 고개를 내저었다.

"저 오늘 강릉 바다 여행 사진 들고 가는 날이란 말이에요. 저는 유치원 가야 하니까, 아저씨는 출근하세요."

서준이 '다녀오겠습니다' 하고 밝게 인사하고는 백 실장의 손을 잡고 사라졌다.

"무슨 일 있어요?"

사실 지금 출근하고도 남았어야 할 시간이다. 비서실과의 주간 회의를 마치고, 각 부서장의 보고를 받고 있어야 했다. 그런데 지한은 오늘따라 회사에 가고 싶지 않아서 꾀병이라도 부리고 싶었다.

꾀병이라니.

지한의 입가에 모호한 미소가 머물렀다.

"나 아픈 것 같아."

힘없는 목소리를 내뱉으며 눈을 게슴츠레 떴다. 그러자 대번에 그녀의 얼굴에 걱정스러운 기색이 어린다.

"어디가 아파요? 그래서 지금 출근 못 하고 있는 거예요? 아프면 병원을 가야지. 들어가서 누울래요? 약 찾아 줘요?"

그녀가 질문을 와르르 쏟아 내며 지한이 앉아 있는 소파 곁으로 다가왔다.

"열이 좀 나는 것 같은데."

이마에 손을 얹으려고 가까이 오는 그녀의 허리를 와락 끌어안아서 허벅지 위에 앉혔다. 그녀가 새된 비명을 지르고는 제 소리에 놀란 듯 두 손으로 입을 틀어막았다.

잔뜩 움츠린 어깨에 입술을 묻었다. 그녀가 하지 말라며 몸을 이리저리 뒤척일수록, 허리를 휘감은 팔에 힘을 주었다.

"정말 왜 이래요? 누구 와요!"

"오긴 누가 와? 안 와."

이미 그녀의 체취에 취해서 이성은 마비되었고, 사고 불능이었다. 오직 말랑말랑한 몸을 끌어안고 뜻 모를 긴장과 불안을 가라앉히는 일에만 집중했다.

"지한이 아직 출근 안 했냐?"

그녀가 지한을 뿌리치고 자리에서 벌떡 일어났다. 강 회장의 목소리에 지한의 팔에서도 힘이 스르륵 빠져나간 덕분이었다.

지한은 아쉬움에 미간을 찡그렸고, 서희는 우뚝 서서 어색한 미소를 짓고 있었다. 그 모습이 귀여워서 피식, 웃음이 났다.

"이, 일어나셨어요?"

말까지 더듬어. 왜 달라붙어 있었다고 광고를 하지?

지한이 진해지려는 웃음을 감추려 손바닥으로 입가를 한번 훔쳤다.

"천천히 나갈 준비 해라. 11시에 출발할 거다."

강 회장이 내뱉은 말에 서희가 지한을 흘끗거렸다.

"할머니, 어디 가시게요?"

"입을 만한 옷이 영 없네."

강 회장이 고개를 절레절레 내저으며 응접실을 떠났다. 지한은 어안이 벙벙한 채로 서 있는 그녀의 손을 끌어당겨서, 도로 허벅지 위에 앉혔다.

"아이, 참."

그녀가 자꾸 왜 이러냐며 나무랐다.

"그러면서 계속 앉아 있네?"

지한이 놀리듯 말했다. 눈을 흘기는 모습이 사랑스럽다. 이대로 품에 안고 침실로 가고 싶을 만큼.

오늘따라 왜 이렇게 출근하기가 싫은지.

이제 외출 준비를 해야 한다는 그녀를 놔주기가 싫어서 심장이 오그라드는 기분이다.

연말이어서 그런가?

크리스마스라고 설렜던 기억은 없는데.

흥겨운 계절감 탓을 하며 지한은 자리에서 일어났다.

✖✖✖

호텔 본관 건물 곁에 따로 자리한 명품 매장, 강 회장의 재력은 전 직원이 나와 인사하는 것으로 증명되는 듯했다.

"어머, 강 회장님. 이게 몇 년 만인가요. 너무 오랜만에 뵈어요!"

"우리 김 팀장은 여전히 여기 있네, 그래."

부르는 호칭만 팀장일 뿐 사실 지점장이나 같은 위치라고 했다.

"이번에 캐시미어 코트가 좋은 게 많이 나왔던데."

강 회장의 한마디에 직원들이 디자인이 다른 코트 여러 벌을 들고 왔다.

"스냅 잠금 디테일이 좋은 코트예요. 이게 회장님 좋아하실 스타일이죠? 색감은 루즈 보르도, 블루, 그리 크레용, 세 가지 있는데요. 저희 매장에는 지금 보시는 것처럼 루즈 보르도만 들어왔어요."

"그거 좋네. 그 안에 입을 스웨터도 하나 보여 줘 봐요."

팀장이 손을 내밀자, 미리 준비해 두었다는 듯이 직원 하나가 연주황색 스웨터를 건네주었다.

"우리 회장님, 기관지 약하시잖아요. 하이 칼라 스웨터지만 목 끝까지 올라오지 않아서 답답하지 않은 디자인이에요."

"그건 내가 귀찮아도 입어 봐야겠네."

소파에 자리를 잡고 앉았던 강 회장이 팀장의 도움을 받아 탈의실로 이동했다. 명품 매장에서 물건을 사 본 적이 없는 것은 아니었지만, 이런 식으로 셀러를 부리며 눈길을 끌었던 적은 없었다. 어색하게 시선을 돌리는데 매장 한쪽에 전시된 승마용품이 눈에 들어왔다.

어릴 적 주말마다 분당 근처에 있는 승마장에서 승마를 배웠었다. 말과의 교감은 그 어떤 예술보다 아름다운 것이라는 아버지의 말이 문득 생각났다.

장인이 만드는 가방이 유명한 것처럼, 한 명의 장인이 만들어 내는 작품 같은 승마용품으로 유명한 브랜드였다.

아버지가 사용하던 안장도 이곳 제품이었다.

"카프스킨 소재의 안장이에요."

서희의 나이 또래로 보이는 직원이 다가와 안장에 관한 가벼운 설명을 이어 갔다.

"제 명함입니다. 잘 부탁드립니다."

진밤색 글씨로 시니어 세일즈 어시스턴트라고 적힌 미색 명함을 바라보는데, 강 회장이 탈의실 밖으로 나왔다.

"이거 내가 입기에는 너무 젊어 보이는 거 아닌가?"

"아니에요. 워낙 관리를 잘하셔서 너무 멋지신걸요."

강 회장이 서희를 돌아보며 물었다.

"어때 보이나?"

"잘 어울리십니다."

서희가 조용한 목소리로 대구하며 연하게 웃었다. 강 회장은 짧은 대답이 마음에 드는지 고개를 끄덕거렸다.

"원피스도 하나 보여 주지."

김 팀장이 약간 당황스러운 얼굴을 했다가 이내 옷 한 벌을 들고 왔다.

"레이스 테일러링으로 깔끔해 보이면서도, 리본 장식이 로맨틱한 원피스입니다. 기본 소재는 레이스인데, 뒷면은 니트 소재로 되어 있어서 활동감도 좋고요."

마치 미니 웨딩드레스를 연상케 하는 디자인이었다. 그리고 강 회장이 입기에는 사이즈가 너무 작았다.

"한번 입어 보렴."

서희는 입술을 달싹거리다가 원피스를 받아 들고는 탈의실로 향했다. 단정한 검은색 슈트 팬츠와 연회색 니트를 접어서 스툴 위에 올리고 원피스로 갈아입었다.

집에서 도망치듯 나올 때, 챙긴 옷 중에 가장 좋은 옷을 입고 나왔었는데.

하늘하늘한 레이스가 사랑스러운 옷으로 갈아입고 나자, 옷이 날개라는 말이 실감이 났다. 너무 귀해 보이는 새 옷을 입은 탓인지, 몸이 제 것이 아닌 것처럼 뻣뻣해지는 것도 같았다.

잔뜩 긴장한 채로 탈의실 밖으로 나오자, 강 회장의 눈동자에 흡족한 기색이 어린다.

"김 팀장, 구두도 필요할 것 같은데?"

구두, 운동화, 부츠, 코트, 캐시미어 베스트 등 외출용 여벌 의류를 고르고 난 후, 강 회장이 아직 부족하다는 듯이 말했다.

"가방도 두어 개. 검은색 가죽에 은장 하나, 브라운 계열에 금장 하나."

김 팀장이 환히 웃으며 두 사람을 매장 안쪽 밀실로 안내했다.

"마침 물건이 들어온 게 있어요."

비행기에서 물건을 쏟아 낸 영국 여배우의 이름과 유럽 어느 왕국의 왕비가 되었던 할리우드 여배우의 이름이 붙은 가방이 차례로 모습을 드러냈다.

"좋네. 편하게 들 수 있는 가방도 두어 개 챙겨 주고."

강 회장이 서희의 가느다란 손목을 잡으며 덧붙였다.

"손목도 휑하니, 팔찌도 하나 보여 주게. 요즘 애들은 다이아 장식을 설탕 뿌려 놨다고 한다지? 설탕 많이 뿌린 거로. 목걸이랑 귀걸이도."

김 팀장은 눈이 보이지 않도록 웃으며 대꾸했다.

"우리 회장님, 손주 며느리를 정말 예뻐하시나 봐요."

'손주 며느리'라는 단어에 서희가 바짝 긴장했다.

"손주 며느리는 무슨."

아니나 다를까, 강 회장이 혀를 끌끌 찼다.

김 팀장도 덩달아 눈치를 보았다.

"손주 며느리 되기 전에 놓칠까 봐 내가 이렇게 나서서 공을 들이는 게 아닌가. 우리 지한이 녀석이 도통 이런 데는 소질이 없어 놔서. 내가 참 답답해."

싫은 소리를 듣게 될지도 모른다고 생각했는데, 강 회장은 뜻밖의 말을 내놓았다.

"우리 회장님이 정말 마음에 드시나 보다."

그제야 다시 해사한 미소로 돌아온 김 팀장은 서희가 입고 있는 원피스와 어울리는 팔찌와 목걸이, 귀걸이까지 차례로 권했다. 왜 팀장을 비롯한 전 직원이 나와서 강 회장에게 깍듯하게 인사했는지 수긍이 갔다.

"그건 그냥 입고 가."

옷을 갈아입으려는데, 강 회장이 그러지 말라며 손을 내저었다.

"이따 지한이한테도 봬 주고."

강 회장이 연한 웃음을 머금었다고 느낀 것은 착각일까.

매장에서 나온 두 사람은 호텔 본관 건물 23층에 자리한 한식당으로 향하기 위해 로비 엘리베이터 앞에 섰다.

"어머, 이게 누구야. 강 회장님 아니세요?"

강 회장보다 한 세대는 어려 보이는 중년의 여인이 알은체를 해 왔다.

"아, 민 원장."

뜨뜻미지근한 강 회장의 반응으로 짐작해 보건대, 강 회장이 좋아하는 사람은 아닌 듯하다.

하긴 언제 강 회장이 화끈한 반응을 보인 적 있나, 싶지만.

"서 대표한테 다니러 오신 거예요? 어머, 손주 며느리 보시나 보다."

민 원장이 우아한 손짓으로 입을 가리며 웃었다.

"흐음. 그럼 가시게."

"어디 가세요? 저는 23층 한식당 가는데."

하필 민 원장과 목적지가 같았다.

"우리 큰애 아시죠? 작년에 결혼했거든요. 오늘 며느리랑 점심 먹기로 했어요."

조부는 유명 화가이고, 아버지는 미대 교수, 어머니는 법조계에 있으며 외가도 전부 법조계 출신이라고 했다.

"제가 얼마나 고르고 골랐는지 몰라요. 우리 아가씨도 그렇죠? 서 대표가 보통이 아닌데."

민 원장이 서희를 향해 웃으며 물었다. 실례가 되는 질문이라는 걸 모르는 게 아닐 테니, 일부러 건네는 말일 터였다.

"나는 말일세, 민 원장. 아무리 사람들이 좋은 작품이라고 해도, 그래서 비싼 돈 주고 어렵게 구해도. 내 마음에 들지 않으면, 끝까지 마음에 들질 않더라고."

"그렇죠, 회장님. 당연하죠. 그래서 사람도 고르고, 골라야죠."

민 원장은 지당하신 말씀이라며 고개를 끄덕였다.

"그림이 그러니 사람은 오죽하겠나. 내가 마음에 들지 않는 사람들 면면을 보니까, 이 사람들이 영혼이 없더라고. 영혼이 없다는 게 무슨 뜻인지 아는가?"

강 회장의 느닷없는 질문에 민 원장은 당황스러움을 감추려 웃는 듯했다.

"사람과 사람 사이에 통하는 게 있어야 해. 강요한다고 되는 게 아니거든. 우리 서 대표는 어쩌면 이렇게 내 마음에 통하는 색싯감을 얻었는지."

"그럼 서 대표, 연애 결혼하는 거예요?"

민 원장이 놀랍다는 듯이 물었다.

"뭐 촌스럽게 그리 놀라나. 왜 자네도 연애 한 번 못 해 보고 결혼해서 부러운가?"

강 회장이 문득 무언가 생각났다는 듯이 고개를 끄덕거리며 덧붙였다.

"아, 촌스러운 게 아니라, 더 세련된 거지. 자네들 방식이."

"그럼요. 결혼은 인륜지대사인데 조건 안 보고 어떻게 사랑만 가지고 하나요."

"참, 부지런해. 결혼 따로 하고, 연애는 애인이랑 따로 하고."

강 회장이 회심의 미소를 지으며 엘리베이터에서 내렸다.

"나나, 우리 지한이는 게을러서 그렇게 왔다 갔다는 못하겠네만."

민 원장이 뭐라고 반박하려는데, 한식당 지배인이 강 회장을 맞으러 다가왔다.

"회장님, 오랜만에 뵙습니다."

제삼자의 등장에 민 원장은 꿀 먹은 벙어리가 되어 버린 듯 입을 다물었다.

"아, 며느리랑 식사한다고? 맛있게 들고 가시게."

쐐기를 박고 돌아서는 강 회장의 뒤를 서희는 조용히 따랐다.

창가로 N서울타워가 보이는 식사실은 정갈하고 세련된 분위기를 풍겼다.

"앞으로 저런 치들 숱하게 만나게 될 게다. 세 치 혀 가볍게 놀리는 자들은 여기."

강 회장이 가슴을 두드리며 말했다.

"여기가 공허해서야. 주머니에 든 건 많은데, 가슴에 든 게 없어서 말로 채우려고 하니 한없이 경박해지는 게지."

따뜻한 차로 목을 축인 강 회장이 말을 이었다.

"아가."

차만큼이나 따뜻한 부름에 목이 콱 멨다.

"네, 할머님."

"저런 치들 만나도 마음 쓰지 말고, 불쌍히 여겨. 마음이 가난한 사람이 제일 불행한 법이니."

서희는 연한 웃음을 머금으며 고개를 끄덕였다.

"그래도 분이 안 풀리면 나한테 이르거라. 내가 콱 혼쭐을 내줄 테니."

강 회장이 주먹으로 허공을 콕 때리는 시늉을 했다. 마치 누군가의 머리를 쥐어박기라도 하는 것처럼.

"네, 그럴게요."

"지한이 녀석은 누구 혼쭐내는 법을 몰라요. 걔한테 일러 봤자, 점잖게 넘길 거야. 그런 거는 나한테 이르고, 나한테 배우려무나."

"네."

강 회장이 눈을 휘둥그렇게 뜨며 서희를 바라보았다.

"못된 걸 가르쳐 준다는데, 대답 한번 시원하구나. 참 인상적이야."

2층 테라스 정원을 걸으며 서희가 했던 말을 기억한다는 듯, 강 회장은 인상적이라는 말까지 덧붙였다. 호탕하게 웃는 강 회장을 따라서, 서희도 오랜만에 크게 웃었다.

오랜 시간 사랑받는 명화처럼, 오래도록 기억될 식사 자리였다.

❈ ❈ ❈

늦게 출근한 탓에 일정이 조금씩 꼬이기 시작했다.

"부서별 보고는 점심 식사 후에 받도록 하죠."

비서진과의 주간 회의를 마치고 집무실 의자에 깊숙이 기대앉은 지한의 얼굴에는 피곤한 기색이 역력했다. 뻑뻑한 눈을 두 손으로 꾹꾹 누르는데, 오 실장의 대답이 들려오지 않는다. 시선을 돌리니 오 실장이 심각한 얼굴로 제 휴대전화를 내려다보고 있다.

"오 실장?"

"잠시만요, 대표님."

미간을 잔뜩 구긴 오 실장이 손바닥을 펼쳐 보였다. 빠르게 움직이는 눈동자와 화면을 훑는 엄지손가락이 다급하다.

"대표님."

"말해 봐요. 무슨 일입니까?"

오 실장이 한숨을 크게 내쉬고는 입을 열었다.

"지금 바로 댁으로 가 보셔야 할 것 같습니다."

지한의 미간이 구겨졌다.

"함상훈이 댁으로 찾아왔다는 연락입니다. 아직 강 회장님과 함서희 씨는 호텔에서 식사 중이라고 하고요."

지한이 자리에서 벌떡 일어났다. 오늘 아침부터 기분이 이상했던 이유가 함상훈의 방문 때문이었나 보다. 그런데 감히 집으로 찾아올 거라고는 상상조차 하지 못했다.

"아침에 대표님께서 회사에 안 계실 때, 또 찾아왔던 모양입니다. 로비 보안팀 메시지를 늦게 확인한 제 탓입니다. 죄송합니다."

"아니에요. 그 외에 보고 사항은요?"

지한의 질문에 오 실장이 건조한 목소리로 대꾸했다.

"오늘 아침에 회사로 찾아왔다가, 대표님께서 출근하시지 않았다는 소식을 접하고 댁으로 향한 것 같습니다."

"그래서 집으로 들였다고 하던가요?"

지한이 집무실 출입구로 걸음을 재촉하며 물었다.

"아니요. 댁에 계시지 않다고 이야기했다는데, 지금 함상훈이 탄 차로 추정되는 검은색 세단이 집 주변을 배회하고 있다고 합니다."

"지금 바로 이동하죠."

그러다 서희와 먼저 마주치는 일은 막아야 했다.

안타깝게도 그녀의 아버지는 기대치를 벗어나지 못하는 파렴치한이었다. 잠시 사업 진행에 혼선이 있었던 것일 뿐이었다며, 이제 이탈리아 피에몬테 지방과 더불어 프랑스 메독 지방의 와이너리 인수에 박차를 가하고 있다는 사업 기획안을 여기저기 뿌리고 다녔다. 본 사업의 핵심에는 DL금융의 서지한이 서 있다는 말도 서슴지 않았다.

소문이 흐를 대로 흘렀지만, 지한은 아무런 반응도 보이지 않았다. 그러자 함상훈이 몸이 달아서 지한의 집까지 찾아온 모양이었다.

"집 근처 한 바퀴 돌고 들어가시죠."

지한의 지시에 기사는 집 주변을 천천히 운전했다.

"저 차 같습니다."

검은색 수입 세단 한 대가 지한이 탄 차를 스쳐 지나갔다. 일전에 보안팀 직원이 보고했던 것처럼 운전석에는 어떤 여자가 앉아 있었다.

"이제 집으로 갑시다. 곧 따라 들어올 것 같네요."

지한이 엄숙한 목소리를 내자, 차는 곧장 차고로 향했다.

"오셨어요? 강 회장님도 장충동에서 출발하셨다고 합니다."

백 실장이 가라앉은 얼굴로 보고했다. 강 회장과 서희에게 곧이곧대로 말해서 일을 키울 필요는 없었다.

"빨리 해치워야겠네요."

말이 떨어지기가 무섭게 대문 앞에서 해당 차량이 멈춰 섰다는 연락이 왔다.

"차에서 함상훈 혼자 내렸다고 합니다. 차는 다른 곳으로 이동했고요."

"문 열어 주라고 하세요. 대응접실에서 보도록 하죠."

지한은 마치 피곤해서 일찍 귀가한 것처럼 재킷을 벗고, 넥타이를 풀었다.

흰색 드레스 셔츠 윗단추를 두어 개 풀고, 느슨해진 얼굴로 소파 상석에 자리를 잡았다.

"이여, 서지한 대표?"

병원에서 그를 봤다는 보안 직원의 설명과 달리, 함상훈은 말쑥한 얼굴을 하고 있었다.

"안녕하신가, 나 함서희 아비 되는 함상훈이라고 하네."

함상훈은 자신이 우위를 차지하고 있다고 생각하는지, 말을 편히 놓았다.

"네, 안녕하십니까."

"우리 딸이 여기 있다고? 내 딸을 데리러 왔네만."

처음부터 수가 빤히 읽혔다.

"데리고 가시죠."

지한이 서늘하게 대꾸했다.

상훈은 당황한 기색이 역력한 얼굴로 지한을 바라보았다.

분명 서희에게 껌뻑 죽고 못 사는 모습이었다. 그런데 단호하게 말하는 사내의 얼굴을 마주하고 있자니 헷갈린다. 딸아이를 내놓으라는 말에 바로 데려가라는 소리를 할 줄은 꿈에도 몰랐다.

"감히 남의 집 귀한 딸을 말이야!"

상훈은 과장되게 팔을 휘저으며 역정을 내었다.

"남자가 사업을 하다 보면, 이런저런 일들이 생기는 거지. 자네도 사업을 하니까 알 것 아닌가?"

상대는 그저 서늘한 시선으로 상훈을 내려다볼 뿐이었다.

서지한 대표가 상훈을 맞닥뜨리고 한 일이라고는 짧은 인사를 건넨 것과 시선을 던진 것, 딱 두 가지였다. 하지만 몸에 밴 고압적인 태도와 위압적인 분위기는 사람을 주눅 들게 하기에 충분했다.

상훈은 마른침을 꿀꺽 삼켰다.

"내가 잠시 집을 비운 사이에 내 딸을 멋대로 데려다가! 그 고운 아이를, 자네가."

앉으라는 소리도 하지 않았거늘, 상훈은 푹신푹신한 가죽 소파에 털썩 주저앉았다. 가죽 소파의 질감은 황홀할 정도로 부드러웠고, 쿠션감도 예술이었다. 집 안은 궁궐처럼 넓었고, 그 안을 채운 모든 게 고급스럽기 그지없었다.

상훈은 이 집이 곧 자신의 주 활동 무대가 되리라 생각하며 자꾸만 터져 나오려는 웃음을 애써 숨겼다. 그러고는 엄혹한 목소리를 내기 위해 노력했다.

"내가 우리 서희를 어떻게 키웠는데, 첫딸이라고 내가 얼마나 애지중지하면서 키웠는데. 결혼도 하지 않은 아이가 남자 집에서 사는 게 말이나 되나?"

차가운 시선으로 내려다보기만 하던 서 대표가 한숨을 훅 내쉬고는 입을 열었다.

"차 좀 부탁합니다."

내내 옆에 서 있던 중년의 예쁘장한 여자에게 서 대표가 마지못해 자리를 비켜 달라고 말하는 듯했다.

둘만 남겨진 응접실 안은 그야말로 웅장했다. 상훈의 가슴속도 기대감에 부풀어서 웅장해지기는 마찬가지였다.

이제 본격적인 사업 이야기를 꺼낼 기회가 올지도 모른다.

"그러니까 데려가시죠."

그런데 서 대표는 변함없이 딱딱한 태도로 맞섰다.

"아마 함서희 씨도 이 집에서 지내는 게 영 불편했을 겁니다."

얼굴에 표정 한 톨 담지 않고 꺼낸 말에 상훈은 슬슬 부아가 치밀기 시작했다. 이건 사업적인 제안을 꺼내기 전에 딸 가진 아비로서 당연히 화를 내야 하는 부분이 아닌가?

"자네 그걸 지금 말이라고 하나! 남자가 일을 이 지경으로 만들었으면 책임을 져야지."

상훈이 버럭 소리를 내질렀다. 같은 남자가 보기에도 사내답게 잘생긴 얼굴에 비웃음이 어렸다가 이내 사라진다. 처자식을 버리고 도망친 주제에 그게 할 소리냐고 묻는 듯한 표정이었다.

상훈은 겉치레를 가장 중요하게 생각하는 사람이었다. 만약 다른 상황, 다른 장소에서 서 대표가 저런 비웃음을 보였다면 혼쭐을 내주었을 것이다.

하지만 서 대표가 짓는 표정 하나하나에 빈정 상해서 울컥했다가는 일을 그르칠 수 있다.

"내가 우리 서희를 어떻게 키웠는데."

고개를 푹 숙이며 잠시 시간을 끌었다. 서지한이 예상과 다르게 반응해서 계획을 조금씩 수정해야겠다는 생각이 든다.

병원에서 서희 엄마를 끔찍이 여기는 모습을 보았을 때만 해도, 일이 쉽게 풀릴 거라고 생각했는데. 아니, 이 집에서 여름부터 살았다면서 남자 새끼 하나 휘어잡지 못하고.

상훈은 무구한 딸의 어리숙함을 탓하며 속으로 혀를 끌끌 찼다. 이게 다 딸을 선하게만 키운 애들 엄마 탓이다.

자리에서 벌떡 일어난 상훈이 얼굴을 잔뜩 찡그리며 괴롭다는 듯이 읊조렸다.

"내 딸 어디 있나? 어? 지금 당장 데리고 가겠네! 둘이 같이 산 세월이 얼만데, 뭐 데려가고 싶으면 데려가라고?"

상훈은 소리를 고래고래 질러 가며 삿대질을 해 댔다.

지한은 골치가 아프다는 듯이 검지와 중지로 관자놀이를 문지르고 있었다.

"내 딸 당장 내놓으시게!"

"지금 집에 없습니다."

서늘한 목소리가 흘러나왔다. 서희가 외출하는 일은 거의 없다고 했는데?

서희의 부재에 상훈은 겁이 덜컥 났다.

벌써 서희를 빼돌렸나? 아니면 소문을 들은 서희가 제 아비를 내치라고 한 건가? 고얀 것.

상훈은 속으로 죄 없는 딸애를 욕하며 이를 부득 갈았다.

"이대로 그냥은 못 가네. 내 딸이랑 같이 위자료 내놓으시게."

푹신푹신한 착좌감이 기가 막히게 마음에 드는 소파에 철퍼덕 주저앉았다.

"위자료요?"

서지한이 눈썹을 들어 올리며 오만하게 물었다. 마치 못 들을 말을 들었다는 표정이다.

"그래, 위자료!"

서슬 퍼런 반응에 간담이 서늘해지는 것 같았지만, 상훈은 힘주어 목소리를 냈다.

"그 순진한 애를 꼬드겨서 집에서 끼고 살았으면, 위자료를 줘야 할 것 아닌가! 내 딸이랑, 위자료 같이 내놓아야 할 걸세."

상훈은 일을 크게 부풀리기라도 할 것처럼 협박했다.

"내 DL이 예전에 어떤 회사였는지 알지. 대부업으로 돈 번 회사 아닌가? 어려운 사람들 등쳐 먹은 돈으로 금융업이랍시고, 간판 바꾼 거잖아!"

삿대질까지 완벽했다.

"우리 순진한 서희 데리고 살다가 내쳤다고 소문이라도 나 보게? 언론에 오르내려 봐. 사람들이 어떻게 생각하겠는지."

상훈은 대중의 반응을 연기하듯 눈을 부릅떴다.

"아, 양아치 기질 어디 가지 않는구나. 이래서 사람 근본이 중요하지. 이런 회사랑은 거래 못 하겠단 소리 나올걸세!"

"그래요?"

서지한은 마치 남의 이야기를 들은 것처럼 미지근한 반응을 보였다.

"내가 못 할 것 같나!"

이건 조금 심한 협박이었나, 싶은 생각이 들어서 상훈은 속으로 조금 움찔했다.

"제 조모께서 하시던 대부업은 일반 서민들을 상대로 하던 업이 아니었습니다. 신용도가 낮아서 은행 대출을 받을 수 없는 사업가들과 일하셨죠. 현대 대한민국의 경제가 태동하던 시기였고, 강 회장님과 같은 큰손들의 활동이 적지 않았습니다."

서지한은 나지막하고 침착한 음성으로 말을 이어 나갔다.

"양아치라고 하셨습니까?"

높낮이 없는 물음에 상훈은 약간 흠칫했다.

"그 양아치가 빌려준 돈으로 사업의 기틀을 마련해서 지금 대한민국 정·재계를 주름잡는 인사가 몇이라고 생각하십니까?"

"자네 지금 나 협박하나?"

서지한의 한쪽 입꼬리가 비스듬하게 올라갔다.

"아니요. 사실을 말씀드렸을 뿐입니다."

"뭐, 사업가는 사람 아닌가? 그 사람들한테 돈 빌려줬다고 고리대금업이 정당화된다는 뜻인가?"

서지한이 고개를 절레절레 내저었다.

"고리대금업이 정당했다는 뜻이 아닙니다. 그 시기에는 그런 업들이 성행하던 시기였습니다만, 저는 금융업자로서 그 시절의 업보를 갚아 나가고 있습니다."

서지한이 미소를 머금었다. 미소의 결이 지금까지와는 다른 것 같은 느낌도 들었다.

업보를 갚아 나간다?

"그럼, 제대로 된 사업에는 정당한 투자를 해서, 업보를 갚아 나가고 있다는 뜻으로 해석해도 되나?"

"그렇다고 볼 수 있죠."

일이 이렇게 풀리려고 그랬나?

상훈은 실실 비어져 나오려는 웃음을 참으며 조심스럽다는 듯이 말을 꺼냈다.

"사실 내가 사업을 하나 구상하고 있네만."

잠시 뜸을 들이자, 서지한이 고개를 까딱하며 대꾸했다.

"말씀, 계속하십시오."

계속 말해 보라는 건, 투자 용의가 아예 없지는 않다는 뜻이었다.

"우리 집이 말일세. 예로부터 유명한 술도가를 운영하던 집이었네. 우리 선친 때에 잠시 사업이 불안정했지만, 내가 여러 방향으로 사업을 도모하며 세를 확장했지."

사실과 다른 말이었다. 선친 때에 번창했던 사업체를 상훈은 하나둘씩 말아먹었다.

"그러셨군요."

서지한은 사업가 대 사업가로 대화하는 것처럼 기민한 눈빛이었다. 상훈으로서는 흡족한 반응이기도 했다.

"내가 전통주를 빚던 노하우를 접목해서, 와이너리 두 개를 인수했네만."

상훈은 챙겨 온 사진과 파일을 주섬주섬 꺼냈다.

"자, 보시게. 여기는 이탈리아 피에몬테 지방에 있는 와이너리고. 여긴 프랑스 메독에 있는 와이너리일세."

서지한은 테이블 위에 펼쳐진 사진과 파일을 가라뜬 눈으로 바라보기만 할 뿐이었다.

"값싼 와인부터 와이너리를 대표하는 매그넘 라벨까지 내가 구상한 일들이 아주 많아."

"고생 많으셨겠습니다."

서지한의 말에 상훈은 미간을 찌푸리며 여간 힘들었던 게 아니었다며 설명을 덧붙였다.

"우리나라 양반들 보수적이고, 고지식하다고 하지만. 유럽 와이너리하고는 비교할 게 못 되네. 몇 백 년 동안 거래하는 브로커 가문도 바꾸지 않는다고 하질 않나? 그게 와인 가격 안정화와 유통 질서 유지에 도움이 된다고."

제 돈을 들고 도망간 이탈리아 브로커에게서 들은 말이 이렇게 활용될 줄은 꿈에도 몰랐다. 역시 사람은 머리가 좋고 봐야 한다.

"그런데 내가 어렵사리 와이너리 두 곳을 손에 넣게 되었다네. 그런데 와이너리만 있다고 사업이 되는 게 아니지 않은가. 사업에는 투자가 따라야 하고."

상훈이 본격적인 이야기를 꺼내기 시작할 무렵이었다. 백 실장이라는 여자가 다가와 테이블에 차를 내려놓은 뒤, 목소리를 낮춰서 서지한에게 무언가를 짧게 보고했다. 서지한의 얼굴에 일순 고민의 기색이 어리는가 싶더니.

"사업 이야기는 잘 들었습니다. 따님이 돌아왔다고 합니다. 함께 돌아가시면 될 것 같군요."

서지한이 아무 일도 없었다는 듯이 자리에서 일어났다.

"이 양아치 새끼가!"

상훈이 서지한에게 달려든 것은 순식간이었다.

❈❈❈

한식당에서 식사를 마치고 나오는 길, 강 회장이 아쉬운 듯 입술을 가늘게 맞물렸다.

"이대로 집에 들어가기는 아쉬우니, 지하에 좀 들르자꾸나."

강 회장은 인자한 미소를 머금으며 엘리베이터에 올랐다.

"지한이가 여기 지하 매장에 있는 남성복을 주로 입어. 담당자도 내 일러 주마."

강 회장은 지한이 사회 활동을 시작하면서부터 이용한 매장이 있다며, 그곳 담당이 지한의 신체 치수와 스타일을 자세히 안다고도 덧붙였다.

"무엇보다 신뢰가 바탕이 되어야 하는 업이야. 어떤 업이든 그렇지만, 대표자의 신뢰감 어린 이미지가 중요하지."

그는 늘 검은색 슈트만을 고집했는데, 단추 스타일이나 재킷 라펠, 드레스 셔츠의 깃 모양, 넥타이 무늬 등으로 세밀한 변화를 주었다. 언뜻 보기엔 모두 같은 복장처럼 느낄 수도 있지만, 만나는 상대와 장소에 따라 조금씩 달랐다.

"녀석이 멋 부리는 데가 꼭 한 군데가 있어."

"커프스 링크요?"

서희가 웃음기 섞인 목소리로 물었다.

"그래, 그거."

강 회장이 그걸 벌써 알아차렸냐는 듯이 호쾌하게 웃었다.

"온갖 브랜드 커프스 링크는 아마 다 갖고 있을 게다. 너무 비싼 시계를 차고 거기에 공을 들이면 허세 부리는 것 같거든? 금장 번쩍번쩍한 것들 말이다."

그는 주로 장식이 요란하지 않은 검은색 가죽 줄의 단정한 시계를 차는 듯했다.

"그러니 남들한테 보일락 말락 한 부분에 제 취향껏 멋을 부리는 게지. 내 손주지만 참 멋지지 않으냐?"

강 회장이 눈썹을 들썩이며 장난스럽게 물었다.

"네, 멋져요."

서희가 아까보다 더욱 진한 웃음기를 머금었다.

"사업하는 서 대표야, 뭐. 적당히 티 안 나게 멋 부리고 다닌다지만. 너는 멋 많이 부리거라."

강 회장이 마치 손녀딸을 대하듯이 서희의 등을 다독거려 주었다.

"뭐든 잘 어울려서, 내 마음 같아서는 매장을 통째로 살까 생각했어."

강 회장은 기분이 좋아 보였다.

"한 명은 무뚝뚝하지, 다른 한 명은 투덜거리기나 하지. 어디 이런 소소한 재미를 봐 봤어야지, 내가."

무뚝뚝한 한 명은 지한, 투덜거리는 한 명은 윤한일 것이다.

"할무니가 종종 이렇게 나오자고 하면 나와 줄 거지? 공으로 나오라는 거 아니야. 세상에 예쁜 물건이 얼마나 많은지 모른다. 그거 하나씩은 다 걸쳐 봐야지, 살맛이 나지."

"네, 할머님. 감사합니다. 오늘 사 주신 것도요. 마음 주신 것도요."

강 회장이 웃음기 어린 눈을 가늘게 뜨고 서희를 곱게 흘겼다.

"나 아직 마음은 안 줬다. 내가 그렇게 가벼워 보이냐?"

농담조로 건넨 말에 서희를 작게 웃음을 터뜨렸다.

강 회장이 말한 지하 1층 아케이드의 남성복 매장에 막 들어섰을 때였다. 멀찍이서 두 사람을 지키던 수행 비서 한 명이 강 회장에게 다가왔다. 그는 강 회장에게만 들릴 만큼 작은 목소리로 무언가를 긴히 보고하는 듯했다.

"그래요. 그럼, 집으로 바로 가야겠네. 우리 지한이 물건은 다음에 보세."

강 회장의 낯빛이 순식간에 어두워졌다. 갑작스러운 상황 변화에 서희는 감히 이유도 묻지 못하고, 집으로 돌아가는 차에 올랐다. 내내 호쾌하게 굴었던 강 회장의 심기가 불편해 보였다. 이유를 알 수 없는 초조함과 불안감이 밀려들었다.

곧장 집으로 돌아가야 하는 이유가 무엇이 있을까, 생각해 보았지만, 딱히 떠오르는 게 없었다.

그에게 무슨 일이 생겼나?

서희는 지한에게 메시지 하나 보내지 못하고 망설였다. 만약 그가 집 안에서 무슨 일이 일어났는지 모르고 있다면, 일하는 사람 심기를 어지럽히는 일이 될 테니까 연락을 해 볼 수도 없는 노릇이었다.

아무런 정보도 없었지만, 분위기가 심상치 않게 돌아간다는 것쯤은 파악할 수 있었다.

차고 문이 열리기 직전, 강 회장이 조용한 목소리로 말했다.

"부친께서 와 있다는구나."

심장이 바닥으로 굴러떨어지는 느낌이 선명했다.

퍽, 하는 소리와 함께 날아든 주먹이 지한의 턱을 갈겼다.

지한은 헛웃음을 흘리며 핏방울이 맺힌 입술 끝을 닦아 냈다.

"이게 지금 무슨 짓입니까?"

지한이 서늘한 어조로 물었다.

"무슨 짓인지 몰라서 묻나? 마음 같아서는 말이야. 네놈 찢어 죽이고 싶네만!"

함상훈은 고함을 고래고래 질러 가며 위협적으로 굴었다.

"따님을 데려가시겠다기에 그러시라고 말씀드렸을 뿐인데, 문제가 있습니까?"

지한이 눈썹을 들썩거리며 물었다. 의아하다는 투였다.

"네놈이! 네놈이, 정말!"

"정말 따님을 데려갈 목적으로 오신 게 아니었나요? 만약 저였다면, 온 집 안을 뒤지고 다니면서 딸 먼저 찾았을 것 같은데요. 무사한지, 정말 이곳에 있는 것은 맞는지. 확인부터 해야 하지 않습니까?"

지한의 물음에 함상훈은 잠시 할 말을 잃은 듯한 표정을 지었다.

"그래, 내 딸이 여기에 있기는 한 건가?"

이제야 아비 노릇을 하겠다고 묻는 꼴이 우습기 짝이 없었다.

"말씀드렸잖습니까. 외출했다고."

"고얀 놈! 이놈이, 정말!"

함상훈이 또다시 주먹을 쓰려고 해서 지한이 그의 손목을 으스러뜨릴 듯이 움켜잡았다.

"제가 평생 누군가에게 폭력을 행사해 본 적이 없는데, 지금은 정말이지 참기가 힘드네요."

지한이 화를 억누른 목소리로 중얼거렸다. 손목을 내팽개치듯 놓아 버리자, 힘의 균형을 잃은 함상훈이 뒤로 나자빠질 것처럼 휘청거렸다.

"아버지뻘 되는 나한테도, 남자인 나한테도! 이렇게나 몹쓸 짓을 하는데! 우리 착한 서희한테는 대체 어떻게 했을지."

급기야 함상훈이 눈물 없는 통곡을 시작했다.

"내가 우리 서희를 어떻게 키웠는데, 우리 고운 서희를 감히. 아이고. 사업이 어려워진 거지, 사람을 내다 버렸나, 내가."

뚫린 입이라고 잘도 떠들어 댄다. 뻔뻔하기 그지없는 작자는 인간이기를 포기한 듯했다.

"안타깝지만, 함서희는 앞으로 저와 함께 지내야 할 것 같습니다."

함상훈이 고개를 휙 돌리며 지한을 노려보았다. 눈빛에 어리석은 이채가 감도는 걸 보니, 어떻게 돈을 뜯어낼지 궁리하는 모양이다.

"쉽게 말씀드리죠."

지한이 거래를 제시했다.

"와이너리를 사들이셨다고요?"

상훈의 눈이 희번덕거렸다.

"제가 그 사업에 투자를 할 수도 있습니다만."

지한이 시간을 끌자, 함상훈이 마른침을 꿀꺽 삼켰다.

"그 대신."

목소리를 낮췄다.

"서희 앞에서는 영원히 사라지는 겁니다."

눈을 한 바퀴 굴리는 함상훈의 표정은 비열했다.

"어떻게 아비가 딸애의 얼굴을 보지 않고 살겠나."

함상훈이 읍소하듯 미간을 찡그렸다.

"나는 큰 욕심 부리는 사람이 아니야. 자네도 나중에 자식을 낳고 키워 보면 알겠지만, 천륜을 어떻게 끊나? 어떻게 그런 잔인한 말을 하는가? 서희를 보지 말고 살라니!"

함상훈이 또 통곡하려는지 울먹거렸다. 눈물 한 방울 나지 않으면서 뻔뻔하기가 이를 데 없다. 투자 한 번으로 나가떨어지지 않겠다는 의지가 분명했다.

"그럼 아드님도 많이 보고 싶으시겠어요."

"내가 아들이 어딨나? 나는 딸만 둘이네. 서희랑 서희 동생."

지한이 비어져 나오려는 비소를 참으며 물었다.

"아드님 얼굴은 한 번도 보지 못하셨습니까? 제가 아드님도 데리고 있는데요."

함상훈이 그건 진짜 아니라는 듯이 고개를 비스듬히 기울이고는 눈을 가늘게 떴다.

"남자가 바깥일 하다 보면 여러 사람 만나게 되고, 그렇지만. 나 그런 실수는 결단코 한 적 없네. 아들은 무슨!"

저따위 말을 변명이라고 내뱉는 쓰레기를 아버지라고 그리워하는 서희가 안쓰러워서 속이 뒤집힐 것만 같았다.

"그래요? 그건 차차 확인하기로 하고. 제 제안이 마음에 들지 않으시면, 오늘 따님과 더불어 아드님까지 데리고 이 집에서 나가 주시면 감사하겠습니다."

지한은 할 말 다 했다는 듯이 읊조렸다. 함상훈은 잠시 말이 없었다. 어떤 판단을 내려야 자신이 득을 볼 수 있는 것인지 한참 고민하는 눈치다.

"투, 투자는 얼마나 할 겐가?"

곧 죽어도 딸을 데리고 가겠다는 말은 하지 않는다.

"크게 쳐서."

지한이 웃으며 덧붙였다.

"오천 드리죠."

"뭐야? 오천? 자네 지금 나랑 장난하나?"

"장난이라고 받아들이시니 어쩔 수가 없네요. 그럼, 협상은 여기서 끝내는 것으로 하겠습니다. 서희랑 아드님 서준이는 오늘 이 집에서 나가는 것으로 알겠습니다."

지한이 자리에서 일어서려던 순간이었다.

"손님이 왔다고?"

강 회장이 대응접실로 들어서며 엄정한 목소리를 냈다. 지한은 자리에서 이미 일어난 상태였고, 상대가 누구인지 살피는 함상훈은 엉거주춤하게 일어서고 있었다.

"아이고, 회장님. 안녕하십니까? 회장님께서 한국에 들어와 계신 줄은 미처 몰랐습니다. 이런 줄 알았더라면 제가 회장님을 먼저 찾아뵀을 텐데요."

손을 모으고 굽신거리는 꼴이 가관이다.

"우리 지한이 녀석이랑 무슨 이야기를 하고 있었는가?"

강 회장이 인자한 음성으로 물었다. 함상훈은 분위기 파악을 위해 잠시 망설이는 눈치였다.

"이게 자네가 투자하는 사업인가?"

기민하게 테이블 위를 살핀 강 회장이 묻자, 함상훈이 고개를 세차게 끄덕거렸다.

"예, 어르신. 술도가에서 나고 자란 덕에 이런 사업이 익숙합니다."

강 회장은 속을 알 수 없는 얼굴을 하고 그저 고개를 끄덕거릴 뿐이었다.

"프랑스와 이탈리아에 있는 와이너리입니다. 요즘 우리나라 주류 판매량 중에 와인이 차지하는 비중이 점점 늘어나고 있지요."

"그렇지."

강 회장이 고개를 끄덕이며 덧붙였다.

"그래, 이제 처자식 다시 거둘 준비는 되어 있고?"

반투명한 유리문을 사이에 두고 서희는 숨을 죽였다.

아버지를 직접 만나서 묻고 싶은 게 많았지만, 강 회장은 기다리라고 했다.

'지금 자네 아버지가 찾아온 사람은 자네가 아니야.'

강 회장의 표정은 인자했지만, 어조만큼은 단호했다.

'가족을 찾고 싶었으면, 어머니께 먼저 가서 사죄해야지. 여기 먼저

올 리가 있겠나?'

반박의 여지가 없는 말이었다.

'이 집에 온 손님이고, 지한이를 찾아온 사람이니, 내 알아서 하겠네.'

서희를 무시하는 게 아니라, 집에 온 손님을 성심껏 대하는 것뿐이라고 말하는 강 회장의 눈빛에 거짓은 없었다.

아버지는 강 회장에게 이탈리아와 프랑스에 있는 와이너리에 대한 설명을 늘어놓기 시작했다.

"피에몬테 지방과 메독 지방은 워낙 유명한 포도 산지입니다. 아시죠? 좋은 포도로 빚어낸 와인, 사실 이것만큼 훌륭한 게 없지요. 제가 말입니다, 회장님."

선거 공략을 내뱉는 정치인처럼 강한 어조로 함상훈이 떠들기 시작했다.

"이 와이너리만 잘 되면, 당당한 모습으로 가족 앞에 서려고 합니다."

그러고는 갑자기 울먹거린다.

"제가 눈에 넣어도 아프지 않을 제 딸과 평생 저만 믿고 살아온 제 아내에게 정말이지 죽을죄를 지었습니다."

굽실거리던 상훈이 강 회장 앞에 무릎까지 꿇었다.

"한 번만 도와주십시오, 회장님! 제가 정말 열심히 살아 보겠습니다."

강 회장은 기가 막혔지만, 어떻게 하는지 더 두고 보자며 소파에 자리를 잡고 앉았다.

"앉거라. 집 안 무너진다."

여전히 자리에 서 있는 손주 지한을 향해 한 말이었다.

"그리고 자네."

여전히 응접실 바닥에 무릎을 꿇고 흐르지도 않는 눈물을 훌쩍이고 있는 함상훈을 향해 말했다.

"거기 그러고 앉아서 듣게. 자네가 우리 집 소파에 편히 앉아 있는 꼴은 내 차마 못 보겠네."

"예? 회, 회장님!"

강 회장의 단호한 어조에 놀랐는지, 함상훈이 엉덩이를 떼려다 엉거주춤했다.

"자네 가족들이 그동안 어떻게 지내왔는지 아는가? 자네가 혼자 욕심을 채우기 위해 저지른 일로 자네만 믿고 살았던 아내와 큰딸 서희가 얼마나 혹독한 시간을 보내야 했는지 알아?"

"회장님, 저도 정말 어쩔 수 없었…….."

"됐네."

강 회장은 더 들을 필요도 없다는 듯이 딱 잘라 말했다.

"회장님, 우리 서희가 여기서 지냈다고 들었습니다. 어떻게 결혼도 안 한 남녀가 한집에서 살 수가 있단 말입니까? 저는 우리 서희 그렇게 안 키웠습니다."

"그럼 자네 지금 내가 우리 지한이를 잘못 키웠다고 말하고 싶은 겐가?"

"부모 없이 자랐다고 들었습니다. 제대로 된 환경에서 자란 저희 서희와는 근본부터가!"

"네 이노옴!"

대응접실이 떠나가라 강 회장의 목소리가 크게 울렸다.

입으로 지은 죄는 반드시 돌려받는다고 했던가. 며느리에게 근본 없다며 몰아붙인 죄닦음을 이렇게 하려는 건가 싶었다.

함상훈 같은 치한테 감히 지한이가 근본 없다는 소리를 듣다니, 속에서 열불이 났다.

"훌륭한 교육을 받고 자란 사람이면 알겠지요. 순진한 아가씨 꼬여서 여기까지 오게 했으니, 보상해야 한다는 걸요. 투자금 조로 50억만 주시면 물러나겠습니다."

"예가 어디라고, 감히."

강 회장은 헛웃음을 터뜨렸다.

"제가 이대로 나가서 가만히 있을 것 같습니까? DL금융 물어뜯고 싶어 하는 곳이 얼마나 많은지 아시죠?"

협박이라고 지껄이는 소리가 우스웠다.

"자네 지금 나를 협박하는 겐가?"

강 회장이 미소 띤 얼굴로 물었다. 함상훈은 자리에서 완전히 일어선 상태였다.

"협박이라뇨. 거래 제안이죠."

함상훈의 말이 떨어지자마자, 강 회장이 호탕하게 웃기 시작했다. 대응접실을 울리는 웃음소리는 기괴할 정도로 컸다.

"참 재미있어. 재미있는 사람이야."

강 회장이 고개를 절레절레 내젓고는 불투명한 유리문으로 가려진 전실 쪽을 바라보았다.

"얘, 서희야."

강 회장이 서희를 부르는 목소리에 지한이 흠칫했다. 그러자 강 회장이 괜찮다며 지한에게 슬쩍 눈짓을 보냈다.

"서희야? 아이고, 서희야!"

유리문을 열고 서희가 모습을 드러내자, 함상훈은 딸에게 달려가 작은 몸을 억지로 끌어안고 통곡하는 척했다.

"얼마나 고생이 많았니. 아버지가, 아버지가 너를 지키지 못하고. 여기서 이 꼴이 이게 뭐니."

서희는 저를 안고 우는 시늉을 하는 아버지가 비현실적으로 느껴져서 잠시 정신이 멍해지려고 했다.

"오랜만이네요, 아버지."

서희가 마른 목구멍에서 간신히 목소리를 끄집어냈다.

"응, 서희야. 우리가 여름에 보고 못 봤으니."

아버지는 변한 게 없어 보였다. 여전히 고급 슈트를 입고 있었고, 잘 손질해 빗어 넘긴 머리는 깔끔했다. 마치 사업가로서 한창 잘나가던 시기의 아버지 모습을 보는 듯했다.

"어머니 소식은 들으셨어요?"

서희가 목소리를 낮춰 물었다. 아무것도 변한 게 없어 보이는 아버지에 비해 어머니는 많은 것을 잃었다.

집을 잃었고, 가족과 뿔뿔이 흩어졌고, 남편을 향한 믿음을 배신당했고, 건강마저 예전 같지 않았다.

"응, 네 엄마가 좀 약했잖니."

어머니의 병환이 약한 몸체 탓이라는 소리였다. 제 잘못은 하나도 없는 것처럼 말하는 아버지의 태도를 이제 더는 용납하기가 힘들었다.

순간 지한과 눈이 마주쳤다. 그는 아까부터 계속 서희를 바라보고 있었는데, 이제야 그의 걱정스러운 시선이 눈에 들어온다.

심장이 꽉 조였다. 그가 연하게 웃었다. 하고 싶은 대로 해도 좋다고 말하는 것처럼 느껴졌다.

"서희야. 네 부친이 투자를 해 달라는데, 어떻게 생각하니?"

강 회장이 부드러운 음성으로 물었다. 마치 모든 결정권이 서희에게 있는 것처럼 진중하고 자상한 음성이었다.

"투자라니요. 예전 사업 때문에 생긴 문제들도 아직 해결 못 하셨는데요."

서희가 건조하게 읊조렸다.

"너는 어떻게 딸이라는 녀석이 아버지한테 말을!"

"아버지는 어떻게 아버지라는 분이 그렇게 무책임하게 구셨어요? 제 앞으로 제가 모르는 빚이 혹시 더 있나요?"

아버지는 할 말을 잃은 듯 잠시 멈칫했다.

"아니면 제가 모르는 제 동생이 더 있나요?"

서희의 물음에 이번에는 아버지의 얼굴이 붉으락푸르락했다.

"네가 어디서 무슨 소리를 들었는지 모르겠는데! 동생은 무슨 동생이야! 네 동생은 서은이 하나지!"

"서준이는요?"

서희의 물음에 아버지가 미간을 팍 구기며 되물었다.

"누구? 서준이?"

생전 처음 듣는 이름이라는 듯이 아버지가 발뺌하기 시작했다.

"대체 무슨 소리를 하는 거야? 아까 서 대표도 그러더니! 애는 무슨 애가 있다는 거야! 내가 사업하다가 조금 삐끗해서 빚은 졌어도 그런 터무니없는 짓은 안 했다!"

투자나 회사 이야기를 할 때와는 또 다른 기고만장함이었다.

"올해 여섯 살 된 남자애, 모르세요? 서준이요. 성도 모르고, 어디서 어떻게 살아왔는지도 몰라서 가짜 서류로 유치원 다녀야 하는 아이. 정말 모르세요? 돈은 그렇다고 쳐요! 저랑 어머니는 성인이니까 그렇다고 쳐요! 어떻게 여섯 살 난 애한테 이러실 수가 있어요?"

"사람이 망하면 오만 벌레가 꼬여서 저도 피해 봤다고 울어 댄다더니! 어디서 무슨 소리를 듣고 그러는 거야!"

아버지가 버럭버럭 화를 냈다. 서희는 눈을 지그시 감았다가 뜨고는 숨을 한번 골랐다.

"돈 문제는 다 해결하셨어요? 지난번 와이너리 건으로 문제가 된 게 한두 푼이 아니잖아요? 그때 투자자들한테 상환 약속 다 하시고, 여기 오신 거예요?"

아버지가 흐음, 하고 목을 가다듬었다.

"그깟 푼돈. 이번에 사업이 성공하고 나면."

"사기죄로 수배 중인 건 아세요?"

"그것도 무혐의 나올 거다."

세상을 이렇게 우습게 알던 사람이었나, 싶은 생각이 들 정도다. 자신을 정성으로 키워 준 아버지의 모습은 어디에도 없었다.

하긴 아버지는 골프장이나 승마장 등 소위 말해 가족의 단란함을 과시할 수 있는 공간에서만 좋은 아버지였다. 서희와 서은, 두 자매의 교육과 양육은 모두 어머니의 몫이었던 것 같다. 부모를 향한 무조건적인 신뢰가 아버지의 가면을 견고하게 했을 것이다.

"저는 어머니께 사람은 정직하게 살아야 한다고 배웠거든요. 제 책임을 다해야 한다고도 배웠고요."

"네 엄마가 너랑 서은이를 너무 무르게 키웠다. 특히 너 말이다. 너처럼 물러 터진 애가 세상에 어디 있니?"

서희는 쓴웃음을 머금었다.

"네, 제가 좀 물러 터진 것 같아요. 사회에서 아무런 활동도 할 수 없는 바보로 만들고, 사채업자한테 협박이나 당하고. 그렇게 만든 아버지를 끝까지 그리워했어요."

아버지가 겸연쩍은 한숨을 내쉬었다.

"그래서 이제는 그렇게 안 살려고요. 조금 딱딱하게 굴어 보려고 해요."

"너, 지금?"

아버지가 기가 막힌다는 듯이 고개를 이리저리 돌리며, 허리춤에 손을 얹었다.

"강 회장님, 제가 죄송합니다. 댁에서 이런 소란을 피워서는 안 되는 일인 줄 알지만, 저희 아버지 사업이 지한 씨와 연결되어 있다는 헛소문이 돌아서 어쩔 수 없었습니다."

서희는 크게 숨을 들이마시고는 다시금 입을 뗐다.

"백 실장님, 들여보내 주세요."

서희가 잠잠하게 내뱉은 말에 사복 경찰 여럿이 집 안으로 들어섰다.

그중 가장 연장자로 보이는 경찰에게 서희가 담담한 목소리로 말했다.

"서지한 대표를 폭행하는 모습도 제가 목격했습니다. 강 회장님께 투자를 강요하며 협박을 하기도 했고요. 참고인 조사가 필요하시면 불러 주세요."

말을 끝마치고 나자, 그 충격에 온몸이 욱신거리는 듯했다. 부끄럽고, 죄스럽고, 원망스럽고, 화가 났다. 그리고 저를 안쓰럽게 바라보고 있는 남자에게 미안해서 얼굴을 들 수가 없었다.

"너! 네가 어떻게 나한테! 어떻게 딸자식이 아버지를 신고해!"

아버지는 경찰에게 붙들려 나가면서도 억울하다는 듯이 소리를 고래고래 질러 댔다.

"배은망덕한 년. 부모한테도 이용당한 년이 남자한테는 이용당하지 않으리란 법 있을 것 같아? 원래 부모 복 없는 년들이 남편 복도 없는 거야!"

아버지가 딸에게 하는 악담이라고는 믿기지 않을 만큼 추악했다.

"거, 조용히 하세요."

경찰이 주의하라고 경고하는데도, 아버지는 끝까지 입에 악의를 머금었다.

"너 내가 천년만년 붙잡혀 있을 것 같아? 두고 봐. 네가 나와서 네 년 아가리부터 찢어 놓을 테니까!"

그가 자리에서 일어나 다가오려고 했다. 서희가 살짝 고개를 내저었다.

유독 집이 넓었고, 현관으로 향하는 복도가 길었다.

"에잇, 더러운 년. 시집도 안 간 계집애가 가진 것도 없이 반반한 얼굴로 사내놈한테 붙어먹어서는 기고만장해서 지 아비를 이 모양, 이 꼴로 만들어? 쳐 죽일 년. 꼭 지 같은 딸 낳아서 키워 봐야 뼈저리게 후회를 하지! 썩을 년!"

아버지에게 처음 들어 보는 상스러운 말들이었다. 힘주어 버렸지만, 가슴은 시시각각 허물어졌다.

여기서 무너지면 안 돼.

서희는 아버지의 끔찍한 목소리가 잦아들 때까지 기다렸다.

주위가 조용해졌는데도, 세 사람은 누구도 먼저 움직일 생각을 하지 않았다.

"할머님, 잠시 드릴 말씀이 있습니다."

서희는 덜덜 떨리는 손을 맞잡았다. 담대하게 마음먹으려고 했지만, 아버지를 제 손으로 경찰에 넘긴 직후여서 그런지 쉽지 않았다.

다리가 풀려 주저앉을 것만 같아서 발끝에 힘을 꽉 주었다.

"그러지."

강 회장이 자리에서 일어나 먼저 서재로 향했다.

서희는 지한을 향해 연하게 웃어 보였다.

"잠시만 기다려 줄래요?"

입 모양으로 조용히 물었다. 그러자 그가 알겠다며 고개를 끄덕거렸다. 서희는 멀찍이서 강 회장의 뒤를 따랐다. 현실감이 없는 아픔

일지라도 가슴은 미어질 것만 같았다.

나쁜 사람인 걸 알면서도, 그가 자신의 부모였다는 사실에, 여태 껏 아버지를 그리워했다는 사실에 자괴감이 밀려들었다.

"무슨 이야기를 하려고 나를 불러내기까지 해?"

강 회장이 부드러운 목소리로 물었다.

"일단 앉아라."

"네."

커다란 테이블을 사이에 두고 두 사람이 마주 앉았다.

"할머님."

"오냐."

"아까 괴롭히는 사람들 있으면 일러도 된다고 하셨죠? 꽉 혼쭐을 내 주겠다고 하셨잖아요."

서희는 떨지 않으려 애쓰며 조심스럽게 이야기를 꺼냈다.

"그랬지. 왜 그새 일러바칠 사람이 생겼어?"

강 회장이 안쓰러운 눈빛으로 서희를 바라보았다.

"저희 아버지요."

서희는 숨을 한번 고르고는 말을 이었다.

"피해자가 고통받은 만큼 처벌받는 세상은 아니잖아요."

잠자코 듣는 강 회장의 눈빛은 너무도 깊어서, 그 깊이를 헤아릴 수가 없었다.

"더는 다른 사람 괴롭힐 수 없게, 그리고 지한 씨 더는 찾지 않도 록 혼쭐을 내 주세요."

강 회장이 맥 빠진 웃음을 지었다.

"지금 나한테 자네 아버지를 혼내 주라고 이르는 겐가?"

서희는 조용히 고개를 끄덕거리다가, 이내 고개를 내저었다.

"아니요. 이제 제 아버지 아닙니다."

412

"보기보다 독한 구석이 있네."

의외라는 듯이 강 회장이 고개를 비스듬히 기울이며 서희의 말간 얼굴을 들여다보았다.

"그런 분이 제 아버지라는 사실이 부끄럽고, 원망스럽다면…….제가 나쁜 걸까요?"

강 회장이 긴 숨을 내쉬었다. 안쓰럽고 딱해서 눈가가 시큰했다.

"우리가 세상에 태어날 때, 부모를 골라서 태어나는 게 아니야. 하물며 내가 내 배 아파 낳은 자식, 내 철학대로 키운 내 자식도 원망스러운 순간이 있다네."

한숨이 한 번 더 이어졌다.

"그러니 부모라고 원망스럽지 않겠나? 죄를 부끄러워하는 것은 당연하지. 죄는 미워하되, 사람은 미워하지 말라는 성인군자 같은 말도 있지만. 죄를 짓고 반성하지 않는 사람을 어떻게 미워하지 않을 수 있겠나?"

서희는 잠자코 듣기만 했다.

"세상이 불공평한 것도 맞네. 피해를 당한 사람은 인생을 저버리는 경우도 있는데, 가해자는 멀쩡히 살아가는 현실이 있지 않은가. 자네 말 무슨 말인지, 다 이해하네."

강 회장은 어떻게 위로해야 하는지, 착한 사람이 제 손으로 아버지를 경찰에 넘기고 큰 벌을 받기를 바라며 죄스러워하는 마음을 어떻게 달래 줘야 할지 막막해서 가슴이 답답했다.

"당연해. 누구라도 원망스러웠을 상황이야. 자네가 현명하게 대처한 거야."

그리고 지한에게 먼저 말을 걸어야 했을 아이가, 제게 독대를 청했다는 사실이 마음에 걸렸다.

"아가."

"네, 할머님."

살가운 부름 때문인지, 서희의 목소리가 파르르 떨렸다.

"아까 내가 한 말 기억하지? 휘둘리지 말라고 했잖니. 그게 내 인생 책임져 주지도 않을 거면서 제멋대로 떠드는 치들한테만 해당하는 말이 아니야. 잘 듣거라."

만약 손녀딸이 있었다면, 손녀딸이 이런 고민에 빠졌다면 이런 조언을 해 줬으리라.

"네 인생에 큰 영향을 미친 사람이라도, 네가 힘들다면 그 관계는 마땅히 버려야 하는 게 맞다. 그게 부모든, 남편이든, 자식이든. 네 인생은 네가 살아가는 거지. 누가 대신 살아 주는 게 아니야."

"네, 할머님."

서희가 눈물이 가랑가랑한 눈으로 애써 웃으며 대답했다.

이제 안절부절못하고 있을 손자를 둔 할머니로 돌아올 때다.

"그래도 오늘은 우리 지한이랑 같이 있어야지, 응? 곱게 옷도 차려입었는데, 둘이 바람이라도 쐬고 오려무나. 서준이는 내가 봐주마."

동생의 이름이 흘러나오자, 서희가 움찔했다. 아마 강 회장도 같은 생각을 하고 있을 것이다. 함상훈은 아이의 존재에 대해서는 진실을 말하고 있는 것처럼 보였다.

그럼 대체 동생이라고 데리고 있는 아이는 누구이며, 어떻게 해야 할까?

이미 정이 들 대로 들은 터였다. 아이 하나 키워 내는 것쯤은 강 회장 집안에서 문제 될 게 없었다. 하지만 서희의 친모 입장에서는 있을 수 없는 일이었다.

남편의 외도로 생긴 줄 알았던 아이, 하지만 남편이 부정한 아이.

아직 함상훈이 친 사고의 잔해들이 여기저기 널려 있었다.

운전석에 앉은 남자는 말이 없었다. 조용하기는 서희도 마찬가지였다. 집안 분위기가 어수선하니, 둘이 기분도 환기시킬 겸 바람 쐬고 오라는 말에 등 떠밀리듯 집에서 나왔다.

그는 할머니와 무슨 이야기를 나눴는지 묻지 않았고, 서희도 쉽사리 입을 떼지 않았다. 강변을 달리던 차가 멈춰 선 곳은 한강 공원 주차장이었다.

"좀 걸을까?"

차를 멈춘 그가 조용한 목소리로 물었다.

"그래요."

서희는 그를 따라 차에서 내렸다.

마치 오늘 처음 만난 사이처럼 멀찌감치 떨어져서 걸었다.

"나 오늘 기분 되게 좋았었어요."

서희가 조심스럽게 입을 열었다. 그는 아무런 대꾸도 하지 않았다.

"할머님께서 옷도 사 주시고, 신발도 사 주시고, 가방도 사 주시고. 손주 며느리한테 잘 보이고, 공들여야 한다고 하셨어요. 손자가 이런 거 잘 못 한다고요."

그가 피식 웃음을 터뜨렸다.

"그러네."

"그리고 민 원장이라는 분도 만났거든요?"

"할머니 잘 가시던 갤러리 원장인데."

"그 사람이 막 며느리 자랑을 하더라고요. 어느 집안 출신인지, 뭐 하는 사람인지……. 그러면서 저는 어떤 사람인지 묻더라고요."

그가 공원 한가운데서 우뚝 멈춰 섰다. 해가 지려는지, 하늘이 황

금빛으로 물들고, 한강의 잔물결도 같은 빛깔로 변해 가고 있었다.

"할머니가 뭐라고 대답하셨을 것 같아요?"

그가 잠시 하늘을 올려다보며 고민하는 듯했다.

"모르겠는데?"

아무것도 떠오르지 않는다며 고개를 내저었다.

"연애했다고요."

"뭐?"

그가 전혀 예상치 못한 대답을 들었다는 듯이 되물었다.

"나는요."

서희가 크게 한숨을 들이켜고는 말을 이었다.

"오늘처럼 좋았고, 오늘처럼 비참했던 날이 없었어요."

어쩐지 눈물이 나올 것만 같아서 서희도 잠시 하늘을 올려다보았다. 붉게 물들어 가는 하늘과 원래 파랬던 색감이 묘하게 겹쳐서 연보라색으로 변해 가고 있었다.

"한 사람을 이렇게 미워했던 날도, 또 다른 한 사람이 이렇게 간절했던 날도 없었고요."

눈을 빠르게 깜빡거리며 울지 않으려고 노력했다. 여기서 눈물을 보이면, 털어놓을 마음이 지나친 감정처럼 보일까 봐 싫었다.

"요즘처럼 행복하면서도, 요즘처럼 내가 쓸모없는 사람이라고 느낀 적도 없었어요."

그의 곁에 머무는 시간이 좋았다. 하지만 아무것도 하지 못하는 처지에 한숨이 나왔다.

"지금은 내세울 게 하나도 없어요. 그런 내가."

크게 숨을 한번 고른 순간, 왼쪽 눈에서 눈물방울이 속절없이 낙하했다.

뺨에 닿지 못한 눈물은 곧장 마른 잔디 위로 떨어졌다.

"내가…… 서지한 씨를 계속 사랑해도 될까요?"

그가 눈을 지그시 감았다가 떴다. 기다란 눈가가 붉었다.

"그래도 돼요?"

서희는 다시금 물었다. 그가 천천히 고개를 끄덕거리며, 가녀린 손목을 당겨 바르르 떨리는 몸을 품에 안았다.

10화

커다란 덩치도 떨고 있기는 마찬가지였다.

"만약에 네가 오늘 일로 나를 다시는 보지 않겠다고 한다면, 그런 소리를 한다면."

귓가를 울리는 낮은 음성이 파르르 떨렸다.

"제발 내 옆에 있어 달라고 애원이라도 하려고 했어."

그의 입술이 서희의 뺨 위를 스쳤다. 안타깝도록 달콤한 숨결이 살갗 위에서 연약하게 부서졌다.

"애원은 내가 해야죠."

서희가 부드럽게 웃었다. 눈물이 조금씩 흐르고 있는데도, 목소리는 떨리지 않았다. 울음의 의미가 조금씩 다르다는 걸 이 남자를 통해 배운다. 복받치는 설움도 다정하게 녹여 버릴 수 있는 그의 말 한마디, 한 마디가 사무치게 고맙다.

아무런 조건 없이 서희를 도와준 거로도 모자라서, 그로 인해 곤

경에 빠지고 말았는데도. 그는 서희에게 사랑을 표현하고, 애정을 갈
구했다.

낳아 준 부모가 사랑하는 사람을 괴롭히는 모습을 잠시나마 지켜
보는 것은 하늘이 무너지고 숨 쉴 공기가 사라진 세상에 서 있는 것
처럼 끔찍했었다.

"이제, 다 됐어."

그가 커다란 손으로 서희의 손을 가만히 쓸어내려 주었다.

이제 다 되었다는 듯이. 더는 이처럼 가혹한 일은 일어나지 않을
거라는 듯이.

습관처럼 뺨에 닿은 그의 숨결이 점점 입술과 가까워졌다.

"여기서는 좀."

서희가 주변을 두리번거리며 읊조렸다. 그러자 그가 웃음기를 머
금으며 속삭였다.

"은근히 고지식하고, 보수적이야."

그의 말을 반박할 수가 없었다.

마치 한 사람처럼 달라붙어서 산책하는 연인들이 꽤 있었지만, 그
렇다고 여기서 그와 키스를 나눌 용기는 없었다. 그리고.

"가볍게 끝낼 자신이 없어서 그래요."

서희가 조용히 속삭였다. 그러자 그가 참을 수 없다는 듯이 웃음
을 터뜨렸다.

"너는 꼭 이렇게 사람을 놀라게 하더라."

환하게 웃던 그가 순간 얼굴을 찡그리며 입술 끝을 검지로 톡톡 건
드렸다. 상처가 벌어져 쓰린 모양이었다.

"아파요? 아까 여기 맞은 거죠?"

"괜찮아. 이 정도야, 뭐."

그가 안쓰러운 표정을 짓고 있는 서희의 입술에 쪽, 하고 입을 맞

420

추었다.

"이런 거 하나도 안 아파. 네가 더 아프겠지."

강바람에 흩날리는 서희의 머리카락을 부드럽게 넘겨 주는 그의 손길은 한없이 자상했다. 앞으로 무슨 일을 겪더라도 오늘보다 더 가혹하고, 오늘만큼 애틋할 수 없으리라고 서희는 생각했다.

한강 공원에서 그리 멀지 않은 호텔, 객실에 들어서자마자 지한은 그녀의 가녀린 몸을 당겨 안았다.

집에서 늘 편안한 옷을 입고 있었는데, 그녀가 어떤 복장을 하고 있건 예뻤기에 이토록 예쁜 옷을 선물할 생각도 하지 못했다.

강 회장이 사 주었다는 레이스 원피스를 입은 그녀는 눈이 부시도록 아름다웠다. 하지만 아름다운 원피스는 지금 거추장스러운 옷일 뿐이었다.

옆구리에 있는 원피스 지퍼를 천천히 끌어 내리며, 그녀의 입가에 가볍게 입을 맞추었다.

"하아."

그녀가 더운 숨을 몰아쉬며, 팔꿈치를 들고 지한의 목을 끌어안았다. 매달리듯 안겨 오는 여체의 말랑말랑한 압박감은 입맛을 달콤하게 돋웠다. 오늘 감정적으로 힘든 하루를 보낸 탓인지, 그녀는 평소보다 갈증이 심해 보였다.

아직 극악한 상황이 완전히 마무리되지는 않았지만.

오늘 하루치의 노곤함만큼은 싹 잊을 만큼 만족시켜 줄 생각이었지만.

어쩐지 절박하게 매달리는 그녀를 보니, 조금 짓궂게 괴롭히고 싶어진다. 지한은 그녀의 목 언저리를 살짝 깨물고 핥으며 레이스 원피스를 완전히 벗겨 냈다.

사실 어떤 옷을 입든, 벗겨 놓은 것과는 비할 바가 못 되었다.

"흐응."

신음을 흘리는 그녀의 살갗 위로 뜨거운 소름이 부드럽게 일어났다. 긴장을 가라앉히듯, 혹은 더 높이듯 그녀의 맨등을 아주 천천히 쓸어내렸다.

"하아."

손이 내려가는 속도에 따라 그녀의 몸이 부드럽게 휘었다. 고개를 비스듬히 기울인 그녀가 지한의 입술에 조심조심 입을 맞추었다. 입술 끝 상처가 아플까 봐 주의를 기울이는 그녀의 뺨은 벌써 붉었다.

지한은 한 손에 들어올 듯 잘록한 허리를 당겨 안으며 가느다랗게 떨리는 입술을 크게 집어삼켰다.

"으음."

입안으로 그녀의 신음이 쏟아져 들어왔다. 토막 난 숨결이 서로의 뺨 위를 타고 흘러내렸다.

작은 손이 목줄기를 타고 내려와 단단한 가슴을 살짝 밀어냈다. 입술을 붙인 채, 가라뜬 눈으로 그녀를 바라보았다. 드레스 셔츠 단추를 풀어 내려가는 그녀는 눈을 반쯤 감고 있었다. 가늘게 뜬 눈가가 먹음직스럽게 붉다.

지한은 슬쩍 입술을 떼고는 드레스 셔츠를 벗어 던졌다.

"하아."

"흐으."

거칠게 달아오른 숨결이 급하게 흘러나왔다. 허공으로 흩어지는 서로의 호흡이 안타깝다는 듯이 성마르게 들이켰다. 말캉말캉하게 휘감고, 거칠게 비볐다. 그녀가 침대 쪽으로 뒷걸음질 치도록 천천히 밀어붙였다.

마침내 침대에 몸을 눕힌 그녀는 숨을 할딱이며 지한을 올려다보앗다. 갈구하는 눈빛에는 단숨에 집어삼키고 싶은 애정이 맺혀 있었다. 발목을 잡아끌어 허리에 감으며 몸을 숙였다.

"하웃."

익숙해질 정도가 되었는데도, 언제나 새로운 감각이 전신을 뒤덮었다. 허리 아래서 시작된 전율은 척추 뼈 마디마디를 타고 올라와 머릿속을 하얗게 탈색했다.

"하아."

그녀의 부푼 몸피에 얼굴을 묻고 짙은 숨을 내뱉었다.

이제야 살 것 같은 기분이다. 그녀의 만족스러운 숨소리를 들으며 지한은 스르륵 두 눈을 감았다.

"아까 할머니하고는 무슨 이야기 한 거야?"

그녀를 제 몸 위에 올려 두고 도란도란 이야기를 나누는 것이 요즘 지한에게 생긴 새로운 취미였다.

"할머님이 그러셨거든요. 누가 괴롭히면 일러바치라고."

"정말?"

지한이 웃으며 되묻자, 그녀가 고개까지 끄덕인다. 어깨로 흘러내린 그녀의 긴 머리카락이 살갗을 간질이며 살랑살랑 움직였다.

자신의 몸이 이토록 예민한지 지한은 미처 몰랐다. 그녀의 움직임 하나하나가 자극적이어서 돌아 버릴 지경이다. 그런데 그녀는 아무렇 것도 없다는 듯이 지한의 맨가슴에 낙서라도 하는 것처럼 손가락을 놀리고 있었다.

"지한 씨는 하도 점잖아서 나쁜 사람도 정중하게 혼낸다고요. 콱 혼쭐을 내 주고 싶으면 일러바치라고 하셨어요."

"나도 콱 혼쭐낼 수 있는데?"

"치, 그러면서 이렇게 맞았어요?"

423

그녀가 고개를 바짝 들고 지한의 입술 끝을 어루만졌다. 지한은 그녀의 손을 잡아서 가볍게 입을 맞추었다.

"그래서 누구를 일러바쳤는데?"

"아버지요."

잠잠한 목소리는 괴로움을 감추려 애쓰는 것 같지 않았다. 그저 담담하고 건조했다.

"지한 씨 괴롭히지 않도록 할머님께서 힘써 달라고 일러바쳤어요."

"지금 잘했다고 칭찬해 주길 바라는 거야?"

지한이 미간을 찡그리며 물었다.

"지금 기분 나쁘다는 거예요?"

서희가 어이없다는 듯이 되물었다.

"내가 그렇게 모자란 놈으로 보여? 다 해결했는데 할머니가 나타나서서 센 척하신 거잖아. 꼭 마지막에 나타나는 빌런처럼."

"와, 지금 할머니께 빌런이라고 했어요?"

"왜 그것도 일러바치게?"

"못 이를 거 없죠."

지한은 으름장을 놓았다.

"앞으로 할머니한테 그런 말 하기만 해 봐."

"그럼, 얻어터지질 말든가요. 진짜 속상하게."

되로 주려다 말로 받았다.

지한은 맥 빠진 웃음을 짓고 말았다.

"졌다, 졌어."

그래, 내가 함서희 이겨 먹어서 뭐 하냐.

"근데 말이야."

지한이 의문에 잠긴 목소리로 물었다.

"오빠였다가 왜 지한 씨가 되었지?"

"그냥 그렇게 부를게요."

뭐 이름을 부르는 것도 나쁘지는 않았다.

"그럼, 둘이 이렇게 있을 때만 오빠라고……!"

그녀가 작은 손으로 지한의 입을 턱 막았다.

"혹시 알코올 분해 효소가 부족해서 술 잘 못 마시는 사람 있는 거 알아요?"

지한이 고개를 끄덕거렸다.

"나는 항마력이라는 거 자체가 몸에 없는 사람 같아요. 그러니까 그런 거 하지 마요."

하도 진지하게 고개를 내저어서 누가 보면 대단한 협상이라도 하는 줄 알 것 같다. 지한은 혀를 날름 내밀어 입을 막고 있는 그녀의 손바닥을 잽싸게 핥았다.

"아오, 진짜! 더럽게!"

"뭐? 더러워?"

지한이 실소를 터뜨리며 그녀의 겨드랑이에 손을 집어 넣었다.

"잠깐, 이건 반칙."

"왜 반칙? 말해 봐. 내 혀가 더러워?"

"아니이, 손을 핥으니까!"

그녀가 지한의 단단한 몸 위에서 이리저리 꿈틀거렸다.

"흐응."

간지럼을 태우는데도 어떻게 이런 야한 소리가 튀어나오는지.

"그럼 이것도 더러워?"

지한이 그녀의 입에 쪽, 소리가 나도록 입을 맞추고는 혀로 한번 핥았다.

"아니이. 그게 아니고요."

425

"아니긴 뭐가 아니야. 핥아서 더럽다며?"

지한은 그녀를 안은 채로 몸을 벌떡 일으켜 앉았다. 그녀는 다리를 벌린 채로 지한의 허벅지 위에 앉아 있었다.

"그럼, 이것도 더러워?"

가냘픈 몸체를 끌어안으며 풍만한 몸피에 얼굴을 묻었다. 살갗을 길게 핥아 올리자, 그녀가 더운 숨을 내뱉었다.

"하아."

"더럽냐고."

정염에 쉰 목소리로 물었다. 그녀가 고개를 절레절레 내저으며 울 듯한 표정으로 지한을 내려다보았다.

"안 더러우니까, 나는 언제든 이렇게 핥을 수 있는 거네?"

나지막하게 가라앉은 목소리로 물으며 입안으로 흘러 들어오는 그녀를 빨아 마셨다.

"아아."

고개를 젖히며 앓는 소리를 내는 그녀의 모습은 시야가 붉어지는 착각이 일 정도로 자극적이다.

두 사람이 집으로 돌아온 건, 밤 10시가 다 된 시각이었다.

"누나, 어디 갔다 왔어?"

서준이 뽀로로 달려 나와 두 사람을 맞았다.

"누나, 나 오늘 유치원에서 바다 여행 사진이랑, 우리 여행 갔던 거 발표했다? 선생님이 나 발표 잘하는 어린이라고 막 칭찬 많이 해 주셨어."

서준은 우쭐해서 어쩔 줄을 몰라 했다. 바다 여행 사진을 내기 위해 그저 바닷가 사진 한 장을 원했던 아이였다. 지난 여행은 서준의 인생에 있어서 첫 여행이었으리라.

"그랬어? 우리 서준이 기분 좋았겠다."

"응. 많이 많이 좋았어. 다영이가 엄청 부러워했어. 다영이는 여름에 바닷가 가 보고, 겨울에는 바닷가 안 가 봤대."

서준이 옷을 갈아입는 서희를 따라 들어와서는 끊임없이 재잘거렸다.

"누나한테 유치원 얘기 하려고 아직까지 안 자고 있었어?"

"응. 근데 누나 다영이 알아?"

서준의 질문이 이리저리 튀었다.

"그럼, 다영이 알지. 체육대회 때 봤잖아."

"아, 맞다. 그랬었지."

서준이 고개를 끄덕거렸다.

"다영이가 생일 파티 한다고 나 초대했어."

"진짜?"

고개를 끄덕이는 서준의 얼굴에 걱정이 어려 있다.

"우리 서준이 좋겠다. 생일 파티에도 초대받고."

"잠깐만, 누나."

서준이 유치원 가방을 걸어 놓는 곳으로 달려가, 앞주머니에서 알록달록한 카드 봉투를 들고 달려왔다.

"이게 초대장이래."

아이가 몇 번이고 꺼내 봤는지, 초대장은 벌써 꾸깃꾸깃해져 있었다.

《다영이의 생일 파티에 초대합니다!》

생일 파티 날짜는 이번 주 토요일, 장소는 다영이네 집이었다.

아이의 생일 선물은 2천 원 이하로 준비해 달라는 다영 엄마의 세

심한 문구도 초대장에 적혀 있었다.

"누나."

"응."

"생일 파티 하면 뭐 해?"

서준이 진심으로 궁금하다는 듯이 검은 눈동자를 반짝반짝 빛내며 서희를 바라보았다. 서희는 순간 눈물이 핑 돌아서 잠시 아이의 시선을 피해야만 했다.

단 한 번도 생일 파티를 해 본 적 없는지, 아이는 생일 파티에 대해 궁금해하고 있었다.

"응, 생일 파티에는 생일을 맞은 친구한테 선물도 주고, 케이크에 꽂은 촛불도 불고, 케이크도 나눠 먹고. 함께 친구가 태어난 날을 축하해 주는 거야."

"나는 그런 사람 없었는데."

생전 그런 적 없던 서준이 입술을 삐죽 내밀며 고개를 푹 숙였다.

"서준아."

"누나, 나는 내가 태어난 거 축하해 준 사람이 아무도 없었어."

가슴이 콱 막혀서 그 어떤 말도 꺼낼 수가 없었다. 서준이 생일이 되면 같이 파티를 하자고 말하려고 했다.

생일 파티를 언제쯤 했는지 기억하느냐고 물으려고 했었다.

그런데 아이는 그랬던 기억이 전혀 없다고 말하고 있었다. 상식적이지 않은 일이 이 어린아이에게 너무 많이 일어났다는 사실에 가슴이 아팠다.

제발 이 아이가 내 동생이기를.

아이가 처음 나타났을 때, 아무것도 모르는 어린아이를 원망했었다. 그런데 아까 낮에 본 아버지는 아이를 부정하고 있었다.

만약 서준이가 내 동생이 아니라면, 어떻게 해야 하는 거지?

서희는 눈을 재빨리 깜빡여 눈물을 숨기고는 낮게 속삭이듯 말했다.

"서준아, 누나가 서준이 생일 꼭 찾아 줄게. 그래서 우리 같이 생일 파티 하자. 응? 제일 멋진 케이크 사서 소원도 빌고, 서준이가 갖고 싶은 생일 선물도 사 줄게. 촛불 불기 전에는 소원도 비는 거야. 우리 서준이 소원도 빌어 보자!"

순간 아이의 두 눈이 반짝 빛났다.

"그럼, 누나. 내 생일 언젠지 모르니까. 그냥 아무 때나 하자."

"응?"

아무 때나 하자는 말이 무슨 뜻인지 몰라서, 서희는 아이의 얼굴을 가만히 들여다보았다.

"내 생일 내일 하자!"

가장 좋아하는 친구이자, 가장 친한 친구인 다영이의 생일임에도 이토록 많이 부러웠나 보다.

"그래! 우리 내일 서준이 생일 파티 하자."

서희는 서준의 여린 몸을 끌어당겨 품에 안았다. 아이의 존재감이 주는 위안이 죄스러웠다. 강릉 바닷가에서 서희는 강 회장에게 이런 말을 했었다.

남의 불행을 위안 삼아 사는 경우가 있다고. 제 불행이 그에게 위로가 될 수 있다면, 저에게 닥칠 모든 불행을 굳건히 견뎌 낼 거라고.

그런데 아이러니하게도 서희 자신은 어린아이의 불행을 위안 삼아 왔다는 생각이 들었다.

이 어린것도 견디는데.

혹독한 삶을 살아온 아이가 내 곁에 있는데.

그런 생각을 하며, 자신도 버틸 수 있다고 스스로 다잡았다.

"서준아."

"응?"

"누나가."

"응."

울먹이는 목소리가 흘러나올 것 같아서 서희는 가만히 숨을 한번 고르고는 말했다.

"서준이 많이 좋아해. 정말, 정말 많이 좋아해."

네가 아버지의 부정으로 태어난 아이라도.

혹은 네가 내 동생이 아니라도.

서희의 목을 끌어안은 짧은 팔에 바짝 힘이 들어갔다.

"나도 우리 누나 진짜 많이 좋아해. 진짜 진짜 많이 좋아해."

"수영 가르쳐 주는 아저씨를 더 좋아하는 거 아니고?"

서희가 장난기 어린 목소리로 물었다.

"아니야! 아저씨도 좋아하지만, 누나를 더 좋아해. 누나는 나 안 버린다고 약속했잖아."

왜 하필 지금 서준이 그 말을 떠올렸는지 모를 일이다. 눈물이 울 컥 쏟아져 나올 것 같아서 서희는 얼른 두 눈을 감았다.

"응, 맞아. 사람은 그렇게 버릴 수 있는 게 아니랬지?"

"응. 버릴 수 있는 범주가 아니랬어."

그때 가르쳐 준 단어까지 똑똑히 기억하고 있는 아이가 기특하면 서도 안쓰러웠다.

밤이 깊어 갔다. 각기 다른 애정이 깊은 만큼, 고민도 깊은 밤이었 다.

※ ※ ※

"어이쿠, 녀석 저렇게 좋을까."

강 회장은 폴짝폴짝 뛰는 서준을 보며 연한 미소를 지었다.

430

아침 일찍부터 서준이 온 집 안을 휘젓고 다니며 오늘이 자기 생일이라고 말하고 있었다.

"번개 이모. 아니, 백 실장 이모! 오늘 내 생일이래요!"

"번개 이모? 서준아 번개 이모가 무슨 뜻이야?"

백 실장이 허리를 굽히며 서준과 눈높이를 맞추려 애썼다.

"번개처럼 빠르고 멋있다고요!"

우물쭈물하던 서준이 크게 소리치고는 어디론가 사라졌다.

"서준아, 이제 유치원 가야 해. 가방 챙겨."

백 실장이 자애로운 목소리로 외쳤다. 뒤에서 그 모습을 바라보고 있던 지한이 회심의 미소를 지으며 읊조렸다.

"백 실장, 혹시 필러라고 알아요?"

"네?"

"성형외과 시술 중 하나인데, 그게 뭘 채운다는 뜻이거든요? 크게 나누자면 흡수되는 거, 안 되는 거 있고. 원재료가 다양하다고 하더라고요."

백 실장은 무슨 소리를 하는 건지 모르겠다며 지한을 나무라듯 바라보았다. 지한이 엄지와 검지로 제 미간을 톡톡 두드렸다.

"백 실장님 미간에 빠르고 멋있는 모양이 점점 또렷해지는 것 같아서요."

백 실장이 기가 막힌다는 듯이 입을 슬쩍 벌렸다.

"그래서 번개 이모?"

혼잣말인 듯 읊조리는 소리를 지한이 낚아챘다.

"그렇다고 어린애 혼내지는 마시고요. 얼마나 솔직해요. 번개 이모라니. 그리고 빠르고 멋지다잖아요."

백 실장은 지한에게 가볍게 눈을 흘겼다.

"어서 나가시죠. 출근 늦겠어요."

"서희 씨는 아직 안 일어났어요?"

"곤히 자는 것 같아서 일부러 안 깨웠어요. 좀 쉬어야 하잖아요."

지한은 고개를 끄덕거렸다. 어제 그 난리를 치렀으니 피곤할 만도 했다.

"그럼, 서준이 생일 파티 잘 부탁해요."

오늘 생일 파티를 하자는 말은 아침 일찍 일어난 서준을 통해서 들었다. 자초지종을 자세히 듣지는 못했지만, 생일 없는 아이의 급조된 생일임은 분명해 보였다. 이따 퇴근할 때는 선물을 준비해 와야겠다고 생각하며 현관을 나설 때였다.

"지한 씨, 잠깐만요."

뒤를 돌아보니 서희가 달려오다 말고 숨이 찬지 손으로 무릎을 짚은 채로 헐떡이고 있었다.

"자는 거 아니었어? 피곤했을 텐데."

"부탁이, 있어요."

천천히 몸을 일으키는 그녀의 눈가가 퀭했다. 아무래도 밤새 한숨도 자지 못한 눈치다.

"뭔데?"

그녀가 작은 지퍼백 두 개를 건네며 아랫입술을 잘근잘근 씹었다. 지퍼백 안에는 머리카락이 몇 가닥씩 들어 있었다.

말하지 않아도 이게 무엇을 의미하는지 짐작할 수 있었다.

"유전자 검사, 해 볼 생각이야?"

지한의 나직한 질문에 그녀가 고개를 끄덕거렸다.

"일단 알아야 할 것 같아서요."

"알면?"

지한이 조심스럽게 물었다.

"당장 어떻게 하겠다는 건 아니에요. 그냥 궁금해서 그래요."

"그래. 그게 네 마음이 편하다면, 그렇게 해야지."

검사 결과가 그녀의 마음을 더 어지럽힐 수 있다는 것을 지한은 알고 있었다.

"검사 결과 내가 먼저 봐도 돼?"

그녀가 망설였다.

"그건 알아서 해요. 대신 내가 보기 전엔 말하지 말고요."

지한은 고개를 끄덕거리며 출근길에 올랐다.

그날 오후, 오 실장이 유전자 검사 업체로부터 받은 결과지를 가지고 집무실로 들어왔다.

겨우 대여섯 시간이면 나오는 검사 결과가 어쩐지 허무해서 지한은 퇴근 무렵까지 결과지를 열어 보지 못했다. 평소보다 조금 일찍 퇴근해서 백화점에 들러 서준의 생일 선물을 직접 구매했다.

집으로 향하는 차 안, 지한은 선물 상자 위에 올려 둔 서류 봉투를 바라보기만 하다가 결국 집어 들었다.

먼저 결과를 알고 있는 것이, 그녀를 위한 더 나은 선택이라는 생각이 들었다. 대봉투 안에서 결과지를 꺼내는 지한의 손이 전에 없이 떨렸다.

유치원에서 돌아온 서준은 오늘따라 안절부절못하고 부엌을 끊임없이 기웃거렸다.

"서준아, 왜?"

"그냥요."

부엌에는 왜 왔냐고 질문하면 쭈뼛거리며 사라지기 일쑤였다.

그러다 안 되겠는지, 물이 마시고 싶다고 했다가, 과일이 먹고 싶다고 했다가.

배가 고프지 않은데도 핑계를 대기 시작했다.

"서준아, 왜 자꾸 부엌에 가?"

서희가 서준을 붙들고 물었다. 서준이 고개를 푹 수그리고 입술을 쭉 내밀며 중얼거리듯 대꾸했다.

"내 케이크가 너무 궁금해서."

처음 받아 보는 생일 케이크의 모양이 궁금해서 오후 내내 부엌에 들락날락했다는 아이의 머리를 서희가 가만가만 쓰다듬어 주었다.

"오늘 생일인 주인공이 케이크를 미리 보면 재미가 없지. 이따가 저녁 먹고 파티 하면서 보자. 응?"

서준이 참아 보겠다며 고개를 끄덕거렸다. 세상에서 제일 좋은 사람은 누나라고 말하면서도, 그가 퇴근해서 집으로 돌아오면 서준은 쏜살같이 그를 마중하러 달려 나갔다.

"아저씨! 나 오늘 생일이다요!"

"그래? 우리 서준이 오늘 생일이구나."

서준을 자상한 눈빛으로 내려다보는 그의 손에는 커다란 백화점 봉투 하나와 서류 봉투가 하나 들려 있었다. 서희는 그가 말해 주지 않아도 그 봉투가 무엇인지 알 것 같았다.

서준과 자신의 유전자 검사 결과지.

"왔어요?"

서희가 부드럽게 웃으며 물었다.

"어. 서준이 오늘 종일 이렇게 텐션이 높았어?"

고개를 끄덕이자, 그가 못 말린다는 듯이 고개를 절레절레 내저었다.

"에너지가 넘치네."

그가 결과지를 먼저 봤는지, 보지 않았는지는 알 길이 없었다. 그의 표정은 평소와 다를 게 없었고, 아이를 바라보는 눈빛도 한결같이

434

따뜻했다.

"우리 이제 아저씨 왔으니까 생일 파티 해요?"

서준이 폴짝폴짝 뛰어 댔다.

"그래, 하자! 생일 파티. 야, 서지한 너 10분 안에 씻고 나와. 샤워 오래 하지 말고. 서준이 종일 목 빠지게 너 기다렸어."

아직 미국에 돌아가지 않은 윤한이 지한을 나무랐다.

"안 그래도 얼른 손만 씻고 나올 거거든? 내가 언제 샤워를 오래 했다고."

"너 샤워를 1시간은 하잖아."

형제가 티격태격하는 모습을 바라보는 강 회장의 얼굴에 흡족한 미소가 어렸다.

"쟤네는 어릴 때는 안 싸우더니, 요즘은 왜 마주치기만 하면 저러는지 모르겠구나."

말은 그렇게 해도, 강 회장은 지금의 모습을 더 마음에 들어 하는 눈치다.

"할머니, 몰랐어? 내가 서희 씨 꼬실까 봐 저러는 거야."

"예끼. 어디 그런 상스러운 말을."

윤한이 억울하다는 듯이 눈을 흡떴다.

"아니, 내가 상스러운 소리를 하는 게 아니라, 서지한이 상스러운 생각을 하고 있다니까요?"

강 회장이 혀를 끌끌 차며 고개를 내저었다.

"할머니. 내가 심리학 수업에서 들은 게 있는데, 쟤는 리그레션 (Regression: 퇴행)인 것 같아요."

윤한이 소파에 털썩 기대앉으며 설명을 이어 나갔다.

"할머니, 쟤가 어릴 때 징징거리는 거 봤어요? 아니면 형인 나랑 경쟁하는 거 봤어요?"

"못 본 것 같구나."

"그쵸? 근데 지금 보면 쟤 서희 씨한테 엄청나게 징징거려요. 그리고 괜히 나를 경계하고 아주 지랄 발광을 하고 자빠졌다니까?"

강 회장이 눈을 가늘게 뜨며 걱정스럽다는 듯이 물었다.

"그래서 지한이한테 뭐 심리적으로 문제라도 있다는 게냐?"

"아니요. 이게 긍정적인 거래. 어릴 때 부모한테 안 징징거렸던 애가 서희 씨한테 징징거리면서 콤플렉스를 해소하고 있는 거죠. 지한이의 정서적인 측면에서는 너무 좋은 거지. 근데."

"근데?"

윤한이 비스듬히 웃으며 서희를 바라보았다.

"서희 씨는 좀 피곤하겠네요. 쟤 징징거리는 거 다 받아 주려면."

"너 그래서 피곤하냐?"

강 회장이 우려스럽다는 듯이 물었다.

"아니에요, 할머님. 피곤하기는요. 지한 씨 징징거리지 않아요. 아시잖아요."

서희는 해사한 미소를 지어 보였지만, 사실 지한이 저한테만 보이는 모습에 조금씩 놀라고 있는 중이기는 했다.

시도 때도 없이 사람들이 보이지 않으면 안아 달라고 조르고, 입 맞춰 달라고 떼쓰고. 할머님과 형이 집에 함께 있는데도 서준이가 잠들면 제 침실로 와 달라고 부탁했다. 침대 위에서 이리저리 자세를 바꿔 가며 징징거리는 것도 같고.

서희는 저도 모르게 고개를 끄덕거리며 윤한이 한 말에 수긍하고 있었다.

서지한이 징징거려서 내가 이렇게 피곤한 거였구나.

하지만 싫지 않았다. 부모의 부재로 인한 결핍이 있다면 얼마든지 안아 주고, 입 맞추고, 보듬어 줄 수 있었다. 그리고 다른 사람도 아

436

니고 세상 단 하나뿐인 제 남자의 청을 못 들어줄 이유도 없었다.

"자, 이제 생일 파티 할까?"

편안한 옷으로 갈아입고 나온 지한이 활기찬 목소리로 말했다.

오랜만에 커다란 다이닝룸에 지한와 윤한, 강 회장과 서희 그리고 서준이 둘러앉았다.

"와! 너무 멋있어. 진짜 최고다! 최고예요! 너무 행복해."

넓디넓은 다이닝룸 천장이 헬륨 풍선으로 빼곡하게 들어차 있었다.

"유치원 생일 파티도 이렇게 좋지 않아요. 우리 집이 최고다."

서준이 내뱉은 우리 집이라는 단어에 서희는 마음이 짠했다.

이곳을 집이라고 생각하는 아이의 존재감에 대한 고민이 깊어질수록 아이가 내뱉는 말 한 마디, 한 마디가 신경 쓰였다.

여섯 살 난 서준이의 생애 첫 생일 파티는 마냥 즐거웠다. 서준이는 윤한에게서 미니 드론을, 강 회장에게서 자전거 헬멧을, 그리고 지한에게서 이름이 새겨진 백금 목걸이를 선물로 받았다.

"자, 생일 케이크 촛불을 끌 때는 소원을 비는 거란다. 물론 우리 서준이만을 위한 소원."

백 실장이 케이크에 불을 붙이며 설명하고는 서희를 흘끗 보고 웃었다. 지난 백 실장의 생일을 떠올리는 눈치다.

서준은 두 손을 모아 쥐고는 눈을 꼭 감고 소원을 비는 듯했다. 그 표정이 어찌나 진지한지 어른들은 모두 숨을 죽이고 서준을 바라보기만 했다.

"다 됐다!"

마치 소원이 당장 이루어지기라도 할 것처럼 서준의 표정이 밝았다.

"이제 촛불을 불어야지, 어서! 케이크 먹고 싶어서 죽겠단 말이야."

윤한이 징징거리자, 서준이 의젓하게 대답하고는 후우, 하고 촛불을 껐다.

서준이의 첫 번째 생일 파티는 성황리에 끝을 맺었다.

오늘 그와 수영을 하지 않았는데도 서준은 실망스러워하거나, 노여워하지도 않았다.

"너무 행복해서 잠이 안 올 것 같아. 누나, 나 심장이 계속 빨리 뛰어."

침대에 누운 서준은 천장을 올려다보며 꿈꾸는 듯한 표정으로 중얼거렸다.

"그렇게 좋았어?"

"응."

"누나가 선물 못 줬는데도?"

종일 집에서 서준이 생일 파티 준비를 하느라, 서희는 따로 선물을 마련할 시간이 없었다.

"누나가 내 누나인 게 선물인데? 생일도 누나가 만들어 주고, 생일 파티도 누나가 해 줬잖아."

서준이 데구루루 굴러와서는 서희의 품에 폭 안겼다.

"나는 누나가 너무 좋아. 정말 정말 좋아."

콧노래를 흥얼거리던 아이가 이내 조용해졌다. 잠이 들었다고 생각해서 몸을 살짝 뒤척이는데, 짧은 팔이 서희를 꽉 끌어안는다.

"있잖아, 누나."

"응."

"생일 케이크 촛불 끌 때 소원 빌잖아."

"응."

"그 소원은 무조건 이루어져?"

아이다운 질문에 웃음이 났다.

438

"이루어지기도 하고, 안 이루어지기도 하고 그래."

"아아."

서준은 알겠다는 듯이 대꾸했지만, 어쩐지 그 목소리에 실망한 기색이 조금 묻어나는 듯했다.

"누나 나 무슨 소원 빌었게?"

"글쎄. 잘 모르겠어."

서희가 솔직히 대답하자, 서준이 그녀의 품을 더욱 파고들며 어리광을 부렸다.

"누나가 내 엄마였으면 좋겠다고 빌었어. 나는 누나가 정말 정말 좋아. 우리 둘이 행복했으면 좋겠어."

순간 눈물이 핑 돌았다.

서준아, 나는 네가 내 동생이면 좋겠다고 바라고 있는데.

서희는 감정이 격해져서 호흡이 흐트러진 것을 아이에게 들킬까 싶어서 잠시 숨을 멈추었다. 엄청난 소원을 빌어 놓고도 아이는 자신이 무슨 말을 했는지 그 뜻을 정확히 알지 못하는 듯이 금세 잠이 들었다.

서희는 까맣게 물든 천장이 자꾸만 눈물에 흐려지는 것을 올려다보며 아이가 더욱 깊이 잠들기만을 기다렸다.

새근새근 숨소리가 잦아들었을 때, 서희는 조심스럽게 침대를 빠져나왔다. 종일 서준의 생일 파티로 들썩거리던 집 안은 어느새 고요한 어둠에 잠겨 있었다.

서희는 침실 문 앞에 서서 지한에게 전화를 걸었다.

– 어, 서희야.

"어디예요?"

– 나 잠깐 운동하러 왔는데.

"아."

결과지를 본 그의 마음도 복잡한 걸까. 서희는 휴대전화 너머에서 어떤 말이라도 흘러나오기를 기다렸다.

– 내 서재에서 조금만 기다려 줄래? 금방 갈게.

통화를 마친 서희는 그의 서재로 향했다. 그가 없는 그의 서재에 들어온 것은 처음이었다. 책들은 가지런히 꽂혀 있었고, 책상 위와 테이블 위는 말끔했다.

아까 그가 퇴근할 때 들고 들어온 서류 봉투를 찾아보려 했지만, 그 어디에서도 봉투의 자취는 보이지 않았다.

"오래 기다렸어?"

서재에 들어선 그의 목소리에는 거친 숨결이 묻어났다. 달려왔는지 머리는 흐트러져 있었고, 볼은 발갛게 상기된 모습이다.

"뛰어왔어요? 천천히 오지."

"어떻게 천천히 와."

그의 미소에서 어쩐지 쌉싸름한 기운이 느껴졌다. 그가 느릿한 걸음으로 서희가 앉아 있는 소파로 다가왔다.

"결과, 나왔어요?"

그가 고개를 천천히 끄덕거렸다. 긴장한 탓에 입술이 바짝 말랐다. 서희는 느릿하게 아랫입술을 축이며 잠시 머뭇거렸다.

그는 세상에서 서희를 기다리는 일을 가장 잘한다는 듯이 믿음직스러운 표정으로 그녀를 바라보고 있었다.

"혹시, 봤어요?"

조심스럽게 물었다. 그가 눈을 지그시 감으며 고개를 끄덕거렸다.

서희는 크게 숨을 들이마시고는 잠시 머뭇거렸다. 숨을 내뱉을 수가 없었다. 입술 새로 숨결이 빠져나가는 것처럼, 무언가가 곁에서 떠나가 버릴 것만 같은 불길함 때문에 가슴이 조여 왔다.

그의 커다란 손이 서희의 뺨에 닿았다.

"숨 쉬어. 응?"

그의 손에 얼굴을 기울이며 천천히 숨을 내뱉었다.

"하아."

울음도 아니고, 서글픔도 아닌 기이한 감정이 묻어나는 한숨이었
다. 결과를 봤는데도, 그는 아무렇지 않은 얼굴을 하고 있었다.

"다음 주가 크리스마스죠?"

서희가 천천히 눈꺼풀을 들어 올리며 물었다.

"응."

그가 짧게 대꾸했다.

"크리스마스가 지나면 열어 볼래요."

서희가 다짐하듯 말했다.

그러면 서준이는 그때까지 제 동생일 테니까.

그리고 어쩌면 산타가 크리스마스 선물로 서준을 동생으로 만들어
줄지도 모를 일이니까.

엄마, 미안해요.

아버지의 부정을 간절히 바라는 딸이 되어 버린 것만 같아서 서글
퍼졌다.

동생이라도, 동생이 아니라도 속상한 상황이었다.

"그래. 크리스마스가 지나고 열어 봐. 그때까지 내가 보관하고 있
을게."

그의 말에 서희는 가만히 고개를 끄덕거렸다.

신뢰감 어린 미소를 머금은 얼굴이 천천히 다가왔다. 위로하듯 부
드럽고 애틋한 입맞춤이 서희의 입술 위에 살포시 내려앉았다.

단지 입술이 맞닿았을 뿐인데, 따뜻한 햇볕이 닿은 살얼음처럼 불
안하게 굳었던 심장이 녹아내리는 듯했다.

※ ※ ※

모르는 번호로 전화가 걸려 온 건 크리스마스를 사흘 앞둔 어느 저녁이었다. 애초에 모르는 번호는 받지 않아서 그냥 무시하려고 했다.

[언니, 나 서은이. 전화 좀 받아. 아니면 여기로 전화 주든지.]

크리스마스 때쯤 한국에 온다고 했던 동생 서은을 깜빡 잊고 있었다. 어떻게 친동생의 귀국을 잊을 수 있는지, 서희는 요즘 자신이 정신이 없기는 없나 보다고 생각하며, 해당 번호로 전화를 걸었다.

- 언니!

서은이 밝은 목소리로 서희를 반겼다.

"어떻게 된 거야. 너 벌써 한국이야? 올 때 연락도 안 하고?"

심장이 두근두근 뛰었다. 서은이 모르고 있는 것들을 말해 줘야 하는데 어디서부터 어떻게 시작해야 할지 모르겠다.

"지금 어디야, 대체?"

- 어, 나 실은 한국에 그냥 들어온 거 아냐. 일이 있어서 그랬어.

"일?"

- 응, 그 일 먼저 처리하느라. 언니, 나 할 얘기 되게 되게 많아. 엄마한테 연락하면 혼날까 봐 못 하겠어. 그래서 집에 가기도 좀 그렇고.

서은이 와르르 쏟아 내는 말을 서희는 잠자코 듣고만 있었다.

- 언니, 우리 지금 만나자. 응? 언니 퇴근할 때 된 거 아냐?

"어, 그래. 어디야?"

서희는 그제야 어색하게 대꾸했다.

인간은 어떤 상황이든 능숙하게 적응하는 동물이다.

지금의 생활에 어느새 적응해 버린 서희는 오늘이 평일이고, 자신이 회사에 있어야 하는 시간이라는 것도 잊고 있었다.

서희는 백 실장에게 서준이를 돌봐 달라고 부탁하고는 급하게 집을 나섰다. 퇴근한 것처럼 보이기 위해 옷도 직장인처럼 챙겨 입어야 했다.

동생이 만나자고 한 곳은 강남역 교보타워 뒤편에 자리한 마라탕 식당이었다.

"언니!"

먼저 테이블 앞에 앉아 있던 서은이 자리에서 벌떡 일어나더니 발을 동동 굴렀다. 긴 생머리를 단발로 싹둑 자른 서은의 표정은 밝았지만 어딘지 모르게 피곤해 보였다.

"우리 일단 밥부터 먹자! 나 매운 거 너무 먹고 싶었어! 마라탕은 이 집이 제일 잘한다고 한국 갔다 온 친구들이 그러더라고."

서은이 원래 이렇게 수다스러운 아이였나, 싶을 정도다. 마라탕과 마라샹궈, 꿔바로우가 테이블 위에 놓이자, 서은이 허겁지겁 음식을 먹어 치우기 시작했다.

"천천히 먹어. 체하겠다. 근데 언제 온 거야? 왔으면 바로 연락을 했어야지."

입에 음식을 잔뜩 집어넣은 서은은 두 손을 활짝 펼쳐 보이며 오물오물 씹기에 바빴다.

가슴을 퉁퉁 치며 미지근한 재스민 차를 한 모금 들이켠 서은이 가볍게 눈을 흘기며 경고한다.

"언니, 먹을 때는 건드리지 마. 나 이거 진짜 먹고 싶었단 말이야."

"너 다 먹어라."

서은이 광대가 톡 튀어나오도록 싱긋 웃어 보이고는 그릇을 싹싹 비워 나갔다.

식사를 마치고 나자, 퍽퍽했던 서은의 얼굴에 그제야 화색이 돌기 시작했다.

"와, 언니. 나 이제 살 것 같아. 매운맛도 수혈하고, 우리 언니 잔소리도 수혈하고."

"잔소리 아직 시작도 안 했거든?"

계산을 마치고 식당에서 나오자, 강남역 일대가 복작복작했다. 연말이 가까운 번화가에는 특유의 활기가 넘쳤다.

반짝반짝한 크리스마스 조명, 곳곳에서 들려오는 캐럴, 그리고 오랜만에 귀국한 동생의 존재감까지.

모든 게 과거로 돌아간 듯, 혼란스러운 지경이다.

"언니."

"응."

말없이 걷기만 하던 두 사람이 역삼역을 지척에 두었을 때였다. 퇴근 시간이 지난 빌딩가는 막 잠들려는 듯 고요했다. 연말이어서 모두들 가족과 친구가 있는 곳으로 걸음을 재촉한 눈치다.

"말해. 왜 그러는데."

도로에 차는 많았지만, 가로등과 가로등 사이. 어두운 거리에는 서은과 서희 두 사람뿐이었다.

"언니!"

서은이 서희를 와락 끌어안으며 울음을 터뜨렸다.

기분이 이상해졌다. 마냥 어린애인 줄로만 알았던 서은이 부쩍 성숙한 것 같은 느낌이 든다.

서희는 동생의 등허리를 가만히 다독거렸다.

"미안해, 언니. 미안해. 내가 아무것도 몰라서 미안해."

동생의 서러운 통곡에 가슴이 꽉 막히는 듯했다.

"아무것도 모르고 언니가 보내 주는 돈이 어떤 돈인지도 모르고."

"서은아."

서희가 가라앉은 목소리로 동생의 이름을 조용히 불렀다.

"나, 실은 어제 엄마한테 갔다 왔어. 소식 듣자마자 언니한테 연락했는데, 언니는 그때도 나한테는 말 안 하고 봉사활동 갔다는 소리나 하고."

어린아이처럼 코트 소맷부리로 눈물을 닦는 서은이 안쓰러웠다.

"어떻게 알았어?"

아무도 이야기한 사람이 없는데, 서은이 어떻게 집안 이야기를 알았는지 짐작할 수가 없었다.

"엄마 수술한 병원에 내 친구가 간호사로 있어. 그래서 그 친구가 너희 엄마인 것 같다고 혹시 한국이냐고 연락이 온 거야."

"아."

아무 상관 없을 것 같은 사람들이 거미줄처럼 연결될 때가 있다.

"그랬구나."

"이모한테 연락했는데, 이모가 다 말해 줬어. 그걸 왜 다 언니가 혼자 짊어져? 진짜 미련해. 나는 엄마 딸 아니야?"

서은이 눈을 홉뜨며 서희를 노려보았다.

"너는 공부하고 있었잖아."

"이제 공부 안 해."

서은이 고개를 세차게 내저었다.

"일단 좀 앉자."

두 사람은 어느 회사 앞에 놓인 벤치에 걸터앉았다.

"공부는 계속해야지."

"실은 계속 포기하고 싶었어. 미국에서 혼자 생활하는 동안 너무 힘들었어. 한국에 너무 오고 싶었는데, 나 이 일을 핑계 삼아서 들어오면 안 돼?"

서은이 진심이라는 듯이 간절하게 물었다.

누구도 인생을 대신 살아 주지 않는다.

그것은 서은에게도 해당되는 말이었다.

"돼, 안 될 게 뭐가 있어?"

"실은."

"실이 왜 이렇게 많아? 바늘은 어딨어?"

서희가 분위기를 가볍게 하려 던진 말에 서은이 질색했다. 아무리 언니에게 고맙고 미안한 상황이라도 그런 농담은 용납하지 않겠다는 듯이.

"그래서. 실은 뭐?"

"친구한테 연락받고, 이모한테 확인하고. 한국에 있는 회사 여러 곳에 이력서를 넣었어. 나 내년 1월 3일부터 출근해, 언니."

자식의 첫 출근을 바라보는 부모의 마음이 이러할까.

서희는 동생이 대견하고 뿌듯해서 가슴이 벅차올랐다.

"네가 원해서 하는 거지? 집 때문에 일부러 그러지 않아도 돼."

"알아. 언니가 돈 이따시만큼 많은 남자 잡아서, 돈 걱정은 안 해도 되는 거."

서은이 어린아이처럼 팔을 크게 벌리며 웃었다.

"내가 하고 싶은 일 맞아. 내가 미국에서 들어와서 한국에 기거할 곳이 마땅치 않다고 하니까, 회사에서 작은 아파트도 하나 임대해 주겠다고 했어."

서희는 어느새 어른이 되어 버린 동생을 가만히 바라보았다.

"엄마는 내가 모실게. 언제까지 이모 댁에 계시게 할 수는 없잖아. 엄마 이제 혼자 생활하는 것도 가능하시고. 우리 괜찮을 거야."

두 주먹을 불끈 쥐어 보이는 동생의 모습은 비장해 보이기까지 했다.

"괜찮지, 왜 안 괜찮아."

얼마 전에 아버지가 구속되었다는 소식은 전할 수가 없었다. 서은도 많이 원망스러운지 아버지 소식은 입도 뻥긋하지 않았다.

"언니."

"응."

"우리한테 동생이 있다며?"

서희는 크게 한숨을 들이켰다.

"걔, 언니가 데리고 있다며."

어떻게 이야기해야 할지 막막했다.

"뭐, 그렇게 됐어. 자세한 건 좀 이따가 이야기하자."

크리스마스가 코앞이었다. 그날 어떤 기적이 일어날지는 아무도 모른다.

"어떻게 생겼어? 우리랑 많이 닮았어? 여섯 살 남자애라던데……."

서희는 서준의 얼굴을 가만히 떠올려 보았다.

우리랑 닮았던가?

가슴이 점점 무겁게 가라앉았다.

❋ ❋ ❋

크리스마스 당일 아침, 밤사이 내린 눈으로 세상이 하얗게 물들어 있었다.

"와! 눈 왔어! 눈이다!"

서준이 내복 차림으로 창문에 매달려서 소리쳤다.

"누나, 일어나! 누나! 눈 왔다고!"

서희는 뻑뻑한 눈을 비비며 자리에서 상체를 일으켜 앉았다. 오늘이 크리스마스 당일이니, 당연히 어제는 크리스마스이브였다. 서준이를 재우고 그의 침실에 가서 밤새도록 시달리다가 동틀 무렵이 되어서야 다시 돌아올 수 있었다.

"서준아, 누나 너무 피곤해. 누나 좀만 더 자고 싶어."

서희가 다 죽어 가는 목소리로 중얼거렸다. 아직 눈도 반밖에 뜨지 못한 상태였다.

"누나, 우리 집에도 산타 할아버지 왔다 갔을까?"

"글쎄, 모르겠다."

새벽 내내 깨어 있었으나, 루돌프 사슴의 매우 반짝이는 빨간 코는 보지 못했다. 산타가 집 안으로 무단침입 했다면, 아마 보안 요원이 요란하게 출동했을 것이다.

하긴 지난밤은 전쟁이 나도 모를 정도이기는 했다.

"나는 산타 할아버지 왔었나 보러 가야지!"

오늘도 어김없이 신난 서준이 폴짝폴짝 뛰며 방 밖으로 나가는 것을 확인한 서희는 도로 침대에 몸을 눕혔다. 이불을 목 끝까지 끌어 올리자, 포근한 느낌이 전신을 황홀하게 감싼다.

"으응, 좋다."

혼잣말을 내뱉는데, 지난밤의 기억이 머릿속을 어지럽힌다.

'으응, 좋아.'

'얼마나 좋아? 이렇게 하면 좋아?'

끊임없이 앓는 소리는 내다가, 힘에 부쳐서 도리질을 쳤다가, 끝내 울음을 터뜨렸던 것도 같다.

까무룩 잠들었다가 어딘가 빨려 들어가는 느낌이 들어서 깨어나고. 또 까무룩 잠들었다가 갑자기 쳐들어온 느낌이 들어서 깨어나고.

밤은 마르고 닳도록 이어졌다. 노곤하게 기억을 더듬은 탓인지 금세 다시 수마가 밀려들었다.

주위가 환한 탓에 깊게 잠들지는 않았지만, 몸이 탁 풀려 버려서 옴짝달싹하고 싶지 않은 선잠.

더 누워 있고 싶어, 더 자고 싶어.

한없이 게으름을 피우고 싶은 아침, 누군가 방문을 열고 들어오는 소리가 들렸다.

서준이 선물 확인하고 들어왔나?

그런데 왜 이렇게 조용하지?

크리스마스트리 아래에 선물이 없었나?

잠결에 생각을 이어 가며 이불깃을 꼭 쥐었다.

방에 들어온 누군가 이불을 들추고 안으로 쏙 들어오는 느낌이 났다. 간지러운 손길이 허리춤에 닿았다.

"서준아. 누나 더 자고 싶어."

서희는 등 뒤에 누가 있는지 확인하지도 않고 잠기운 가득한 목소리로 중얼거렸다.

"응, 더 자."

그런데 귓가를 조용히 울리는 음성은 서준의 것이 아니었다. 서희를 가까스로 고개를 돌려 뒤를 보았다.

"응?"

그가 말간 웃음을 머금으며 서희의 등 뒤에 누워 있었다.

"미쳤어. 누가 보면 어쩌려고 여길 누워요."

서희가 나무라며 몸을 움직이려는데, 그가 서희의 허리를 와락 당겨 안았다.

"보면 좀 어때? 이 집에 나랑 너랑 이런 거 모르는 사람이 있을 것 같아?"

듣고 보니 일리가 있는 말이기는 하지만.

449

"그래도요!"

"암튼 고지식해."

그가 서희의 귓불을 장난스럽게 깨물었다. 목덜미를 타고 소름이 오싹 돋아났다.

"으으."

서희는 어깨를 잔뜩 움츠리며 마치 공포영화에나 나올 법한 기이한 소리를 냈다.

"이게 무슨 소리야?"

그가 우습다는 듯이 놀리며 서희의 귓불을 부드럽게 빨았다.

"으응. 그만."

서희가 그의 입가에 닿은 귓불을 빼내려 고개를 쭉 움직였다.

"서준이 눈썰매 탄다고 나갔어. 그러니까 좀. 응?"

"진짜 힘들어 죽을 것 같다고요."

서희는 우는 시늉을 하며 그의 품에서 벗어나기 위해 애썼다. 그럴수록 그는 단단한 팔에 더욱 힘을 주어 서희를 포박하듯 끌어안았다.

"그럼 지금은 힘들면, 오늘 밤에는 괜찮겠어?"

서희는 유순하게 고개를 끄덕거렸다. 그가 피식 웃는 게 느껴진다.

뭔가 당한 것 같은 기분인데?

"이따 밤에는 해 주기다?"

서희는 눈을 가늘게 뜨고 그를 노려보았다.

"여기서도 키스까지는 되는 거지?"

"안 돼요."

단호하게 고개를 내젓자 그가 단번에 인상을 찌푸린다.

"왜? 키스는 언제든 되는 거라고 했었잖아."

정말 그의 형 윤한의 말이 맞는 것 같다. 그는 유독 서희한테만 애원하고, 징징거리고, 매달렸다.

"양치질도 안 했는데."

서희가 중얼거리자, 그가 상관없다는 듯이 입술을 붙이려고 했다.

"내가 싫다고요."

얼굴을 홱 돌리자, 그가 한숨을 내짓는다.

"그럼, 일어나서 얼른 양치질해라. 응?"

"나 좀 더 자면 안 돼요?"

"충분히 잔 거 아냐? 나도 일어났잖아."

그가 서희를 완전히 깨우려고 애를 썼다. 커다란 손이 옆구리를 타고 천천히 올라오기 시작했다.

"지한 씨는 나보다 체력이 훨씬 좋잖아요. 우리 체격 차이를 봐요."

"새해부터 나랑 운동할래? 체력을 키울 필요가 있겠어."

서희는 질린다는 듯이 긴 숨을 내쉬었다. 그는 서희를 놀리는 게 재미있는지 뒤에서 키득거리고 웃어 댔다.

더듬어 대려는 손과 저지하려는 몸짓이 첨예하게 대립하는 사이, 침실 문을 노크하는 소리가 들려왔다.

"네."

서희가 대답하기 전에 그가 먼저 목소리를 냈다. 서희는 미간을 팍 구기며 당황스러운 눈빛을 보냈다.

"대표님, 저 백 실장입니다. 두 분 함께 나와 보셔야겠습니다. 손님이 왔는데요."

크리스마스 아침부터 손님? 설마 진짜 산타?

서희는 그에게 무슨 이벤트라도 준비한 거냐고 묻듯이 쳐다보았다.

"몰라, 나도."

그가 먼저 침대에서 몸을 일으켰다.

"내가 먼저 내려가 볼 테니까, 천천히 준비하고 내려와."

"그래요."

갑작스러운 손님의 등장에 그도 어지간히 의아한지 금세 침실을 나가 버렸다.

서희는 여자를 보고, 한눈에 알아볼 수 있었다.

까무잡잡한 피부와 통통한 뺨, 미소를 지을 때면 옅게 패는 볼우물, 유난히 검은 눈동자.

여자는 서준과 똑 닮은 얼굴이다.

"실례인 줄 알면서도 찾아왔어요."

동생 서은의 또래나 되었을까?

서희는 여자가 어떤 말을 하려나 싶어서 가만히 기다렸다. 그런데 여자가 입술만 달싹거리며 자꾸 옆에 앉은 지한의 눈치를 보았다.

"지한 씨."

서희가 그를 조용히 부르며, 부탁하듯 바라보았다.

"그래."

그는 길게 말하지 않아도 눈치껏 자리를 피해 주었다. 그가 나가고 나자, 여자가 한숨을 길게 내쉬었다.

"서 대표님께서 신경을 많이 써 주신 것 같아서, 같이 계실 때 말씀드리고 싶었는데……. 말이 나오질 않아서요."

"네, 그런 것 같았어요."

여자는 입술을 한번 꾹 깨물더니 조심스러운 목소리로 물었다.

"서준이가 여기 있다고 들었어요."

아이의 이름이 직접 거론되자 심장이 쿵쾅거리기 시작했다.

"네, 여기 있어요. 어떻게 아셨어요?"

여자의 눈가에 눈물이 그렁그렁 맺힌다.

"스테이 디어 언니가……. 그러니까."

"청담동 스테이 디어 마담이었던 여자요?"

서준을 떠맡기듯 버려 두고 간 여자이기도 했다.

"네, 제가 고등학교 졸업하고 바로 거기서 일을 시작했어요. 서준이는 그때 생긴 아이고요."

앳되어 보이는 여자는 서희와 비슷한 또래인 것 같았다.

"갚아야 할 빚이 많아서…… 아이를 낳고도 일을 해야 했어요. 아이는 언니가 맡아서 키워 준다고 했는데."

서희는 긴 한숨을 내쉬었다.

"하루아침에 술집이 망하고, 언니는 사라지고, 그랬는데. 서준이도 없어졌더라고요."

하루하루 피를 말리며 살았다고 했다.

"얼마 전에 언니가 경찰에 붙잡혔다는 연락을 받았는데요."

아버지가 여기까지 타고 온 차를 운전해 준 여자가 그 여자였다.

"서준이 어디 있냐고 물었더니, 함서희 씨가 데리고 있다고 하더라고요. 이 집 찾으면 만날 수 있을 거라고요."

여자는 1년 전에 일을 그만뒀다고 했다.

"만나는 사람이 있었어요. 좋은 사람인데, 처음부터 아이가 있다는 말을 하기가 쉽지 않았어요. 그래서 처음에는 말을 못 했는데요."

여자가 코를 훌쩍이기 시작했다. 서희는 티슈를 여러 장 뽑아서 여자에게 건네주었다.

"혼인신고를 하다가 들켰어요. 서준이가 그래도 가족관계등록부에는 제 아들로 되어 있거든요. 제가 데리고 살지는 못했어도요."

"요즘은 어떻게 지내요?"

453

내내 표정이 어두웠던 여자가 이내 연한 웃음을 머금었다.

"다 이해해 준다고 하더라고요. 제가 무슨 일을 했었는지도 알고, 왜 그런 선택을 할 수밖에 없었는지도 안다고. 힘들었을 텐데, 아이 낳은 것도 대단하다고. 아이 같이 키우자고 해 줬는데, 그랬는데 서준이가 사라진 거예요."

"좋은 사람 만난 것 같아서 다행이네요."

그녀는 고개를 끄덕거리며 순진하게 웃었다.

"서준이."

어려운 허락을 구하듯 그녀가 조심스럽게 물었다.

"제가 데려가도 될까요?"

아이는 엄마가 키워야 하는 게 맞다. 사실 서희는 지금껏 임시 보호자나 마찬가지였다. 유치원에 보내기 위한 서류도 다 가짜였고, 서준의 삶은 마치 잔잔한 파도 위를 표류하는 것과 같았다. 겉으로는 파도를 즐기듯 평온해 보였지만, 그 어디에도 정박하지 못했던 삶이었다.

"제가 많이 부족해요. 이렇게 큰 집은 평생 꿈도 못 꾸고요. 못 배워서, 아이를 잘 가르칠 수 있을지도 모르겠어요. 그래도 제가 데려가도 될까요?"

여자가 애원하듯 물었다. 사실 서희에게는 아이를 붙들고 있을 권한이 없었다. 서희는 가만히 고개를 끄덕거렸다. 가슴에서 흐르는 눈물이 눈가에는 닿지 못한 듯 눈시울은 버석거렸다.

"단, 한 가지 물어볼 게 있어요."

마주 앉은 여자가 긴장한 듯 어깨를 잔뜩 웅크렸다.

"서준이 친아빠는."

"서희 씨 아버님은 아니에요. 저는 서희 씨 아버지 손님으로 본 적 없어요."

454

유전자 검사 결과지를 군이 찾아볼 필요가 없어졌다. 사실 머릿속으로는 서준이 자신과 아무런 상관도 없는 아이라는 것을 이미 알고 있었다.

뭐든 머리가 아는 사실을 가슴으로 받아들이는 데는 시간이 오래 걸린다. 그런데 서준의 친모라는 여자를 마주하고 있으려니, 이제 서희가 받아들이고 말고는 중요한 문제가 아니었다.

"사실 친부가 누군지 몰라요."

여자가 부끄럽다는 듯이 얼굴을 푹 숙였다.

"처음 일하기 시작했을 때, 피임을 거의 안 했어요. 제가 약을 먹었어야 했는데, 피임약 알레르기 반응이 심했거든요. 산부인과 가서 어떻게 상담해야 하는지도 몰랐고요. 그러다 아이가 덜컥 생겨서 친부가 누군지는 몰라요."

"다른 피임 방법도 있잖아요."

피임의 방법에는 여러 가지가 있다. 군이 여자가 경구용 피임약을 먹지 않아도 가능한 방법은 있다.

"손님들이 원하지 않아서요."

서희는 한숨조차 내뱉지 못하고 여자를 담담한 시선으로 바라보기 위해 노력했다. 감히 연민의 감정을 함부로 드러낼 수 없을 만큼, 여자의 삶은 고단했으리라.

"고생 많았겠어요."

서희가 과장된 감정을 담지 않기 위해 애쓰며 말했다.

"그냥, 그랬어요."

힘들었다는 말도 하지 않는 여자의 마음을 헤아리는 것만으로 가슴이 욱신거렸다.

"제 소원이요. 조그만 아파트에서 서준이랑 같이 사는 거였거든요. 서준이 유치원 갔다 오면, 간식 만들어 놓고 기다리고요. 같이 만화 보고, 한글 학습지도 풀고요."

여자가 꿈을 꾸듯 말을 이어 나갔다.

"작은 원목 식탁 위에 소박한 저녁상 차려서 같이 먹고, 욕조에서 같이 물장구치다가 잠들고 싶었어요. 제가 식탁이랑 욕조 있는 집에서 살아 본 적이 없거든요."

서희는 잠자코 여자의 말을 듣기만 했다.

"근데 이제 식탁도 생기고, 유치원 갔다 오면 간식도 만들어 줄 수 있는데요."

여자의 얼굴에 돌연 근심의 기색이 어린다. 그녀가 눈앞의 호화찬란한 서재를 한번 쭉 훑어보고는 물었다.

"서준이가 저를 엄마로 봐 줄까요?"

무작정 찾아온 여자에게 단숨에 아이를 내줄 수는 없었다. 누군가 서희에게 그럴 권리가 있느냐고 묻는다면 할 말이 없지만, 최소한의 확인 절차는 필요했다.

진짜 친모가 맞는지, 아이를 키울 환경도 마련되었는지.

머릿속이 그 어느 때보다 복잡했다.

"서준이가 잘 받아들일 수 있게, 한번 같이 고민해 볼까요?"

서희의 질문에 여자가 감사하다며 몇 번이고 고개를 숙여 보였다.

❋❋❋

"아저씨, 나 멋지죠? 아저씨처럼 멋지다. 그쵸? 헤헤."

아동용 슈트를 차려입은 서준은 귀엽고 의젓한 꼬마 신사 같았다.

"누나, 나 이거 유치원 입고 가도 돼?"

"유치원엔 왜? 다영이 보여 주고 싶어서?"

"아니다. 다영이만 보여 주고 싶은 거 아니다."

요즘 서준은 다영이 이야기만 나오면 입술을 삐죽 내밀며 발뺌을 해 댔다.

"근데 누나 나 오늘 누구 만난다고?"

"응, 서준이한테 중요한 사람. 누군지는 그분이 말씀해 주실 거야."

서준이 어깨를 귀밑까지 올려붙이며 기대감 어린 표정을 지었다.

"누구지? 아이언맨인가? 토르도 같이 왔으면 좋겠다."

아이의 깜찍한 혼잣말에 서희는 연한 웃음을 머금었다. 하지만 자꾸만 눈가가 따끔거리고 숨이 차올라서 버겁기도 했다. 서준과 그녀의 친자 관계와 양육 환경까지 이미 확인을 마쳤지만, 그래도 가슴 한쪽은 뻐근했다.

경복궁 근처 한식당 앞에서 세 사람이 탄 차가 멈춰 섰다.

솟을대문 안으로 들어서자, 아이의 눈이 휘둥그레진다. 예약된 식사실 안에 들어가 있을 거라고 생각했는데, 여자는 한식당 마당에 서서 기다리고 있었다. 여자를 발견한 서준이 디딤돌 위에 가만히 멈춰 섰다.

"서준아?"

그가 허리를 숙여 서준의 얼굴을 살폈다. 서희도 고개를 비스듬히 기울여 굳어 있는 아이의 얼굴을 바라보았다. 눈시울을 적신 눈물이 동그랗게 부풀어 오르고 있었다.

"으앙!"

크게 울음을 터뜨린 아이가 여자가 있는 곳으로 달려갔다. 여자는 무릎을 굽혀 앉으며 달려온 아이를 와락 끌어안았다.

"서준아. 기억해? 내가 누군지 기억나? 우리 서준이 기억하는 거야?"

"어엄마아!"

울음결에 엄마 소리가 섞여 나왔다.

또 버림받을까 봐 두려워서 저를 버리고 간 마담이 엄마가 아니라는 말을 하지 못한 것인지, 아니면 아이가 잊고 있던 엄마를 기억 속에서 이제야 끄집어낸 것인지 알 수 없었다.

다만, 다행인 것은 서준이 제 엄마를 오래도록 기다렸다는 것, 마침내 엄마 품에 안겨서 목 놓아 울 수 있게 되었다는 것이었다.

집 안이 고요했다. 오늘 아이 엄마가 서준을 데리고 집에서 자 보는 연습을 하겠다기에 그러라고 했다.

늘 신나서 폴짝폴짝 뛰어다니던 아이의 빈자리는 생각보다 훨씬 컸다. 강 회장과 윤한도 해가 바뀐 뒤에 미국으로 돌아갔다.

커다란 집에는 지한과 서희 둘만 남겨졌다.

서준과 같이 쓰던 침실은 전과 달라진 것이 없었다.

아이가 덮던 이불, 아이가 갖고 놀던 장난감, 아이가 읽던 책이 그대로 남아 있었다. 그렇게 애지중지하던 아호도 침대 위에 그대로였다.

서희는 아이가 끌어안고 자던 인형을 품에 안고 침대에 가만히 몸을 눕혔다. 북슬북슬한 인형 털에서 서준의 달콤한 체취가 느껴졌다. 가슴이 뭉클했다.

이제 아이는 제 부모에게 가야 한다는 것을 알고는 있지만. 그렇다고 마음속에서 쉽게 내보낼 수 있을 것 같지는 않았다. 어쩌면 영원히 서준은 서희의 마음 한쪽에 남아 있을지도 모른다.

일종의 죄책감이었다.

어려운 시기를, 아이의 불행을 위안 삼았던 죄책감.

눈물이 또르륵 흘러내렸다. 서희는 가만히 눈을 감고 서준이 없는 침대 위에서 잠이 들었다.

퇴근하고 돌아온 집이 휑했다. 백 실장이 나와서 맞아 주기는 했지만, 마음은 헛헛하고 가슴은 뻣뻣했다.

서희는 오죽할까.

"어디 있어요?"

지한의 물음에 백 실장이 담담한 목소리로 대답했다.

"위층 방에 계세요."

지한은 퇴근한 복장 그대로 그녀가 있다는 침실로 향했다.

침실 문을 열자 갇혀 있던 어둠이 지한에게로 쏟아지는 듯했다. 재킷을 벗어서 의자에 걸고 침대가로 천천히 걸어갔다. 그녀는 서준이 꼭 끌어안고 자던 인형을 품에 안은 채로 잠들어 있었다.

"음. 왔어요?"

깨우지 않으려고 했는데, 그녀가 먼저 눈을 떴다.

"피곤하면 더 자고."

지한이 그녀를 부드럽게 끌어안으며 침대에 몸을 눕혔다.

"울었구나."

베개가 젖어 있었다.

"그냥 모른 척해 주지."

"모른 척할 상황은 아니지."

동생이었던 아이가 생판 남이 되어서 떠나기 직전이다. 아이를 성심껏 돌보았던 그녀가 느낄 공허함이 집 안 풍경에서 고스란히 드러났다. 꺅꺅 소리를 지르며 뛰어다니는 아이와 그런 아이를 나무라는 누나의 모습은 이제 찾아볼 수 없다.

"너무 미안해서요."

"뭐가 미안해. 네가 서준이한테 얼마나 잘했는데. 부모도 그렇게 못하는 사람 많아."

그녀가 한숨을 자잘하게 내뱉으며 대답했다.

"부모는 아이의 불행을 위안 삼지 않잖아요."

지한은 아무런 말도 하지 못했다. 서준을 볼 때마다 저의 어린 시절을 떠올렸던 생각이 났기 때문이다.

묵직한 침묵이 흘렀다.

"서희야."

지한이 나직한 목소리로 그녀를 불렀다.

"잠시 생각만 했을 뿐이잖아. 서준이 보고 버티면서, 네가 서준이 잘 돌봤잖아. 힘들고 견디기 어렵다고 내치지 않았잖아. 너 진짜 잘했어. 그거 절대 쉬운 일 아니야."

내내 등지고 누워 있던 서희가 천천히 지한 쪽으로 돌아누웠다. 어둠 속에서 보이는 그녀의 눈가에는 눈물이 그렁그렁했지만, 입가에는 희미한 웃음이 맺혀 있었다.

"왜 그렇게 무섭게 웃어?"

지한의 질문에 그녀가 조용히 대답했다.

"나는 이 집이 막 복작거렸으면 좋겠어요."

"응?"

그녀가 무슨 말을 하는 건지 알 수 없어서 그저 그녀를 따라 희미하게 웃었다.

"이리 뛰고, 저리 뛰는 애들 때문에 나는 골치가 아프고. 지한 씨는 퇴근하자마자 그런 애들 데리고 수영장 가서 물장구치고. 겨울이면 크리스마스트리 아래 둘러앉아서 서로서로 카드도 쓰고."

지한의 그녀의 뺨을 부드럽게 어루만졌다.

"이 집에 뛰어노는 아이들이 많았으면 좋겠어요."

그녀의 동그란 이마에 가만히 입술을 가져다 댔다.

"그럼."

미간을 따라 내려와 그녀의 콧잔등에도 입술을 비볐다.

숨결이 섞일 만큼 가까운 거리, 지한이 조용히 속삭였다.

"지금부터 열심히 노력해야겠네?"

그녀가 어둠 속에서 눈을 흘겼다.

"아직은 아니죠. 애부터 생기면 안 되지."

"안 될 게 뭐가 있어?"

지한의 그녀의 허리를 바짝 당겨 안았다.

"나중에 애가 계산해 보고 뭐라고 생각하겠어요?"

"아, 우리 부모님이 되게 많이 사랑하셨구나, 생각하겠지."

지한이 능청을 떨자, 그녀가 웃음을 터뜨렸다.

아주 오랜만에 듣는 청량한 웃음 소리였다.

가볍게 입술이 부딪혔다. 달콤한 숨결이 애틋하게 오갔다. 입술이 깊게 맞물린 순간, 그녀의 목에서 앓는 소리가 울렸다. 옅은 해방감과 만족감이 어린 소리를 듣자, 지한은 가슴이 빠듯하게 차오르는 것 같았다.

집 안이 복작거리는 상상만으로 행복했다.

❈ ❈ ❈

"여기가 내 방이에요."

서준이 서희의 손을 끌어당겼다. 작은방 안에는 세모난 지붕 모양 캐노피가 달린 침대와 아이와 엄마가 마주 앉아서 놀 수 있는 테이블과 의자 그리고 작은 붙박이 장이 있었다.

그리고 벽에는 아이언맨 벽지가 빨갛게 도배되어 있었다.

"와, 서준이 방 되게 멋있다! 아이언맨으로 도배가 되었네?"

"그쵸? 좋죠? 나 이제 혼자 잘 수 있어요. 아, 누나. 내 아호는?"

"자, 여기."

서희가 가방에서 빠끔히 고개를 내밀고 있는 아기 호랑이 인형을 꺼내서 서준이에게 전해 주었다.

"으으, 너무 좋아."

서준이 아호를 꼭 끌어안고 몸서리를 쳤다.

"누나 냄새 난다. 너무 좋아."

순진한 아이의 말에 서희는 맥 빠진 웃음을 지었다. 서희와의 이별에 대한 슬픔을 표현하지는 않았지만, 변함없이 서희가 너무 좋다는 말을 입에 달고 산다고 했다.

"서희 씨가 우리 서준이한테 정말 잘해 줬나 봐요. 입에서 우리 누나가, 라는 말이 떨어지질 않아요."

작년 크리스마스 때만 해도 서준 엄마의 얼굴에는 어두운 그림자가 드리워져 있었다. 하지만 봄을 앞둔 계절처럼 지금 그녀의 얼굴은 한없이 맑고 아름다웠다.

"누나, 우리 집에 자주 와야 해. 응? 나는 유치원도 가야 하고, 태권도도 가야 하고, 코딩도 배우러 다녀야 해서 바쁘단 말이야. 그러니까 누나가 우리 집에 놀러 와. 알았지?"

서희는 자신을 백수 취급하는 서준의 머리를 다정하게 쓰다듬어 주었다.

"이제 누나도 바쁘거든? 서준이도 주말에 자주 놀러 와. 와서 수영도 하고, 서이랑도 놀아 주고."

서준이 신난다는 표정으로 고개를 끄덕거렸다.

양육자가 또 바뀐 것에 대한 트라우마라도 생겼으면 어쩌나 걱정했는데, 처음 서희를 만났을 때와는 아예 다른 아이처럼 보일 정도였다.

"조금 더 계시다가 가시면 좋을 텐데요."

"어머니도 기다리고 계셔서요."

고등학교 때부터 계속 병원 신세를 겼던 그녀의 친정어머니는 2년 전에 돌아가셨고, 어머니의 병세가 악화되면서 연락이 끊긴 친척들과는 이젠 아예 교류가 없다고 했다. 친정이 없는 그녀는 겨우 한 살 많은 서희를 친언니처럼 따랐다.

"나중에 우리 다 같이 한번 봐요."

서희가 살갑게 건넨 말에 서준 엄마가 순한 얼굴을 붉히며 고개를 끄덕거렸다.

"와, 너는 어떻게 그렇게 다 친하게 지내?"

서준이네 집에서 나와서 차에 오르자, 그가 신기하다며 혀를 내둘렀다.

"서준 아빠랑 나는 어색해서 아무 말도 못 하겠더라고."

"그러게요. 두 사람 조금만 더 자주 만나면 영혼의 단짝 될 것 같아요. 어쩜 그렇게 둘 다 숫기가 없어요?"

"아니, 내가 숫기가 없는 게 아니라."

그가 눈을 지그시 감으며 억울한 표정을 지었다.

"은근히 내성적이고 소심해. 그쵸?"

그가 늘 서희를 놀리는 말을 따라 하며 그를 놀렸다.

은근히 고지식하고, 보수적이라고 했었지, 아마?

"내가 어디가 소심해?"

그가 발끈해서는 어이가 없다는 듯이 실소했다.

"지금 그러는 게 소심해 보여요."

서희는 어깨를 잔뜩 웅크리며, 운전대에 오른 지한의 손을 끌어다가 잡고 조심조심 보듬으며 말했다.

"우리 지한이 마음, 작고 귀여워. 소심해."

그러자 그가 기가 막힌다는 듯이 폭소했다.

"두고 봐. 복수할 거야."

"복수하겠다는 사람 하나도 안 무섭더라."

아파트 주차장을 빠져나온 차는 멀지 않은 곳에 자리한 또 다른 아파트로 들어섰다.

"어서 와요."

"처음 뵙겠습니다. 서지한입니다. 절부터 받으시죠."

"아유, 절은 무슨. 됐어요. 아픈 사람한테 절하는 거 아니야."

서희의 모친 우신애 여사는 이제 말하는 솜씨가 예전과 다를 게 없었다. 운동도 열심히 한 덕분에 건강도 빠르게 쾌차하였고, 상실되었던 언어능력의 회복은 놀라울 정도였다.

"내가 면목이 없어요."

우 여사가 지한의 커다란 손을 꼭 잡으며 눈시울을 붉혔다.

"아닙니다. 진작 인사드리지 못해서 죄송합니다."

그간 찾아뵙지 않은 것을 지한은 제 탓으로 돌렸다. 그녀의 어머니가 완전히 회복하신 후에 인사드리고 싶었다.

이러다 영영 못 일어나시면 어쩌나 하는 걱정은 아예 하지도 않았다. 반드시 일어나실 거라고, 그래서 그녀의 곁에 오래도록 머무실 거라고 확신했다.

"일단 저녁부터 들어요."

구정 당일 저녁이어서 그런지, 식탁 위에는 떡국 상이 차려져 있었다.

"형부, 우리 엄마 떡국 진짜 기가 막히게 맛있어요. 우리 엄마 고향이 나주거든요? 나주 곰탕 유명한 거 알죠? 떡국 맛이 예술이에요. 이거 먹고 나면 다른 데 가서 떡국 못 먹어요."

그녀의 여동생 서은이 부산스럽게 떠들어 댔다. 지한이 서은을 만나는 것은 이번이 처음이 아니었다.

그녀가 저와는 모든 게 정반대인 동생이라는 말을 했음에도, 지한은 여전히 그녀의 여동생 성격에 적응하지 못했다. 일단 말이 빨랐고, 많았으며, 사람 정신을 쏙 빼놓을 정도로 화제 전환도 급격했다.

"정신없어. 좀 먹자."

그녀가 서준에게 밥상머리에서 얌전히 식사해야 한다고 여러 번 강조했던 게 생각났다. 아무래도 그 말버릇은 여동생 때문에 생긴 것 같았다.

오늘은 특별한 이야기 없이 그저 가볍게 저녁 식사만을 목적으로 만난 자리였다.

"형부, 있잖아요. 바이오 관련주 중에 뭐가 오를 것 같아요? 하나만 콕 집어 주세요."

"너 어디 가서 DL금융 서지한 대표가 고른 종목이라고 소문내고 그러면 안 돼."

"언니는 내가 그런 거 소문내고 다닐 사람이야?"

"이거 비밀인데, 하면서 네 친구한테 말하면 아마 인터넷 통해서 전국으로 퍼지는 데 30분도 안 걸릴걸? 그날 저녁에 아마 뉴스 기사로 올라올 거다."

서은이 제 언니에게 곱지 않게 눈을 흘겼다.

"형부, 봤죠? 우리 언니가 이렇다니까요. 동생을 아주 우습게 생각해요."

"우습게 생각하는 게 아니라."

그녀의 어머니는 두 딸이 티격태격하는 모습을 흐뭇하게 바라보았다.

"그리고 너 왜 자꾸 이 사람한테 형부래. 나 아직 시집 안 갔거든?"

"언니, 우리 입은 삐뚤어져도 말은 똑바로 합시다. 이건 사실혼이죠."

지한이 만두를 삼키다가 말고, 사레가 들려서 캑캑거렸다.

"너 진짜!"

서희가 발끈하자, 서은이 심각하게 미간을 좁히며 말했다.

"그리고 언니 혹시 아직도 우리 형부가, 형부가 될 가능성에 대해 계산하고 있는 거야? 집어쳐! 현실을 직시해야지. 언니가 형부보다 잘난 남자를 어떻게 만나냐?"

서은이 손가락을 하나하나 꼽아 가며 줄줄이 외우기 시작했다.

"얼굴, 피지컬, 능력, 성격! 이런 형부를 어디서 구해? 나는 다른 형부는 반대야."

아직 적응을 못 했다뿐이지, 지한은 서은의 성격이 아주 마음에 들었다.

"그치? 엄마도 다른 사위는 반대지? 지금 떡국 복스럽게 먹는 잘생긴 사위가 좋지."

"애도 참."

우 여사가 싱그러운 미소를 머금으며 서은을 나무랐다.

그 모습을 지켜보던 서희는 앞머리가 들썩거리도록 한숨을 훅 내쉬었다.

"아, 맞다. 나 3월부터 출근해요."

"언니가?"

서은이 휘둥그렇게 뜬 눈으로 서희를 바라보았다.

"지한 씨는 더 공부하는 것도 좋겠다고 하는데, 나는 공부는 더하고 싶지 않더라고. 그래서 다시 회사 다니기로 했어요."

"어디로?"

우 여사가 궁금하다는 듯이 물었다.

"지한 씨 회사 인사교육팀."

서은이 물을 마시다 말고, 푸우 하고 뿜어냈다.

"언니 진짜 웃긴다."

깔깔거리며 웃는 서은은 유쾌해 보였다.

저게 진짜 언니 속도 모르고.

서희는 할 말 다 했다고 생각해서 입을 꾹 다물었다. 원래도 집에서 필요한 말 이외의 수다는 잘 떨지 않았던 서희였다.

식사를 마치고 집에서 나오는데, 서은이 큰 목소리로 인사했다.

"또 봐요, 형부! 나 회사 잘리면 형부네 회사에 취직시켜 줘요! 사직서는 늘 가슴에 품고 다닐게요!"

서희는 고개를 절레절레 내저으며 걸음을 바삐 했다. 그의 차에 오르자 벌써 밤 9시가 다 된 시각이었다.

"드라이브나 좀 할까?"

"드라이브요? 피곤한데."

"잠깐만."

"그러든지요."

서희는 가만히 고개를 끄덕거렸다. 그런데 그 드라이브가 전북 무주까지 이어질 줄은 꿈에도 몰랐다.

연휴였지만, 남들 다 서울로 향하는 시간에 역으로 내려가는 길은 그리 심하게 막히지 않았다.

"여기……?"

그의 차가 멈춰 선 곳은 그때 그 펜션이었다. 별이 쏟아질 것 같았던 겨울밤에 대한 기억이 선명하게 되살아났다.

"항상 생각했었어. 만약에 내가 여기서 너한테 한 고백이 성공했더라면, 어땠을까. 우리는 어떤 연애를 하고, 어디서 첫 키스를 하고, 어디서 서로를 품에 안고, 얼마나 많은 이야기를 함께할 수 있었을까."

펜션은 외벽 페인트칠을 다시 했을 뿐, 마당에 놓인 의자의 위치까지 그대로였다.

"잠깐 앉을까?"

마치 그 시절 못했던 이야기를 하겠다는 듯이 그가 서희를 그때 그 벤치로 이끌었다.

"서희야."

서희는 대답 없이 그를 바라보았다.

"나 너 많이 좋아해. 나는 부모도 없이 자랐고, 고약한 할머니가 한 분 계셔. 내가 고집이 좀 센 편이라 사업하면서 힘이 많이 들지도 몰라. 하고 싶은 게 많거든. 근데 내가 가고 싶은 모든 길에 너와 함께하고 싶어."

그가 벅차오른 숨을 고르듯 가슴을 크게 부풀렸다.

"내가 등산로에서 네 배낭 들어 준 것처럼, 네 인생에서 그런 사람이 될 수 있었으면 좋겠어."

그가 손바닥을 내려다보며 덧붙였다.

"이게 그때 하려던 고백이야."

눈가가 따끔거렸다.

"그럼 지금은요?"

서희가 조용히 물었다.

"결혼하자."

수많은 별이 쏟아져 내릴 듯이 반짝거렸다.

서희는 천천히 고개를 끄덕거리며 웃었다.

주위가 어두울수록 하늘의 별은 더 밝게 빛난다. 인생도 마찬가지다. 어려움 속에 애정과 행복은 더 알차게 열매를 맺는 법이다.

이제까지와 같이 영원히 행복하기를.

불행은 그만하면 충분했다.

이제는 두 사람의 웃음소리와 두 사람을 닮은 아이들의 웃음소리로만 아름다운 서사를 그려 나갈 차례였다.

에필로그

"프로젝트 하나 끝날 때까지만 기다려 줘요."

내일이면 그의 회사로 첫 출근을 해야 하는 날이다. 저녁 식사를 마치고, 그와 마주 앉은 자리에서 꺼낸 말에 그가 의아하다는 듯이 물었다.

"뭘?"

"결혼이요."

그가 대번에 미간을 잔뜩 구기며, 이해할 수 없다는 눈빛으로 서희를 바라보았다.

"굳이 그럴 필요가 있을까?"

"내가 지한 씨 도움 없이 경력직 공채로 입사하기는 했지만요."

서준을 엄마에게 보내고, 서희는 앞으로의 삶을 어떻게 살아야 할지 고민해 보았다. 그와 함께하는 인생은 당연하였지만, 또 서희만의 인생도 있는 거니까.

열심히 공부한 것과 성실하게 이어 오던 커리어를 이어 나가고 싶다는 생각이 간절해졌다. 일자리를 구하겠다는 말에 그는 굳이 다른 회사에 다닐 필요가 있겠느냐며 DL금융에 지원해 볼 것을 권했다. 대신 서희는 조건을 걸었다.

'내 힘으로 입사하면 다니는 거고, 아니면 아닌 거예요.'

사실 한 금융사 대표의 배우자가 다른 회사의 인사팀에서 근무하는 것도 우스운 일이었다. 그래서 서희가 다른 회사에 다닐 가능성도 희박하기는 했다.

다행이라고 생각해야 하는지, 서희는 DL금융 상반기 경력직 공개 채용 합격자 명단에 당당히 이름을 올렸다.

빚쟁이들로 인해 이전 회사에서 권고사직을 당하면서 레퍼런스 체크에서 조금 애를 먹기는 했지만, 비교적 우수한 성적으로 입사해서 원하는 부서에서 일할 수 있게 되었다.

"바로 결혼한다고 하면 직원들 사이에서 말이 나올 거예요. 내가 일로써 먼저 자리 잡을 수 있게 조금만 기다려 줘요. 성과 하나만 낼 수 있게요."

그는 일면 이해가 간다는 표정이었지만, 그러면서도 아쉬움과 의문이 가득한 눈빛이었다.

"어차피 프로젝트 하나 끝내고 나와 결혼한다고 해도, 크게 달라지는 건 없을 것 같기도 한데?"

"일단 직원으로 먼저 각인되느냐, 대표의 배우자로 각인되느냐는 다르죠. 먼저 성실하고 능력 있는 직원으로 인정받고 싶어서 그래요."

그는 흐음, 하고 긴 숨을 내쉬었다.

"나중에 결혼 발표했을 때, 후폭풍이 있을 수도 있어."

"여론은 만들기 나름이에요. 제가 지한 씨랑 결혼할 사이라는 건, 오 실장님만 알고 계신 거 맞죠?"

서희의 서류를 통과시키고, 면접에서 후한 점수를 준 인사팀장과 직속 상사가 될 교육분과장도 모르는 일이었다. 그는 가만히 고개를 끄덕거렸다.

"그 사람들한테 먼저 일로 인정받고 싶어요. 내가 대표랑 결혼할 사람인 걸 알면 나한테 일이나 편하게 줄 수 있겠어요?"

서희가 제법 설득력 있었다고 생각하며 안도의 숨을 짧게 내쉬었다.

"그렇기는 하지. 근데 여론은 만들기 나름이라는 건 무슨 소리야?"

"여론을 선동한다거나, 조작한다는 의미가 아니고요. 내가 성실한 직원으로 인정받고 난 뒤에 결혼 발표하고요."

"그게 다야?"

"아니요. 직원들이 보는 사보에 결혼과 연애 과정에 대해서 간략하고 진솔하게 털어놓는 거예요. 제가 공정하게 입사한 과정은 자세하게!"

그가 마치 총명한 어린아이를 바라보는 듯이 서희를 응시했다.

"그래서?"

웃음기가 물린 목소리로 그가 넌지시 물었다.

"대표의 배우자라고 할지라도 공정한 절차를 걸쳐서 입사한 회사라는 이미지를 심어 줄 수 있는 거죠. 저는 특혜 없이 일했고, 앞으로도 그럴 거라고요."

"정말?"

그가 고개를 갸웃하면서 물었다.

"그럼 나한테 막 입사하자마자 대표 버프로 임원 자리 주고 그러려고 했어요?"

"못 할 것도 없지."

그의 눈빛은 진심이었다.

"오빠, 나 그럼 그 회사 나한테 줄래요? 내가 대표 하고 싶다."

서희가 고개를 외로 틀고 눈을 동그랗게 뜨며 교태를 부려 보았다. 그가 입을 헤벌쭉 벌리며 웃는다.

"그럴까? 우리 서희 줄까?"

덜떨어진 사람처럼 웃으며 묻는 것도 잘생겨서, 서희는 잠시 할 말을 잊고 말았다.

저런 바보 짓을 해도 멋있다니.

서희는 외로 꼬았던 고개를 바로 하며 그를 응시했다. 그러고는 결연하게 고개를 내저었다.

"아니요. 정신 좀 차리시고요."

그가 허, 하고 실소했다.

"절대로 내 회사 생활에 함부로 관여하지 말아요. 그 자리까지는 내 능력으로 올라갈 거예요."

팔짱을 끼며 우아하게 꼰 다리의 방향을 바꾼 그가 턱을 치켜들고는 고압적인 눈빛으로 서희를 바라보았다.

"자네 지금 나한테 결투 신청을 하는 건가? 내일 입사하는 직원이 대표 자리를 넘보겠다고?"

그의 과장된 말투 때문에 웃음이 나오려고 했지만, 지금 웃음이 터지면 본질이 흐려질 것 같았다. 능력을 증명하고 싶은 진심, 사회 구성원으로서 한 몫을 제대로 해내고 싶은 열망.

"지한 씨가 나 어려울 때 도와줬잖아요. 나도 내 능력껏 일해서 지한 씨 돕고 싶어요. 지금은 아직 첫 출근도 하지 않은 사원이지만, 언젠가는 정말 중요한 자리에서 멋지게."

포부를 말하는데 어쩐지 쑥스러워져서 얼굴이 조금 붉어졌다.

"야토."

그가 웃을락 말락 한 표정으로 중얼거렸다.

"야심 있는 토끼?"

"아니."

"그럼, 뭐지?"

윙 체어에서 일어난 그가 서희가 앉아 있는 쪽으로 천천히 다가왔다. 허리를 낮추며 서희의 이마에 가볍게 입을 맞추고는 속삭인다.

"야한 토끼."

"왜 갑자기 야해요?"

서희가 이해할 수 없다는 듯이 되물었다.

"얼굴이 빨개졌잖아."

아랫입술을 질끈 깨문 서희가 그를 노려보았다.

"야한 생각 해서 빨개진 거 아니거든요?"

"야한 생각을 할 때도 있기는 한가 봐?"

정말이지 그가 한번 장난을 시작하면 못 당해 내겠다. 서희는 이쯤에서 진지한 이야기는 접어 둬야겠다고 생각했다. 어차피 한 번에 끝낼 수 있는 대화는 아니라는 생각도 하기는 했었다.

"성토."

"성……적인 토끼?"

서희가 한쪽 눈썹을 찡그리며 물었다. 그러자 그가 얼굴을 서늘하게 굳혔다.

"성공하고 싶은 토끼."

아유, 말을 말아야지. 정말.

서희는 고개를 절레절레 내저었다.

"내가 열심히 외조해 줄게."

"그냥 회사에서는 나하고 관련된 건 아무것도 하지 마세요. 제가 알아서 인정받을 테니까."

서희가 호언장담했다.

"근데 조금 기분은 상하네."

그가 한숨을 훅 내쉬며 침대로 걸어가서는 끄트머리에 걸터앉았다.

"기분이 왜 상해요?"

어깨가 축 처져 있는 모습을 보며 서희가 조심스럽게 물었다.

"내가 뭘 해 주고 싶어도 회사에서는 아무것도 해 줄 수 없는 거고. 게다가 결혼도 기다려야 하고."

그가 긴 숨을 토해 냈다.

서희는 너무 제 의견만 말했나 싶어서 얼른 그의 곁으로 다가가 앉았다. 허벅지 위에 놓인 그의 손을 끌어다가 손가락 하나하나 깍지를 꼈지만, 그가 협조적으로 나오지 않아서 손가락 사이사이가 뻣뻣하게 벌어졌다.

"내가 잘 할게요. 응? 얼른 빨리 성과 내고, 얼른 빨리 결혼하면 되죠."

서희가 고개를 비스듬히 기울이며 그의 얼굴을 살폈다. 그는 늦어도 여름이 되기 전에는 결혼식을 올렸으면 좋겠다는 말을 은연중에 하곤 했었다.

"그리고 사실 우리 연애다운 연애도 못 했잖아요. 그동안 연애한다고 생각하면 되죠. 응?"

그가 마땅히 마음에 드는 대답은 아닌지 여전히 미적지근한 표정을 짓고 있다.

"내가 입사하면 사내 비밀 연애잖아요. 우리 둘이 비밀 장소 만들

어서 몰래 만나기도 하고. 일하다가 힘들 때 잠깐 얼굴 보고 힘내고
요. 응?"

그의 한쪽 입가가 조심스럽게 실룩거렸다.

"그럼."

그가 애써 웃음을 감추며 심각한 표정을 지었다.

"이런 것도 해도 돼?"

"뭐요?"

몸이 뒤로 홀라당 넘어갔다.

"엄마야!"

그가 팔꿈치로 매트리스를 짚은 채로 서희를 내려다보았다.

"이런 거."

부드럽게 속삭이고는 이마에 가볍게 입을 맞춘다. 서희는 웃으며
고개를 끄덕였다. 이마에 입을 맞추는 것쯤이야.

"이런 건?"

이마에 닿았던 그의 입술이 서희의 입술로 내려왔다. 아랫입술을
살짝 빨아들이는 입맞춤이 달콤했다. 서희는 이번에도 고개를 끄덕
거렸다.

"그럼, 이런 건?"

그의 고개가 천천히 내려왔다. 입안을 밀고 들어오는 뭉근한 감각
에 목덜미에서 열이 오르기 시작했다. 부드럽고 말캉말캉하게 맞닿
은 느낌은 언제나처럼 따뜻하고도 짜릿했다. 깊게 맞물려 있던 입술
이 떨어지자, 더운 숨이 흘러나왔다.

"하아."

달콤한 숨결을 음미하듯 그가 눈을 내리뜨고는 서희의 콧등에 제
코끝을 비볐다. 하지만 서희는 이번에는 고개를 끄덕여 주지 못했다.

"이건 안 돼?"

"이런 키스를 회사에서 어떻게 해요."

옅게 쉰 서희의 목소리가 퍽 야하게 흘러나왔다.

"그럼 집에서는?"

"응? 집에서는 뭐요?"

열감에 지배당한 탓인지 단번에 알아듣지 못하고 물었다.

"집에서는 어떻게 할 건데?"

뜨거운 입술이 귓불에 닿았다. 말랑말랑한 살점을 살짝 빨아들이는 감각에 발끝이 곱아들었다.

"집에서는 되죠."

서희는 아까보다 훨씬 더 가늘어진 목소리로 대꾸했다.

"그냥 되기만 하는 건, 전과 다를 게 없잖아."

그의 입술이 이번에는 목 안쪽에 닿았고, 따뜻하고 간지러운 숨결이 살갗을 타고 흘렀다.

"회사에서."

그가 목 안쪽에 입을 맞추고는 쇄골 위를 가볍게 깨물었다.

"안 해 주는 만큼."

그의 목소리는 희붐한 빛이 섞인 밤하늘처럼 탁하게 쉬어 있었다.

"집에서."

쇄골 위를 머물던 입술이 점점 아래로 내려갔다.

"더 해 줘야지."

입술이 깊게 빨려 들어갔다. 입안을 가득 채우는 감각에 눈이 질끈 감기고, 머릿속이 아득해졌다. 가슴속에서 뜨겁게 차오른 숨결은 미처 밖으로 다 빠져나오질 못하고 몸피를 들썩이게 했다.

그의 커다란 손이 티셔츠 밑단을 헤집고 들어왔다. 위아래로 크게 들썩이는 몸피를 움켜잡는 손길은 부드러웠지만, 악력은 충분히 거셌다.

"흐음."

목울대에서 흘러나온 신음이 그의 입으로 넘어갔다. 그가 바투 다가오며 몸을 붙였다. 단단한 가슴으로 말랑말랑한 여체를 짓누르는 무게감이 황홀했다.

서희는 손을 올려 그의 목덜미를 감싸 쥐듯 했다. 딱딱하게 굳은 목을 손으로 부드럽게 주무르고는 어깨를 훑어 내리자, 입술이 부드럽게 떨어졌다.

"하아."

그가 더운 숨을 뱉으며 이마를 맞댄 채로 눈을 지그시 감았다.

서희는 지금과 같은 순간이 미치도록 좋았다. 제 욕구대로 성급하게 굴지 않으려고 더운 숨을 고르는 그의 모습은 가슴이 빠듯해질 만큼 근사했다.

그런 그를 위무하듯 떨어져 나간 입술에 가볍게 누르듯 입을 맞췄다. 맞닿은 그의 입술에 삐뚜름한 미소가 걸린다. 폭발하지 않으려고 절제하는 그의 모습이 마음에 들면서도, 서희는 그런 그를 도발하는 것 또한 즐겼다.

언제까지 그렇게 점잖게 굴 수 있나 두고 보겠다는 듯이.

그런 서희의 뜻을 알아듣는 것처럼, 그는 서희가 소심한 도발을 할 때마다 가소로운 웃음을 짓곤 했다.

"더 해 봐."

잔뜩 쉰 그의 목소리는 몸속에서 피어오른 열기가 소용돌이치게 할 만큼 자극적이었다.

서희는 그의 자극에 순순히 반응하듯 그의 어깨를 당겨 안았다. 목을 살짝 빼고 고개를 비틀어 그의 입술을 깊게 머금었다.

"흐음."

그의 입에서 새어 나온 앓는 소리가 서희의 입안으로 흘러들었다.

만족스러워하는 것 같기도 하고, 아쉬워하는 것 같기도 했다.

그의 도톰한 입술을 혀로 한번 핥았다.

"으음."

탁하게 쉰 음성이 듣기 좋았다. 서희는 대범하게 그의 어깨를 옆으로 밀었다. 그러자 커다란 덩치가 순순히 매트리스 위에 눕혀졌다. 이번에는 말랑말랑한 몸피가 단단한 가슴을 짓누르듯 했다. 자세가 반전되어 서희가 그를 위에서 덮친 꼴이 되었다.

그가 몽롱하게 가라뜬 눈으로 서희를 올려다보았다. 열에 취한 그의 눈동자는 아름다웠고, 어쩐지 연약한 느낌마저 들었다.

"계속해 봐."

그가 타들어 가는 듯한 목소리로 읊조렸다. 손끝이 바르르 떨릴 것만 같아서 서희는 가만히 주먹을 쥐었다가 피고는 그의 티셔츠를 위로 들어 올렸다.

바짝 긴장한 그의 흉근과 복근은 여전히 기가 막혔다. 서희는 감탄스러운 눈길로 그를 내려다보았다.

"마음에 들어?"

그가 새삼스러운 질문을 던졌다. 서희는 가만히 고개를 끄덕거리고는 입고 있던 티셔츠를 벗었다. 그가 가슴을 크게 부풀리며 숨을 들이켰다. 그의 표정에 경외가 깃들었다.

"마음에 들어요?"

서희가 조용히 물었다. 그러자 그가 상체를 들어 올리며 입을 맞추려고 했다. 그의 눈동자는 감각적으로 풀려 있었다.

서희는 그의 어깨를 가볍게 누르며 저지했다. 그가 애타는 표정을 지으며 아랫입술을 할짝거렸다.

생전 안 해 본 짓을 하느라 행동이 약간은 굼뜨고 어색했다. 하지만 황홀한 갈증이 어린 표정으로 올려다보는 남자의 시선 때문인지,

기분은 무척이나 좋았다.

몸을 내리며 그의 입술을 머금었다.

"음."

그의 입가에서 또다시 억눌린 신음이 새었다. 천천히 옷을 마저 벗기고, 마저 벗었다.

서희는 느릿하게 그의 근육 줄기를 어루만졌다.

"하아, 함서희."

그가 눈을 질끈 감으며 고개를 뒤로 젖혔다. 제 이름을 세상에서 가장 귀한 주문처럼 읊조리는 남자의 몸체는 강인했지만, 어쩐지 오늘따라 연약해 보였다.

"날 죽일 셈이야?"

그가 끓어오르는 목소리로 물었다.

"안 죽어요."

서희가 조용히 대꾸하며 그를 품에 안았다.

"흐응."

서희의 입에서도 가느다란 신음이 새어 나왔다.

침대 위에서의 행위는 마치 인생의 축약형 같았다. 고통과 즐거움이 공존했고, 만족과 허무가 함께했다.

"하아."

서희가 가쁜 숨을 내쉬며 어깨를 움츠리자, 그가 대번에 자세를 반전시켰다.

"너는, 정말. 사람을 고문해도."

그가 이를 악문 소리를 읊조렸다. 순식간에 주도권은 그에게로 넘어갔다. 하지만 그에게 뺏긴 주도권이 아쉽지 않을 만큼 만족감이 깊었다.

※ ※ ※

그의 회사로 출근하는 첫날, 대학을 졸업하고 처음 입사했던 회사에 출근하는 것보다 더 떨렸다. 그는 출퇴근용 기사까지 따로 붙여 줬으면서도 신경을 곤두세웠다.

"그냥 내 차 타고 같이 가도 되는데."

차고에 다다르자 그가 미련이 뚝뚝 묻어나는 목소리로 읊조렸다. 서희는 단호하게 고개를 내젓고는 까치발을 들며 그에게 가까이 다가오라고 손짓했다.

그는 서희가 입을 맞춰 줄 거라고 생각했는지 금세 헤벌쭉 웃으며 다가왔다.

저 잘생긴 바보를 어떡하냐.

서희는 그의 귓가에 대고 속삭였다.

"어제 고문당한 거로 부족해요? 출근하기 전부터 이럴 거예요?"

사근사근 속삭인 말에 그가 고개를 비스듬히 기울이며 서희를 바라보았다. 그의 눈빛은 말하고 있었다.

너 되게 가소롭다?

서희는 목을 흠흠 가다듬으며 자세를 바로 했다.

"회사에서는 알은체하지 마요. 알았죠?"

서희가 다짐을 강요하듯 물었다.

"함서희."

그가 서희의 가느다란 어깨를 커다란 손으로 꽉 움켜잡았다. 서희는 왜 그렇게 무서운 척하면서 부르냐고 항의라도 하듯이 눈을 부릅뜨며 그를 올려다보았다.

"고문 방법을 좀 업그레이드해 볼 생각은 없어?"

그의 어조는 지극히 사무적이었다.

유치원 아이들이 뛰어노는 운동장에서 스킨십 업그레이드를 논했던 것처럼, 그는 첫 출근을 앞둔 차고에서 그보다 더한 업그레이드를 바라고 있었다.

"하는 거 봐서요."

서희는 새침하게 말하고는 기사가 문을 열어 주는 차의 뒷좌석에 올랐다.

그가 뒷문을 잡은 채로 상체를 숙이며 물었다.

"열심히 연구해 봐."

얄밉도록 근사한 웃음을 지어 보인 그가 탁 소리가 나도록 차 문을 닫았다.

이윽고 차가 회사로 출발했다. 심장이 미친 듯이 두근거리는 이유가 첫 출근 때문에 떨려서인지, 음란한 연구를 해야 한다는 목적의식 때문인지 모르겠다.

경력사원 연수는 신입사원 연수와 비교했을 때 짧은 편이었고, 길지 않은 연수가 끝난 뒤 서희는 곧바로 업무에 투입되었다.

"함서희 씨. 회의."

"네!"

그리고 생각했던 것보다 훨씬 빠르게 프로젝트 참여 기회가 주어졌다.

두 번째 회사 생활은 첫 번째 회사 생활보다는 훨씬 수월했다. 신입사원 때 저지르던 소소한 실수가 줄었고, 해야 할 것과 하지 말아야 할 것의 경계가 조금 더 분명했기 때문인지도 모른다.

이런 게 연륜이겠지.

회사에서 마주한 그의 모습은 생각했던 것보다 훨씬 더 믿음직한 CEO의 모습이었다.

"서 대표님이 직원 교육에는 아낌없이 투자하시는 편이니까. 이번 프로젝트도 잘해 봅시다."

금융업에서 가장 중요한 것이 신뢰라고 말하는 것처럼, 그는 기업 경영에서 가장 중요한 것이 직원들의 신뢰를 얻는 것이라고도 했었다.

"함서희 씨?"

"네!"

회의를 마치고 회의실을 나서려는데 교육분과장 원희건이 서희를 불러세웠다.

"어려운 건 없고?"

"네, 아직은 없습니다."

"함서희 씨한테 거는 기대가 커."

면접에서도 서희를 좋게 봐 준 원 과장이었다. 그는 서희에게 격려의 말을 몇 마디 더 건네주었다.

사무실 분위기는 전체적으로 청량감이 넘쳤다. 젊은 CEO, 젊은 회사라는 느낌이 강했다.

강 회장의 연륜과 서지한 대표의 기동력이 시너지를 발휘한 DL그룹은 경영학과에서 금융을 전공한 학생들이 가장 입사하고 싶은 회사가 되어 있었다.

경영관에서 피바람을 불러일으키던 남자가 이제는 대한민국 금융계에 새 바람을 불어넣고 있는 거였다.

그의 눈부신 성공이 어찌나 뿌듯한지, 서희는 회사의 면면을 들여다볼 때마다 가슴이 다 벅차오르려고 했다.

[어디?]

자리로 돌아가려는데, 휴대전화가 짧게 진동했다.

[이제 회의 마치고 나왔어요. 사무실이죠.]

자리에 앉은 지, 5분쯤 지났을까?

그에게서 더는 메시지가 오지 않아서 그냥 그런가 보다 하고 일을 하는 중이었다.

"대표님, 저희 사무실엔 갑자기 무슨 일로…….."

교육분과장의 긴장된 목소리가 조용한 사무실을 울렸다.

그가 교육분과 사무실을 천천히 둘러보며 말했다.

"하던 일들 계속해요. 그냥 분위기가 어떤지 둘러보려고 잠깐 와 봤습니다."

서희는 파티션 너머를 흘끗거리며 그의 모습을 살폈다. 한창 일을 하다가 내려왔는지, 그는 아침에 입고 나간 슈트 재킷은 벗은 상태였다.

하얀 드레스 셔츠를 팔목까지 걷어 올리고, 넥타이도 어디에 풀어 놨는지 없었고, 드레스 셔츠 앞 단추가 세 개쯤 열려 있었다. 탄탄한 앞가슴 뼈와 쇄골이 아슬아슬하게 드러났고, 팽팽한 드레스 셔츠 라인이 근사했다.

아, 달려가서 저 단추 꽁꽁 채워 주고 싶다.

다소 집착 어린 망상을 하고 있는데 그와 허공에서 시선이 마주쳤다. 서희는 얼른 눈을 돌렸다.

3초쯤 지났을까? 어두운 그림자가 낮은 파티션 위로 드리워졌다. 익숙한 그의 향수 냄새와 두근거리는 체취 때문에 다가온 사람이 누구인지 쉽게 알아차릴 수 있었다.

심장이 콩닥콩닥 뛰었다. 계획대로 이행하려면 그는 지금 서희를 알은척하면 안 되는 거다.

나중에 결혼을 발표했을 때, 직원들이 뭐라고 생각하겠는가?

함서희가 입사한 지 얼마 되지 않았을 때, 대표가 사무실로 내려와서 새로 입사한 사원을 독려하듯 알은척하고 갔다고?

사내에서 비밀 연애 하면서 모두를 기만했다고 생각할지도 모른다. 평범한 사내 비밀 연애라면 기만이라는 과격한 단어를 떠올리지는 않을 것이다.

문제는 그가 이 회사의 대표라는 점이다. 하긴, 사내 비밀 연애가 평범할 수도 있다는 전제 자체가 틀려먹은 거 아닌가?

머릿속으로 온갖 고민을 이어 가고 있는데, 파티션 위에서 뭔가 툭 떨어졌다. 자석으로 고정해 놓은 서류들이 떨어진 건가 싶어서 고개를 돌린 곳에 낯선 물건이 있다.

응? 홍삼 스틱?

그는 이미 서희의 자리에서 멀어진 후였다. 서희는 그가 제 자리에 떨어뜨리고 간 홍삼 스틱이 외계 생명체라도 되는 것처럼 경계 어린 눈빛으로 바라보았다.

사람 심장 너덜거리게 해 놓고, 홍삼 스틱?

서희는 휴대전화를 집어 들고 메시지를 입력했다.

[뭐 하는 거예요?]

메시지를 입력하자마자 숫자 1이 사라진다. 음흉하게 웃는 이모티콘이 먼저 나타났다.

[사원 독려.]

486

거창한 그의 대답에 피식 웃음이 나왔다.

[지금 전 직원한테 홍삼 스틱 나눠 주러 다녀요?]

이번에는 팔짱을 낀 채로 노려보는 이모티콘이다.

메시지가 들어오려나 했는데, 전화가 울린다. 발신자는 다름 아닌 홍삼 스틱이다.

"네."

서희는 조용조용한 목소리로 전화를 받았다. 혹여 전화 밖으로 그의 목소리가 새어 나갈까 봐 수화음 내리는 버튼을 쉴 새 없이 눌러 댔다.

– 잠깐 쉬자.

"네?"

서희는 고요한 사무실 안을 조심스러운 눈길로 살폈다. 개인 휴게 시간에 관해서는 자유로운 편인데, 문제는 이 남자다.

– 동편 엘리베이터 타면 27층까지 올라올 수 있어. 동쪽 복도 끝까지 걸어와서 전화해.

심장이 아까보다 더 세차게 뛰었다. 회사 건물은 30층이었고, 28층부터는 일반 사원은 접근할 수 없는 곳이었다.

서희는 조용히 자리에서 일어나 그가 알려 준 동편 엘리베이터로 향했다. 지극히 사무적인 공간을 지나고 있는데도, 심장은 미친 듯이 날뛰었다.

왜 이렇게 떨리는 걸까.

비밀이라는 단어의 압제력은 실로 대단했다. 누군가를 속이고 몰래 만난다는 사실에 손가락이 저릿할 정도다.

27층에 도착하자, 복도는 텅 비어 있었다. 강당과 사내 도서관 등이 자리한 27층은 항상 고요한 편이었다.

복도 끝에 선 서희는 그에게 전화를 걸었다. 신호가 한 번도 채 울리기 전에 그가 전화를 받았다. 그와 동시에 있는 줄도 몰랐던 문이 눈앞에서 철컥 열렸다.

그리고 불쑥 튀어나온 손이 서희의 손을 잡고 안으로 이끌었다.

엄마야!

서희는 눈만 휘둥그렇게 뜰 뿐 입술을 떼지는 못했다.

마치 이상한 나라의 앨리스가 된 기분이었다. 사무실 복도에서 문 같지도 않은 게 열리더니, 휘황한 공간으로 끌려 들어온 사원 앨리스가 놀란 목소리로 물었다.

"여기가 어디예요?"

서희는 주변을 둘러보며 물었다.

"어디긴, 회사지."

뻔뻔한 대답에 서희는 눈을 가늘게 뜨고 그를 노려보았다.

"나만 들어올 수 있는 휴게 공간."

그곳에는 정말 없는 게 없었다. 마치 아파트 한 채를 옮겨 놓은 것 같았다. 침실이 있었고, 커다란 소파와 멀티미디어룸이 있었고, 드레스룸과 월풀 욕조까지.

"여기에 살림 차렸어요?"

서희가 장난스럽게 물었다. 그가 어이없다는 듯이 실소했다.

"회사에서 밤새울 때도 있고, 출장 다녀와서 바로 외부 회의 나가야 할 일도 있고, 출퇴근하는 시간이 아까울 때도 있었거든."

하지만 그의 말과는 다르게 최근에 사용한 흔적은 없어 보였다.

"강 회장님 성격 알잖아? 대표가 거지꼴 하고 돌아다니는 건 못 보시는 거."

"아, 그럼 강 회장님이 만드신 공간이에요?"

그가 고개를 끄덕거렸다. 가끔 생각이 정리되지 않을 때나, 휴식을 취하고 싶을 때는 이곳에 내려온다고도 했다.

"근데 여기 직원들은 몰라요?"

"모르지."

"대표님이 계속 왔다 갔다 하는데도 몰라요? 도서관 사서도?"

"내 방에서 바로 내려올 수 있거든."

서희는 입을 아, 모양으로 벌리며 고개를 끄덕거렸다. 이 남자가 금융 그룹의 대표라는 사실이 새삼스럽다.

"신기하네요."

꼭 뉴스에 나오는 것처럼 의심스러운 공간이라는 말은 하지 않았다. 유복하게 자랐지만, 그가 속한 사회의 삶은 여전히 낯설다.

서희는 창가에 서서 한강과 멀리 보이는 남산 등 도심의 마천루를 찬찬히 구경했다. 허리에 그의 팔이 휘감기고 있었다.

"흐음."

목덜미에 그의 숨결이 닿았다. 그가 숨을 깊게 들이마시며 몸을 바짝 붙였다. 심장이 아까와는 다른 결로 두근거리기 시작했다. 눈앞에서 마천루가 사라졌다. 저도 모르게 두 눈이 감겼고, 몸이 휘릭 돌아갔다.

입술이 빨려 들어갔다.

"으음."

그의 입안으로 앓는 소리가 금방 흘러나왔다. 입을 크게 벌려 그를 맞았다. 허리가 뒤로 살짝 휘며 등에 차가운 유리가 닿았다. 단단한 팔이 서희를 더욱 당겨 안았다. 고개를 옆으로 비틀고 더욱 깊이 머금었다.

"흐음."

그의 목울대에서도 끓는 소리가 났다. 단단한 목을 꽉 끌어안았다. 목덜미를 주무르고, 듬직한 어깨를 쓸어내리기를 여러 번 반복했다.

얇은 드레스 셔츠 아래 자리한 탄탄한 근육이 미세하게 꿈틀거리는 게 손바닥 안쪽에서 생생하게 느껴졌다.

"하아."

입술이 잠시 떨어진 순간, 더운 숨이 흘러나왔다. 그는 숨결을 나눠 마시듯 여러 번 서희의 입술에 자잘하게 입을 맞췄다.

또다시 밀려들어 오려는 순간, 서희가 그의 어깨를 아주 살짝 밀었다. 그가 검게 타오른 눈빛으로 서희를 내려다보고 있었다.

"그만."

목소리가 쉬어서 가느다랗게 흘러나왔다.

"한 번만, 더."

그의 목소리도 탁하기는 마찬가지였다.

"응?"

그가 애원하듯 물었다. 서희는 어쩔 수 없다는 듯이 고개를 끄덕거렸다. 아까보다 훨씬 더 갈급한 입맞춤이 이어졌다. 그의 커다란 손이 서희의 목을 조를 듯이 감쌌다.

턱 끝에 닿은 엄지손가락이 목선을 따라서 천천히 아래로 내려갔다. 앓는 소리조차 낼 수 없을 정도로 긴장감이 밀려들었다. 무릎 뒤쪽 움푹 팬 곳에서 힘이 주룩 빠져나가는 듯했다.

서희는 그의 어깨를 힘주어 안았다. 손끝이 바들바들 떨렸다. 그저 키스만 하고 있을 뿐인데도, 그보다 더한 일을 치르기라도 한 것처럼 열기가 치솟았다.

숨이 막혀 왔다. 눈앞이 점멸하는 듯했다. 부풀어 오른 긴장감을 누군가 톡 건드리기만 해도 폭발해 버릴 것만 같았다.

그가 입술을 슬쩍 뗐다. 더운 숨과 앓는 소리가 동시에 터져 나왔다.

"하아."

그가 가라뜬 눈으로 서희를 내려다보며 웃었다. 무언가를 억누르려고 애쓰는 비릿한 미소였다.

"이제, 가자."

그가 조용히 속삭였다. 서희도 간신히 고개를 끄덕거렸다.

"그런데."

그가 마음에 안 드는 게 있다는 투로 중얼거리기 시작했다. 서희는 흐려진 시야를 분명히 하기 위해 노력하며 그를 바라보았다.

붉게 부어오른 그의 입술과 검은 눈동자, 탁한 목소리와 조화가 자꾸만 서희를 조여 댔다.

"너 이 얼굴로 사무실 가면."

그가 벌어진 입술로 서희의 뺨에 가볍게 입을 맞췄다.

"흐으."

더운 숨이 또다시 새어 나왔다.

"오만 새끼들이 정신 못 차리고 쳐다볼 것 같은데."

서희의 뺨은 달아오를 대로 달아올라 있었다. 거친 키스로 인해 입술도 빨갛게 부어올라 있기는 마찬가지였다. 그런 서희의 모습을 내려다보는 그의 눈빛은 어쩐지 화가 난 것 같기도 했다.

누가 불러냈는데? 누가 이렇게 만들었는데?

서희는 억울한 생각이 들어서 그를 올려다보며 물었다.

"오빠가 이렇게 했잖아요."

그의 눈이 홱 돌아가는 게 보였다. 눈 돌아간다는 말은 진짜로 이럴 때 쓰는 건가 보다.

"뭐라고?"

그의 입가에 웃음기가 어렸다. 무척이나 위선적인 웃음이었다. 찢

491

어밟기고, 망가뜨리고 싶은 충동을 억제하고 숨기는 미소였다.

"얌전히 일하는 사람 여기로 불러낸 게 누군데?"

서희는 주저하지 않고 되물었다. 잠시 시간이 멈춘 듯 그가 서희를 내려다보기만 했다. 거친 숨을 고르는 소리만이 존재하는 듯, 두 사람이 내뱉은 더운 열기가 공간을 에워쌌다.

"너는, 정말."

그가 도저히 참을 수 없다는 듯이 서희의 입술을 거칠게 집어삼켰다. 앓는 소리조차 급하게 먹혀 들어갔다. 커다란 손이 가느다란 허리를 꽉 끌어안았다. 그저 키스를 나누고 있을 뿐인데, 미친 황홀감이 전신을 감쌌다. 그가 입술을 문 채로 물었다.

"빨리 할게. 응?"

애원하는 음성이었다. 서희는 대답 대신 그의 드레스 셔츠를 허리춤에서 빼냈다. 그가 서희를 번쩍 안아 들고는 허리 높이의 대리석 테이블 위에 앉혔다. 스커트 밑단이 돌돌 말려 올라왔고, 순식간에 치달았다.

아무 일도 없었다는 듯이 사무실로 돌아왔을 때, 다행히 서희를 알은체하는 사람은 없었다. PC 모니터 아래에 둔 거울로 얼굴을 한 번 더 살폈다. 사무실에 들어오기 전에 이미 화장실에 들러서 냉수로 세수까지 하고 왔지만, 그래도 신경이 쓰였다.

다행히 얼굴은 평온을 되찾은 상태였지만, 아직 여운이 가시지 않은 심장은 두근거렸다.

긴 숨을 내쉬며 잔열을 식히려는데, 휴대전화가 또다시 짧게 울린다.

[오늘 저녁 잊지 않았지?]

메시지를 보내온 사람은 여동생 서은이었다.

[응, 이따 보자.]

오랜만에 서은과 만나기로 했다. 서은의 회사는 DL금융 사옥에서 겨우 두 블록 거리에 있었다.

평일에는 함께 점심도 먹고, 가끔 커피도 한잔하자고 했었다. 하지만 회사가 아무리 가깝다고 해도 얼굴 보기는 쉽지 않았다.

서희는 휴대전화를 내려 두고는 PC 모니터에 시선을 돌렸다.

❈ ❈ ❈

"언니!"

서은이 가로수길 초입에서 발을 동동 구르며 소리를 질렀다.

"야, 너 조용히 해."

서희는 함박웃음을 짓는 동생을 나무라며 미간을 찡그렸다. 서은은 언니의 나무람에도 아랑곳하지 않고 서희의 목을 와락 끌어안았다.

"반가워서 그러지. 언니 얼굴 보니까, 너무 좋아서."

"그래도 길 한복판에서 이게 뭐야?"

서희는 행인이 불편하지 않도록 한쪽으로 비켜서며 서은의 손을 잡아당겼다.

"근데 왜 언니 혼자 와? 형부는?"

"발레 주차 직원이 안 보여서 찾고 있을 거야. 건물 뒤쪽에 있어. 나 먼저 여기 내려 준 거고."

"아아, 우리 형부 그래도 언니를 눈에서 잠깐 떼 놓기는 하는구나?"

서희는 기가 막힌다는 듯이 서은을 바라보았다.

"너 그게 무슨 뜻이야?"

"형부 보면 머리꼭지에서는 레이더가 뱅글뱅글 돌아가고, 눈에서는 레이저빔이 나올 것 같거든. 언니 있는 곳을 발견해서 주변에 이상한 게 꼬이면 발사!"

"미쳤나 봐."

서희가 까르륵 웃음을 터뜨렸다.

"그렇게까지 집착하지는 않아. 그 정도는 아니야."

웃으며 건넨 말에 서은이 고개를 절레절레 내저었다.

"언니는 지금 눈에 콩깍지가 씌어서 모르는 거지. 나중에 나한테 전화해서 언니 답답해 죽을 것 같아. 네가 나 좀 구해 주러 올래? 하지나 마."

"안 그럴 거거든."

"하긴 우리 형부 같은 사람은 집착도 바람직하다."

두 사람이 막 레스토랑 입구로 들어서려던 참이었다. 서희가 잡고 있던 유리문의 무게감이 가벼워지는가 싶더니, 뒤에서 익숙한 목소리가 들려온다.

"내가 뭐가 그렇게 바람직해, 처제?"

"어, 형부!"

서은은 길바닥에서 서희를 반겼던 것 이상으로 발을 동동 구르며 그를 반겼다. 아직 서은의 성격에 적응하지 못한 그는 당황스러워하는 것 같았지만, 싫어하는 기색은 없었다. 오히려 귀여운 막냇동생을 보는 것처럼 따뜻한 눈빛이다.

"우리 형부가 바람직한 게 어디 한두 개여야죠. 잘생겼지, 능력 좋지, 착하지, 돈 많지, 우리 언니밖에 모르지!"

세 사람은 직원의 안내에 따라 예약된 식사실에 자리를 잡았다.

"고맙네. 이렇게 나를 좋게 봐 줘서."

그가 멋쩍은 웃음을 지었다.

"그런 의미에서 오늘 저녁은 제가 사요!"

당차게 외친 말에 두 사람의 시선이 모두 서은에게 향했다.

"저 오늘 프로젝트 인센티브 들어왔거든요. 그러니까 오늘 저녁은 제가 삽니다!"

"여기 엄청 비싸. 아무리 인센티브를 받았어도, 네가 저녁을 산다고? 됐어. 언니가 살게."

"아, 우리 장녀 정말 못쓰겠다."

서은이 고개를 절레절레 내젓자, 그가 옆에서 웃음을 참는 듯이 입술을 꾹 깨물었다.

"형부, 우리 언니가 이렇다니까요? 동생이 기분 내겠다는데, 너무하지 않아요? 아니, 내가 월급을 뭐 통째로 갖다 바치겠대? 언니네 부부한테 저녁 한번 사겠다는데!"

서희가 어휴, 하고 한숨을 내쉬자, 그가 웃음기 어린 목소리로 대답했다.

"처제가 이해해. 우리 서희가 좀 시도 때도 없이 진지하잖아. 약간 꼰대 기질도 있고."

"뭐요, 꼰대?"

서은이 까르륵 웃음을 터뜨렸다. 그는 얄밉도록 근사한 미소를 지으며 어깨를 으쓱했다.

"맞아요, 맞아. 우리 언니는 내가 유치원 들어가는 순간부터 꼰대였어요. 유치원 가서 선생님한테 인사 잘 해야 한다, 친구들이랑 사이좋게 지내고, 혼자 있는 친구 챙겨라. 아주 잔소리 대마왕이었다니까요?"

"그래? 사람 참 한결같네. 지금도 잔소리 장난 아니야. 이제 처제가 듣던 잔소리 내가 듣고 있다니까? 직원들이 인사하면 좀 더 상냥하게 받아 줘라, 너무 근엄한 얼굴로 다니지 말아라. 그런다니까."

서은이 안쓰럽다는 듯이 그를 바라보았고, 서희는 어이가 없어서 허, 참, 허, 참만 반복할 뿐이었다.

여기서 나서서 '다 좋으라고 한 소리'라는 말을 내뱉었다가는 진짜 꼰대 인증이 되어 버리니까, 말을 보탤 수도 없었다.

"그런 의미에서 처제."

"네, 형부!"

"처제가 그동안 우리 서희 잔소리 다 들어 주고 사느라 힘들었잖아. 이제 그 잔소리를 내가 나눠서 짊어진다는 의미에서 저녁은 내가 살게."

서은이 감격했다는 듯이 눈을 굴리며 환히 웃었다.

"어우, 정말. 우리 형부 센스가. 크흐!"

엄지까지 치켜든 서은은 어쩔 수 없다는 듯이 고개를 주억거렸다.

"그럼 오늘 저녁은 우리 형부님께서 사시는 거로."

어쩜 둘이 죽이 저렇게 척척 잘 맞는지, 서희는 괜한 질투마저 나려고 했다.

"저, 잠시만요."

서은이 어디선가 걸려 온 전화를 받기 위해 휴대전화를 들고 식사실을 나섰다.

"입술을 왜 또 그렇게 뚱하게 내밀고 있어?"

"내가 언제 입술을 뚱하게 내밀고 있었어요?"

평범한 목소리를 내려고 노력했지만, 유치하게 토라진 목소리가 흘러나왔다.

"아, 알았다."

그가 얼른 고개를 기울이더니 서희의 입가에 쪽, 소리가 나도록 입을 맞추었다.

"뽀뽀해 달라고? 아주 시도 때도 없이 해 달라고 하네. 큰일이야."

어이가 없어서 실소가 터져 나왔다.

왜 기분이 상했는지는 모르면서, 기분을 풀어 주려고 노력하는 모습은 근사했다.

"내가 꼰대 같았어요?"

웃으며 물었다.

"처제 말에 그냥 장단만 맞춘 거지."

"언제는 잔소리 심하다며?"

그가 한숨을 폭 내쉰다.

"네가 잔소리가 심하긴 하잖아. 어젯밤에도 거기 말고, 여기……."

서희가 얼른 손을 들어 그의 입을 막았다.

"진짜 미쳤어요? 누가 들으면 어쩌려고!"

입을 막은 손을 그가 혀로 핥았다.

"아, 정말!"

더럽다는 말은 할 수 없었다. 이런 상황에서 더럽다고 했다가, 얼마나 괴롭힘을 당했는지 똑똑히 기억하는 탓이었다.

"왜, 더러워?"

"아니요. 안 더러워요. 하나도 안 더러워."

말은 그렇게 하면서 손바닥을 냅킨에 쓱 닦았다.

"그래? 안 더러워?"

그가 한껏 음흉해진 목소리로 묻는가 싶더니, 얼굴이 기울어졌다. 목 안쪽에 그의 숨결이 닿았다. 등줄기를 타고 소름과 함께 열기가 돋았다. 혀로 살갗을 핥은 뒤, 가볍게 입을 맞추는 그의 낮은 웃음소리가 귓가를 울렸다.

정말이지 모든 말을 자기 좋을 대로 해석하는 능력이 출중한 남자다. 문제는 그게 또 싫지 않다는 거다.

"그만해요. 이런 건 집에 가서."

"집에 가서? 정말?"

요즘 수면 부족 때문에 정신이 몽롱할 지경이었다. 제발 하루만 편하게 자게 해 달라고 설득했지만. 그는 갖가지 이유를 들어 가며 졸랐다. 오늘은 또 이렇게 이유가 만들어지나 보다.

"알았어요. 그러니까 그만."

그의 얼굴에 회심의 미소가 어리는 순간, 식사실 문이 열렸다.

"어휴. 회사에 정말 골치 아픈 인간이 하나 있는데, 이 시간까지 퇴근 안 하고 전화해서 날 들들 볶아."

서은이 투덜거리며 들어왔다.

"어디든 또라이는 있기 마련이야. 또라이는 진화하는 거라더라. 아마 네가 여태까지 만났던 또라이의 총합을 우습게 뛰어넘는 또라이를 앞으로 계속 만나게 될 거야."

서희가 조용조용한 목소리로 동생을 타이르듯 했다.

"너 그거 승남이가 한 말이지?"

잠자코 듣고 있던 그가 미간을 찡그리며 물었다. 하지만 그의 입가는 여전히 웃고 있었다.

"맞아요. 승남 선배가 해 준 말이에요."

그는 못 말리겠다는 듯이 고개를 절레절레 내저었다.

"승남 선배하고는 연락해요?"

"그럼, 대학 동기 중에는 유일하게."

"와! 승남 선배 어떻게 지내는지 너무 궁금하다!"

서희가 눈을 반짝반짝 빛내자, 서은이 우려스러운 목소리를 냈다.

"언니, 지금 되게 위험해 보인다."

서희는 뭐가, 또? 하는 눈빛으로 서은을 바라보았다.

"형부 눈빛 봐. 형부 앞에서 왜 다른 남자 소식을 궁금해해?"

"아니 이게 왜 다른 남자 소식이야? 그냥 학교 선배 소식이지?"

그가 고개를 숙인 채로 큭큭거리며 웃었다.

"함서은, 너 진짜!"

두 사람은 쿵짝을 맞춰 가며 서희를 놀려 대고 있었다.

"자, 그만하고. 식사부터 하자."

예약하면서 메뉴까지 알려 둔 덕분에 금세 테이블 위가 음식으로 채워졌다.

식사를 마친 뒤, 디저트로 나온 소르베를 먹으며 서은이 어울리지 않게 진지한 눈빛을 빛냈다. 무언가 말하고 싶은 눈치였는데, 이제야 입을 열려나 보다.

"형부, 저 그냥 회사에서 마련해 준 집에서 엄마랑 둘이 살게요."

그는 넓은 아파트로 옮기고, 결혼 전까지 서희와 함께 살 수 있도록 해 주겠다고 서은에게 약속했었다.

서희는 서은의 말에 잠자코 귀를 기울였다.

"저랑 엄마를 돕고 싶은 건 이해해요. 그런데요, 저와 엄마한테도 인생이 있잖아요? 우리가 헤쳐 나가야 할 문제예요. 자꾸 형부가 도와주시면, 저는 영원히 홀로서기 못 할 거예요."

서은이 생긋 웃으며 서희를 바라보았다.

"사람은 든 자리는 표 안 나도, 난 자리는 표 나요. 언니랑 같이 살다가 금세 결혼해서 나가 버리면, 그게 더 적적할 거예요. 저랑 엄마는 이대로도 좋아요. 제가 정말 너무 힘들어서 도움이 필요하면 언니한테 말할게요. 그럴 일 없기를 바라지만요."

어른이 된 동생의 말에 서희는 눈가가 따끔거렸다.

"그냥 저희한테 해 주고 싶으신 만큼, 언니한테 잘해 주세요. 그리고 언니. 나한테 미안해하고 그러지 마. 맏딸이라고 모든 책임을 다질 필요는 없는 거잖아. 우리 나쁘지 않아."

서은이 진심이라는 듯이 맑게 웃었다.

"엄마랑 나랑 얼마나 잘 지내는지 알아? 엄마도 이제는 뭔가 좀 홀 가분해하시는 것 같아. 그리고 엄마 취직했어."

"엄마가?"

서희와 서은을 키우면서 일은 해 본 적 없는 어머니였다. 미술교 육을 전공하고, 미술 선생님을 하기도 했었지만 아주 먼 옛날 이야기 였다.

"응, 엄마 대학 친구 중에 사립미술관 다니는 친구가 있는데, 거기 서 에듀케이터를 구하는 중이었나 봐. 풀타임은 아니고, 파트타임으 로 중년 미술교육 기획하는 일 하러 가신대."

어머니의 적성과도 매우 잘 맞는 일이었다.

"잘됐다. 집에서 혼자 계시려면 적적하셨을 텐데."

"언니는? 우리 엄마 성격을 아직도 모르는구나? 엄마가 혼자 집에 서 적적하게 있을 사람이야?"

서은이 던진 말에 서희도 일면 동의한다는 듯이 고개를 끄덕거렸 다.

"장모님 첫 출근이 언제야?"

그의 물음에 서은이 장난스럽게 웃었다.

"왜요? 울 엄마 선물 사 주시게요?"

"오랜만에 첫 출근이실 텐데, 선물 사 드려야지. 근사한 거로."

서은의 두 눈이 반짝거렸다.

"우리 엄마가 진짜 좋아하는 브랜드가 있거든요? 근데 돈 되는 물 건은 다 압류당해서, 엄마 사실 목걸이 하나도 없거든요."

"장모님이 좋아하시는 브랜드가 뭔데?"

"이거요."

서은이 제 휴대전화를 지한이 볼 수 있도록 내밀었다. 클로버 모티브의 디자인으로 유명한 하이 주얼리 브랜드였다. 그리고 서희가 아직 그에게서 돌려받지 못한 목걸이의 브랜드이기도 했다.

아버지가 사 준 목걸이. 아버지에 대한 간절함이 사라졌기에 돌려받고 싶은 마음조차 들지 않았고, 어느 순간부터는 까맣게 잊고 있었다.

"이걸 장모님이 좋아하셨어?"

"네, 색깔별로 다 갖고 있었어요."

"그랬구나."

그도 같은 브랜드라는 것을 알아차렸는지, 가만가만 고개를 끄덕거렸다.

"좋은 정보 고마워, 처제. 나도 장모님한테 점수 좀 따겠네."

"어우, 형부는 이미 만점인데 무슨 점수를 또 따요? 집은 안 받을 거지만, 나도 선물 하나만 주시면 안 돼요?"

서은이 눈을 동그랗게 뜨며 물었다. 서희가 황당하다는 눈빛으로 서은을 바라보았다.

그는 뭐가 그렇게 재미있는지 유쾌한 웃음을 터뜨리며 물었다.

"처제는 뭐가 갖고 싶은데?"

"저는 여기 클로버 모티브 말고, 나비 모양 펜던트로요. 터콰이즈. 옐로골드 말고 화골로."

"화골이면 화이트골드?"

그의 물음에 서은이 격하게 고개를 끄덕거렸다.

"역시 우리 형부. 내가 형부 커프스 링크가 심상치 않을 때부터 알아봤다니까요. 척하면 척이야, 아주."

서은이 의외의 면에서도 말이 통하는 형부가 너무 좋다며 호들갑을 떨어 댔다.

501

"형부 나 너무 속 보여요? 우리 인생이니까, 알아서 살겠다고 하면서. 사치품은 형부한테 사 달라고 비비는 거, 너무 얄미워 보여요?"

"아니, 귀여워. 처제."

"근데 우리 언니는 저를 왜 저렇게 째려보고 있을까요?"

서희는 저도 모르게 힘이 들어갔던 눈을 살포시 내리감았다.

"너는 진짜 못 말리겠다, 내가."

두 손 두 발 다 들었다는 듯이 서희가 한탄했다.

"그럼 처제, 언니는 뭘 좋아해?"

"형부, 우리 언니가 뭘 좋아하는지도 몰라요?"

그의 물음에 서은이 정색했다.

"응. 뭘 좋아하는지 말을 잘 안 해서. 선물하기 참 까다로워."

"에이. 우리 언니는 형부를 제일 좋아하죠. 형부가 주는 건 다 좋아할걸요?"

서은의 립서비스에 그는 껌뻑 죽는 표정을 지었다.

"아니거든! 나도 좋아하는 거 있거든? 나도 엄마가 좋아하는 브랜드 좋아해요."

아버지가 준 목걸이에 대한 기억 때문에 얼룩이 지긴 했지만, 그렇다고 기호를 바꾸고 싶지는 않았다. 그런 이유로 좋아하는 것을 포기하는 일은 억울하니까.

"의외네."

그가 혼잣말처럼 조용히 속삭였다. 그러고는 조금 전보다는 조금 큰 목소리를 냈다.

"선물 준비를 열심히 해야겠네."

"형부, 그래도 우리 언니 선물을 제일 좋은 거로 사 줘야 해요. 우리 언니 은근히 소심해서 선물 같은 거 비교하고 혼자 삐지고 막 그래요."

"아, 그건 알아."

알아? 서희가 휘둥그런 눈으로 그를 바라보았다.

"예전에 출장 갔다가 내가 서준이 인형만 사 왔었는데, 그거 갖고 삐진 것 같더라고."

"와, 형부 잘못했다. 우리 언니 냉장고에 붙이는 자석이라도 하나 사다 주지."

"야, 함서은!"

자신을 잘 아는 사람 둘이서 합을 맞춰서 놀려 대니 정신이 다 혼미해질 지경이었다. 앞으로 이런 식사 자리는 지양해야겠다는 생각이 들면서도, 사랑하는 사람들의 유쾌한 대화가 행복하기도 했다.

"냉장고에 붙이는 자석은 필요 없거든! 언니도 작고 반짝거리는 게 좋아."

"언니 요즘 냉장고 자석도 작고 반짝거리게 잘 만들어."

두 자매가 동시에 웃음을 터뜨렸다. 그는 흐뭇한 눈빛으로 서희를 바라보았다.

지한과 서희를 번갈아 본 서은이 크게 숨을 들이마시며 혼잣말처럼 떠들었다.

"아, 이제 집에 가야겠다. 엄마 기다리시겠네."

식사를 마친 세 사람은 화기애애한 분위기를 유지하며 레스토랑을 빠져나왔다. 그는 발레 직원을 찾지 못해서 근처 교회 유료 주차장에 차를 두었다며, 레스토랑 앞에서 잠시만 기다리라고 했다.

"언니."

둘만 남게 되자, 서은이 사뭇 진지한 어조로 서희를 불렀다.

"응."

"나는 언니가 왜 이렇게 수척해졌나 했어. 있는 집 며느리 되려니

503

까 힘든가 보다 했거든."

또 무슨 말을 하려나 싶다.

"우리 형부는 지면 기사나 뉴스로 볼 때는 몰랐는데, 언니 앞에서는 참 포커페이스가 안 되네. 언니를 너무 먹음직스럽게 보더라."

"야!"

서희가 서은의 손등을 찰싹 소리 나도록 때렸다. 서은은 언니를 놀려 먹는 게 재미있는지 거리가 떠나가도록 웃어 젖혔다.

"뭘 새삼스럽게 부끄러워해? 나 빨리 이모 되는 거야? 언니랑 형부 닮으면 얼마나 예쁜 아기가 나올까. 나 완전 조카 바보 될 자신 있어!"

서은이 대단한 투지를 빛냈다.

어휴, 진지하기는 개뿔.

집까지 데려다주겠다는데도, 서은은 극구 사양하며 택시를 타겠다고 했다. 서희가 계속 안 된다고 우기자, 그가 서희의 옆구리를 쿡 찔렀다.

"처제 택시 타고 간다잖아."

"언니, 나 가! 형부, 고마워요!"

눈을 찡긋한 서은이 미리 호출해 둔 택시를 잡아타고 쌩하니 사라졌다. 벌써 밤 9시가 넘었는데, 여동생을 혼자 택시 태워서 보내려니 계속 신경이 쓰였다.

차에 오르자, 그가 연한 미소를 머금으며 말했다.

"처제 연애하는 것 같은데?"

"뭐요?"

서희는 잘못 들었나 싶어서 되물었다.

"처제 연애하는 것 같다고. 지금 그 사람 만나러 가야 하는데, 자꾸 언니가 눈치 없이 붙잡고 그래."

"서은이 한국 온 지 6개월도 안 됐어요. 연애는 무슨?"

"6개월이면 길지."

"와, 6개월 안에 누구랑 연애해 본 적 있나 봐요?"

서희가 그를 놀리듯 물었다.

"어."

돌아온 대답에 서희는 잠시 정신이 멍해졌다. 그가 조수석에 앉은 서희를 흘끗 보더니 참을 수 없다는 듯이 웃음을 터뜨렸다.

"암튼 함서희는."

그가 고개를 절레절레 내저었다.

"내가 왜요?"

"너는 똘똘한 애가 왜 내 앞에서만 그렇게 바보 같아질까?"

이 근육 바보가 뭐래?

"오빠도 그러잖아요."

그가 헤벌쭉 웃는다.

"이것 봐! 오빠 소리에 좋아 죽으면서."

서희가 정색하면서 지적했다.

"내가 뭐 오빠 소리에만 좋아 죽나? 그냥 함서희한테 좋아 죽는 거지."

"근데 나는 바보 아니거든요."

눈을 부릅뜨며 부정하자, 그는 또다시 헤벌쭉 웃었다. 좋아서 죽겠다는 듯이.

"내가 6개월 안에 연애한 사람이 누구겠어? 왜 본인이 본인을 질투해?"

"우리가 안 지 6개월 된 사이는 아니잖아요."

"다시 만나고 나서는 6개월이 뭐야? 그날 키스했는데."

"그건!"

사실이었다. 하지만 반박의 여지는 분명했다.

"위로니, 뭐니 하면서 막 들이댔잖아요."

"그래서 싫었어?"

"싫었으면 했겠어요?"

티격태격하는 사이 차는 어느새 차고에 도착해 있었다.

"아까 한 약속도 유효한 거지?"

그가 낮게 물으며 시동을 껐다.

집에 가서 하자는 약속. 심장이 두근거리며 또다시 열감이 느껴진다. 서희는 대꾸 없이 먼저 차에서 내렸다. 집 안으로 걸음을 옮기는데, 그가 바짝 따라붙었다.

"왜 대답이 없어?"

"바보예요? 그걸 대답해야 아나."

"와, 지금 소심하게 복수하는 거야?"

"누가 무슨 복수를 한다고."

집 안으로 들어서자, 백 실장이 언제나처럼 해사한 미소를 지으며 두 사람을 맞아 주었다.

"오셨어요? 늦으셨네요."

"네, 별일 없죠?"

지한의 사무적인 질문이 이어지자, 백 실장의 눈빛이 돌연 엄혹해졌다.

"30분 후에 보고드리겠습니다."

이 말인즉 집안에 무슨 일이 생겼다는 뜻이었다.

"사모님도 함께 들어야 할 것 같고요."

두 사람의 결혼이 결정된 이후, 백 실장은 빠르게 호칭을 정정했다. 하지만 여전히 서희에게는 어색한 말이었다.

"복잡한 이야깁니까? 지금 말씀하시죠. 괜찮지?"

그가 서희에게 양해를 구하듯 물었다. 서희는 고개만 끄덕거렸다.

세 사람은 공용 서재에 마주 앉았다.

"오늘 제가 대리 수령한 고소장입니다."

집으로 오는 등기 서류의 대부분은 백 실장이 대리 수령하게 되어 있었다.

"고소장이요?"

그가 미간을 찌푸리며 되묻고는 묵직한 서류가 담긴 봉투를 집어 들었다.

"함상훈 씨가 사업 철회에 대한 손해배상청구 소송을 걸었습니다."

백 실장이 건넨 고소장을 받아 들기 위해 그가 손을 뻗었다.

"제가 먼저 볼게요."

서희가 조심스럽게 끼어들자, 그의 손이 허공에서 멈칫했다. 그는 그러라며 살짝 턱짓만 할 뿐이었다.

그의 눈빛에는 우려가 가득했지만, 서희에게 부담을 얹지 않기 위해 애써 무심한 척 굴려고 노력하는 듯 보였다.

서희는 떨리는 손으로 아버지가 보낸 고소장의 내용을 살펴보았다. 고소장의 내용은 정말이지 얼토당토않았다.

"아직 개시하지도 않은 사업이니 손해 사정도 어렵고요. 지한 씨가 개입해서 손해를 끼쳤다는 증거도 없죠. 민사 소송이니까 소송 제기는 가능했겠죠."

서희는 서늘한 목소리로 말을 이어 나갔다.

"이 소송에서 이길 수 있다고 생각했다면 정말 어리석은 거고요. 제 생각엔 아마 소송을 벌여서 서지한 대표의 명예에 흠집을 내고 싶은 의도일 거예요. 또."

크게 숨을 한번 골랐다.

"심리전이겠죠. 생물학적 친부의 사업을 망하게 한 남자와 같이 사는 저에게 죄책감을 느끼라는 거고. 아마 당신 딸은 아버지를 절대 그 상태로 내버려 두지 않을 거라고 생각했을 거예요."

이 집에 아버지가 왔을 때 퍼부었던 악담을 생각하면 아직도 서글 퍼진다.

그와 백 실장은 아무런 대꾸도 하지 않았다. 무슨 말을 해 줘야 할 지 난감해하는 분위기인 것 같기도 했다.

"서 대표님 능력 좋은 변호사 많이 아시죠?"

서희가 조금은 가벼워진 목소리로 물었다.

"어? 어."

그는 서희가 무슨 말을 하려는지 짐작도 되지 않는다는 표정으로 대꾸했다.

"이제 시작이에요. 저쪽은 절대 포기 안 할 거예요. 하지만 절대 아무것도 빼앗길 생각하지 마세요. 흠집도 나지 말아야 해요. 어떻게 올라간 자리인데요. 안 그래요?"

서희가 연한 미소를 머금으며 물었다. 그는 고개를 끄덕이지도 못 하고 가만히 눈을 내리뜨고만 있었다.

"저는 이만 나가 보겠습니다. 내일 수영장 정기 소독이 있는 날이 라 챙길 게 좀 있네요."

백 실장이 눈치껏 자리를 피해 주었다.

그가 커다란 손으로 서희의 머리를 가만히 쓸어내렸다.

"아마 이번 소송에서 지면, 다른 소송을 걸어온다든지. 아니면 전 혀 생각지도 못한 루트로 시비를 걸어올 거예요."

서희는 서글픈 목소리를 내지 않기 위해 노력했다.

"내 걱정은 하지 말고요. 지한 씨한테 피해가 가지 않도록 일이 처리되었으면 좋겠어요."

그는 아무런 대답 없이 새까만 눈으로 서희를 응시했다.

"내가 너무 매정해 보여요?"

살짝 고개를 내저은 그가 약간은 쓴웃음을 머금었다.

"소송하고, 지고, 또 시비 걸고, 그걸 막고. 내가 마치 복수의 원형이 된 것 같은 상황이 벌어질 수도 있어요."

마치 소포클레스의 희곡 오이디푸스처럼.

"진짜 하고 싶은 말은 따로 있는 것 같은데?"

나직하고 자상한 목소리로 그가 물었다. 눈치 빠른 그는 서희가 어려운 말을 꺼내기 직전이라는 것을 알아차린 듯했다.

그리고 그의 표정은 무슨 이야기를 하든 들어줄 준비가 되어 있다는 듯이 평온했다.

"아버지를 만나야겠어요."

서희가 던진 말에 그는 입술을 살짝 벌린 채로 잠시 머뭇거렸다.

"구치소 면회를 가겠다는 뜻이야?"

아버지는 여러 사건으로 인해 수감 중이었다. 그러면서도 법률대리인을 통해 민사 소송을 진행했다는 게 기가 막힐 노릇이었다.

가만히 고개를 끄덕거리자, 그가 서희를 너른 품에 안아 주었다. 그를 처음 만났을 때, 이 품에 안기면 세상에 두려울 것이 없을 것 같다는 생각을 했었다.

그리고 이제 서희는 그 무엇도 두렵지 않았다.

강화유리로 가로막힌 접견실은 살풍경했다. 혹여 아버지가 접견을 거부하면 어쩌나 싶은 생각이 들어서 조금 걱정했지만, 그는 뻔뻔하게도 불쌍한 표정으로 포장한 채 접견실에 모습을 드러냈다.

"서희야!"

눈물도 흐르지 않으면서 울먹거리는 모습이 위선적이다.

"얼굴이 많이 상하셨네요."

수감 생활이 힘들기는 한지 아버지의 얼굴이 많이 수척해져 있었다. 윤기가 번들거리던 얼굴은 푸석푸석했고, 늘 수제 면도날로 수염을 깎아 대던 턱은 지저분했다.

"네가 올 줄 알았다. 암, 우리 딸. 서희 네가 올 줄 알았어."

아버지는 장한 맏딸이 당신을 구하러 왔다는 듯이 감격한 표정을 지었다.

"제가 왜 왔다고 생각하세요?"

서희는 흐린 미소를 머금은 채로 물었다.

"당연히 아빠가 보고 싶어서 왔겠지. 걱정도 되고. 안 그러냐? 아빠 위해 주는 거는 우리 집에서 서희 네가 제일이었지."

실소가 터져 나올 것 같아서 입술을 꾹 깨물었다. 아버지가 한 말에 거짓은 없었다. 서희는 아버지를 잘 따랐고, 깊이 신뢰했었다. 그게 아버지의 본모습이 아닌 가면이었다는 사실을 알기 전까지는 그랬다.

"지한 씨한테 소송을 거셨더라고요."

먼저 입을 뗐다. 아버지의 눈동자에 돌연 분노가 치밀었다.

"그놈이 그러디? 어? 그 자식은 남자가 돼서, 어? 사업하다가 생긴 일을 여자한테 쪼르르 일러바치디, 어?"

서희는 가만가만 고개를 주억거렸다.

"아버지는 저를 똑똑하게 키워 주셨어요. 그렇죠?"

"암, 그랬지!"

"그런데 왜 자꾸 바보 취급을 하세요?"

이제까지와는 다른 냉랭한 목소리가 흘러나오자, 아버지의 눈동자가 조금 흔들렸다.

"당황하신 것 같네요."

"당황은 무슨."

"제가 마냥 착한 딸처럼 굴지 않아서 당황하신 것 같아요. 이쯤 되면 제가."

서희는 크게 숨을 한번 골랐다.

"아버지를 구치소에 집어넣은 일에 죄책감을 느끼고 용서를 빌면서 울고불고해야 하는데, 그러지 않아서 당황스러우시죠?"

거친 숨을 몰아쉬는 아버지의 어깨가 들썩거렸다.

"지금 제가 지켜야 하는 게 위선적인 아버지의 자존심일까요? 아니면 아무것도 모르는 채 평생을 헌신한 어머니와 서은일까요?"

"네 엄마가 모르긴 뭘 몰라! 그리고 누구 돈으로 호의호식했는데? 분수를 알아야지."

"아, 그렇죠?"

서희는 뭔가 깨달은 게 있다는 듯이 또다시 고개를 끄덕거렸다.

"저희가 먹고산 돈은 할아버지 유산이었죠. 그리고 외가댁 돈도 꽤 끌어다 썼고요. 지금에 와서 생각해 보니까, 아버지가 노력해서 주신 게 하나도 없더라고요?"

입만 벙긋거리며 대답을 못 하는 아버지의 모습을 바라보는데, 정말이지 서글퍼졌다. 평생을 우러러보며 살았던 하늘과 같은 존재의 본모습은 처참했다.

"아까 엄마가 다 안다고 하셨죠? 혹시 아버지가 술집 마담이랑 살림 차린 것도 아셨을까요?"

서희의 물음에 아버지는 한쪽 입꼬리를 들어 올리며 저열한 웃음을 머금었다.

"남자가 바깥일을 하다 보면 그럴 수도 있는 거지. 너도 남자 너무 믿지 마라. 그놈이 지금은 너한테 간이고, 쓸개고 다 빼 줄 것처럼 굴지? 돈 있고, 반반한 놈들은 자기들이 원하지 않아도 여자가 붙는 법이야. 이런 건 그냥 자연의 섭리야. 뭐, 그런 거로 호들갑이야, 호들갑이?"

"다행히 외도를 순순히 인정하시네요."

다행스럽다는 말에 아버지의 눈동자가 또다시 흔들렸다.

"여기서 나오시면 우리한테 돌아올 생각이셨어요?"

"그럼 내가 어디로 가냐?"

"술집 마담한테 가시면 되겠네요. 그게 자연의 섭리라면서요."

서희가 웃음을 머금은 채로 말을 이었다.

"자연의 섭리는요. 생존 본능에 따라 움직여요. 생존과 번영이 존재 이유죠. 멸종하기 위한 목적으로 자연이 존재하지는 않아요. 물론 진화 방향에 따라 도태되고 퇴화하는 부분이 있기는 하잖아요?"

"무슨 말을 그렇게 대단하게 해?"

마음에 들지 않는다는 듯이 미간을 구기는 모습이 비열하기 짝이 없다.

"자연의 섭리라고 먼저 말씀하셨잖아요. 저는 자연의 섭리에 따라 제가 사랑하는 사람들의 생존과 번영을 택할 거예요. 하지만 안타깝게도 아버지는 그 안에 속하지 않으시네요."

"야! 너 지금 나 협박하냐?"

서희는 부정하지 않고 고개를 끄덕거렸다.

"제 인생에서 아버지는 자연의 섭리에 따라 도태되고 퇴화하셨어요. 만약에 오랜 세월이 흐르고 나서요."

아버지는 강화유리를 깨부술 것 같은 표정으로 서희를 노려보았다.

"아버지가 생각하는 자연의 섭리가 바뀐다면, 그때는 제 인생에서 아버지가 사라질 일은 없겠죠? 하지만 그게 아니라면요."

서희는 목소리를 한껏 낮추어 경고하듯 읊조렸다.

"돌아가셨을 때, 장례식은 잘 치러 드릴게요."

냉랭한 경고조의 목소리를 내뱉었지만, 심장은 터질 듯이 뛰고 있었다.

"야! 너 이년! 너! 두고 봐! 너! 어? 어디서 이년이! 어?"

"소송은 취하하시고요. 어차피 질 싸움이잖아요. 그리고 그런 소송에 겁 안 먹어요. 날씨가 더워졌는지 모기가 날아다니더라고요? 모기는 신경에 거슬릴 뿐이지, 무서운 존재는 아니잖아요. 제 손으로 모기약 치는 일은 없었으면 좋겠네요."

서희가 먼저 자리에서 일어났다.

"아마 어머니가 곧 이혼 소송을 준비하실 거예요. 구치소에서 소장 받으신다고 너무 노여워 마세요. 신성한 결혼을 깬 당사자가 이혼당하는 것도 자연스러운 일이잖아요?"

소리를 고래고래 지르다 교정 요원에게 제지를 받는 아버지를 뒤로하고 접견실을 나왔다.

생물학적 친부의 어리석음에 서글픔이 밀려들었다. 아버지에게 독설을 내뱉는 동안, 서희의 심장도 한 꺼풀씩 썰려 나가는 듯했다.

하늘이 유난히 맑은 날이었다. 주차장에 세워진 차에 도착했을 때, 운전석에 앉은 그를 보자마자 울음이 터지고 말았다.

그는 너른 품으로 서희를 꼭 안아 주었다. 속상하고, 서글프고, 노엽고, 비참했다.

하지만 아버지를 향한 원망과 애증보다 더 중요한 것이 있었다.

품을 내어 준 그가 있었고, 이제 새로운 삶을 시작하려는 어머니가 있었고, 야무지게 살아가는 동생 서은이 함께였다.

사랑하는 사람을 지키기 위해서는 꼭 필요한 경고였다. 앞으로 더 심한 처단이 필요할 날이 올지도 모른다.

마음 단단히 먹어야지, 생각하면서도 안쓰러운 눈빛으로 자신을 바라보고 있는 남자를 마주하자 울음이 터지고 만 것이다.

그의 입술이 이마에 닿았다. 그가 엄지로 광대뼈 위를 부드럽게 쓸어 주며, 젖은 뺨에도 부드럽게 입을 맞추었다. 어깨가 들썩거릴 정도로 격했던 울음이 점차로 잦아들었다.

한바탕 울고 났더니 속이 좀 풀리는 것도 같았다. 긴장감에 바짝 말랐던 입술 위로 짭짜름한 눈물이 스며들었다.

험한 말을 내뱉느라 고생한 입을 위로하듯 그가 마르고 젖은 입술을 조심스럽게 머금었다. 부드럽게 빨아들이는 느낌이 여느 때와 달랐다. 경건하기까지 한 키스는 입안에 남아 있는 분노와 애증의 잔재를 정화하듯 따뜻하고 매끄러웠다.

서로 호흡을 나눌 수 있을 정도의 틈이 벌어질 만큼 입술이 떨어졌다. 천천히 숨을 골랐다. 완전히 새로운 공기를 들이마시는 것처럼 조심스럽게 들이마시고 내쉬었다.

"잘했어."

서희가 구치소 안에서 무슨 말을 하고 왔는지도 모르면서, 그는 잘했다고 했다.

"네가 무슨 말을 하고 왔든, 뭘 하고 왔든. 잘했어."

두 팔을 뻗어 단단한 목을 와락 끌어안았다. 가슴이 꽉 조여들어서 아무런 말도 할 수가 없었다.

옳고 그름을 정의할 수 없는 일이었다. 하지만 잘했다는 말 한 마디를 위안 삼아 앞으로의 삶을 살아갈 수 있을 것 같다.

❈ ❈ ❈

"오늘 저녁에 약속 있다고요?"

거울 앞에 선 서희가 귀에 딱 붙는 귀걸이를 귓불에 끼우며 물었다.

"응."

그는 드레스 셔츠에 커프스 링크를 끼우고는 서희의 관자놀이에 가볍게 입을 맞추었다.

서희가 거울 속으로 그를 바라보며 웃었다.

"많이 늦어요?"

"아니, 저녁만 먹고 들어올 거야."

평소와 같은 목소리로 대꾸한 그가 고개를 뒤로 쭉 물리며 서희를 바라보았다.

"왜 그렇게 봐요?"

귀걸이 침에 볼을 끼운 서희가 거울을 통해 그를 바라보며 물었다. 눈동자에 장난기가 가득한 것을 보니 웃음이 흘러나올 것만 같았다.

"왜 그러는데요."

서희는 입술 끝에 바짝 힘을 주며 웃음을 참기 위해 애썼다. 그의 장난에 적당히 장단을 맞춰 주려면 지금 웃음을 터뜨리면 안 된다.

그가 서희의 손을 잡고는 살랑살랑 흔들어 댔다. 어린아이가 그러는 것처럼 손을 잡고 흔드는 데도, 아랫배가 꽉 조이는 듯하다. 더는 왜 그러느냐고 묻지도 못하고 입 안쪽 말캉말캉한 살을 잘근잘근 씹었다.

"너 지각 한 번도 해 본 적 없지?"

서희가 눈을 가늘게 뜨고 천장을 한번 올려다보고는 대답했다.

"응."

"그럼 오늘 함서희 인생에서 신기록 수립하는 날이네?"

무슨 소리를 하는 거냐고 묻는 듯한 눈빛으로 그를 응시했다.

"오늘 지각할 거니까."

그가 상체를 숙이는가 싶더니, 서희의 몸을 오른쪽 어깨에 척 걸
머멨다.

"미쳤나 봐!"

서희는 그의 단단한 등을 손바닥으로 내리치며 허공으로 두 다리
를 파닥거렸다.

"내려 줘요! 미쳤나 봐! 지각은 무슨! 얼른 내려요!"

아무리 발버둥을 쳐도 소용없었다. 그는 계단을 올라 침실에 도착
해서야, 푹신푹신한 침대 위에 서희를 내려 주었다.

심장이 터질 듯이 뛰어 댔다. 머릿속으로는 출근 준비를 계속해야
한다고 생각했지만, 등줄기를 타고 따끔따끔한 전율이 흐르기 시작
했다.

"옷 구기지 마요."

옷을 갈아입을 시간이 없었다. 서희가 경고하듯 읊조린 말에 그가
웃음을 참으며 안면 근육에 바짝 힘을 주는 게 보였다.

"넌 그런 말을 꼭 결투 신청하는 것처럼 하더라?"

그가 웃으며 대꾸하고는 서희 쪽으로 몸을 숙였다.

순식간에 입술이 맞닿았다. 달아오른 숨결이 뺨 위를 간질이듯 흘
러내렸다. 블라우스 단추가 풀려 내려갔다. 그는 심장을 품은 살결
위에 보드랍게 입을 맞추었다. 그의 입술이 파고든 것도 아닌데, 심
장을 달구는 열기가 선연했다.

"하아."

뜨거운 온도가 숨결이 되어 흩어졌다. 그에게 옷을 구기지 말라고
경고했거늘, 서희는 먼저 손을 뻗어 그의 단단한 어깨를 끌어안았다.

치밀어 오르는 열기는 언제나 감당할 수 없을 것처럼 뜨거웠고,
늘 자상하고 부드러운 그의 몸짓도 딱 만족스러울 만큼 거칠었다.

"흐음."

그가 억눌린 신음을 뱉으며 서희 목 안쪽에 얼굴을 묻었다. 밭은 숨을 토해 내는 소리가 듣기 좋았다.

지한은 휴대전화를 만지작거리며 그녀에게 전화하고 싶은 욕구를 애써 억눌렀다. 퇴근하면서 목소리를 들었는데도, 노래하듯 속삭이는 맑은 목소리가 그리워서 가슴이 빠듯해질 지경이다. 누가 보면 석 달 열흘쯤 못 본 줄 알겠다. 만약 오늘 약속 상대가 다른 사람이었다면, 저녁 약속을 취소했을 것이다.

"미안해요. 내가 좀 늦었죠?"

지한은 얼른 자리에서 일어나 허리를 숙였다.

"아닙니다. 제가 조금 일찍 도착했습니다."

"앉아요. 오랜만에 보니까 너무 반갑네요."

마주 앉은 사람은 그녀의 어머니이자, 지한의 장모가 될 우신애 여사였다. 우 여사의 목에는 첫 출근을 기념하여 지한이 선물한 목걸이가 걸려 있었다.

"나한테 뭐 긴히 할 이야기라도 있어요? 서희랑 같이 나오지 않을 걸 보면……."

우 여사의 얼굴에 서희와 닮은 다정한 미소가 떠올랐다. 다행스럽게도 그녀는 아버지보다 어머니 쪽을 많이 닮은 미인이었다.

"네, 긴히 드릴 말씀이 있어서 뵙자고 했습니다. 일단 식사부터 하시죠."

"나 서희하고 달리 이런 데서는 성격이 좀 급해요."

그녀도 이런 경우에는 가끔 조급한 성격을 드러낸다는 말은 굳이 하지 않았다. 지한은 그녀를 떠올리며 부드러운 미소를 머금을 뿐이었다.

"주문부터 하고 이야기해요."

빠르게 식사 주문을 마친 우 여사는 호기심 어린 눈빛으로 지한을 바라보았다.

"제가 여덟 살 때 어머니께서 돌아가셨습니다. 그보다 2년 일찍 아버지께서 세상을 떠나셨고요."

"저런."

우 여사는 안타까운 과거를 내뱉는 예비 사위에게 뒤늦은 조의를 표하듯 눈을 내리떴다.

"저는 제 어머니께 못 해 드렸던 만큼 장모님께 잘 해 드리고 싶습니다. 다만, 제가 그런 마음을 표현하는 데 서툴러서요."

지한이 담담한 고백을 이어 나갔다.

"이거 먼저 받아 주셨으면 합니다."

펄 감이 살짝 도는 흰색 봉투를 테이블 위에 올린 지한은, 우 여사 앞으로 봉투를 지그시 밀었다.

"이게 뭔지……."

의문을 표하는 우 여사의 눈빛은 무구했다.

"결혼식을 앞둔 딸에게 장모님께서 이것저것 해 주고 싶으실 것 같아서요. 결혼으로 인해 생기는 모녀의 유대감은 각별하다고 들었습니다. 예전 같았으면, 아마 가장 좋은 거로만 골라서 결혼시키려고 애쓰셨을 거잖아요."

"그래서 내가 서희 결혼하는 데, 해 주고 싶은 만큼 하라고…… 주는 거예요?"

지한은 숨을 한번 고르고는 말을 이었다. 평생에 이토록 건방져 보이지 않기 위해 애쓴 적이 없는 것 같다. 진심을 전하기 위해 내뱉는 말 한 마디가 너무 어려웠다.

"어떻게 말씀을 드려야 할지 어려웠습니다. 그냥 모른 척 지나갈까, 생각도 해 보았습니다. 하지만 돌아가신 어머니 생각이 나서 그냥 지나칠 수 없었습니다. 돈으로 돈을 버는 일을 업으로 삼고 있어서 건방지게 군다고 노여워하지 않으셨으면 합니다. 다만."

"다만?"

우 여사가 계속해 보라는 듯이 진중한 음성으로 되물었다.

"큰딸 서희의 결혼식이 장모님 가슴에 한으로 남지 않기를 바랄 뿐입니다."

"하아, 참."

탄식을 내뱉은 우 여사가 눈을 치뜨며 천장을 올려다보았다.

"사람 울리는 재주도 있었네, 우리 예비 사위가."

지한은 얼른 재킷 안주머니에서 손수건을 꺼내서 우 여사에게 건넸다.

"고마워요."

우 여사는 눈 아래를 찍어 내며 길고 긴 한숨을 몰아쉬었다.

"그래요. 딸이 시집간다는데, 엄마가 돼서 세상 좋은 건 다 해 주고 싶지. 그런 마음 아닌 부모가 세상에 어딨겠어요?"

어깨가 들썩이도록 숨을 한 번 더 고른 우 여사가 찬찬히 말을 이었다.

"우리 서희는 워낙 혼자 알아서 잘 컸어요. 그래서 내가 서운했던 적도 많아요. 녀석 속을 알 수가 있어야지."

"서희가 장모님 많이 존경합니다."

"그렇게 말해 줘서 고마워요."

지한은 진심이라며 옅은 미소를 머금었다.

"결혼식 날짜 정해지고 나서 내가 물러서만 있어야 하는 건가, 조금 속상했어요. 염치없는 것 같지만, 고맙게 받을게요. 이렇게까지 마음 써 줘서 너무 고맙고 든든하네."

우 여사가 또다시 눈물을 찍어 내며 웃었다.

"노여워하지 않으시고, 열린 마음으로 받아 주셔서 감사합니다."

"있잖아, 서 서방."

처음 듣는 호칭에 지한은 얼굴을 조금 붉혔다.

"우리 서희가 사부인께 인사드린 적 있어요?"

지한은 가만히 고개를 내저었다.

"결혼 전에 인사드려야지. 그리고 어머니께 훌륭한 아드님 낳아 주셔서 감사하다는 말도 꼭 전해 줘요."

세상을 꼬아 보지 않는 그녀의 선한 성정은 모친을 빼닮은 듯했다.

"감사합니다, 어머님."

지한은 장모님이라는 호칭 대신 우 여사를 어머님이라 불렀다. 우 여사의 입가에 부드러운 미소가 번졌다.

❈ ❈ ❈

'기억해, 서지한. 오늘이 엄마가 돌아가신 날, 그리고 엄마를 보내 드린 바다야. 형이 너한테 알려 주지 못하는 상황이 올 수도 있어.'

'형아!'

어린 지한은 바닷가에 서서 형을 올려다보며 눈물을 흘리고 있었다.

'아니. 형이 지금 당장 어디 가겠다는 게 아니라, 아주 나중에. 나중에 말이야. 우리가 엄마를 함께 기억하지 못할 순간이 오면, 너라도 혼자 기억해야 해. 절대 잊어버리지 마. 알겠지?'

지한은 소맷부리로 눈물을 닦아 내며 고개를 끄덕거렸었다.

'이제 우리가 할머니 집으로 들어가면 여기에 못 와. 그러니까 보고 싶은 만큼 실컷 봐 둬. 그리고 절대로 잊어버리지 마. 여기가 어딘지. 알겠지?'

'응. 절대. 절대로 안 잊어버릴 거야.'

파란 하늘에 번지는 노을이 엄마의 품처럼 따뜻했던 날이었다.

지한은 그날 이후로 바다 근처에 가게 되더라도 밀려오는 파도를 즐겨 본 일이 없었다.

20년이 넘는 시간 동안 바다를 멀리하다가 파도를 쫓으러 간 것은 지난겨울 강릉이 처음이었다.

지한에게 바다는 언제나 서글픈 눈물이 스민 곳이었고, 짜고 무서운 물이 엄마의 하얀 뼛가루를 집어삼킨 우울한 장소였었다.

태어나서 한 번도 바다를 본 적 없다는 서준과의 여행이 지한에게는 또 다른 위안이 되었다. 아이가 움켜쥔 불행을 위안 삼았다고 자책하던 그녀만큼이나, 지한도 아이의 그늘을 벗으로 삼았었다.

그리고 오늘, 지한은 그녀와 함께 형이 꼭 기억하라던 바다를 다시 찾았다.

"기억하는 것보다 작네."

기억 속에 남아 있는 해안선은 끝도 없이 길었었다. 한없는 모래밭이 펼쳐져 있었고, 주위에는 아무것도 없었다. 여전히 작은 해변에는 아무것도 없었지만, 그 크기는 기억보다 훨씬 작았다.

"어릴 때 살던 동네에 가 보면요. 동네 길이 기억하는 것보다 훨씬 좁더라고요."

그녀의 목소리는 부서지는 파도의 포말처럼 부드러웠다. 무작정 바다로 데리고 왔는데도, 그녀는 이곳이 어딘지 묻지 않았쑥.

호기심 가득한 눈동자, 어림짐작해 보는 표정이었지만, 섣불리 말을 꺼내지 않는 속 깊은 그녀의 배려가 느껴져서 가슴속에서 뭉근한 열기가 차올랐다.

"여기서 어머니를 보내 드렸어."

그녀가 지한의 팔을 꼭 끌어안으며 팔뚝에 머리를 가만히 기댔다.

"작고 예쁜 바다네요."

늦은 오후, 태양 빛이 비치는 바다는 금빛으로 물들어 가고 있었다.

"그렇지?"

지한은 가만히 묻고는 크게 숨을 들이마셨다.

바닷가에 작별 인사를 건네고 돌아서던 어린 지한의 코는 울음기로 인해 꽉 막혀 있었다. 형이 모래밭 끝에 자리한 수돗가에서 얼굴을 씻겨 주고 코를 풀어 주었을 때, 비강을 훑고 들어왔던 비릿한 바다 냄새가 가끔 생생하게 떠오를 때가 있었다.

그 냄새가 떠오를 때면 서글펐다. 교정을 거닐다가 불쑥, 운전하다가 이따금, 새벽에 문득 눈을 떴을 때 불시에 떠오르는 냄새는 참혹한 그리움을 불러일으키곤 했다.

그녀는 아무 말도 없이 가만히 바다를 바라보았다.

"무슨 생각해?"

"나중에 아이가 생기면 첫 번째 여행지가 여기 이 바다였으면 좋겠다는 생각."

지한은 제 팔을 꼭 잡은 그녀의 손을 풀어 내며, 가녀린 어깨를 감싸 안았다.

가슴 안쪽에 머리를 기댄 그녀가 속삭였다.

"여기서 모래성도 쌓고, 아이랑 같이 지한 씨 모래찜질도 해 주고,

파도랑 잡기 놀이도 하고, 조개껍데기도 줍고. 우리 아이가 기억하는 세상에서 가장 아름다운 바다가 될 거예요."

세상에서 가장 아름다운 바다.

그녀의 말 한마디에 서글펐던 풍경이 금세 아름다운 일몰로 물들었다.

해가 수면 아래로 완전히 사라지는 것까지 바라본 두 사람은 어둑어둑해질 때쯤, 바다를 떠났다.

지한이 운전하는 차는 옛 기억을 더듬으며 달리고 있었다.

"여기쯤 외증조할머니 댁이 있었던 것 같아."

할머니 집에서 내려다보면, 멀리 우뚝 서 있는 빨간 십자가가 하나 있었다. 작은 교회는 아직도 여전히 그 자리에 남아 있었지만, 할머니의 집터에는 국도가 뻗어 있었다.

"집터가 할머니 명의로 된 것도 아니었고, 국가 소유였나 봐. 오랫동안 거기 사셨고, 그때까지는 개발 이야기가 없어서 쫓겨날 일도 없었고."

아슬아슬한 삶의 기억이 마냥 아프지만은 않았다.

"그리고 아마 저기가 할머니 밭이었을 거야. 내가 풀 뽑다가 손에 풀독 올라서, 엄마한테 혼났던."

지한이 기억하는 할머니의 밭터에는 임시 건물로 지어진 편의점이 있었다.

"목마른데, 한번 들어가 볼까요?"

그녀의 제안에 지한은 편의점 앞에 차를 세웠다.

해묵은 기억에 깊숙이 사로잡힌 탓인지 심장이 조금씩 떨렸다.

차에서 내리자 그녀가 쪼르르 달려와 지한의 손을 꼭 잡았다. 고개를 돌려 그녀를 내려다보자, 생긋 웃는 얼굴로 올려다보는 그녀의 눈동자에는 애정이 가득했다.

마치 진정제를 한 움큼 삼킨 것처럼 가슴속 떨림이 잦아들기 시작했다. 지한은 그녀의 손을 꼭 잡은 채로 편의점 안으로 들어갔다.

"거시기 우리 마누라는 말이여. 로또여, 로또."

검은색 수성 사인펜과 로또 용지를 든 아저씨가 편의점 계산대 앞에 서 있는 아저씨에게 말을 건네고 있었다.

"아 워째 마누라가 로또여?"

"나랑 참 안 맞어잉."

그녀가 터져 나오려는 웃음을 참으려는지 고개를 푹 숙였다.

"다섯 줄을 칠혀서 한나또 안 맞는 게 말이 되는가? 긍께 로또는 꼭 마누라 같어."

편의점 냉장고에서 시원한 이온 음료와 비타민 음료를 각각 하나씩 고른 그녀와 계산대 앞으로 다가섰다.

바코드를 척척 찍는 아저씨의 얼굴이 어쩐지 낯익다는 생각이 들었지만, 누구인지 정확히 기억나진 않는다.

지한은 알은체를 할까 말까 망설였다.

"이 자리에 예전에 밭이 있었다면서요?"

그녀가 상냥한 목소리를 냈다.

"이이. 여그 남새밭이 있었제."

로또 용지를 칠하던 아저씨가 대답했다.

"근디 20년도 더 된 일을 어찌 아소이?"

외지인인데 별걸 다 안다는 듯이 편의점 아저씨가 물었다.

"어릴 때 와 본 기억이 있어서요."

"아따. 그 집 할매한테 손주가 둘 있었는디, 그중 하난가?"

"워매, 아녀. 할매네 집에는 사내놈만 둘이었제."

동네 어르신들은 그 집에서 자란 아이들을 어렴풋이 기억하는 눈치였지만, 지한을 알아보지는 못했다.

"솔찬히 공부를 잘혔는디."

"공부를 잘혔는지는 모르겠지만서도, 깎아 놓은 밤톨맹키로 곱상혔제. 촌구석에 그만한 인물이 있었어야제. 풀떼기 이름 외움시로 뽈뽈거리고 돌아댕기던 놈이 인자 장개갈 나이 됐겠네."

옛일을 스스럼없이 말하는 동네 어르신들의 기억 속에 자신의 어린 시절이 또렷이 남아 있다는 사실이 마냥 신기했다.

담소를 나누는 두 사람을 뒤로하고 편의점을 빠져나와 차에 오르자, 그녀가 조심스럽게 묻는다.

"왜 인사 안 했어요?"

"무슨 인사?"

"저 두 분 지한 씨 기억하시잖아요."

지한은 어쩐지 쑥스럽고 기분이 이상했다. 아무도 기억하지 못하는 어린 시절 추억일 뿐이라고 생각했었다.

하지만 누군가 시골 동네를 뛰어다니던 자신의 어린 시절을 기억한다고 여기니 입을 떼기가 힘들었다.

애틋하고, 뭉클하고, 감격스러워서.

"다음에."

지한은 조용히 대답하고는 시동을 걸었다.

서글프고 우울한 색으로만 물들었던 과거에 여태 없었던 빛깔이 덧입혀졌다.

"지한 씨가 어릴 때 왜 이 동네를 좋아했는지 알 것 같아. 소박하고 예뻐요."

지한이 조수석 쪽으로 손을 내밀자, 그녀가 커다란 손을 냉큼 잡았다. 따뜻하고 보드라운 손길에 기분이 좋아졌다.

"너는 나한테 로또야."

"뭐야? 나랑 안 맞는다는 뜻이에요?"

그녀가 뾰로통한 목소리로 물었다.

"나 금융회사 대표야. 안 되는 투자는 안 해. 내 로또는 대박 났는데?"

싱거운 농담에도 까르륵 터지는 웃음소리가 듣기 좋았다.

그녀가 부드러운 미소를 머금은 채로 지한의 손을 꼭 잡으며 말했다.

"결혼하기 전에 아버님 모셔 둔 봉안당에도 가요."

"그래."

서글펐던 일들이 먼 과거의 일처럼 아득해져만 갔다.

이제는 아픔 없이 그리워만 할 수 있을 것이다.

❋❋❋

공간을 감도는 분위기는 그 목적에 따라 색을 달리하곤 한다. 퇴근 시간이 지난 사무실 분위기는 뿌연 회색이었다.

키보드를 두드리는 소리와 마우스를 달칵거리는 소리만 조용히 울릴 뿐, 그 누구도 목소리를 내지 않아서인지도 모르겠다.

"자, 오늘은 이만 들어가죠?"

인사팀 교육분과장의 말에 직원들이 하나둘씩 한숨을 몰아쉬며 기지개를 켰다.

"먼저 들어가 보겠습니다."

"내일 뵙겠습니다."

같은 프로젝트를 맡은 직원들이 자리를 뜨는 동안, 서희는 꿈쩍도 하지 않고 일에 집중했다.

"함서희 씨, 안 들어가요?"

누군가 낮은 파티션을 똑똑 두드렸다. 서희는 그제야 눈길을 느릿하게 움직였다.

"방 대리님, 먼저 들어가세요."

서희가 사무적으로 웃으며 인사하고는 얼른 다시 PC로 시선을 돌렸다.

그런데도 방현성 대리는 자리를 떠나지 못하고 파티션 곁에 서서 미적거렸다.

"같이 퇴근해요. 기다릴게요."

방 대리가 도로 자리로 돌아가 앉는 것을 눈치채지 못한 서희는 자료를 정리하는 데에 열중했다.

인사팀장이 서희의 존재를 알게 된 것은 불과 한 달이 채 되지 않았다. 서희가 진행 중인 프로젝트의 중간보고 후에 그가 넌지시 말했다고 들었다.

이제 프로젝트가 막바지에 이르러 있었다. 프로젝트 마감 한 달 후가 결혼식이었다.

"서희 씨, 아직 멀었어요?"

갑작스레 들려온 목소리에 흠칫 놀란 서희의 심장이 쿵 내려앉았다.

"퇴근하신 거 아니었어요?"

방 대리가 미간을 슬쩍 좁힌 채, 약간은 불만스럽다는 듯이 서희를 내려다보고 서 있었다.

"아까 내가 기다렸다가 같이 간다고 했잖아요."

일에 집중한 나머지, 방 대리가 혼잣말처럼 읊조린 말을 제대로 듣지 못했다.

"먼저 들어가세요, 대리님. 저 이거 마무리하는 데 1시간 정도 더 걸릴 것 같아요."

"그럼 저녁을 먹든지."

방 대리가 얇은 입술을 고집스럽게 다물며 서희를 응시했다.

"저녁은 집에 가서 먹으려고요. 하루 두 끼 이상 밖에서 먹으면 속이 안 좋아서요."

서희가 에둘러 말하며 사무적인 미소를 머금었다.

"있어 봐요. 도시락이라도 사 올 테니까."

"아니에요. 정말 안 그러셔도 돼요."

서희가 방 대리를 만류하려는데, 휴대전화 화면에 반짝 불이 들어왔다.

[오늘도 많이 늦어? 그 회사는 일을 다 너한테만 시켜? 뭐, 그런 회사가 다 있어? 내가 너희 부서에 투서 넣을까? 맨날 야근시킨다고?]

앞에서는 방 대리가 도시락을 사 오겠다고 난리였고, 휴대전화 안에서는 DL금융 대표가 DL금융 인사팀에 투서를 넣겠다며 강짜를 부리고 있었다.

"대리님, 저 지금 생각났어요. 여동생이 오늘 일찍 들어오라고 했었는데, 지금 들어가야 할 것 같아요."

우선 눈앞에 있는 방 대리가 도시락을 사러 나가는 것부터 막고.

[정리하고 5분 후에 나갈 예정.]

그가 또 메시지 폭탄을 보내기 전에 얼른 답을 보냈다.

"그래요? 그럼, 같이 나갑시다."

아, 또 굳이 같이 나갈 필요까지는 없는데.

방 대리가 서희에게 은근히 관심을 표하고 있다는 것을 그녀도 모르는 것은 아니었다. 완곡하게 거절의 뜻을 밝혀도 방 대리는 물러설 줄을 몰랐다.

눈치가 없는 건지, 물러설 생각이 없는 건지.

그렇다고 이성적인 감정을 대놓고 드러낸 것도 아닌데, 저기다가 정색하고 '저 결혼할 사람 있습니다' 하고 말하기도 참 애매한 상황이었다.

또 회사 생활이라는 게 그렇다. 청첩장 돌리기 전까지는 결혼이나 연애와 같은 사생활에 대해서 되도록 함구하는 편이 현명하다.

결혼할 사람이 있다고 하면, 곤란한 질문 세례부터 시작해서 무한한 훈수가 이어지는 것을 종종 목격했었다.

일반적인 상황이어도 사생활 질문은 곤혹스러운데, 서희의 상황은 일반적이지도 못했다.

프로젝트가 끝나면 회사의 공식적인 채널을 통해 결혼 발표가 이루어질 예정이었다. 다행히 아직 그와 서희의 사이를 의심하는 사람은 아무도 없었다.

사실 대표가 말단 사원과 비밀 사내 연애를 하고 있을 거라고는 아무도 상상하지 못하는 눈치였다.

"좀 출출한데."

방 대리가 영 불만스럽다는 듯이 읊조렸다. 서희는 숫자가 천천히 내려오는 엘리베이터를 올려다보며 대꾸하지 않았다.

"집밥처럼 잘하는 오모리 김치찌개 집 있는데, 저녁 먹고 가요. 그러다 쓰러지겠네."

"제가 의외로 강골이라, 잘 안 쓰러지더라고요."

서희가 사무적인 웃음을 머금는 순간, 엘리베이터 도착음이 울렸다. 제발 엘리베이터 안에 누군가 한 사람만 타고 있기를 속으로 간절히 바랐다.

엘리베이터 문이 서서히 열리는 순간이 억겁처럼 느껴졌다.

빠끔히 열리는 문틈으로 고개를 숙인 채 휴대전화 화면을 바라보고 있는 남자가 보인다.

"안녕하십니까, 대표님."

보통 임원 전용 엘리베이터를 이용하는 그가 평직원용 엘리베이터에 타고 있었다.

그는 방 대리를 향해 고개를 까닥하고는 서희를 바라보았다. 내내 서늘하던 그의 눈동자에 일순 따뜻한 온기가 맴돈다.

왜 저럴까, 또.

차라리 눈치 없는 방 대리랑 둘이 타는 게 나을 뻔했나?

서희는 괜히 심장이 오그라드는 기분이었다.

"왜 이렇게 퇴근이 늦어?"

그는 엘리베이터 가운데 서 있었고, 방 대리는 오른쪽 앞 구석에 있었다. 그리고 서희는 그 반대편에 자리했다.

방 대리가 눈만 도르르 굴려서 대표의 눈치를 살폈다. 자기한테 친근하게 말을 놓은 건가, 싶어서 당황한 눈치다.

서희가 약간은 자포자기한 듯 한숨을 내쉬었다.

"오늘 처리해야 할 일이 좀 있었어요."

마구잡이로 흔들리는 방 대리의 눈동자는 엘리베이터도 뒤흔들 수 있을 것처럼 보였다.

"이놈의 회사는 왜 우리 서희한테만 일을 그렇게 시킬까. 안 그래요, 방현성 대리?"

대표가 '우리 서희'라고 한 것보다 자신의 이름과 직급을 정확하게 알고 있다는 사실에 방 대리가 기함한 듯 보였다.

"네? 아, 네."

방 대리는 어색한 미소를 지으며 쭈뼛거렸다.

"방 대리 일 잘하기로 소문이 자자해요. 서희가 많이 배운다고 하던데, 앞으로도 잘 부탁합니다."

그는 관계를 명확하게 정의하지 않고 모호한 말로 방 대리를 협박하는 것처럼 보였다.

너, 함서희 건드리면 어떻게 될 것 같아?

서희는 속으로 혀를 끌끌 차고 있었다. 대체 이 일을 어떻게 수습하려고 이러는지 모르겠다.

"굳이 내가 서희랑 아는 사이라는 말은 직원들한테 하지 말고요. 우리 회사에서 내가 서희랑 아는 사이라는 걸 아는 사람이 딱 셋 있어요. 비서실 오 실장, 인사팀장, 그리고 이제는 방 대리까지."

입만 뻥끗했다가는 너인 줄 알겠다는 뜻이었다. 이제 방 대리는 약간 안쓰러워 보일 지경이다.

그러게, 먼저 들어가시라니까.

방 대리가 대꾸도 제대로 하지 못하고 우물쭈물하는 사이 엘리베이터가 로비층에 도착했다.

"그럼, 들어가십시오. 대표님."

오모리 김치찌개를 논하던 방 대리는 꽁무니가 빠져라 걸음을 재촉했다.

서희는 살벌한 시선으로 그를 올려다보았다. 이게 지금 뭐 하는 거냐는 물음이었지만, 그는 아랑곳하지 않고는 웃었다.

"조심히 들어가요, 함서희 씨."

여전히 출퇴근은 따로 했기에 그의 만행과 같은 엘리베이터 피치(elevator pitch)를 추궁하는 일은 침실에서 이루어졌다.

"미쳤어요?"

서희가 허리에 손을 얹은 채로 그를 올려다보며 씩씩거렸다.

531

"토끼 화났네."

윗니로 아랫입술을 지그시 깨물자, 그가 태연한 웃음을 머금으며 침대 끝에 걸터앉았다.

"이제 곧 프로젝트도 끝날 거고, 결혼 발표도 할 건데. 굳이 오늘 그럴 필요가 있었어요?"

"굳이 그럴 필요가 있었지. 원숭이처럼 생긴 놈이 내 귀여운 토끼한테 눈독을 들이는데."

"원, 숭이?"

기가 차서 실소가 터졌다.

"토끼랑 원숭이는 종이 달라. 감히 넘보면 안 되는 거지."

"그렇게 따지면 호랑이랑 토끼도 종이 다르지!"

그가 고개를 절레절레 내저었다.

"토끼랑 호랑이는 예로부터 특별한 사이잖아. 너 원숭이랑 토끼가 같이 나오는 전래동화 본 적 있어?"

"하아, 말을 말자."

서희는 천장을 올려다보며 한숨을 훅 내쉬었다.

"일 잘한다고 소문났더라?"

"내가 이번 프로젝트에 얼마나 큰 공을 들였는데요."

"방 대리 말이야."

"어우, 진짜!"

서희가 그의 팔뚝을 찰싹 내리쳤다.

"폭토!"

그가 팔뚝을 문지르며 앓는 소리를 냈다.

"폭군 토끼가 따로 없네!"

한쪽 입꼬리만 들어 올린 서희가 매서운 눈동자를 빛내며 부드러운 목소리로 물었다.

"진짜 폭군처럼 굴어 볼까요?"

그의 허벅지에 올라앉자, 검은 눈동자에 어린 빛깔이 깊어진다.

"무서워서 심장이 다 떨리네."

그가 엄살을 부리며 눈을 가늘게 떴다. 작은 손으로 단단한 가슴을 훅 밀었다. 마치 몸에서 힘이 쭉 빠진 사람처럼 그가 순순히 침대 위로 몸을 눕혔다.

무엇이든 받아들일 준비가 되었다는 듯이 기대감이 가득한 눈빛은 아무것도 하지 않았음에도 가슴을 충만케 했다.

상체를 느릿하게 기울이자 그의 시선이 서희의 입술을 따라 움직였다. 그가 원하는 대로 보드랍게 입을 맞추자, 앓는 소리가 흘러나왔다. 더운 숨결과 섞인 그의 음성은 심연 위를 뒤덮은 연기처럼 깊고 탁했다.

군림하듯 옷을 벗기고, 함께하는 순간이 마지막인 것처럼 탐하고, 유일한 목소리인 것처럼 신음했다.

단단한 가슴에 머리를 기댄 서희의 입가에 만족스러운 웃음기가 번졌다.

서로를 지탱하는 견고한 삶이 바로 선 요즘, 더할 나위 없이 행복하다.

이튿날, 다행히 방 대리는 별다른 기척을 내지 않았다. 그리고 은근히 질척거리던 행동도 싹 고쳐졌다.

어제는 섣불리 행동한 그를 나무랐지만, 오늘 보니 꽤 효과적인 차선책이었다는 생각이 든다. 물론 여전히 제일 나은 선택은 아니었다는 생각도 든다.

이런 이야기를 시시콜콜하게 털어놓으면, 아마 그는 '함서희는 은근히 까다로운 토끼'라며 놀려 댈 것이다.

퇴근길, 오랜만에 어머니와 저녁 식사를 함께하기로 했다. 물론 서은도 나오는 자리였다.

"언니! 언니!"

서은은 또 호들갑을 떨며 서희를 보고 폴짝폴짝 뛰었다.

"오늘 엄마가 언니 그릇이랑, 이불 맞추러 가재."

굳이 무슨 돈을 쓰냐고 하려다가 그만두었다. 시집가는 딸에게 무언가 해 주고 싶은 어머니의 마음을 헤아린 탓이었다.

그저 간단한 밥공기 세트와 수저 두 벌, 이불 한 채 정도일 거라고 막연히 생각했다.

그런데 어머니가 서희를 이끈 곳은 명인이 제작하는 방짜유기그릇 전문점이었다.

"엄마가 일하는 갤러리에서 보너스를 좀 탔어. 시기가 딱 좋았지, 뭐야."

함박웃음을 머금은 어머니의 눈동자가 미세하게 흔들렸다. 안타깝게도 서희가 거짓말을 못하는 것은 어머니를 닮았기 때문이었다.

❈ ❈ ❈

아마도 어머니가 서희의 결혼 준비를 위해 쓰는 돈의 출처는 그 사람일 것이다.

"엄마는 말이야. 식구라는 말이 참 좋아."

어머니가 연꽃 모양의 밥공기를 가만가만 어루만지며 말을 이었다.

"한집에 살면서, 같이 밥 먹는 사람을 식구라고 하잖아."

그윽한 목소리로 읊조리는 어머니의 시선은 반질반질한 유기그릇을 향해 있었지만, 아주 먼 과거를 바라보는 것처럼 아련했다.

"함께 사는 사람과 식사하는 시간이 즐거운 것만큼 행복한 일이 또 없지. 식사 시간이 즐겁다는 건, 일상이 평온하다는 의미거든."

서은은 회사 일 때문에 걸려 온 전화를 받는다며 매장 밖에 있었다. 서희는 동생이 없는 틈을 타 조심스러운 물음을 던졌다.

"엄마는 항상 식사 시간이 즐거웠어요?"

구치소 접견 시간에 아버지가 했던 말이 내내 명치에 얹힌 것처럼 거슬렸다.

네 엄마가 모를 것 같냐고.

아버지의 외도 사실을 알면서도 어머니의 일상이 평온할 수 있었는지 궁금했다. 그리고 궁금한 만큼 아팠다.

"나야 늘 즐거웠지. 너랑 서은이가 있었는데."

어머니는 당연한 이야기를 묻는다며 나무라듯 서희를 바라보았다. 그러고는 서희가 무엇을 궁금해하는지 안다는 듯이 말을 이었다.

"알았지. 알고 있었어. 그걸 모를 수는 없지. 하지만 나는 너희가 성인이 될 때까지, 올바른 삶을 우뚝 세울 때까지 기다리고 있었던 거야. 그런데 어리석은 인내였는지, 너희를 너무 힘들게 했구나. 진작 터뜨렸으면 그런 고생은 안 했을지도 모르는데."

어머니는 미안하다는 듯이 서희를 바라보았다.

"내가 엄마를 얼마나 많이 닮고 싶어 했는지 아세요?"

서희의 물음에 어머니는 그저 웃었다.

"그리고 지금도 얼마나 많이 닮고 싶은지 아세요?"

어머니의 눈가에 눈물이 왈칵 고였다.

"고맙다, 서희야."

잔잔한 목소리로 마음을 전하는 어머니의 눈빛은 그 어느 때보다 깊었다.

※ ※ ※

드높은 하늘에 떠 있는 하얀 구름이 솜사탕처럼 달콤해 보이는 날씨였다. 투명한 오렌지빛으로 내리쬐는 햇볕은 따사로웠고, 대기는 청명했다. 온 세상이 신의 축복이라도 얻은 것처럼 반짝거렸다.

백색 테이블보가 깔린 동그란 테이블 위를 장식한 하얀 팔레놉시스 꽃잎이 향긋하게 빛났고, 정원에 아름답게 울려 퍼지는 현악 4중주의 선율이 생생하게 빛났다.

그중 가장 아름다운 빛으로 하객들의 시선은 매료한 것은 신부였다.

몸에 알맞게 피트 되는 슬립 형태의 실크 웨딩드레스를 입은 그녀의 등허리 중간에는 비대칭형의 커다란 리본이 장식되어 있었다.

마치 땅 위에 축복을 내리는 신이 선사한 선물처럼 아름다운 그녀의 입가에는 연한 미소가 드리워져 있었다.

"신부 입장."

신부의 손에는 새하얀 토끼풀꽃을 모아 만든 소박하고 예쁜 부케가 들려 있었다.

푸른 잔디 위에 깔린 새하얀 웨딩 로드를 걸어 들어오는 신부를 바라보는 신랑의 얼굴에도 미소가 드리우기는 마찬가지였다.

애틋한 감격이 어린 눈빛으로 서로를 바라보는 신랑, 신부는 눈이 부시도록 잘 어우러졌다.

마침내 신랑의 곁에 다다른 신부가 그의 손을 꼭 잡은 채로 주례를 대신할 신부의 어머니 앞에 섰다.

"행운을 가져다준다는 네 잎 클로버를 찾기 위해 쭈그리고 앉아서 풀밭을 헤친 기억은 누구나 있을 겁니다. 무성한 세 잎 클로버 속에서 네 잎 클로버를 찾기란 쉬운 일이 아닙니다."

신부의 어머니는 가슴이 벅차오른 듯 숨을 크게 한번 고르고는 미리 써 둔 축사를 천천히 읽어 내려갔다.

"하지만 네 잎 클로버가 행운을 뜻한다면, 흔히 볼 수 있는 세 잎 클로버는 행복을 뜻한다는 걸 아실지 모르겠습니다."

어머니와 눈이 마주친 순간, 신부의 눈가에 눈물이 핑 돌았다. 어머니가 눈을 가늘게 뜨고 울지 말라는 듯이 미소를 머금었다.

"우리가 깨닫지 못할 뿐, 행복은 늘 가까운 곳에 존재합니다. 여기 제 앞에 선 두 사람은 행복 속에서 서로의 행운을 찾았습니다. 일생일대의 행운과 함께 늘 행복하기를 바랍니다."

신부가 흔하디흔한 들풀인 토끼풀꽃을 부케로 하겠다고 했을 때, 어머니는 의아해했다.

'저한테 행운을 가져다준 사람이라서요.'

신랑이 신부에게 갖은 표현을 다 붙여 가며 토끼라고 부른다는 말은 굳이 하지 않았다.

자신의 말을 한마디도 허투루 듣지 않고 축사를 준비한 어머니에 대한 애틋함에 신부는 또다시 눈시울을 붉혔다.

행복 속에서 행운을 발견한 두 사람의 완벽한 결혼식이었다.

연푸른빛의 바다에 잔잔한 파도가 일었다. 매끈하게 잘빠진 모양의 요트 엔진은 꺼져 있었다.

망망대해로 나온 뒤, 선장은 팽팽하게 펼친 흰 돛에 이는 바람에 의지하여 2층에서 배를 몰았다.

바다 위는 고요했다. 시원한 바람이 불어서 남국의 열기를 식히기에 딱 좋았다.

반면 3층 선실 안은 차오른 열기로 소란스러웠다.

"아아!"

서희는 그의 목에 팔을 두른 채 신음했다. 강화유리로 만들어진 천장으로 푸른 하늘이 올려다보였고, 사방에 자리한 유리창으로 끝도 없는 바다가 이어졌다.

바다와 하늘의 경계는 두 사람처럼 이어져 있는 듯했다.

"흐읏. 지한 씨."

서희는 그의 어깨에 얼굴을 묻으며 미간을 찡그렸다. 숨이 턱 끝까지 차올랐고, 심장은 바다 한가운데 떠 있는 태양만큼이나 뜨거웠다.

그가 서희의 옆에 몸을 눕히며, 그녀를 당겨 안았다. 두 사람은 서로의 몸피에 얼굴을 묻은 채로 한동안 거친 숨을 골랐다.

"아직도 안 믿겨."

지한이 가쁜 숨결이 묻어나는 탁한 목소리로 읊조렸다.

"뭐가 그렇게 안 믿겨요?"

그녀가 눈을 동그랗게 뜨고 미소를 머금으며 물었다.

"우리가 결혼한 게."

정식으로 결혼식을 올렸다는 사실은 여전히 믿기지 않았다. 휴대전화에 저장해 둔 결혼식 사진과 동영상을 셀 수 없이 많이 봤지만, 좀처럼 현실감각이 생겨나질 않았다.

"이제 신혼여행에서 돌아가 봐요. 회사에 돌아가면 내가 서지한 대표 부인이라는 거 다 알 텐데?"

"그거 너무 좋은데?"

지한이 그녀를 바짝 당겨 안았다. 부드러운 이불이 살갗을 스치는 느낌이 황홀했다. 보드라운 몸피가 닿는 느낌은 말도 못 할 정도였다.

그녀는 예상했던 것보다 훨씬 영리하게 회사 생활을 해 왔고, 결혼 발표가 있고 나자 특별할 것도 없다는 반응이 이어졌다.

"좀 심심하지 않았어?"

지한이 의문 어린 목소리로 물었다.

"지금 신혼여행 마지막 날에 심심했다고 말하는 거예요?"

그녀가 상체를 바짝 들어 올리며 경악한 눈빛으로 지한을 내려다 보았다.

지한은 한쪽 팔로 뒤통수를 받치며 그녀를 올려다보았다.

"아니, 직원들 반응이."

"하아, 정말."

그녀가 안타깝다는 듯이 고개를 절레절레 내저었다.

"반응이 왜 그래?"

"나는 하나도 안 심심했거든요? 직원들이 대표한테 못 할 질문을 누구한테 했을까요?"

"설마 대표 부인 될 사람한테 했겠어?"

눈을 지그시 감은 그녀가 입술을 가늘게 맞물리며 콧김을 내뿜었다.

"언제 처음 만났냐. 연애는 얼마나 했냐. 사보에 실린 게 다 사실이냐. 막 그럴 줄 알았다고 그러는 직원도 있었던 거 알아요?"

"어떻게 알았대?"

"그냥 느낌이 그랬대요."

지한이 유쾌한 웃음을 터뜨렸다.

"직원들이 얼굴 보기 힘든 대표한테 물어보겠어요? 다 저한테 와서 물어보지. 아, 물론."

"물론?"

"제가 워낙 회사 생활을 성실하게 했고, 여러 직원과 좋은 유대 관

539

계를 유지하고 있어서."

우쭐하는 모습이 귀엽다.

"제가 친근하고 편해서 저한테 쉽게 말을 걸 수 있었겠죠. 솔직히 대표 부인이 된다고 하는데, 어렵지 않겠어요? 하지만 제가 워낙에 잘한 덕분에."

"잘난 척은."

지한의 검지와 중지로 그녀의 코를 살짝 잡은 뒤, 가볍게 흔들었다.

"아!"

그녀가 기가 막힌다는 듯이 눈을 부릅떴다.

"잘난 척 아니거든요? 사실을 말한 거지."

입술을 삐죽거리는 모습이 사랑스러워서 죽을 것 같다.

"조오케따. 직원들한테 인기 많아서."

"조오아요. 직원들한테 인기 많아서! 내가 민심을 사로잡아서 대표 자리까지 넘보면 어쩌려고 그래요?"

포부가 대단한, 패기 넘치는 토끼다.

"호랑이 없는 데서는 여우가 왕이라던데?"

"여우를 어디 가서 잡지?"

심각하게 미간을 구기며 농담을 건네는 그녀의 입꼬리가 웃음을 참는 듯이 실룩거렸다.

다시 만났을 때, 그녀의 자존감은 바닥을 친 상태였다. 그럼에도 일어서려고 애쓰는 모습이 안타까웠다. 이제는 귀여운 우월감을 뽐내는 모습이 어찌나 사랑스러운지.

"서희야."

그녀의 이름을 부드럽게 읊조렸다.

"으응."

단단한 가슴 위에 머리를 기대며 대꾸하는 그녀의 음성은 행복감에 젖어 있었다.

"사랑한다."

능력을 증명하고 회사를 차지했을 때 느꼈던 성취감하고는 비교도 되지 않는 만족감이 가슴을 뿌듯하게 채웠다.

언제나 온순한 바람에 의지하여 순항할 수는 없을 것이다. 폭풍우가 몰아친다고 하더라도 품에 기댄 이의 온기가 있다면 충분히 헤쳐 나갈 수 있으리라.

그녀로 인해 그의 삶에 따스함이 깃든 순간, 세상이 온전해졌다.

외전

    분명히 약속했었다. 서준을 친모 곁으로 보낸 뒤, 휑뎅그렁한 집을 채울 아이들을 많이 낳자고.

    하지만 결혼 1주년이 다가오는 지금까지도, 집 안은 여전히 고요하기만 했다. 특히 오늘처럼 남편이 서희보다 늦게 퇴근하는 날이면 더더욱 외로웠다.

    유난스럽게 시끌벅적한 집에서 자란 것은 아니었지만, 화목한 가정 안에서 자라났다. 친부의 악행이 밝혀지면서, 어머니가 안락한 가정을 지키기 위해 얼마나 큰 희생을 했는지 알게 된 이후로 그때의 기억은 아프도록 사무쳤다.

    나도 우리 엄마처럼 좋은 엄마가 되어야지.

    결혼하고 나서부터 불쑥 그런 생각이 들곤 했다. 부모의 사랑은 알지 못하지만, 서준에게 누구보다 따뜻한 어른이 되어 주었던 남편을 위해서도 다복한 가정을 이루고 싶었다.

하지만 남편이라는 사람은 좀처럼 협조적이지 않았다.

"왔어요?"

"응."

뺨에 입을 맞추는 남편의 입에서 희미한 와인 향이 났다. 술자리는 질색하는 사람인데, 오늘은 어쩔 수 없이 와인 두어 잔을 마셨다며 웃는다.

"벌써 자려고?"

취기가 올라서 기분이 좋은지, 남편의 매끈한 뺨이 붉다. 잘생긴 얼굴에는 심장이 두근거릴 정도로 황홀한 미소가 감겨 있다.

그는 슈트 재킷을 안락의자 등받이에 아무렇게나 던지고는 넥타이 매듭에 손가락을 걸어서 끄집어 내렸다. 아직 신혼 콩깍지가 가시지 않은 탓인지, 아니면 섹시하게 옷을 벗어 던질 준비를 하는 남편이 선사할 황홀함에 중독된 탓인지 가랑이 사이가 왈칵 조이기 시작했다.

성큼성큼 곁으로 다가온 그가 커다란 손으로 서희의 등허리 당겨 안았다. 그가 손을 활짝 펼치자, 엄지손가락이 옴폭한 척추 선 위에 놓였다. 새끼손가락은 서희의 엉덩이 골 위에서 리드미컬하게 움직였다.

"피곤해요."

금요일 밤이었다. 임직원 법정 의무 교육 마감 독촉과 다음 분기 디지털 교육 환경 조성을 위한 프로젝트로 눈코 뜰 새 없이 바빴다. 그가 활짝 펼친 손으로 등허리를 쓸어내리자, 실크 가운이 어깨에서 주르륵 흘러내렸다.

서희의 얼굴을 향해 있던 그의 시선이 하얗게 드러난 가녀린 어깨를 향했다. 와인 향이 물씬 풍기는 숨을 크게 내쉬며, 그가 고개를 내렸다.

맨어깨에 남편의 입술이 닿은 순간, 배 속에서 미약한 진동이 이는 듯했다. 감질이 나도록 가벼운 키스에 목이 탔다.

"그래서 일찍 자려고?"

남편의 검은 눈동자는 유혹적이었다. 낮게 가라앉은 그의 음성은 열기가 고인 몸속 어느 지점을 긁어내리는 듯 허스키했다.

"응."

서희는 새침하게 대꾸했다. 원하는 것을 얻기 위한 심리전의 시작이었다.

오늘은 기어코.

"나 씻고 나올 때까지 못 기다릴 만큼 피곤해?"

잘생긴 얼굴에 불쌍한 표정이 어린다. 그는 고개를 옆으로 기울이며 입술을 삐죽거렸다. 향긋한 와인 향을 끊임없이 흘리는 저 입술을 당장에라도 집어삼키고 싶었지만, 서희는 애써 고개를 돌리며 외면했다.

"빨리 씻고 나와요. 진짜 피곤해."

서희는 바짝 다가서려는 남편의 단단한 가슴을 양 손바닥으로 가볍게 밀어냈다. 말랑말랑한 손바닥에 닿는 근육은 질기고 단단했다. 그가 침대에서 커다란 몸으로 내리누를 때의 압박감이 떠올라서 열기가 확 끼쳤다. 서희는 얼른 돌아서서 두어 걸음을 뗐다.

"많이 고단한가 보네."

남편의 목소리에는 아쉬운 기색이 역력했다.

"얼른 씻고 나올게. 피곤하면 누워 있어. 응?"

그는 서희의 귀밑 언저리에 입을 맞추고는 욕실로 들어갔다.

"하아."

더운 숨이 절로 흘러나왔다. 그가 성적 긴장감이 넘치는 신혼을 즐기기 위해 임신을 미루는 것쯤은 어렵지 않게 짐작할 수 있었다.

하지만 언제까지고 황홀한 감각에 취해서만 살 수는 없는 노릇이다.

아이를 갖고 싶다. 서희는 남편과 저를 꼭 닮은 아이들이 이 집에서 와자지껄하게 뛰어노는 모습을 하루라도 빨리 보고 싶었다.

그의 슈트 재킷을 세탁 전용 옷걸이 걸어 놓은 뒤, 슬립 가운을 벗었다. 가운 안에는 그가 좋아하는 연한 베이지색 실크 슬립을 입었다. 가슴골이 유난히 깊게 파여서 조금만 몸을 움직이면 쉽게 벗길 수 있는 슬립이었다.

서희는 남편의 달뜬 모습을 떠올리며 몸이 달아오르는 것을 느끼면서도 짐짓 태연한 척 침대에 몸을 눕혔다.

가슴께까지 이불을 잡아 올렸을 때였다. 그가 배스 타월 한 장을 허리에 두른 채로 침실에 나타났다. 서희는 가만히 눈을 감고는 모른 척했다. 그가 안달이 났으면 좋겠다. 그래서 순순히 서희의 뜻을 따르게 만들 수 있도록 기회를 엿보아야 했다.

조명이 꺼지고, 옆자리에 그가 눕는 기척이 느껴졌다.

"흐음."

그가 만족스러운 소리를 내며, 서희의 허리에 팔을 휘감았다.

"자?"

안 자는 걸 뻔히 알면서도 불쌍한 목소리로 물어온다.

"막 잠들려고 했어요."

"많이 피곤해?"

"조금."

서희는 그의 팔에 몸이 착 감길 수 있도록 조금 뒤척였다. 그가 낮게 웃는 소리가 귀에 감겼다. 이윽고 그의 입술이 목 안쪽을 파고들었다.

"나 졸려요."

"내일 주말이잖아. 아직 10시 반밖에 안 됐고."

"잠자리에 들기에 딱 적당한 시간이네요."

"잠자리에 들기 전에 부부간의 사랑을 확인하기에도 딱 적당한 시간이지."

말을 다 끝내기도 전에 그가 서희의 몸 위로 올라타듯 했다.

"흐응."

서희는 성가시다는 듯이 얕은 숨을 내쉬었다. 고개를 슬쩍 옆으로 돌리자, 남편이 눈을 가늘게 뜨며 애원하듯 내려다본다. 이쪽도 하고 싶어서 발가락이 말려 들어갈 정도였지만, 남편이 더 간절하게 애원할 때까지 뜸을 들여야만 했다.

"으응?"

그는 허락을 구하듯 귀엽게 앓는 소리를 내며 달아오른 입술을 부드럽게 움직였다. 목 안쪽에 입술을 찍어 내던 그가 턱선을 따라서 천천히 올라왔다.

서희는 마지못한 눈빛으로 남편을 올려다보며 그의 단단한 목덜미에 손을 올렸다. 그에게서 향긋한 우드 세이지 향이 났다. 몸속에 열기를 불어넣는 깊은 냄새였다. 손바닥을 펼쳐서 목덜미를 살짝 주물러 주었다.

"흐음."

그가 신음하듯 한숨을 내뱉고는 서희의 입술을 부드럽게 내리눌렀다. 서로의 입술이 뭉개지는 감촉은 배 속이 저릿할 정도로 자극적이다. 뒤에 이어질 행위를 향한 기대감이 증폭된 탓이다.

"잠깐만."

입안을 파고들려는 남편에게서 고개를 돌리며 저지했다.

"응?"

그의 눈동자에서 아쉬움과 실망감이 한 꺼풀씩 가라앉았다.

"나 진짜 피곤한데, 해 보고 싶은 게 있어."

서희는 그윽한 눈으로 남편을 올려다보기 위해 노력했다. 그의 입꼬리가 올라갈락 말락 했다.

이런 발칙한 토끼 녀석 봐라?

속으로 또 그런 생각을 하는 모양이다.

"뭔데?"

무턱대고 들어주지는 않겠다는 듯이 그가 젠체하며 물었다.

하고 싶어서 죽겠으면서.

잔뜩 달아오른 단단한 몸피가 서희의 배를 꾹 누르고 있었다. 그런데도 여유를 가장하는 남편의 잘생긴 얼굴이 귀엽게 느껴진다.

"하는 대신……. 내가 해 보고 싶은 것도 꼭 하게 해 줘."

그가 웃음을 참지 못하겠다는 듯이 입술을 실룩거렸다.

"무슨 야한 짓을 하려고 그러실까? 나랑 안 해 본 짓이 없으면서?"

검은 눈동자가 야하게 깊었다.

"응?"

서희는 눈을 느릿하게 감았다가 뜨며 대답을 재촉했다.

"하는 거 봐서."

꼭 저렇게 대답을 사람 약 올리듯 한다.

"뭐야, 그럼 안 해."

서희는 그의 품 안에서 몸을 옆으로 돌려 누우려고 애를 썼다.

"누구 마음대로?"

그러자 남편이 온 힘을 다해서 단단한 몸으로 내리눌렀다.

"으응."

남편의 입안으로 입술이 빨려 들어갔다. 그가 이를 세워 아랫입술을 깨물었을 때는 엉덩이 골을 타고 애액이 물큰하게 흘러내렸다. 그의 오른손은 이미 서희의 팬티 속을 파고들어 엉덩이를 휘어잡고 있었다. 그의 손가락 끝에 애액이 질펀하게 닿았을 게 뻔했다.

입안으로 도톰한 혀가 밀려들어 왔다. 가볍게 얽혔다가 멀어지는 키스는 감질이 날 정도였다. 듬뿍 머금고 확 비볐으면 좋겠는데, 그는 짜릿한 감각을 아주 조금씩 이어 갔다.

"흐으응."

이러면 조금 적극적으로 나서는 수밖에.

서희는 왼쪽 다리를 들어 올려서 그의 허리를 휘감았다. 발로 그의 하체를 어설프게 가리고 있는 배스 타월을 벗겨 내렸다.

"으응."

이번에는 남편의 입에서 신음성이 울렸다. 그의 입술이 턱선을 따라 도로 내려갔다. 목 안쪽을 살짝 깨물고 쇄골을 핥고, 슬립 어깨끈을 손쉽게 미끄러뜨린 그는 찌릿하게 솟아오른 가슴 끝을 씹어 삼켰다.

"하읏."

가슴 끝에서 시작된 감동이 심장을 관통했다. 아직 물기가 남아 있는 남편의 머리카락을 부드럽게 쓸어 올리자, 우드 세이지 향이 더욱 짙어졌다. 그가 혀로 살점을 핥아 올렸다가, 단단해진 끝을 튕기고는 다시 살짝 깨물기를 반복했다.

"으으응."

서희는 골반을 살짝 들어 올려서 말랑말랑한 여체를 누르고 있는 단단한 몸피를 문질렀다. 부드러운 자극에 그가 잠시 숨을 멈추는 게 느껴졌다.

이제 밀당 같은 건 필요한 시점이 아니었다. 그가 콘돔을 꺼내기 위해 협탁 서랍을 향해 손을 뻗었을 때였다.

"그냥 해 보고 싶어."

서희가 손을 뻗어서 그의 손을 잡고는 손가락을 하나씩 얽기 시작했다. 손가락 안쪽 예민한 살점이 쓸리며 완벽하게 손깍지가 끼워지자, 그가 침구 위로 손바닥을 내리눌렀다. 기분 좋은 결박이었다.

"그냥…… 하다니?"

그가 약간은 혼란스러운 눈빛으로 물었다.

"아무것도 없이 그냥 해 보고 싶어. 응?"

스스로 듣기에도 퍽 야한 말이어서 아랫배가 왈칵 조였다.

"아무것도 없이 내 안으로 들어올 거라고 생각하니까, 너무 흥분
돼."

달뜬 목소리로 단어를 일그러뜨리듯 속삭였다. 그가 고개를 옆으
로 돌리며 한숨을 내쉬었다. 그리고 다시 그의 눈빛이 서희에게로 돌
아왔을 때, 전에는 느끼지 못했던 감미로운 강렬함이 고여 있었다.

"응?"

잠시 고민하는 듯하던 그가 슬쩍 고개를 끄덕였다. 목소리조차 낼
수 없다는 듯이 열이 오른 표정이었다.

젖은 팬티가 벗겨지고, 묵직한 압박감과 함께 남편이 몸 안으로
들어왔다. 신이 두 사람의 몸을 꼭 맞게 빚어낸 것처럼 정교한 합일
에 만족감이 차올랐다.

"꼭 맞아서, 너무 좋아."

남편의 목덜미에 대고 달뜬 목소리로 속삭였다. 남편을 유혹하려
고 일부러 애쓰지 않아도 그에게 완벽히 녹아든 목소리가 자연스레
흘러나왔다.

"하아. 서희야."

굵직한 팔뚝이 등허리 아래를 파고들었다. 아내가 어디로 달아날
것도 아닌데, 그는 안달이 난 듯 서희를 꽉 끌어안고는 허리를 움직
이기 시작했다.

"흐으응."

두 사람 사이에 얇은 실리콘 막이 하나 사라졌을 뿐인데, 살갗이

올올이 스치는 느낌은 미칠 듯이 황홀했다. 은밀하고 음란한 마찰이 이어질수록 신음은 짙어졌다.

"하으읏!"

똑같은 전율에 사로잡혀서 서로에게 오롯이 몸을 내맡겼다. 그가 등허리를 더욱 꽉 조여 안고, 목 안쪽에 입을 맞추고, 거친 숨을 흘릴 때마다 몸이 들끓었다.

"으으웅. 좋아."

서희는 남편의 어깨를 꽉 끌어안으며 고개를 젖혔다. 배 속을 휘젓던 돌풍 같은 열기가 목덜미를 치고 올라왔다. 폐부가 조여들었다. 숨조차 내쉴 수 없었다. 끊임없이 흘러나온 앓는 소리도 멈췄다.

단단한 몸이 서희를 옭아매듯 끌어안았다. 그도 숨을 멈추고 서희의 목 안쪽 젖은 살갗에 입술을 묻었다.

은밀하게 맥동하는 곳에서 고요한 쾌락이 전신을 잠식하듯 넘쳐흘렀다.

❈ ❈ ❈

그날 밤 이후, 피임은 하지 않을 생각이었다. 그런데 지한이 협탁으로 손을 뻗을 때마다 남편을 저지하기 위해 야하게 눈을 붉히는 아내의 모습이 기꺼웠다.

밤마다 아내가 어떻게 남편을 구워삶으려고 할지 기대되어서, 지한은 짓궂게 협탁으로 손을 뻗는 짓을 그만둘 수가 없었다.

오늘도 마찬가지였다. 지한은 새침한 얼굴로 침대에 누워 있는 아내에게 다가가며 한숨을 집어삼켰다. 저 모습이 질릴 날이 올까. 매일 보는 얼굴인데도, 순간마다 새로웠다.

새삼스럽게 사랑스럽고, 새삼스럽게 어여뻤다.

"나 오늘은 진짜 안 돼."

아내가 다가가는 지한을 향해 경고하듯 읊조렸다. 또 저 소리다. 벌써 한 달 가까이 듣고 있는 말이었다. 지한을 안달 나게 하려고 수를 쓰는 게 뻔히 읽혔다. 하지만 그럴 때마다 지한은 아내의 셈법에 감겨들었다. 긴장감을 높이기 위해서 남편을 놀려 먹는 행위라는 것을 알면서도 지한은 아내에게 속수무책으로 당했다.

이보다 더 달아오를 수는 없겠다는 생각이 들 만큼 흥분했고, 아내가 지쳐 울먹일 때까지 몰아붙였다.

"오늘은 왜 진짜 안 되는데?"

지한은 그녀의 곁으로 다가가 몸을 눕혔다. 천장을 우러르며 똑바로 누워 있던 아내가 지한 쪽으로 몸을 돌려 누웠다.

그녀는 작은 손을 곱게 포개서 베개 밑에 넣고는 지한을 바라보았다. 베개에 눌린 뺨이 귀여워서 웃음이 났다. 지한이 고개를 쭉 빼서 그녀의 뺨에 입을 맞추었을 때였다.

"진짜 안 된다고."

그녀가 평소와는 다른 엄혹한 목소리로 중얼거렸다.

"뺨에 뽀뽀하는 것도 안 돼?"

지한이 정색하고 물었다. 왜 이렇게 야박하게 구냐는 듯이 미간을 찌푸리자, 그녀가 아랫입술을 슬쩍 말아 물었다.

"오늘 병원 다녀왔어."

침대에서 몸을 벌떡 일으킨 지한이 아내를 내려다보았다.

"왜? 어디 안 좋아?"

아내는 귀엽게 하품을 하며 눈을 가늘게 떴다. 아파 보이는 얼굴은 아니었다. 조금 피곤해 보일 뿐이었다.

"아니. 안 좋은 건 아닌데."

"그럼? 왜 병원엘 다녀왔는데?"

"거기 협탁 서랍 좀 열어 볼래요?"

그녀가 지한이 눕는 쪽에 놓인 침대 협탁을 가리켰다. 지한은 의심 가득한 눈으로 아내를 바라보며 협탁 서랍을 열었다.

"그 안에 있는 걸 보라고. 날 보지 말고."

안에는 앙증맞은 강아지 그림이 있는 작은 옷이 들어 있었다.

"이거 서이한테는 너무 작겠는데?"

"당신 눈에는 그게 지금 개 옷으로 보여?"

아내의 목소리가 뾰족해졌다.

"그럼 이게 뭔……!"

지한은 도무지 사람 옷으로는 보이지 않는 배냇저고리를 손에 쥐고 바보처럼 웃음을 터뜨렸다.

"그걸 입을 애가 내 배 속에 있다고 지금."

아내가 새침하게 읊조렸다. 지한은 연두색 옷자락을 손에 쥔 채로 아내를 조심스럽게 끌어안았다.

"병원엔 같이 갔어야지."

"그냥 내가 먼저 확인하고 싶었어."

"함서희 성격 어디 안 가지."

착한 큰딸로 자란 그녀의 성정은 여전했다. 지한에게 전부를 내맡기고 의지하는 법이 없었다. 어떨 때는 서운한 마음이 들기도 했지만, 그게 또 너무 아내다워서 사랑스러웠다.

"이제 이놈 때문에 나는 찬밥 되겠네."

"유치하게 굴지 마. 그리고 아직 놈인지 아닌지 몰라요. 아들이었으면 좋겠어?"

그녀는 별것 아닌 말에도 꼬치꼬치 물으며 까만 눈동자를 맑게 빛냈다.

"뭐든 좋아."

아직은 아이에게 내주기엔 아까울 정도로 너무 사랑스러운 아내였지만, 어떤 아이가 태어날지 궁금해서 심장이 세차게 뛰는 것은 부정할 수 없었다.

❈❈❈

하얀 파도가 다가와 모래 위에서 잔잔히 부서졌다. 며칠 동안 비가 오더니, 오랜만에 날씨가 맑아서 하늘빛과 물빛이 모두 아름다웠다.

"자, 여기에 우리 아빠를 묻어 주자."

"웅!"

하얀 조가비처럼 작은 손이 모래를 한 움큼 움켜쥐었다. 아이는 모래밭 위를 뒤뚱뒤뚱 걸어서 지한이 앉은 곁으로 다가왔다. 볼이 빵빵하게 부풀도록 의기양양한 미소를 지은 아이가 지한의 다리 위에 모래를 흩뿌렸다.

"우리 현산이 뭐 해요?"

지한이 읽고 있던 책에서 시선을 떼서 아들을 바라보며 물었다. 이제 만 36개월이 지난 아이는 제 아빠를 보며 호기롭게 웃었다.

"아빠 묻을 거야!"

어처구니가 없어서 웃음이 터져 나왔다.

"얘 지금 뭐라는 거야?"

아이와 함께 바닷가를 산책하던 아내가 깔깔거리며 걸어왔다.

"아빠 모래찜질해 주고 싶다는 뜻이야."

"아이고, 무서워. 아빠는 모래 안에 들어가는 거 너무 무서운데?"

"하나도 앙 무터워."

현산이 고개를 절레절레 내저으며 악동 같은 미소를 지었다. 아이는 제 엄마를 쏙 빼닮아서 사랑스럽기 그지없었다. 피로를 녹이는 따뜻한 눈빛과 마음까지 환해지는 밝은 미소가 그녀와 판박이다.

"그럼, 우리 현산이가 먼저 해 보자! 하나도 안 무섭다고 했으니까!"

아이가 꺅 비명을 지르며 제 아빠에게서 달아나려고 했다.

"잡았다! 우리 아들!"

하지만 지한은 봐주지 않고 현산을 하늘 높이 안아 들었다.

"아니야! 현탄이는 모래찜질 안 해도 돼!"

짧고 통통한 다리를 버둥거리며 아이가 절박하게 소리 질렀다.

"엄마아!"

제 엄마에게 도움을 요청하는 현산의 외침은 애원에 가까웠다.

"또 그런다."

서희가 남편에게 슬쩍 눈을 흘겼다. 남편은 아들 현산에게 절대 져 주는 일이 없었다. 잡기 놀이 비슷한 것을 할 때는 아슬아슬하게 놓쳐 주라는 말을 그렇게 했는데도, 들어먹질 않는다. 좀처럼 막내 티가 나지 않는 남편인데, 애와 놀아 줄 때마다 정말이지 애처럼 유치해졌다.

"엄마, 엄마!"

현산이 제 엄마를 향해 손을 뻗었다. 서희는 얼른 아이를 안아 주었다. 아이가 안도의 한숨을 폭 내쉬었다.

이럴 때 보면 완벽한 리틀 서지한이다. 서희의 품에 안겨서 기다란 속눈썹이 바르르 떨리도록 안심하는 모습은 제 아빠와 판박이다. 그는 현산이 엄마인 서희를 쏙 빼닮았다고 했지만, 서희의 눈에 현산은 제 아빠와 닮지 않은 구석을 찾아보는 게 더 힘들 정도로 똑같았다.

"이런, 이런. 현산이 모래찜질 무서우면 엄마랑 같이하면 되겠다!"

그가 와르르 소리 지르며 현산을 안고 있는 서희를 번쩍 안아 들었다. 현산은 마치 롤러코스터라도 탄 것처럼 비명을 질러 댔다. 서희도 새된 비명을 지르기는 마찬가지였다.

"내려 줘!"

서희가 다리를 살짝 버둥거렸더니, 남편이 으름장을 놓았다.

"어? 자꾸 그러면 떨어진다."

그가 단단한 몸을 옆으로 슬쩍 기울이자, 모래밭에 곤두박질칠 듯했다.

"장난 그만하고 내려 줘!"

서희가 남편에게만 들릴락 말락 한 목소리로 속삭였다. 남편이 공주 안기를 한 서희의 위에 현산이 폭 안겨 있었다. 무겁지도 않은 건지 남편의 입가에는 환한 미소만이 고여 있었다. 그리고 순간 남편의 눈빛에 부드러운 장난기가 어렸다.

"그럼 모래찜질은 무서우니까, 파도 잡기 놀이 할까?"

그가 바다를 향해 성큼성큼 걸음을 옮겼다. 모래밭이 고르지 않은 탓에 그가 발을 뗄 때마다 세 사람의 몸이 아슬아슬 기울었다.

"으악!"

어느새 현산의 비명에는 즐거움이 녹아들어 있었다. 그는 파도가 발목에서 찰랑거리는 깊이까지만 들어갔다.

"아이쿠, 어떡하지? 팔이 너무 아파서."

그가 몸을 오른쪽으로 기울이며 아내와 아들의 머리를 바닷물에 빠뜨리기라도 할 것처럼 짓궂게 굴었다.

현산이 까르륵 웃음을 터뜨리며 서희를 꽉 끌어안았다. 앞에서는 아들이 웃음 섞인 비명을 질러 대며 매달리고, 뒤에서는 남편이 키득거리며 서희를 안고 있었다.

행복이 물밀듯이 밀려들었다. 가슴속에서 간지러운 파도가 이는 것처럼 서희의 입에서도 웃음이 터져 나왔다.

두 사람을 내려다보는 잘생긴 얼굴에 근사한 미소가 어렸다. 그는 만족스러운 눈으로 아내와 아들을 바라보다가 이내 바다로 시선을 돌렸다.

남편이 무슨 생각을 하고 있을지 어렴풋이 짐작할 수 있었다. 아이가 생기면 꼭 이 바다에 함께 오자는 약속을 했었다.

그의 친모, 현산의 친할머니가 잠들어 있는 바다는 오늘도 아름다웠다. 마치 어머니께 행복한 가정을 이룬 모습을 보여 줄 수 있어서 뿌듯해하는 것처럼 느껴졌다.

"아빠."

"응?"

"엄마."

"응."

두 사람은 현산의 부름에 부드럽게 대꾸했다.

"엄마 아빠는 너무 크니까. 현탄이처럼 작은 타람 필요해요."

무슨 소린지 알아먹기가 참 힘들다.

"작은 사람?"

서희의 물음에 현산이 고개를 끄덕거렸다.

"모래찜질할 때 나랑 같이 들어갈 타람. 동탱."

"동태?"

남편은 좀처럼 아들이 하는 말을 못 알아듣는다.

"동생."

서희가 남편의 귓가에 정정하듯 속삭였다.

"셋을 이렇게 안으려면 아빠가 운동을 더 열심히 해야겠다."

늦여름 오후의 따사로운 햇살이 그의 탄탄한 어깨를 타고 흘렀다. 그와 재회했을 때, 창문을 통해 들어온 햇살이 그의 슈트 위를 타고 들어오는 모습을 숨죽여 바라보았었다. 그때만 해도 그와 결혼해서 가정을 이루리라고는 상상조차 하지 못했었다.

"무슨 생각해?"

남편이 서희의 귓가에 조용히 속삭였다. 현산은 서희의 품에 안겨 꾸벅꾸벅 졸기 시작했다.

"나쁜 생각."

서희가 목소리를 죽이곤 입 모양만으로 중얼거렸다. 그가 피식 웃었다.

"현산이 동태 빨리 생기겠네."

장난스럽게 지껄이는 남편을 밉지 않게 흘겨보았다. 남편이 숨죽여 웃으며 서희의 이마에 입을 맞추었다.

슬픔만이 가득했던 작은 바다가 환희에 찬 노을로 물들고 있었다. 감미로운 나쁜 생각이 아쉬운 서글픔을 지우고 금빛 세계를 이루었다.

-the end

작가 후기

제목은 '나쁜 생각이 들어서'지만, 선한 사람들의 이야기로 가득한 작품을 끝까지 함께해 주신 독자 여러분, 감사합니다.

『나쁜 생각이 들어서』는 2020년 겨울 출판사에 첫 원고와 시놉시스를 넘겼던 작품입니다. 길고 긴 플랫폼 심사를 거쳐서, 2021년 8월에 카카오페이지 기다리면 무료를 통해 현시하였고요. 드디어 종이책으로 독자님들과 만나게 되었습니다.

중간에 다른 원고를 작업하기는 하였지만, 햇수로 3년을 붙들고 있었던 글입니다. 글을 마무리하는 시점이 되면 항상 아쉽습니다.

선한 성격을 지닌 서희와 상처가 있음에도 올곧은 어른이 된 지한에게 작가인 저도 정이 많이 들었거든요.

극을 이끌어 간 프로타고니스트가 주인공 서희와 지한이었다면,

본 작품에서 갈등을 유발하는 안타고니스트는 두 사람이 처한 환경이었습니다.

극(劇)이라는 한자는 호랑이와 멧돼지가 싸우는 모습을 표현한 상형문자입니다. 극은 반드시 갈등 구조로 되어 있다는 뜻이라고 합니다.

오랜 기간 이어진 코로나19 상황으로 인해, 안팎으로 피로도가 극심한 요즘입니다.

등장인물 간, 혹은 배경으로 인한 갈등으로 촉발되는 스트레스를 줄이고자 노력한 글이었는데, 독자님들이 보시기에는 어땠을지 모르겠습니다.

창작물 중에서 비교적 제약이 적은 것이 소설입니다. 가상의 세계를 만들어 내고, 캐릭터의 유기적 활동을 그려 내는 과정은 무척이나 매혹적인 작업입니다.

그래서 한 작품을 마무리 짓고 나면 헛헛함이 밀려듭니다.

지금 느끼는 허기를 밑거름 삼아, 다음에는 더욱 재미있고, 더욱 따뜻한 글로 인사드리겠습니다.

끝까지 함께해 주신 독자 여러분, 감사합니다.

2022년 봄을 기다리며
요안나 드림